DÄNEMAR
NORDSEE
BORNHOLM
Flensburg
HELGOLAND
RÜGEN
Rostock
Bremenhaven
Hamburg
NIEDERLANDE
Bremen
Amsterdam
BRITISCHE ZONE
POLEN
Hannover
Berlin
tterdam
Magdeburg
Düsseldorf
SOWJETISCHE
ZONE
Köln
Leipzig
LGIEN
Dresden
Frankfurt
Prag
Mainz
FRANZÖSISCHE
ZONE
Saar
AMERIKANISCHE
ZONE
TSCHECHESLOWAKEI
Nürnberg
Nancy
Stuttgart
Straßburg
Freiburg
München
Wien
Zürich
Salzburg
Bern
ÖSTERREICH
SCHWEIZ

CLAIRE WINTER | Die Schwestern von Sherwood

CLAIRE WINTER

Die Schwestern von Sherwood

Roman

Diana Verlag

MIX
Papier aus verantwortungsvollen Quellen
FSC® C014496

Verlagsgruppe Random House FSC® N001967
Das für dieses Buch verwendete FSC®-zertifizierte Papier
EOS liefert Salzer Papier, St. Pölten, Austria.

Dieses Werk wurde vermittelt durch die Literarische Agentur
Thomas Schlück GmbH, 30827 Garbsen
Redaktion: Gisela Klemt
Umschlaggestaltung | t.mutzenbach design, München
Umschlagmotiv | © mauritius images/Robert Harding; shutterstock
Autorenfoto | © Michael Scheel
Satz | Greiner & Reichel, Köln
Druck und Bindung | GGP Media GmbH, Pößneck
Printed in Germany 2013

ISBN 978-3-453-29140-9

www.diana-verlag.de

Für M.

Südengland 1881

Prolog

Es waren nur wenige Bilder von damals in ihrem Kopf. Sie erinnerte sich, dass sie krank gewesen war und mehrere Tage hohes Fieber gehabt hatte. Am Anfang war sie zu Hause, in ihrem Zimmer, doch dann hatte man sie fortgebracht. Cathleen, ihre Schwester, stand weinend in ihrem weißen Kleidchen in der Tür. Sie wollte mitkommen, doch jemand hielt sie fest. Ihr Schreien schallte noch hinter ihr her, als man sie schon längst auf der Trage aus dem Herrenhaus gebracht und auf den Wagen gehoben hatte.

Der Kutscher trieb die Pferde zur Eile an. Sie hörte das Knallen der Peitsche. Wann immer sie die Kraft fand, für einen kurzen Augenblick die Lider zu öffnen, sah sie die Weite des Moores, die von Wäldern und Hügeln durchbrochen wurde.

Sie waren eine ganze Weile lang unterwegs, bis sie schließlich ein großes Gebäude erreichten, es hatte lange, helle Flure mit vielen Türen, die in Räume mit weißen Metallbetten führten. Es war das erste Mal, dass sie in einem Krankenhaus war.

Die Gestalten von Ärzten und Krankenschwestern kamen und gingen in ihr Zimmer. Sie sprachen leise und mit besorgten Stimmen. Auch ihre Eltern erschienen, einmal zusammen mit Cathleen. Diesmal schrie sie nicht, sondern ergriff nur ihre Hand. Sie stand stumm vor ihrem Bett, und Tränen rollten über ihre Wangen.

Sie wollte ihrer Schwester etwas sagen, sie trösten, doch sie war zu schwach, jede Kraft hatte sie verlassen, und sie fühlte sich weit weg von allem, als würde sie außerhalb ihres eigenen Körpers schweben. Danach klaffte eine große Lücke in ihrer Erinnerung. Über Tage war alles in Dunkelheit gehüllt. Sie hatte mit dem Tod gerungen, wie sie später begriff.

Das Erste, dessen sie sich wieder entsann, war das Gesicht einer grauhaarigen Frau mit einer weißen Haube auf dem Kopf. Um ihre Augen zog sich ein feines Netz von Fältchen. Sie strich ihr sanft über die Stirn und setzte ein Glas an ihre Lippen. Durstig trank sie, dann schlief sie erneut ein. Sie war noch immer schwach, doch mit jedem Tag kehrte ein Stück ihrer Lebenskraft zurück. Ärzte kamen und gingen abermals in ihr Zimmer. Man untersuchte sie, gab ihr Medikamente, und das Einzige, was ihr vielleicht schon damals verriet, dass etwas nicht in Ordnung zu sein schien, war der besorgte Ausdruck, der sich nach einigen Tagen auf ihrer aller Gesichter breitmachte. Eines Morgens trat schließlich ein grauhaariger Mann in einem weißen Kittel an ihr Bett. Er schien wichtig zu sein, denn die anderen Ärzte, die ihm folgten, standen in respektvoller, ja untertäniger Haltung um ihn herum und blickten immer wieder fragend zu ihm. Der Grauhaarige untersuchte sie. Er lächelte viel und verzog das Gesicht zu spaßigen Grimassen und hielt ihr eine seltsame, trichterförmige Röhre an den Kopf. Dann hörte er mit einem Mal auf. Einen Moment lang saß er einfach nur neben ihr auf dem Bett und strich ihr bedächtig über das Haar. Ein mitleidiger Ausdruck zeigte sich dabei auf seinem Gesicht. Sie bekam plötzlich Angst, und als er sich zu den anderen Ärzten drehte und mit ihnen sprach, begriff sie zum ersten Mal, *was* nicht stimmte – *sie konnte sie alle nicht hören!* Panik erfasste sie, und sie begann zu weinen. Sie fragte, was los sei. Die Lippen der Männer bewegten sich, aber sie konnte sie nicht verstehen. Sie schrie. Man versuchte sie zu beruhigen und hielt sie fest. Doch sie schrie und schrie und trat wie von Sinnen um sich. Schließlich flößte man ihr eine Medizin ein, und sie sank in den Schlaf.

Als sie wieder zu sich kam, stand ihre Mutter an ihrem Bett. Sie trug eines ihrer Seidenkleider, und der vertraute Geruch ihres Parfums schwebte im Raum. Einen Augenblick lang glaubte sie, ihre Stimme vernehmen zu können. Doch es waren nur die vertraute Mimik und die Art, wie sie die Lippen bewegte.

Hörst du, was ich sage, Liebling? Verstehst du mich? Du verstehst mich doch, nicht wahr? Bitte, sag es! Sag, dass du mich hörst, bitte …

Sie schüttelte langsam den Kopf. Das Flehen in den Augen ihrer Mutter schnitt ihr ins Herz, doch sie war nicht fähig, einen einzigen Ton zu hören. Entsetzt blickte ihre Mutter sie an, als sie endlich begriff. Ein Beben ging durch ihren Körper, und sie schlug sich mit der Hand auf den Mund, bevor sie sich umdrehte und aus dem Raum stürzte.

Es schien ihr, als würde sich erst in diesem Moment die Stille vollständig um sie herum ausbreiten und unwiderruflich von allem Besitz ergreifen – eine undurchdringliche Wand aus Glas, die sie für immer von den anderen trennte. Stumm wandte sie den Kopf zur Seite und starrte auf das weiß getünchte Mauerwerk.

Da schob sich plötzlich eine kleine Hand in die ihre. Es war Cathleen. *Hab keine Angst!* Ihre Augen sprachen zu ihr. Wie eine Ertrinkende tauchte sie in den Blick ihrer Schwester ein und spürte, wie diese die Arme um sie legte und sie an sich zog, als würde es in ihrer Macht liegen, sie die Welt wieder hören zu lassen.

Melinda

1

Berlin, Januar 1948

Ein grauer, stählerner Himmel hing seit dem Morgen über der Stadt. Es war kalt, bitterkalt. Schon seit Wochen. Der Winter schien dieses Jahr kein Ende nehmen zu wollen. Eisige Luft war aus dem Osten Russlands herübergeströmt und hielt sich unerbittlich über Berlin.

Melinda zog im Gehen den Schal über ihr schulterlanges dunkles Haar und kämpfte gegen den Wind, der ihr kalt in die Haut schnitt. Sie fühlte in den viel zu dünnen Schuhen kaum noch ihre Füße, und ihr Körper war unter dem fadenscheinigen Wollmantel wie zu Eis erstarrt. Man gewöhnte sich nicht an die Kälte, genauso wenig wie an den Hunger, dachte sie. Die junge Frau presste fröstelnd die Mappe mit den Artikeln gegen die Brust und beschleunigte ihren Schritt, ohne die zerstörten Häuserfassaden und Trümmerhaufen zu beachten, die rechts und links die Straße säumten. Auch fast drei Jahre nach Kriegsende war Berlin noch immer eine Ruinenstadt, und man konnte nur zu deutlich erkennen, wo die Zerstörungskraft der Bomben ihre Spuren hinterlassen hatte. Manche Häuser boten wie seziert ihr Inneres dar – man blickte in offene Flure und Wohnungen –, während anderen Gebäuden der Dachstuhl oder die oberen Stockwerke fehlten. Herausgebrochene Fenster und Löcher waren an einigen Häusern inzwischen notdürftig mit etwas Pappe und Fliegendraht repariert und das eine oder andere Mauerwerk mit Steinfragmenten abgedichtet worden, die man aus dem Schutt und den Scherben der Trümmer gewonnen hatte. Doch sehr viel mehr war nicht geschehen, denn es fehlte an allem, um die Stadt wieder aufzubauen – an Ziegeln und Fensterglas genauso wie an Stahl und Holz.

Selbst in dem Verlagshaus der Tageszeitung *Telegraf,* in dem sie eben gewesen war, hatte es kaum besser ausgesehen, dachte Melinda. Sie hatte dort einen Vorstellungstermin gehabt. Die Sekretärin, die sie zum Büro des Chefredakteurs geleitete und eine dicke Wolljacke und Pulswärmer trug, hatte ihr erzählt, dass es regelmäßig durchs Dach regnete, sobald der Schnee etwas schmolz. Trotzdem hatte in den Räumen und Fluren ein reger Betrieb geherrscht. Menschen waren hin und hergehastet, und man hatte das Klappern von Schreibmaschinen hören können, das sich mit dem Gewirr von Stimmen vermischte, die überall diskutierten. Eine Atmosphäre des Aufbruchs war in der Redaktion zu spüren gewesen, die Melinda gleichermaßen beeindruckt wie gefallen hatte und in ihr unwillkürlich den Wunsch aufkommen ließ dazuzugehören. Sie unterdrückte ein Seufzen und fragte sich, ob der *Telegraf* vielleicht endlich den Neuanfang bedeuten konnte, nach dem sie sich so sehnte.

Wenn sie dort wirklich eine Chance bekommen würde, setzte sie gedanklich hinzu. Ein angespannter Ausdruck huschte über ihr schmales Gesicht mit den grünen Augen. Arno Scholz, der Chefredakteur, würde es ihr nicht leicht machen, so viel war klar. Scholz, der unter den Nazis Berufsverbot gehabt hatte, befand sich seit letztem Frühling in mächtiger Position, denn er hatte von den Briten eine der begehrten Lizenzen zur Herausgabe einer Tageszeitung bekommen. Melinda verdankte es allein Major Colby von der britischen Besatzungskommandantur – für die sie seit Kriegsende regelmäßig als Übersetzerin arbeitete –, dass sie den Termin überhaupt bekommen hatte.

Über eine Stunde hatte Scholz sie im Flur warten lassen. Sie hatte den Aushang am Schwarzen Brett beinahe auswendig gekonnt. Als der Chefredakteur sie endlich hereinbat, hatte er lediglich einen kurzen Blick auf ihre Arbeitsproben geworfen, die recht spärlich waren.

Melinda war siebenundzwanzig Jahre alt, und schon immer war es ihr Traum gewesen, als Journalistin zu arbeiten, doch während des Krieges hatte sie kaum mehr als ein paar Artikel für den Lokalteil einer Zeitung schreiben können. Keine der renommierten Zeitungen hatte sie für ein Redaktionsvolontariat annehmen wollen. Die Kandidaten mussten vom Reichsverband der deutschen Presse genehmigt werden, und sie hatte denkbar schlechte Voraussetzungen besessen, da sie weder Mitglied in der NSDAP war noch einflussreiche Beziehungen besaß und außerdem auch noch Tochter einer englischen Mutter war.

»Nun, besonders viel Erfahrungen können Sie ja nicht vorweisen«, hatte Scholz daher nicht ganz zu Unrecht bemerkt. Ein ungeduldiger Ausdruck war über sein Gesicht geglitten. »Ich schlage vor, dass Sie eine Reportage schreiben – ein aktuelles Thema Ihrer Wahl, von dem Sie glauben, dass es für die Zeitung interessant sein könnte, damit ich Sie besser beurteilen kann. Dann werden wir weitersehen«, fügte er hinzu, noch bevor sie etwas hatte erwidern können. Zwei Minuten später hatte sie sich schon wieder draußen auf dem Flur wiedergefunden.

Immerhin, es war eine echte Chance, dachte Melinda, während sie vom Prager Platz weiter in Richtung Nürnberger Straße lief. Sie hob das Kinn. Ihr musste nur ein gutes Thema einfallen. Ein paar Schneeflocken trafen ihr Gesicht. Vor ihr, zwischen zwei Trümmerhaufen, tauchte, einem Gespenst gleich, die Gestalt einer abgemagerten alten Frau auf. Sie zerrte einen Bollerwagen hinter sich her und musterte Melinda misstrauisch aus ihren unterhöhlten Augen, als glaubte sie, ihre Fundstücke vor ihr verteidigen zu müssen. Die Umrisse eines zerbrochenen Fensterrahmens und mehrere aneinandergefrorene Holzteile waren auf ihrem Wagen zu erkennen.

Wahrscheinlich hatten sie einmal zu einem Stuhl oder Hocker gehört – kostbares Heizmaterial, denn an Kohle war zurzeit fast nirgends mehr heranzukommen. Melinda wandte den Blick ab. Es gab Momente wie diesen, in denen sie sich einfach nur wünschte, dieser Stadt und ihrem ganzen Elend entfliehen zu können – dem Hunger und der Kälte genauso wie den ständigen Erinnerungen an die Vergangenheit. Sie war dünnhäutig zurzeit. Ihre Nerven lagen blank. Die ständige Ungewissheit vor der Zukunft zermürbte sie. Zumal sie sich vor wenigen Tagen auch noch von ihrem Verlobten Frank getrennt hatte.

Ihre Hände pressten die Mappe in ihren Armen unwillkürlich enger an sich, als sie die unschöne Szene wieder vor Augen hatte.

Frank war im Herbst aus der Kriegsgefangenschaft gekommen. Sie hatten sich 1943 das letzte Mal gesehen und seitdem völlig entfremdet. Als sie sich zu Beginn des Krieges kennenlernten, hatten sie sich schnell ineinander verliebt und kurz darauf verlobt. Wenig später war Frank jedoch eingezogen worden. In den Jahren darauf hatten sie sich nur zweimal einige Tage gesehen, als er während eines kurzen Heimaturlaubs in Berlin gewesen war. Bereits damals zeichnete sich ab, dass sie sich auseinandergelebt hatten. Frank war wie besessen von der Idee zu kämpfen – Melinda hatte ihn kaum wiedererkannt. Nach seiner Rückkehr aus der Gefangenschaft hatte sie gehofft, seine Veränderung wäre nur dem Krieg geschuldet und sie würden sich wieder annähern, doch das Gegenteil war der Fall gewesen. Leider schien Frank das ganz anders zu empfinden. Immer wieder hatte er sie zur Heirat gedrängt. Vor drei Tagen hatte er ihr schließlich ein Ultimatum gestellt, und sie hatte ihm endlich gesagt, dass sie nicht mehr an eine Zukunft für sie beide glaubte und sich trennen wollte. Es gab daraufhin einen fürchterlichen Streit, mit dem Ergebnis, dass Frank ihre Entscheidung nicht akzeptieren wollte.

Sie musste plötzlich an den Aushang am Schwarzen Brett denken, auf den sie so lange im Flur des *Telegraf* gestarrt hatte.

Kollegen für eine dreiwöchige Fortbildung und Schulung zur demokratischen Berichterstattung in London gesucht. Auf Einladung der britischen Besatzungskommandantur. Interessierte bitte in der Chefredaktion melden.

Melinda wünschte, sie hätte sich dafür bewerben können. Nur zu gern hätte sie Berlin für einige Zeit verlassen! Obwohl ihre Mutter Engländerin war und sie mit ihr zu Hause hauptsächlich Englisch gesprochen hatte, war sie noch nie in Großbritannien gewesen. Sie dachte darüber nach, dass die Journalisten des *Telegraf* an der Fortbildung erstaunlicherweise nicht besonders interessiert zu sein schienen. Melinda hatte die Bemerkung zweier vorbeilaufender Redakteure mitbekommen, die sich abfällig darüber unterhielten. »Was glauben die Engländer? Dass wir von ihnen erst das Schreiben lernen müssen?«, hatte der eine von ihnen gesagt.

Sie hatte die Nürnberger Straße erreicht. Menschen eilten mit hochgeschlagenem Mantelkragen und verfrorenen Gesichtern an ihr vorbei. Vor einem Lebensmittelladen stand eine lange Schlange bis draußen. Die meisten von ihnen sahen dünn und abgemagert aus. Nach Kriegsende hatten sie alle geglaubt, dass es besser werden würde, doch das Gegenteil war der Fall. Das Essen, das ihnen auf den Lebensmittelkarten zugestanden wurde, war so knapp, dass es Männer, Frauen und Kinder zum Hamstern ins Umland und vor allem hier in Berlin immer wieder auf den Schwarzmarkt trieb. Die letzten Besitztümer – Porzellan, Schmuck, silbernes Besteck und Kleidung – wurden voller Verzweiflung gegen etwas Essbares eingetauscht: ein Pfund Butter, ein bisschen Speck oder vielleicht sogar ein paar Eier. Natürlich war der illegale Handel verboten, doch das interessierte schon lange keinen mehr. Der Hunger wog stärker als jede Aussicht auf Strafe. Melinda versuchte, sich um die Schlange herum einen Weg zu bahnen, und sah zu spät, dass ihr jemand von der anderen Seite entgegenkam. Bevor sie ausweichen konnte, prallte sie unvermittelt gegen eine große, breitschultrige Gestalt. Die Mappe rutschte aus ihren Armen und landete zwischen den Füßen der Menschen. Sie unterdrückte einen Fluch. Es war fast unmöglich gewesen, überhaupt einige Blätter Papier aufzutreiben – nicht auszudenken, wenn die Arbeitsproben ihrer Artikel schmutzig geworden waren. Verärgert bückte sie sich, doch der Mann war ihr schon zuvorgekommen.

Er reichte ihr die Mappe zurück. »Verzeihung. Es tut mir leid – es war meine Schuld«, sagte er mit einer dunklen Stimme, in der ein britischer Akzent schwang.

Erleichtert sah sie, dass die Artikel keine Flecken abbekommen hatten. Dann blickte sie den Unbekannten vor sich an. Sein markantes Gesicht wurde von dunkelbraunen Haaren umrahmt. Er war in den Dreißigern und gut gekleidet. Sein dunkelgrauer Wollmantel wirkte wie neu – und er war attraktiv. Fast war es ihr unangenehm, das festzustellen, denn sie wurde sich plötzlich ihres schäbigen abgetragenen Mantels bewusst. In dem durchdringenden Blick des Mannes lag etwas Neugieriges und Prüfendes zugleich, und sie spürte, wie sie eine leichte Verlegenheit ergriff.

»Danke! Es ist ja nichts passiert«, antwortete sie, als sie endlich ihre Sprache wiedergefunden hatte, nickte ihm zu und lief, bevor er noch etwas sagen konnte, eilig weiter.

Das seltsame Gefühl, dass er ihr hinterherschaute, beschlich sie dabei. Er hatte sie angesehen, als würde er sie kennen, dachte sie. An der nächsten Straßenkreuzung konnte sie dem Impuls nicht widerstehen, sich noch einmal umzudrehen. Doch er war nirgends mehr zu sehen. Ihr Blick streifte im Weitergehen die andere Straßenseite – und da entdeckte sie ihn. Er stand neben einem Geschäft und schaute zu ihr herüber. Für einen kurzen Moment erstarrte sie. Beobachtete er sie? Doch dann war er mit einem Mal in der Menge verschwunden. Sie sah sich suchend nach ihm um, bevor sie kopfschüttelnd weiterlief. Anscheinend litt sie schon an Verfolgungswahn.

2

Die Wohnung, in der Melinda zurzeit ein Zimmer hatte, befand sich in der Ansbacher Straße. Neben ihr waren noch drei weitere Untermieter, die wie sie ausgebombt waren, in der Fünfzimmerwohnung einquartiert. Die eigentlichen Mieter, die Herders, waren ein Ehepaar in mittleren Jahren. Die Wohnsituation mit ihnen gestaltete sich schwierig. Es war nicht allein die mangelnde Privatsphäre und der Umstand, sich mit fremden Menschen die Küche und das Bad teilen zu müssen, sondern vor allem die impertinente Neugier von Frau Herder, die oft an Melindas Grenzen ging. Sie hatte mitbekommen, dass die Vermieterin regelmäßig ihre Sachen durchstöberte, wenn sie außer Haus war, und war froh, dass sie die wichtigsten persönlichen Dinge und Dokumente schon während des Krieges bei ihrer Freundin Irene, die in Kladow, am Rande von Berlin lebte, untergebracht hatte.

Auch als sie an diesem Tag die Treppe hochgestiegen war und die Wohnungstür öffnete, tauchte Frau Herder in ihrer verwaschenen blauen Kittelschürze sofort wie ein Wachhund im Flur auf. Melinda konnte sich nur zu gut vorstellen, wie sie früher mit Freude jede Information über die Hausbewohner an den Blockwart weitergegeben hatte.

»Guten Abend.« Sie zog sich den Schal vom Kopf.

Die Vermieterin nickte knapp, die Hand in die Hüfte gestützt. »Sie haben ein Paket bekommen«, eröffnete sie ihr in einem Ton, als würde es sich bei dieser Tatsache um etwas höchst Verdächtiges handeln.

»Wirklich?« Melinda blickte zu dem kleinen Holztisch, auf dem normalerweise die Post abgelegt wurde. Doch es war nichts zu sehen.

»Ja, ein Bote hat es gebracht. Es hat nicht einmal einen Absender! Ich habe es in Ihr Zimmer gelegt«, erklärte Frau Herder.

»Danke, das wäre nicht nötig gewesen.«

»Und außerdem haben Sie Besuch.«

Melinda schaute sie überrascht an.

»Ihr Verlobter ist hier.«

Frank? Was wollte er? Sie schluckte ihren Ärger darüber hinunter, dass die Vermieterin ihn einfach in ihr Zimmer gelassen hatte. Die Herders hegten große Sympathien für Frank, mit dem sie den Traum von einem Großdeutschen Reich teilten.

»Er ist nicht mehr mein Verlobter«, erklärte sie kühl, obwohl sie sich sicher war, dass Frau Herder das längst wusste. Ihr lautstarker Streit vor einigen Tagen war den neugierigen Ohren ihrer Vermieterin bestimmt nicht entgangen.

Frau Herder kam einen Schritt auf sie zu. Ein unangenehmer Geruch von Kohl und Schweiß stieg Melinda in die Nase.

»Mein Gott, wie können Sie dem Jungen das nur antun? Er hat im Krieg für Sie gekämpft, und die Gefangenschaft bei den Russen hat er nur durchgehalten, weil er dachte, dass Sie auf ihn warten ...« Vor Empörung zeigten sich rote Flecken auf ihren Wangen.

Melindas grüne Augen wurden schmal. »Ich *habe* auf ihn gewartet«, erwiderte sie schließlich. »Und im Übrigen habe ich weder ihn noch irgendjemand anderen gebeten, für mich im Krieg zu kämpfen«, setzte sie bissig hinzu und nutzte die Sprachlosigkeit der Vermieterin aus, um zu ihrem Zimmer weiterzugehen.

»So was wie Sie hätte man früher ins Lager gesteckt!«, schallte es verspätet hinter ihr her.

Melinda zog eine Grimasse. Sie zweifelte keinen Augenblick daran, dass Frau Herder genau dafür gern eigenhändig gesorgt hätte.

Sie straffte die Schultern, um sich für die nächste Auseinandersetzung zu wappnen, und betrat ihr Zimmer.

Frank saß auf dem Bett. Seine dunkelblonden Haare waren wie immer im akkuraten Scheitel zur Seite gekämmt, und die schmalen Lippen hatte er so fest zusammengepresst, dass die Muskeln an seinem Kiefer deutlich hervortraten. Für einen flüchtigen Moment sah Melinda den Mann vor sich, in den sie sich vor fast acht Jahren verliebt hatte. Wie anders er damals gewesen war! Hätte es keinen Krieg gegeben, wäre er dann auch so geworden? Sie wusste es nicht – sie waren beide andere Menschen gewesen!

Frank musterte das Paket, das neben ihm auf dem Bett lag und die Ausmaße eines großen Kartons hatte. Als er sie hörte, wandte er den Kopf zu ihr. »Melinda!«

Sie blieb mit verschränkten Armen auf der Schwelle stehen. »Was willst du hier, Frank?«, fragte sie müde.

»Dich zur Vernunft bringen. Du hast nur Panik!«, erklärte er gepresst. »Wir werden heiraten, und alles wird gut werden, und du wirst auch nicht mehr arbeiten müssen – weder für diese schrecklichen Briten noch für dieses jämmerliche Zeitungsblatt«, setzte er entschieden hinzu.

Seine Selbstgefälligkeit ärgerte sie. »Ich arbeite gern, und leider ist es nun mal mein Traum, für dieses jämmerliche Zeitungsblatt zu schreiben«, entgegnete sie. Ihre Arbeit und damit verbundene Eigenständigkeit war immer ein heikler Punkt zwischen ihnen gewesen. Seit seiner Rückkehr war es Frank gegen den Strich gegangen, dass sie als Übersetzerin tätig war. Über ihre Pläne, doch noch Journalistin zu werden, hatte er nur gelacht.

Auch jetzt zuckte er überheblich die Achseln. »Das bildest du dir ein. Wenn du erst Mutter bist und unsere Kinder großziehst, wirst du ohnehin keine Zeit mehr dafür haben …«

Melinda unterdrückte die Wut, die in ihr hochstieg. »Ich werde nicht *unsere* Kinder großziehen. Es ist aus zwischen uns!«

Einen kurzen Augenblick lang schien Frank sprachlos, ja beinahe verunsichert. Er sah zu dem Paket. Ein misstrauischer Ausdruck zeigte sich plötzlich auf seinem Gesicht.

»Hast du einen anderen?«

»Mein Gott nein, Frank …«

»Natürlich hast du das!« Aufgebracht sprang er vom Bett. »Ich hätte es gleich wissen müssen. Wie konnte ich nur so dumm sein? Deshalb willst du mich nicht heiraten! Ist von *ihm* das Paket?« Er deutete neben sich. »Was schenkt er dir denn?«, herrschte er sie an.

»Es gibt keinen anderen. Es hängt nur mit uns beiden zusammen, Frank.«

»Ich glaube dir kein Wort!« Er kam drohend einen Schritt auf sie zu. »Erzähl, treibst du es mit einem dieser Engländer, für die du arbeitest? Wie lange denn schon? Wahrscheinlich bedauerst du es, dass ich überhaupt zurückgekommen bin, was?« Er starrte sie voller Wut an, bevor er sie grob zur Seite stieß und auch schon aus dem Zimmer stürzte.

Nur wenig später knallte die Wohnungstür. Melinda zuckte zusammen. Sie schloss die Zimmertür hinter sich und ließ sich aufs Bett sinken. Eine Mischung aus Erschöpfung und Resignation erfasste sie. Zum zweiten Mal an diesem Tag verspürte sie das Bedürfnis, einfach allem zu entfliehen. Wie sie Frank kannte, würde es nicht ihre letzte Auseinandersetzung bleiben. Er liebte sie nicht, da war sie sich sicher, dazu war er ihr gegenüber viel zu unerbittlich, aber er war in seinem männlichen Stolz verletzt. Seufzend zog Melinda ihren Mantel aus und griff nach einer dicken Strickjacke. Sie fröstelte. Es war kalt im Zimmer. Sie fragte sich, wann sie das letzte Mal ein heißes Bad gehabt hatte – es schien ihr eine Ewigkeit her. Kurz bevor ihre Mutter krank geworden war, erinnerte sie sich dann. Sie hatte als Krankenschwester gearbeitet und war im letzten Kriegsjahr an Typhus gestorben – nur wenige Wochen nachdem ihr Mann, Melindas Vater, gefallen war. Ein Gefühl der Einsamkeit erfasste Melinda plötzlich, und sie versuchte, die dunklen Schatten der Vergangenheit zu vertreiben.

Ihr Blick fiel auf das Paket, das auf dem Bett ruhte. In schwungvollen, entschieden wirkenden Schriftzügen stand ihr Name und die Adresse darauf geschrieben, aber kein Absender, wie Frau Herder es gesagt hatte. Melinda hatte keine Ahnung, wer ihr das geschickt haben konnte.

3

Es war ein großer weißer Karton, der unter dem Packpapier zum Vorschein kam. Melinda legte die Schere zur Seite, mit der sie die Schnur gelöst hatte, und nahm neugierig den Deckel ab. Überrascht sah sie, dass sich in dem Paket eine Bilderrolle, zwei altertümlich mit Seidenband verschnürte Päckchen mit vergilbten Briefen und ein kleines Samtsäckchen befanden. Weder ein Brief noch ein Anschreiben befand sich dabei, stellte sie fest. Sie durchsuchte den Karton und nahm verwirrt die Sachen heraus, um zu sehen, ob dazwischen oder darunter noch etwas lag. Nichts. Nicht einmal ein kleiner Zettel.

Stirnrunzelnd musterte sie den seltsamen Inhalt, griff schließlich nach dem Samtbeutel und öffnete ihn. Eine etwa handtellergroße schwarze Schatulle verbarg sich darin. Von außen sah es auf den ersten Blick nach einem Schmuckstück aus, aber als Melinda den Deckel aufklappte, musste sie feststellen, dass sie sich irrte. Es war eine Figur, eine antike Schachfigur genauer gesagt – eine rote Dame aus Marmor! Behutsam nahm Melinda sie aus der Schatulle. Sie war keine große Kunstkennerin, aber auch so erkannte sie, dass die ungewöhnlich filigrane Figur sehr alt und von Wert sein musste. An irgendetwas erinnerte sie die rote Dame. Sie runzelte die Stirn, doch sie kam nicht darauf, woran. Einen Moment lang betrachtete sie die winzigen kunstvoll gearbeiteten Gesichtszüge und vergaß alles um sich herum. Dann legte sie die Figur verwirrt wieder in die Schatulle. Wer hatte ihr dieses Paket nur geschickt? Und warum?

Sie wandte sich den Bildern zu. Es waren überwiegend Aquarelle und Tuschezeichnungen, die sich in der Rolle befanden. Bestimmt fünfzehn, wenn nicht zwanzig Stück. Sie zeigten eine dramatisch wirkende Moorlandschaft mit ungewöhnlichen Stein- und Felsformationen. Manche waren mannshoch. Ihr Blick glitt zu einem Aquarell, auf dem ein von Farnen überwucherter Abhang zu sehen war, in dessen Hintergrund sich ein von Raben und Falken umkreister Felsen zeigte. Etwas Unheimliches und Mystisches lag in der Darstellung, dem man sich nicht entziehen konnte. Melinda merkte, wie die unerfreuliche Begegnung mit Frank verblasste und sie mit zunehmender Faszination die Bilder betrachtete. Auf mehreren Blättern war auch ein Anwesen, ein altes Herrenhaus, zu erkennen, wie sie es schon auf englischen Gemälden gesehen hatte. Es schien seltsam präsent, als würde man durch die Pinselstriche hindurch das Leben erspüren, das die alten Gemäuer des Manors einmal erfüllte. Als sie die Bilder umdrehte, sah sie, dass sie auf der Rückseite datiert waren: 1894 und 1895. Das war fast sechzig Jahre her!

Der Inhalt des Pakets erschien Melinda immer rätselhafter – was sollten diese Bilder und diese Schachfigur nur? Wenn nicht ihr Name und die Adresse auf dem Paket gestanden hätte, sie wäre sich sicher gewesen, dass man sie verwechselt hatte.

Vielleicht würden ihr die Briefe mehr verraten. Melinda löste die Seidenschleife von einem der vergilbten Bündel. Sie öffnete den obersten Umschlag. Die Zeilen waren in einer gestochen geschwungenen Schrift geschrieben, und es überraschte sie nicht einmal, dass sie auf Englisch verfasst waren.

Meine schöne Unbekannte,
wie oft haben wir uns jetzt gesehen? Dreimal? Nein, eigentlich viermal – ich zumindest, denn wir sind uns bei Whistman's Wood nicht das erste Mal begegnet, es war kein Zufall. Ich will Dir beichten, dass ich Dich Tage zuvor schon einmal gesehen hatte – von Weitem erblickte ich Deine Gestalt in dem flatternden Mantel. Du standest minutenlang auf dem Hügel und hast in die Ferne geschaut – so schön und vollkommen, dass ich glaubte, einem Trugbild erlegen zu sein. Ich musste an all die Geschichten denken, die sich die Leute hier erzählen und die ich immer als dummen Aberglauben abgetan habe – über die Irrlichter, die Menschen immer tiefer in die Dunkelheit des Moores locken. Du wirst lachen, aber als ich Dich dort stehen sah, verließ mich einen Augenblick lang mein gesunder Menschenverstand, und ich fragte mich plötzlich, ob diese Lichter einem auch in der Gestalt einer Frau erscheinen können. Zweifelsohne wäre ich Dir auch dann gefolgt … Ich blieb versteckt hinter meinem Stein stehen und beobachtete Dich. Du wirst Dir mein Glück kaum vorstellen können, als ich am nächsten Tag wiederkam und feststellte, dass Du ein Mensch aus Fleisch und Blut bist.

Während ich dies hier schreibe, frage ich mich, ob ich den Mut haben werde, Dir diesen Brief auch zu schicken …

Melinda starrte auf den Bogen Papier in ihren Händen, der keine Unterschrift trug. Es hörte sich an wie ein Liebesbrief! Ihr Blick glitt zu dem Datum. August 1895! Dasselbe Jahr, in dem auch die meisten der Bilder entstanden waren. Waren die Schreiben alle von demselben Verfasser? Sie öffnete die anderen Umschläge – es war die gleiche Schrift. Doch mysteriöserweise war keiner mit Namen unterzeichnet – unter einigen stand gar nichts, unter anderen *Dein Freund* und später dann auch *Dein Geliebter*, wie sie nun sah. Die Briefe schienen alle an dieselbe Frau gerichtet, aber auch sie nannte der Unbekannte nie bei ihrem Namen.

Melindas Augen blieben an einem weiteren Schreiben hängen. Er war im September 1895 verfasst worden.

Meine Schöne,
unsere Treffen erscheinen mir stets zu kurz. Die Welt ist durch Dich weiter und heller geworden … Niemals zuvor habe ich zu einem Menschen solche Nähe empfunden.

Es hat viele Frauen in meinem Leben gegeben, das will ich Dir nicht verschweigen. Du weißt es ohnehin, oder? So wie Du alles auf Deine andere und besondere Art weißt und erspürst, ohne dass man es aussprechen muss. Es waren nicht mehr als kurzweilige Vergnügungen und verzweifelte Versuche, dem zu entfliehen, wozu mich meine Geburt bestimmt, ja, verdammt hat. Doch noch nie spürte ich solche Leidenschaft und unstillbare Sehnsucht wie mit Dir. Während ich diese Zeilen schreibe, umgibt mich der Duft Deiner Haut, und ich wünschte mir so sehr, dass Du mir eine andere Antwort gäbest als die, die ich beständig in Deinen Augen lese – dass wir die Augenblicke unseres gemeinsamen Glücks genießen und dafür dankbar sein sollen. Dass es nie mehr geben kann und wird. Doch mein Inneres verlangt es. Dabei bin gerade ich nicht in der Position, mehr zu fordern …

Melinda ließ das Blatt in ihrer Hand sinken. Selbst nach fast sechzig Jahren hatten die Zeilen nichts von ihrer Dramatik verloren. Nachdenklich las sie den letzten Satz ein zweites Mal. Was hatte der Unbekannte damit wohl gemeint? Durch die Zeit hindurch fühlte sie sich auf eigenartige Weise von den Worten des Briefschreibers angezogen. Dem Unterton haftete etwas Pathetisches an – vermutlich entsprach das dem damaligen Zeitgeist –, aber gleichzeitig spürte man, dass die Gefühle tief und echt waren. Sie musste unwillkürlich an die wenig romantischen Briefe denken, die sie von Frank bekommen hatte.

Die Frau auf dem Hügel war also wirklich die Geliebte dieses Mannes geworden, dachte Melinda. Sie merkte, dass sie gern mehr über das Paar gewusst hätte. Ihr Blick glitt zu einer der Zeichnungen, die nicht von den Briefen bedeckt war. Sie zeigte ein verwunschenes Stück Wald mit knorrigen, verkrüppelten alten Bäumen in einer nebligen, von Felsen durchsetzten Moorlandschaft. Für einen kurzen Augenblick konnte sie sich genau vorstellen, wie der Verfasser hinter einem der Steine stand und die Unbekannte in dem flatternden Mantel auf dem Hügel beobachtete. Wer waren er und sie wohl gewesen? 1895 – es war unwahrscheinlich, dass die beiden überhaupt noch lebten, ging ihr auf. Sie fragte sich plötzlich, ob das Paket irgendetwas mit ihrer Mutter zu tun haben konnte. Doch das schien ihr unwahrscheinlich. Ihre Mutter war zwar Engländerin gewesen, doch sie war bereits kurz nach ihrer Geburt nach Deutschland gekommen und hatte ihr immer erzählt, dass es in England keine Verwandten mehr gäbe. Melinda ging mit einem Mal auf, wie wenig sie eigentlich von dem englischen Familienzweig wusste.

Ein Klopfen an der Tür riss sie aus ihren Gedanken. Eine junge Frau mit geflochtenem blonden Zopf tauchte auf der Schwelle auf. Es war Lisa, die mit ihrem vierjährigen Sohn Karl das Nachbarzimmer bewohnte. Sie trug einen Mantel.

»Ich muss jetzt los. Karl schläft, wenn etwas ist, würdest du nach ihm sehen?«, bat sie.

»Natürlich. Mach dir keine Gedanken«, erwiderte Melinda. Lisa hatte eine Stelle in der Nachtschicht im Krankenhaus angenommen, damit sie sich tagsüber um ihren Sohn kümmern konnte. Wenn Melinda zu Hause war, gab sie in diesen Zeiten auf den Kleinen acht.

»Wenn er aufwacht, hole ich ihn zu mir!«, sagte sie freundlich.

»Danke.« Lisa blickte sie erleichtert an. Sie sah blass und erschreckend dünn aus – selbst in ihrem Mantel. Schuld daran war nicht allein die Nachtarbeit, wie Melinda wusste, sondern dass ihr Sohn krank gewesen war und Lisa sich von ihrer knappen Lebensmittelration die Hälfte abgespart hatte, damit er genug zu essen bekam.

»Es tut mir leid, dich damit zu belästigen.«

Melinda winkte ab. »Ich mache das gern«, versicherte sie.

Als die junge Frau gegangen war, starrte sie einen Augenblick auf die Tür. Lisas Mann war bei dem Russlandfeldzug gefallen, und nun musste sie sich und Karl allein durchbringen. So wie ihr ging es vielen Frauen. Sie waren die eigentlichen Verlierer dieses Krieges. Melinda überlegte, ob das nicht ein interessantes Thema für ihre Reportage sein könnte. Seufzend packte sie die Briefe und Bilder zusammen, denn sie merkte plötzlich, dass ihr Magen knurrte. Sie musste etwas essen und unbedingt noch arbeiten.

Während sie sich in der Küche aus zwei Kartoffeln und einer verschrumpelten Rübe eine karge Mahlzeit kochte, machte sie sich Notizen zu dem Artikel, um den Scholz sie gebeten hatte. Dabei verfestigte sich ihre Idee, etwas über das Schicksal der Frauen nach dem Krieg zu schreiben. Zwischendurch sah sie nach dem kleinen Karl, der glücklicherweise tief schlief.

Es war schon spät, als sie das Paket, dessen Inhalt noch immer durch ihren Kopf geisterte, erneut hervorholte. Sie betrachtete die Bilder, die so lebendig wirkten, dass sie glaubte, den Geruch und die Feuchtigkeit des Moores zu spüren. Schließlich ergriff sie einen weiteren Brief und begann zu lesen.

4

Irene und sie hatten sich in einem der Cafés in der Nähe des Kurfürstendamms verabredet, das trotz der Kälte geöffnet hatte. In den Ruinen der Häuser waren sie nach dem Kriegsende wie Pilze aus dem Boden geschossen, doch in diesen Wintermonaten hatten viele Cafés wegen der Knappheit des Heizmaterials vorübergehend wieder schließen müssen. Wie immer wusste Irene jedoch genau, wo man hingehen musste. Sie war eine Überlebenskünstlerin. Selbst in ihrem abgetragenen Mantel und Schal hatte sie nichts von ihrer Eleganz verloren, dachte Melinda. Die beiden Frauen, die an einem der Tische Platz genommen hatten, kannten sich seit frühester Kindheit. Schon immer waren sie befreundet gewesen, doch die Erlebnisse der Kriegsjahre hatten sie noch enger zusammengeschweißt. Es gab niemanden, dem Melinda so vertraute wie Irene.

Ungläubig blickte die Freundin jetzt von den beiden Briefen auf, die sie ihr gezeigt hatte. »Und du hast keine Ahnung, wer dir das geschickt haben könnte?«

Melinda schüttelte den Kopf. »Nicht die geringste!«

Sie war aufgewühlt – bis tief in die Nacht hatte sie die Briefe gelesen, die ihr mehr und mehr Details dieser ungewöhnlichen Liebesgeschichte enthüllten – einer Liebesgeschichte von zwei Menschen, die sie nicht einmal kannte und die sie dennoch in einer Weise bewegte, die sie sich nicht erklären konnte.

Die Wirtin war an ihren Tisch gekommen, und Melinda beobachtete, wie Irene sie wie eine gute alte Bekannte begrüßte und für sich und Melinda zwei Tassen Muckefuck bestellte – ein Ersatzkaffee aus Malz, denn echten Bohnenkaffee gab es zurzeit fast nirgends.

Immerhin – es war warm hier und voll. Melinda warf einen kurzen Blick auf die angeregt plaudernden Menschen, bevor sie sich wieder Irene zuwandte.

»Es ist wirklich seltsam – nicht nur, dass dieses Paket anonym ist, die Liebesbriefe sind es im Grunde auch. Dieser Mann unterschreibt nie mit seinem Namen und redet auch die Frau nie so an – obwohl sie später seine Geliebte war!«

Irene blickte sie neugierig an. »Wie aufregend! Meinst du, er hat ihren Namen nicht gekannt, oder hatte er Angst, jemand könnte seine Briefe lesen?«

Melinda zuckte die Achseln. »Vermutlich Letzteres. Seine Zeilen wimmeln nur so von nebulösen Andeutungen! Ich denke, es hatte etwas mit seinem sozialen Stand zu tun. Er schreibt an einer Stelle, dass er versucht hätte, ›dem Leben zu entfliehen, zu dem ihn seine Geburt verdammt hätte‹.«

»Wirklich?« Irene wirkte fasziniert. »Das würde heißen, er stammte aus einer bedeutenden Familie, oder?«

Die Bedienung brachte ihnen den Kaffee, und für einen Augenblick widmeten sich die beiden Frauen dem wohltuend warmen Getränk und tranken einige Schlucke.

Melindas Finger umspannten die Tasse. »Was mich am meisten verwirrt – obwohl die Briefe in Englisch verfasst sind und die Landschaft und das Herrenhaus auch so aussehen, ist das Paket nicht aus England gekommen. Es wurde nicht mal mit der Post geschickt, sondern durch einen Boten gebracht.«

Irene zog ihre gezupften Brauen hoch. »Vielleicht meldet sich der anonyme Absender ja doch noch«, sagte sie dann. Sie zog nachdenklich ein Etui aus ihrer Handtasche und klappte es auf. »Bestimmt gibt es einen Grund, dass du dieses Paket bekommen hast … Meinst du, es könnte mit deiner Mutter zusammenhängen? Sie war doch Engländerin!«

Melinda schüttelte den Kopf. »Den Gedanken hatte ich auch zuerst, doch meine Mutter hat in England keine Familie mehr gehabt. Aber vielleicht gibt es ja irgendeinen Zusammenhang, den ich nicht kenne.« Sie zögerte, bevor sie Irene mit einem nachdenklichen Ausdruck in ihren grünen Augen anblickte. »Weißt du, mich hat lange etwas nicht mehr so beschäftigt.« Es war die Wahrheit. Es kam Melinda vor, als hätte ihr jemand ein fremdes Stück Leben zugeschickt – wie ein Nachlass oder ein Vermächtnis, dessen Geheimnis sie unbedingt entschlüsseln wollte.

Irene bot ihr eine Zigarette an. »Willst du?«, fragte sie.

Melinda schüttelte den Kopf. »Wie bist du denn an die gekommen?«

»Ich habe eine von Richards Uhren eingetauscht«, erklärte Irene lapidar und zündete sich selbst eine Zigarette an.

»Hast du etwas von ihm gehört?«, erkundigte sich Melinda. Irenes Mann Richard hatte einen leitenden Posten bei einem deutschen Pharma- und Chemieunternehmen gehabt und befand sich seit etlichen Monaten in einem Internierungslager der Alliierten. Er war Mitglied in der NSDAP gewesen, inwieweit das jedoch wirklich seine eigene Gesinnung gewesen war, hatte Melinda nie einschätzen können. Sie vermutete, dass selbst Irene es nicht wusste.

»Nein, aber ich habe gehört, dass die Amerikaner darauf drängen, die gesamten Verfahren der Häftlinge zu beschleunigen, und ich hoffe, dass Richard dann auch bald wieder freikommt«, sagte Irene. Sie zog an ihrer Zigarette.

Einen Moment lang schwiegen die beiden Frauen, bevor sie sich anderen Gesprächsthemen zuwandten. Melinda erzählte von Franks unerfreulichem Besuch und von der Reportage, die sie für Scholz schreiben sollte.

Schließlich brachen sie auf. Irene bestand darauf zu bezahlen. »Bitte. Ich habe ein gutes Geschäft mit der Uhr gemacht, und Richard hat noch eine ganze Sammlung davon«, sagte sie mit einem ironischen Lächeln.

»Na gut. Aber das nächste Mal bin ich dran!«, wandte Melinda ein und gab ihr ihre Lebensmittelmarke, die man zusätzlich in jedem Restaurant und Café zur Bezahlung abgeben musste.

Als sie wenig später zwischen den Häuserruinen wieder

den Kurfürstendamm erreichten, schnitt ihnen der kalte Wind ins Gesicht. Die beiden Freundinnen umarmten sich, und Melinda versprach Irene, sie nächste Woche draußen in Kladow zu besuchen.

5

London, Januar 1948

Er war froh, wieder in England zu sein. Der Flug von Berlin war unruhig gewesen, aber zumindest war es in London nicht so kalt. Nachdenklich saß George Clifford in dem Taxi, das ihn zur Waterloo Station brachte, wo er den Zug Richtung Exeter nehmen wollte, und blickte nach draußen. Auch London war im Krieg schwer beschädigt worden, und die Stadt trug noch immer die Spuren der Bombenangriffe. Zehntausende von Häusern und Gebäuden waren zerstört und Hunderttausende Menschen obdachlos geworden – und dennoch erschien ihm die Atmosphäre hier leichter und weniger düster. Er erinnerte sich an den Widerwillen, mit dem er nach Berlin gereist war. Allein sein Pflichtgefühl hatte ihn dazu gebracht. George Clifford hatte in der Normandie gekämpft und war nach der Kapitulation einige Monate als Besatzungsoffizier in Hamburg gewesen. Er war erleichtert, als er damals wieder nach England zurückkehren konnte, und hatte nie wieder nach Deutschland gewollt. Doch sein Bild hatte sich in der Zeit, die er nun in Berlin verbracht hatte, verändert.

Seine Gedanken wanderten zu der jungen Frau zurück. Er fragte sich, wie sie wohl auf das Paket reagiert hatte. In den Tagen, die er sie beobachtet hatte, war sie ihm so vertraut geworden, als würde er sie kennen. Dabei hatte er keinen einzigen Satz mit ihr gesprochen – sah man einmal von dem kurzen Wortwechsel ab, als sie wie zufällig zusammengestoßen waren. Es war nicht besonders professionell von ihm gewesen, doch seine Neugier war zu groß, und er hatte der Versuchung nicht widerstehen können, einmal ihre Stimme zu hören. Als er ihr die Mappe reichte, hatten sie sich einen kurzen Moment lang angesehen. Ein paar Sekunden nur, in denen sich ihm ihre Gesichtszüge eingeprägt hatten – die ungewöhnlich dunkelgrünen Augen, die hohen Bögen ihrer Brauen und der kleine zarte Leberfleck an der Schläfe. Er hatte den Anflug von Verwirrung in ihrem Blick bemerkt, als hätte sie unbewusst gespürt, dass es einen Grund für ihren Zusammenstoß gab.

Clifford fragte sich, warum man ihn vorzeitig nach England zurückgerufen hatte. Die Anweisung war klar gewesen – er sollte ihr das Paket zukommen lassen, aber nun doch keinen offiziellen Kontakt mit ihr aufnehmen.

Das Taxi verlangsamte seine Fahrt, und Clifford sah, dass sie bereits Waterloo Station erreicht hatten. Er bezahlte den Fahrer und stieg aus. Menschen drängten sich in der Bahnhofshalle. Er warf einen kurzen Blick auf die großen Anzeigetafeln, bevor er sich mit seinem Koffer durch die Kontrolle zu dem Gleis begab, auf dem der Zug Richtung Plymouth abfahren sollte. Nur wenige Reisende trieb es im Februar in den Südwesten Englands, und die Waggons waren halb leer. Ein uniformierter Zugangestellter nahm Clifford den Koffer ab und geleitete ihn zu seinem Abteil erster Klasse, das er ganz für sich allein hatte.

Er machte es sich in seinem Sitz bequem. Gut drei Stunden Fahrt lagen vor ihm. Er hatte seiner Kanzlei telegrafiert, dass man ihm einen Wagen nach Exeter schicken sollte, denn er wollte sich noch heute nach Hampton-Manor begeben. Vorher war sein Auftrag nicht erledigt.

Draußen ertönte das aufheulende Signal der Dampflok, und der Zug setzte sich mit einem Ruck in Bewegung. Schon bald ließen sie die Häuser von London hinter sich, und Clifford spürte, wie er sich unter dem rhythmischen Rattern der Zugräder auf den Gleisen entspannte und einschlief.

Als er erwachte, empfing ihn draußen die typische Landschaft Südenglands – weite Felder, Hügel und Wiesen, über denen ein grauer Schleier lag. Berlin und London und mit ihnen die Schrecken des Krieges schienen mit einem Mal wieder weit fort und längst vergangen zu sein.

Sie erreichten Exeter pünktlich. Die hagere Gestalt von Liam Loyster, dem Chauffeur, der schon seinen Vater gefahren hatte, empfing ihn auf dem Bahnsteig.

Die Fahrt ging aus der Stadt hinaus in Richtung Dartmoor. Sanfte Hügel und Waldgebiete flossen ineinander über. Die Straßen, die schmal waren, wurden bald von hohen Hecken gesäumt, die die Sicht in die Ferne versperrten, und dann wieder nur von niedrigen Mauern aus rohem Stein, die hier schon seit Jahrhunderten standen und den Blick bis zum Horizont freigaben. Gelegentlich durchfuhren sie eines der Dörfer, in denen sich die alten Cottages und zweistöckigen Häuser so eng aneinanderschmiegten, als suchten sie in der Einsamkeit Schutz beieinander.

Kurz vor Moretonhampstead bogen sie schließlich in eine Allee. Zwischen den kahlen Ästen der alten Bäume konnte man das Herrenhaus der Hamptons erkennen. Es lag auf einer Erhebung, sodass dem Besucher bei der Anfahrt genug Zeit blieb, es zu bewundern. Seine Grundmauern waren bereits im sechzehnten Jahrhundert entstanden, doch die Nachfahren hatten Ende des achtzehnten Jahrhunderts etliche Veränderungen und Vergrößerungen vorgenommen, zu denen auch die beiden Ecktürme gehörten, die dem Gebäude heute eher das Aussehen eines Schlosses verliehen. Es hatte dem damaligen Standesbewusstsein der Familie entsprochen, sich so zu präsentieren. Clifford erinnerte sich, dass sein Vater ihm einmal erzählt hatte, die Hamptons hätten im ausgehenden achtzehnten Jahrhundert zu den einflussreichsten Familien Englands gehört.

Die Reifen des Wagens knirschten, als sie über den Sandweg auf den gerundeten Vorplatz einfuhren.

Als er kurz darauf die Stufen zu dem Anwesen hochstieg, öffnete sich ihm die Tür, noch bevor er hatte klingeln können. Die Haushälterin empfing ihn in gestärkter weißer Schürze auf der Schwelle.

Clifford lächelte höflich. »Guten Tag. Ich möchte zu Lady Barrington.«

»Zu Lady Barrington?« Sie schien unentschlossen, wie sie reagieren sollte, als sich hinter ihr aus der Eingangshalle Schritte näherten.

»Mr Clifford!« Die Gestalt eines hochgewachsenen Mannes, auf dessen Gegenwart er nur zu gern verzichtet hätte, tauchte hinter der Haushälterin auf. Henry Tennyson, selbst schon in den Vierzigern, war der Neffe der alten Lady Barrington, die selbst keine eigenen Kinder hatte.

Tennysons dunkelblonde Haare fielen ihm in einem Seitenscheitel ins Gesicht, und er strich sie mit einer lässigen Bewegung aus der Stirn, bevor er Clifford mit einer geringschätzigen Arroganz musterte, die ihm vermutlich mit in die Wiege gelegt worden war.

»Ihr Besuch kommt leider ungünstig. Meiner Tante geht es nicht besonders gut«, erklärte er.

Clifford ließen seine Worte unbeeindruckt. »Tatsächlich? Nun, sie bat mich aber zu kommen«, sagte er – was eine Lüge war, Tennyson jedoch unmöglich wissen konnte, und er sah in den Augen seines Gegenübers tatsächlich ein kurzes Flackern der Verunsicherung.

»Da ich ihr Anwalt bin, werden Sie sicher Verständnis dafür haben, dass ich mich gerne selbst davon überzeugen würde, wie es ihr geht«, setzte Clifford höflich, aber bestimmt hinzu.

Henry Tennyson musterte ihn. Einen Moment lang standen

sie sich wie zwei kampfbereite Platzhirsche gegenüber, die ihr Revier verteidigten. Dann lenkte Tennyson überraschend ein.

»Nun, wenn meine Tante Sie zu sehen wünscht, selbstverständlich.« Er trat zur Seite.

Wenig später folgte Clifford der Haushälterin in den Seitenflügel des Hauses, in dem sich die Räume der alten Dame befanden.

Lady Barrington lag tatsächlich im Bett – einem Himmelbett, das ebenso wie die gesamte Einrichtung und die zartgelben Vorhänge am Fenster die Erinnerung an vergangene Zeiten wachrief. Zeiten, in denen sie jung und schön gewesen war. Clifford hatte einmal eine alte Fotografie von ihrer Hochzeit gesehen.

Trotz der Kissen in ihrem Rücken, die sie stützten, atmete Emily Barrington schwer. Es roch nach Medikamenten und einem altmodischen Veilchenparfum, und Clifford sah, dass eine Sauerstoffflasche neben dem Bett stand. Er hatte Mühe, seine Betroffenheit zu verbergen.

Sie schenkte ihm ein schwaches Lächeln. »Es ist nur eine kleine Grippe, die mich etwas geschwächt hat«, erklärte sie auf seinen Blick hin. »Setzen Sie sich zu mir!«

Er nahm sich einen Stuhl und kam ihrer Aufforderung nach.

»Es tut gut, Sie zu sehen«, sagte Lady Barrington. Sie hustete, und er reichte ihr das Glas Wasser, das neben ihr auf dem Nachttisch stand. Sie trank einen Schluck und schien nach den richtigen Worten zu suchen.

Er kam ihr zuvor. »War es Ihre Entscheidung, dass ich zurückkommen sollte, ohne mit ihr zu sprechen?«, fragte er.

Sie starrte auf das Fußende ihres Bettes und wirkte mit einem Mal müde. »Es war ein dummer Gedanke, Sie nach Berlin zu schicken, Mr Clifford.«

Einen Moment lang schwiegen sie beide. Dann wandte sie den Kopf zu ihm. »Es gibt *sie* also wirklich«, sagte sie, nachdenklich und beinahe so, als würde sie das erstaunen.

»Ja.«

»Und sie hat … das Paket bekommen?« Ihre Stimme war unwillkürlich leiser geworden, als fürchte sie, jemand könne sie hören.

Clifford nickte.

»Es soll niemand wissen.«

Er nickte abermals. Das hatte sie ihm bereits in ihrem Telegramm mitgeteilt. Clifford erzählte ihr, was er über die junge Frau in Erfahrung gebracht hatte.

Schweigend hörte Lady Barrington ihm zu.

»Danke für Ihre Arbeit. Es bedeutet mir viel, zu wissen, dass es *sie* gibt«, sagte sie schließlich.

Er nahm zur Kenntnis, dass sie es vermied, ihren Namen in den Mund zu nehmen, als würde sie damit unwiderruflich eine Verbindung mit der jungen Frau eingehen.

»Erlauben Sie mir eine Frage?«

Lady Barrington wandte den Kopf zu ihm.

»Wenn Melinda Leewald nun doch nicht die Wahrheit erfahren wird, warum sollte sie dieses Paket dann überhaupt bekommen?«

Ihre knochigen Hände, unter deren Haut deutlich die Adern hervortraten, umklammerten die Bettdecke. »Er hätte es so gewollt. Es war das Einzige, was ihm noch etwas bedeutet hat.« Ein gequälter Ausdruck zeigte sich auf dem Gesicht der alten Frau. Es war offensichtlich, dass sie von Schuldgefühlen gequält wurde. Clifford ahnte, dass man Emily Barrington unter Druck gesetzt hatte. Sie hatte ihm nie erzählt, was damals wirklich geschehen war, doch das wenige, was er wusste, ließ ihn seine eigenen Vermutungen anstellen.

Er war dem Bruder von Lady Barrington, dem alten Mr Hampton, nur einmal selbst begegnet. Als kleiner Junge hatte sein Vater ihn einmal zu ihm mitgenommen. In seinen letzten Lebensjahren hatte sich Mr Hampton mehr in Sherwood als hier auf seinem Landsitz aufgehalten, als hätte er die Nähe der Toten gesucht. Clifford erinnerte sich noch wie heute an sein wächsernes Gesicht. Seine wässrig blauen Augen waren leer und bar jeden Ausdrucks gewesen – als würde man in das Gesicht eines Toten blicken. *Der Teufel hätte seine Seele schon zu Lebzeiten geholt.* Ein Mörder sei er, behaupteten die Leute im Dorf hinter vorgehaltener Hand, und noch oft hatte der Blick dieser toten Augen ihn später im Schlaf verfolgt.

»Sie haben diese Entscheidung nicht aus freiem Willen getroffen, nicht wahr?«, fragte er die alte Dame schließlich.

Einen Augenblick lang war er unsicher, ob sie seine Frage überhaupt mitbekommen hatte, denn sie reagierte nicht. Doch dann wandte sie ihm mit einem bitteren Lächeln ihr Gesicht zu. »Aus freiem Willen? Wir sind nicht frei, Mr Clifford. Nie, auch wenn wir es uns noch so sehr wünschen. Am Ende habe ich das ebenso erkennen müssen wie er.« Sie atmete schwer und wirkte mit einem Mal nur noch resigniert. Ein feiner Schweißfilm war auf ihrer weißen Stirn zu sehen. »Aber er hätte gewollt, dass sie diese Dinge bekommt«, sagte sie erneut. »Wenigstens das bin ich ihm schuldig.«

Clifford nickte. Es stand ihm nicht zu, ihre Entscheidung infrage zu stellen – er war nur ihr Anwalt. Doch als er sich wenig später von ihr verabschiedet hatte und zurück zu seinem Wagen ging, fragte er sich, ob sich Lady Barrington darüber im Klaren war, dass das Paket unter Umständen mehr in Gang setzte, als ihr vielleicht lieb war.

6

Berlin, Januar 1948

Melinda hatte die ganze Woche an der Reportage gearbeitet. Sie hatte sich drei unterschiedliche Frauen ausgesucht, die sie porträtieren wollte. Die vierzigjährige Dora, deren Mann Invalide geworden war und die seit dem Kriegsende als Trümmerfrau arbeitete, die achtundsiebzigjährige Gertrud, deren zwei Kinder, Schwiegertochter und eigener Mann bei einem Bombenangriff umkamen, während sie mit ihrer neunjährigen Enkeltochter Klara beim Einkaufen war, und die sich nun gezwungen sah, sich beide allein durchzubringen. Und schließlich ihre Mitbewohnerin Lisa, deren Mann in Russland gefallen war. Der Artikel sollte das persönliche Schicksal der Frauen nachzeichnen, die stellvertretend für so viele andere standen. Die Arbeit daran nahm Melinda gefangen. Sie traf sich mehrere Male mit den Frauen für die Interviews und schrieb an der Reportage.

Als sie den Artikel schließlich fertig hatte, brachte sie ihn zum *Telegraf*. Die Sekretärin empfing sie mit einem freundlichen Lächeln. Im Haus sei gerade Redaktionskonferenz, man werde sich bei ihr melden, sobald Herr Scholz den Artikel gelesen habe, versicherte sie ihr. Melinda nickte und versuchte, sich ihre Enttäuschung nicht anmerken zu lassen. Sie hatte voller Naivität gehofft, dass Scholz den Artikel gleich lesen und ihr seine Meinung mitteilen würde.

Sie beschloss, die Zeit zu nutzen und Alfred, einen alten Schulfreund, aufzusuchen, der als Bibliothekar an der Universität Unter den Linden arbeitete. Vielleicht vermochte er ihr einen Tipp zu geben, wo sie etwas über englische Moore in Erfahrung bringen konnte. Das Paket ging ihr einfach nicht aus dem Kopf. Aus unerfindlichen Gründen war sie überzeugt, dass sie, wenn sie nur wüsste, wo die Bilder gemalt worden waren, dann auch dem Geheimnis ihres Ursprungs ein Stück näher kommen würde.

»Wenn ich dich richtig verstehe, suchst du ein Buch über Großbritannien und seine Landschaften?«, sagte Alfred. Sie hatte ihn in der Halle angetroffen, wo er gerade dabei war, eine eingestaubte Ladung Bücher zu inspizieren, die man unter den Trümmerhaufen eines Hauses gefunden hatte. In kurzen Worten hatte sie ihm von dem mysteriösen Paket erzählt, und er hatte ihr gespannt zugehört.

»Hier in der Bibliothek wird es darüber leider nichts geben«, erklärte er nun jedoch bedauernd. »Die meisten Bücher sind immer noch evakuiert und befinden sich nicht einmal in Berlin. Wir haben zwar englische Literatur hier«, fuhr er fort. »Aber das, was du brauchst, würde eher in den Bereich Landeskunde und Geografie fallen.«

Enttäuschung keimte in Melinda auf. »Hast du vielleicht eine andere Idee?«

Alfred zog die Stirn seines sommersprossigen Gesichts kraus. »Versuch es mal bei Mayer & Mayer in Charlottenburg«, sagte er dann. »Das ist eine Buchhandlung und ein Antiquariat, die haben auch viel Englischsprachiges. Vielleicht findest du dort etwas.«

Sie dankte ihm und machte sich direkt auf den Weg dorthin.

Der schlauchförmige Laden von Mayer & Mayer, der in der Nähe des Savignyplatzes lag, war bis unter die Decke mit Regalen voll Bücher gefüllt. Eine Glocke läutete, als sie über die Schwelle trat.

Ein grauhaariger älterer Herr, der einen altmodischen Zwicker auf der Nase trug, stand auf einer Leiter an einem der Regale und wandte sich zu ihr um.

»Guten Tag, mein Fräulein. Kann ich Ihnen helfen?«, fragte er, während er mit bedächtigen Bewegungen die Leiter herunterstieg, die gefährlich instabil wirkte.

Melinda erklärte ihm, was sie suchte.

»Moorlandschaften?« Er hatte den Zwicker abgenommen und blickte sie neugierig an. »Hm, soweit ich weiß, könnte das nur in Schottland oder Südengland sein. Aber hier vorn habe ich nur einen Reiseführer von London. Lassen Sie mich überlegen, vielleicht im Antiquariat …«

Sie folgte seiner gebeugten Gestalt nach hinten, wo sein Blick suchend die Regale entlangglitt, die bis auf den letzten Zentimeter mit Büchern vollgestopft waren.

»Ah, über Schottland habe ich etwas, hier ... und auch etwas über die englische Fauna und Flora.« Er zog mehrere Bücher heraus, die er auf einen Tisch in der Mitte des Raums legte.

Melinda schlug einen Bildband mit Fotografien von Schottland auf. Doch die Landschaft war wilder und ursprünglicher als auf ihren Bildern. Das sah sie sofort. Plötzlich kam sie sich albern vor, dass sie hier in dieser Buchhandlung stand und herauszubekommen versuchte, wo die Aquarelle und Zeichnungen gemalt worden waren. Warum war ihr die Sache nur so wichtig? Es waren doch im Grunde nur irgendwelche Bilder und Briefe von früher ...

»Nein, das Buch über Südengland habe ich vor zwei Wochen verkauft«, sagte der Buchhändler. »Jetzt erinnere ich mich wieder.« Er hob bedauernd die Hand. »Es tut mir leid.«

»Das macht nichts. Trotzdem danke für Ihre Hilfe«, erwiderte Melinda und blätterte mit leiser Enttäuschung weiter durch die Seiten von *Zur Fauna und Flora Englands*.

Plötzlich hielt sie inne. Sie starrte auf ein kleines Foto, das sich rechts auf der Buchseite befand und das sie fast überblättert hätte. Ein Stück Wald mit großen moosbewachsenen Steinen und verkrüppelten Bäumen war darauf zu sehen. »Whistman's Wood« stand darunter. Sie schlug die Seite gebannt zurück und las die Kapitelüberschrift. »Bäume und Pflanzen im englischen Moor.« Hastig blätterte Melinda wieder vor und betrachtete erneut das Foto. Ein Kribbeln erfasste sie. Es gab keinen Zweifel – die verkrüppelte Form der Eichen und die großen Steine dazwischen waren einfach zu charakteristisch, und sie entsann sich auf einmal auch an einen der Briefe in dem Paket: »*Wir sind uns bei Whistman's Wood nicht das erste Mal begegnet ...*«

»Haben Sie doch etwas gefunden?«, fragte der Buchhändler.

Melinda nickte aufgeregt. Sie überflog den kleingedruckten Text daneben und blickte schließlich hoch. »Ja, das ist die Moorlandschaft! Das Dartmoor in Südengland!«

7

Das Dartmoor lag in Devon, einer Grafschaft, die auf der westlichen Seite von Cornwall und auf der östlichen von Dorset und Somerset eingegrenzt wurde. Der Buchhändler zeigte ihr die Gegend auf einer Landkarte, die er hinten aus einem der Regale hervorholte.

Devon? Das Wort auf der Karte sprang Melinda ins Gesicht. Eine längst vergessene Erinnerung drängte sich aus den Tiefen ihres Unterbewusstseins an die Oberfläche.

Sie bedankte sich bei dem Buchhändler für seine Hilfe und kaufte das Buch. Obwohl er es ihr für die Hälfte überließ, kostete es sie ihr letztes Geld, das sie eigentlich für ihre wöchentliche Lebensmittelration hätte ausgeben müssen. Doch es war ihr gleichgültig – sie musste das Buch haben. Aufgewühlt verließ sie den Laden.

Auf dem Weg nach Hause versuchte sie, ihre Gedanken zu ordnen. Es war lange her, doch sie erinnerte sich plötzlich wieder genau. Sie war vielleicht zehn Jahre alt gewesen, und ihre Mutter saß an ihrem Bett und las ihr aus einem dicken englischen Buch eine Geschichte vor. Es war eine der unheimlichen Sagen oder Märchen, die Melinda so sehr liebte. Eng an ihre Mutter geschmiegt, lauschte sie, wie diese ihr von Feen und Kobolden, von Hexen und Geistern erzählte. »*Weitab von jeder Stadt und jedem Dorf gab es in der Grafschaft von Devon ein dunkles Moor. Dort hauste eine Hexe …*«

Fasziniert hatte Melinda zugehört, wie ihre Mutter die einsame, düstere Landschaft in allen Einzelheiten beschrieb. *Ein dunkles Moor in der Grafschaft Devon …*

Es konnte kein Zufall sein, dass auf den Aquarellen und Zeichnungen, die man ihr zugeschickt hatte, genau dieses Moor abgebildet war!

Ihre Mutter hatte nie viel über sich oder ihre Kindheit gesprochen. Melinda erinnerte sich nur, dass sie einmal erzählt hatte, sie sei hier in Berlin im Haus einer englischen Bankiersfamilie aufgewachsen. Melindas Großmutter war dort als Erzieherin und Gouvernante für den jüngsten Sohn der Familie angestellt gewesen. Ihre Mutter war zusammen mit den Kindern des Bankiers, die wie Geschwister für sie gewesen waren, von einem englischen Hauslehrer unterrichtet worden, weshalb ihr die deutsche Sprache auch immer ein wenig fremd geblieben war. Sie hatte Melinda sogar einmal die feudale Villa gezeigt, in der sie in ihren Kindheitsjahren in Dahlem gelebt hatte. Seltsamerweise hatte erst das Paket Melinda klargemacht, wie gern sie mehr über die englische Herkunft ihrer Mutter gewusst hätte. Während des Krieges war es ihr immer taktlos, ja beinahe verräterisch vorgekommen, sich nach einem Familienzweig zu erkundigen, der aus England kam. Doch solange sie sich erinnern konnte, verspürte sie ein inneres Gefühl der Zerrissenheit, weil sie sich – obwohl sie in Deutschland geboren und aufgewachsen war – dort nie ganz zu Hause gefühlt hatte. Ein Teil von ihr, so war es ihr immer erschienen, gehörte hier nicht hin. Vielleicht rührte dieses Gefühl auch nur daher, dass die Sprache ihrer Kindheit immer das Englische gewesen war. Ihre Mutter hatte selten Deutsch mit ihr gesprochen. Melinda merkte plötzlich, wie sehr sie ihr fehlte. Sie entsann sich mit einem Mal so vieler Situationen und Momente mit ihrer Mutter, als wäre ein Damm zu all den längst verschollenen Erinnerungen eingerissen worden. Es schmerzte, an sie zu denken, im

Geiste wieder ihre Stimme und ihr Lachen zu hören. Sie war sich inzwischen sicher, dass es zwischen dem Paket und ihrer Mutter eine Verbindung gab. Auch wenn sie noch nicht wusste, welche.

Und dann erinnerte sie sich plötzlich an noch etwas. Konnte das sein? Sie hielt in ihrem Schritt inne – nur um ihn im nächsten Moment schon wieder zu beschleunigen, während die Ahnung, die sie mit sich trug, schon fast zur Gewissheit wurde.

Aufgeregt hastete sie zu Hause die Treppe hoch und steckte den Schlüssel ins Schloss.

In der Wohnung war es still. Erleichtert, dass die Herders nicht da zu sein schienen, lief sie durch den Flur, schlüpfte schnell in ihr Zimmer. Ohne sich den Mantel auszuziehen, ließ sie sich auf den Knien nieder und bückte sich, um unter das Bett zu greifen. Zwischen den Bildern und Briefen ertastete sie die Schatulle und holte sie hervor, um sie zu öffnen. Erstarrt betrachtete sie die antike rote Dame-Figur. Sie war sich sicher, dass sie sich nicht täuschte. Ein leiser Schauer lief ihr über den Rücken. Warum war es ihr nicht gleich aufgefallen? Sie blickte auf die Uhr, doch es war schon zu spät. So schwer es ihr fiel, sie musste bis zum nächsten Tag warten.

8

Draußen war es noch nicht einmal hell, als es an der Haustür Sturm klingelte. Irene warf sich im Halbschlaf den Morgenmantel über und öffnete die Tür. Verwundert starrte sie Melinda an.

»Nicht, dass ich mich nicht über deinen Besuch freue, aber findest du es nicht etwas früh?« Sie gähnte.

Melinda lief an ihr vorbei ins Haus. »Hast du noch meinen Koffer?«, fragte sie angespannt.

»Mit deinen Sachen? Nein, den habe ich auf dem Schwarzmarkt versetzt!«, erklärte Irene trocken.

Melinda starrte sie an.

Irene erkannte, dass die Freundin nicht zu Scherzen aufgelegt war. »Selbstverständlich! Was glaubst du denn?«

»Wo hast du ihn? Ich muss unbedingt etwas daraus haben.«

»Um diese Zeit …? Er ist im Keller.«

Irene bedeutete ihr, ihr zu folgen. Sie stiegen die Treppe hinab. Eine kahle Glühbirne brannte im Keller über ihren Köpfen. Irene begann, gezielt Kisten wegzuräumen, hinter denen sie schließlich den verstaubten Koffer hervorholte.

Melinda starrte die Beschläge auf dem dunkelbraunen Leder an. Sie erinnerte sich wieder an den Tag, an dem sie den Koffer hierhergebracht hatte. Es war wenige Wochen nach dem Tod ihrer Mutter gewesen, als sich die Bombenangriffe derart häuften, dass es fast an ein Wunder grenzte, wenn ein Haus anschließend noch stand.

Der Koffer enthielt die wichtigsten Dinge, die Melinda besaß – Dokumente, persönliche Habseligkeiten und Erinnerungsstücke, die mit keinem Geld dieser Welt aufzuwiegen waren. Sie öffnete den Verschluss und klappte den Deckel auf. Ihre Kehle schnürte sich zu, als sie die Sachen ihrer Mutter sah – ihr Lieblingshalstuch, ein Gedichtband, die Schatulle mit ihrem alten Schmuck …

Diese Dinge hatte Melinda zuletzt in den Koffer gepackt. Sie spürte, wie die Vergangenheit mit eisigen Fingern nach ihr griff. *Melinda, dieser Krieg – er wird vorbeigehen, und du musst leben. Egal, was du Schreckliches gesehen oder erlebt hast. Du darfst dich nicht davon festhalten lassen, hast du verstanden? Versprich es mir …*

Es war nur wenige Tage vor ihrem Tod, als ihre Mutter das gesagt hatte. Melinda vertrieb das Bild vor ihren Augen und begann, den Koffer zu durchsuchen. In ihrem Rücken spürte sie den Blick von Irene.

Schließlich fand sie, was sie suchte: eine dunkelgrüne Schachtel. Melinda öffnete sie und nahm die schwarz-weißen Schachfiguren heraus. Es war ein antikes Spiel. Ihre Mutter hatte es besessen, solange sie sich erinnern konnte. Sie hatte die Figuren nie aufgestellt oder damit gespielt, aber die Schachtel hatte immer in ihrem Schlafzimmer gestanden. Als kleines Mädchen hatte Melinda die Figuren einmal herausnehmen und damit spielen wollen, aber ihre Mutter hatte sie ihr mit sanfter Bestimmtheit fortgenommen. *Das Spiel ist sehr alt und nicht mehr vollständig, mein Schatz. Es ist nicht mehr zum Spielen gedacht, sondern nur eine Erinnerung,* hatte sie gesagt. Ein Schauer ergriff Melinda jetzt, als sie die Figuren ansah, deren fein geschnittene Gesichtszüge sie nur noch vage in Erinnerung gehabt hatte. Eine der weißen Figuren fehlte – die Dame. Sie hatte sich nicht geirrt!

»Alles in Ordnung?«, fragte Irene, die neben ihr stand und sie irritiert beobachtete.

Doch Melinda antwortete nicht, sondern griff in ihre Handtasche und zog den kleinen Samtbeutel hervor, der die Schatulle enthielt. Sie öffnete sie und nahm die rote Dame heraus – sie wies die gleichen filigranen Züge auf wie die anderen Figuren und war identisch mit der schwarzen Dame. Lediglich der Marmor war rot gefärbt, als hätte ihr jemand dadurch eine besondere Bedeutung verleihen wollen.

Es bestand kein Zweifel!

Sie blickte Irene an.

Viel später – nachdem Melinda mit der Freundin in der Küche gefrühstückt und ihr von ihrer Entdeckung in dem Antiquariat erzählt hatte, die die Erinnerung an das Schachspiel wachrief – fuhr sie aufgewühlt wieder zurück nach Berlin. In ihrem Zimmer holte sie noch einmal die Bilder hervor. Ihre Finger strichen über eine der Zeichnungen, auf denen das

Herrenhaus zu sehen war, und für einen Augenblick hatte sie die Mauern und Umrisse so lebendig vor Augen, als würde sie direkt davorstehen. Nachdenklich verzog sie ihr schmales Gesicht. Welches Geheimnis verbarg sich dahinter?

Elisabeth

9

Südengland, Dartmoor 1881

Die alten Bäume erschienen ihr an diesem Morgen groß und bedrohlich – genauso wie der Nebel, der sich nur zögernd über dem Moor lichten wollte. In der Ferne konnte man die graue Linie der Hügel und Felsen sehen, die in den Himmel überging, als hätte jemand mit einem Pinsel darübergewischt. Ein leichter Wind wehte vom Dartmoor herüber. Normalerweise liebte Elisabeth diesen Blick in die Weite, den sie vom Schlafzimmer des Herrenhauses aus hatte – er stand für alles, was sie jemals hatte erreichen wollen. Doch heute fand sie die Sicht aus den dreiflügligen Fenstern beklemmend. Ein angespannter Ausdruck zeigte sich auf ihrem Gesicht. Sie hatte schlecht geschlafen und war mitten in der Nacht aufgeschreckt. Der Traum, den sie gehabt hatte, war verstörend: Sie stand draußen jenseits des schmiedeeisernen Zauns vor dem Anwesen und rüttelte voller Angst an dem Tor. Dann hatte sie an sich hinuntergeschaut und entdeckt, dass sie ein altes verschlissenes Kleid trug und wieder arm war. Es war ein furchtbares Gefühl gewesen, als hätte ihr jemand den Boden unter den Füßen weggezogen. Fast so wie damals – nein, schlimmer, dachte Elisabeth, denn vor siebzehn Jahren, als sie tatsächlich hier vor dem Herrenhaus stand und nichts besaß, hatte sie nur die Armut gekannt, während sie heute im Traum vom Reichtum zurück ins tiefste Elend gestürzt war. Schweißgebadet war sie aufgewacht. Selbst jetzt lief ihr bei der Vorstellung, dass es ihr jemals wieder so ergehen könnte, noch ein Schauer über den Rücken. Obgleich es überhaupt keinen Grund für ihre Befürchtungen gab. Sie und John waren reich, reicher, als sie jemals gehofft hatten. Und dennoch ließ Elisabeth die Angst nicht los. Im Gegenteil – seitdem sie im letzten Jahr hierhergezogen waren und das ehemalige Anwesen Landshire gekauft hatten, das inzwischen Sherwood hieß, war dieses Gefühl ständig gegenwärtig. Dabei war mit dem Kauf ihr größter Wunsch in Erfüllung gegangen.

Elisabeth strich sich ihr dunkelblondes Haar aus dem Gesicht und sah gegen ihren Willen für einen kurzen Augenblick wieder sich selbst vor sich, wie sie damals hier vor dem Tor gestanden hatte. Sie war dreiundzwanzig Jahre alt gewesen und hatte gerade das Kind verloren. Ein Anflug von Schuldbewusstsein ergriff sie bei der Erinnerung daran, aber nur einen flüchtigen Moment lang. Sie hatte nie – wie alle geglaubt hatten – um dieses Leben getrauert. Nein, sie war froh gewesen, dass das Baby nicht zur Welt gekommen war. Ein harter Zug zeigte sich in ihrem Gesicht. Sie hatte nicht gewollt, dass ihr Kind in Armut aufwuchs. Eine Zeit lang hatte sie sogar überlegt, selbst nachzuhelfen. Doch sie kannte niemanden und hatte zu viele Geschichten von Frauen gehört, die dabei gestorben waren. John und sie hatten damals alles verloren, jedes mühsam zusammengesparte Pfund. Sie entsann sich noch, wie er eines Abends nach Hause gekommen war und begeistert erzählt hatte, dass er einen Tipp bekommen habe und man in den Kolonien angeblich ein neues exotisches Gewürz mit einem unaussprechlichen Namen, die Tashinastarkrinde, entdeckt habe. Es sei mit dem Zimt verwandt und würde so wie einst Pfeffer und Zucker den Weltmarkt erobern. Sie würden damit unermesslich reich werden! Schon im Jahr zuvor hatte John zweimal ihr gesamtes Geld verloren, doch nun war er so überzeugt, dass er nicht nur das Letzte nahm, was sie selbst besaßen, sondern sich zusätzlich sogar noch Geld lieh, um Wertpapiere der neu gegründeten Gesellschaft zu kaufen, die mit dem Gewürz handeln wollte. Nach zehn Monaten stellte sich jedoch heraus, dass es bitter und ungenießbar wurde, wenn es mit bestimmten Lebensmitteln in Kontakt kam. So behauptete man zumindest. Vielleicht war es auch von Anfang an ein Betrug gewesen. Sie erfuhren es nie und verloren abermals alles. Da sie darüber hinaus nun auch noch Schulden hatten, stürzten sie von der Armut ins tiefste Elend. Nicht einmal mehr ein Dach über dem Kopf hatten sie. Als Elisabeth dann die Fehlgeburt erlitt, brachte John sie von London zu seiner Schwester Ella und seinem Schwager Finley nach Devon. Es ging ihr sehr schlecht. Die Schwangerschaft war bereits weit fortgeschritten gewesen, und sie hatte viel Blut verloren. Mehrere Wochen hatte sie bei Johns Schwester und seinem Schwager verbringen müssen.

Elisabeth wandte sich vom Fenster ab und bemühte sich, die unangenehmen Bilder von früher aus ihrem Kopf zu vertreiben, doch es gelang ihr nicht recht. Der Traum ließ wieder alles so gegenwärtig erscheinen, als wäre es erst gestern geschehen. Unwillkürlich sah sie das Cottage vor sich, in dem Ella und Finley mit ihren Kindern in zwei winzigen Zimmern und einer Küche lebten. Ein Geruch von Kohl, verkochtem Essen und saurer Milch hatte ständig in der Luft gelegen, die Kälte war durch die Fugen gezogen, und eines der Kinder schrie immer.

Elisabeths Blick streifte den goldumrahmten Spiegel über ihrem Frisiertisch, und sie bemerkte, dass sie bei der Erinnerung angewidert die Lippen zusammenpresste. Schon damals hatte sie die Armut abgestoßen. »Zumindest hast du ein Bett«, hatte John leise gesagt. Er musste nach London zurück, um eine Arbeit zu finden, und sie war seiner Schwester Ella ausgeliefert, die keinen Hehl aus ihrer mangelnden Begeisterung machte, noch eine Person mehr satt bekommen zu müssen. Ella hatte Elisabeth nie ausstehen können. Sie hatte nicht verstanden, warum ihr Bruder keine Engländerin, sondern eine Deutsche aus Hamburg hatte heiraten müssen.

Es waren grauenhafte Tage gewesen. Tage, in denen Elisabeth bereute, dass sie John nach England gefolgt war, und in denen sie sich manchmal vorstellte, ihrem Leben einfach ein Ende zu setzen. Eines Morgens hatte sie die stickige Enge in dem Cottage nicht mehr ausgehalten und war trotz ihres geschwächten Zustands einfach nach draußen gelaufen und weiter durch den Wald – bis sie hier vor dem Anwesen von Landshire gestanden hatte.

Sie ließ sich aufgewühlt auf dem mit Samt bezogenen Stuhl vor ihrem Frisiertisch nieder und strich mit dem Finger über die Mahagoniholzplatte, in die ein florales Muster eingearbeitet war. Der Wohlstand, der sie hier in ihrem Schlafzimmer umgab, übte eine beruhigende Wirkung auf sie aus, ebenso wie die hellen Stimmen ihrer beiden kleinen Töchter – Amalia und Cathleen –, die man von unten mit der Gouvernante hören konnte.

Es war nur ein schlechter Traum gewesen, versuchte sie sich zu beruhigen. Sie hatte mit der Frau, die sie damals gewesen war, nichts mehr gemein. Doch sie spürte noch immer, dass die Angst wie ein Gespenst um sie herumschlich und nur darauf wartete, sich ihr erneut zu zeigen.

Einen Moment lang betrachtete sie sich im Spiegel. Ihr Haar fiel ihr noch offen und unfrisiert über die Schultern. Sie wirkte dadurch jünger. Trotz der leichten Schatten, die sich an diesem Morgen unter ihren blaugrauen Augen zeigten, sah man ihr die neununddreißig Jahre kaum an – zumindest nicht im Gesicht. Ihre Haut war noch immer fast faltenlos. Sie war hübsch, wenn auch nicht schön, das wusste sie selbst. Dafür waren ihre Wangenknochen und die Kinnpartie ein wenig zu stark ausgeprägt. Ihr Gesicht hatte ebenso wie ihre zwar schlanke, aber doch von eher kräftigem Knochenbau geprägte Gestalt wenig von der Zartheit und Anmut der englischen Damen. Die harte körperliche Arbeit, die sie lange ausüben musste, hatte ihre Spuren hinterlassen. Leider. Nur mithilfe des Korsetts gelang es ihr, ihrer Erscheinung einen Hauch von Grazie zu verleihen, und deshalb hätte sie – sosehr sie es auch hasste, geschnürt zu werden – niemals darauf verzichtet. Alles hatte seinen Preis. Das war die Gleichung, auf die es im Leben letztendlich hinauslief. Auch bei der Schönheit, dachte sie und nahm einen Schluck von dem Tee, den ihr der Butler am frühen Morgen gebracht hatte. Er schmeckte überraschend gut. Sie nahm einen weiteren Schluck, bevor sie sich erhob und zu ihrem Ankleidezimmer ging. Ihr Blick glitt durch das wohlsortierte Reich von Fanny, ihrer Kammerzofe – entlang an Unterröcken, Hemden und Kleidern, an Mänteln und Umhängen, die nach entsprechenden Anlässen und den jahreszeitlichen Temperaturschwankungen geordnet waren. Schubladen mit Handschuhen, Schals, mit Tüchern aus Seide und Schnallen schienen ebenso darauf zu warten, geöffnet zu werden, wie die großen Schatullen, in denen ihr Schmuck aufbewahrt wurde. Elisabeth griff zielsicher nach einem violetten Seidenkleid. Zu Fannys Unwillen ließ sie sich zwar beim Ankleiden helfen, suchte aber ihre Kleider stets selbst heraus.

»Möchten Sie lieber ein Tuch oder einen Schal? Der Wind ist heute recht kühl«, fragte Fanny sie, als sie eine halbe Stunde später mithilfe der Zofe in einen Krinolinenunterrock und das Kleid geschlüpft und angekleidet war. Elisabeth wählte das Letztere.

»Geben Sie Arthur nachher Bescheid, dass er die Kutsche anspannen lassen soll. Ich muss in Tavistock einige Erledigungen machen«, sagte sie mit ihrem deutschen, ein wenig harten Akzent. John würde erst am späten Abend aus Plymouth zurückkommen. Er hatte dort geschäftlich zu tun. Das anfänglich kleine Unternehmen von Quality Boxes, mit dem sie vor Jahren aus ihrer Armut heraus angefangen hatten, einfache Holzkisten herzustellen, hatte sich schon lange zu einer gut florierenden Firma entwickelt, die in London und Plymouth ihren Sitz hatte. Sie besaßen ein eigenes Sägewerk und zahlreiche Angestellte und produzierten inzwischen auch Planken und Bohlen für den Schiffsbau. Ihr Vermögen fußte jedoch nur zu einem Teil auf diesem Unternehmen, sondern vor allem auf Johns Leidenschaft und Risikobereitschaft, trotz ihres damaligen Verlustes weiter in Aktien und Wertpapiere des Kolonialhandels zu investieren. Klüger und bedachter als früher, aber noch immer mit dem nötigen Quäntchen Wagnis, das nötig war, um ein Vermögen zu erschaffen, hatte er über die Jahre investiert. Und so waren es zwar auch Kaffee, Tee, Gewürze und Seide, aber vor allem Materialien wie Holz, Stahl und Eisen – aus denen man Eisenbahnen und Schiffe baute, die man mehr und mehr für Industrie und Handel brauchte –, die ihnen erst zu wirklichem Reichtum verholfen hatten.

»Gefällt es Ihnen so, Madam?« Fannys Stimme brachte sie zurück in die Gegenwart.

»Wie bitte?«

»Ob es Ihnen so gefällt?« Die Kammerzofe, die ihr den Schal um die Schultern drapiert hatte, blickte sie fragend an.

In der Tat war die Verwandlung, die Elisabeth unter Fannys kundigen Fingern erfuhr, immer wieder beeindruckend. Aus dem Spiegel blickte ihr die Gestalt einer echten englischen Dame entgegen. Ein Anfang, dachte Elisabeth, denn es würde nicht leicht sein, auch von den Leuten als solche angesehen zu werden. Ähnlich wie ihr Vermögen würden sie sich auch die Anerkennung der hiesigen Gesellschaft hart erarbeiten müssen. Das hatte Elisabeth inzwischen begriffen. Anfangs hatte sie geglaubt, es würde gerade hier auf dem Lande einfacher sein. Diese Annahme war mit ein Grund gewesen, warum John und sie das Anwesen im Dartmoor gekauft hatten, doch das Gegenteil war der Fall.

Als sie kurz nach ihrem Einzug hier einen Empfang gegeben hatten, war von den umliegenden Herrenhäusern und Landsitzen kaum jemand ihrer Einladung gefolgt. Mit Ausnahme von Mrs Fincher – die allerdings selbst als Emporkömmling galt, weil ihr Mann, ein Fabrikbesitzer, ursprünglich aus einfachsten Verhältnissen stammte – begegnete man ihnen kühl und reserviert und ließ sie deutlich spüren, dass sie nicht dazugehörten. Nie wurden sie zu einem Ball oder auch nur einem Dinner eingeladen.

Die Arroganz und Ablehnung traf Elisabeth mehr als John, der noch nie besonders viel darum gegeben hatte, was man von ihm dachte. Doch sie war eine Kämpferin. Wenn es ihr gelungen war, sich mit John aus dem tiefsten Elend hochzuarbeiten und ein Vermögen aufzubauen, würde sie es auch irgendwie schaffen, die Anerkennung dieser Leute zu erlangen. Auf Anraten von Mrs Fincher hatte sie deshalb nicht nur eine Kammerzofe und einen Butler eingestellt, sondern auch eine Gouvernante mit vorzüglichem Ruf. Miss Carrington hatte vorher die Kinder eines Barons unterrichtet und hatte sich – nachdem John ihre anfänglichen Bedenken, bei ihnen zu arbeiten, durch eine entsprechende Lohnerhöhung aus dem Weg geräumt hatte – bereit erklärt, sich nun um Amalias und Cathleens Erziehung zu kümmern.

Elisabeths Blick streifte noch einmal den Spiegel, bevor sie sich auf den Weg nach unten machte. Auf der Schwelle zum Salon entspannten sich ihre Gesichtszüge. Sie blieb für einen Augenblick stehen und sah zu ihren beiden Töchtern, die in ihren langen, weißen Kleidchen mit den Schleifen auf dem Rücken selbst von Weitem eine Augenweide waren. Ein Lächeln glitt über ihre Lippen. Nur ein gutes Jahr trennte die beiden Mädchen, die sechs und sieben Jahre alt waren. Cathleen, die Ältere, hatte die dunklen Haare und grünen Augen von John. Obwohl sie schon jetzt eine Schönheit zu werden versprach, verblasste jedoch selbst sie neben ihrer jüngeren Schwester. Mit mütterlichem Stolz betrachtete Elisabeth die kleine Amalia, die gerade etwas malte. Mit ihren hellblonden Haaren, den blauen Augen und ungewöhnlich zarten Gesichtszügen hatte sie etwas von einem Engel. Manchmal konnte sie nicht glauben, dass dieses Geschöpf tatsächlich ihre Tochter sein sollte. Selbst Fremde blieben auf der Straße stehen, um das Mädchen entzückt anzuschauen. Ja, ihre Töchter waren ihr eigentlicher Trumpf, wusste Elisabeth.

10

Der Garten von Sherwood war trunken vor Grün. Der große, von Blumenrabatten umsäumte Rasen, der sanft den Hügel hinabfiel, genauso wie die Bäume, die Büsche und hohen Sträucher und auch die Farne hinten am Teich. Geöffnete Blütenkelche reckten sich dem Licht entgegen, und jede Pflanze schien neue Triebe zu zeigen, wuchs, ja wucherte, als wäre die Natur nach den langen Regentagen unter den ersten Sonnenstrahlen geradezu explodiert. Aus dem Springbrunnen auf dem Hof sprudelte von allen Seiten in hohen Bögen das Wasser, und an den Kirschbäumen, die in einer schmalen Allee nach hinten zum Bach und Teich führten, waren zarte, rosafarbene Blütengebilde zum Leben erwacht. Es war wie im Paradies. Für Cathleen und Amalia gab es keinen schöneren Ort. Die beiden Mädchen hatten einen Moment der Unaufmerksamkeit von Miss Carrington ausgenutzt und waren nach draußen entwischt.

In der stillen Komplizenschaft, mit der sie sich schon immer nur mit einem Blick oder einer Geste verständigen konnten, wussten sie beide sofort, wohin sie laufen würden. Sie fassten einander bei der Hand und rannten mit flatternden Kleidern und leuchtenden Augen den Abhang hinunter. Amalias Schleife, die sich an ihrem Rücken gelöst hatte, wehte ihnen wie eine lange Fahne hinterher.

Unten wandten sich die beiden nach rechts und liefen lachend weiter, direkt ins Gebüsch hinein. Zweige schlugen ihnen ins Gesicht, doch sie blieben erst stehen, als sie unten am Teich ihr Versteck hinter der alten Eiche mit dem ausgehöhlten Auge erreicht hatten. Außer Atem sanken sie auf den Boden. Hier hatten sie sich schon oft versteckt. Es war ihr geheimer Platz.

»Ich hole den Schatz«, sagte Amalia und sprang mit geröteten Wangen wieder auf. Sie griff in das ausgehöhlte Auge, um nach einem alten Beutel zu angeln, den sie heimlich hier verstauten. Er war gefüllt mit Steinen, die sie überall gesammelt hatten.

Cathleen nahm ihr den Beutel ab und schüttete ihn aus. In stummer Übereinstimmung begannen sie die Steine sofort nach Farben zu sortieren – einen Haufen mit weißen und grauen, einen mit orangefarbenen und ziegelroten, dann einen mit grünen und schließlich mit grauen und schwarzen.

»Der gehört nicht dazu!«, sagte Amalia plötzlich und nahm Cathleen einen Stein fort, den diese zu den grauen und schwarzen gelegt hatte. Sie drehte ihn demonstrativ herum. Tatsächlich war er auf der Rückseite orangefarben.

»Natürlich gehört er da hin.« Cathleen riss Amalia trotzig den Stein aus der Hand und legte ihn zurück.

»Das ist falsch«, beharrte Amalia und kreuzte die Arme vor der Brust. »Er ist orange!«

»Ist er nicht!«, erwiderte Cathleen aufgebracht. Einen Moment lang starrten sich die Mädchen an. Doch plötzlich lenkte etwas ihre Aufmerksamkeit ab. Ein Rascheln war hinter ihnen zu hören.

»Oh, schau mal«, sagte Amalia aufgeregt.

Cathleen drehte sich herum. Direkt hinter ihnen kletterte ein Eichhörnchen einen Stamm hinauf. Fasziniert beobachteten die beiden kleinen Mädchen, wie das Tier flink zwischen den Ästen in der Baumkrone verschwand.

Sie wandten sich gerade wieder den Steinen zu, als mit einem Mal von Weitem die Stimme von Miss Carrington zu hören war, die nach ihnen rief, und gleichzeitig zwischen den Farnen am Teich eine harkende Männergestalt sichtbar wurde. Es war Mr Benson, der Gärtner.

Cathleen legte den Finger auf den Mund.

Der Gärtner lächelte nur und erwiderte ihre Geste.

»Mr Benson ist nett«, stellte Amalia fest. Sie legte einen orangefarbenen Stein für ihn hin.

»Stimmt!« Cathleen tat es ihr nach.

Erneut hörte man die Gouvernante.

Amalia verzog das Gesicht und drückte sich unwillkürlich ein Stück enger an die Eiche. Cathleen kicherte.

Fast gleichzeitig legten sie einen dunkelgrauen Stein heraus. Es war ein altes Spiel zwischen ihnen. Die orangefarbenen und ziegelroten standen für die Menschen, die sie am meisten mochten, die grauen und schwarzen für die, die sie am wenigsten leiden konnten, die weißen wiederum waren die, die ihnen gleichgültig waren, und die grünen die, die ihnen etwas unheimlich vorkamen.

»Fanny?«

Amalia zuckte die Achseln und legte einen weißen Stein hin, Cathleen einen orangefarbenen. Die Kammerzofe hatte ihr letzte Woche ein altes Armband geschenkt – dem musste Rechnung gezollt werden. Und so ging es weiter, ein Mensch nach dem anderen, den sie kannten, bekam einen Stein. Sie liebten das Spiel, das sich jede Woche aufs Neue veränderte.

»Und Mummy?«

Amalia schaute sie überrascht an. Für ihre Eltern hatten sie noch nie einen Stein vergeben.

Doch bevor sie zum Antworten kam, hörten sie zwischen den Büschen Schritte auf sie zukommen. Hastig stopften sie die Steine in den Beutel, und Cathleen ließ ihn eilig wieder in dem Baumloch verschwinden. Gerade noch rechtzeitig, denn als sie herumfuhren, tauchte vor ihnen auch schon die Gestalt der Gouvernante auf.

»Also wirklich, Miss Amalia und Miss Cathleen, Sie sind doch beide zu alt, um einfach wegzulaufen. Und zumindest von Ihnen kann ich wohl schon etwas Vernunft erwarten, Miss Cathleen. Sie sollten Ihrer kleinen Schwester ein Vorbild sein«, sagte Miss Carrington tadelnd.

Sie griff sie beide an den Händen und zog sie zum Haus zurück. Wohl oder übel mussten sie sich waschen und noch einmal vollständig umziehen. Den Rest des Tages wurde ihnen zur Strafe auferlegt, im Haus zu bleiben und das Abendessen unten in der Küche einzunehmen. Miss Carrington ahnte nicht, dass das für die Mädchen jedoch eher eine Belohnung war. Während sie am Ende des großen Holztisches saßen und ihre Suppe löffelten, schälte Lissy, das Küchenmädchen, hinten auf einem Schemel Kartoffeln für das Essen der Erwachsenen, und Rose, die dicke Köchin, rührte in ihren Töpfen. Mit geheimnisvoller Stimme erzählte sie dabei Geschichten. Weit hinter den Mauern, die Sherwood beschützend umschlossen, begann das Reich der Märchen und Legenden, von dem sie zu berichten wusste – denn dort lag das Moor, das so unheimlich und mystisch schön zugleich war.

11

Die Kutsche fuhr durch die Straßen von Tavistock. Dicht an dicht reihten sich die alten, zweistöckigen Steinhäuser. Sie ließen die Kirche links hinter sich und umrundeten einen idyllischen Marktplatz, bevor sie nach rechts bogen, um in der Geschäftsstraße des Städtchens vor dem Tuchladen von Crockford & Son anzuhalten. Ein Vierspänner und eine Kalesche standen wartend vor dem Geschäft, das gut besucht schien. Elisabeth hatte es von Mrs Fincher empfohlen bekommen. »Wenn Sie nicht in London kaufen, dann müssen Sie zu Crockford & Son. Es gibt keinen besseren Tuchhändler!«, hatte sie geschworen.

Elisabeth ließ sich, in der rechten Hand ein kleines Täschchen und den Sonnenschirm, vom Kutscher beim Aussteigen helfen. Einige Passanten waren neugierig stehen geblieben, um zu sehen, wer der vornehmen Kutsche entsteigen würde, und Elisabeth genoss die Aufmerksamkeit. Momente wie dieser, wenn sie in den Augen der anderen diese Mischung aus Bewunderung, Achtung, aber auch Neid aufflackern sah, gaben ihr das Gefühl, dass sich alle Anstrengungen gelohnt hatten.

Sie blieb kurz stehen und spannte ihren Schirm auf, wie es sich ihrer Meinung nach für eine Dame gehörte, auch wenn es bis zum Geschäft nur wenige Schritte waren.

Der Ladendiener öffnete ihr mit einer Verbeugung die Tür. Elisabeths Stimmung hätte nicht besser sein können, als sie mit hoheitsvoller Miene über die Schwelle trat.

Stoffballen in jeder erdenklichen Farbe und den verschiedensten Materialien empfingen sie. Sie lagen überall, auf den Tischen, den hohen Regalen und selbst auf einigen Stühlen und Schemeln. Elisabeth ließ ihren Blick durch den eleganten Laden schweifen, der aus zwei großen Räumen bestand. Verkäufer und Assistenten huschten durch das Geschäft und bedienten mehrere Kundinnen.

Sie besaß die Fähigkeit, wenn sie einen Raum betrat, sofort zu erkennen, wer von Bedeutung war, und auch jetzt machte sie gleich einen grauhaarigen Herrn in kerzengerader Haltung und einer Brille auf der Nase aus, der sich im Gespräch mit einer Dame befand. Das musste Mr Crockford sein.

Ein Verkäufer war mit einem Lächeln auf sie zugekommen. »Guten Tag, Madam. Kann ich Ihnen helfen?«

»Danke. Ich werde auf Mr Crockford warten«, sagte sie höflich, aber bewusst in einem Ton, der deutlich machte, dass sie alles andere für unter ihrer Würde hielt.

»Natürlich!« Der Verkäufer nickte, und während sie beiläufig einige Stoffe musterte, bekam sie aus den Augenwinkeln mit, wie er eilig zu Mr Crockford schritt und ihm leise etwas sagte. Der Tuchhändler blickte zu ihr. Mit einer gewissen Genugtuung sah sie, dass der Verkäufer die andere Kundin weiterbediente und Mr Crockford wenige Augenblicke später zu ihr kam.

»Guten Tag, Madam. Willkommen bei Crockford & Son. Wie kann ich Ihnen helfen?«, fragte er mit einem gewinnenden Lächeln und angenehmer Stimme.

»Ich suche verschiedene Sommerstoffe – für Vorhänge und Bezüge und auch für einige Kleider«, erklärte Elisabeth.

Er nickte – für einige Sekunden huschte ein irritierter Ausdruck über sein Gesicht, als er ihren Akzent vernahm. Dann fragte er sie nach den Farben und Einrichtungen der Räume und winkte sogleich einen Assistenten herbei, der auf seine Anordnung diverse Stoffe brachte. Der Tuchhändler zeigte ihr eine Reihe von Ballen, bevor er eine Seide in einem zarten Roséton holen ließ.

»Dies hier ist ein besonderer Seidenstoff. Kühlend und von schmeichelnder Glätte, die nur hochwertigste Seide haben kann. Fühlen Sie …«, sagte Mr Crockford.

Sie streifte ihren Handschuh ab und strich mit den Fingern über den Stoff, ehe sie den Blick des Tuchhändlers bemerkte und begriff, dass sie einen schrecklichen Fehler begangen hatte. Er starrte auf ihre Hand – und nicht nur er, sondern auch die Kundin neben ihnen, die bei seinen Worten ebenfalls interessiert die Seide gemustert hatte. Es war Lady Lyshire – Elisabeth kannte sie vom Sehen –, und sie befand sich auch noch in Begleitung ihrer Kammerzofe. Schlimmer hätte es nicht kommen können!

Sie widerstand dem Impuls, ihre Hand einfach fortzuziehen, und atmete scharf ein. Sie achtete sonst peinlichst darauf, ihre Hände nicht mit bloßer Haut zu zeigen. Selbst im Haus trug sie für gewöhnlich leichte Spitzenhandschuhe, um sie zu verstecken, denn die Haut ihrer Finger war rot und rissig – die unschöne Erinnerung an die harte körperliche Arbeit, die sie früher verrichtet hatte. In den letzten Jahren hatte sie kaum etwas unversucht gelassen, um ihre Hände wieder schöner aussehen zu lassen. Sie hatte auf Anraten von Fanny Kuren mit Bleichmitteln, Salben und Packungen über sich ergehen lassen und über Wochen mehrmals täglich bittere Kräutertinkturen eingenommen. Das Ganze meistens ohne jedes Ergebnis, außer, dass die Haut während der Prozeduren fürchterlich schmerzte und hinterher zumeist schlimmer aussah als zuvor. Der Makel aber blieb – wie ein Brandmal, das unbarmherzig zeigte, wer sie wirklich war.

Sie bemühte sich, die Blicke von Lady Lyshire und ihrer Kammerzofe zu ignorieren. Eine Abfälligkeit lag darin, als hätten sie gerade entdeckt, dass Elisabeth aus dem Gefängnis von Princetown entflohen war. Mr Crockford zumindest war Geschäftsmann genug, um sich sofort wieder zu fangen. Elisabeth versuchte eine gelassene Miene aufzusetzen, während sie den Handschuh wieder überzog. Es fiel ihr schwer.

»Wirklich sehr außergewöhnlich«, sagte sie schließlich.

»Die Seide hat aufgrund ihrer Qualität natürlich ihren Preis«, erklärte Mr Crockford, und sie konnte sich nicht des Eindrucks erwehren, dass sich sein Ton verändert hatte und mit einem Mal eine leichte Überheblichkeit darin schwang.

»Wie viele Ballen haben Sie davon auf Lager?«

»Zwei.«

»Gut, ich nehme sie beide und würde noch drei weitere bestellen«, sagte sie – laut genug, dass es auch Lady Lyshire und ihre Kammerzofe hören konnten.

Der Tuchhändler schaute sie überrascht an.

»Das ist doch kein Problem, oder?«, fragte sie süßlich.

»Nein, nein! Selbstverständlich nicht, Madam«, versicherte Mr Crockford eilig. »Es wird mir eine Freude sein«, setzte er hinzu, und sie fuhren mit ihrer Bestellung fort.

Elisabeth schaffte es, die Fassade aufrechtzuerhalten, bis sie das Geschäft verlassen hatte. Erst in der Kutsche spürte sie, wie ihre Anspannung nachließ. Sie presste die Lippen zusammen und starrte nach draußen, während sie Tavistock verließen und wieder die Weite des Moores erreichten. Auf dem Weg nach Sherwood wurde ihr klar, dass sie etwas tun mussten.

Sie war noch wach, als John spät am Abend aus Plymouth zurückkehrte. Er freute sich, sie zu sehen, und gab ihr einen Kuss. Sie beobachtete, wie er sich in dem Sessel vor dem Kamin neben ihr niederließ und der Butler ihm einen Whisky einschenkte. Er sah noch immer gut aus mit seinem dunklen vollen Haar, in dem sich nach wie vor keine einzige graue Strähne zeigte.

»Wir haben den Auftrag von der Werft bekommen.« Er trank einen Schluck. »Ich überlege, ein weiteres Sägewerk zu kaufen, Lisbeth«, sagte er und betonte dabei die deutsche Koseform ihres Namens mit seiner typisch englischen Aussprache.

Sie nickte. »Dann würdest du mit den Planken nicht in Verzug geraten. Das ist eine gute Idee!«

Er schien erfreut über ihre Antwort, lehnte den Kopf zurück und streichelte liebevoll ihre Hand.

Sie wandte ihm das Gesicht zu. »John, ich muss mit dir über etwas sprechen.«

»Ist etwas passiert?«

Elisabeth entzog ihm ihre Hand. Ein entschlossener Zug zeigte sich in ihren blaugrauen Augen. »Ja! Ist dir aufgefallen, dass wir, seitdem wir letztes Jahr hierhergezogen sind, mit Ausnahme von den Finchers von niemandem eingeladen wurden? Weder zu einem Dinner noch zu einem der vielen

Feste oder Bälle, die stattfinden? Von keiner dieser alten Familien?«

Überrascht blickte er sie an.

»Ich habe überlegt, ob wir vielleicht für irgendetwas Wohltätiges spenden sollten. Für das Waisenhaus zum Beispiel«, fügte sie hinzu.

John zog zweifelnd an seiner Zigarre und blies den Rauch aus. »Ich weiß nicht, Lisbeth. Muss uns wirklich wichtig sein, was diese Leute von uns denken? Wir stammen nun einmal nicht aus diesen alten Familien. Geschweige denn, dass in unseren Adern jemals blaues Blut fließen wird«, ergänzte er.

Elisabeth presste wie zuvor in der Kutsche die Lippen zusammen. Was war schon alles Geld wert, wenn man sie wie Aussätzige behandelte und ignorierte?, dachte sie bei sich. »Unser Blut soll auch gar nicht blau sein, nur etwas ehrwürdiger«, erklärte sie. »Denk doch mal an später, lass es uns für Amalia und Cathleen tun«, setzte sie leise hinzu. »Und für deine Geschäfte könnte es auch nützlich sein. Du könntest neue wertvolle Kontakte knüpfen.«

Sie sah, dass plötzlich Interesse in seinen Augen aufflackerte, und wusste, sie hatte ihn überzeugt. In diesem Zusammenhang verstand John sofort, wie wichtig die richtigen gesellschaftlichen Verbindungen sein konnten.

Er nahm einen tiefen Zug von seiner Zigarre. »Vielleicht hast du recht«, sagte er dann. Er strich ihr erneut über die Hand, ohne zu ahnen, dass diese der Auslöser für alles gewesen war. »Aber wenn, sollten wir es richtig machen und nicht nur dem Waisenhaus etwas spenden …«

Melinda

12

Melinda war gegen Mittag aus Kladow zurückgekehrt und hatte den ganzen Tag an einigen Übersetzungen für die britische Besatzungskommandantur gearbeitet, doch sie merkte, dass ihre Gedanken immer wieder abschweiften. Die Entdeckung, dass die rote Dame zu dem Schachspiel ihrer Mutter passte und die fehlende Figur darstellte, hatte sie aufgewühlt. Was hatte es damit nur auf sich? Auf jeden Fall stand nun wirklich fest, dass sie das Paket nicht zufällig bekommen hatte. Etwas in Melinda verspürte inzwischen nicht nur Neugier und Faszination, sondern auch Verärgerung darüber, dass man ihr den mysteriösen Inhalt ohne jede Erklärung zugesandt hatte.

Das Schachspiel sei eine Erinnerung, hatte ihre Mutter gesagt. Aber an wen? Da ihre Mutter nie in England gelebt hatte und die Bilder und Briefe aus dem Paket zudem aus einer Zeit stammten, zu der auch sie noch nicht geboren war, war die einzige logische Schlussfolgerung, wie Melinda fand, dass das Ganze etwas mit ihrer Großmutter zu tun haben musste.

Draußen wehte ein leichter Schneeregen gegen die Fenster, und sie legte den Stift zur Seite, um erneut nach dem Familienstammbuch zu greifen, das sie zusammen mit der Schachtel aus Kladow mitgebracht hatte. Es war zur Eheschließung ihrer Eltern ausgestellt worden und bestand nur aus einigen wenigen Seiten: *Caroline Leewald, geboren 13.3.1897, Mutter: Helene Griffith.* Ein Eintrag zum Vater fehlte. Melinda entsann sich, dass ihre Mutter ihr einmal erzählt hatte, ihr Vater sei bereits 1897 verstorben, kurz nach ihrer Geburt, noch bevor sie nach Berlin gekommen waren. Sie blickte auf den Namen ihrer Großmutter: Helene Griffith ... Melinda hatte sich nicht einmal mehr an ihren Nachnamen erinnert, denn ihre Großmutter war schon 1920 gestorben, im selben Jahr, als sie zur Welt gekommen war.

Nachdenklich strich sie sich eine Haarsträhne aus dem Gesicht. Ihr fiel ein, dass sie einmal ein altes Foto von ihrer Großmutter gesehen hatte. Obwohl Helene Griffith darauf nicht mehr ganz jung gewesen war, hatte man doch erkennen können, dass sie eine ungewöhnlich schöne Frau gewesen war. Weshalb war ihre Großmutter wohl aus England hierhergekommen? Melinda musste plötzlich an das Haus in Dahlem denken, das ihre Mutter ihr gezeigt hatte. Ob es sich noch im Besitz der Bankiersfamilie befand? Die Kinder mussten heute über fünfzig sein – so wie ihre Mutter, wenn sie noch leben würde. Vielleicht konnte sie von ihnen etwas über ihre Großmutter erfahren.

Schweren Herzens zwang sie sich, sich vom Anblick des Familienstammbuchs loszureißen, um sich wieder ihren Übersetzungen zu widmen. Es handelte sich um eher eintönige Gesprächsprotokolle von Sitzungen zwischen den Briten und den deutschen Behörden. Wenn die Texte keiner Geheimhaltungsstufe unterlagen, konnte Melinda diese Arbeit zu Hause machen.

Sie war bereits bei den letzten Absätzen der Protokolle angelangt, als sie durch ein Klingeln an der Haustür aus der Arbeit gerissen wurde.

Melinda ging zur Tür. Es war ein Bote.

»Fräulein Leewald?«

Sie nickte.

Er reichte ihr einen Brief, der vom *Telegraf* kam.

»Wer ist da?«, ertönte hinter ihr die scharfe Stimme von Frau Herder.

»Es ist für mich«, erklärte Melinda kühl. Sie dankte dem Boten und öffnete den Brief, in dem ihr die Sekretärin des

Chefredakteurs mitteilte, dass sie am kommenden Nachmittag einen Termin bei Herrn Scholz habe.

Den stechenden Blick von Frau Herder ignorierend, ging Melinda in ihr Zimmer zurück. Eine leichte Aufregung ergriff sie. Was würde Scholz wohl zu ihrer Reportage sagen? Als sie den Artikel abgab, hatte sie ein gutes Gefühl gehabt, aber nun war sie sich auf einmal nicht mehr so sicher, ob das Geschriebene seinen hohen journalistischen Ansprüchen genügen würde. Auf der anderen Seite würde Scholz sie wohl kaum zu sich bestellen, wenn ihm der Artikel gar nicht gefallen hätte.

Sie bemühte sich, die letzten Sätze der Protokolle zu übersetzen. Als sie später schlafen ging, streifte ihr Blick noch einmal die Schachtel mit den Schachfiguren. Wenn sie morgen früh die Übersetzungen zur Besatzungskommandantur gebracht hatte, würde sie noch genügend Zeit haben, um nach Dahlem hinauszufahren, überlegte sie. Ihr Termin beim *Telegraf* war erst um vier Uhr.

13

Einige zögerliche Sonnenstrahlen brachen durch die Wolken, als Melinda am Morgen nach draußen trat. Die Temperaturen waren endlich etwas milder geworden. Sie lockerte erfreut ihren Schal, als sich ihr vor dem Haus unerwartet eine Männergestalt entgegenstellte.

»Na, wenigstens scheinst du ja hier noch zu schlafen!« Es war Frank. Der Ausdruck, der ihr aus seinen Augen entgegenschlug, ließ sie instinktiv zurückweichen.

»Was willst du hier, Frank?«

Er packte sie grob am Arm, und sie spürte seine Wut. »Glaubst du, ich lasse mir das gefallen? Dass du mich so hintergehst?«

»Ich hab dich nicht hintergangen! Lass mich los.« Melinda bemühte sich, ruhig zu bleiben. Wie hatte es zwischen ihnen nur so weit kommen können? Einen Moment lang schmerzte es sie, dass ihre Beziehung so enden musste. Dieses Gefühl erlosch jedoch schlagartig, als Frank keine Anstalten machte, sie loszulassen, sondern sie auch noch am anderen Arm packte, so fest, dass es wehtat. Melinda bekam plötzlich Angst. Mit aller Kraft versuchte sie, sich loszureißen, aber er war stärker als sie.

Höhnisch verzog er den Mund. Sie merkte, dass er nach Alkohol roch. Hatte er schon am Morgen oder sogar die ganze Nacht hindurch getrunken?

»Was denn, du wirst mir doch wohl einen kleinen Kuss schenken?«

»Frank ... Bitte, lass mich!« Melinda spürte plötzlich, wie ihr die Tränen in die Augen traten, als neben ihnen ein Schatten sichtbar wurde.

»Lassen Sie die Dame in Ruhe!« Ein älterer Herr war auf der Straße stehen geblieben.

»Mischen Sie sich hier nicht ein! Das geht Sie nichts an«, stieß Frank hervor.

»Lassen Sie das Fräulein los, sofort – oder ich rufe die Polizei«, sagte der Herr erneut und hob dabei seinen Spazierstock. Überraschenderweise schien die Drohung Frank durch den Nebel des Alkohols hindurch zu erreichen – er nahm tatsächlich die Hände von ihr. Abfällig spuckte er auf den Boden.

»Ich will von diesem *Flittchen* sowieso nichts mehr«, sagte er und ließ sie stehen.

»Alles in Ordnung?«, fragte der ältere Herr einen Augenblick später.

Sie nickte und wischte sich die Tränen von den Wangen. »Ja. Danke für Ihre Hilfe.«

»Gern geschehen.«

Mit zittrigen Knien setzte Melinda ihren Weg fort und musste unterwegs immer wieder gegen die aufsteigenden Tränen ankämpfen. Franks Verhalten hatte sie aus der Fassung gebracht. Obwohl ihr in den langen Wochen, in denen sie sich schon mit dem Gedanken einer Trennung beschäftigt hatte, stets klar gewesen war, dass es nicht leicht werden würde, hatte sie nicht mit dieser Feindseligkeit gerechnet. Zum ersten Mal hatte sie richtig Angst vor ihm, und sie ahnte, dass er sie auch weiterhin nicht in Ruhe lassen würde.

Erst als sie das Gebäude der Besatzungskommandantur erreichte, hatte sie sich wieder etwas beruhigt.

Uniformierte Gestalten schwirrten überall auf den Treppen und Fluren des Gebäudes herum. Bei ihren ersten Besuchen hatte Melinda diese militärische Präsenz eingeschüchtert, doch inzwischen war sie daran gewöhnt. Obwohl sie nicht die einzige Zivilistin war, fühlte sie sich dabei trotzdem ein wenig seltsam.

Im Flur traf sie Major Colby, der sich in Begleitung zweier britischer Offiziere befand.

»Miss Leewald, *how are you*? Wie geht es Ihnen?«, fragte er mit einem breiten Lächeln und seinem starken britischen Akzent. Er erkundigte sich, wie ihr Gespräch beim *Telegraf* gelaufen sei, und sie berichtete ihm von der Reportage, die sie geschrieben hatte, und dass sie am Nachmittag einen Termin bei Scholz habe.

»Nun, dann alles Gute dafür«, sagte Colby augenzwinkernd.

»Danke!«

Der Major schickte sich schon an weiterzugehen, als er sich noch einmal zu ihr umdrehte. »Übrigens, man hat sich bei uns nach Ihnen erkundigt.«

Sie blickte ihn überrascht an. »Sie meinen, jemand von der Zeitung, vom *Telegraf*?«, fragte sie.

Colby schüttelte den Kopf. »Nein. Es war jemand anderes. Ich glaube sogar, ein Engländer. Ein Kollege von mir war damit betraut. Ich dachte, Sie hätten sich vielleicht noch für eine andere Arbeitsstelle beworben?«

»Nein.« Melinda schüttelte verwundert den Kopf.

»Nun dann!« Bevor sie weitere Fragen stellen konnte, war Major Colby auch schon mit einem knappen Kopfnicken weitergeeilt.

Wer konnte sich nach ihr erkundigt haben?, überlegte sie, während sie weiterlief. Vielleicht irgendeine Behörde. Das war am wahrscheinlichsten. Derlei Nachfragen waren nicht ungewöhnlich. Meistens ging es dabei um den berühmten Fragebogen, der im Zuge der Entnazifizierung Auskunft darüber gab, inwieweit man Sympathisant und Mitglied der NS-Organisationen gewesen war.

Melinda gab im Sekretariat ihre Texte ab, die mit einem Eingangsstempel versehen wurden, und unterschrieb mehrere Papiere, die für ihre Abrechnung notwendig waren.

Als sie die Besatzungskommandantur wenig später wieder verließ, war es gerade einmal neun Uhr. Genug Zeit!

14

Die Straßen in Dahlem hatten sich kaum verändert und waren weitgehend von Bombenangriffen verschont geblieben. Melinda war das letzte Mal während des Krieges hier gewesen, und es überraschte sie, nun zu sehen, dass sich hier ein Stück Berlin zeigte, wie sie es noch von früher kannte. Über den Dächern der Häuser erhoben sich die Baumkronen von Kastanien, hohen Birken und Buchen. Die wenigen Autos, die auf den Straßen fuhren, waren amerikanischer Herkunft. Ein Großteil der Häuser und Villen in dieser vornehmen Wohngegend war mit Kriegsende erst von den Russen und dann von den Amerikanern beschlagnahmt worden. Hoffentlich verhielt es sich mit der Villa der Bankiersfamilie nicht ebenso, dachte Melinda. Dann hätte sie sich umsonst auf den Weg gemacht.

Sie war mit dem Bus bis zur Podbielskiallee gefahren und fand die Villa mit dem klassizistischen Säulenbau, die nur einige Straßen von der Haltestelle entfernt lag, sofort wieder. Farbe blätterte von den schmiedeeisernen Gittern des Zauns und von der Fassade. Die Fensterläden waren geschlossen. Melinda spähte durch die Gitter und stellte fest, dass der Garten verwildert wirkte und die Zufahrt des Grundstücks ungepflegt war. Es sah nicht danach aus, dass jemand in dem Haus wohnte. Enttäuscht wollte sie sich schon abwenden, als sie das Kind bemerkte. Es war ein Mädchen, eingepackt in eine dicke Jacke und Schal, das nur einige Meter neben dem Eingang aus dem pappig gewordenen Schnee einen Schneemann baute. Die Kleine schien ihre Schritte gehört zu haben, denn plötzlich drehte sie sich um. Sie kam neugierig auf sie zu.

»Hallo«, sagte Melinda. »Wohnst du hier?«

Die Kleine nickte.

»Annegret!«, schallte es in diesem Augenblick schneidend vom Haus her. Das Mädchen wandte sich verunsichert um.

Eine blonde Frau mit straff nach hinten gekämmten Haaren, die zu ihrem Kleid derbe Stiefel trug, war in der Eingangstür aufgetaucht. Mit schnellen Schritten kam sie auf den Zaun zu.

»Kann ich Ihnen helfen?«, fragte sie kühl, ja beinahe unhöflich, während sie ihre Tochter fest an der Hand fasste.

Melinda wurde bewusst, dass es merkwürdig wirken musste, wie sie hier vor dem Zaun stand.

»Ja, verzeihen Sie, dass ich einfach so vorbeikomme, aber ich suche die Familie Finkenstein. Wohnt sie noch in diesem Haus?«

Ein misstrauischer Ausdruck glitt über das kantige Gesicht der Frau, als sie den Namen hörte. »Nein!«

Melinda nickte enttäuscht. »Und Sie wissen nicht zufälligerweise, wo sie hingezogen sind?«

Die Frau schwieg und strich ihrer Tochter, die sich an sie lehnte, übers Haar.

»Ich glaube, nach England«, sagte sie schließlich. »Sind Sie mit ihnen verwandt?«

»Nein. Meine Großmutter hat für sie als Gouvernante gearbeitet, und meine Mutter ist in diesem Haus aufgewachsen. Sie leben beide nicht mehr, und ich hatte gehofft, die Finkensteins etwas über sie fragen zu können.«

Das Gesicht der Frau nahm einen freundlicheren Ausdruck an. »Sie sind '37 weggezogen«, sagte sie. »Aber wir haben das Haus legal gekauft«, beeilte sie sich hinzuzufügen. Sie bemerkte Melindas verständnislosen Blick.

»Sie waren Juden. Wussten Sie das nicht?«

Melinda schüttelte den Kopf.

»Möchten Sie das Haus vielleicht anschauen?«, fragte die Frau plötzlich.

Melinda zögerte. »Macht Ihnen das nicht zu viele Umstände?«

»Aber nein!« Sie hatte die Hand ihrer Tochter losgelassen, die zurück zu ihrem Schneemann lief, und öffnete das quietschende Gittertor.

»Gesine Krahnberg«, stellte sie sich vor.

»Leewald, Melinda Leewald. Das ist wirklich sehr nett von Ihnen.«

»Ach, ich zeige es Ihnen gern. Ich muss allerdings um Entschuldigung bitten, es ist leider alles etwas heruntergekommen. Mein Mann ist in Gefangenschaft, und ich habe keine Hilfe mehr«, sagte sie in einem Ton, der ahnen ließ, dass sie es einmal gewöhnt gewesen war, über Personal zu verfügen. »Gott sei Dank habe ich zwei Untermieter, die mich und Annegret über Wasser halten«, setzte sie hinzu und wandte dabei Melinda den Kopf zu. »Und Ihre Großmutter war also früher die Gouvernante der Kinder?«, fragte sie, während sie durch die hohe Eingangshalle gingen.

»Nur des jüngsten Sohns. Er hieß Jacob, glaube ich«, sagte sie. Eine breite, geschwungene Treppe führte von zwei Seiten in den ersten Stock. In der Mitte hing ein prunkvoller Kronleuchter herab. Als Melinda nach oben schaute, sah sie, dass in der Decke eine gläserne Kuppel eingelassen war, durch die das Licht fiel.

»Beeindruckend, nicht wahr?«, sagte Gesine Krahnberg mit Besitzerstolz.

»Sehr!«, musste Melinda zustimmen.

»Ich erinnere mich dunkel an Jacob«, sagte Frau Krahnberg dann. »Ich habe ihn einmal kurz gesehen. Als wir das Haus damals kauften, hatte der älteste Sohn schon die Bankgeschäfte übernommen. Aber die Eltern haben noch hier gewohnt und sein jüngster Bruder Jacob auch.«

Melinda schaute Gesine Krahnberg überrascht an. »Jacob hat noch zu Hause gewohnt? War das nicht seltsam? Er muss doch bestimmt schon über vierzig, wenn nicht fünfzig gewesen sein«, sagte Melinda, nachdem sie im Geiste noch einmal schnell nachgerechnet hatte.

Gesine Krahnberg zuckte die Achseln. »Nun ja, ich nehme an, dass die Familie ihn angesichts seiner Einschränkung schützen wollte.«

»Hatte er eine Behinderung?«

»Er war taub. Hat Ihre Mutter Ihnen das nicht erzählt?«

Melinda schüttelte den Kopf. Das hatte sie tatsächlich nicht gewusst.

Sie gingen weiter. »Oben befinden sich die Schlafzimmer und Bäder. Die meisten Räume sind abgeschlossen und werden zurzeit nicht benutzt, weil wir sie nicht beheizen können«, erklärte Gesine Krahnberg. Sie führte Melinda durch zwei elegant eingerichtete Salons im Erdgeschoss, die noch immer glanzvoll wirkten.

»Die Finkensteins haben die meisten Möbel mitgenommen. Nur das Grammophon haben sie hiergelassen. Es stand früher oben im Zimmer von Jacob. Er konnte zwar nichts hören, aber wohl die Schwingungen spüren.«

Sie waren in dem großen Wohnsalon angekommen, und Melinda blickte durch das Fenster nach draußen – in den Garten, der selbst in seinem verwilderten Zustand schön wirkte. Ein heruntergekommener Pavillon war zwischen den Bäumen zu erkennen. Einen Moment lang stellte Melinda sich vor, wie ihre Mutter hier früher einmal mit den Kindern der Finkensteins gespielt hatte – und wie ein kleiner Junge seine Hände auf das Grammophon gelegt hatte.

Sie drehte sich zu der Hausbesitzerin um. »Vielen Dank, dass Sie mir das Haus gezeigt haben. Es war sehr schön, einen Eindruck gewinnen zu können, wie meine Mutter und Großmutter hier gelebt haben«, sagte sie und verabschiedete sich.

Nachdenklich machte sie sich auf den Rückweg.

15

Als sie gegen Mittag nach Hause kam, machte sie sich einen kleinen Imbiss. Draußen wehte erneut ein leichter Schneeregen gegen die Fenster, und Melinda dachte darüber nach, was sie von Gesine Krahnberg erfahren hatte: dass ihre Großmutter die Gouvernante eines tauben Jungen gewesen war. Sie wurde das Gefühl nicht los, dass es um die Herkunft ihrer Großmutter und Mutter ein Geheimnis gab, das in irgendeiner Weise auch mit ihr selbst in Zusammenhang stand. Von Anfang an hatte sie diesen Eindruck gehabt. Jemand hatte gewollt, dass sie dieses Paket bekam, doch wer immer es gewesen war, hatte es vermieden, ihr dafür eine Erklärung zu liefern. Warum? Weil es etwas zu verbergen gab? Welchen Grund hätte es sonst geben können?

So etwas wie Jagdinstinkt war inzwischen in Melinda erwacht. Sie wusch ihren Teller ab, kehrte in ihr Zimmer zurück und ging zu den beiden Kisten, die in der Ecke neben dem Kleiderschrank standen. Darin befanden sich die traurigen Reste dessen, was von ihrer Wohnung nach dem Bombenangriff übrig geblieben war. Die Hälfte der Wohnung war verbrannt und zu Staub und Asche zerfallen, doch der Inhalt des Wohnzimmerschranks, in dem sich auch die Bücher befunden hatten, war wie durch ein Wunder unversehrt geblieben. Sie stellte den oberen Karton zur Seite und öffnete die Kiste darunter, in der sich die Bücher befanden.

Staub haftete an ihrer Oberfläche, und sie nahm mehrere Exemplare heraus, bevor sie schließlich fand, was sie gesucht hatte. Es war ein Buch, das sie nach dem Tod ihrer Mutter zwischen vielen anderen im Regal entdeckt hatte. Sie war überrascht gewesen, es in ihrem Besitz zu finden, denn es ging darin um Gebärden und Zeichen, mit denen sich Taube verständigen und unterrichtet werden konnten. Das Buch, das in französischer Sprache verfasst war und aus dem achtzehnten Jahrhundert stammte, war großzügig in ein dickes, dunkelrotes Schutzpapier eingeschlagen, als hätte jemand dafür sorgen wollen, dass es nur ja keinen Schaden nahm. Der Autor war ein Mann namens Abbé de l'Epée. Sie hatte sich immer gefragt, was ihre Mutter mit dem Buch gewollt hatte, doch nun war sie sich plötzlich sicher, dass es einmal ihrer Großmutter gehört haben musste. Melinda blätterte durch die Seiten, auf einigen waren Hände und Finger abgebildet, die Zeichen und auch Buchstaben formten. Daneben stand ihre Bedeutung. Ob ihre Großmutter Jacob so unterrichtet hatte? Nachdenklich betrachtete sie die Abbildungen und fragte sich, wie es sein musste, wenn man sich nur mit solchen Zeichen und Gebärden verständigen konnte. Ihr trat wieder das Grammophon vor Augen, das ihr Gesine Krahnberg gezeigt hatte und dessen Schwingungen Jacob angeblich hatte spüren können. Irgendwann legte sie das Buch zur Seite. Der rote Schutzumschlag, der an der Seite in der Faltung etwas aufging, war verrutscht. Melinda wollte ihn zurechtrücken, als sie überrascht bemerkte, dass die Ecke eines vergilbten Stücks Papier unter der umgeschlagenen Kante hervorlugte. Vorsichtig zog sie es heraus. Es war ein Zeitungsartikel – nicht besonders groß und sorgfältig zusammengefaltet, beinahe gepresst, als wäre jemand viele Male mit der Hand darübergefahren, bis das Papier so glatt geworden war. Melinda faltete ihn auseinander. Er stammte aus der *Times*, anscheinend aus dem Lokalteil, wie man oben noch erkennen konnte, und war vom 15. April 1897. Es war kaum mehr als ein längerer Absatz.

Im Dartmoor hat sich am vergangenen Sonntag, dem 11. April, ein tragischer Unfall ereignet, bei dem Lady Cathleen Hampton, die Ehefrau von Lord Edward Hampton, ums Leben kam, als sie sich nur wenige Meilen entfernt vom Anwesen Sherwood-Hampton bei einem schweren Unwetter verirrte und von den Fluten eines Flusses mitgerissen wurde. Es bleibt ungeklärt, warum Lady Hampton trotz der widrigen Wetterumstände allein im Moor unterwegs war. Der Unfall wiegt umso schicksalhafter, als die Schwester von Lady Cathleen Hampton, Miss Amalia Sherwood, nur eineinhalb Jahre zuvor ebenfalls im Dartmoor den Tod fand. Die Trauerfeierlichkeiten finden im engsten Familienkreis statt.

Melinda konnte sich nicht dagegen wehren, dass ihr ein Schauer über den Rücken lief. Ungläubig starrte sie auf die Zeilen. Ihre Großmutter musste den Artikel aufgehoben haben, weil er für sie von Bedeutung gewesen war. Aber warum? Hatte sie diese Cathleen Hampton und ihre Schwester gekannt?

Die Vermutung lag nahe. Vielleicht hatte sie in England vorher für die Hamptons oder Sherwoods gearbeitet? Melinda sah plötzlich die Bilder vom Dartmoor vor sich, die in dem Paket gewesen waren. Sie spürte instinktiv, dass es mehr als nur eine einfache Erklärung dafür gab, dass ihre Großmutter den Artikel so sorgfältig aufgehoben hatte. Welche Bedeutung hatte der Tod von Cathleen Hampton für sie gehabt?

Als Melinda sich wenig später zu ihrer Verabredung beim *Telegraf* aufmachte, beschäftigte sie der Artikel noch immer.

Wie bei ihrem ersten Besuch bat die Sekretärin sie, im Flur zu warten. Melinda starrte auf den Aushang am Schwarzen Brett und wartete darauf, zu Scholz vorgelassen zu werden. Sie war aufgeregt, was der Chefredakteur sagen würde. Falls er ihren Artikel schlecht fand und für sie keine Zukunft beim *Telegraf* sah, dann würde sie versuchen, nach England zu reisen. Das hatte sie auf dem Weg hierher beschlossen. Wenn sie das alte Familiensilber versetzte und das wenige Ersparte, das sie besaß, dazunahm, müsste es für die Reise reichen. Brauchte man ein Visum für England? Major Colby würde ihr bestimmt helfen. Einen Pass hatte sie auf jeden Fall. Der Gedanke ließ sie sich sehr viel besser für das bevorstehende Gespräch gewappnet fühlen.

Plötzlich horchte sie auf. Aus dem Büro des Chefredakteurs drangen laute Stimmen. Ausgerechnet! Arno Scholz schien nicht besonders guter Laune zu sein. Melinda verzog das Gesicht. Wahrscheinlich gab es kaum einen ungünstigeren Tag für ein Gespräch mit ihm.

Sie strich nervös ihren Rock glatt und zuckte zusammen, als plötzlich die Tür aufgerissen wurde und der Chefredakteur höchstpersönlich mit hochrotem Kopf auf der Schwelle erschien. Er nahm keinerlei Notiz von ihr.

»Bernhard!«, brüllte er in einer beeindruckenden Lautstärke. Melinda war sich sicher, dass er vom Keller bis zum Dachgeschoss im gesamten Haus zu hören war. Kaum einige

Sekunden vergingen, als man heraneilende Männerschritte vernahm und ein dunkelblonder Journalist auftauchte, dem Scholz in einer herrischen Geste bedeutete, ihm in sein Büro zu folgen. Die Tür blieb ein Stück offen, sodass Melinda den aufgebrachten Wortwechsel teilweise mithören konnte.

»Was heißt das, es gibt niemanden?«

Der Mann, der Bernhard hieß, schien etwas zu antworten, was leider nicht genau zu verstehen war. Es schien indessen nicht dazu angetan, Scholz zu beruhigen, denn der Tonfall des Chefredakteurs schwoll erneut an.

»Es ist mir egal, ob sich niemand freiwillig dafür gemeldet hat. Dann wird es eben auf Anordnung von mir sein. Ich will vier Journalisten! Haben Sie verstanden? Vier. Bis morgen!«

Melinda starrte auf den Aushang mit der Ankündigung für die Fortbildung in London.

Schließlich sah sie, wie Bernhard aus dem Büro kam und aufgebracht etwas vor sich hinmurmelte, während er den Flur entlang wieder aus ihrem Blickfeld entschwand.

»Sie können jetzt zu Herrn Scholz«, riss die Sekretärin sie aus ihren Gedanken. Sie war die Ruhe selbst – der Jähzorn ihres Chefs schien sie nicht sonderlich zu beeindrucken, stellte Melinda fest.

Scholz, der etwas schrieb, blickte nicht einmal auf, als sie das Büro betrat.

»Setzen Sie sich«, sagte er. Sein Gesicht war noch immer etwas gerötet, und seine Hand flog über das Papier.

Melinda nahm gehorsam Platz.

Schließlich legte er den Stift zur Seite. »Ich habe Ihre Reportage gelesen.« Er musterte sie. »Nicht schlecht. Sie haben durchaus Talent …«

Sie blickte ihn erfreut an, aber ihr Lächeln erstarb, als er ihr die zwei getippten Seiten reichte, die Melinda einige Tage zuvor abgegeben hatte. Entsetzt starrte sie auf den Text, der übersät war mit roten Korrekturen und Randbemerkungen, sodass man die getippten Zeilen kaum noch erkennen konnte. *Nicht schlecht?* Wenn das seine Reaktion darauf war, wie um Himmels willen sah dann ein Artikel aus, der dem Chefredakteur nicht gefiel?

»Hier und da ist Ihr Ausdruck nicht journalistisch genug. Außerdem verwenden Sie zu viele Adjektive«, erklärte Scholz. »Aber Sie haben gute Ansätze und zeigen ein eigenes Denken«, fügte er hinzu, ungerührt von ihrer Reaktion. »Ich muss zugeben, dass ich Ihnen das nach unserer ersten Begegnung nicht zugetraut hätte.«

Melinda, die sich inzwischen wieder gefangen hatte, spürte, wie die Überheblichkeit, die in seinem Tonfall lag, eine zunehmende Verärgerung in ihr hochsteigen ließ. »Warum nicht? Weil Major Colby sich für mich verwandt hat?«, fragte sie kühl.

Er warf ihr einen undurchdringlichen Blick zu. »Wahrscheinlich«, gab er dann offen zu. Er lehnte sich in seinem Stuhl zurück. »Ich kann Ihnen keine Stelle geben, das wäre ungerecht, denn Ihnen fehlt die Erfahrung, und für eine Volontärin sind Sie schon zu weit. Aber ich biete Ihnen an, dass Sie auf freier Basis für uns schreiben können. Ich würde die Artikel korrigieren und Ihnen ein kleines Grundeinkommen garantieren, und in einem halben Jahr sehen wir dann weiter.«

Melinda nickte zögernd. Es war nicht das, was sie sich erhofft hatte, aber zumindest ein Anfang. Doch dann sah sie Scholz an. Der Gedanke war ihr erst vorhin gekommen, und bestimmt hatte sie keine Chance, aber einen Versuch war es auf jeden Fall wert.

»Könnte ich mich damit auch für diese Fortbildung in London bewerben?«

Der Chefredakteur schaute sie überrascht an. »Nun, eigentlich ist sie für erfahrene Journalisten gedacht …«

Melinda nickte enttäuscht.

»Andererseits …« Er schien zu überlegen. »Sie sprechen gut

Englisch, oder?« Seine Finger spielten mit dem Stift. »Warum interessieren Sie sich denn für die Fortbildung?«

»Nun, ich denke, es wäre eine Chance für mich, etwas dazuzulernen …« Sie stockte, als sie sah, dass Scholz seine Augenbrauen hochzog.

»Das ist nicht der einzige Grund. Meine Mutter war Engländerin, und ich war noch nie dort«, gestand sie. »Ich hätte gern einmal das Land gesehen, aus dem meine Familie stammt.« Die Erklärung entsprach nur sehr grob der Wahrheit, aber sie konnte Scholz schließlich schlecht von dem Paket erzählen.

Seine Augenbrauen waren wieder nach unten geglitten.

»Nun, persönliche Gründe spielen für die Auswahl zu dieser Fortbildung ganz sicher keine Rolle.« Er war im Begriff, sich wieder seinen Papieren zuzuwenden. Doch dann hielt er inne. »Aber es wäre keine schlechte Idee für eine Reportage: ›Eine Deutsche auf den Spuren ihrer englischen Wurzeln‹ oder so ähnlich. Und Sie könnten auch etwas darüber schreiben, wie die Menschen drüben in England den Krieg überstanden haben und heute über Deutschland denken. So etwas macht sich immer gut. Trauen Sie sich das zu?«, fragte er unvermittelt.

Melinda starrte ihn ungläubig an, dann nickte sie eilig. »Ja, das traue ich mir zu«, sagte sie, bemüht, ihrer Stimme einen festen Klang zu geben.

Elisabeth

16

Devon, Frühsommer 1881

Elisabeth versuchte einen halbwegs betroffenen Gesichtsausdruck aufzusetzen, als sie durch den Schlafsaal des Waisenhauses von St. Thomas schritt, doch es fiel ihr schwer. Sie wurde flankiert von Mr Kilburn, dem Leiter der Institution, und Mrs Gibbon, die zum Vorstand des Komitees gehörte. Vor jedem einzelnen Kind machten die beiden halt, um ihr in kurzen Worten etwas zu dem tragischen Schicksal der Waisen zu erzählen.

Die Mädchen standen mit straff gekämmtem Haar in ihren grauen Kleidern vor den Betten und erinnerten in ihrer starren Haltung an eine Reihe von Zinnsoldaten. Es war nicht so, dass Elisabeth kein Mitleid mit ihnen empfand, es war bestimmt kein Vergnügen, hier aufzuwachsen. Spätestens seitdem sie die Aufseherin gesehen hatte – eine strenge, korpulente Erscheinung Mitte fünfzig, die es mit einem knappen Seitenblick schaffte, die Mädchen strammstehen zu lassen –, war ihr das klar. Andererseits wirkten die Zöglinge hier weder verhungert noch krank. Sie hatten ein Dach über dem Kopf, ein Bett zum Schlafen und genossen sogar die Grundzüge einer schulischen Ausbildung. Das war weit mehr, als die meisten Kinder in den Londoner Arbeitervierteln wie Whitechapel hatten. Wäre es um die reine Wohltätigkeit gegangen, wäre es aus ihrer Sicht daher angebrachter gewesen, den dortigen Institutionen etwas zu spenden.

Elisabeth gab sich Mühe, sich ihre Ungeduld nicht anmerken zu lassen, als Mrs Gibbon sich anschickte, ihr in aller Ausführlichkeit zu berichten, wie die Eltern der kleinen Anne, vor der sie nun stehen geblieben waren, kurz nach deren Geburt bei einem Feuer ums Leben kamen.

»Wie schrecklich«, gab sie pflichtschuldig von sich, während sie überlegte, wie lange das hier wohl alles noch dauern würde. Sie hatte mit einem halbstündigen Besuch in St. Thomas gerechnet, doch nun war sie schon fast zwei Stunden hier. Himmel, und man hatte ihr noch nicht einmal alle Mädchen vorgestellt! Die Jungen, die in dem Gebäude auf der anderen Hofseite untergebracht waren, kamen erst danach dran.

»Nun, wie gesagt, liebe Mrs Sherwood, wir können Ihnen gar nicht genug für Ihre großzügige Spende danken. Das Waisenhaus von St. Thomas erhält nur geringe Unterstützung von der Regierung, und wir sind daher auf private Zuwendungen angewiesen«, erklärte Mrs Gibbon. Sie war nur wenige Jahre älter als Elisabeth, trug aber immer Schwarz, seitdem ihr Mann, Major Gibbon, gefallen war.

Elisabeth lächelte aufrichtig erfreut. Mrs Gibbon war eine gute Freundin von Lady Ashby und Lady Hampton, den beiden tonangebenden Damen der hiesigen Gesellschaft, wie sie nach einigen Nachforschungen herausbekommen hatte. Die beiden waren sogar am Hof der Queen vorgestellt und verbrachten deshalb im Sommer regelmäßig einige Wochen in London.

Insgeheim dankte sie John, dass er bereit gewesen war, sich als so großzügiger Wohltäter zu erweisen. Es schien genau die richtige Entscheidung gewesen zu sein.

»Nun, es war mir und meinem Mann sofort ein tiefes Anliegen, etwas zu spenden, als wir von diesem Waisenhaus hörten«, sagte Elisabeth zu Mr Kilburn und Mrs Gibbon und strich dabei der kleinen Anne über den Kopf. Hoffentlich hatte das Kind keine Läuse.

»Erlauben Sie mir die Frage, ob Ihre eigene Erfahrung Sie dazu bewogen hat?«, erkundigte sich Mrs Gibbon, als sie endlich den Schlafsaal verließen.

Elisabeth blickte sie verwirrt an.

»Ich wollte damit fragen, ob Sie selbst auch als Waise aufgewachsen sind?«

Es klang freundlich, fast unschuldig, doch Elisabeth drohten für einen kurzen Augenblick die Gesichtszüge zu entgleisen, als Mrs Gibbon so offen aussprach, sie hielte es für möglich, dass sie aus solchen Verhältnissen stamme. Sie umklammerte den Griff ihres Schirms etwas fester.

»Bei Gott, nein«, erwiderte sie, bemüht, ihrer Stimme einen selbstbewussten Ton zu geben, was ihr leider nicht ganz glückte. Sie spürte selbst, dass sich ihr deutscher Akzent plötzlich verstärkte, wie immer, wenn sie emotional um Beherrschung kämpfte.

»Mein Mann und ich sind aber der Meinung, dass die Waisen einer besonderen Unterstützung bedürfen. Ebenso übrigens wie die Kriegsversehrten – und auch die Witwen«, sagte sie und richtete ihre Augen bei diesen Worten einen Augenblick lang auf das schwarze Kleid von Mrs Gibbon. »Nicht alle sind ja in der glücklichen Lage, ohne Hilfe und Unterstützung leben zu können«, setzte sie mit Nachdruck hinzu und bemerkte zu ihrer Befriedigung, dass Mrs Gibbon ihrem Blick auswich.

»Natürlich, da haben Sie ohne Frage recht!«, sagte die Vorstandsvorsitzende schließlich.

»Mr und Mrs Sherwood sind wirklich überaus großzügig. Sie unterstützen auch unseren Verein zur englischen Pflanzenzucht«, mischte sich Mr Kilburn eifrig in den Wortwechsel ein.

Elisabeth lächelte bescheiden. »Ach, ich bitte Sie, das müssen Sie doch nicht erwähnen«, sagte sie und dankte insgeheim dem glücklichen Umstand, dass Mr Kilburn nicht nur Leiter des Waisenhauses war, sondern in seiner Freizeit auch Mitglied dieses anderen Vereins. Was sie natürlich gewusst hatte.

»Wir geben nächstes Wochenende ein kleines Fest für die Stiftung und Förderer von St. Thomas. Unsere Waisenkinder werden etwas vortragen, es werden einige Reden gehalten und Erfrischungen gereicht. Ich denke, es würde Mrs Sherwood und ihrem Mann bestimmt eine Freude machen, zu diesem Anlass auch zu kommen. Denken Sie nicht auch, Mrs Gibbon?«, fragte Mr Kilburn.

Einen Moment lang war es still. »Selbstverständlich. Wenn Sie es einrichten können, würden wir uns sehr freuen, Sie als Gäste begrüßen zu dürfen«, versicherte Mrs Gibbon dann höflich.

»Aber natürlich!« Elisabeth strahlte und wandte sich noch einmal zu ihr. »Wir haben zwei Töchter. Ich würde sie sehr gern mitbringen. Denken Sie, dass der Anlass es erlaubt?«

Diesmal blickte Mrs Gibbon sie überrascht an. Dann glitt ein leichtes Lächeln über ihre Lippen. »Natürlich. Tun Sie das. Viele von unseren Förderern und Stiftungsmitgliedern werden ihre Kinder mitbringen«, erklärte sie.

17

Die Einladung zu dem Sommerfest schien Elisabeth ein entscheidender Schritt in die richtige Richtung zu sein. Sie wusste, dass sich nicht nur Mrs Gibbon und Mr Kilburn, sondern vermutlich fast alle Leute hier in der Gegend fragten, wie sie zu ihrem Reichtum gekommen waren. Man sprach über sie, seitdem sie das ehemalige Anwesen des Herrenhauses Landshire gekauft hatten, aber John und sie vermieden es, Einzelheiten über ihre Vergangenheit bekannt werden zu lassen. Sie war nicht dazu angetan, ihnen den Zutritt zur besseren Gesellschaft zu erleichtern.

Ihr Vermögen war nicht über Nacht entstanden. Jahre der

Entbehrungen und harter Arbeit lagen hinter ihnen. Es war eine Mischung aus Fleiß, Verzweiflung, zähem Durchhalten, den richtigen Entscheidungen und glücklichen Zufällen, die sie dorthin gebracht hatten, wo sie heute standen. Während John der erlangte Reichtum jedoch mit Selbstsicherheit und Zuversicht erfüllte, erfasste Elisabeth oft eine tiefe Unruhe, wenn sie daran dachte, wie leicht alles hätte anders kommen können. Es ängstigte sie, wie willkürlich die Launen des Schicksals waren. Manchmal, in den ruhigen Momenten ihres Alltags, in denen sie sich nicht dagegen wehren konnte, dass die letzten Jahre vor ihrem geistigen Auge vorbeizogen, kam es ihr wie ein Wunder vor, was sie erschaffen hatten.

Sie war jung gewesen, gerade einundzwanzig Jahre alt, als sie John vor fast neunzehn Jahren in Hamburg kennenlernte – einen gut aussehenden jungen Engländer mit dunklen Haaren und grünen Augen, die das Erbe seiner irischen Großmutter waren. Elisabeth verstand nur wenig Englisch und er kaum Deutsch, doch John war charmant, er wirkte weltgewandt – und er war vor allem nicht arm. Kurz, er verkörperte alles, wonach Elisabeth sich immer gesehnt hatte, um aus der Enge ihrer kleinen Welt auszubrechen. Ihr Vater war Vorarbeiter am Hafen, und sie lebte zusammen mit ihren Eltern und vier Geschwistern in einer ärmlichen Wohnung, die aus zwei beengten Zimmern und einer Küche bestand. Der geringe Lohn, den Elisabeth als Verkaufshilfe in einem Laden für Kolonialwaren unweit des Hafens verdiente, musste genauso zum Familieneinkommen beitragen wie der Verdienst ihrer Brüder – und dennoch reichte es für alle immer nur knapp zum Überleben. Solange sie zurückdenken konnte, hatte sie von einem anderen Leben geträumt, und mit John schien dieser Traum plötzlich zum Greifen nah. Er war Kaufmann und spekulierte mit Aktien. Das Geld für seine erste Investition habe er, der selbst aus einfachsten Verhältnissen stammte, sich über Jahre von seinem kargen Lohn in einem Sägewerk zusammengespart, erzählte er ihr, und sie war beeindruckt und bereits ein bisschen verliebt in ihn. Gegen den Willen ihrer Eltern heiratete sie John und ging mit ihm nach England.

Anfangs sah alles auch wunderbar aus. Sie bezogen im Londoner Westen eine Wohnung mit zwei Zimmern ganz für sich allein, und mit Johns Hilfe lernte Elisabeth schnell die Sprache. London erschien ihr damals unendlich aufregend und schön. An den Nachmittagen fuhr sie manchmal zur Regent Street oder schaute sich bei Harrods die Auslagen im Schaufenster an und nährte dabei ihren Traum von dem Leben, das sie einmal führen würden. Reich wollten sie werden, so wie die Damen und Herren, die sie manchmal in ihren Kutschen sahen.

Doch die Wirklichkeit holte sie bald ein, denn John verlor bei seinen Geschäften immer wieder alles Geld. »Es ist nur vorübergehend, Lisbeth!«, beteuerte er, als sie schließlich ihre Wohnung aufgeben und stattdessen ein abgewohntes Zimmer im Londoner Osten in Whitechapel, dem armen Arbeiterbezirk, beziehen mussten. Selbst da glaubte Elisabeth noch an ihn, aber das Geld zerrann John weiter zwischen den Fingern, bis ihnen dann das angeblich so verheißungsvolle Geschäft mit dem neuen exotischen Gewürz endgültig das Letzte nahm, das sie noch besaßen, und sie verschuldet ins Elend stürzten.

Die Zeit danach, als Elisabeth das Kind verlor und aus Devon von seiner Schwester Ella zurück nach London kam, war düster und der Tiefpunkt ihres bisherigen Lebens. Manchmal spukten die Erinnerungen daran noch heute wie böse Geister durch ihren Kopf – der Schmutz, die Kälte und vor allem der Hunger und die ständige Demütigung, andere Menschen um etwas bitten und anbetteln zu müssen. Es war schrecklich gewesen. Immer wieder gab es Nächte, die sie auf der Straße verbringen mussten, und Zeiten, in denen sie kaum etwas zu essen hatten. Obwohl ein Teil von ihr John nicht verzeihen konnte, dass er sie in diese Lage gebracht hatte, war er es, der ihr in dieser Situation die Kraft gab, noch an eine Zukunft zu glauben. Sie würden es schaffen, sich aus all dem wieder zu befreien, versprach er, und sie liebte ihn dafür, dass er nicht bereit war, sein Schicksal zu akzeptieren. Das Begehren, ein anderes, besseres Leben zu führen und sich nicht in die Armut zu fügen wie seine Schwester Ella und die meisten anderen Leute ihrer Herkunft, war etwas, das sie von Anfang an verbunden hatte und das stärker war als jedes andere Gefühl zwischen ihnen.

John fing damals wieder an, im Sägewerk zu arbeiten, sie selbst ging einige Tage in eine Konservenfabrik, doch sie schaffte das Tempo nicht, in dem die Dosen gefüllt werden mussten. Schließlich hörte Elisabeth, dass man in einem Hotel ein Dienstmädchen zum Saubermachen der Zimmer suchte. Sie ging ins Waschhaus, wusch ihr einziges Kleid, das sie zum Wechseln hatte, säuberte ihre alten Schuhe und kämmte sich ihr Haar. Der Hotelwirt war unschlüssig, ob er sie nehmen sollte, doch er schien ihre Verzweiflung zu spüren, und in einer menschlichen Regung erklärte er sich bereit, sie einige Stunden am Tag arbeiten zu lassen. Elisabeth putzte, als ginge es um ihr Leben. Während sie Bettbezüge wechselte, Decken aufschlug, Nachttöpfe und die Asche aus den Kaminen entleerte und Fußböden schrubbte, bis ihre Finger rot und rissig waren, hatte sie dabei immer das Bild des Herrenhauses vor Augen. Sie hatte es nicht vergessen. Der Anblick des Anwesens, das so aussah, als wäre es aus ihren Träumen heraus eigens für sie erschaffen worden, und das ihr eine Welt gezeigt hatte, die ihrer so fern war, dass es schmerzte, hatte sich in ihr Gedächtnis gebrannt.

Sie hätte gern mehr in dem Hotel gearbeitet. Charakterlich war Elisabeth zu dieser Zeit längst so weit gesunken, dass sie sich nicht scheute, heimlich etwas Unrat und Schmutz in den anderen Zimmern zu verteilen, die von einer jungen Schottin sauber gemacht wurden. Kaum mehr als eine Woche verging, bis der Hotelwirt Elisabeth zu sich rufen ließ und fragte, ob sie auch die anderen Zimmer übernehmen könne, da man leider eine Entlassung hatte vornehmen müssen. Sie nickte nur und verspürte kein Mitleid, als sie sah, wie die junge Schottin weinend das Hotel verließ. Das Leben war ein Kampf, und Elisabeth hatte nicht vor, ihn zu verlieren.

Der Lohn, den sie im Hotel verdiente, war indessen gering. Sie lebten von Johns Geld und legten ihres zurück. Gelegentlich versuchte John dem Sägewerk, in dem er arbeitete, die abfallenden Reste und Sägespäne zu einem niedrigen Preis abzukaufen, um sie mit ein paar Penny Gewinn in London wieder zu verkaufen. Aus den größeren Holzstücken begann er damals Kisten zusammenzubauen. Elisabeth half ihm, wenn sie aus dem Hotel zurückkehrte. Wenn sie zwei oder drei Kisten fertig hatten, verkaufte John sie. Auf den Märkten und am Hafen bei den Händlern wurde er sie immer gut los. Mit der Zeit wurden sie schneller und geübter darin, die Kisten zusammenzubauen. Doch sie brauchten mehr Holz. Sie kauften von ihren zusammengesparten Pennys nun manchmal auch bei anderen Sägewerken Reststücke auf und mieteten einen Verschlag, in dem sie das Holz und die Kisten lagern konnten. Ihre Müdigkeit und Erschöpfung, wenn sie an den Sonntagen und Abenden in der Woche bis spät in die Nacht arbeiteten, wurde ihnen durch das zusätzliche Geld, das sie einnahmen, vergolten. Oft konnten sie nun sechs oder acht Kisten gleichzeitig verkaufen, und es ging ihnen ein wenig besser. Eisern sparten sie weiter jeden Penny, den sie verdienten.

Der Durchbruch kam jedoch erst später, als sie auf die Idee verfielen, mit Schablonen die Namen der Lebensmittelhändler und Firmen auf die Kisten zu malen. Die Händler waren begeistert von der Werbung, und die Nachfrage stieg. John konnte seine andere Arbeit aufgeben und merkte, dass er Hilfe brauchte. Er stellte zwei junge Tagelöhner ein, die nach seinen Anweisungen arbeiteten, und er gab dem Unternehmen einen Namen – Quality Boxes.

Zu dieser Zeit war Elisabeth noch immer als Zimmermädchen im Hotel tätig. John wollte, dass sie die Stelle aufgab und ihm half, doch es widerstrebte ihr, sich wieder ganz in seine Abhängigkeit zu begeben. Außerdem hatte ihre Arbeit den Vorteil, dass sie mitbekam, worüber die Hotelgäste sprachen, die hauptsächlich aus Kaufleuten und ausländischen Geschäftsmännern bestanden. Früher war es ihr ein großes Rätsel gewesen, wenn John von Aktien und Anleihen sprach und er ihr zu erklären versuchte, warum ein Unternehmen oder eine Gesellschaft Gewinn oder Verluste machte. Nun belauschte sie in den Fluren und Zimmern mit einem Mal selbst die Gespräche der Gäste und hörte, wie diese über Gewürze, Kakao und Kaffee sprachen, aber auch über Holz und Metalle – und über einen Kanal in Ägypten.

»Er soll das Mittelmeer mit dem Roten Meer verbinden. Die Schiffe brauchen dann nicht mehr um Afrika herumzufahren.«

John hatte davon schon gehört, aber er winkte ab.

»An diesem Suezkanal bauen sie schon seit Jahren. Das wird nie etwas. Nein, wir sollten in Tee investieren! In Tee aus Indien«, widersprach er. Obwohl er müde wirkte, war in seinen Augen seit Langem wieder etwas Glanz zu sehen.

Doch Elisabeth war unsicher. Das Geschäft mit den Kisten lief gut, und sie bekamen immer mehr Aufträge, aber John hatte recht, wenn er sagte, dass man damit nicht reich wurde. Es war klug, ihr mühselig zusammengespartes Geld zu investieren, um daraus mehr zu machen, das hatte sie inzwischen verstanden, dennoch zögerte sie. Sie besaß nicht Johns unerschöpflichen Optimismus. Alles, was sie so mühsam erarbeitet hatten, auf eine Karte setzen? Die überschwängliche Begeisterung, mit der John von Tee sprach, erinnerte sie daran, wie er ihr einst von dem neuen Gewürz erzählt hatte, das sie angeblich reich machen würde.

Eine zunehmende Furcht machte sich in ihr breit, denn zu den Geschäftsleuten, die regelmäßig in dem Hotel abstiegen, gehörten auch einige Männer, die Anteile an der Assam Tea Company besaßen. Elisabeth hatte mitbekommen, dass sie oft darüber sprachen, wie sehr der Tee aus Indien zurzeit an Qualität verlor.

Sie versuchte John, der bereits einen Termin bei der Bank hatte, davon zu erzählen, aber er wischte ihre Einwände beiseite. Tee würde immer getrunken werden.

Panik ergriff sie. Als Elisabeth das nächste Mal im Hotel arbeitete und im Zimmer eines der Geschäftsmänner der Assam Tea Company sauber machte, sah sie auf dem Schreibpult Unterlagen und mehrere Mappen liegen. *India* und *Tea* war auf der Deckseite von einer von ihnen notiert. Sie stellte kurz entschlossen den Eimer zur Seite und schlug, ohne zu überlegen, die Mappe auf. Auf den Blättern waren seltsame Kurven und Zahlen notiert. Sie versuchte nervös zu begreifen, was sie bedeuteten, als sie zu spät die Schritte hinter sich hörte und von dem Geschäftsmann, einem Herrn namens Thomson, überrascht wurde. Es war schrecklich. Sie wurde feuerrot und brach vor Angst in Tränen aus, weil sie sicher war, nun nicht nur ihre Stelle zu verlieren, sondern sie auch noch immer nicht wusste, ob John das Falsche tat, wenn er in Tee investierte.

Schluchzend gestand sie damals Mr Thomson – der verständlicherweise den Verdacht hegte, jemand hätte sie zum Spionieren geschickt oder sie hätte die Unterlagen sogar stehlen wollen – in ihrer Verzweiflung schließlich die Wahrheit. Sie sah noch heute seinen ungläubigen Gesichtsausdruck vor sich.

»Ihr *Mann* will Tee-Aktien kaufen?«, fragte er schließlich. Elisabeth wurde bewusst, wie lächerlich diese Erklärung aus dem Mund eines Zimmermädchens klingen musste. »Wir haben etwas zusammengespart«, erklärte sie leise.

Er hatte sie erneut gemustert, milder diesmal, und hatte sich schweigend eine Zigarre angezündet. »Ihr Verhalten war falsch, Mrs Sherwood, und hätte Sie Ihre Stelle kosten können, aber angesichts Ihrer Lage werde ich darüber hinwegsehen und Ihnen einen Rat geben. Ihr Mann soll unter allen Umständen die Finger vom Tee lassen!«

Stammelnd bedankte sie sich und war schon auf dem Weg zur Tür, als sie noch einmal all ihren Mut zusammennahm und ihn fragte, worin *er* denn sein Geld investieren würde. Kleine Rauchwölkchen waren vor ihm in die Luft gestiegen, und er hatte belustigt geschmunzelt.

»In das Gegenteil von Tee – in Kaffee. In Kaffee aus Ceylon«, sagte er dann.

Die Begegnung mit Mr Thomson gehörte zu jenen glücklichen Zufällen, die ihr Leben entscheidend beeinflussen sollte, denn sie folgten seinem Rat und kauften Kaffee. Nur ein Jahr später, 1866, erfuhren sie, dass die Agra Bank in Indien und der Finanzmarkt in Kalkutta zusammengebrochen waren. In der Folge war auch der Aktienwert der Tee-Gesellschaften steil nach unten gestürzt, und mit ihnen wurde der gesamte Londoner Geldmarkt erschüttert.

Die Kaffee-Aktien begannen hingegen zu steigen. John und Elisabeth arbeiteten aber auch weiterhin mit ganzer Kraft für ihr Unternehmen. John hatte inzwischen ein ganzes Gebäude für die Herstellung der Kisten angemietet und zehn Arbeiter unter sich. Nach ihrer denkwürdigen Begegnung mit Mr Thomson hatte Elisabeth endlich doch ihre Stelle im Hotel aufgegeben, um John in der Firma zu unterstützen. Sie beaufsichtigte die Lackierungen der Namenszüge und half ihm im Büro. Sie arbeiteten beide noch mehr als früher, und während Monate über Monate und schließlich einige Jahre dahinflossen, wuchs ihr Wohlstand. Nach langem Überlegen entschloss sich John schließlich, zusätzlich als Teilhaber in ein Sägewerk einzusteigen. Dadurch konnten sie Planken und Bohlen für den Schiffsbau sägen lassen. Die Aufträge kamen längst nicht mehr nur aus London, sodass sie im Frühjahr 1873 eine Zweigstelle in Südengland aufbauten.

Zu diesem Zeitpunkt wurde Elisabeth endlich wieder schwanger. Sie weinte leise, als der Arzt ihr verkündete, sie befände sich in anderen Umständen. Nach der Fehlgeburt und den entbehrungsreichen Jahren hatte sie schon geglaubt, keine Kinder mehr bekommen zu können. John schloss sie überglücklich in die Arme. Alles schien sich so zu entwickeln, wie sie immer gehofft und gewünscht hatten. Nur einmal hatte Elisabeth danach noch geglaubt, dass sie erneut alles verloren hätten.

Fast zwei Jahre waren vergangen, und sie stand kurz vor der Geburt ihrer zweiten Tochter, Amalia, als John eines Nachmittags mit blasser Miene zu ihr kam. Er reichte ihr ein Papier, auf dem der Briefkopf der Bank abgedruckt war. Ein furchtbarer Schreck ergriff sie, und ihre Hand glitt unwillkürlich schützend zu ihrem Bauch, während sie auf die Zahlen starrte, die den Wert ihrer Aktienpapiere wiedergaben, ohne dass sie sie verstand. Sie wusste, dass John ihre anfängliche Investition in regelmäßigen Abständen vergrößert und zusätzlich weitere Aktien und Anleihen gekauft hatte. Das Spiel mit den Märkten und kolonialen Unternehmungen war noch immer seine große Leidenschaft. Sie war deshalb anfangs ängstlich gewesen, doch er hatte sie beruhigt. Er hatte nicht vergessen, dass Mr Thomson sie davor bewahrt hatte, ein zweites Mal alles zu verlieren, und war vorsichtig geworden. »Ich will nichts Spekulatives, Lisbeth!«, hatte er ihr versprochen. »Sondern Holz, Stahl, Eisen – Materialien, die man für den Bau von Schiffen, von Dampfmaschinen und Eisenbahnen braucht. Das habe ich begriffen, als ich gesehen habe, wie groß die Nachfrage nach unseren Kisten ist. Die braucht man immer, ob man nun Tee, Kaffee oder Gewürze hineinpackt. Und genauso ist es mit Schiffen oder Eisenbahnen!«

Elisabeth hatte gefunden, dass das vernünftig klang – nun blieb ihr Blick an den zusätzlichen Nullen hängen.

»Aber das kann doch nicht sein!«, sagte sie fassungslos.

»Doch, es stimmt!« John war ihr gegenüber auf einen Stuhl gesunken und fuhr sich durchs Haar. »Wir sind reich, wirklich reich, Lisbeth.«

Sie blickte ihn noch immer sprachlos an.

Danach veränderte sich ihr Leben von Grund auf. Sie konnten ein Stadthaus kaufen und hatten zum ersten Mal eigenes Personal – zwei Dienstmädchen, eine Köchin und sogar einen eigenen Kutscher. John arbeitete weiterhin viel, reiste zwischen London und Südengland hin und her und investierte, während Elisabeth sich jetzt mehr um die häuslichen Belange und die Kinder kümmerte. Gelegentlich kam sie jedoch noch immer in die Firma, um John zu helfen. Auf dem Weg dorthin, wenn sie durch den Londoner Osten fuhr, begegneten ihr die Schatten der Vergangenheit wieder. Die Armut, die sie erlebt hatte, erschien ihr mit einem Mal so schrecklich, dass sie den Anblick nicht mehr ertragen konnte. Wenn sie die bettelnden und zerlumpten Gestalten auf den Straßen sah, die erschöpften Gesichter der Arbeiter und Tagelöhner, deren Lohn gerade einmal reichte, um nicht zu verhungern, wandte sie mit starrer Miene den Kopf ab. Der Schmutz, der Hunger und das Elend erzeugten nun ein Gefühl des Ekels und der Abscheu in ihr. Sie mied es, mit diesen Menschen in Kontakt zu kommen, als würde von ihnen die Gefahr einer ansteckenden Krankheit ausgehen.

Ihr Vermögen wuchs weiter. Zwei Jahre später erfuhren sie, dass Johns Schwester Ella mit ihrem Mann Finley aus Devon in den Norden Englands ziehen würde, weil er seine Stelle verloren hatte. Der alte Lord Landshire, bei dem Finley als Knecht gearbeitet hatte, war verstorben und besaß keine direkten Erben, sondern nur entfernte Verwandte in Übersee. Es erschien Elisabeth wie ein Ruf des Schicksals, als sie hörte, dass das alte Herrenhaus, das sie in all den Jahren nie vergessen hatte, zum Verkauf stand.

18

Miss Carrington hatte die Mädchen gründlich auf das Sommerfest des Waisenhauses vorbereitet. Sie hatte mit ihnen geübt, wie man fremde Damen und Herren begrüßte und dabei anmutig einen Knicks machte, ihnen erklärt, dass sie zu warten hatten, bis die Erwachsenen zuerst das Wort an sie richteten, und sie ermahnt, nicht herumzutoben, denn Letzteres gehöre sich für kleine Mädchen nicht. Brav hatten Cathleen und Amalia versprochen, in allem Folge zu leisten, und nun standen sie in ihren weißen Kleidchen mit gekämmten Haaren, die man ihnen mit einer Schleife aus dem Gesicht gebunden hatte, vor ihr und sahen einfach bezaubernd aus. Nicht ohne Stolz ruhte der Blick der Gouvernante auf ihren beiden Zöglingen, und sie musste unwillkürlich daran denken, dass sie die Stelle bei den Sherwoods vor einem Jahr eigentlich gar nicht hatte annehmen wollen. Miss Carrington hatte lange Jahre in den besten Familien als Gouvernante gearbeitet, und in ihrem Lebenslauf war es zweifellos ein Abstieg, dass sie sich in die Dienste der Sherwoods begeben hatte. Sie war damals aus reiner Neugier zu dem Vorstellungsgespräch gegangen, denn natürlich sprach man in der Gegend über die Sherwoods, über dieses Paar, dem sein Reichtum jedes Gefühl genommen hatte, wer sie waren und woher sie kamen, und die tatsächlich die Ungeheuerlichkeit besessen hatten, das Anwesen von Landshire zu kaufen und es auch noch auf ihren Namen umzutaufen. Der Schwager von John Sherwood hatte noch als Knecht für den alten Lord Landshire gearbeitet, und nun glaubten diese Leute, sich einfach durch etwas Geld zur Upperclass emporschwingen zu können?

Bei dem Vorstellungsgespräch schienen sich zunächst auch alle Vorurteile zu bestätigen. John Sherwood kam, kaum dass sie den ersten Schluck Tee getrunken hatte, sofort aufs Geld zu sprechen. Er sei bereit, ihr das Doppelte ihres letzten Gehalts zuzüglich eines Bonus zu zahlen, wenn sie die Stelle annähme, erklärte er, als würden sie auf dem Bazar über irgendeinen Holzpreis verhandeln. Sie hatte damals nur kühl gelächelt, weil er nicht verstand, dass in der Welt, in der sie lebte, Geld nicht das Entscheidende war und er mit dem Angebot nur erreichte, dass sich alles bestätigte, was man über ihn und seine Frau erzählte. Sie war fest entschlossen, die Stelle abzulehnen, doch dann bestand Elisabeth Sherwood darauf, dass sie ihre Töchter kennenlernte. Die Höflichkeit ließ Miss Carrington keine Wahl.

Sie hätte nicht sagen können, was sie erwartet hatte. Vermutlich zwei Kinder, in denen sich die Gewöhnlichkeit ihrer Eltern spiegelte und die ebenso unpassend in der Umgebung des ehrwürdigen Herrenhauses wirkten wie Elisabeth und John Sherwood selbst. Aber das war nicht der Fall. Im Gegenteil. Obwohl die beiden Mädchen erst fünf und sechs Jahre alt waren, strahlten sie eine Grazie und Zartheit aus, die Miss Carrington einen Moment lang zweifeln ließen, dass die Sherwoods tatsächlich die Eltern dieser zauberhaften Geschöpfe waren. Die Ältere war dunkelhaarig mit grünen Augen, die Jüngere hatte dagegen das hellblonde Haar eines Engels. Der äußerliche Kontrast der beiden war fast ebenso reizvoll wie das innige Verhältnis der beiden Schwestern zueinander. Auf den ersten Blick sah man, dass sie eine verschworene Einheit waren, in der beide die Nähe der anderen nicht nur suchten, sondern brauchten, als würden sie sich dadurch von ihren Eltern abgrenzen. Es waren zwei empfindsame Seelen, und der anmutige Knicks, in den Cathleen und Amalia vor ihr sanken und sie dabei anlächelten, erwärmte augenblicklich das Herz von Miss Carrington. Ihre Entscheidung, die Stelle nicht anzunehmen, geriet mit einem Mal ins Wanken. Sie hatte das Gefühl, Cathleen und Amalia würden sie brauchen. Ja, sie fragte sich sogar, ob der liebe Herrgott ihre Wege nicht vielleicht ganz bewusst hierhergelenkt hatte, damit sie sich der beiden annahm. Und so kam es, dass sie schließlich doch in die Dienste der Sherwoods getreten war.

Nur wenige Menschen in ihrem persönlichen Umfeld hatten die Entscheidung verstehen können. Die meisten waren regelrecht schockiert gewesen. Die Gouvernante freute sich deshalb, dass man ihre beiden Zöglinge auf dem Sommerfest der Gesellschaft zeigen würde.

Es hatte sie etwas verwundert, dass die Sherwoods überhaupt eine Einladung dazu erhalten hatten. Mary, die als Nanny bei den Hamptons arbeitete und mit der sie sich regelmäßig zum Tee traf, hatte ihr jedoch erzählt, dass John Sherwood wohl eine so großzügige Spende getätigt hatte, dass man um die Einladung nicht herumgekommen war.

Nachdenklich hatte Miss Carrington auf diese Neuigkeit hin an ihrem Tee genippt. Es war ein Fehler, Mrs Sherwood – auf die diese Initiative der Wohltätigkeit ganz sicher zurückging – zu unterschätzen. In ihrem verzweifelten Bemühen und Willen, zur besseren Gesellschaft dazuzugehören, lag etwas Gefährliches. Es war nie gut, wenn Menschen nicht bereit waren, den Platz, der ihnen in dieser Welt zugedacht war, zu akzeptieren, hatte sie gedacht, und genau dieser Gedanke ging ihr auch durch den Kopf, als sie an diesem Nachmittag mit den Sherwoods auf dem Sommerfest eintraf.

Die Sonne strahlte, und auf der großen Wiese vor dem Waisenhaus hatte man Zeltdächer aufgebaut, unter denen Erfrischungen gereicht wurden und wohin die Damen sich zu ihrer Erholung auf einen der Sessel in den Schatten zurückziehen konnten. Ein kleines Orchester spielte Musik, und für die Kinder gab es ein Marionettentheater und Darbietungen von Schaustellern. Der Vorstandsvorsitzende hielt ebenso eine Rede wie die Ehrenvorsitzende Lady Hampton. Anschließend sang der Chor der Waisenkinder einige Lieder und wurde, nachdem die Anwesenden ihn freundlich beklatscht hatten, unter der Führung der Aufseherin wieder diskret ins Haus zurückgeleitet.

Ihrer Dienstherrin, die mit einem Glas in der Hand mit ihrem Mann über die Wiese wandelte, war deutlich anzumerken, wie sehr es ihr gefiel, hier zu sein. Das war nach Meinung von Miss Carrington, die mit den beiden kleinen Töchtern einige Schritte hinter ihr ging, ihr erster Fehler. Der zweite bestand darin, dass ihr Kleid und Schmuck eindeutig zu auffällig für den gegebenen Anlass waren. Ein Sommerfest war keine Abendveranstaltung! Darüber hinaus mangelte es Mrs Sherwood einfach an Diskretion. Ihre neugierigen Blicke, mit denen sie die anwesenden Damen und Herren wieder und wieder anschaute und jede Einzelheit ihrer Kleidung, ihrer Hüte, ja selbst ihrer Gehstöcke inspizierte, gehörten sich einfach nicht. Mr Sherwood verhielt sich leider nicht viel besser. »Mein Gott, das ist Lord Ashby! Er hat einen Sitz im House of Lords«, hörte Miss Carrington ihn einmal seiner Frau zumurmeln und konnte nur beten, dass es außer ihr niemand gehört hatte. Die beiden wähnten sich mit der Einladung in der Gesellschaft angekommen, aber sie waren weit davon entfernt. Sie begriffen nicht, dass die gleichen Dinge zu besitzen noch lange nicht bedeutete, auch derselben Schicht anzugehören – dass es Bildung und die Etikette eines komplizierten Verhaltenskodexes waren, die diesen Unterschied wirklich ausmachten. Man bekam ihn in die Wiege gelegt und konnte ihn nicht erkaufen oder erarbeiten.

»Mrs Sherwood!« Mrs Gibbon vom Komitee war auf sie zugekommen. Das herablassende Lächeln, mit dem sie die Familie begrüßte, sprach für sich. Genauso wie das Verhalten der anderen Gäste, denen die Sherwoods nun vorgestellt wurden. Es glich einem Spießrutenlauf. Fast hätten sie einem leidtun können – das gezwungene Lächeln der Leute, die sie distanziert und voller Arroganz begrüßten und nur das Notwendigste mit ihnen sprachen. Sobald sich die erste Gelegenheit ergab, wandte man sich wieder von ihnen ab. Allein Cathleen und Amalia waren es, die so etwas wie die Andeutung eines warmen Ausdrucks auf die Gesichter zauberten. Die beiden Mädchen benahmen sich vorbildlich und so wohlerzogen, als spürten sie, dass das gesamte Ansehen der Familie allein auf ihren zarten Schultern ruhte.

»Und wie heißt du, mein Kind?« Es war die Ehrenvorsitzende Lady Hampton, die das fragte.

»Cathleen, Madam.«

»Und du?«

»Amalia!« Die Kleine machte einen anmutigen Knicks, und Lady Hampton strich ihr angetan über den blonden Haarschopf. »Reizende Kinder«, sagte sie zu Miss Carrington, als wäre sie und nicht Elisabeth die Mutter. Sie nickte den beiden Sherwoods knapp zu und wandte sich wieder zu Lady Ashby. Es kam einer Beleidigung gleich. Zu Miss Carringtons Verwunderung wirkte Elisabeth Sherwood nicht besonders getroffen – im Gegenteil. Ein undurchdringliches Lächeln lag auf ihren Lippen, als ihr Blick zu ihren beiden Töchtern wanderte, und Miss Carrington ahnte, dass die Reaktion von Lady Hampton nur ihren Kampfgeist angestachelt hatte.

19

Cathleen fand, dass ihre Mutter anders war als sonst. Fast kam sie ihr genauso fremd vor wie die vielen Damen und

Herren, denen sie heute vorgestellt worden war. Unruhig trat das kleine Mädchen von einem Fuß auf den anderen. Miss Carrington und ihre Mutter hatten ihr und Amalia in den letzten zwei Tagen wiederholt eingeschärft, wie wichtig es war, dass sie heute den Eindruck von wohlerzogenen kleinen Mädchen machten, und sie hatte sich alle Mühe gegeben, doch nun konnte sie nicht mehr.

»Mummy, Daddy, dürfen wir uns auch das Marionettentheater anschauen?«, fragte sie. »Bitte!«

»Natürlich dürft ihr«, sagte ihr Vater mit einem breiten Lächeln.

Bevor ihre Eltern es sich anders überlegen konnten, lief sie mit ihrer Schwester los – gefolgt von Miss Carrington, die sie ermahnte, nicht zu rennen. Sie waren nicht die einzigen Kinder. Viele Gäste hatten ihre Söhne und Töchter mitgebracht. Die meisten hatten wie sie eine Nanny oder Gouvernante dabei, die sich am Rande des kleinen Theaters sammelten. Cathleen drängte sich mit ihrer Schwester zwischen die anderen Mädchen und Jungen, die aufgeregt dem Spiel der Marionettenpuppen zusahen. Neugierig musterte sie die anderen Kinder. Einige Schritte entfernt stand ein Junge zwischen zwei Mädchen. Die Ähnlichkeit in den Gesichtszügen der drei ließ erahnen, dass es sich um Geschwister handelte. Der Junge war älter als die meisten hier und der einzige, der nicht lachte, sondern gelangweilt über das Puppenspiel den Mund verzog. Seine dunklen Haare lagen wellig um sein ebenmäßiges Gesicht, das wie gemeißelt wirkte, und es erschien ihr, als wäre er in seiner eleganten Haltung geradewegs einem Gemälde entstiegen. Cathleen fragte sich, wer er wohl war, doch dann wurde ihre Aufmerksamkeit wieder von den Marionetten in Anspruch genommen. Über der Brüstung war die Figur eines furchterregenden Dämons aufgetaucht. Er wollte die Prinzessin entführen, und sie spürte, wie ihre Schwester ihre Hand fest umklammerte. Amalia ließ ihre Finger erst wieder los, als der Prinz den Dämon besiegt und die Prinzessin befreit hatte. Aus Dankbarkeit über die Befreiung ließ der König es zum Ende Bonbons regnen. Hände voll wurden sie in die Höhe geworfen. Die Kinder jauchzten, und Cathleen und Amalia bückten sich zwischen ihnen, um die Süßigkeiten vom Boden zu sammeln.

Ein Mädchen mit glänzenden braunen Haaren stand plötzlich vor Amalia. Herausfordernd streckte es seine Hand aus.

»Den Bonbon wollte ich haben!«

Schützend stellte sich Cathleen vor Amalia. »Meine Schwester hat ihn aber zuerst gehabt«, wandte sie ein.

»Sie hat recht, Rebecca«, sagte eine Stimme, die zu dem Jungen gehörte, der Cathleen zuvor aufgefallen war. Erst jetzt bemerkte sie, dass das Mädchen eine seiner Schwestern war.

»Außerdem liegen hier doch überall Bonbons herum«, fügte er kopfschüttelnd hinzu und deutete auf den Boden, der übersät war mit den Süßigkeiten.

»Aber keine Himbeerbonbons!«, widersprach Rebecca trotzig.

Amalia, die die gesamte Zeit geschwiegen hatte, blickte von dem Jungen zu Rebecca und dann zu dem Bonbon in ihrer Hand. Schließlich drückte sie dem verdutzten Mädchen die Süßigkeit in die Hand und wandte sich wortlos einfach ab.

Cathleen folgte ihr zu Miss Carrington, die vom Rand schon unruhig die Szene beobachtet hatte. Plötzlich spürte sie, wie sie jemand am Ärmel zog. Als sie sich umdrehte, stand der Junge vor ihr. Er hielt den Bonbon in der Hand.

»Hier, er gehört deiner Schwester!«

Sie blickte ihn an, doch er hatte sich schon wieder umgedreht und war zurück zu seinen Schwestern entschwunden.

»Alles in Ordnung?«, fragte Miss Carrington. »Das waren die Kinder von Lord und Lady Hampton. Ihr habt euch doch nicht mit ihnen gestritten, oder?«, erkundigte sie sich, während sie mit den beiden Mädchen zu den Zelten ging und einen besorgten Blick nach oben warf. Über ihnen hatte sich schon seit geraumer Zeit der Himmel zugezogen.

»Nein, Amalia hat ihr sogar ihren Bonbon gegeben, aber der Junge hat ihn ihr zurückgegeben«, erklärte Cathleen.

»Das war aber sehr nett von ihm«, sagte die Gouvernante.

Amalia drehte sich zu Cathleen. »Ich will ihn aber nicht mehr. Du kannst ihn haben«, sagte sie großzügig zu ihr, als würde sie erraten, was in ihrer Schwester vorging.

So war es immer mit Amalia, dachte Cathleen, während ihre Finger den Bonbon fest umschlossen. Niemand kannte sie so gut wie sie.

Die ersten Regentropfen fielen, und Miss Carrington trieb sie zur Eile an. Sie flüchteten mit den anderen Menschen, die von allen Seiten herbeiströmten, unter die Zeltdächer. Kutschen fuhren vor, und Diener kamen mit großen Schirmen herbeigeeilt, um die Gäste trocken zu ihren Wagen zu geleiten. Das Fest hatte ein jähes Ende gefunden.

Wenig später saßen sie in der Kutsche, die im Regen auf dem Rückweg nach Sherwood durch das Moor preschte. Amalia hatte sich an sie gekuschelt und war eingeschlafen. Cathleen musste noch immer an den Jungen denken. Er hieß Edward, hatte ihnen Miss Carrington erzählt. Die beiden Mädchen seien seine Schwestern Rebecca und Emily gewesen.

Neben ihr bewegte sich Amalia im Schlaf, und Cathleen bemerkte plötzlich, dass die Hand ihrer Schwester heiß war – genauso wie ihre Wangen. Obwohl es durch den Regen draußen mit einem Schlag empfindlich kühl geworden war, glühten sie.

Sie blickte zu ihren Eltern, die sich miteinander unterhielten, und wandte sich dann zu der Gouvernante. »Miss Carrington, Amalia ist ganz heiß …«

»Bestimmt nur, weil ihr vorhin gerannt seid«, sagte die Gouvernante liebevoll tadelnd, zog aber ihren Handschuh aus, um Amalias Stirn zu fühlen. Auf ihrem Gesicht zeigte sich ein besorgter Ausdruck. »Sie hat Fieber!«

Das Gespräch zwischen ihren Eltern war abrupt verstummt, und Cathleen ergriff mit einem Mal ein unerklärliches Gefühl der Angst, als sie sah, wie alle ihre Schwester anblickten.

Melinda

20

Sie waren die erste Etappe mit dem Zug gefahren. Vorbei an Städten und Landschaften, die noch immer vom Krieg gezeichnet waren – an zerstörten Häusern und Fabriken, zerfetzten Gleisen und kahlen Feldern. An den Bahnhöfen drängten sich Menschen, in deren Gesichtern der Ausdruck von Erschöpfung und Hunger zu lesen stand. Kinder umringten englische Soldaten, bettelnd um ein Stück Brot.

Melinda blickte betroffen nach draußen. Sie spürte, dass es den anderen Journalisten, mit denen sie sich das Abteil teilte, nicht anders ging als ihr. Die Zugfahrt, die in der Besatzungszone der Sowjets wiederholt von strengen Passkontrollen unterbrochen wurde, führte ihnen unmissverständlich vor Augen, wie langsam sich Deutschland nur von den Folgen des Krieges erholte.

Vom Gang drangen englische Gesprächsfetzen zu ihnen. Nur wenige Deutsche saßen in dem Zug, der überwiegende Teil der Passagiere bestand aus Engländern, die auf dem Weg in den Heimaturlaub waren.

Kurz hinter Kranenburg passierten sie die holländische Grenze und mussten erneut die Pässe vorzeigen. Die Grenzbeamten behandelten sie kühl. Melinda konnte es ihnen nicht verübeln.

Sie fragte sich, was sie wohl in England erwartete. Ob es ihr gelingen würde, dort mehr über ihre Großmutter und ihre Herkunft herauszubekommen? Sie dachte an den Zeitungsartikel, den sie gefunden hatte, und an die Finkensteins. Ob es die Bank noch gab? Draußen glitt währenddessen die flache Landschaft Hollands an ihnen vorbei. Fensterscheiben von kleinen schmucken Häusern glänzten im Sonnenschein. In vielen Gärten hing Wäsche auf weit gespannten Leinen. Es war ein idyllischer Anblick nach der zerstörten Landschaft, die sie zuvor durchfahren hatten.

Melinda wurde von plötzlicher Abenteuerlust gepackt. Sie war froh, in der nächsten Zeit weder die Herders sehen noch Angst vor weiteren unliebsamen Überraschungen mit Frank haben zu müssen.

Gegen Abend erreichte der Zug die Küste, und sie stiegen in Hoek van Holland aus, um dort aufs Schiff zu gehen. Melinda hatte eine kleine Kabine mit einem weiß bezogenen Bett für sich, doch die raue See ließ sie schnell erneut an Deck flüchten.

An der Reling traf sie Emil wieder, einen der anderen Journalisten. Melinda schätzte ihn auf Mitte dreißig, obwohl sich an seinen Schläfen bereits die ersten grauen Strähnen zeigten. Während der letzten Kriegsjahre habe er, wie viele Journalisten, Berufsverbot gehabt, hatte er ihr erzählt. Sinnend blickte er jetzt in den nachtblauen Himmel.

»Kaum vorstellbar, dass man mit dem Flugzeug inzwischen in weniger als drei Stunden in London sein könnte, oder?«, sagte er.

»Nein, aber ehrlich gesagt bin ich ganz froh, dass wir zu ebener Erde reisen. Das Schiff schwankt mir schon genug«, erwiderte Melinda mit einem schiefen Lächeln. Tatsächlich hatte aufgrund der angespannten politischen Situation zwischen den westlichen Alliierten und den Sowjets kurz die Überlegung bestanden, sie alle mit dem Flugzeug nach England fliegen zu lassen.

»Wer weiß, in ein paar Jahren wird es wahrscheinlich ganz normal sein zu fliegen. Und du bist also halbe Engländerin, ja?«, fragte er dann.

»Eine halbe Engländerin, die nie in England war«, bestätigte Melinda, der die Gischt ins Gesicht sprühte.

»Nun, dann wird es ja doppelt spannend für dich. Und du

wirst bei der Fortbildung im Vorteil sein. Mit unserem deutschen Akzent werden wir wahrscheinlich keine Sympathiepunkte ernten.« Er verzog das Gesicht.

Sie lächelte. »Dafür habe ich nicht annährend eure journalistischen Erfahrungen.«

Emil zuckte die Achseln. »Das spricht in diesen Zeiten doch durchaus für dich.«

»Warum haben sich für die Fortbildung eigentlich so wenig Redakteure gemeldet?«, fragte sie neugierig.

Einen Moment lang schwieg er. »Wer lässt sich schon gern etwas vom ehemaligen Feind erklären?«, erwiderte er schließlich. »Auch wenn fast alle von uns gegen die Nazis waren. Ich glaube, die meisten haben einfach Angst gehabt, man lässt sie spüren, dass wir die Besiegten sind.«

Melinda nickte nachdenklich. Sie musste zugeben, dass sie diese Befürchtung verstehen konnte. Einige Zeit lang schaute sie an der Seite von Emil auf das dunkle Meer hinaus und genoss die rhythmischen Bewegungen des Schiffes. Sie spürte, wie sie eine bleierne Müdigkeit ergriff, und wünschte Emil eine gute Nacht, bevor sie zurück zu ihrer Kabine ging.

Als sie sich in ihrem schmalen Bett ausstreckte, musste sie daran denken, was der Chefredakteur Arno Scholz zu ihr und den anderen Journalisten vor ihrer Abreise gesagt hatte: »Denken Sie daran, dass Deutschland zurzeit ein Land ohne eigene Regierung und Diplomaten ist. Journalisten wie Sie sind es, die den Neuanfang machen und den Menschen im Ausland ein anderes und neues Bild von Deutschland vermitteln können. Das sollten Sie nie vergessen!« Seine Worte hatten Melinda beeindruckt, und während sie einschlief, dachte sie erneut darüber nach, wie man sie in England wohl empfangen würde.

21

Die Stadt war größer und unübersichtlicher, als sie geglaubt hatte. Vielleicht lag es auch an dem Nebel, der zu London zu gehören schien wie der Turm des Big Ben und der einem beständig die Sicht in die Ferne verweigerte. Vage konnte man die Umrisse des Towers aus dem grauen Dunst ragen sehen. Alles hier wirkte groß, laut und faszinierend, dachte Melinda. In den Straßen sah man Gesichter aus der ganzen Welt, ein Spiegelbild des Britischen Empire – Inder und Afrikaner genauso wie Einwohner der Karibik, Chinesen und rothaarige Iren. Fremde, exotische Gerüche stiegen einem in die Nase und vermischten sich mit der Feuchtigkeit des Nebels, dem Gestank von Abgasen und dem Rauch von Kohle, der über den Dächern in großen dunklen Schwaden aus den Schornsteinen stieg.

Melinda war bei der St. Paul's Cathedral nach rechts abgebogen und blickte sich nun suchend nach einem Straßenschild um. Ludgate Hill – sie war richtig gelaufen.

Seit zwei Tagen befand sie sich in London. Die Fortbildung war interessant. Die Seminare bestanden aus Vorträgen renommierter englischer Journalisten und Dozenten – einige stammten auch von den Pressestellen des Militärs – und aus praktischen Übungen. Zu ihrer Überraschung sprachen die meisten recht gut Deutsch. Im Kern ging es vor allem um die Grundlagen einer demokratischen Berichterstattung, die nach der angelsächsischen Tradition in einer klaren Trennung von Nachricht und Meinung zu bestehen hatte. Nicht nur Redakteure des *Telegraf*, sondern auch Journalisten von etlichen anderen Zeitungen nahmen an der Schulung teil. Die Fortbildung ging von frühmorgens bis zum Nachmittag, sodass ihnen danach noch genug Zeit blieb, die Stadt zu erkunden und an Artikeln für ihre Zeitungen zu schreiben.

Melinda war in einer kleinen Pension untergebracht, nicht

weit von Notting Hill entfernt. Mrs Donston, die Wirtin, war eine resolute ältere Dame, die außer Melinda noch zwei Iren und ein englisches Ehepaar beherbergte. Ihre anfängliche Reserviertheit wich etwas, als sie mitbekam, dass Melindas Mutter Engländerin gewesen war. Die Wirtin erzählte ihr, wie zu Beginn des Krieges unzählige Häuser und Gebäude in London durch die Attacken der deutschen Luftwaffe zerstört worden waren. *The Blitz*, so hatten die Engländer diese Angriffe genannt. Fast vierzigtausend Menschen seien dabei umgekommen.

»Nun, Ihr Herr Hitler hat uns wohl schwer verwundet, aber nicht schlagen können«, sagte Mrs Donston nicht ohne Stolz. Bei ihren Worten verspürte Melinda die gleiche schuldbewusste Verlegenheit, die sie seit ihrer Ankunft beim Anblick jedes zerstörten Gebäudes empfand. Selten hatte sie sich in ihrer Identität so zerrissen gefühlt.

Vorsichtig erkundigte sie sich bei der Wirtin, ob sie damit einverstanden sei, wenn sie ein kurzes Porträt über sie schreiben würde. Es schien ihr eine interessante Gegenüberstellung zu den Frauen, die sie in Berlin interviewt hatte, und sie freute sich, als Mrs Donston Ja sagte. Sie fragte die Wirtin auch, ob sie schon einmal von der Finkenstein Bank gehört habe, aber der Name sagte der alten Dame nichts. Einer der englischen Journalisten, Andrew Johnson, der bei der Fortbildung die Seminare leitete, konnte ihr jedoch weiterhelfen. Finkenstein sei eine kleine, aber sehr renommierte Privatbank, die ihren Sitz in der Nähe der St. Paul's Cathedral habe, erklärte er auf ihre Frage hin. Wenn sie wolle, könne er ihr den Weg dorthin zeigen, bot er an. Andrew Johnson war ein sympathischer Mann mit rotblonden Haaren und Sommersprossen, und sie mochte seine humorvolle Art zu referieren. Dennoch hatte Melinda abgelehnt und sich allein auf den Weg hierher gemacht. Es waren nicht die ersten Avancen, die man ihr seit ihrer Ankunft hier machte. Der überwiegende Teil der

Journalisten und Redakteure waren Männer, und einige hatten sie schon gefragt, ob sie mit ihnen ausgehen würde. Doch Melinda hatte bisher keine der Einladungen angenommen. Die Trennung von Frank hing ihr noch immer nach, und sie hatte das Gefühl, Zeit für sich zu brauchen.

Ihr Blick glitt die Straße entlang, vorbei an den herrschaftlichen Häuserfassaden, zwischen denen die eine und andere Lücke und die Reste von Grundmauern den Einschlag der Bomben verrieten. Das Gebäude der Bank – ein klassizistischer Bau, der Melinda etwas an die Villa der Finkensteins in Berlin erinnerte – befand sich an der Ecke Pilgrim Street und war schon von Weitem zu erkennen.

Während sie auf die Stufen zum Eingang zuging, überlegte sie, was sie sagen sollte. Es war eher unwahrscheinlich, dass man sie zu Mr Finkenstein vorlassen würde. Sie würde sich auf ihre Intuition verlassen müssen, dachte sie, während sie die Stufen hochstieg und sich bemühte, mit einem selbstbewussten Gesichtsausdruck von ihrer schlichten Kleidung abzulenken. Ein uniformierter Concierge öffnete ihr formvollendet die breite Tür mit den goldenen Beschlägen, und sie gelangte in die Eingangshalle. Der Boden und die Wände waren mit rötlich braunem Marmor ausgekleidet, und mehrere Gemälde hingen an den Wänden. Hinter einem großen Schreibtisch saß eine Empfangsdame mit adrett hochgesteckten Haaren. Höflich schaute sie ihr entgegen. Ihr taxierender Blick verriet indessen, dass sie auf die Schnelle einzuschätzen versuchte, ob sich hinter der ärmlichen Kleidung, die Melinda trug, möglicherweise doch eine vermögende Kundin verbergen könnte. »Guten Tag. Wie kann ich Ihnen helfen, Miss?«

Melinda zögerte kurz. »Mein Name ist Melinda Leewald. Ich würde gern mit Mr Finkenstein sprechen, wenn das möglich ist«, erklärte sie dann.

»Das wird leider schwierig sein. Mr Finkenstein weilt schon seit einigen Jahren nicht mehr unter uns. Er ist gefallen …«

Melinda blickte sie betreten an. »Das wusste ich nicht.«

»Mrs Finkenstein, seine Schwester, führt seit seinem Tod die Geschäfte der Bank«, belehrte die Empfangsdame sie.

Erleichtert vernahm Melinda, dass es offensichtlich doch noch ein lebendes Familienmitglied gab.

»Besteht die Möglichkeit, mit ihr zu sprechen oder einen Termin bei ihr zu bekommen?«

Die Empfangsdame schenkte ihr ein unterkühltes Lächeln. »Wie Sie sich sicher vorstellen können, ist Mrs Finkenstein eine viel beschäftigte Frau. In welcher Angelegenheit wünschen Sie sie zu sprechen?« In ihrem Tonfall schwang eindeutig Herablassung, nun, da sie begriffen hatte, dass Melinda keine Kundin der Bank sein konnte.

»Ich bin die Tochter von Caroline Leewald und die Enkelin von Helene Griffith – ich denke, das wird ihr etwas sagen«, erwiderte Melinda höflich, obwohl sie sich keineswegs sicher war, dass dies tatsächlich der Fall war.

Die Brauen der Empfangsdame bewegten sich nach oben, und sie zögerte, doch dann erhob sie sich von ihrem Stuhl.

»Ich werde sehen, was ich tun kann. Nehmen Sie einen Augenblick Platz«, sagte sie und deutete zu einer samtbezogenen Bank, bevor sie durch eine Tür verschwand.

Melinda fragte sich plötzlich, ob ihr Besuch hier wirklich eine so gute Idee gewesen war. Wahrscheinlich würde Mrs Finkenstein sie für irgendeine Bittstellerin halten, und die Empfangsdame würde sie gleich höflich hinauskomplimentieren.

Wenige Augenblicke später waren ein Geräusch und Schritte von der Tür zu hören.

»Mrs Finkenstein ist leider noch in einer Besprechung.«

Melinda, die nichts anderes erwartet hatte, nickte.

»Aber Sie lässt fragen, ob Sie vielleicht in ungefähr einer Stunde, gegen sechs Uhr, wiederkommen könnten. Sie würde dann bis zur Abendkonferenz eine halbe Stunde Zeit für Sie haben«, erklärte die Empfangsdame, die über diese Nachricht genauso überrascht schien wie Melinda.

22

Als sie nach einer Stunde in die Bank zurückkehrte, geleitete sie die Empfangsdame in den ersten Stock. Sie betraten ein Büro, das mit einem weichen Teppich ausgelegt war, in den man bei jedem Schritt versank.

Eine grauhaarige Dame mit streng zurückgesteckten Haaren und wachen, intelligenten Augen, die sie neugierig musterten, empfing sie. Die Bankdirektorin strahlte eine ungewöhnliche Mischung aus Eleganz und Respekt einflößender Autorität aus, die Melinda selten bei einer Frau erlebt hatte.

»Miss Leewald? Ich glaubte erst, ich hätte mich verhört, als man mir Ihren Namen nannte, aber Sie sehen Ihrer Mutter ähnlich. Obwohl es lange her ist, erinnere ich mich noch gut an sie«, sagte Beatrice Finkenstein mit einem Lächeln und erhob sich dann. Ihr Händedruck war überraschend kräftig. Sie deutete zu einem kleinen Besprechungstisch, auf dem Tee und Gebäck bereitstanden.

»Wie geht es Ihrer Mutter? Sie war lange Jahre wie eine Schwester für mich. Sehen Sie, meine Kindheit in Berlin ist mir trotz des Krieges noch immer in wundervoller Erinnerung. Leider haben Ihre Mutter und ich uns nach ihrer Hochzeit aus den Augen verloren«, sagte sie, während sie ihnen beiden Tee einschenkte. Erst da bemerkte sie Melindas traurigen Gesichtsausdruck – und begriff. Sie stellte die Kanne ab.

»Mein Gott … Ein Bombenangriff?«

»Nein, Typhus. Im letzten Kriegsjahr«, erklärte Melinda.

»Das tut mir sehr leid.« Ein erschütterter Ausdruck glitt über Mrs Finkensteins Gesicht. »Es ist schrecklich, wie viele

Menschen in diesem Krieg sterben mussten. Ich selbst habe zwei meiner Brüder verloren.«

Sie nippte betroffen an ihrem Tee, und die beiden Frauen schwiegen einen Moment lang, bevor Mrs Finkenstein Melinda schließlich fragte, was sie nach London führte.

»Eine journalistische Fortbildung. Aber ich muss gestehen, dass ich auch hier bin, weil ich gern mehr über meine englische Herkunft erfahren möchte. Vor allem über meine Großmutter.«

»Und inwieweit kann ich Ihnen dabei helfen?«

»Ich hoffte, dass Sie vielleicht wissen, warum meine Großmutter, Helene Griffith, mit Ihrer Familie nach Deutschland gegangen ist. Ich habe nachgerechnet, 1897 war meine Mutter gerade erst geboren, und es war für die damalige Zeit doch bestimmt sehr ungewöhnlich, mit einem so kleinen Kind sein Heimatland zu verlassen. Hat meine Großmutter jemals darüber gesprochen, warum sie aus England fortgegangen ist?«

Ein merkwürdiger Ausdruck glomm in Beatrice Finkensteins Augen auf. »Gesprochen? Aber nein. Ich habe ihre Stimme überhaupt nur ein- oder zweimal gehört. Sie mochte es nicht zu sprechen, weil es sich ihrer Kontrolle entzog. Sie war ja taub, genau wie mein Bruder Jacob.«

Melinda starrte sie an. »Sie konnte nicht hören?«

»Aber nein! Das wussten Sie nicht?«

Sie schüttelte wie erschlagen den Kopf. »Meine Mutter hat es nie erwähnt. Und ich selbst habe meine Großmutter nie richtig kennengelernt. Als sie starb, war ich noch ein kleines Kind.«

Mrs Finkenstein, die einen Schluck Tee getrunken hatte, stellte ihre Tasse ab. »Nun, die Taubheit Ihrer Großmutter war der Grund, warum meine Eltern sie damals als Gouvernante für meinen Bruder Jacob eingestellt haben«, erklärte sie. »Ihre Großmutter hat ihm die Gebärdensprache beigebracht, und meine Eltern wollten, dass Jacob die Möglichkeit hat, mit jemandem zu kommunizieren, der wie er ist. Er hing sehr an Ihrer Großmutter.«

Melinda dachte an das Buch, das sie im Schrank ihrer Mutter gefunden hatte. Auf einmal ergab alles einen ganz neuen Sinn.

»Aber warum Ihre Großmutter sich entschlossen hat, England zu verlassen, weiß ich leider nicht«, fuhr Mrs Finkenstein fort. »Ich entsinne mich dunkel, dass meine Mutter einmal erwähnte, dass sie viel durchgemacht habe, bevor sie zu uns kam, und alles hinter sich lassen wollte, aber was genau sie damit meinte, kann ich Ihnen nicht sagen.«

Melinda blickte sie mit einem seltsamen Gefühl im Bauch an. Das Leben für eine taube Frau war damals bestimmt nicht einfach gewesen. War das der Grund gewesen, dass ihre Großmutter viel durchgemacht hatte – oder gab es noch etwas anderes, das in ihrem Leben geschehen war? Sie musste plötzlich an den Zeitungsartikel denken.

»Sagt Ihnen der Name Sherwood etwas?«, fragte Melinda.

»Sherwood?« Beatrice Finkenstein schüttelte den Kopf. »Leider nein. Vielleicht sollten Sie sich einmal mit meiner Mutter unterhalten«, meinte sie plötzlich. »Sie ist zurzeit in Wales bei Freunden, kommt aber zu Beginn der nächsten Woche wieder nach London zurück. Sie ist zwar bereits einundachtzig Jahre alt, aber sie verfügt noch immer über ein bemerkenswertes Gedächtnis.«

»Wenn das ginge, würde ich das sehr gerne tun«, sagte Melinda erfreut. Sie bedankte sich noch einmal, dass Mrs Finkenstein sich für sie Zeit genommen hatte. Die Direktorin versprach, sich bei ihr zu melden, sobald ihre Mutter zurück war.

23

Der Freitag und das Wochenende waren von der Fortbildung ausgenommen, und Melinda hatte deshalb für den Donnerstagabend eine Zugfahrt nach Exeter ins Dartmoor gebucht. Die Eindrücke der ersten Tage in England waren so intensiv und vielfältig gewesen, dass sie froh war, etwas Zeit ganz für sich allein zu haben. Das Gespräch mit Mrs Finkenstein hatte sie aufgewühlt – und verwirrt. Sie merkte, dass die Gedanken unaufhörlich durch ihren Kopf kreisten, während sie zu begreifen versuchte, was das Verbindungsglied zwischen ihrer gehörlosen Großmutter und dem Paket war. Stärker als jemals zuvor hatte sie das Gefühl, dass sie dorthin fahren musste, wo die Zeichnungen und Aquarelle entstanden waren. Nur dort konnte sie eine Antwort finden, das spürte sie. Und wenn nicht? Dann würde es zumindest ein spannender Ausflug werden, dachte Melinda.

Sie lehnte den Kopf gegen die kühle Scheibe und blickte nach draußen. Die einbrechende Dämmerung hatte einen grauen Schleier über die Landschaft gelegt, aus der sich Hügel und Wälder nur noch in schemenhaften Silhouetten hervorhoben. Langsam tauchten auch sie in die Dunkelheit. Melinda versuchte etwas zu lesen. Emil hatte ihr kurz vor ihrer Abreise ein schmales Buch in die Hand gedrückt. *Der Hund von Baskerville*, von Arthur Conan Doyle.

»Damit du in die richtige Stimmung kommst«, hatte er mit einem Augenzwinkern gesagt, als er hörte, dass sie über das Wochenende ins Dartmoor fahren würde. Schon nach wenigen Seiten war Melinda in die Geschichte vertieft. Es ging um einen Fall von Sherlock Holmes, der im Dartmoor das Geheimnis eines jahrhundertealten dämonischen Fluchs aufklärte, dem die männlichen Erben der Familie Baskerville zum Opfer fielen. Die Atmosphäre war unheimlich, ja, beinahe gruselig. Zumindest, wenn man wie sie allein in einem Abteil saß und es draußen stockfinster war, dachte Melinda. Jedes Knarren des Zugs hatte plötzlich etwas Gespenstisches, und sie schreckte ein paar Mal zusammen, als draußen das schrille Aufheulen der Dampflok zu hören war.

Es war fast neun Uhr, als sie Exeter erreichte.

Melinda hatte sich in Old Postbridge telegrafisch in einem Landgasthof ein Zimmer bestellt, und man hatte ihr mitgeteilt, dass jemand sie vom Bahnhof abholen würde.

Suchend schaute sie sich jetzt um. Nur wenige Menschen waren auf dem Bahnsteig zu sehen. Einen Augenblick lang befürchtete sie schon, man habe sie vergessen, als ein Mann, dessen Gesicht vom Wetter gegerbt war und der die bäuerliche Kleidung eines Knechts trug, auf sie zukam.

»Miss Leewald?«

Sie nickte.

Er lüftete seine abgewetzte Schirmmütze. »Ned Barker vom Postbridge Inn. Ich soll Sie mitnehmen«, sagte er in einem südenglischen Akzent, der für sie nicht einfach zu verstehen war.

»Hallo.« Sie lächelte. »Danke, dass Sie mich abholen.«

»Machen wir immer. Im Februar fährt der letzte Bus mittags raus«, erklärte er und nahm ihr die Tasche ab. Sie folgte ihm nach draußen zu einem Wagen, dessen Rückbank mit Lebensmitteln und Kartons vollgeladen war. Er verstaute ihr Gepäck dazwischen, und sie nahm neben ihm auf dem Beifahrersitz Platz.

»Es ist das erste Mal, dass ich in Südengland bin. Ich bin schon sehr gespannt«, sagte sie.

Er warf ihr nur einen kurzen Blick zu, ohne etwas zu erwidern. Wahrscheinlich fand er es eher seltsam, dass eine junge Frau im Februar allein ins Dartmoor fuhr, ging ihr auf. Oder er hatte ihren deutschen Akzent herausgehört. Auf jeden Fall schien Ned kein Mann vieler Worte zu sein. Das laute Motorengeräusch machte eine Unterhaltung ohnehin fast unmöglich. Melinda spähte nach draußen, aber das Licht der Scheinwerfer ließ sie in der Dunkelheit kaum etwas erkennen. Nur die Unebenheit der Straße verriet ihr, dass sie inzwischen weit draußen auf dem Land sein mussten.

Sie war froh, als sie nach einer guten Stunde Fahrt endlich auf die Lichter eines Hauses zufuhren und sie am Postbridge Inn angekommen waren.

24

Mrs Benson, die rundliche Wirtin, war die Herzlichkeit in Person. »Ich hoffe, Sie hatten eine gute Reise! Ned wird Ihre Sachen auf Ihr Zimmer bringen. Es ist zwar schon spät, aber ich habe noch etwas Suppe. Sie sind bestimmt hungrig nach der langen Fahrt.«

Wenig später saß Melinda an einem großen Holztisch in der steinernen Eingangshalle, in der ein gemütliches Feuer im Kamin brannte. In einem Lehnstuhl am Fenster saß ein alter Mann mit schlohweißen Haaren. Er hatte das Gesicht zum Fenster gewandt, schien aber zu schlafen, denn seine Augen waren geschlossen.

Zu dieser Jahreszeit seien nur wenig Gäste hier, berichtete Mrs Benson, die einen dampfenden Teller vor sie stellte. Es war der köstlichste Eintopf, den Melinda jemals gegessen hatte, und es gab sogar selbst gebackenes Brot dazu. Allein dafür hatte sich die Reise schon gelohnt!

Mrs Benson, die ihr ein Glas Wasser einschenkte, lächelte, als sie sah, mit welchem Appetit sie aß. »Und Sie kommen aus London?«

»Ja. Ich nehme dort an einer Fortbildung für Journalisten teil. Eigentlich stamme ich aber aus Berlin«, gestand sie ehrlich und trank einen Schluck.

»Ach.« Mrs Bensons Lächeln wurde sichtlich zurückhaltender. Melinda bemerkte, dass Ned, der hinten auf dem Weg zur Küche war, bei ihren Worten unvermittelt stehen blieb und sie ansah. Es war kein freundlicher Blick, den er ihr schenkte. Einen Moment lang bereute Melinda, dass sie ihre Nationalität preisgegeben hatte.

»Und was verschlägt Sie in unsere abgeschiedene Gegend?«, fragte Mrs Benson höflich.

»Meine Mutter war Engländerin.« Melinda zögerte. »Sie hat mir als Kind oft Märchen und Geschichten erzählt, die hier in der Gegend spielen. Deshalb wollte ich unbedingt einmal hierher. Ich habe überlegt, etwas darüber zu schreiben«, fügte sie hinzu, da es ihr zu persönlich erschienen wäre, von dem Paket zu erzählen.

»Stammte Ihre Mutter denn von hier?«, fragte Mrs Benson, die ihren leer gegessenen Teller an sich nahm.

»Das weiß ich leider nicht genau. Sie ist mit meiner Großmutter schon als kleines Kind nach Deutschland gekommen, und beide sind verstorben.«

»Das tut mir leid.«

»Sagt Ihnen der Name Sherwood etwas?«, fragte Melinda, einer plötzlichen Eingebung folgend.

Mrs Benson, die in die Küche gehen wollte, blieb überrascht stehen und nickte.

»Sie sind tot, alle beide – schon lange«, ertönte unvermittelt eine krächzende, heisere Stimme hinter ihnen, die Melinda einen Schauer über den Rücken jagte. Sie fuhr herum.

Der alte Mann im Lehnstuhl hatte sein Gesicht vom Fenster abgewandt und seine Augen geöffnet. Er starrte sie an.

»Dad, was soll denn das? Du sollst doch unsere Gäste nicht so erschrecken«, sagte Mrs Benson tadelnd und brachte den Teller weg.

Melinda war plötzlich hellwach. »Was meinen Sie damit – sie sind beide tot?«

Doch der Alte hatte sich schon wieder zurück zum Fenster gewandt, als würde er draußen in der Dunkelheit jemanden sehen.

»Das Moor hat sie verschlungen«, sagte er mit düsterer Stimme.

»Lass doch diese furchtbaren Geschichten, Dad!« Mrs Benson, die zurückgekommen war, schüttelte missbilligend den Kopf. »Mein Schwiegervater … Beachten Sie ihn einfach nicht«, sagte sie etwas leiser zu Melinda. »Das mit den Sherwoods ist eine uralte Geschichte und gehört zu den vielen Legenden, die man sich hier gerne in der Gegend erzählt.«

Melinda merkte, dass sich ihr Herzschlag beschleunigte. »Und worum geht es in dieser Legende?«

Mrs Benson machte eine wegwerfende Handbewegung. »Ach, Ende des letzten Jahrhunderts sind hier zwei Schwestern im Moor ums Leben gekommen. Erst die eine und dann die andere. Es war wohl eine echte Tragödie. Im Laufe der Jahrzehnte haben die Leute dann in ihrem Aberglauben immer mehr dazugedichtet. Es heißt, ihre Seelen würden in den dunklen Nächten noch immer durchs Moor geistern … Sie wissen ja, wie so etwas ist.«

Melinda nickte stumm.

Mrs Benson warf ihr einen prüfenden Blick zu, als spürte sie, dass sie etwas verbarg. »Nun, am besten zeige ich Ihnen jetzt mal Ihr Zimmer. Sie sind bestimmt müde!«

25

Sie schlief tief und fest. Ihr Zimmer lag im ersten Stock, und als sie am nächsten Morgen die Vorhänge aufzog, blickte sie direkt auf die weite Ebene des Dartmoors hinaus. Die Sonne schickte einige zögerliche Strahlen durch den grauen Schleier, der noch über der Landschaft lag. In der Ferne waren einige der ungewöhnlich anmutenden Felsformationen zu erkennen, die auch auf den Zeichnungen und Aquarellen abgebildet waren.

Melinda dachte darüber nach, was Mrs Benson am Abend zuvor über die Sherwood-Schwestern erzählt hatte. Es passte zu dem Zeitungsartikel, den sie in dem Buch gefunden hatte, dachte sie.

Sie spürte, wie sie die Unternehmungslust packte, als sie erneut nach draußen schaute, und begab sich nach unten zum Frühstück. Außer ihr gab es zurzeit nur drei weitere Gäste im Postbridge Inn. Ein älteres Ehepaar, das auf der Durchreise war, und ein Herr, der zu Studienzwecken hier zu sein schien. Ein Stapel von Büchern türmte sich um ihn herum, und er trug während des Frühstücks Notizen in ein Buch ein. Ein Wissenschaftler, vermutete Melinda.

Nach dem Frühstück fragte sie Mrs Benson, ob sie ihr den Weg zu Whistman's Wood beschreiben könnte.

»Sicher! Zu dem Wanderweg gelangen Sie ganz leicht. Es lohnt sich. Der Wald ist sehr ungewöhnlich, selbst zu dieser Jahreszeit.«

»Aber bleiben Sie auf dem Hauptweg«, mischte sich eine Stimme ein. Ein Mann war auf der Schwelle zur Küche aufgetaucht. Er hielt einen Becher Tee in seinen geröteten Händen, und seine verschmutzte Kleidung verriet, dass er trotz der frühen Morgenstunde schon einige Stunden Arbeit hinter sich hatte. Wie sich herausstellte, handelte es sich um Mr Benson, der den Hof betrieb, der an den Gasthof angeschlossen war. »Es hat viel geregnet, und der Untergrund im Moor kann dann tückisch sein«, erklärte er.

»Ich werde darauf achten. Vielen Dank für die Warnung«, erwiderte Melinda.

Er blickte auf ihre Schuhe. »Mit denen können Sie da aber nicht raus«, setzte er kopfschüttelnd hinzu.

Mrs Bensons Blick war dem ihres Mannes gefolgt. »Nein, das geht wirklich nicht. Ich werde Ihnen ein paar Gummistiefel holen.« Sie beharrte in ihrer Fürsorglichkeit nicht nur darauf, ihr die Gummistiefel, sondern auch ein Regencape und etwas Wegzehrung mitzugeben.

Wenig später befand Melinda sich auf dem Weg ins Dorf. Die Hauptstraße bestand aus einer Ansammlung von Häusern und einigen Geschäften und einer kleinen Kirche. Melinda betrachtete neugierig die wenigen Läden: ein Bäcker, ein Lebensmittelgeschäft, ein kleiner Zeitungsladen, in dem man auch Papier und Landkarten kaufen konnte – und ein Pub. Aus einem der Schaufenster blickte ihr ihr Spiegelbild mit den Gummistiefeln und dem alten abgetragenen Mantel entgegen – Melinda musste grinsen. Sie sah wirklich seltsam aus. Kein Wunder, dass sie einige der Leute musterten.

Wie zur Bestätigung bemerkte sie, dass vom Pub auf der anderen Straßenseite drei Männer zu ihr herüberschauten.

Ihr Gesichtsausdruck wirkte nicht neugierig, sondern abfällig, beinahe feindselig. Einer der drei war Ned, der Knecht der Bensons, der sie gestern in Exeter abgeholt hatte. Sie nickte ihm freundlich zu. Er erwiderte den Gruß knapp, ohne dass sich auch nur die Andeutung eines Lächelns auf seinem Gesicht zeigte. Ein Gefühl der Beklemmung ergriff Melinda. Sie hatten darüber gesprochen, dass sie Deutsche war, ahnte sie. Sie konnte den Blick der Männer in ihrem Rücken spüren. Was hatte sie erwartet? Der Krieg war noch überall viel zu gegenwärtig, als dass ihre deutsche Herkunft keine Rolle spielen würde. Im Grunde konnte sie sich nicht einmal beschweren. Die meisten Engländer waren ihr bisher überraschend nett und freundlich begegnet, musste sie zugeben.

Ein lautes Motorengeräusch riss sie aus ihren Gedanken. Als sie aufblickte, sah sie einen sportlich geschnittenen Wagen um die Ecke biegen. Das Auto hätte ebenso wie sein Insasse eher nach London als hier draußen ins Dartmoor gepasst.

Der Fahrer war ein Mann in den Vierzigern. Den Ellbogen lässig auf dem heruntergekurbelten Fenster abgelegt, saß er hinter dem Steuer und fuhr mit hohem Tempo an ihr vorbei. Wahrscheinlich handelte es sich um einen der Bewohner der umliegenden Manors und Herrenhäuser. Es gab hier etliche solcher Anwesen – auch wenn viele von ihren Besitzern nur an einigen Wochen im Jahr bewohnt wurden.

Hinter ihr war das Geräusch quietschender Reifen zu hören. Der Wagen war anscheinend vor einem der Geschäfte zum Stehen gekommen. Ein leichtes Lächeln umspielte Melindas Lippen. Es war anzunehmen, dass das Fahrverhalten des Mannes unter den Dorfbewohnern erst einmal für genug Gesprächsstoff sorgen würde, um in Vergessenheit geraten zu lassen, dass gerade eine Deutsche die Hauptstraße entlanggelaufen war.

26

Der Wanderweg nach Whistman's Wood begann nicht weit hinter dem Ortsausgang und führte direkt an einem Fluss entlang. Schon nach wenigen Schritten fühlte Melinda sich wie befreit. Die Bewegung tat ihr gut. Ein Geruch nach feuchtem Moos und Gras lag in der Luft, die kühl, aber dennoch mild war. Man sah, dass es in den letzten Wochen viel geregnet hatte – die Wiesen des Moors wirkten morastig, und der Boden war nass und von Pfützen durchsetzt. Melinda dankte Mrs Benson insgeheim für die Gummistiefel, die sie ihr gegeben hatte.

Ewig war es her, dass sie nicht von Häusern und Ruinen umgeben war, und die Stille und Friedlichkeit ringsum erschien ihr wie Balsam für ihre Seele. Als sie eine Zeit lang gelaufen war, wurde der Weg schmaler und der Fluss zu ihrer Seite breiter und reißender. Die Landschaft mit ihren bräunlichen Hügeln und den kahlen Bäumen hatte nichts Liebliches, sondern etwas Karges und Raues, doch barg sie eine eigene Schönheit und etwas Geheimnisvolles. Ein zarter dunstiger Schleier lag in malerischen Schwaden über den Wiesen des Moors. Die Sonne, die immer wieder durch die Wolkendecke brach, ließ die grauen Felsformationen in der Ferne in einem wechselhaften Spiel für kurze Augenblicke aus dem Nebel hervortreten, um sie im nächsten auch schon wieder zu verschlucken. Fast so, als bewegten sie sich und wären zum Leben erwacht – seltsame, fremde Wesen, die nicht aus dieser Welt stammten. Jeder Busch, jeder Stein schien darauf zu brennen, eine Geschichte zu erzählen, so kam es Melinda vor.

Sie war schon einige Zeit gelaufen, als sie sah, dass sich ein schmaler Pfad von ihrem Weg abgabelte. Er führte auf einen der Hügel hinauf. Sie beschloss, einen kleinen Abstecher zu machen, um von dort die Aussicht zu genießen, und stieg den Pfad hoch. Außer Atem kam sie oben an. Ein Felsbrocken, der wirkte, als hätte ihn jemand direkt vom Himmel dorthin fallen lassen, lud zum Verweilen ein, und Melinda lehnte sich gegen den kühlen Stein. Die Sonne hatte sich wieder hinter den Wolken versteckt, dennoch konnte sie von hier oben fast bis zum Horizont schauen. Ein kühler Wind strich Melinda durchs Haar. Der Ausblick kam ihr seltsam vertraut vor, dachte sie. Und dann begriff sie aufgeregt, warum: Sie hatte ihn schon einmal gesehen – auf einer der Zeichnungen aus dem Paket. Genau diesen Ausschnitt der Landschaft mit den Hügeln, den Waldstücken und den beiden Felsen. Sie war sich ganz sicher. Auf dem Bild wirkte alles etwas näher, und es war zu einer anderen Jahreszeit entstanden, denn an den Bäumen waren Blätter gewesen, doch sonst war die Perspektive fast gleich. Und tatsächlich, ganz hinten, dort, wo die Landschaft nur noch verwischt zu erkennen war, zeigten sich auch die Umrisse des Herrenhauses, das auf der Zeichnung zu sehen war.

Das Bild musste hier oben entstanden sein. Sie sah plötzlich vor sich, wie jemand damals, vor über fünfzig Jahren, diesen Hügel heraufgestiegen war, bewaffnet mit Tusche und einem Zeichenblock, vielleicht sogar einer Staffelei, und sich hier zum Malen hingesetzt hatte. Es musste jemand gewesen sein, der die Einsamkeit liebte oder zumindest schätzte. Wie hatte sich das Leben zu jener Zeit wohl angefühlt? Für einen kurzen Augenblick konnte Melinda sich die Szenerie so lebhaft vorstellen, dass sie die malende Gestalt genau vor sich sah. Ein Kopf mit einem Hut, der von der Zeichnung aufblickte und über die Landschaft schaute, eine Hand, die mit dem Pinsel leise streichend über das Papier fuhr …

Das Schreien eines Vogelschwarms riss Melinda zurück in die Gegenwart, und die Szenerie vor ihren Augen löste sich wieder auf.

Erst jetzt sah sie, dass der Pfad, der den Hügel hinaufgeführt hatte, an einer anderen Stelle wieder nach unten und, sich weiter durch das Moor schlängelnd, in die Richtung des Anwesens zu führen schien. Ob es sich um dasselbe Herrenhaus handelte, das auch auf den anderen Bildern zu sehen war? Plötzlich wollte Melinda unbedingt dorthin. Sie überlegte nicht lange. Auf den Weg nach Whistman's Wood konnte sie sich immer noch machen.

27

Nur eine knappe halbe Stunde später bereute sie ihre Entscheidung zutiefst. Das Gehen auf dem schmalen Pfad war mühselig. Obwohl die Gummistiefel eine Sohle mit Profil hatten, drohte sie immer wieder, auf dem matschigen Untergrund auszurutschen, und über ihr hatte der Himmel ein unerfreuliches, dunkles Grau angenommen. Sie musste an Mr

Bensons Warnung denken, nicht die Wege zu verlassen. War ein Pfad ein Weg? Sie seufzte.

Immerhin konnte sie auf der nächsten Anhöhe feststellen, dass das Manor nicht mehr weit entfernt war. Doch dann ging es unvermittelt bergab, und Melinda erreichte ein Stück Wald, das ihr den Blick zu dem Herrenhaus erneut versperrte. Zu ihrem Unmut gabelte sich der Pfad vor ihr auf einmal. Unschlüssig blieb sie stehen. Sie hatte keine Ahnung, in welche Richtung sie gehen musste. Zu allem Überfluss hatte auch noch ein unangenehmer Nieselregen eingesetzt. Beinahe kam es ihr vor, als würde jemand nicht wollen, dass sie zu dem Anwesen gelangte.

Mrs Benson insgeheim ein zweites Mal dankend, zog Melinda das Regencape über. Da entdeckte sie an einem der Baumstämme ein verwittertes Schild, das nach rechts wies. Ein Name war in das morsche Stück Holz geschnitzt: Landshire. Das musste das Manor sein!

Sie beschleunigte ihren Schritt, und kurz darauf tauchte vor ihr tatsächlich das Anwesen auf, das weitläufig von Mauern umschlossen war. Sie musste sich auf der Rückseite befinden, denn es war weder ein Tor noch eine Einfahrt zu entdecken. Immer an der Mauer entlang stapfte sie durch den Morast um den Besitz herum zur Vorderseite. Ungefähr auf der Hälfte erkannte sie, dass das Gebäude nicht mehr bewohnt war. Steine fehlten in der Mauer, und als sie einen Blick darüber warf, zeigten sich ihr wild gewachsene Büsche, Bäume und Hecken, die nur noch vage etwas davon ahnen ließen, wie der Garten einmal angelegt gewesen war. Durch die kahlen Äste aber konnte man das Herrenhaus erkennen. Efeu rankte sich verwunschen über seine Fassaden und die beiden Ecktürmchen. Obwohl die Farbe von den Fensterrahmen blätterte, hatte es noch immer etwas Prachtvolles und Elegantes an sich.

Noch bevor Melinda die Vorderseite erreicht hatte, wusste sie, dass es das Herrenhaus von den Bildern war. Ihr Herz schlug schneller, als sie vor dem großen Gittertor stehen blieb. Es war verschlossen.

Einen Moment lang spürte sie weder den feinen Nieselregen, der ihr Gesicht benetzte, noch sah sie den Nebelschleier, der dichter wurde, sondern sie blickte durch die eisernen Stäbe zu dem Herrenhaus: Eine gerundete Treppe führte zu einer großen Eingangstür hinauf, die von zwei Halbsäulen flankiert wurde, und es erschien ihr, als müsste man nur dort hindurchgehen, um das Reich einer vergessenen, längst vergangenen Zeit zu betreten.

Sie hatte keine Ahnung, wie lange sie so gestanden hatte, als sie merkte, dass ihr kalt war. Der Nebelschleier hatte sich unmerklich verdichtet. Sie musste sehen, dass sie zurückkam.

Leider machte der Hauptweg, der zu dem Anwesen führte, keinen sehr viel besseren Eindruck als der Pfad, auf dem sie hierhergelangt war, stellte sie fest. Er war matschig, und man konnte nicht einmal erkennen, wohin er führte. Das Beste würde wohl oder übel sein, so zurückzugehen, wie sie gekommen war. Fröstelnd und mit eiligen Schritten machte sie sich auf den Weg.

Während die dunstigen Nebelschwaden auf dem Hinweg eher malerisch wirkten, hatte die eingeschränkte Sicht nun etwas zunehmend Unheimliches. Sie konnte kaum mehr als ein paar Schritte weit nach vorne blicken. Vereinzelt war in der Ferne das Krächzen eines Vogels auszumachen, aber sonst vernahm Melinda nichts – nur ihren eigenen Atem und das Quietschen ihrer Gummistiefel, die immer wieder in dem matschigen Untergrund festzustecken drohten.

Doch dann war etwas entfernt mit einem Mal ein unheimliches Geräusch zu hören. Eine Stimme? Nein, ein Schnauben! Es wurde lauter. Ein Schauer lief ihr über den Rücken. Bildete sie sich das nur ein? Gegen ihren Willen stiegen die Erinnerungen an die Märchen ihrer Kindheit in ihr hoch, und sie merkte, wie die Fantasie mit ihr durchzugehen drohte. Sie lief schneller und wandte sich im Laufen immer wieder um. Entsetzt bemerkte sie in diesem Augenblick, wie zwischen den Schwaden schemenhaft etwas Großes, Dunkles auf sie zukam. Melinda begann zu rennen, verlor dabei auf dem schlickigen Untergrund den Halt, rutschte und landete mit einem Aufschrei im Matsch. Sie drehte sich panisch um, wollte aufstehen – nur weg von hier – und sah ungläubig, wie vor ihr aus dem Nebel, einer Erscheinung gleich, die Gestalt eines Reiters auftauchte. Erschrocken starrte sie den Fremden an.

Amalia

28

Die Welt erhielt ein anderes Gesicht und mit ihr die Menschen um sie herum. Die Veränderungen kamen nicht jäh und plötzlich, sondern schleichend – wie ein lauter Ton, der langsam leiser wurde, in ein Summen überging, um schließlich ganz zu verstummen.

In den ersten Wochen beherrschte Amalia vor allem die Angst. Es war ein Gefühl der Panik, das allgegenwärtig war. Sie kam sich wie gefangen vor, hinter Wänden aus dickem Glas.

Sie sei schwer krank gewesen, hatte man ihr erklärt. Deshalb könne sie nicht hören. In langsamen Worten hatten ihre Eltern das gesagt und es so lange wiederholt, bis Amalia es von ihren Lippen lesen konnte. Alles würde wieder gut werden, sagten sie – und anfangs hatte sie das auch geglaubt. In dem Sturm der Emotionen, den Amalia durchlief, keimte regelmäßig die Hoffnung auf, wieder hören zu können, denn manchmal schien es ihr tatsächlich, als würde sie das tun. Wenn ihre Schwester auf sie zugerannt kam und sprudelnd etwas erzählte oder Miss Carrington sich zu ihr beugte und etwas sagte, gab es Augenblicke, in denen sie meinte, jedes Wort zu verstehen, ja sogar die Schritte und das Rascheln ihrer Röcke zu hören, wenn sie den Raum betraten. Doch es waren nur ihre vertraute Mimik und Gestik, die Bewegung ihrer Lippen, die sie, bevor sie etwas ausgesprochen hatten, schon ahnen ließ, was sie sagen wollten. Wenn Cathleen ihr dann aber den Rücken zuwandte oder Miss Carrington aus ihrem Blickfeld entschwand, war plötzlich alles still. Genau wie jetzt! Mit zusammengepressten Lippen starrte Amalia auf den Teich. Sie hatte sich allein in den Garten geflüchtet. Zwei

Enten schwammen vor ihr auf dem nilgrünen Wasser und erhoben sich flügelschlagend ein Stück durch die Lüfte, um dann etwas weiter entfernt wieder zu landen. Amalia hätte schwören können, das leise Klatschen auf dem Teich zu hören, ja sogar das Prusten und Schnattern der Tiere. Sie schloss fest die Augen und konzentrierte sich – doch es war still. Die Geräusche verstummten, sobald sie nichts mehr vor sich sah. Sie öffnete wieder die Lider. Über ihr strich der Wind durch die Blätter der Bäume, die sich in einem tanzenden Reigen hin und her bewegten. Sie glaubte, das flüsternde Rascheln deutlich zu hören, aber es war eine Illusion. Die Töne, die Geräusche und Stimmen waren nur noch immer in ihr, hatte sie inzwischen begriffen, und ihr Verstand nahm sich aus der Erinnerung, was zu den Bildern vor ihr passte, und setzte sich die Wirklichkeit so zusammen, wie sie sie immer gekannt hatte.

Unwillkürlich ballte Amalia die Hände zu Fäusten. Eine dunkle Welle der Angst drohte sie erneut zu verschlingen, und sie bemühte sich vergeblich, ihre Tränen zurückzuhalten.

Eine Bewegung zwischen den Bäumen schreckte sie auf.

Es war Cathleen. Sie stand dort, fragend, und schaute sie an.

Amalia wandte den Kopf zurück zum Teich.

Wortlos ließ ihre Schwester sich an ihrer Seite auf die Erde sinken, so dicht, dass Amalia ihren Arm an dem ihren spüren konnte. Eine Zeit lang saßen sie beide einfach nur da, still und bewegungslos, und begannen schließlich, ein paar Kieselsteine, die am Ufer herumlagen, ins Wasser zu werfen.

Die Gegenwart ihrer Schwester beruhigte sie. Sie war einfach nur da, so wie sie immer da gewesen war, und Amalia war ihr dankbar dafür. Cathleen war die Einzige, die sich ihr gegenüber nicht verändert hatte, dachte sie.

Manchmal konnte sie das Mitleid in den Blicken der anderen und die Nachsicht, mit der man sie behandelte, als würde sie noch immer krank im Bett liegen, nicht mehr ertragen.

Weder bei Miss Carrington noch bei ihrer Mutter, die ständig und viel zu viel lächelte, und auch nicht bei ihrem Vater. Früher hatte er ihr bei seiner Heimkehr nur kurz den Kopf getätschelt, um sich dann wieder seinen eigenen Angelegenheiten zu widmen, und nun kam er plötzlich jeden Abend zu ihr ans Bett. Er scherzte und machte Faxen, über die sie sich zu lachen bemühte, weil sie spürte, dass er sich das wünschte. Irgendwann zog er zwischen seinen Scherzen dann seine Taschenuhr hervor und hielt sie ihr ans Ohr.

»Hörst du das Ticken, mein Schatz?«

Sie schüttelte den Kopf, wenn sie die Frage von seinen Lippen las, und blickte ihn fest an. »Nein!«

Abend für Abend wiederholte er das quälende Ritual, und jedes Mal glomm in seinen Augen ein Hoffnungsschimmer auf, der sie sich fast schuldig fühlen ließ, weil sie das Ticken nicht hören konnte.

Ihre Eltern ließen weiter Ärzte kommen. Einige reisten von weit her an. Sie untersuchten sie in der gleichen Weise wie damals der grauhaarige Mann im Krankenhaus, hielten ihr ein trichterförmiges Gerät an den Kopf und tröpfelten ihr seltsame Flüssigkeiten ins Ohr. Später sprachen sie mit ernster Miene mit ihren Eltern. Es war das Gesicht ihrer Mutter, das Amalia schließlich ahnen ließ, dass ihre Welt nie wieder so sein würde wie vorher. Der freudige, erwartungsvolle Ausdruck, mit dem sie noch am Anfang jeden Arzt begrüßte, verschwand im Laufe der Wochen und Monate mehr und mehr. Mit starrer Miene nickte Elisabeth Sherwood nur, wenn die Ärzte ihr umständlich und langatmig alle dasselbe erzählten. Irgendwann schließlich hörten die Besuche der Ärzte auf, und auch ihr Vater kam am Abend nicht mehr mit der Uhr zu ihr. Da wusste Amalia, auch wenn es ihr niemand sagte, dass sie nie wieder würde hören können.

29

Doktor Stevenson war einer reinen Eingebung gefolgt, als er nach einem Patientenbesuch in Tavistock beschloss, noch einen Abstecher nach Sherwood zu machen. Es war fast acht Monate her, dass er dort gewesen war. Die Eltern des Mädchens hatten ihn damals kommen lassen, weil die Kleine nach einer schweren Scharlacherkrankung taub geworden war. Noch bevor er das Mädchen untersucht hatte, war ihm klar, dass wenig Hoffnung bestand, und er konnte den Sherwoods daher leider auch nichts anderes sagen, als die Ärzte im Krankenhaus es schon zuvor getan hatten. Trotzdem wollten sie ihm nicht glauben. Sie verabschiedeten ihn wie irgendeinen Quacksalber. Er hatte es ihnen nicht übel genommen. Er wusste aus langjähriger Erfahrung, dass es Zeit brauchte, eine solche Diagnose zu akzeptieren.

Der Fall des Mädchens hatte ihn in eigentümlicher Weise berührt. Die Kleine war sechs Jahre alt, sehr zart und hübsch, aber es war vor allem ihr waches und intelligentes Wesen, das ihm in Erinnerung geblieben war. Ein ungewöhnlich erwachsener Ernst hatte in ihren Augen gelegen, als er sie auf den Tisch setzte und erklärte, was er bei der Untersuchung tun würde. Mit einem intensiven Blick hatte sie ihn angeschaut, prüfend und konzentriert bemüht, die Worte von seinen Lippen zu verstehen, und hatte alles geduldig über sich ergehen lassen, bis sie zum Ende hin plötzlich etwas sagte – nur einen Satz: »Ich höre nichts …« Es war eine Frage und Feststellung zugleich, und er begriff, dass sie im Gegensatz zu ihren Eltern das Unabänderliche bereits wusste. Er hatte ihr die Hände auf die schmalen Schultern gelegt und genickt. »*Ja, du hörst nichts!*«

Die Art, wie sie daraufhin den Kopf abwandte, die kleinen Hände in ihrem Schoß, und nach draußen starrte, hatte ihn einen Augenblick lang mit Gott hadern lassen, dass er dem Mädchen dieses Schicksal nicht ersparte.

Er war Arzt und auf das menschliche Gehör spezialisiert. Im Laufe der Jahre hatte er bei einigen Patienten – Kindern, aber auch Erwachsenen – miterleben müssen, wie sie durch Krankheit das Gehör verloren, und es hatte unzweifelhaft immer etwas Tragisches. Dennoch, in ihrem Fall war es ihm besonders grausam erschienen – vielleicht, weil man trotz ihres kindlichen Alters schon spürte, was verborgen in ihr lag. Man erahnte die ätherische Schönheit, die noch hinter den kindlichen Zügen schlummerte, und fühlte die Tiefe ihres Wesens. Das Leben hätte etwas Außergewöhnliches mit ihr vorhaben sollen, hatte er gedacht.

Er nahm an, dass nach den Monaten, die inzwischen vergangen waren, auch die Eltern des Mädchens begriffen hatten, dass ihre Tochter taub bleiben würde. Deshalb hatte er das Gefühl, sie noch einmal aufsuchen zu müssen.

Vor ihm hatte sich die große Eingangstür des eleganten Herrenhauses geöffnet.

»Sir?« Ein Butler stand fragend auf der Schwelle.

»Mein Name ist Stevenson. Doktor Stevenson«, erklärte er, da er sich nicht sicher war, ob der Mann ihn wiedererkannte. Er fragte, ob Mrs oder Mr Sherwood zugegen seien, und reichte ihm seine Karte. Der Butler verschwand und kehrte kurz darauf zurück, um ihm in der unnachahmlichen Förmlichkeit seines Berufsstandes mitzuteilen, dass man ihn im Salon empfangen würde.

Mrs Sherwood wirkte überrascht, aber auch ein wenig verunsichert, ihn zu sehen. Sie trug ein elegantes Kleid, und wie bei seinem ersten Besuch fiel ihm auf, dass etwas in ihrer Haltung nicht dazu passte.

»Doktor Stevenson? Sind Sie gekommen, um sich zu vergewissern, dass Ihre Diagnose gestimmt hat? Oder was führt Sie nach Sherwood?« Der bittere Unterton in ihrer Stimme war nicht zu überhören.

»Wie geht es Ihrer Tochter?«, fragte er sanft.

»Wie soll es ihr schon gehen? Sie ist taub …«, erwiderte sie kühl.

»Sie lebt, Mrs Sherwood. Es hätte leicht anders kommen können bei dem schweren Krankheitsverlauf. Das sollten Sie nicht vergessen!«

»Und manchmal weiß ich nicht, ob sie damit nicht besser dran gewesen wäre! Was für ein Leben ist das schon, das sie jetzt noch erwartet?«, stieß sie mit unerwarteter Heftigkeit hervor. Ihre Kinnlinie hatte sich verhärtet, und Doktor Stevenson sah, dass sie die Finger in ihren dünnen Spitzenhandschuhen geballt hatte. Er konnte ihr ihre Äußerung – so grausam sie klang – nicht einmal übel nehmen, denn sie stimmte. Die Taubheit war eine schwere Einschränkung, und die Menschen, die darunter litten, wurden oft behandelt, als wären sie dumm oder sogar schwachsinnig. Natürlich gab es die eine oder andere Ausnahme – Frauen und Männer ohne Gehör, denen es gelungen war, in der Gesellschaft akzeptiert und geachtet zu leben, doch diese Fälle waren eher selten. Die Mehrzahl der Tauben lebte ein anderes Leben.

Aber Amalia Sherwood hatte zumindest eine Familie mit Geld, dachte er. Andererseits war offensichtlich, dass die Sherwoods Emporkömmlinge waren. Kein Butler und kein Herrensitz konnten darüber hinwegtäuschen, dass sie getrieben waren von gesellschaftlichem Ehrgeiz und dem Wunsch nach Anerkennung und Akzeptanz – und für Mrs Sherwood war die Taubheit ihrer Tochter vor allem eines: ein Makel.

»Amalia kann trotzdem ein gutes Leben führen. Ein anderes sicherlich, als wenn sie hätte hören können, aber es bestehen dennoch Möglichkeiten«, begann er erneut.

Sie schwieg.

»Sehen Sie, Mrs Sherwood, Ihre Tochter ist nicht von Geburt an taub gewesen. Sie hat sprechen gelernt, sogar bereits etwas lesen und schreiben, wie mir ihre Gouvernante mitteilte. Das sind unschätzbare Vorteile!«

Elisabeth Sherwood zog die Augenbrauen hoch. »Wollen Sie mir sagen, dass sie weiter normal reden und einer Unterhaltung folgen können wird, so wie Sie und ich?«

Er schwieg einen Moment lang. »Nein, vermutlich nicht«, gab er schließlich zu. »Aber wenn man sie im Lippenlesen unterrichtet und daran arbeitet, dass sie ihre Sprache nicht verliert, wird sie sich zumindest immer verständigen können. Vielleicht auch mehr.«

»Verständigen? Natürlich.« Mrs Sherwoods Tonfall hatte etwas Zynisches bekommen.

»Es gibt sogar einige Schulen, die Taube unterrichten«, wagte er vorsichtig anzuführen.

Ihr Mund wurde zu einem Strich, der keinen Zweifel ließ, für wie abwegig sie eine solche Möglichkeit hielt.

»Meine Töchter werden zu Hause unterrichtet. Wir haben eine ausgezeichnete Gouvernante!«

Doktor Stevenson unterdrückte ein Seufzen, denn er hatte im Grunde mit keiner anderen Reaktion gerechnet.

»Dann erlauben Sie mir wenigstens, dass ich Ihnen die Namen und Adressen einiger Spezialisten und Lehrer hierlasse. Im Interesse Ihrer Tochter«, bat er.

Sie nickte, den Blick starr aus dem Fenster gerichtet, und er war sich nicht sicher, ob sie die letzten Worte überhaupt mitbekommen hatte.

30

Sie kam sich vor wie auf einem Schiff, das vom Hafen abgelegt hatte und nun über den weiten Ozean segelte, ohne dass sie wusste, wo und ob sie jemals ankommen würde.

Die Beachtung und Aufmerksamkeit, die ihr ihre Eltern, Miss Carrington und auch die Angestellten auf Sherwood in den ersten Monaten geschenkt hatten, waren allmählich verschwunden und inzwischen einem beiläufigen Mitleid gewichen. Eine Art Alltag war zurückgekehrt. Wenn man mit ihr persönlich sprach, bemühten sich alle, langsam und deutlich zu reden, damit sie die Worte von ihren Lippen lesen konnte. Doch wenn sie sich untereinander unterhielten, der Redestrom schneller wurde und Amalia die Gesichter nicht direkt vor sich hatte, konnte sie dem Gespräch nicht mehr folgen. Oft bekam sie nicht einmal mit, *worüber* sie sprachen. Es war ein ohnmächtiges und frustrierendes Gefühl, wenn sie nicht begriff, warum ihr Vater lachte, oder plötzlich ein ernster oder nachdenklicher Ausdruck in den Augen von Miss Carrington oder ihrer Mutter zu entdecken war. Als hätte man vergessen, dass es sie gab, saß sie mitten unter ihnen und war doch nicht bei ihnen.

Es war meistens Cathleen, die versuchte, ihr mit Gesten und Zeichen zu verstehen zu geben, worüber die anderen sprachen. Zwischen ihrer Schwester und ihr hatte sich nach und nach eine eigene Sprache zu entwickeln begonnen – ein geheimer Code, der auf der stillen Komplizenschaft aufbaute, in der sie sich schon immer ohne Worte untereinander zu verständigen wussten, und der nun durch unzählige neue Zeichen, Gesten und mimische Ausdrücke erweitert und ergänzt wurde.

Ihre Mutter und Miss Carrington missbilligten diese Verständigungsweise allerdings zutiefst. Sie ermahnten Cathleen, Amalia solle von den Lippen lesen und sie beide sich nicht wie zwei Wilde miteinander unterhalten. Doch ihre Art, sich zu verständigen, hatte längst eine solche Eigendynamik entwickelt, dass niemand sie wirklich daran hindern konnte.

Amalia presste nachdenklich die Nase gegen die kühle Fensterscheibe. Es war früher Nachmittag, und Cathleen befand sich noch im Unterricht bei Miss Carrington. Zu den vielen Veränderungen, die ihre Taubheit mit sich brachte, gehörte auch, dass sie nur noch am Vormittag gemeinsam unterrichtet wurden. Es war für Amalia schwer geworden, den Stunden zu folgen. Das Lippenlesen war anstrengend, und wenn sie ein oder zwei Sätze nicht richtig verstand, verlor sie schnell den Faden. Miss Carrington war geduldig und wiederholte oft alles noch einmal. Wörter, die sie noch nie gehört hatte, versuchte ihr die Gouvernante mit Bildern zu erklären, und sie hatte ihr sogar eine Tafel mit einem Fingeralphabet mitgebracht, doch Amalia war nach dem Unterricht fast immer müde und erschöpft. Sie hatte das Gefühl, die doppelte Anstrengung aufbringen zu müssen, um die Hälfte von früher zu verstehen.

Ihr warmer Atem hatte die Scheibe etwas beschlagen, doch sie starrte fasziniert nach draußen. Ein heftiger Regen prasselte gegen das Fenster – schon seit Stunden. Seit Tagen hielt sich ein Unwetter über dem Moor. In Sturzbächen lief das Wasser von den Blättern, den Ästen und Stämmen der Bäume und sammelte sich unten auf der Erde zu großen Pfützen. Landschaften aus kleinen Seen waren daraus entstanden, die sich quer durch den Garten zogen. Vereinzelt trieb das eine oder andere rote oder violette Blütenblatt auf der Oberfläche. Zwei Vögel hatten in den Baumkronen der alten Eichen Schutz vor der Nässe gesucht. Amalia verspürte unwillkürlich Mitleid mit ihnen, als sie sah, wie sie mit eingezogenen Köpfen und triefendem Gefieder oben auf den Ästen saßen.

Sie stützte das Kinn in die Hände und starrte durch die dichten Regenfäden, deren Grau sich kaum von dem wolkenverhangenen Himmel abhob. Ihr Blick blieb an den Tropfen hängen, die vor ihr die Scheibe hinunterrannen, einer nach dem anderen, so schnell, dass sie dabei die Form veränderten, beinahe als würden sie sich häuten, bevor sie sich zu einem dünnen Rinnsal trafen. Sie sah anders als früher, stellte sie nicht zum ersten Mal fest. Die Farben schienen ihr leuchtender und kräftiger, die Formen klarer, und es gab so viele

Details und Kleinigkeiten, die sie nie zuvor wahrgenommen hatte. Manchmal, in den guten Momenten, in denen sie nicht darüber nachdachte, woran sie ihre Taubheit alles hinderte, spürte sie sehr wohl, dass sie etwas anderes dafür geschenkt bekommen hatte. Eine neue Art zu sehen und zu fühlen, die aufregend war, als hätte sie das Ufer eines neuen Landes betreten, das es zu erkunden galt.

31

Es war jetzt über ein Jahr her, dass sie krank geworden war. Nur noch vage erinnerte sich Amalia an die Zeit im Krankenhaus, dafür umso besser an die Monate danach. Vor zwei Wochen war einer der Ärzte, der sie kurz nach ihrer Rückkehr zu Hause untersucht hatte, noch einmal hier gewesen. Er war einer von den netten und freundlichen Doktoren gewesen – Amalia konnte sich noch gut an ihn erinnern. Dieses Mal war er jedoch nicht gekommen, um sie zu untersuchen, sondern hatte nur mit ihrer Mutter gesprochen. Amalia hatte ihn durchs Fenster beobachtet, als er wieder in seine Kutsche gestiegen war. Er hatte ihr kurz zugewunken, bevor er wegfuhr. Sie zog die Stirn über ihrer zarten Nase kraus und strich sich eine blonde Locke aus dem Gesicht, während sie sich fragte, warum er wohl hierhergekommen war.

Eine leichte Schwingung, die sie unter ihren Füßen wahrnahm, riss sie in diesem Moment aus ihren Gedanken. Schritte kamen vom Flur ins Kinderzimmer. Nicht so schwere wie die von ihrer Mutter oder Miss Carrington, sondern leichter. Es war Cathleen. Hier oben im ersten Stock, wo die Böden aus Holz bestanden, konnte Amalia spüren, wenn jemand kam. Oft sogar, wer es war. Unten im Erdgeschoss, mit dem Untergrund aus Stein, war das leider nicht möglich. Sie drehte sich herum, als ihre Schwester im selben Augenblick hinter ihr auf der Schwelle auftauchte.

Verblüfft starrte Cathleen sie an. *Hast du mich gehört?*

Amalia schüttelte lächelnd den Kopf. Sie deutete zum Boden. *Gefühlt!* Sie ließ ihre Hände durch die Luft gleiten. *Bist du fertig bei Miss Carrington?*

Ihre Schwester nickte. Sie verzog das Gesicht und machte ein paar Zeichen, die keinen Zweifel ließen, wie froh sie war, die Geschichtsstunde hinter sich zu haben.

Amalia grinste. Es war kein Geheimnis, dass Cathleen sich nicht sonderlich für dieses Fach interessierte, weil sie es hasste, Daten auswendig zu lernen.

Und du? Cathleen hatte fragend die Brauen gehoben.

Amalia wies auf das Papier und ihre Malsachen, die auf dem Tisch lagen, und ließ die Hände mit lebhaftem Ausdruck erneut durch die Luft fliegen. *Ich wollte malen, aber dann habe ich den Regen beobachtet …*

Den Regen beobachtet? Cathleen schaute sie belustigt an.

Amalia nickte. Ihre Schwester trat neben sie und schaute nach draußen, aber sie schien nicht ganz zu begreifen, was man an dem schlechten Wetter so faszinierend finden konnte. Ihre Finger spielten gedankenverloren miteinander. Sie wirkte nachdenklich, beinahe als hätte sie ein schlechtes Gewissen, bemerkte Amalia und spürte plötzlich, dass irgendetwas nicht stimmte. In den letzten Monaten hatte sie zunehmend gelernt, in der Haltung und den Gesichtern der Menschen zu lesen. Da sie nicht mehr verstehen konnte, was sie sagten, nahm sie jede Regung und kleinste Veränderung in ihrer Mimik oder Gestik in einer Weise wahr, wie sie es früher nie getan hatte. Ein leichtes Runzeln der Stirn, die Art, wie jemand beim Essen die Gabel umklammerte, den Kopf senkte und sich auf die Unterlippe biss oder verloren aus dem Fenster starrte, verrieten ihr etwas darüber, was in den Menschen vorging. Manchmal schien es ihr, als würde jeder von ihnen ein zweites Ich mit sich herumtragen – eines, das die wahren Gefühle und Gedanken enthüllte, das durch die Sprache überdeckt wurde.

Was ist?

Cathleen wirkte wie ertappt. *Nichts.*

Amalia schaute sie an. Von allen Menschen konnte ihre Schwester am wenigsten verbergen, was in ihr vorging. Ihr Gesicht gab wie ein Spiegel jede Empfindung wieder, und selbst als Amalia noch hören konnte, hatte sie immer sofort gespürt, wenn etwas mit ihr war.

Sie griff Cathleen am Arm. *Das stimmt nicht!*

Ihre Schwester wollte abwehrend die Hände heben, doch dann ließ sie sie wieder sinken. *Nichts Schlimmes. Ich habe gehört, wie Mum mit Miss Carrington gesprochen hat … Du bekommst einen Lehrer.*

Amalia schaute sie verwirrt an, und Cathleen musste die Zeichen wiederholen, bevor sie verstand, was sie meinte.

Einen Lehrer? Aber ich habe doch Miss Carrington!

Cathleen wich ihrem Blick aus, bevor sie auf ihren Mund deutete. *Damit du das Sprechen nicht verlernst.*

Den letzten Satz las Amalia von ihren Lippen. Sie erstarrte und verspürte instinktiv Widerwillen. Jemand sollte sie im Sprechen unterrichten, als wäre sie ein Kleinkind?

Doch eigentlich überraschte sie die Nachricht nicht sonderlich. Ihre Mutter hatte in den letzten Wochen immer öfter einen ungeduldigen Blick bekommen, wenn sie etwas sagte. Amalia, die ohnehin zunehmend weniger sprach, war aufgefallen, dass ihre Mutter es dabei vermied, sie anzuschauen.

Und dann hatte es den Vorfall am Gasthof gegeben. Sie presste unwillkürlich die Lippen zusammen, als sie sich daran erinnerte. Letzte Woche, als das Wetter so schön gewesen war, hatten sie mit ihren Eltern einen Ausflug ins Moor gemacht. Zu Bowerman's Nose. Später waren sie in einem Landgasthof eingekehrt. Cathleen und sie hatten hinten auf dem Hof

Ball gespielt, als plötzlich einige andere Kinder, drei Jungen und ein Mädchen, aufgetaucht waren. Sie waren ungefähr in ihrem Alter gewesen. Einer der Jungen hatte Amalia etwas gefragt. Er sprach zu schnell, als dass sie seine Worte hätte von den Lippen lesen können. Hilflos hatte sie ihn angestarrt und ihm zu sagen versucht, dass sie ihn nicht verstehen könne. Irgendetwas an ihrer Aussprache musste dabei seltsam gewesen sein, denn er starrte sie an, zog eine Grimasse und sprach zu seinen Geschwistern, die daraufhin zu lachen begannen. Dann riefen sie alle etwas im Chor. Auch wenn Amalia die Worte nicht verstehen konnte, begriff sie, dass man sie nachäffte. Schließlich hatte sich Cathleen aufgebracht auf den Jungen gestürzt, doch er war ihr geschickt ausgewichen, ein Stück weggerannt und hatte hämisch etwas gesagt, das ihre Schwester knallrot vor Wut werden ließ. Sie schrie ihn an – aber das stachelte ihn und seine Geschwister nur noch mehr an. Während sie vor Cathleen fortrannten, als wollten sie mit ihr Fangen spielen, wiederholten sie wieder und wieder mit hämischem Gesichtsausdruck dieselben Worte – wie den Refrain eines Liedes. Ihre Lippen bewegten sich auf immer gleiche Weise, sodass sogar Amalia am Ende verstand, was sie riefen. »Deine Schwester ist blöde, blöde …«

Selten hatte sie sich so gedemütigt gefühlt. Doch fast noch schlimmer war es, die Wut ihrer Schwester mit anzusehen, die sich mit einem der Jungen fast geprügelt hätte, wenn der Gastwirt nicht von dem Geschrei angelockt worden wäre und der Szene schließlich ein Ende gesetzt hätte.

Amalia spürte Cathleens Blick auf sich. Ein sanfter Ausdruck zeigte sich darin, als ahne sie, was in ihr vorging.

Sie musste zugeben, dass sie zunehmend ungern sprach. Es verunsicherte sie, dass sie sich selbst nicht mehr hören konnte. Nach innen, in ihrem Kopf, hatte sie noch immer das Gefühl, aber nach außen kam es ihr vor, als würden ihre Worte im Nichts verhallen. Sie bekam nicht mehr mit, ob sie zu laut oder zu leise redete und wie das, was sie sagte, klang. Cathleen und Miss Carrington verbesserten sie oft, doch vor allem, wenn es Worte waren, die sie nie gehört hatte, fiel es Amalia schwer, sie nachzusprechen.

Unvermittelt stupste Cathleen sie in die Seite.

Vielleicht ist der Lehrer ganz nett!

Amalia nickte, doch sie kam nicht dagegen an, dass sie sich verletzt und so fühlte, als habe jemand gesagt, sie sei dumm.

32

Mr Beans war ein mittelgroßer, unscheinbar wirkender Mann mit einer etwas zu großen Nase, über deren Spitze sich ein feines Netz aus roten Adern zog. Seine Lippen waren von einem bläulichen Rot, und seine kleinen, runden Äuglein schienen einen mit ihrem stechenden Blick in sich aufzusaugen. Amalia konnte ihn vom ersten Augenblick an nicht ausstehen. Er war falsch – das spürte sie. Das glatte, überfreundliche Lächeln, das er ständig im Gesicht trug, konnte sie nicht täuschen.

Sie sah, wie er ihrer Mutter und Miss Carrington Komplimente machte. Obwohl Amalia nicht hören konnte, was er zu ihnen sagte, merkte sie es an dem geschmeichelten Ausdruck auf den Gesichtern der beiden Frauen. Dann tätschelte er ihr den Kopf und strich ihr über die Wange.

»Ich werde dir beibringen, wie man wieder sehr schön spricht, Amalia«, sagte er. Sie las es von seinen Lippen, die er übertrieben vor ihrem Gesicht bewegte, und Miss Carrington und ihre Mutter lächelten zufrieden. Doch das, was er sagte, fühlte sich nicht wie ein Versprechen an, sondern wie eine Drohung.

Jeden Tag musste sie von nun an endlose Ton- und Sprechübungen machen. Es war schrecklich. Er zog sie zwischen seine Knie und hielt sie fest, während seine Lippen in überdeutlichen großen Bewegungen immer und immer wieder dieselben Laute wiederholten.

»Aaaaaa, eeeeee, iiiiii, ooooo …« Speichelfäden zogen sich durch seinen Mund, und eine Wolke fauligen Atems schlug ihr entgegen. Amalia kämpfte jedes Mal mit der Übelkeit. Hätte sie gekonnt, sie wäre weggerannt, doch Mr Beans' Hände hielten ihre Schultern unerbittlich umklammert und hatten sie dicht zu sich gezogen, sodass es kein Entkommen gab

»Aaaaaa, eeeeee, iiiiii, ooooo, uuuuu. Wiederhole das, Amalia!«

Trotzig presste sie die Lippen aufeinander. Der eiserne Griff an ihren Schultern verstärkte sich, bis sie seiner Aufforderung schließlich halbherzig nachkam.

»Aaaeaee, eieeie …«

»Deutlicher!« Er schüttelte sie, und sie hasste ihn dafür nur umso mehr.

»Noch einmal! Aaaaaa, eeeee, iiiii … Wiederhole!«

Doch die Laute wollten einfach nicht so aus ihrem Mund, wie sie sollten. Sie war wie gelähmt in seiner Gegenwart und fürchtete die Grobheit, mit der er ihr Kinn packte und sie dazu brachte, die Lippen zu öffnen. Manchmal hielt er ihr einen Spiegel vors Gesicht und zwang sie, mit ihren Fingern in den Mund zu greifen, um ihre Zunge und ihren Gaumen zu fühlen. Und er machte es ihr vor. Voller Ekel sah sie, wie seine fleischige Zunge sich vor ihr in einem glitschigen Bogen nach oben bog. Doch das Schlimmste war der Ausdruck in seinen Augen – etwas Gieriges lag darin, das ihr Angst machte, und sie spürte das andere Wesen, das in ihm lauerte, wenn er sie an den Hüften enger zu sich zog.

»So ein hübsches Mädchen – und du sprichst wie ein Affe! Willst du das?«

Sie schüttelte den Kopf. Sie wollte überhaupt nicht mehr reden.

»Nun, ich werde dich schon dazu bringen, ordentlich zu sprechen!«

Manchmal floh sie wie früher mit Cathleen in den Garten, und sie spielten das Spiel. Versteckt bei der alten Eiche, holten sie den Beutel hervor und sortierten die Steine nach Farben und wiesen sie den Menschen zu, die sie kannten. Unter all den Steinen gab es einen, der von einem gleichmäßigen, tiefen Schwarz und frei von jedem hellen Einschuss war. Sie hatten ihn bei einem Ausflug im Moor entdeckt, kurz bevor Amalia krank geworden war. Es war der Mr-Beans-Stein, wie sie ihn insgeheim nannte, denn es erschien ihr jetzt, als hätte dieser Stein eigens für den Lehrer den Weg in ihre Sammlung gefunden.

Trotz der vielen Stunden, die er sie unterrichtete, machte Amalia kaum Fortschritte.

»Vielleicht sollte man dafür sorgen, dass du nicht so viel Kontakt mit deiner Schwester hast. Eure Zeichensprache ist schuld daran, dass du nicht besser sprichst«, sagte Mr Beans. Ein bösartiger Funke glomm in seinen Augen auf. Und er sprach tatsächlich mit ihren Eltern darüber.

Doch Miss Carrington stellte sich unerwartet dagegen. Die Gouvernante, die sie weiterhin in allen anderen Bereichen betreute, spürte, was in ihr vorging, und versuchte ihr gut zuzureden.

»Es ist wichtig für dich, dass du sprichst, Amalia. Du musst es versuchen«, las sie von ihren Lippen. Sie nickte. Sie wollte ja, doch sobald sie sich Mr Beans gegenübersah, war sie wie blockiert. Manchmal kämpfte sie mit den Tränen, denn sie spürte, wie sehr er die Macht, die er über sie besaß, genoss, wie es ihm gefiel, sie die Silben wieder und wieder nachsprechen zu lassen und sie dabei zu behandeln, als hätte sie durch die Krankheit nicht nur ihr Gehör verloren, sondern sei auch dumm und begriffsstutzig geworden.

Und nicht nur er schien das zu glauben. An einem Nachmittag, als der Lehrer sie wieder einmal die Laute und schließlich einen Satz endlos wiederholen ließ, bemerkte sie plötzlich, dass ihre Mutter hinter ihnen ins Schulzimmer getreten war. Ein bestürzter, ja beinahe angewiderter Ausdruck hatte sich in ihr Gesicht gekerbt, und Amalia begriff, dass sie die Art, wie sie sprach, kaum ertragen konnte. Wortlos und ohne jede Geste drehte ihre Mutter sich auf dem Absatz um und verließ den Raum. Tränen schossen Amalia in die Augen, und sie fühlte sich, als hätte ihr jemand ins Gesicht geschlagen.

Melinda

33

Dartmoor, Februar 1948

Sind Sie von allen guten Geistern verlassen?« Die Worte klangen harsch.

Melinda starrte den Mann, der wie aus dem Nichts vor ihr aus dem Nebel aufgetaucht und von seinem Pferd gesprungen war, ungläubig an.

Ihr Herz raste noch immer. Zumindest hörte sich die tiefe Stimme des Unbekannten trotz des wenig freundlichen Tons erfreulich menschlich an. Es schien sich weder um einen zum Leben erwachten Moordämon noch um einen Triebtäter zu handeln.

»Dasselbe könnte ich Sie wohl fragen!«, erwiderte sie aufgebracht, als sie endlich ihre Stimme wiederfand. Ächzend erhob sie sich aus dem Matsch. Sie war mit dem Oberschenkel auf einen Stein geprallt und spürte einen schmerzhaften Stich, als sie das Bein streckte. »Sie haben mich zu Tode erschreckt!«, fuhr sie ihn an.

Der Unbekannte hatte ihr die Hand hingestreckt, doch Melinda ignorierte sie. Ihr Regencape war verrutscht und der Mantel darunter völlig durchnässt. Schlammspritzer zierten ihn, und zu allem Übel merkte sie, dass hinten im Nacken das Wasser durch einen frei liegenden Spalt ihren Rücken hinunterrann.

Der Mann, der mit der anderen Hand sein Pferd an den Zügeln hielt, musterte sie. Für einen kurzen Augenblick flackerte ein seltsam überraschter Ausdruck in seinen Augen auf.

»Was um Gottes willen haben Sie hier draußen verloren?«, fragte er schließlich.

Diese Frage stellte sich Melinda gerade selbst. Wie hatte sie nur so leichtsinnig sein können, den Hauptweg zu verlassen, und dann war auch noch ihre Fantasie mit ihr durchgegangen. Ihr Blick glitt zu dem Mann vor ihr. Er war ein ganzes Stück größer als sie, breitschultrig und ungefähr in den Dreißigern. Im Gegensatz zu ihr war er mit Hut, Wachstuchjacke und Stiefeln, an denen der Regen einfach abzuperlen schien, allerdings bestens für das schlechte Wetter gerüstet.

»Ich wollte eigentlich nach Whistman's Wood. Der Nebel hat mich überrascht …« Sie brach ab. Im Grunde schuldete sie ihm keine Erklärung!, ging es ihr durch den Kopf.

Seine Augen waren noch immer in einer durchdringenden Weise auf sie gerichtet, die sie nicht zu deuten wusste. Gegen ihren Willen musste Melinda sich eingestehen, dass er mit seinen markanten Gesichtszügen gut aussah. Die Situation, allein mit ihm hier draußen im Moor in den Nebelschwaden zu stehen, hatte etwas Verwirrendes. Irgendwie kam er ihr bekannt vor, dachte sie. Aber das konnte nicht sein.

»Hat Ihnen niemand gesagt, dass es gefährlich ist, sich bei diesem Wetter hier herumzutreiben?«

»Doch, aber mir war nicht klar, dass der Pfad, auf dem ich mich befinde, kein richtiger Weg ist … Ich werde sehen, dass ich so schnell wie möglich zurückkomme.«

»Zurück?«

»Nach Old Postbridge. Ich bin dort in einem Landgasthof einquartiert. Also, dann …« Sie nickte ihm zu und wollte weitergehen, doch er hinderte sie unerwartet daran und hielt sie am Arm fest.

»Der Weg führt am Fluss lang, das ist viel zu gefährlich bei dem Wetter. Sie können froh sein, dass ich Sie gesehen habe«, sagte er kopfschüttelnd. »Sie werden mit mir kommen. Ich wohne nicht weit von Moretonhampstead entfernt und kann Sie von dort mit dem Wagen nach Old Postbridge zurückbringen. Können Sie reiten?«

Ungläubig schaute sie ihn an. *Sie sollte zu ihm aufs Pferd steigen?*

»Nein! Ich laufe lieber. So weit ist es ja nicht mehr«, beeilte sie sich zu erklären.

Er zog die Brauen hoch. »Verzeihen Sie mir meine Offenheit, aber Sie wären nicht die Erste, die die Anstrengung überschätzt, bei diesem Wetter durch den morastigen Boden vorwärtszukommen, und sich im Nebel verirrt. Der Weg am Fluss ist jetzt gefährlich rutschig, es kann sogar sein, dass das Wasser durch den Regen an einigen Stellen über das Ufer getreten ist.«

Melinda blickte ihn unschlüssig an. Nur zu gut erinnerte sich daran, wie anstrengend bereits die letzte halbe Meile gewesen war. Schon jetzt hatte sie das Gefühl, die Beine kaum noch heben zu können. Ihr war kalt, und sie war müde. Doch die Aussicht, ihn zu begleiten, gefiel ihr kaum besser. Er wirkte durchaus vertrauenerweckend, aber es war ihr unangenehm, sich von einem Fremden helfen zu lassen. Sie wischte sich die Feuchtigkeit von der Stirn.

»Bitte missverstehen Sie mich nicht. Ich weiß Ihre Besorgnis wirklich zu schätzen, aber ich kenne Sie doch gar nicht …«, sagte sie, und im selben Moment wurde ihr bewusst, wie albern das klang.

Er lächelte. »Mein Name ist George Clifford«, erklärte er höflich und hielt ihr darauf mit einer Geste den Steigbügel hin, als wäre sein Name Vertrauensbeweis genug.

Sie seufzte. »Ich bin Melinda Leewald!«, erwiderte sie dann und kam seiner Aufforderung schließlich nach.

34

George Clifford ritt jeden Morgen aus. Seitdem er wieder aufs Land gezogen war, tat er das. Lange Jahre hatte er eine Stadtwohnung in Exeter gehabt, dort, wo sich auch die Kanzlei befand, in der er seit einiger Zeit die Teilhaberschaft seines Vaters übernommen hatte. Doch nach dem Krieg war er wieder hier hinausgezogen. Anfangs, weil sein Vater nach dem Tod seiner Mutter und seines Bruders ganz allein in dem großen Haus wohnte. Inzwischen hatte Clifford jedoch festgestellt, dass er die Ruhe und Einsamkeit schätzte. Er stand morgens früh auf, manchmal noch bevor die Sonne aufgegangen war, um einen kurzen Ausritt in der Morgendämmerung zu machen, dann ließ er sich von Loyster, dem Chauffeur, ins Büro fahren. Die Stunde Fahrt nutzte er, um bereits an seinen Akten zu arbeiten, sodass er keine Zeit verlor. An den Wochenenden dagegen war er, so wie heute, oft lange draußen. Er fühlte sich mit der Gegend und Natur hier verbunden, war in ihr verwurzelt. Erst während des Kriegs hatte er das wirklich erkannt.

Als er heute bei Hameldown Beacon oben die Hügel erreichte, hatte er unten eine Frauengestalt bemerkt, die allein mitten durch das Moor lief. Selbst aus der Entfernung hatte er erkennen können, dass es ihr Schwierigkeiten bereitete, auf dem matschigen Untergrund vorwärtszukommen. Ihm war klar, dass die Frau unmöglich aus der Gegend stammen konnte, denn keiner, der hier groß geworden war, wäre bei diesem Wetter abseits der großen Wege herumgelaufen. Sicher, dass sie Hilfe brauchen würde, war er zu der Unbekannten hinuntergeritten.

Es war ein Schock gewesen, als er erkannte, wer sich da vor ihm aus dem Matsch erhob. Ihre ganze Gestalt, die Art, wie sie sich bewegte und mit den Fingern durch die dunklen Haare fuhr, waren ihm noch immer erschreckend vertraut. Wie um alles in der Welt kam sie hierher? Es hatte ihn all seine

Beherrschung gekostet, sich nichts anmerken zu lassen. Zu seiner Erleichterung schien ihr nicht bewusst zu sein, dass sie sich nicht das erste Mal begegneten.

Als sie jetzt nach knappen zwanzig Minuten Ritt den Hof erreichten, drehte sich George Clifford zu ihr um und half ihr vom Pferd. Der Nebel hatte sich gelichtet, doch stattdessen hatte erneut starker Regen eingesetzt. Joe, der Stallknecht, nahm ihm eilig die Zügel ab, während sie weiter zum Haus flüchteten. Es war ein altes Gutshaus, das sich seit mehreren Generationen im Besitz seiner Familie befand – nicht vergleichbar mit den herrschaftlichen Anwesen und Manors in der Gegend, aber dennoch gehörten Ställe, ein Nebengebäude, zwei Garagen und auch etwas Weideland dazu.

»Kommen Sie«, sagte er, als sie die Eingangshalle betreten hatten. »Sie sollten sich wenigstens kurz aufwärmen und etwas Heißes trinken. Wir müssen ohnehin warten, bis der Regen sich etwas gelegt hat, bevor wir losfahren«, fügte er hinzu – nicht undankbar für den erneuten Wetterumschwung, der ihm einen Vorwand bot, sie bei einem Tee ein wenig auszufragen.

»Ich möchte Ihnen wirklich keine Umstände machen. Ich habe Ihre Hilfe schon mehr als genug in Anspruch genommen …«, erwiderte sie zögernd.

»Es macht mir keine Umstände! Geben Sie mir Ihr nasses Cape und den Mantel.«

»Warst du bei dem Wetter draußen, George?«

Die hochgewachsene Gestalt seines Vaters war hinter ihnen in der Halle aufgetaucht. Überrascht bemerkte er die junge Frau.

»Verzeihung«, murmelte er. »Ich dachte, du wärst allein.«

»Hallo, Dad! Mein Vater – David Clifford«, stellte er vor. »Dad, das ist Miss Leewald.«

Sie streckte dem alten Herrn die Hand entgegen. »Ihr Sohn war so freundlich, mich davor zu bewahren, dass ich mich im Moor verirre«, erklärte sie mit einem Lächeln, das sie unerwartet jung wirken ließ.

Clifford bemerkte, dass sein Vater sie anstarrte, als würde ein Gespenst vor ihm stehen.

»Verzeihung, was sagten Sie, wie Sie heißen?«, fragte der alte Herr.

»Leewald. Melinda Leewald.«

»Sie sind nicht von hier, oder?«

Melinda schüttelte den Kopf. »Ich bin nur zu Besuch im Dartmoor. Ich komme eigentlich aus Berlin.« Die letzten Worte hatte sie zögernd hervorgebracht, als fürchtete sie sich vor seiner Reaktion.

»Berlin?« Sein Vater reagierte verwirrt. Er starrte sie noch immer an, dann fing er sich endlich wieder.

»Verzeihung, einen Augenblick lang dachte ich … Sie ähneln jemandem, den ich kannte. Meine Augen sind leider nicht mehr die besten.« Er nickte ihnen zerstreut zu und verschwand durch die Tür.

Irritiert blickte Melinda ihm hinterher.

Clifford geleitete sie ins Wohnzimmer. »Entschuldigen Sie mich kurz«, sagte er dann. Er ging in die Küche und bat die Haushälterin, ihnen einen Tee zuzubereiten. Dabei dachte er über das seltsame Verhalten seines Vaters nach. Seine Augen waren eigentlich noch immer ausgezeichnet!

Als er ins Wohnzimmer zurückkehrte, stand sie am Kamin. Unwillkürlich blieb er stehen. Sie wirkte schmal, beinahe zerbrechlich. Ihre Wangen waren von der Wärme gerötet, und ein nachdenklicher Ausdruck lag auf ihrem Gesicht, während sie ins Feuer starrte. Etwas an der Art, wie sie dort stand, erinnerte ihn erneut daran, wie er sie in den Tagen in Berlin beobachtet hatte. Sie drehte sich zu ihm um und lächelte.

»Leben Sie mit Ihrem Vater allein hier?«

»Ja, meine Mutter ist verstorben, und mein Bruder ist gefallen.«

»Das tut mir sehr leid!«, sagte sie und senkte kurz den Blick. Er begriff, dass sie Schuldgefühle zu verspüren schien, weil sie Deutsche war, und einen Moment lang dachte er an die Welt, die sich ihm in Berlin bei seinem Besuch gezeigt hatte.

Die Haushälterin brachte ein Tablett mit dem Tee, und er schenkte die goldbraune Flüssigkeit in zwei Tassen ein. Ihm entging nicht, dass sie ihn verstohlen beobachtete. Eine leichte Anspannung ergriff ihn. Erinnerte sie sich etwa doch an ihn?

Als er ihr die Tasse reichte, trafen sich ihre Blicke. Eine Strähne ihres feucht gewordenen Haars fiel ihr ins Gesicht, und er musste sich zusammenreißen, sie ihr nicht fortzustreichen.

»Ich muss mich wirklich noch einmal bei Ihnen für die Umstände, die ich Ihnen mache, entschuldigen«, brach sie schließlich das Schweigen.

Er lächelte leicht. »Ach, Sie haben mich vor einem langweiligen verregneten Samstag bewahrt.« Er trank einen Schluck, und sie nahmen in den zwei Sesseln neben dem Kamin Platz.

»Was führt Sie denn zu dieser Jahreszeit ins Dartmoor?«, fragte er so beiläufig wie möglich.

»Ich nehme eigentlich in London an einer Fortbildung für Journalisten teil und bin nur über das Wochenende hier. Ich wollte ein wenig über die Märchen und Legenden der Gegend hier recherchieren.«

Der letzte Satz ließ ihn hellhörig werden. »Aus einem besonderen Grund?«

»Ich habe überlegt, vielleicht etwas darüber zu schreiben.«

»Tatsächlich?« Sein Unterton klang schärfer als beabsichtigt.

»Ja. Es gibt viele spannende Geschichten über das Dartmoor.«

Er zuckte die Achseln. »Das meiste beruht auf Aberglauben.«

Sie stellte mit nachdenklicher Miene die Tasse auf dem

kleinen Tisch neben sich ab. »Wahrscheinlich, aber interessanterweise steckt in jedem Aberglauben auch ein bisschen Wahrheit, oder? Wie in dieser Geschichte über die Sherwood-Schwestern zum Beispiel.«

Er hätte sich beinahe an seinem Tee verschluckt und starrte sie an. Wenn er es nicht besser gewusst hätte, er wäre sich sicher gewesen, dass sie bei der Frage keinerlei Hintergedanken hegte.

»Soweit ich weiß, handelt es sich dabei nicht um eine Legende, sondern um eine wahre Begebenheit«, erwiderte er knapp.

»Können Sie mir etwas darüber erzählen?« Es war nur ein kurzes Flackern in ihren Augen, das ihr brennendes Interesse verriet.

»Nein, leider nicht«, log er. »Ehrlich gesagt, interessiere ich mich für solche Geschichten nicht besonders.« Er blickte nach draußen. Sie würde ihre wahren Beweggründe, warum sie hier war, nicht so einfach preisgeben, erkannte er. »Der Regen hat etwas nachgelassen. Soll ich Sie nach Old Postbridge fahren?«

35

Die Rückfahrt verlief wortkarg. Seitdem sie ihn auf die Schwestern von Sherwood angesprochen hatte, war George Clifford wie ausgewechselt. Höflich, aber zurückhaltend kühl. Als würde er ihr etwas übel nehmen, dachte Melinda. Sie wandte heimlich den Kopf zu ihm.

Er hatte etwas an sich, das sie verwirrte. Es entsprach der Wahrheit, dass sie überlegte, etwas über die Märchen und Legenden im Dartmoor zu schreiben. Warum hatte er so ablehnend darauf reagiert? Sie war einer spontanen Eingebung gefolgt, als sie ihn nach der Sherwood-Legende gefragt hatte. Nicht im Entferntesten hatte sie mit dieser eigenartigen Reaktion von ihm gerechnet.

Ihr Blick glitt nach draußen. Es hatte aufgehört zu regnen, und man konnte sehen, dass das Moor und seine Wiesen sich mit Feuchtigkeit vollgesogen hatten. Die Straßen, durch die sie fuhren, waren von riesigen Pfützen bedeckt, die in jeder Kurve an dem Wagen hochspritzten.

Schließlich passierten sie das Ortsschild von Old Postbridge. Melinda war froh, als George Clifford vor dem Landgasthof hielt.

Die Hände auf dem Lenkrad, drehte er sich zu ihr um. »Wie lange werden Sie im Dartmoor bleiben?«

»Bis Sonntag. Meine Fortbildung geht am Montag weiter, aber ich werde nächstes Wochenende noch einmal herkommen.« Sie wusste selbst nicht, warum sie den letzten Satz gesagt hatte.

»Für Ihre Recherchen?« Er verzog spöttisch den Mund.

Sie nickte.

»Darf ich Ihnen einen Rat geben? Die Leute hier mögen es nicht so gern, wenn man zu viele Fragen stellt.«

Ohne ihr die Gelegenheit zu einer Antwort zu geben, stieg er aus und öffnete ihr auf der anderen Seite die Wagentür.

»Danke noch einmal für alles«, sagte sie leise.

»Es war mir ein Vergnügen, Miss Leewald.« Er griff plötzlich in die Innentasche seines Mantels und reichte ihr eine Visitenkarte. »Falls Sie noch einmal Hilfe brauchen!« Ein leichtes Lächeln glitt über seine Lippen. »Passen Sie auf sich auf!«

Sie sah ihm hinterher, wie er in den Wagen stieg und, ohne sich noch einmal umzublicken, davonfuhr. Nachdenklich betrachtete sie die Karte in ihren Händen.

36

Mrs Benson war überglücklich, sie zu sehen.

»Mein Gott, wir wollten schon jemanden losschicken, der nach Ihnen sucht. Mit diesem Regen haben wir nicht gerechnet. Sie sind hoffentlich sofort umgekehrt?«

Melinda wich verlegen ihrem Blick aus. »Hm, nicht direkt. Aber danke noch einmal für das Cape und die Stiefel. Sie haben mir gute Dienste geleistet«, beeilte sie sich hinzuzufügen, bevor sie sich in ihr Zimmer zurückzog.

Sie spürte mit einem Mal, wie müde sie war. Dankbar entledigte sie sich ihrer feuchten Sachen, die sie vor dem warmen Ofen zum Trocknen ausbreitete, und legte sich aufs Bett, um sich etwas auszuruhen.

Fast augenblicklich fiel sie in einen tiefen Schlaf. Sie träumte wirr – von einem von Efeu überwucherten Anwesen. Nebelschwaden umhüllten es, und eine weiße, durchscheinende Frauengestalt stand auf der Schwelle des Hauses und winkte sie herein. Sie folgte ihr, doch plötzlich war die Frau verschwunden, und Melinda irrte allein durch ein Labyrinth aus dunklen Räumen und Gängen. Sie öffnete Türen, die in immer neue Zimmer und Flure führten, bis sie nicht mehr wusste, wo sie war. Panik ergriff sie. Ein Mann lächelte sie von Weitem an – es war George Clifford. Dann stand sie auf einmal mitten im Moor. Sie versuchte, in dem morastigen Boden vorwärtszukommen, doch mit jedem Schritt sank sie tiefer in den Untergrund. Jemand verfolgte sie, und sie wollte fortrennen, aber es gelang ihr nicht, und sie schrie voller Angst. Schweißgebadet fuhr sie schließlich mit einem Ruck aus dem Schlaf.

Ihr Atem ging schnell. Sie strich sich die Haare aus dem Gesicht – und erblickte neben sich auf dem Nachttisch die Karte von George Clifford. Erneut dachte sie darüber nach, dass ihr sein Gesicht bekannt vorgekommen war. War sie ihm vielleicht im Zug oder bei ihrer Ankunft in Exeter begegnet? Sie erinnerte sich, was er zum Abschied zu ihr gesagt hatte. Es klang, als hätte er sie warnen wollen. Aber warum? Nachdenklich verzog sie das Gesicht, während sie sich vom Bett erhob. Jeder Muskel tat ihr weh. Sie machte sich ein wenig frisch und beschloss, zu Mrs Benson zu gehen. Sie wollte sie etwas fragen.

Die Wirtin war in der Küche mit den Vorbereitungen für das Abendessen beschäftigt. Es duftete verheißungsvoll nach Bohnen und Speck.

»Darf ich hereinkommen?« Melinda war auf der Schwelle stehen geblieben, nicht ganz sicher, ob es der Hausherrin genehm war, dass sie ihr Reich betrat.

»Aber natürlich!« Mrs Benson lächelte breit.

Melinda sah sich in der großen Küche um, an deren Wand blank geputzte Pfannen und Schöpfkellen hingen, und lehnte sich gegen den großen Tisch in der Mitte. »Ich bin heute an einem alten Manor vorbeigekommen. Es hieß Landshire. Wissen Sie, wer dort einmal gelebt hat?«

Die Wirtin runzelte die Stirn. »Landshire? Ach, Sie meinen das Sherwood-Manor?«

Melinda schüttelte verwirrt den Kopf. »Nein, auf dem alten Wegweiser stand Landshire. Ich habe es selbst gesehen.«

Mrs Benson nickte. »Ja, weil das Anwesen früher einmal so hieß, bevor die Sherwoods es im letzten Jahrhundert gekauft haben.« Sie drehte sich zu Melinda um und bekam plötzlich einen strengen Blick. »Wie sind Sie denn dorthin gekommen? Wollen Sie etwa sagen, Sie sind bei dem Wetter mitten durchs Moor gelaufen?«

Doch Melinda hörte sie gar nicht. Landshire war das Anwesen von Sherwood? Dann waren die Zeichnungen und Aquarelle, die sie bekommen hatte, Bilder von Sherwood? Sie erinnerte sich wieder an die magische Anziehungskraft, die das Anwesen auf sie ausgeübt hatte, als sie davorstand.

»Wissen Sie, wem Sherwood heute gehört?«

»Nein, leider nicht«, sagte Mrs Benson, die den Suppentopf vom Herd nahm. »Soweit ich weiß, lebt dort aber schon lange niemand mehr.«

Nachdenklich nickte Melinda und bedankte sich für die Auskunft.

Etwas später wurde das Dinner im Esszimmer serviert. Es herrschte eine familiäre Atmosphäre, denn außer Melinda war nur noch der Mann mit den Büchern, den sie bereits am Morgen gesehen hatte, zu Gast. Er nickte ihr über seine Brille hinweg zu, bevor er sich ihr als Mr Fletcher vorstellte. Er sei Geologe und betreibe hier im Dartmoor Forschungsstudien, erklärte er. Angeregt begannen sie, sich zu unterhalten. Es hatte etwas Sympathisches, wie der grauhaarige Wissenschaftler mit leuchtenden Augen von dem Moor und seinen geologischen Besonderheiten erzählte, und als er sie nach dem Essen ein wenig förmlich fragte, ob sie ihn nicht noch auf ein Ale in den örtlichen Pub begleiten wolle, willigte sie gerne ein.

Das Oak Inn lag nicht weit entfernt. Melinda war am Morgen daran vorbeigekommen, und sie erinnerte sich mit einem unangenehmen Gefühl im Bauch daran, wie ablehnend sie Ned, der Knecht der Bensons, und seine beiden Begleiter gemustert hatten. Plötzlich wurde ihr wieder bewusst, dass sie Deutsche war.

Es war voll im Oak Inn. Viele Einwohner schienen am Samstagabend noch auf einen Drink vorbeizukommen. Melinda spürte, dass einige der anderen Gäste sie neugierig musterten, doch die Stimmung war freundlich. Wenn jemand wusste, dass sie Deutsche war, ließ er es sich zumindest nicht anmerken.

Mr Fletcher, der nicht zum ersten Mal hier zu sein schien, wurde von der Bedienung, einer rothaarigen Frau mit Sommersprossen, voller Herzlichkeit begrüßt.

»Amy, das ist Miss Leewald. Sie ist ebenfalls Gast im Postbridge Inn«, stellte der Geologe Melinda vor, während sie sich auf zwei Barhockern am Tresen niederließen.

»Ah, ich hörte schon von Ihnen. Elisa, ich meine, Mrs Benson, war in Sorge, dass Sie bei dem Wetter allein im Moor unterwegs waren«, erklärte Amy mit einem breiten Lächeln. »Was darf ich denn bringen?«

Sie bestellten zwei Ale, und nachdem die Bedienung verschwunden war, drehte sich Mr Fletcher wieder Melinda zu. »Und Sie interessieren sich also für die Märchen und Legenden hier?«, nahm er den Faden ihres Gesprächs auf.

»Ja, sie haben mich schon als Kind fasziniert«, gab Melinda mit einem Lächeln zu.

»Nun, die eigenwilligen Gesteinsformen, die die Natur hier entwickelt hat, und der geheimnisvolle Charakter des Moors waren wahrscheinlich schon immer dazu angetan, die Fantasie der Menschen anzuregen. Kein Wunder, dass hier so viele Märchen und Sagen erzählt werden. Meinen Sie nicht auch, Amy?«, wandte der Geologe sich an die Bedienung, die ihnen gerade die zwei Bier hinstellte und den letzten Satz mitbekommen hatte.

Amy schüttelte ihren roten Schopf. »Sie glauben, dass das alles nur Fantastereien sind? Da täuschen Sie sich. Sie sind hier nicht aufgewachsen und haben sich noch nicht in einer nebligen Nacht im Moor verirrt. Sonst wüssten Sie, dass es hier manchmal Dinge gibt, die man nicht erklären kann und die nicht in Ihren Büchern stehen. Bei allem Respekt!«

Melinda grinste. Offensichtlich schien Amy nicht allzu viel von der Wissenschaft zu halten.

Mr Fletcher zuckte in einer gottergebenen Geste die Achseln. »Nun, wie Sie sehen, hat Mrs Hudson in dieser Angelegenheit eine eindeutige Meinung«, stellte er humorvoll fest.

»In der Tat, das habe ich, Mr Fletcher. Ich habe schon mit meinen eigenen Augen die Irrlichter gesehen«, erwiderte

Amy und zog ein Tuch aus dem Rockbund, mit dem sie vor ihnen den Tresen zu polieren begann.

Melinda verfolgte amüsiert den Wortwechsel. Es tat gut, hier zu sein, merkte sie. Es war ein Stück normales Leben, wie sie es seit Langem nicht mehr erlebt hatte. Das Bier wärmte sie angenehm von innen, und sie merkte, wie sie sich entspannte.

»Kennen Sie auch diese Legende über die Sherwood-Schwestern, Amy?« fragte sie neugierig.

Die Bedienung hielt für einen Augenblick in ihrer Bewegung inne. »Natürlich«, erwiderte sie dann. »Eine tragische Geschichte. Hat sich Ende des letzten Jahrhunderts ereignet. Die beiden Schwestern sind im Moor verunglückt. Nicht gleichzeitig, sondern mit knapp zwei Jahren Abstand. An den Unglückstagen soll das Wetter noch schlimmer gewesen sein als heute. Stundenlange Regenfälle – selbst die kleinsten Bäche sind zu reißenden Strömen geworden und das Moor so schlickig und vollgesogen, dass es die, die ihren Fuß dort reinsetzten, nicht mehr freigab …« Ihre Stimme hatte einen unheimlichen Klang angenommen, als wäre sie selbst dabei gewesen. Melinda umklammerte das Glas vor sich unwillkürlich etwas fester. »Mein Großvater hat mir davon erzählt. Es hieß, die eine Sherwood-Schwester hätte die andere nachgeholt«, fuhr Amy fort. Nachdenklich polierte sie weiter. »Amalia Sherwood, die Schwester, die zuerst ums Leben kam, hat man nie gefunden. Das Moor soll sie verschlungen haben … Ich erinnere mich, wie Grandpa erzählte, dass sie etwas Unheimliches an sich gehabt habe. Amalia Sherwood soll sehr schön gewesen sein und war immer allein im Moor unterwegs, als hätte sie irgendetwas dorthin gezogen und die Dämonen sie schon zu Lebzeiten zu sich gerufen.« Amy beugte sich ein Stück weiter vor. »Die Leute behaupten, dass man manchmal, in dunklen Nächten, sehen kann, wie ihre weiße Gestalt über das Moor wandelt!«

Melinda schluckte. Ein leiser Schauer lief ihr über den Rücken.

Mr Fletcher durchbrach die unheimliche Stimmung. »Hör sich einer solche Geschichten an!«, sagte er kopfschüttelnd.

Melinda grinste schief und enthielt sich einer Antwort. Sie nahm einen großen Schluck von ihrem Bier.

Amy musterte den Geologen. »Mag ja sein, dass Sie solche Geschichten für reine Hirngespinste halten, Mr Fletcher, aber fest steht, dass hier keiner das Anwesen von Sherwood kaufen will, weil der Geist dieser Frau dort noch immer herumspukt.«

Melinda starrte die Bedienung an. Sie musste an ihren Traum denken – an die weiße, durchscheinende Frauengestalt, die sie in das Anwesen gewunken hatte.

»Wissen Sie, wem Sherwood gehört?«

Amy nickte. »Den Hamptons natürlich, oder vielmehr ihren Nachfolgern. Die Ehe zwischen Edward Hampton und Cathleen Sherwood ist kinderlos geblieben, und deshalb ist alles an seine Schwestern und deren Nachkommen gegangen. Ihnen gehört Sherwood heute«, gab sie bereitwillig Auskunft.

Ein Schatten tauchte hinter der Bedienung auf.

»Du redest zu viel, Amy!«, mischte sich eine tiefe Männerstimme ein.

Sie fuhr herum. »Hallo, Ned!«, sagte sie und küsste ihn auf die Wange. »Mein Schwager – Sie kennen sich wahrscheinlich schon, oder?«

Melinda nickte unbehaglich und versuchte, den finsteren Blick, den der Knecht der Bensons ihr über Amys Schulter hinweg zuwarf, zu ignorieren. Sie schaute zur Seite. Gegen ihren Willen schob sich dabei das Bild einer Frau vor ihre Augen, die allein im Moor unterwegs war.

Amalia

37

Dartmoor, Sommer 1895

Sie lief – in großen, zügigen Schritten – und merkte, wie ihr dabei unter dem schlichten Umhang, über dem sie die Rolle mit ihren Malsachen trug, warm wurde. Im Laufen streifte Amalia die Kapuze ab und schüttelte ihr langes Haar, das noch immer denselben hellen Blondton aufwies wie in ihren Kindertagen.

Die Sonne strahlte, und Amalia spürte, wie der Wind sanft über ihre Haut strich, beinahe als streichele er sie. Wie so oft hatte es sie nach draußen gezogen. Ein Duft nach feuchtem Gras und Moos lag in der Luft, und ihre Augen sogen die Weite und die eigenwillige Schönheit der Landschaft um sie herum auf. In einiger Entfernung konnte man die Spitzen eines Steinkreises erkennen, ein Überbleibsel aus grauer Vorzeit, wie es sie im Dartmoor noch zahlreich gab. Weiter rechts zeigten sich am Horizont dagegen die Felsen von Haytor, und auf der anderen Seite, etwas hinter ihr, befand sich Whistman's Wood. Die Leute fürchteten sich vor dem Wald mit seinen seltsam verformten Bäumen, um den sich so viele unheimliche Geschichten rankten. Sie mieden ihn, doch Amalia kam genau deshalb hierher – weil sie sicher sein konnte, niemandem zu begegnen.

Außer Atem blieb sie oben auf dem Hügel stehen und stellte fest, dass die Bilder des unerfreulichen Traums, mit denen sie am Morgen erwacht war, endlich verblassten. Sie hatte von Mr Beans geträumt. Warum nur blieben die Erinnerungen an die schlimmen und schrecklichen Dinge so viel länger und besser im Kopf?, überlegte sie. Als wäre es erst gestern gewesen, entsann sie sich noch immer, wie Mr Beans sie in seinem Unterricht gequält hatte. Dabei lag es über dreizehn Jahre zurück. Damals hatte sie beschlossen, nicht mehr zu sprechen. Warum hätte sie auch sollen? Jedes Wort, das sie von sich gab, schien ihr nur Spott, Demütigung und Verletzungen einzubringen, und das Gesicht ihrer Mutter, die sie früher mit so viel Stolz und Liebe angeschaut hatte und die es dann auf einmal kaum ertragen konnte, wenn sie sprach, hatte sich bis heute in ihr Gedächtnis gegraben.

Anfangs hatten ihr alle noch gut zugeredet – auch Mr Beans. »Du musst nur üben, dann schaffst du es auch«, hatte er gesagt und ihr auf seine widerwärtige Art die Wange getätschelt. Doch sie hatte die Lippen standhaft zusammengepresst. Schließlich hatte der Lehrer ihre Eltern darüber informiert. Ihr Vater hatte sie streng zurechtgewiesen, sie konnte es an der Mimik und seinen Augen erkennen, auch wenn sie die Worte nicht von seinen Lippen zu lesen vermochte, weil er so schnell sprach. Ihre Mutter, die sie teilnahmslos musterte, hatte schließlich etwas zu ihrem Vater gesagt, das diesen dazu brachte, von ihr abzulassen. Ein hilfloser Ausdruck war über sein Gesicht geglitten.

Auch Miss Carrington und Cathleen hatten auf sie eingeredet, aber Amalia blieb standhaft.

Ihre Entschlossenheit versetzte Mr Beans, der im gleichen Maße um seinen Job wie um seine Macht über sie fürchtete, in zunehmende Wut.

»Du kleines Biest, wenn du glaubst, du wirst mich so los, dann täuschst du dich!«

Es war ein ungleicher Kampf, denn er war ein erwachsener Mann und sie ein Kind, das seiner Autorität ausgeliefert war. Doch es war genau in jener Zeit, in der sich ihre innere Kraft und Stärke schmiedete. Immer seltener gelang es Mr Beans, sein falsches Lächeln aufzusetzen, mit dem er die anderen so gut zu täuschen wusste. Er begriff nicht, wie sie es wagen konnte, sich ihm zu widersetzen. Amalia hatte gespürt, wie es unter seiner Fassade brodelte, und obwohl sie von Furcht davor erfüllt war, was wohl geschehen würde, wusste sie, dass es keinen anderen Weg gab.

Nach und nach zerfiel seine Maske, und darunter kam sein wahres Gesicht zum Vorschein. Er schlug sie – hinter verschlossenen Türen, damit es die anderen nicht sahen –, und er fasste sie immer öfter an. Auch unter ihrem Rock. Vor Demütigung schossen ihr die Tränen in die Augen. Sie war voller Angst, sobald sie mit ihm allein war, nachts quälten sie Albträume, und sie zitterte, wenn sie zu ihm gehen musste. Doch sie presste die Lippen weiter fest zusammen und blieb dabei – sie weigerte sich zu sprechen.

Eines Tages verlor er schließlich vollständig die Beherrschung. Er umklammerte ihr Kinn so fest, dass sie glaubte, er würde ihr den Kiefer brechen, und schlug wie von Sinnen auf sie ein. Nicht einmal in diesem Moment hatte sie geschrien. Da wurde plötzlich die Tür aufgerissen. Miss Carrington stand auf der Schwelle. Sie zog sie schützend in ihre Arme und sagte etwas zu dem Lehrer. Noch nie hatte Amalia sie so aufgebracht erlebt. Ihre Lippen bewegten sich in einer Geschwindigkeit, die die Worte wie Schläge auf Mr Beans einprasseln ließ, der in sich zusammenfiel. Noch am selben Tag musste er das Haus verlassen.

Vor seiner Abreise stand er im Flur mit seinem Koffer unerwartet noch ein letztes Mal vor ihr. Miss Carrington war an ihrer Seite und legte fest den Arm um sie. Er lächelte glatt, doch dann hatte er sich auf einmal zu ihr nach unten gebeugt, und seine Lippen formten lautlos einen Satz, den nur sie lesen konnte: *Wir werden uns wiedersehen – das verspreche ich dir!*

Lange Jahre hatte Amalia selbst bei der Erinnerung daran geschaudert, und es war dieser eine Satz, der seine Gestalt auch heute noch bisweilen in ihren Träumen herumspuken ließ. Sie schüttelte ihr Haar und blickte erneut in die Ferne, bis sich auch der letzte Hauch der Erinnerung verflüchtigte. Dann atmete sie tief durch. Einen Augenblick lang spürte sie, wie ihr Kleid und Haar im Wind flatterten, und sie fühlte sich eins mit der Natur. Sie liebte es, hier zu sein! Ein unbändiges Gefühl der Freiheit ergriff sie. Über einer vereinsamten Gruppe von Büschen und Bäumen stieg ein Schwarm Vögel auf, als hätte etwas sie aufgeschreckt. Sie drehte sich um. Kurz glaubte sie, hinter einer Gruppe von mannshohen Felsen eine Bewegung wahrzunehmen. War jemand hier? Doch sie konnte niemanden entdecken.

38

Der Mann hatte sich eilig wieder hinter den Felsen geduckt. Bei dem Gedanken, dass ihn irgendjemand so sehen konnte, glitt unfreiwillig ein Lächeln über seine Lippen. Er hatte keine Ahnung, was in ihn gefahren war. Es war weiß Gott nicht seine Art, fremde Frauen zu verfolgen und sich dann wie ein Halbwüchsiger, der einen Streich begangen hatte, zu verstecken. Das entsprach weder seinem Alter noch seinem Stand.

Wer hätte ahnen können, dass dieser Tag noch einen solch seltsamen Verlauf nehmen würde! Der Mann strich sich nachdenklich sein schwarzes Haar aus der Stirn und ließ sich gegen den Felsen in seinem Rücken sinken. Das Gesicht seines Vaters schob sich erneut vor seine Augen und riss ihn gedanklich zurück in die Wirklichkeit. Es schmerzte unerwartet heftig, was er erfahren hatte. Dabei hatte er seit so vielen Wochen geahnt, was mit seinem Vater los war. Zu der Sorge um ihn kam nun die Gewissheit, dass es für ihn selbst kein Entkommen geben würde.

Sein Leben gehörte nicht ihm. Er hatte es immer gewusst, obwohl er sich seit Wochen in London wie ein Süchtiger in

Vergnügungen gestürzt hatte, als würde er dadurch allem entfliehen können. Wie im Rausch war er durch einen Reigen von Dinners, Opernbesuchen, Bällen und immer neuen Affären geglitten. Sein Ruf war berüchtigt, doch die meisten Frauen liebten das Abgründige, hatte er gelernt. Er genoss die Stunden mit ihnen, und man sagte ihm nach, er sei ein guter Liebhaber. Dennoch machte er sich nichts vor: Es war die Jagd, die ihn am meisten reizte und die der aufregendste Part bei seinen Affären war, und häufig kam der Augenblick der Eroberung schneller, als ihm lieb war.

Er war nicht stolz auf seinen Lebenswandel. Oft widerte es ihn selbst an, dass er auf diese Weise der eigenen schalen Leere zu entfliehen suchte. Als sein Vater ihm heute die ganze Wahrheit gestanden hatte, hatte er sich bemüht, Haltung zu bewahren – zumindest in seiner Gegenwart. Es stand schlimmer, als er geglaubt hatte. Danach hatte er sein Pferd satteln lassen, und es hatte ihn nach draußen getrieben. Voller Unruhe hatte er das Tier bis zur Erschöpfung die Hügel hinauf- und wieder hinuntergejagt, erfüllt von düsterer Ratlosigkeit und dem Wunsch, einen klaren Gedanken darüber fassen zu können, was er nur tun sollte. In dem Moment, als er schließlich außer Atem an einem der Abhänge zum Stehen gekommen war, hatte er die Gestalt der Frau bemerkt.

Irgendetwas an ihr hatte ihn sofort fasziniert. Es war nicht allein ihr ungewöhnlich helles, blondes Haar, das sie von Weitem wie ein Wesen aus einer anderen Welt wirken ließ – beinahe wie eine Fee oder Elfe. Er hatte sich an die Irrlichter erinnert, die den abergläubischen Volksweisheiten zufolge Unschuldige tief ins Moor lockten. Konnten sie einem als Frau erscheinen?

Voller Neugierde war er der Unbekannten in einigem Abstand hinterhergeritten, und obwohl er sich sicher war, dass sie das Schnauben seines Hengstes hätte hören müssen, hatte sie sich nicht umgedreht. Ihr grob gewebter Umhang und das schlichte Kleid wie auch die Tatsache, dass sie allein zu Fuß unterwegs war, ließen keinen anderen Schluss zu, als dass sie aus einfachen Verhältnissen stammte. Sie lief ungewöhnlich schnell und zielstrebig – anmutig und mit hocherhobenem Kopf, wie es nicht recht zu ihrer Kleidung passen wollte. Sein Erstaunen wuchs, als er feststellte, dass sie den Pfad Richtung Whistman's Wood einschlug. Der kleine Wald galt als verhext. Was tat sie hier allein? In einer plötzlichen Eingebung hatte er sein Pferd versteckt hinter einigen Bäumen zurückgelassen und war ihr zu Fuß weiter gefolgt. Unweit des Waldes war die junge Frau schließlich einen Hügel hinaufgestiegen, und er hatte sie aus einiger Entfernung von den Felsen aus beobachtet. Als sie ihm das Profil zuwandte, sah er, dass ihn sein erster Eindruck nicht getäuscht hatte – sie war schön, außergewöhnlich schön sogar!

Er wagte sich von Neuem vorsichtig ein Stück hinter seinem Felsen hervor, um sie zu betrachten. Sie stand dort oben auf dem Hügel, den Blick in die Ferne gerichtet und mit einem so gelösten und offenen Ausdruck auf dem Gesicht, wie ihn nur ein Mensch hatte, der sich unbeobachtet fühlte. Ihr Haar flatterte im Wind, und wieder kam ihm der Gedanke, dass sie etwas an sich hatte, als sei sie nicht von dieser Welt.

Da drehte sie sich plötzlich ohne ersichtlichen Grund um. Er zog sich eilig wieder hinter den Felsen zurück. Er wollte den Zauber des Augenblicks nicht zerstören und auf keinen Fall von ihr entdeckt werden. Erneut fragte er sich, wer sie wohl war.

39

Amalia hatte sich durch den Dienstboteneingang ins Haus geschlichen. Unten im Souterrain, in einer der Kammern, in der auch die Reitkleidung zum Reinigen und Lüften aufgehängt wurde, zog sie sich eilig um. Sie vermied es, dass ihre Eltern oder Miss Carrington mitbekamen, wo sie gewesen war. Es hätte sie vermutlich nicht gestört, dass sie allein unterwegs war – alle wussten, dass sie oft zum Malen nach draußen ging, und sowohl Cathleen als auch sie ritten gelegentlich ohne Begleitung aus. Was jedoch ganz sicher eine strenge Ermahnung zur Folge gehabt hätte, war die Kleidung, die sie trug und die eher einer Bediensteten oder Bäuerin angemessen wäre. Amalia hatte sie bewusst gewählt – so fiel sie weniger auf, wenn sie jemandem begegnete, und vor allem konnte sie sich darin frei und schnell bewegen.

Sie hatte Mühe, die Haken ihres Rocks zu schließen, und nachdem sie es endlich geschafft hatte, lief sie durch das untere Geschoss, vorbei an den Arbeitsräumen der Dienstboten. Lissy, das Küchenmädchen, lächelte sie im Vorbeigehen an, und durch das Küchenfenster nickte ihr Rose verschwörerisch zu. Die alte Köchin war in die Jahre gekommen. Amalia kam noch immer gern gelegentlich zu ihr nach unten. Sie wusste, dass sie in Rose immer eine treue Verbündete haben würde.

Ihre Gedanken kehrten kurz zu ihrem Ausflug zurück. *Wem hatte wohl das Pferd gehört?* Auf dem Rückweg hatte sie im Wald einen Hengst entdeckt. Er war an einem der Bäume festgemacht gewesen und knabberte an einem Ast. Sein Fell war feucht, als hätte er einen langen anstrengenden Ritt hinter sich gehabt. Das Tier stammte aus edler Zucht, und der Sattel und das Zaumzeug waren aus teurem Leder. Unweigerlich erinnerte sie sich daran, dass sie zuvor auf dem Hügel das Gefühl gehabt hatte, jemand würde sie beobachten.

Amalia hastete weiter den Gang entlang und die schmale Treppe hoch, über die die Dienstboten auch das Essen nach oben brachten. Wenn sie die Schwelle zu den herrschaftlichen Räumen überschritt, kam es ihr jedes Mal vor, als würde sie ein anderes Leben betreten.

Eine Gestalt kam ihr in der Halle entgegen. Es war Fanny, die Kammerzofe. Sie fasste Amalia am Arm, zeigte nach oben zum ersten Stock hinauf und formte übertrieben mit den Lippen den Namen ihrer Schwester, mehrmals hintereinander. Amalia hasste es, wenn sie das auf diese Weise machte. Ihre blauen Augen verdunkelten sich. Sie hatte auch beim ersten Mal bereits verstanden, dass Cathleen nach ihr suchte. Mit zusammengepressten Lippen entzog sie Fanny ihren Arm und lief die elegant geschwungene Treppe nach oben.

40

Auf dem Bett, das in der Mitte des luxuriös eingerichteten Schlafzimmers stand, sah es aus wie auf einem Schlachtfeld. Lagen von Pappe, Papier und Unmengen von Bändern und Schnüren türmten sich in einem wilden Durcheinander darauf.

Cathleen selbst stand in einem Traum aus hellgrüner Seide und Spitze vor dem großen Spiegel. Als sie Amalia bemerkte, die überrascht auf der Schwelle stehen geblieben war, strahlte sie und drehte sich sogleich in einem wirbelnden Kreis vor ihr. Der zarte Seidenstoff ihres Ballkleids flog um ihre Beine, und ihre Augen glänzten, nein, leuchteten – sie sah zauberhaft aus.

Amalia, die sich an den Rand des Fensterbretts lehnte, lächelte. Sie bewegte die Hände. *Du siehst wunderwunderschön aus. Man wird das Haus stürmen, um um deine Hand anzuhalten!*

Wirklich? Cathleen strahlte erneut. Doch dann ebbte das Lächeln auf ihren Lippen ab. Sie formte einige Zeichen. *Willst du nicht doch mitkommen? Bitte. Es wird Spaß machen, und man wird sich bestimmt freuen, wenn du mich begleitest!*

Sie ergriff ihre Hände, doch Amalia schüttelte den Kopf

und machte eine abwehrende Geste. *Du weißt doch, so etwas ist nichts für mich …* Sie lächelte, auch wenn es ihr nicht leichtfiel. Die Wahrheit war – sie wusste sehr genau, dass man sich keineswegs darüber freuen würde, wenn sie mitkäme. Die Einladung von den Lyshires für den Ball nächsten Monat war ausdrücklich nur für Cathleen ausgesprochen worden. Und selbst wenn nicht, hätte ihre Mutter vermutlich niemals gestattet, dass sie mitging, dachte sie bei sich.

Cathleen hatte enttäuscht Amalias Hände losgelassen und wandte sich dem Spiegel zu.

Amalia strich nachdenklich ihren Rock glatt. Das Bild ihrer Mutter, als sie mit der Einladung zu Cathleen gekommen war, wollte nicht aus ihrem Kopf weichen. Etwas daran gefiel ihr nicht. Es war nicht ihre übermäßige Freude gewesen. Amalia verstand durchaus, was die Einladung bedeutete. Die Lyshires, Lady und Lord Lyshire, waren adlig und sogar in London am Hof von Queen Victoria vorgestellt, wie ihr Cathleen erklärt hatte. Es glich einer Einführung in die Gesellschaft, dass ihre Schwester dorthin zum Ball gehen würde. Nein, was bei Amalia ein ungutes Gefühl hinterlassen hatte, war der Triumph, den sie in den Augen ihrer Mutter entdeckte. Und das, obwohl sie zu den wenigen Elternteilen gehörte, die nicht mit eingeladen waren. Diese beinahe unhöfliche Tatsache hatte die Euphorie ihrer Mutter jedoch nicht schmälern können, und Amalia war klar geworden, dass ihre Mutter Pläne mit Cathleen hatte. Sie runzelte die Stirn und verspürte einen Augenblick lang ein leichtes Schuldgefühl, weil sie froh war, dass sich dieser Ehrgeiz nicht auch auf sie selbst erstreckte. Es war nicht so, dass ihre Mutter sie jemals schlecht behandelt hätte – sie war freundlich und lieb zu ihr, doch auf eine distanzierte Weise. Sie mied es, mit ihr allein zu sein oder sie direkt anzusehen, und wenn sie mit ihr sprach, dann meistens über Miss Carrington oder Cathleen. Amalia empfand schon lange keine Bitterkeit mehr darüber, doch sie war nie das Gefühl losgeworden, dass ihre Mutter es persönlich nahm, dass sie ihr Gehör verloren hatte. Manchmal bekam sie mit, dass sie irgendwo stand und sie beobachtete – mit einem schmerzerfüllten Ausdruck des Bedauerns und einer gleichzeitigen Härte, die ihr Angst machte.

Sie unterdrückte ein Seufzen, als sie aus den Augenwinkeln mitbekam, dass die Bewegungen ihrer Schwester zum Stillstand gekommen waren.

Cathleen beobachtete Amalia im Spiegel. Ihre Blicke trafen sich.

In einer schnellen Bewegung drehte sich Cathleen zu ihr um und legte ihr die Hände auf die Schultern. »Bitte, komm doch mit!«

Amalia las die Worte von ihren Lippen. Warum machte sie es ihr so schwer? Sie schüttelte den Kopf und deutete mit einer humorvollen Geste erst auf ihre Ohren und dann auf ihre Füße, bevor sie ihr mit einigen Zeichen zu verstehen gab, was sie davon hielt. *Es ist ein Ball – man tanzt dort zur Musik, Cathleen! Und ich kann nicht hören und nicht tanzen!*

»Bitte. Ich bringe es dir bei …« Ein übermütiger Funke glomm in den grünen Augen ihrer Schwester auf. Ehe sich Amalia versah, hatte Cathleen sie bei der Hand gegriffen, hochgezogen und wirbelte mit ihr zu imaginärer Musik in einem Tanz durch den Raum. Gegen ihren Willen musste Amalia lachen. Ja, sie konnte den Rhythmus förmlich spüren. Sie stießen fast gegen eine Kommode, drehten sich weiter – zweimal durch den ganzen Raum, bis sie außer Atem vor dem Spiegel zum Stehen kamen. Den Arm noch immer um ihre Taille, standen sie eng nebeneinander. Cathleen lehnte ihre Wange gegen die ihre, ohne den Blick von ihrer beider Spiegelbild zu nehmen. Einen Moment lang standen sie so still, als würde ein Maler sie porträtieren, und Amalia sah sie beide, wie er sie vermutlich gesehen hätte. Zwei junge Mädchen, beide schlank und grazil, die eine dunkelhaarig mit grünen Augen und die andere blauäugig, mit langem, hellblondem Haar. Es war ein Bild voller Gegensätze, das ihnen entgegenschaute. So unterschiedlich ihr Äußeres war, so verschieden waren auch ihre Charaktere. Cathleen sprühte vor Temperament und war beständig von einer inneren Unruhe erfüllt, die die Oberfläche zu durchbrechen drohte, während Amalia Festigkeit und innere Ruhe besaß und danach suchte, in die Dinge einzutauchen. Cathleen habe etwas von einem schwelenden Vulkan, hatte Miss Carrington einmal gesagt, während sie, Amalia, wie das Meer sei. Doch so gegensätzlich sie beide waren, man erkannte doch im Äußeren wie im Wesen, dass sie Schwestern waren. Sie ergänzten sich. Was die eine nicht hatte, besaß die andere – sie gehörten zusammen und waren eine Einheit. Schon immer war das so gewesen.

Ihr Blick blieb an Cathleens Augen hängen, die sie noch immer bittend anschauten. Amalia befreite sich aus ihrer Umarmung.

Ich will wirklich nicht! Du musst dir keine Gedanken um mich machen. Sie legte ihr die Hand auf die Schulter. *Erzähle mir später, wie es war, ja?*, bedeutete sie ihr, denn sie erkannte den Anflug von Schuldgefühl in Cathleens Gesicht. Einen Moment lang begriff Amalia, wie viel schwieriger es für ihre Schwester war als für sie. Das Leben hatte unwiderruflich getrennte Wege für sie vorgesehen – und das zeigte sich jetzt. Nichts konnte daran etwas ändern. Cathleen wurde darauf vorbereitet, in die Gesellschaft eingeführt zu werden und dort zu glänzen. Unter der Führung von Miss Carrington wurde sie neben den üblichen Fächern verstärkt im Tanz, der Konversation und der Etikette unterrichtet. Sie machte in Begleitung der Gouvernante Besuche auf anderen Anwesen und Manors und würde nun bald regelmäßig zu Dinners und Festen gehen – und Amalia wollte nicht, dass sie wegen ihr jemals Schuldgefühle empfand. Ihr Leben war ein anderes. Niemals würde sie so wie Cathleen in der Gesellschaft verkehren können. Sie empfand darüber weder Trauer noch Bedauern. Ihre Welt war auf andere Weise reich. Auf den ersten Blick schien Cathleen die Begünstigte zu sein, doch Amalia fand, dass ihr Leben einen nicht zu verachtenden Vorzug hatte: die Freiheit. Niemand schmiedete mit ihr Pläne, hatte Erwartungen an sie oder verlangte, dass sie ihre Pflicht erfüllte. Sie hatte sich an einige Regeln zu halten, sicher, aber im Großen und Ganzen erteilte man ihr kaum Vorschriften und ließ sie tun und lassen, was sie wollte. Das war der Vorteil an der Bedeutungslosigkeit, die sie durch ihre Taubheit bekommen hatte und die sie mehr und mehr zu schätzen wusste.

41

Mit dem Ende der Londoner Saison – wenn die letzte Parlamentssitzung im House of Lords geschlossen war – kehrten die adligen Anwohner und die Privilegierten, die am Hof vorgestellt waren, wieder auf ihre Landsitze nach Devon zurück. Mit ihnen hielt auch das gesellschaftliche Leben in der Gegend wieder Einzug. Feste, Dinners, Wohltätigkeitsveranstaltungen und Jagden wurden organisiert, und diejenigen, die nicht in London gewesen waren, versuchten begierig, etwas über das glanzvolle Leben dort zu erfahren – über die Bälle und Vorstellungen am Hof, die Pferderennen in Ascot, über die neuesten Theaterstücke, die Cricketspiele im Lord's oder die Ruderregatta in Henley.

Derweilen begann in Devon im Dartmoor die eigene Saison. Dieses Jahr würde der Ball bei den Lyshires dazu den Auftakt geben. Seit Tagen war man damit beschäftigt, Cathleen auf diesen Abend vorzubereiten. Sogar ein Tanzlehrer war eigens noch einmal aus Exeter gekommen. Amalia hatte es am

Nachmittag schließlich nicht mehr ausgehalten und war aus dem Haus geflohen. Dass ihre Schwester so aufgeregt war, fand Amalia nur natürlich, und sie wünschte ihr von Herzen, dass sie einen wundervollen Abend verbringen würde. Aber dass ihre Eltern sich so benahmen, als würde Cathleen der Queen persönlich vorgestellt, hatte etwas Befremdliches. Es zeigte nur allzu offensichtlich, dass all diese Tee-Einladungen, diese Dinners und Feste, zu denen Cathleen ging, nur ein Ziel hatten – einen geeigneten Ehemann für sie zu finden. Ihre Schwester sollte eine gute Partie machen, eine, die sie gesellschaftlich weiter aufsteigen ließ und half, endgültig in Vergessenheit zu bringen, von welch einfacher Herkunft die Sherwoods waren.

Amalia zweifelte nicht, dass die entsprechenden Herren um Cathleens Hand anhalten würden. Sie war zauberhaft und liebte das Leben. Welcher Mann würde sich nicht glücklich schätzen, sie zur Frau zu bekommen?

Ein Seufzen entschlüpfte Amalias Lippen. Sie verspürte ein leises Angstgefühl. Nicht zum ersten Mal fragte sie sich, was aus ihr werden würde, wenn ihre Schwester tatsächlich heiratete. Der Gedanke, allein mit ihren Eltern zurückzubleiben, hatte etwas Beklemmendes. *Wenn ich jemals heirate, gehe ich nicht ohne dich,* hatte Cathleen ihr einmal in der ihr eigenen überschwänglichen Art mitgeteilt. Amalia bezweifelte indessen, dass ihr zukünftiger Ehemann, wer immer es auch sein würde, begeistert war, mit der Vermählung gleich eine taube Schwester dazuzubekommen. Nachdenklich stieg sie den unebenen Hügel hinauf, der zu ihren Lieblingsplätzen beim Malen gehörte. Sie war so in Gedanken versunken, dass sie die Gestalt des Mannes, der an einem der Felsen lehnte, erst bemerkte, als sie schon fast oben angekommen war.

Ein leichtes Lächeln lag auf seinen Lippen, und sie hatte das ungute Gefühl, dass er sie schon länger beobachtete. Er war Ende zwanzig, schätzte sie, und seine Kleidung und seine selbstbewusste Haltung verrieten, dass er von guter Herkunft, wenn nicht von höherem Stand sein musste. Vermutlich stammte er von einem der umliegenden Herrenhäuser und Manors. Schwarzes Haar fiel ihm wellig in die Stirn, und er besaß ungewöhnlich blaue Augen, die sie interessiert musterten.

Ihr Herz klopfte. Wieder umzudrehen war albern, obwohl sie genau das am liebsten sofort getan hätte. Doch irgendwie hatte sie das Gefühl, dass dies hier *ihr* Platz war. Es wäre ihr vorgekommen, als würde sie ein Stück von ihrem Territorium aufgeben, wenn sie sich von einem Fremden vertreiben ließ. Warum musste er sich ausgerechnet diesen Hügel auswählen? Entschlossen stieg sie das letzte Stück bis zur Spitze hoch.

Immer noch mit einem Lächeln auf den Lippen lüftete der Unbekannte seinen Hut.

Sie nickte ihm knapp zu und wandte sich zur anderen Seite des Hügels. Vielleicht verschwand er ja einfach. Obwohl ein Teil von ihr das Gegenteil hoffte, musste sie sich eingestehen. Wer er wohl war? Sie erinnerte sich plötzlich an das Pferd, das sie neulich im Wald entdeckt hatte. Gehörte es ihm? Aus den Augenwinkeln nahm sie wahr, dass der Mann neugierig an ihrem schlichten Umhang und Kleid hinabsah. Einen Moment lang war es ihr unangenehm, dass er sie für eine Bedienstete oder Bäuerin halten könnte. Doch dann hatte der Gedanke sogar etwas Amüsantes.

Sein Blick blieb an ihrem Haar und Gesicht hängen. Sie kannte diesen Ausdruck bei den Menschen. Viele, die sie das erste Mal sahen, schauten sie so an. Doch sobald sie mitbekamen, dass sie nicht hören konnte und kaum sprach, verwandelte sich die Faszination in befangenes – oder schlimmer noch – betroffenes Mitleid. *Welch tragisches Schicksal! Was für ein Jammer.* Das war es, was sie dachten. Sie konnte es deutlich in ihren Augen lesen.

Der Gedanke, dass auch der Unbekannte sie gleich auf diese Weise anschauen würde, versetzte Amalia einen Stich und war ihr plötzlich unerträglich. Fast im selben Moment sah sie, dass er den Mund bewegte und etwas sagte. Eine belanglose Bemerkung über das Wetter oder die Landschaft, vermutete sie. Wurden nicht die meisten Gespräche so begonnen?

Sie beschloss, es zu ignorieren, als sie feststellte, dass er mit fragendem Gesicht auf sie zugeschlendert kam. Panik stieg in ihr auf. Wie sollte sie dieser Situation entkommen? Sie wollte ihm nicht erklären müssen, dass sie nicht hören konnte!

Er lächelte. Es war ein sympathisches, gewinnendes Lächeln, dem sich Amalia nicht entziehen konnte. Etwas Jungenhaftes und zugleich Männliches lag darin. Sein Blick, der eine Spur herausfordernd war, ließ keinen Zweifel, dass sie ihm gefiel, und Amalia wurde bewusst, dass niemals zuvor ein Mann sie so angesehen hatte.

Ihr Herzschlag beschleunigte sich erneut. Sie fragte sich, ob er gewagt hätte, sie in der gleichen Weise anzuschauen, wenn sie nicht wie ein Dienstmädchen oder eine Bäuerin gekleidet gewesen wäre. Sein Lächeln lag an der Grenze zur Überheblichkeit. Er war sich seiner Wirkung vollauf bewusst, wurde ihr klar.

Erneut bewegte er den Mund, und diesmal gelang es ihr, einige Bruchstücke von seinen Lippen abzulesen: »*ganz allein … junge schöne Dame …*«

Sie verzog spöttisch den Mund. Es hatte etwas Komisches, dass er hier mitten in der Einsamkeit des Moors ein Geplänkel begann, als würden sie sich in der Gesellschaft beim Tee oder einem Ball begegnen – ohne zu ahnen, was mit ihr war.

Ihre Reaktion schien ihn sichtlich zu irritieren. Er runzelte die Stirn, musterte sie und wurde plötzlich ernst.

Seine blauen Augen trafen die ihren erneut, durchdringend und mit einer Intensität, auf die sie nicht vorbereitet war und die nichts mehr mit der Oberflächlichkeit seines Lächelns zuvor gemein hatte. Als käme darunter ein anderer Mensch zum Vorschein. Auf einmal lag ein fragender, beinahe ein wenig verärgerter Ausdruck auf seinem Gesicht, und überrascht erkannte sie, dass er dahinter eigentlich aufgewühlt und niedergeschlagen wirkte.

Irgendwann vermochte sie seinem Blick schließlich nicht länger standzuhalten. Sie griff in ihrer Rocktasche nach dem Block und dem Bleistift, die sie immer bei sich trug, und schrieb etwas auf. Dann reichte sie es ihm.

Ich kann nicht hören!

Er starrte sie an, nachdem er es gelesen hatte, und sie hob in Erwartung dessen, was sich gleich auf seinem Gesicht zeigen würde, das Kinn. Sie hatte es so oft erlebt, sie würde es auch jetzt ertragen.

Doch zu ihrer Überraschung zeigte er keinerlei Anzeichen der üblichen Reaktion, sondern deutete auf sich und machte eine entschuldigende Geste. Er fuhr sich mit der Hand durch das Haar, ohne den Kopf abzuwenden, und blickte sie noch immer in der gleichen Weise wie zuvor an.

Sie entspannte sich.

Er streckte die Hand nach dem Stift aus. Neugierig beobachtete sie, wie er etwas auf den Block schrieb und ihn ihr zurückreichte.

Verraten Sie mir Ihren Namen?

Sie strich sich eine Haarsträhne aus dem Gesicht und lächelte, während sie ihn anschaute. Dann steckte sie den Block wieder ein – und schüttelte den Kopf.

Eine unmutige und ein wenig verwirrte Regung flackerte in seinen Augen auf.

Sie lächelte noch immer, bevor sie ihm zunickte, sich umdrehte und daranmachte, den Hügel wieder hinabzusteigen.

Auf dem Weg nach unten konnte sie seinen brennenden Blick in ihrem Rücken spüren, bis sie aus seinem Blickfeld verschwunden war.

Melinda

42

London, Februar 1948

Melinda hatte Mühe, sich auf das Seminar zu konzentrieren. Es war acht Uhr am Morgen, und es kam ihr unwirklich vor, wieder hier in London zu sitzen und darüber zu diskutieren, wie eine objektive Berichterstattung in der Presse auszusehen hatte. Sie war am Abend zuvor mit dem Spätzug aus dem Dartmoor zurückgekehrt, und die Bilder und Erlebnisse geisterten noch immer durch ihren Kopf: das Sherwood-Manor, die unheimlichen Erzählungen über die beiden Schwestern, sie selbst, wie sie im Nebel glaubte, verfolgt zu werden, und dazwischen immer wieder das Gesicht von George Clifford, der ihr kaum weniger mysteriös erschien als die Landschaft des Dartmoors.

»Da ist aber jemand nachdenklich«, sagte Emil in der Pause des Seminars zu ihr. Sie standen draußen in der Kälte. Neugierig musterte er sie, während er an seiner Zigarette zog.

»Und wie war dein Ausflug? Bist du am Wochenende dem Höllenhund von Baskerville begegnet?«

Sie musste lächeln. »Na ja, es hätte nicht viel gefehlt«, erwiderte sie in Erinnerung daran, wie sie im Nebel davongerannt war. »Es war auf jeden Fall spannend. Danke noch mal für das Buch. Die perfekte Einstimmung auf die Gegend und so unheimlich, dass ich mich nicht getraut habe, es allein im Zug weiterzulesen.«

Emil grinste. »Na, dann hat es ja seinen Zweck erfüllt!«

Sie sah zu, wie er die Zigarette austrat. »Sag mal, meinst du, dass man als deutscher Journalist die Möglichkeit hat, an die englischen Zeitungsarchive heranzukommen?«, fragte sie, als sie wenig später wieder ins Gebäude gingen. Auf der Rückfahrt im Zug hatte sie überlegt, dass damals vielleicht noch mehr über den Tod der Sherwood-Schwestern in den Zeitungen gestanden hatte. Vor allem in der lokalen Presse musste es noch andere Artikel geben. Schließlich hatten Edward Hampton und seine Frau Cathleen zur sogenannten besseren Gesellschaft gehört.

Emil musterte sie. »Ich denke schon. Ich würde Andrew Johnson, unseren Seminarleiter, fragen. Er müsste das doch wissen.«

Melinda nickte. Daran hatte sie auch schon gedacht.

»Was genau möchten Sie denn aus dem Archiv haben?«, fragte Johnson, als sie ihn nach dem Seminar um Rat bat.

Melinda griff in ihre Tasche und holte den Zeitungsausschnitt heraus, den sie im Buch ihrer Großmutter gefunden hatte.

»Ich würde gern mehr über diese Unglücksfälle wissen«, erklärte sie.

Andrew Johnson überflog erstaunt den Artikel. »April 1897? Das liegt aber schon eine ganze Weile zurück. Erlauben Sie mir die Frage, warum Sie sich dafür interessieren?«

In knappen Worten erzählte Melinda ihm von ihrer halbenglischen Herkunft und ihrer Großmutter und dass sie glaubte, dass die Sherwood-Schwestern in einem Zusammenhang mit ihr stehen könnten.

Er hörte ihr mit neugieriger Miene zu. »Hatte Ihre Frage nach der Finkenstein-Bank auch damit zu tun?«

Sie nickte, und er las den kurzen Artikel noch einmal durch. »Ich müsste das bei meiner Zeitung in Auftrag geben. Da der Zeitpunkt so weit zurückliegt, müsste man einen schriftlichen Antrag bei uns im Archiv einreichen, und die Kollegen dort würden dann bei den anderen Zeitungen anfragen. Es wird ein paar Tage dauern, schätze ich.«

Melinda blickte ihn erfreut an. »Danke, dass Sie mir helfen.«

Seine Mundwinkel hoben sich leicht. »Gern! Sie haben übrigens das Zeug zu einer wirklich guten Journalistin«, sagte er im Weggehen.

Das Kompliment freute sie. Auch Arno Scholz, dem sie zwei Artikel über das Dartmoor telegrafiert hatte, die in der Sonntagsbeilage erscheinen sollten, hatte neben der üblichen Kritik einen kurzen lobenden Kommentar zu ihrer Arbeit zurückgeschickt: »Sie entwickeln sich. Weiter so!«

Melinda dachte darüber nach, dass sie zum ersten Mal seit langer Zeit das Gefühl hatte, die Zukunft könne doch etwas Positives für sie bereithalten. Das Wochenende im Dartmoor hatte ihr gutgetan. Es war wohltuend gewesen, in eine andere Welt einzutauchen, einfach in einem Pub ein Bier zu trinken und neuen Menschen zu begegnen. Sie wünschte, sie hätte Irene davon berichten können. Ein Lächeln umspielte ihre Lippen, als sie sich deren Reaktion vorstellte, wenn sie von ihrem Ausflug ins Moor erzählte und davon, wie ihr ein unbekannter Engländer geholfen hatte …

»Rede nicht lange herum – wie sieht er aus?«, hätte Irene mit blitzenden Augen gefragt.

Er sah gut aus, ging es Melinda durch den Kopf, und sie merkte, dass sie nicht zum ersten Mal seit ihrer Rückkehr an ihn dachte. Nicht nur, weil sie George Clifford attraktiv fand, sondern vor allem, weil er, obwohl sie sich fremd waren, in einer so vertrauten Art mit ihr umgegangen war. Beinahe, als würde er sie kennen. Sie entsann sich der seltsamen Spannung, als er am Kamin vor ihr gestanden hatte. Oder hatte sie sich das alles nur eingebildet?

43

Als Melinda in ihre Pension zurückkehrte, erfuhr sie von der Wirtin, Mrs Donston, dass das Büro einer Mrs Finkenstein für sie angerufen habe. Die Wirtin reichte ihr einen Zettel, auf dem sie eine Adresse notiert hatte.

»Man lässt Ihnen ausrichten, dass man Sie dort morgen um 19 Uhr erwartet!«

Melinda verspürte eine kribbelnde Aufregung, als sie auf das Papier blickte. Würde Evelyn Finkenstein, die Mutter der Bankdirektorin, ihr weiterhelfen können? Sie versuchte, ihre Erwartungen zu dämpfen. Die alte Dame war über achtzig, ein Krieg mit vielen Schicksalsschlägen lag hinter ihr, und noch dazu war es viele Jahre her, dass ihre Großmutter für sie gearbeitet hatte. Es wäre nur natürlich gewesen, wenn sie sich nicht mehr erinnern konnte.

Diesen Gedanken hatte Melinda noch immer im Kopf, als sie am nächsten Abend vor einer alten englischen Stadtvilla in London-Kensington stand, in der Mrs Finkenstein zu Hause war. Selbst in dem spärlichen Licht der Gaslaternen konnte man die noble Eleganz und Pracht des Hauses erkennen.

Nur wenige Augenblicke später, als sie höflich von einem Butler begrüßt und in den Salon geleitet wurde, wo man sie erwartete, begriff sie, dass ihre Bedenken, Mrs Finkensteins Alter betreffend, unbegründet waren. Die alte Dame war noch immer eine vitale Erscheinung. Sie saß mit ihrer Tochter Beatrice, der Bankdirektorin, an einem stuckverzierten Kamin und erhob sich, als Melinda den Raum betrat.

Mehrere Gemälde zierten die Wände, und die Einrichtung, die aus erlesenen Antiquitäten bestand, ließ Melinda für einen kurzen Augenblick an die ärmliche Welt in Berlin denken, aus der sie selbst kam.

Die rechte Hand auf einen schwarzen Stock mit silbernem Knauf gestützt, stand Evelyn Finkenstein aufrecht vor ihr und strahlte in ihrem hellblauen Kleid und der Perlenkette die Eleganz vergangener Zeiten aus. Ihr weißes Haar umrahmte ein faltiges Gesicht, dessen zeitlose Schönheit sich jedoch noch immer in ihren Zügen spiegelte.

»Beatrice hat recht – Sie sehen Ihrer Mutter sehr ähnlich«, sagte sie mit einer überraschend rauen Stimme, nachdem sie Melinda mit wachem Blick genauer in Augenschein genommen hatte. »Leider ist es lange her …« Sie lächelte.

Die drei Frauen nahmen wieder Platz und wechselten einige Sätze höflicher Konversation.

»Meine Tochter sagte mir, Sie möchten gern wissen, warum Ihre Großmutter damals mit uns nach Berlin gegangen ist?«, kam Mrs Finkenstein schließlich auf den eigentlichen Anlass ihres Besuchs zu sprechen.

Melinda nickte. Sie merkte, dass sie angespannt war.

»Ja. Es erschien mir sehr ungewöhnlich, dass eine Frau mit einem so kleinen Kind ihre Heimat verlässt, und wie ich hörte, gab es Gründe dafür. Meine Großmutter wollte irgendetwas hinter sich lassen. Wissen Sie vielleicht, was genau das war?«

Mrs Finkenstein schüttelte bedauernd den Kopf. »Nein, ich muss sie leider enttäuschen. Ihre Großmutter hat uns nie mitgeteilt, was in ihrem Leben zuvor geschehen war. Es hat für uns auch keine Rolle gespielt. Mein Mann und ich, wir waren glücklich, einen Menschen wie sie für Jacob gefunden zu haben …« Sie brach kurz ab, denn ein Dienstmädchen mit einem Silbertablett war hereingekommen und brachte ihnen etwas zu trinken. Sie reichte der Bankdirektorin einen durchsichtigen Drink mit Eis und schenkte der alten Dame Tee ein, bevor sie Melinda nach ihren Wünschen fragte. Sie wollte nur ein Glas Wasser.

»Ihre Großmutter war ein sehr besonderer Mensch – voller Wärme. Jacob ist an ihrer Seite aufgeblüht«, fuhr Evelyn Finkenstein fort, als sie wieder allein waren.

Für einen kurzen Moment erinnerte sich Melinda an das alte Foto, das sie einmal von ihrer Großmutter gesehen hatte. Die Worte von Evelyn Finkenstein lösten widersprüchliche Gefühle in ihr aus – einerseits war sie enttäuscht, weil sie nichts Näheres über die Vergangenheit ihrer Großmutter erfuhr, andererseits freute sie sich zu hören, was für ein Mensch Helene Griffith gewesen war.

»War Jacob von Geburt an taub?«, erkundigte sich Melinda vorsichtig.

Beatrice Finkenstein, die sich in dem Gespräch bis jetzt zurückgehalten hatte, schüttelte den Kopf und antwortete anstelle ihrer Mutter: »Nein, mein Bruder hatte im Alter von drei Jahren eine Gehirnhautentzündung. Die Taubheit war eine Folge davon.«

Evelyn Finkenstein nickte. »Es war sehr schwierig. Wir waren anfangs völlig überfordert mit der Situation. Alle Experten machten uns klar, dass es nur eine Möglichkeit gäbe, ihn zu fördern und zu unterrichten, nämlich nach der sogenannten oralen Methode.«

Beatrice Finkenstein bemerkte Melindas verständnislosen Blick und kam ihr zu Hilfe. »Es gibt zwei sehr unterschiedliche Ansätze in der Erziehung von Tauben, müssen Sie wissen. Die gängige wissenschaftliche Meinung plädiert jedoch bis heute dafür, dass ein taubes Kind unter allen Umständen sprechen und von den Lippen lesen lernen soll, damit es sich in der Gesellschaft der Hörenden integrieren kann«, erklärte sie.

Melinda nickte, da ihr das durchaus einleuchtend erschien.

Evelyn Finkenstein blickte sie an. »Jacob hatte aber große Schwierigkeiten damit. Es kostete viele Stunden, ihn die endlosen Laut- und Sprechübungen machen zu lassen, und noch mehr Zeit, ihm beizubringen, von den Lippen zu lesen. Seine Fortschritte waren sehr begrenzt, und er wurde zunehmend verstörter …« Die alte Dame strich mit angespannter Miene ihren Rock glatt und schien einen Augenblick lang alles wieder genau vor sich zu sehen. »Ich spürte, dass mein Sohn unglücklich war, und ich litt sehr darunter, dass er mir gleichzeitig zunehmend fremder wurde. Sehen Sie, das Verhältnis zu meinen anderen Kindern war emotional immer sehr eng, aber es gelang mir einfach nicht, zu Jacob auf die gleiche Weise eine Beziehung aufzubauen.« Ein schmerzvoller Ausdruck huschte über ihr Gesicht. »Ich war sehr verzweifelt. So sehr, dass ich mir eines Tages keinen anderen Rat wusste, als mir Wachs in die Ohren zu stopfen und mich neben meinen dreijährigen Sohn auf den Boden zu setzen, damit ich verstand, wie er die Welt wahrnimmt. Ich begann, nicht nur zu begreifen, was ich falsch machte, sondern auch, wie einsam Jacob war und dass er sich mit dieser Unterrichtsmethode als Mensch niemals würde entfalten können.«

Melinda schaute sie an. Die Vorstellung, wie sie mit ihrem Sohn auf dem Boden saß, hatte etwas Berührendes.

»Und dann haben Sie meine Großmutter eingestellt?«

Mrs Finkenstein nickte. »Wir wollten, dass Jacob mit jemandem Kontakt hat, der auf die gleiche Weise kommuniziert wie er, und dass er die Gebärdensprache lernt. Mein Mann war anfangs zögerlicher als ich, doch was ihn schließlich überzeugte, war die Erkenntnis, dass Jacob so viel Zeit dafür aufwenden musste, sprechen zu lernen, dass er damit nur schwer eine durchschnittliche Schulbildung erlangt hätte. Mein Mann nahm Kontakt mit einer nicht offiziellen Organisation in London auf, die Tauben half, eine eigene Existenz aufzubauen, und die auch Lehrer für die Gebärdensprache vermittelte, die selbst taub waren. Über sie kam Ihre Großmutter zu uns. Es war überwältigend zu sehen, wie Jacob sich an ihrer Seite veränderte.« Ein Lächeln glitt über das faltige Gesicht von Evelyn Finkenstein. Noch immer spiegelte sich die Dankbarkeit in ihren Zügen.

Melinda hatte plötzlich einen trockenen Mund. Sie trank einen Schluck Wasser.

»Und meine Großmutter – sie hat wirklich nie irgendetwas von ihrer Vergangenheit erwähnt?«

Mrs Finkenstein schüttelte den Kopf. »Nein, auch wenn man manchmal das Gefühl hatte, dass sie tief in ihrem Inneren etwas bedrückte und sie traurig war. Doch auf der anderen Seite dürfen Sie nicht vergessen, dass sie ein kleines Kind hatte, ihre Mutter – und auch noch Jacob. Ihnen beiden hat ihre gesamte Aufmerksamkeit gegolten.«

Melinda nickte. Der alten Mrs Finkenstein blieb nicht verschlossen, dass sie gehofft hatte, mehr zu erfahren.

»Es tut mir leid, dass ich Ihnen nicht so weiterhelfen kann, wie Sie es sich vielleicht gewünscht hätten. Mein Mann hat eine umfangreiche Korrespondenz mit dieser Organisation in London geführt, die ich noch besitze. Ich könnte sie einmal heraussuchen.«

»Das wäre sehr nett«, sagte Melinda, obwohl sie sich nicht viel davon versprach. Sie war trotzdem froh, die Geschichte über Jacob gehört zu haben, dachte sie. Ein Bild ihrer Großmutter war in ihrem Kopf entstanden, und sie verspürte plötzlich den Wunsch, sie gekannt zu haben.

»Ich bin sicher, Ihre Großmutter hat ihre Gründe gehabt, warum sie nie darüber gesprochen hat, was in ihrer Vergangenheit passiert ist«, sagte Mrs Finkenstein, als sie sich wenig später verabschiedeten. »Ohne Frage muss es sie sehr mitgenommen haben. Sonst hätte sie sicherlich nicht ihren Namen geändert.«

Melinda glaubte, sich verhört zu haben. Sie starrte die alte Dame an. »Sie hat *was*?«

»Ihren Namen – sie hat ihn verändert.«

Mrs Finkenstein schien einen Augenblick zu brauchen, bevor sie begriff, welche Bedeutung diese Information für die junge Frau hatte. »Verzeihung, ich dachte, das wüssten Sie. Sonst hätte ich es Ihnen natürlich sofort gesagt.«

Melinda schüttelte den Kopf. Ihre Kehle fühlte sich plötzlich wie zugeschnürt an. *Ihre Großmutter hatte ihren Namen geändert? Warum? Was um Gottes willen war damals nur geschehen?*

Amalia

44

Dartmoor, Sommer 1895

Er beschäftigte sie. Schon seit der ersten Begegnung. Sein Gesicht mit dem schwarzen Haar und den aufgewühlten blauen Augen wollte nicht aus ihrem Kopf. Amalia schalt sich albern – er war nur ein Unbekannter, dem sie auf einem Hügel begegnet war. Doch sie hatten sich seitdem einige Male von Weitem im Moor gesehen. Er schien die Einsamkeit genauso zu lieben wie sie. Wie zufällig schienen sich ihre Wege immer wieder zu kreuzen. Amalia fragte sich, ob er vielleicht erst seit Kurzem in die Gegend zurückgekehrt war, denn sie war ihm früher bei ihren Ausflügen nie begegnet.

Wenn er sie bemerkte, lüftete er den Hut und grüßte sie. Ein, zwei Mal hatte sie spüren können, wie er sie aus der Ferne beobachtete, doch dann, als sie sich zu ihm drehte, war er wieder verschwunden. An einem Nachmittag hatte sie an einem Felsen in der Sonne gesessen und gelesen, als er auf seinem Pferd nicht weit entfernt von ihr auftauchte und stehen blieb. Er blickte sie an – auf diese eindringlich intensive Weise – und schenkte ihr ein Lächeln, bevor er weitergeritten war. Erst als Amalia ihn nicht mehr sehen konnte, hatte sie gemerkt, dass ihr Herz noch immer schneller schlug.

Es schien ihr, als würden sich zwischen ihnen unaufhaltsam die Fäden einer eigenen Welt spinnen. Manchmal beobachtete auch sie ihn. Sie sah, wie er mit seinem Hengst über die morastigen Wege ritt. Er jagte die Hügel hinauf und hinunter, erfüllt von einer düsteren Rastlosigkeit, die ihn kaum länger als einige Augenblicke irgendwo zum Stehen kommen ließ und ihn selbst und das Pferd gleichermaßen an den Rand der Erschöpfung trieb. Dabei wirkte er wie jemand, der vor etwas floh. Etwas Gequältes und Niedergeschlagenes lag auf seinem Gesicht, als laste ein schweres Gewicht auf seinen Schultern, und sie fragte sich, was wohl der Grund dafür war.

Schon immer hatte Amalia die Stunden, die sie allein im Moor verbrachte, geliebt, doch nun bekamen ihre Ausflüge einen zusätzlichen Reiz durch die Möglichkeit, ihm zu begegnen.

Sie hatte nicht einmal Cathleen von ihm erzählt. Nach ihrer ersten Begegnung hatte sie es gewollt, doch ihre Schwester war so im Fieber wegen des bevorstehenden Balls gewesen, dass es nicht der richtige Zeitpunkt war. Später dann hatte Cathleen ihr von dem Fest erzählt, und Amalias gesamte Aufmerksamkeit hatte ihrer Erzählung gegolten. Mit glühenden Wangen war ihre Schwester noch in der Nacht zu ihr gekommen und hatte sich in ihrem Ballkleid neben dem Bett auf den Boden sinken lassen. Im Schein der Kerze hatte Cathleen ihr in lebhaften Gesten und Zeichen von jeder Einzelheit des Abends berichtet. Vor Amalias Augen war alles zum Leben erwacht, als wäre sie selbst dabei gewesen – die prachtvollen Kleider, in denen die Frauen und Männer zusammenstanden und plauderten und sich zum Rhythmus der Musik bewegten. Die jungen Männer hatten Cathleen umschwärmt – und nicht nur sie, sondern auch einige Ältere, wie ihre Schwester ihr mit einer Grimasse zu verstehen gab. Ihre Geschlechtsgenossinnen dagegen waren mit Zuneigungsbekundungen zurückhaltender gewesen – was Amalia nicht überraschte. Die eine oder andere hatte es nicht unterlassen, eine Anspielung auf Cathleens Herkunft zu machen. *Ach, Ihre Mutter ist gar nicht eingeladen? … Sie müssen glücklich sein, dass Lady Lyshire über Ihre Eltern hinwegsieht…* Am impertinentesten war die von der Natur nicht sehr vorteilhaft bedachte Rebecca Hampton gewesen. *Nun, es ist nicht zu übersehen, welche Wirkung Sie hinterlassen, meine Liebe. Aber bilden Sie sich nichts darauf ein. Gleich-*

gültig, wie schön und geistreich Sie auch sein mögen, eine Frau wie Sie nimmt sich ein Mann von Herkunft vielleicht zur Mätresse, aber ganz sicher nicht zur Ehefrau. Das sage ich nur, um Sie zu schützen. Nichts ist schrecklicher als eine enttäuschte Hoffnung, oder?

Amalia hatte ihre Schwester ob dieser Unverschämtheit ungläubig angestarrt, und Cathleen hatte ihre von Mimik begleiteten Hand- und Lippenbewegungen mehrere Male wiederholen müssen, weil sie sich nicht sicher war, richtig verstanden zu haben. Sie gratulierte ihrer Schwester dazu, dass sie als Antwort auf Rebecca Hamptons gemeine Bemerkung gleich mehrere Male mit Richard Tennyson getanzt hatte, auf den diese ein Auge geworfen hatte.

Amalias Hände waren durch die Luft geflogen. *Hat Rebecca Hampton mir als Kind auf dem Sommerfest nicht den Bonbon weggenommen?*

Cathleen hatte mit einem Kichern genickt. Sie war auf dem Boden ein Stück näher zu ihr ans Bett gerückt. *Ihr Bruder war auch da,* teilte sie ihr dann mit.

Amalia hob die Brauen. *Und?*

Er ist sehr attraktiv, mit seinen dunklen Haaren und dem markanten Gesicht, obwohl ich ihn erst gar nicht erkannt habe, weil er sich so verändert hat. Cathleens Handbewegungen wurden eine Spur lebhafter und plötzlich schwärmerisch. *Er hat diese besondere Ausstrahlung. Jede Frau hat sich für ihn interessiert …*

Amalia grinste, als sie den sehnsuchtsvollen Ausdruck auf Cathleens Gesicht bemerkte, der offenbarte, dass sie selbst darin keine Ausnahme bildete. Als Kind hatte ihre Schwester einige Zeit für Edward Hampton geschwärmt. Über Wochen und Monate hatte sie den klebrigen Bonbon aufgehoben, den er ihnen damals beim Sommerfest zurückgegeben hatte. Als eines der Dienstmädchen die unansehnlichen Reste der Süßigkeit entsorgte, hatte ihre Schwester einen halben Tag lang geweint.

Und hast du mit ihm getanzt?

Cathleen schüttelte den Kopf. *Er hat überhaupt nicht getanzt und sich nur mit Lydia, der Tochter von Lord Lyshire, unterhalten.* Sie zuckte die Achseln. Man sah ihr an, dass der Rausch des Erlebten etwas verebbt war, und sie wirkte mit einem Mal angespannt. Amalia ahnte, was in ihr vorging.

Es stimmt nicht, was diese Rebecca Hampton sagt!

Ihre Schwester wandte ihr das Gesicht zu. Zweifel und Ängste spiegelten sich darin. *Meinst du?*

Amalia nickte.

Cathleen legte den Kopf auf dem Bett ab. Die Bemerkung von Rebecca Hampton spiegelte die geheimsten Befürchtungen ihrer Schwester wider, wusste Amalia. Bei allen Möglichkeiten, die Cathleen draußen in der Welt haben würde, sie hatte ihren eigenen Kampf auszufechten – und sie beneidete sie nicht darum.

Über diese Gedanken hatte Amalia ihre Begegnung mit dem Unbekannten im Moor schließlich völlig vergessen. Auch am nächsten Tag schien ihr nie der richtige Zeitpunkt gekommen, von ihm zu erzählen, und am Ende sah sie ganz davon ab.

45

Elisabeth beobachtete ihre Tochter voller Stolz. Zwei Wochen waren seit dem Ball bei den Lyshires vergangen, und sie waren für einige Tage nach London gefahren. Cathleen zog auch hier überall die Blicke auf sich, und ihr Charme tat sein Übriges, dass sich das Lächeln der Menschen vertiefte, sobald sie mit ihr ins Gespräch kamen. Sie war schön und hatte zum Glück auch als Erwachsene nichts von ihrer Zartheit verloren – ihre Taille, die von dem unten auseinanderfallenden Rock betont wurde, war schmal, die Schultern waren sanft gerundet und ihre Hände schlank, mit Fingern, die so feingliedrig waren, dass sie jeder ihrer Gesten eine besondere Grazie und Eleganz verliehen.

Ja, es war gut, dass sie nach London gefahren waren, dachte Elisabeth erneut. John hatte geschäftlich hier zu tun, und sie wollte, dass bei einem Schneider unweit der Regency Street eine neue Garderobe für Cathleen angefertigt wurde. Mochte Mr Crockford auch eine gute Auswahl an Stoffen haben, Elisabeth hatte eine Adresse in London in Erfahrung gebracht, wo viele Adelige ihre Kleider anfertigen ließen. Genau das Richtige. Cathleen sollte, nein, *musste* glänzen und unter allen anderen hervorstechen. Kein Aufwand war dafür zu groß. Ein zufriedenes Lächeln umspielte Elisabeths schmale Lippen. Seit dem Ball flatterten die Einladungen nur so ins Haus. Selbst im Herrenclub hatte man John zu seiner bezaubernden Tochter gratuliert.

Cathleen hatte auf dem Ball die schwierigste Hürde genommen. Nun galt es, mit Umsicht die nächsten Schritte vorzubereiten. Elisabeth war geduldig, das hatte sie in langen Jahren gelernt, und erst recht jetzt, da ihr Ziel, auf das sie so lange hingearbeitet hatte, in erreichbare Nähe rückte.

Sie wandte den Kopf zu ihrer Tochter, die eine Auswahl von Stoffen für Abendkleider begutachtete. Liebevoll hakte sie sich bei Cathleen unter.

»Freust du dich?«

Ihre Tochter nickte. Ihre zarten Hände glitten über die Stoffe, die ein Gehilfe des Schneiders vor ihr ausgebreitet hatte. Doch dann wurde sie ernst. »Darf ich dich etwas fragen, Mum?«

»Natürlich, mein Schatz!«

»Warum wolltest du nicht, dass Amalia mit nach London kommt?«

Elisabeth bemühte sich, ihr Lächeln beizubehalten. Es fiel ihr nicht leicht. Die neue Garderobe war nicht der einzige

Grund, warum sie sich entschlossen hatte, Cathleen mit nach London zu nehmen. Sie hatte das Gefühl, Zeit mit ihr allein – ohne Amalia – verbringen zu müssen. Schon seit Längerem gefiel es ihr nicht, wie eng das Verhältnis der beiden war.

»Aber du weißt doch, dass es Amalia selbst war, die nicht mitwollte«, erwiderte sie. Das entsprach durchaus den Tatsachen – auch wenn es natürlich nur die halbe Wahrheit war. Die Vorstellung, dass sie sie begleitet hätte, war für Elisabeth undenkbar. Sie versuchte es von jeher zu vermeiden, dass Amalia in der Öffentlichkeit an ihrer Seite in Erscheinung trat und man erfuhr, dass sie taub war.

»Aber es hätte ihr gefallen! Sie wäre begeistert gewesen von den Bildern in der Ausstellung der Royal Academy. Sie hätte das alles hier noch viel mehr zu würdigen gewusst als ich!« Cathleen hatte die Stirn gerunzelt, und die zarte Falte, die sich zwischen ihren Brauen zeigte, erschien Elisabeth mit einem Mal symbolisch für die Bedeutung, die Amalia in ihrem Leben hatte. Sie seufzte.

Als sie wenig später das Geschäft verlassen hatten, wies sie den Kutscher an, noch durch den Hyde Park zu fahren. Sie wollte, dass ihre Tochter diese Welt sah: die eleganten Frauen und Männer, die auf ihren Pferden über die gepflegten Wege dahinjagten, die edelrassigen Hunde, die man spazieren führte, und die prachtvollen offenen Kutschen, in denen die Damen und Herren der Hocharistokratie mit aufgespannten Sonnenschirmen und Zylindern ihre nachmittäglichen Ausfahrten machten.

Zufrieden stellte sie fest, dass Cathleen beeindruckt war, und für einen flüchtigen Moment erinnerte Elisabeth sich daran, wie sie vor vielen Jahren hier einmal mit John gesessen hatte. Sie hatten sich geschworen, ihre Welt hinter sich zu lassen, und es war ihnen gelungen. Elisabeth wandte sich zu ihrer Tochter um, die sich an sie geschmiegt hatte. Mit Genugtuung nahm sie dabei zur Kenntnis, dass von den männlichen

Reitern, die ihren Weg kreuzten, mehr als einer bei Cathleens Anblick interessiert aufmerkte. Ja, ihre Tochter war ein Juwel!

»Das alles kannst du haben – es steht dir offen«, sagte Elisabeth. Sie strich Cathleen übers Haar. »Aber du musst begreifen, dass Amalia nicht für diese Welt gemacht ist. Es ehrt dich, dass du dir wünschst, sie wäre überall dabei, aber das geht nicht. Ich weiß, dass du sie liebst, und es ist tragisch, was mit ihr geschehen ist, aber deine Schwester ist nicht wie du!« Sie blickte sie an. »Sie ist taub und kann nicht richtig sprechen – sie besitzt nicht deine Intelligenz und deinen Geist.«

»Wie kannst du so etwas sagen, Mum? Amalia ist sogar sehr intelligent«, widersprach Cathleen empört.

Elisabeth konnte spüren, wie sie ein Stück von ihr abrückte, und begriff, dass es höchste Zeit war, dieses Gespräch zu führen. »Woher willst du das wissen? Niemand kann in ihren Kopf schauen.«

»Aber du siehst doch, wie sie malt und was sie liest, und außerdem kann ich mich sehr gut mit ihr unterhalten – auf unsere Weise!«

»Eure Sprache, ja, ich weiß.« Elisabeth wurde allein bei dem Gedanken daran nervös. Sie hasste es, wenn ihre Töchter sich mittels dieser Gebärden und Zeichen unterhielten. Sie wirkten wie zwei Wilde, beinahe so, als wären sie etwas debil. Sie blickte ihre Tochter mit ernster Miene an.

»Ich weiß nicht, wie ich es sagen soll, aber du musst lernen, dich von ihr zu lösen, Cathleen. Im Interesse deiner Zukunft ist es wichtig, dass Amalia sich im Hintergrund hält und am besten nirgends in Erscheinung tritt. Egal, was du in ihr siehst – auf die meisten Leute wirkt ein Mensch wie sie zurückgeblieben und … verstörend. Und dieses Bild fällt auf dich und uns alle zurück. Verstehst du das?«

Cathleen hatte die Lippen zusammengepresst und den Blick starr auf die gepflegten Rasenflächen gerichtet, an denen die Kutsche vorbeirollte.

Elisabeth ergriff sie fest an ihrem Arm. »Ich habe dich gefragt, ob du das verstehst.« Ihr Ton klang barscher, als sie beabsichtigt hatte. Sie hätte viel früher einschreiten müssen, dachte sie und sah mit Besorgnis, dass ihre Tochter weiß wie eine Wand geworden war.

»Ich verstehe nur, was *du* glaubst, aber Amalia ist nicht so«, sagte Cathleen tonlos. Es war nicht die Antwort, die Elisabeth hatte hören wollen, doch sie ließ ihren Arm los. Auch hier brauchte es Geduld und Beharrlichkeit, und man musste in kleinen Schritten vorgehen.

46

John Sherwood saß an seinem Schreibtisch aus Mahagoniholz und betrachtete mit zufriedener Miene die Unterlagen, die er aus London geschickt bekommen hatte. Während der Jahre, in denen er sein Unternehmen aufbaute, hatte er gelernt, von welch ungeheurer Bedeutung die richtigen Verbindungen und Informationsquellen für seine Geschäfte waren. Damals, vor vielen Jahren, als Elisabeth voller Panik nach Hause gestürzt kam und ihm von Mr Thomsons Prognose für den Teemarkt berichtet und sie so davor bewahrt hatte, ihr mühsam erarbeitetes Geld zu verlieren, hatte er das endgültig verstanden. Seitdem hatte er unermüdlich daran gearbeitet, sich ein weitgespanntes Netz von Kontakten aufzubauen. Im Laufe der Zeit hatte er dabei begriffen, dass es keineswegs die Menschen der höheren Gesellschaftsschichten waren, die ihm am besten weiterhalfen. Die entscheidenden Dinge hatte er oft von denen erfahren, die diesen Leuten dienten – von Kutschern, Dienstmädchen und Stallknechten.

Inzwischen gefielen John längst nicht mehr nur die Vorteile, die er aus diesen Informationen für seine Geschäfte zog, sondern auch die Macht, die damit verknüpft war. Er wusste viel über seine Geschäftspartner und die Menschen um ihn herum, weit mehr, als diese ahnten. Auch ihre Schwachstellen und dunklen Flecken in ihren Biografien kannte er. Dieses Wissen hatte ihm in den zurückliegenden Jahren stets geholfen, seine eigene Unsicherheit zu bekämpfen, und es trug entscheidend dazu bei, den Leuten, die sich in der Gesellschaft weit über ihm wähnten, auf Augenhöhe zu begegnen. Im Grunde seines Herzens war er noch immer ein Spieler, musste John zugeben. Die Informationen besaßen für ihn den Wert eines kostbaren Jokers, der das Blatt im entscheidenden Moment zu seinen Gunsten wenden konnte. Er liebte das.

Sein Blick glitt erneut mit einem zufriedenen Lächeln über die Papiere auf dem Schreibtisch, denn das, was hier vor ihm lag, war ohne Frage ein Joker der ganz besonderen Art! Er freute sich darauf, seiner Frau davon zu berichten.

Nach dem Dinner – die Mädchen hatten sich bereits in ihre Zimmer zurückgezogen – kam Elisabeth zu ihm. Die Jahre waren an ihr nicht spurlos vorübergegangen. Ihr Haar hatte etwas von seinem weizengelben Blond verloren, die ersten grauen Strähnen zeigten sich darin, aber ihr Gesicht war noch immer fast faltenfrei. Sie wirkte angespannt, fiel ihm auf. Seit ihrer Rückkehr aus London war das so.

»Geht es dir gut?«

Sie nickte zerstreut und setzte sich zu ihm. »Ich habe über Cathleen und Amalia nachgedacht.«

Er hatte ihr eigentlich gleich erzählen wollen, was er Interessantes in Erfahrung gebracht hatte, doch etwas an ihrer Haltung ließ ihn zögern. Abwartend blickte er sie an.

»Ich frage mich manchmal, was aus Amalia werden soll«, erklärte sie.

Er zuckte die Achseln. »Was soll schon aus ihr werden? Nicht viel, fürchte ich. Ich denke kaum, dass wir einen Ehemann für sie finden können.« Ihm ging auf, dass er über

Amalias Zukunft noch nie nachgedacht hatte. »Ich meine, vielleicht gibt es auch für sie jemanden? Sie sieht immerhin sehr hübsch aus …«

Seine Frau warf ihm einen scharfen Blick zu. »Sei nicht albern!«, fuhr sie ihn an. Sie rang nervös die Hände und schwieg einen Moment lang. »Manchmal denke ich, wir hätten sie doch beizeiten weggeben sollen«, sagte sie schließlich. »Irgendwohin, wo man sich richtig um sie kümmert. In ihrem eigenen Interesse.«

Selbst er spürte, dass sie den letzten Satz nur geäußert hatte, damit das, was sie zuvor gesagt hatte, weniger hart klang. »Wie kommst du darauf? Sie hat uns noch nie Schwierigkeiten gemacht!«

»Nein, das nicht.« Elisabeth presste die Lippen zusammen. »Aber Cathleen – sie hängt so an ihr! Und wie soll das werden? Wenn ihr jemand einen Antrag macht und erfährt, dass sie eine Schwester hat, die taub ist und nicht spricht … Kannst du dir vorstellen, was für ein Licht das auf sie wirft?«

John hatte plötzlich das Gefühl, einen großen Schluck von seinem Wein nehmen zu müssen. Sein Blick heftete sich für einen kurzen Moment auf das Familienporträt, das neben seinem Schreibtisch hing und das Elisabeth und ihn mit den beiden Mädchen in der Zeit zeigte, als Amalia noch hören konnte. Wenn er seine Frau nicht besser gekannt und selbst miterlebt hätte, wie sie damals die Nächte durchgeweint hatte, als feststand, dass ihre Tochter taub bleiben würde, er hätte sie für kalt und herzlos gehalten.

Er musterte sein Glas. »Hast du nie Schuldgefühle? Denkst du nie darüber nach, ob wir mehr für Amalia hätten tun können? Ob wir vielleicht noch andere Lehrer hätten holen sollen?«, brach es in einem Anflug von Ehrlichkeit aus ihm heraus, denn er selbst verspürte tatsächlich oft dieses Gefühl. Wenn Amalia vor ihm stand und von seinen Lippen zu lesen versuchte, fühlte er sich so hilflos, dass er am liebsten sofort das Weite gesucht hätte. Er wusste einfach nicht, wie er mit ihr umgehen sollte, und hoffte inständig, sie spüre dennoch, dass er sie liebte.

Elisabeth schaute ihn überrascht an. »*Andere Lehrer?* Du meinst, damit sie vielleicht doch etwas mehr sprechen würde?« Sie schüttelte den Kopf. »Nein, ehrlich gesagt, bin ich sogar sehr froh, dass sie so wenig spricht. Ich stelle es mir furchtbar vor, wenn die Worte so seltsam betont aus ihrem Mund kommen würden.«

Er starrte sie an. Einen Moment lang herrschte eine seltsame Stille zwischen ihnen, und er überlegte, warum ihm etwas an der Art, wie seine Frau über Amalia sprach, nicht gefiel.

»Ich denke, du machst dir zu viele Sorgen, was die Mädchen angeht. Amalia hat sich immer im Hintergrund gehalten. So wird es auch weiterhin sein, und wenn Cathleen erst einmal geheiratet hat, werden die Wege der beiden ohnehin auseinandergehen«, gab er zur Antwort.

Sie nickte stumm.

Er nahm einen weiteren Schluck von seinem Wein, bevor er sich erneut zu ihr wandte. »Ich habe übrigens etwas herausgefunden, was dich sicherlich erfreuen wird.« Ein kaum wahrnehmbares Lächeln glitt über sein Gesicht. »Du hast recht mit dem Gerücht gehabt!«

47

Seitdem Cathleen auf dem Ball bei den Lyshires gewesen war und erzählt hatte, dass Edward Hampton dort den gesamten Abend nicht getanzt und sich einzig mit der ältesten Tochter von Lord Lyshire unterhalten hätte, war Elisabeth Sherwood klar, dass die Hamptons eine Vermählung zwischen den beiden anstrebten. Es lag nahe angesichts der Gemeinsamkeiten der zwei Familien, die nicht nur befreundet waren, sondern auch beide der Hocharistokratie angehörten und beeindruckende Stammbäume vorweisen konnten. Ein oder zwei Jahrhunderte zuvor wäre es ohne Frage zu einer Verbindung zwischen den beiden Häusern gekommen. Doch die Zeiten hatten sich geändert und mit ihnen auch die finanzielle Situation der Familien. Die Hamptons waren vom Ruin bedroht. So geschickt sie bis zum heutigen Tage versuchten, diese Tatsache zu verbergen – John hatte das bereits vor über einem Jahr herausbekommen.

Obwohl Elisabeth damals schon das erste Mal die verheißungsvollen Möglichkeiten vor Augen hatte, die in dem drohenden Bankrott der Hamptons für sie selbst lagen, hatte sie die Verwirklichung ihres heimlichen Wunschtraums immer wieder verworfen. Gegenüber der Tochter von Lady Lyshire würde Cathleen keine Chance haben, dessen war sie sich bewusst, und wie sie in Erfahrung gebracht hatte, fassten die Lyshires Edward Hampton durchaus als geeigneten Kandidaten ins Auge. Der alte Name schien das mangelnde Geld wettzumachen, nahm sie an.

Dann allerdings hatte sie von ihrer Nachbarin, Mrs Fincher, erfahren, dass die Lyshires ihr Jagdschloss südlich von London und das zugehörige Land verkaufen wollten. Sie war hellhörig geworden und hatte John davon erzählt. Einige diskrete Nachforschungen waren angestellt worden – und wie sich nun herausstellte, hatte sie recht gehabt. Das, was John hatte in Erfahrung bringen können, ließ Elisabeth nicht nur frohlocken, sondern stimmte sie geradezu euphorisch: Auch um die finanzielle Situation der Lyshires stand es weit weniger gut, als man allgemein angenommen hätte.

»Das ist ein Joker, Lisbeth. Ein richtiger Joker«, sagte John zu ihr. Sicherlich, die Bedrängnis der Lyshires war in keiner Weise vergleichbar mit der desaströsen Lage der Hamptons, aber auch weit davon entfernt, diese mittels ihres eigenen

Vermögens vor dem drohenden Ruin bewahren zu können. Man musste also nur noch geschickt die Fäden ziehen, denn die tragische Ironie wollte es leider, dass keine der beiden Familien von der Lage der anderen wusste, sondern ganz im Gegenteil hoffte, durch die Vermählung die eigene Situation zu verbessern. Dem musste dringend Abhilfe geschaffen werden, wurde Elisabeth nun klar. Ein Gerücht streuen und es zur Sicherheit werden lassen, ohne dass allzu klar war, von wem es ausgegangen war.

Sie war zu dem Schluss gekommen, dass für diese Aufgabe niemand besser geeignet war als ihre Nachbarin, Mrs Fincher. Kaum einer war so unfähig, etwas für sich zu behalten, wie sie. Einige vorsichtige Andeutungen, und sie würde die Neuigkeit bei jeder sich ihr bietenden Gelegenheit ausgeschmückt plappernd weitergeben. Der Rest würde sich von allein ergeben.

Elisabeth empfand kein schlechtes Gewissen dabei, auf diese Weise vorzugehen. Im Grunde, so dachte sie, mussten die Lyshires ihr sogar dankbar sein. Kam es nicht geradezu einem Akt der Barmherzigkeit gleich, wenn sie ihre Tochter Lydia davor schützte, in eine Ehe zu stürzen, die sie dem Ruin preisgab?

Mrs Finchers Augen drohten aus ihrem rundlichen Gesicht mit dem Doppelkinn zu springen, als sie einige Tage später von ihr das Unglaubliche erfuhr.

»Mein Gott, und Lady und Lord Lyshire haben keine Ahnung? Die Ärmsten«, sagte sie, und ihre Stimme vibrierte dabei vor Sensationslust. Elisabeth hatte ihr mit gesenkter Stimme und gespielt betretener Miene alles berichtet.

»Nein, sie ahnen nichts! Und Sie müssen mir auch aufrichtig versprechen, darüber Schweigen zu bewahren, meine Liebe. Stellen Sie sich vor, wie schrecklich es für die Hamptons, aber auch für die Lyshires wäre, wenn das öffentlich bekannt würde …«

Einen Moment hing diese Vorstellung greifbar zwischen ihnen im Raum.

»Selbstverständlich werde ich nichts sagen. Es wäre ein Skandal, wenn man davon erführe«, beteuerte Mrs Fincher, doch ihr in Aufruhr versetztes Gesicht verriet Elisabeth nur zu gut, dass der Same, den sie gesät hatte, bereits aufgegangen war. Bei der nächsten Gelegenheit würde Lady Lyshire von ihr erfahren, welches Los ihrer Tochter drohte.

»Noch ein Plätzchen?«

Ihre Nachbarin nickte, und Elisabeth sah zu, wie sie von dem Mandelgebäck nahm und gedankenverloren davon abbiss. Zufrieden nippte sie an ihrem Tee.

48

Sie hatte sich im Schutz des Felsens auf ihrem zusammengerollten Umhang niedergelassen, den Block auf den angezogenen Knien, und zeichnete, als er auf einmal vor ihr stand.

Er war genauso überrascht wie sie. Finster starrte er sie an. *Etwas war anders als sonst.* Amalia durchfuhr ein leiser Schreck, denn er sah fürchterlich aus. Sein Gesichtsausdruck war verzweifelt und schmerzerfüllt. Er trug keinen Hut, und sein Mantel flatterte offen um seine Beine, als hätte er nicht einmal die Zeit gefunden, die Knöpfe zu schließen. Sein Brustkorb hob und senkte sich im schnellen Rhythmus, und sein Haar fiel ihm wirr ins Gesicht. *Etwas war passiert …*

Er wandte sich abrupt ab und starrte in die Ferne.

Amalia klappte vorsichtig den Block zu und steckte die Farbe und den Pinsel ein. Augenscheinlich war er hierhergekommen, um allein zu sein. Es war ihr Platz hier oben, doch heute war sie bereit, ihn ihm zu überlassen. Sie stand auf.

In diesem Moment fuhr er zu ihr herum. Etwas in seinen Augen brachte sie dazu, in ihrer Bewegung innezuhalten.

Er schüttelte den Kopf. *Geh nicht!*

Langsam kam er auf sie zu.

Sie wich instinktiv ein Stück zurück, bis sie in ihrem Rücken den Felsen spürte. Die Spannung zwischen ihnen war körperlich so fühlbar, dass ihr der Atem stockte.

Sein Blick, düster und noch immer verzweifelt, hielt den ihren fest, und sie entdeckte darin mit einem Mal ein Begehren, das einen jähen Hitzestrom durch ihren Körper jagte. Ihr Herz raste, als er im selben Augenblick die Hand ausstreckte und ihr über ihre Wange strich. Vorsichtig und sanft, als wolle er prüfen, ob sie wirklich sei.

Es lag eine so intime Zärtlichkeit in dieser Geste, dass sie unwillkürlich die Augen schloss.

Im selben Augenblick riss er sie in seine Arme und küsste sie. Die Leidenschaft, mit der seine Lippen die ihren fanden, stand in einem verwirrenden Gegensatz zu der Sanftheit, mit der er sie zuvor berührt hatte. Es kam ihr vor, als würde sich ein Feuer durch ihren Körper brennen.

Ihr Atem ging schnell, und obwohl sie über ihre eigenen Gefühle erschrak, legte sie die Arme um seinen Hals und erwiderte seinen Kuss. Einen Moment lang schien es nichts anderes um sie herum zu geben – nur sie beide allein auf diesem Hügel. Als würde die Einsamkeit des Moores sie verschlingen.

Widerstrebend lösten sich seine Lippen irgendwann von den ihren. Er schaute sie an und hielt sie dabei noch immer fest – schützend und besitzergreifend zugleich, und sie spürte die Wärme seines Körpers. Erneut strich er ihr sanft über die Wange. Dann ließ er sie mit einem Mal unerwartet los. Sein Gesichtsausdruck war weicher geworden, doch sie sah den Schmerz, der sich noch immer darin verbarg, bevor er sich plötzlich umdrehte. Er war so schnell wieder hinter dem

Felsen und aus ihrem Blickfeld entschwunden, dass sie erst einen Augenblick später begriff – er war gegangen. Verwirrt sank sie auf ihren Umhang. Sie würden sich wiedersehen – das wusste sie.

Melinda

49

Die Schreibplatte des Rokoko-Sekretärs war bedeckt mit Briefen und Papieren. Seit fast zwei Stunden saß Melinda auf einem zierlichen Stuhl in dem Büro von Evelyn Finkenstein, das eher an einen Salon erinnerte, und las in der Korrespondenz, die vor ihr ausgebreitet lag.

»Vielleicht finden Sie, was Sie suchen, und wenn nicht, werden Sie sicherlich trotzdem ein wenig mehr über Ihre Großmutter erfahren. Wenn Sie Fragen haben, ich bin in der Bibliothek«, hatte die alte Mrs Finkenstein mit einem warmen Ausdruck auf ihrem faltigen Gesicht gesagt und sie mit den Unterlagen allein gelassen. Es gefiel ihr offenbar, dass die junge Frau sich für ihre Familiengeschichte interessierte.

Zwei Tage waren vergangen, seitdem Melinda so überraschend erfahren hatte, dass ihre Großmutter damals ihren Namen geändert hatte. Gestern hatte sich Evelyn Finkenstein dann erneut bei ihr gemeldet, um ihr mitzuteilen, dass sie die damalige Korrespondenz ihres Mannes für sie herausgesucht habe. Und so war Melinda heute nach der Fortbildung noch einmal nach Kensington gefahren.

Warum änderte ein Mensch seinen Namen? Weil er mit seiner Vergangenheit brechen wollte? Weil er vor etwas floh?

Die möglichen Antworten darauf waren alle gleichermaßen beunruhigend, fand Melinda, und die Korrespondenz, die chronologisch geordnet vor ihr lag, schien das nur zu bestätigen. Sie seufzte.

Über mehrere Monate hatte Mr Finkenstein einen regen Schriftverkehr mit einem gewissen Doktor Stevenson gehabt, der in Verbindung mit der Gehörlosen-Gemeinschaft in London stand und den der Bankdirektor im Fall von Jacob um

Hilfe gebeten hatte. Der Arzt hatte sich auf einfühlsame Weise nach seinem Sohn erkundigt, gezielt Fragen gestellt und Mr Finkenstein schließlich behutsam die Möglichkeiten eines anderen Unterrichts und des Erlernens der Gebärdensprache erläutert. Er selbst habe, so schrieb Stevenson, lange geglaubt, die lautsprachliche Verständigung und das Lippenlesen seien der einzig richtige Weg, doch die Jahre mit seinen tauben Patienten hätten ihn schließlich etwas anderes gelehrt. Dann kam er das erste Mal auf ihre Großmutter zu sprechen:

… ich habe lange überlegt, was im Fall Ihres Sohnes Jacob das Beste für ihn wäre, nicht nur in pädagogischer Hinsicht, sondern auch menschlich, und ich möchte Ihnen eine junge Frau ans Herz legen, die mir wie geschaffen für Jacob scheint. Sie nennt sich Helene, auch wenn das nicht ihr richtiger Name ist, und sie ist selbst taub …

Ihre Großmutter! Melinda starrte auf die Zeilen. Bis hierher hörte es sich nicht allzu erschreckend an. Doch einige Briefe später schrieb Stevenson: *Angesichts der zurückliegenden Ereignisse muss mit ihrer wahren Identität leider mit Diskretion umgegangen werden. Die Erfahrungen, die hinter Helene liegen, sind traumatischer Natur. Sie hat viel durchgemacht und möchte England aus persönlichen Gründen verlassen, sodass sie bereit wäre, Sie und Ihre Familie nach Berlin zu begleiten …*

Und weiter hieß es:

Ja, ich kenne ihre Geschichte, Mr Finkenstein. Ich selbst bin auf unheilvolle Weise damit verbunden, wenn auch nur am Rande, doch ich habe mein Versprechen gegeben zu schweigen. Es gibt mehr als einen Grund, ihren wahren Namen nicht preiszugeben. Seien Sie sich indessen gewiss, dass die junge Frau mein volles Vertrauen genießt und des Ihren würdig ist. Glauben Sie mir, Sie könnten sich keine bessere Gouvernante für Jacob wünschen! Geben Sie ihr die Chance, dass Sie sie kennenlernen …

Melinda blickte auf. Und genau das hatten die Finkensteins schließlich auch getan, wie sie wusste. Das persönliche Treffen mit ihrer Großmutter hatte ihre Zweifel vollständig ausgeräumt, wie sie bereits von Evelyn Finkenstein wusste.

Aus den darauffolgenden Briefen wurde klar, dass der Bankdirektor schließlich persönlich seine einflussreichen Beziehungen hatte spielen lassen, um ihr zu neuen Papieren zu verhelfen. Vielleicht hatte ihre Großmutter ihm doch etwas gestanden? Ein Geheimnis, das Mr Finkenstein genauso wie Doktor Stevenson mit ins Grab genommen hatte?

Melinda seufzte erneut. Die Briefe gaben keinen Aufschluss darüber, was genau im Leben ihrer Großmutter Schreckliches geschehen war, und auch nicht, wie sie damals in Wahrheit hieß, musste sie erkennen. Es war frustrierend – sie befand sich in einer Sackgasse.

Ein Geräusch hinter ihr schreckte sie auf. Beatrice Finkenstein stand in der Tür. »Wie geht es Ihnen? Ich bin gerade hereingekommen. Meine Mutter erzählte mir, dass Sie hier sind. Hilft Ihnen die Korrespondenz?«

Melinda schüttelte entmutigt den Kopf. »Nein, nicht besonders. Auch wenn ich einiges über meine Großmutter erfahre. Sie scheint ein wirklich außergewöhnlicher Mensch gewesen zu sein.« Sie deutete auf die Briefe. »Aber dieser Doktor Stevenson hüllt sich leider in Schweigen über ihren wahren Namen.«

Der Blick der Bankdirektorin war dem ihren gefolgt. »Das tut mir leid. Wahrscheinlich lebt er inzwischen auch nicht mehr. Aber vielleicht gibt es jemand anderen in dieser Organisation, sie existiert noch. Soweit ich weiß, steht mein Bruder Jacob mit einigen Leuten von ihnen in Kontakt. Ich werde mich bei ihm erkundigen«, versprach Beatrice Finkenstein. Man merkte ihr an, dass es sie inzwischen selbst brennend interessierte, welche geheimnisvolle Vergangenheit die ehemalige Gouvernante ihres Bruders gehabt hatte.

Nachdenklich ließ sie sich auf einen Stuhl neben Melinda nieder. »Schauen Sie, was meine Mutter noch gefunden hat«, sagte sie und schlug den Hefter auf, den sie in der Hand hielt. Sie reichte Melinda ein altes, ein wenig vergilbtes Foto. Es zeigte die gesamte Familie Finkenstein mit ihren Kindern – und einer jungen Frau mit hellen Haaren. Obwohl viele Jahre dazwischenliegen mussten, erkannte Melinda sie sofort von dem Bild wieder, das ihr ihre Mutter einmal gezeigt hatte. Es war ihre Großmutter! Ein kleiner Junge schmiegte sich auf der einen Seite an ihre Beine, während sie an der anderen Hand ein kleines Mädchen hielt – Melindas Mutter Caroline.

»Sie war sehr schön, Ihre Großmutter. Ich erinnere mich, dass ich sie als Kind am Anfang oft für einen Engel gehalten habe – mit ihren langen blonden Haaren. Sie hatte so ein zauberhaftes Lächeln«, sagte die Bankdirektorin. Man spürte, dass ihre Gedanken in die Vergangenheit glitten.

Melinda schaute sie an. Ihre Welt und die von Beatrice Finkenstein hätten nicht unterschiedlicher sein können, und die Bankdirektorin gehörte vom Alter her einer anderen Generation an – dennoch hatte es vom ersten Moment an eine ungewöhnliche Vertrautheit zwischen ihnen gegeben.

»Wissen Sie, was ich mich die ganze Zeit frage?«, wandte sich Melinda an sie. Sie hatte nachdenklich das Gesicht verzogen. »Weshalb hat meine Mutter wohl so selten über meine Großmutter gesprochen? Sie war doch eine mehr als ungewöhnliche Frau, allein durch ihre Taubheit und auch, wenn sie schon so lange verstorben war, hätte meine Mutter sie doch zumindest gelegentlich erwähnen müssen, oder? Es wirkt beinahe so, als hätte sie sich nicht an sie erinnern wollen.«

Beatrice Finkenstein schwieg. »Vielleicht war es auch ein wenig so. Ihre Mutter hat Ihre Großmutter ohne Frage sehr geliebt, aber es war nicht immer einfach für sie, eine taube Mutter zu haben.« Sie zögerte kurz, bevor sie schließlich weitersprach. »Ich glaube, Ihre Mutter hat sich manchmal aus der Welt ausgestoßen gefühlt, die Ihre Großmutter mit Jacob teilte – als würde sie dazu keinen Zutritt haben, weil sie selbst hören konnte.«

Melindas Blick war bei ihren Worten unwillkürlich zurück zu dem Foto geglitten – zu dem kleinen Jungen, der sich an die Beine ihrer Großmutter schmiegte. Auf den ersten Blick wirkte es tatsächlich so, als wäre er ihr Sohn. Ihre Tochter dagegen stand mit etwas Abstand neben ihr, auch wenn sie ihre Hand hielt. Ein nachdenkliches Gefühl ergriff Melinda, und ihr wurde bewusst, dass sie nicht nur viel zu wenig über ihre Großmutter wusste, sondern auch über ihre Mutter.

50

Der Aston Martin gab ein unschönes Geräusch von sich. Henry Tennyson zog nervös an seiner Zigarette und nahm den Fuß vom Gaspedal. »Sind Sie sicher, dass Sie das hinbekommen?«

»Kein Problem. Das ist nur 'ne kleine Sache mit dem Vergaser, Sir«, klang es dumpf unter der Motorhaube hervor. Wenige Augenblicke später tauchte ein Kopf dahinter hervor. »So, das müsste es sein«, sagte Ned, der Knecht aus dem Postbridge Inn.

»Tatsächlich?« Henry Tennyson drückte erneut aufs Gas. Ein gleichmäßiges Geräusch war zu hören. »Alle Achtung!« Er pfiff durch die Zähne und stieg aus. »Woher haben Sie so viel Ahnung von Autos?«

»Habe ich bei der Armee gelernt, Sir.« Ned wischte sich verlegen seine schmutzigen Hände an der Hose ab.

Mit gönnerhafter Miene drückte Tennyson ihm einen Geldschein in die Hand. »Herzlichen Dank auch. Und, wie läuft es so im Postbridge Inn?«, fragte er, während er seine Zigarette mit dem Fuß austrat.

Ned zuckte die Achseln. »Nicht viel los um diese Jahreszeit, Sir. Und die Gäste, die herkommen, auf die könnte man gut verzichten. Ein verschrobener Wissenschaftler – und eine Deutsche. Ausgerechnet!« Ein verächtlicher Ausdruck machte sich auf seinem kantigen Gesicht breit.

»Hat sich übrigens nach dem alten Sherwood-Manor erkundigt.«

Tennyson, der gerade Anstalten machte, wieder in seinen Wagen zu steigen, blieb überrascht stehen. »Nach Sherwood?«

Der Knecht nickte. »Hab keine Ahnung, was sie hier zu suchen hat – mitten im Februar. Wenn Sie mich fragen, sie schnüffelt hier herum. Dachte, das sollten Sie vielleicht wissen, Sir.«

»Ist sie noch hier?«

Ned schüttelte den Kopf. Seine Nase lief, und er fuhr sich mit dem Handrücken darüber. »Nein, Sir. Sie ist wieder zurück nach London. Aber sie kommt nächstes Wochenende noch mal hierher. Mrs Benson hat eine Buchung auf ihren Namen, habe ich gesehen.«

Tennyson bemühte sich, seine Unruhe zu verbergen. »Danke, Ned. Würden Sie mir einen Gefallen tun?« Er zückte beiläufig einen weiteren Schein aus seinem Portemonnaie.

»Sicher, Sir!«

»Behalten Sie sie im Auge, und geben Sie mir Bescheid, wenn Sie angekommen ist.«

Ned nickte. »Aber klar. Wenn Sie mich fragen, die Welt könnte gut ohne die Deutschen auskommen! Sechzig Millionen Tote hat dieser Krieg gekostet, und die glauben, weil sie sich ein paar Jahre schuldig gefühlt haben, alles könnte so weitergehen wie vorher!« Er schüttelte den Kopf.

Tennyson nickte mit finsterer Miene.

51

Melinda saß auf ihrem Bett und starrte auf den Inhalt des Pakets, das sie die weite Reise mit nach London geschleppt hatte. *Wer hatte ihr die Sachen geschickt?* Es musste einen Grund geben! Nachdenklich biss sie sich auf die Unterlippe. Sie spürte, dass die Antwort darauf das Verbindungsglied zu allem anderen darstellte.

Den ganzen Tag über hatte sich ein zunehmend frustriertes Gefühl in ihr breitgemacht, weil es ihr auch mit der Korrespondenz von Mr Finkenstein nicht gelungen war, den wahren Namen ihrer Großmutter in Erfahrung zu bringen.

Sie nahm die Schachtel mit der roten Damefigur in die Hand und betrachtete sie. Es schien alles so zum Greifen nahe! Als würde ihr nur ein einziges entscheidendes Puzzleteil fehlen, dachte sie erneut. Sie hoffte, dass Jacob Finkenstein jemanden bei dieser Gehörlosen-Gemeinschaft kannte, der noch wusste, wer ihre Großmutter gewesen war. Und wenn nicht? Sie verbot sich den Gedanken daran – sie war nicht bereit aufzugeben.

Vorsichtig schloss sie die Schachtel mit der Schachfigur. Als Melinda sie wieder in den kleinen Samtbeutel stecken wollte, fiel ihr Blick auf den altmodischen Stempelabdruck auf der Rückseite: *Red Lion Antique.* Ob es das Geschäft noch gab?

Ein Klopfen an der Tür riss sie aus ihren Überlegungen.

»Miss Leewald?« Die Wirtin streckte den Kopf durch die Tür. »Ein Anruf für Sie. Ein Herr …«

Überrascht erhob sich Melinda vom Bett und ging zu dem Telefon, das im Eingangsbereich stand. Einen Augenblick lang befürchtete sie, Frank hätte sie ausfindig gemacht. Doch dann verwarf sie den Gedanken sofort. Er sprach kein Wort Englisch. Sie nahm den Hörer in die Hand.

»Ja, Leewald?«

»Ich hoffe, Sie empfinden mich nicht als aufdringlich.« Ein

kurzes Räuspern war in der Leitung zu hören. »Hier spricht George Clifford.«

Verwirrt suchte Melinda nach den richtigen Worten. »Guten Abend«, sagte sie schließlich zögernd. »Woher wissen Sie, dass ich hier wohne?«, platzte es dann aus ihr heraus.

»Nun, ich war im Postbridge Inn … Diskretion wird hier auf dem Lande nicht sehr geschätzt, muss ich Ihnen leider sagen.«

Melinda merkte, dass sie bei seinen Worten lächeln musste.

»Ich bin aufrichtig schockiert.«

Er lachte auf. »Sie planen, am Wochenende noch einmal herzukommen, wie mir Mrs Benson sagte?«, fragte er dann.

»Ja, am Freitag.«

»Nun, ich wollte Ihnen anbieten, dass ich Sie vom Bahnhof mitnehmen kann. Meine Kanzlei ist in Exeter ansässig, und ich würde am Abend ohnehin von dort hinausfahren.«

»Gern«, erwiderte sie spontan, denn die Aussicht, abermals mit Ned, dem wortkargen Knecht der Bensons, eine Stunde im Auto verbringen zu müssen, hatte ihre Vorfreude auf den neuerlichen Ausflug erheblich gedämpft. Sie freute sich, George Clifford wiederzusehen, spürte sie. Ihr Herz schlug plötzlich einige Takte schneller.

»Gut«, erklang seine tiefe Stimme. »Dann werde ich Sie abholen. Sie nehmen den Nachmittagszug?«

»Ja, ich komme um sieben Uhr dreißig in Exeter an.«

52

Der Mann beugte sich mit seiner spitzen Nase über den Ladentisch und hielt die goldgefasste Lupe so dicht vor sein rechtes Auge, dass seine Pupille in gespenstischer Weise vergrößert wurde. Sorgfältig inspizierte der Antiquitätenhändler, der in den Siebzigern sein musste, den kleinen Gegenstand in seiner Hand.

»Eine bemerkenswerte Rarität. Eine rote Dame unter den weißen Steinen! Ich erinnere mich, dass mein Vater mir einmal von einem solchen Spiel erzählt hat«, sagte er sinnend und beinahe ehrfürchtig. »Und das Schachspiel ist noch vollständig?«

Melinda nickte. »Ja, aber ich muss gestehen, ich will es gar nicht verkaufen.«

»Verständlich«, sagte er mit leichtem Bedauern und stellte die Figur behutsam auf dem Ladentisch auf einer quadratischen Samtunterlage ab, bevor er die Schachtel umdrehte. Er nahm erneut die Lupe in die Hand.

»Ja, das ist unser Stempel mit dem alten Schriftzug, wie er zu Zeiten meines Vaters benutzt wurde. Die Figur wurde ganz sicher bei uns gekauft.«

»Meinen Sie, es könnte noch irgendeine Möglichkeit geben herauszubekommen, wer dieses Spiel damals bei Ihnen erworben hat? Es hätte für mich sehr viel Bedeutung.«

Der Antiquitätenhändler fuhr sich mit der Hand übers Kinn. »Nun, im Grunde ja. Mein Vater hat genau wie ich stets über alles Buch geführt. Und eine solche Besonderheit hätte er auf jeden Fall vermerkt. Man müsste nur die Jahre etwas eingrenzen können.«

»Meine Großmutter ist 1897 nach Deutschland gegangen. Ich nehme an, es ist davor gewesen …«

Er nickte. »Ich werde gern einen Blick in die Bücher werfen, Miss. Es ist immer wieder spannend zu sehen, welche Reisen solche Objekte über die Jahrzehnte gemacht haben. Schauen Sie Mitte nächster Woche einfach noch mal vorbei!«

»Danke. Das ist außerordentlich freundlich von Ihnen«, sagte Melinda erfreut, die insgeheim befürchtet hatte, er könnte ihre Bitte ablehnen.

Er lächelte. »Gern.« Sein Gesicht nahm einen gedankenverlorenen Ausdruck an. »Ich entsinne mich übrigens noch, dass mein Vater erzählte, das Schachspiel sei sehr alt gewesen und stamme aus Persien. Es war das Geschenk eines Prinzen an eine Frau, die er sehr geliebt hat.«

Melinda hörte gespannt zu. *Ein Mann, der eine Frau geliebt hatte …* Sie musste unwillkürlich an die Liebesbriefe denken, die in dem Paket gewesen waren – und für einen Moment konnte sie sich nicht des Eindrucks erwehren, ein Luftzug der Vergangenheit würde durch das kleine Geschäft wehen.

Edward

53

London, Sommer 1895

Er starrte in das Ladenfenster, in dem zwischen chinesischen Porzellanvasen und einer französischen Pendeluhr auf rotem Samt einige Schachfiguren ausgestellt waren. Sie waren aus Marmor und so ungewöhnlich filigran gearbeitet, dass er unvermittelt stehen geblieben war. Er hätte nicht einmal sagen können, in welcher Straße er sich befand. Ziellos war er in der letzten Stunde durch London gelaufen, ohne dass er den Fassaden und Gebäuden um sich herum sonderliche Beachtung geschenkt hatte. Erst jetzt merkte er, dass ihn sein Weg in die Portobello Road mit ihren vielen Läden und Antiquitätengeschäften geführt hatte.

Nur einen Augenblick für sich allein, das war alles, was er gewollt hatte. Er hatte das Haus verlassen und sie alle zurückgelassen, die Familie, den Anwalt – und auch den Notar, der heute in der Bibliothek ihres Londoner Hauses das Testament verlesen hatte. Er hatte ihnen sein Beileid bekundet und ihm im selben Atemzug zu dem Titel beglückwünscht, der mit dem Tod seines Vaters nun der seine war. »Ein großer Name«, hatte der Notar gesagt, und dabei hatte sein Gesicht keinen Zweifel gelassen, dass er es unter diesen Umständen vor allem für eine Bürde hielt, ihn zu tragen.

Es war eine gespenstische Situation gewesen. Seine Mutter hatte kerzengerade und mit versteinerter Miene auf einem Stuhl gesessen, seine Schwestern hatten schluchzend geweint. Nicht nur aus Trauer, nahm er an. Die Lage war schlimmer, als sie alle gedacht hatten.

Er selbst hatte wie immer die Fassung bewahrt und sich

bemüht, die Souveränität und Haltung zu beweisen, die von einem Mann in seiner Situation erwartet wurde – bereit, die Verantwortung zu übernehmen, die man ihm übertrug. Unabhängig davon, wie schwer sie auch war.

Erst jetzt, da er allein durch die Straßen lief, erlaubte er sich, seinen Gedanken und Gefühlen freien Lauf zu lassen. Der Tag, den er so gefürchtet hatte, war gekommen. Seine Verzweiflung und der Schmerz waren einem Gefühl der Leere gewichen.

»Glaube mir, kein Mann will so gehen, wie ich gehen muss. Ich weiß, wie groß die Last ist, die du zu tragen hast …«, hatte sein Vater gesagt. Er war nicht leicht gestorben. Über Tage und unter großen Qualen hatte sich das letzte bisschen Leben geweigert, seinen kranken Körper zu verlassen. Niemand sollte so sterben müssen, dachte er jetzt. Er entsann sich, dass ein Geistlicher ihm einmal gesagt hatte, man könne nur in Frieden sterben, wenn man im Moment des Todes mit sich und mit Gott im Reinen sei. Das jedoch war sein Vater ganz gewiss nicht gewesen. Er war mit Schuld und Sorgen von dieser Welt geschieden, und es war ihm, seinem Sohn, nicht gelungen, ihm dieses Gefühl zu nehmen.

Sein Blick glitt zurück zu den Schachfiguren. Seit dem Tod seines Vaters fühlte er sich leer und wie betäubt. Das eigenartige Empfinden beherrschte ihn, er würde neben sich stehen und seinem eigenen Leben zusehen wie dem einer anderen Person. Nur einen einzigen kurzen Moment hatte er in den letzten Tagen etwas fühlen können: als er diese Frau geküsst hatte. Er wusste noch immer nicht, was in ihn gefahren war. Im Nachhinein erschien es ihm fast wie ein Traum, wäre nicht dieses wilde, tiefe Empfinden gewesen. Es hatte seine Betäubung wie einen schwarzen Vorhang durchrissen, hinter dem sich ihm etwas anderes zeigte. Die Berührung ihrer Lippen und der Geruch ihres Haares waren so gegenwärtig, als wäre es erst eben geschehen. Es lag vermutlich nur an seiner verzweifelten Situation, dass er einem Kuss eine solche Bedeutung beimaß, hatte er sich gesagt, doch er wusste, dass das nicht die ganze Wahrheit war.

Etwas an dieser Frau war anders als an allen anderen. Als würde sie tatsächlich aus einer anderen Welt stammen, und in gewisser Weise tat sie das auch – ihr Verhalten war frei von jeder gesellschaftlichen Heuchelei und jedem Kalkül. Sie war einfach nur sie selbst. Er erinnerte sich an ihre erste Begegnung und wie er versucht hatte, ihr ein Kompliment zu machen, auf dieselbe routinierte Weise, wie er es schon unzählige Male zuvor bei so vielen Frauen getan hatte. Nicht ahnend, dass sie ihn nicht hören konnte – und doch hatte sie genug verstanden, um ihm mit einem einzigen spöttischen Lächeln die Lächerlichkeit seines eigenen Verhaltens deutlich zu machen. Er war sich entsetzlich dumm vorgekommen, und es hatte ihn zugleich aufgebracht, dass sie es wagte, ihm seine Unzulänglichkeit so direkt zu zeigen.

Er begriff, dass sie keine Frau war, die er auf die übliche Weise durch seinen Titel oder sein Aussehen beeindrucken konnte oder die sich allein durch seine Aufmerksamkeit geschmeichelt fühlen würde. Diese Tatsache verwirrte ihn, und gleichzeitig zollte er ihr dafür unerwarteten Respekt.

In den schweren Tagen, in denen es seinem Vater nach und nach immer schlechter gegangen war, hatte er sie manchmal bei seinen Ausritten und Spaziergängen beobachtet. Ein leises Gefühl der Freude ergriff ihn, wenn er ihre hellen Haare von Weitem im Moor erblickte. Nach und nach hatte sie sich so in seine Gedanken und Träume geschlichen.

Als er sie wenige Stunden, nachdem sein Vater gestorben war, oben auf dem Hügel traf, lag etwas in ihrem Blick, das alles veränderte. Er hatte allein sein wollen, doch dann stellte er auf einmal fest, dass er sich nach ihrer Gegenwart gesehnt hatte. Dass er genau deshalb dorthin gegangen war. In ihrem wissenden, mitfühlenden Gesichtsausdruck lag etwas Tröstendes. Es schien ihm, als verstünde sie auch ohne Worte, was in ihm vorging, und könne bis auf den Grund seiner Seele schauen. Gleichzeitig hatte sie in ihrer anmutigen Schönheit so begehrenswert gewirkt, dass er sie berühren musste …

Zum ersten Mal in seinem Leben fragte er sich jedoch, ob es richtig gewesen war, eine Frau zu küssen. Er hatte Angst, sie verschreckt zu haben. Doch sie hatte seinen Kuss erwidert, entsann er sich, und er merkte erneut, wie sehr er sich wünschte, sie wiederzusehen. Die Begegnung mit ihr erschien ihm aufrichtiger und ehrlicher als alles andere in seinem Leben.

Ein Passant, der ihn im Vorbeilaufen anstieß, riss ihn aus seinen Gedanken.

»Verzeihen Sie!«, sagte der Fremde.

Er nickte geistesabwesend. Er musste zurück. Sie warteten bestimmt schon auf ihn. Er war im Begriff, sich abzuwenden, als ihm erneut die Schachfiguren ins Auge fielen. Eine Idee schoss durch seinen Kopf. Kurz entschlossen betrat er den Laden.

Der Antiquitätenhändler, ein Mann mit spitzer Nase, der dabei war, einen goldenen Gegenstand zu polieren, blickte mit einem freundlichen Lächeln hoch.

»Guten Abend. Ich habe im Schaufenster die Schachfiguren gesehen und würde sie mir gern einmal näher anschauen.«

Der Mann hinter dem Ladentisch lächelte. »Eine exzellente Wahl, Sir. Eine echte Rarität! Die Figuren sind sehr alt.« Er ging zum Schaufenster, um sie hervorzuholen. Vorsichtig legte er sie auf dem Ladentisch auf einem Samttuch ab.

Die Feinheit der Figuren überraschte ihn. Er beugte sich fasziniert darüber. Es waren wahre Kunstwerke. »Ist das Spiel vollständig?«

Der Antiquitätenhändler nickte. »Ja, und es ist ein sehr besonderes Schachspiel. Ein orientalischer Prinz hat es im zwölften Jahrhundert für die Dame seines Herzens anfertigen lassen. Als Zeichen seines tiefen Gefühls bat er den Künstler, dass eine der Figuren sich in besonderer Weise aus dem Spiel hervorheben sollte …« Während der Mann erzählte, wandte er sich zu einem der Schränkchen hinter sich um, aus dem er eine verzierte Holzschachtel hervorholte. »Deshalb wurde die Figur der Dame, die zu den weißen Steinen gehörte, aus einem andersfarbigen Marmor angefertigt. Es ist eine absolute Seltenheit. Schauen Sie selbst!« Der Antiquitätenhändler hatte ein schwarzes Samttuch genommen und die Figur daraufgelegt, die er ihm nun reichte. Die Dame war aus tiefrotem Marmor – ihre fein gearbeiteten Züge vermittelten einem beinahe das Gefühl, in ein Gesicht zu blicken.

54

Er kaufte das Spiel, und eine knappe halbe Stunde später befand er sich mit dem Päckchen unter dem Arm auf dem Weg zurück. Als er das Haus erreichte, begann es langsam dunkel zu werden. Die Dienstboten waren dabei, Gaslichter und Leuchter im Haus zu entzünden. In der Halle kam ihm der Butler entgegen.

»Mylord?«

Er zuckte bei der neuen Anrede zusammen.

»Lady Hampton erwartet Sie in der Bibliothek.«

Er nickte. Auf dem Weg durch den langen Flur, den die lange beeindruckende Porträtreihe seiner Ahnen zierte, wurde er sich erneut der Verantwortung bewusst, die er nun für alle trug. Für seine Familie, aber auch für die Dienstboten und zahlreichen Angestellten.

Seine Mutter war allein. Sie saß auf einem Stuhl in der gleichen steifen Haltung, als hätte sie sich seit seinem Weggehen nicht bewegt. Für einen kurzen Moment glitt ein irritierter

Ausdruck über ihr Gesicht, als sie das Paket mit dem Schriftzug *Red Lion Antique* bemerkte.

Sie war aschfahl. »Uns wird nicht viel Zeit bleiben«, sagte sie.

»Nein.« Ihm waren die Worte des Notars und die Liste der Gläubiger, die er ihm überreicht hatte, selbst noch deutlich genug im Kopf.

»Unter den besagten Umständen denke ich, dass du die Trauerzeit so kurz wie möglich halten solltest.«

Er nickte, während er sich neben ihr auf einem Stuhl niederließ und in das Kaminfeuer starrte. »Ich weiß, was man von mir erwartet, Mutter, und selbstverständlich werde ich das Notwendige tun«, sagte er und nahm dabei wieder diese eigenartige Gefühllosigkeit wahr, als würde nicht er diese Worte sagen. Sein Blick heftete sich auf das Päckchen, das er neben sich abgelegt hatte.

Sie strich nervös über ihren Rock. »Es muss schnell gehen. Bevor das alles noch weitere Kreise zieht.«

Er nickte. Auch das wusste er selbst nur zu gut.

Seine Mutter wandte ihm das Gesicht zu und legte die Hand auf seinen Arm. »Du bist jetzt das neue Familienoberhaupt, Edward. Ich weiß, dass es schwierige Zeiten sind. Doch ich bin stolz darauf, dass du nun der neue Earl of Hampton bist.«

55

Amalia lehnte an dem Felsen, den Umhang neben sich, denn es war ein warmer Tag. Sie arbeitete gedankenverloren an einer Skizze der Landschaft, als er plötzlich vor ihr stand. Ihr stockte der Atem. Er war genauso unerwartet aufgetaucht wie beim letzten Mal. Selbst der Hügel war der gleiche.

Seit dem Kuss hatten sie sich nicht mehr gesehen, und er sah sie an, als wäre er von einer langen Reise zurückgekehrt.

Er sah gut aus – die schwarzen Haare, die ihm in die Stirn fielen, seine hochgewachsene Gestalt und das ebenmäßige, markante Gesicht, das einen kühnen, leidenschaftlichen Zug besaß, der sie vom ersten Moment an gefesselt hatte. Noch immer umgab ihn etwas Melancholisches, aber im Vergleich zu ihrer letzten Begegnung wirkte er gefasst und wieder Herr seiner selbst.

Ohne sie aus den Augen zu lassen, ließ er sich ein Stück vor ihr auf einem Stein nieder, nahm seinen Hut ab – und lächelte.

Eine unausgesprochene Frage lag auf seinem Gesicht.

Sie legte zögernd den Block zur Seite. Sie konnte sie ihm nicht beantworten. Wie auch? Ein Anflug von Verlegenheit wallte in ihr auf, als sie sich an den leidenschaftlichen Kuss zwischen ihnen erinnerte, an den Geschmack seiner Lippen, von dem sie in den Nächten geträumt hatte. Sie freute sich, ihn zu sehen, während sie gleichzeitig spürte, wie sich ihr Herzschlag unter seinem Blick beschleunigte.

Sie sollte aufstehen und gehen, weit weg, um ihn nie wiederzusehen, schoss es ihr durch den Kopf. *Es würde wehtun. Was konnte es schon zwischen ihnen geben?*

Doch sie blieb sitzen. Sie hatte gewusst, dass er kommen würde, als gäbe es schon seit ihrer ersten Begegnung eine unsichtbare Verbindung zwischen ihnen, in der sie längst gefangen war.

Einen Moment lang blickten sie beide sich nur an.

Schließlich deutete er auf sich, dann auf seine und ihre Lippen, bevor seine Hände durch die Luft glitten und er eine um Verzeihung bittende Geste machte.

Er entschuldigte sich für den Kuss? Sie war überrascht. Warum sollte er sich dafür entschuldigen? Nicht für den Kuss. Sie schüttelte den Kopf.

Herausfordernd und auch ein wenig amüsiert zog er die Brauen hoch. Seine Augen funkelten, und ihr wurde plötzlich trotz des kühlen Windes heiß. Aber dann sah sie ihn offen an, ihrerseits mit einer unausgesprochenen Frage auf dem Gesicht. *Was nun?*

Seine Hände bewegten sich erneut durch die Luft. Sie verstand, was er ihr sagen wollte. *Er hätte sie am liebsten sofort wieder geküsst, aber …* Eine leichte Röte schoss ihr in die Wangen, und sein Lächeln vertiefte sich. *Er hatte sich für etwas anderes entschieden!*

Etwas anderes?

Sie legte den Kopf schräg, doch bevor sie ihre Frage in Gesten umsetzen konnte, hatte er schon in seine Jackentasche gegriffen. Er reichte ihr ein schmales Päckchen.

Amalia blickte ihn verwundert an.

Ihre Finger fühlten unter dem Papier einen Gegenstand. Neugierig packte sie das Geschenk aus. Als sie die letzte Lage eines feinen Seidenpapiers entfernte, lag vor ihr eine Schachfigur: ein schwarzer König. Er war kunstvoll und filigran gearbeitet. Amalia hatte niemals zuvor eine solch schöne Figur gesehen. Zart strich sie mit dem Finger über die Konturen. Dann zeigte sich ein verwirrter Ausdruck auf ihrem Gesicht. *Eine Schachfigur?*

Währenddessen hatte er erneut in seine Jacke gegriffen und zog eine lederne Rolle hervor, die er ausbreitete. Es war ein Schachbrett, wie man es auch auf Reisen mitnahm.

Er deutete darauf.

Amalia schüttelte überrascht den Kopf. Sie konnte kein Schach. Auch wenn sie einiges darüber gelesen hatte und wusste, dass es ein strategisches Spiel war. In der Bibliothek in Sherwood war auf einem kleinen Tisch sogar ein Schachbrett mit seinen Figuren aufgestellt, doch niemand spielte damit. Es war für ihre Eltern kaum mehr als Dekoration – ebenso wie die Bücher, die nur von ihr und Cathleen gelesen wurden.

Er nickte, als hätte er das geahnt, und auch, als hätte er es ein bisschen gehofft. Seine Hand zeigte auf sich und dann auf sie und das Schachbrett. *Ich werde es dir beibringen.*

Einen kurzen Augenblick lang erstarrte sie und verstand nicht sofort. Als sie schließlich begriff, entschlüpfte ein helles Lachen ihrem Mund. Sie konnte es nicht hören, doch sie sah an seinem Gesicht, dass es schön klingen musste.

Du willst mir Schach beibringen? Sie deutete in einer übermütigen, ein wenig koketten Geste auf das Moor und die Landschaft um sich herum und dann auf das Spielbrett. *Du kommst hierher in die Einsamkeit, um mir ein Spiel beizubringen?*

Seine Augen glitzerten dunkel, und sie hielt unwillkürlich den Atem an, weil sie begriff, dass es nicht der einzige Grund war, doch er nickte. Er nahm den Block, der neben ihr lag, und schrieb etwas.

Ja. Jedes Mal, wenn wir uns sehen, werde ich Dir eine weitere Figur schenken.

Jedes Mal … Sie schwieg. Eine eigenartige Befangenheit ergriff sie plötzlich. Er meinte es ernst. Er wollte sie wiedersehen. Ihr Herz pochte. Er hielt sie nicht wie so viele für dumm, weil sie nicht hören konnte. Schön und taub, das waren die einzigen Attribute, die ihr die Welt sonst zubilligte. Sein Geschenk und Angebot durchdrang diese Wörter und ließ sie bedeutungslos hinter sich. Es zeigte ihr, dass er, ein Fremder, ein Stück ihres Inneren erkannte. War ihm klar, dass es kaum etwas anderes gab, worüber sie sich so gefreut hätte?

Erneut spürte sie seinen Blick auf sich.

Sie deutete auf das Spiel. *Warum?*

Ein leichtes Lächeln glitt über sein Gesicht. Dann nahm er erneut den Block, schrieb etwas und reichte ihn ihr:

Damit du einen Grund hast, dich mit mir zu treffen!

Der Wind strich durch ihr Haar, und sie wich seinem Blick mit einem Mal aus. Über die Hügel schaute sie in die Einsamkeit des Moores hinaus.

Da war er unversehens bei ihr. Er ging vor ihr in die Hocke und ergriff ihre Hand. *Bitte!*, formten seine Lippen, als fürchtete er, dass sie Nein sagen könne.

Ein zartes Lächeln überzog ihr Gesicht, bevor sie schließlich nickte.

56

Gewöhnlich war der September im Dartmoor von wechselhaftem Wetter geprägt, Regen und kühle Winde zogen mit dem nahenden Herbst übers Land, doch in diesem Jahr blieben die Tage weiter warm und beständig. Beinah so, als wollte das Moor ihnen seine Gunst beweisen, dachte Amalia.

Sie eilte mit schnellen Schritten den Pfad entlang. Er war schon da, genau wie bei den anderen beiden Malen, die sie sich bisher getroffen hatten. Sie konnte ihn von Weitem sehen, wie er von oben auf dem Gipfel mit nachdenklicher Miene in die Ferne blickte. Unwillkürlich blieb sie für einen Augenblick stehen. Eine schlaflose Nacht lag hinter ihr. Am Tag zuvor, als sie aus dem Moor zurückgekehrt war, hatte Cathleen ihr in lebhaften Gesten von irgendeinem Fest und einer Einladung erzählt, doch Amalia hatte ihren Schilderungen kaum folgen können. Immer wieder waren ihre Gedanken abgeschweift und zu *ihm* gewandert und zu den Schachfiguren, die er ihr geschenkt hatte. Gut verwahrt befand sich der schwarze König – der inzwischen von seinem weißen Gegenspieler und zwei Türmen ergänzt worden war – in der Tiefe ihrer Rocktasche. Sie hatte daran gedacht, dass die Figur des schwarzen Königs sie auf eigenartige Weise an ihn erinnerte, als würde sich in ihr jene dunkle Melancholie spiegeln, die auch ihn umgab.

Was ist denn mit dir?, hatte Cathleen schließlich mit gerunzelter Stirn gefragt, da ihr auffiel, dass sie mit ihren Gedanken weit fort weilte.

Nichts! Sie war rot geworden und hatte ihrer Schwester gegenüber zum ersten Mal ein schlechtes Gewissen verspürt, weil sie ein Geheimnis vor ihr hatte. Doch sie wollte ihr nicht von *ihm* erzählen. Es überraschte sie selbst, dass es so war. Sie rechtfertigte sich innerlich, dass es richtig sei, denn Cathleen würde sich nur Sorgen machen, wenn sie erfuhr, dass sie sich allein mit einem Mann im Moor traf, ja, ihre Schwester würde sich vielleicht sogar verpflichtet fühlen, ihren Eltern davon zu berichten.

Tief in ihrem Inneren wusste Amalia jedoch, dass das nicht der wahre Grund war. Es war schlichtweg das erste Mal, dass sie etwas hatte, das sie ganz für sich allein haben wollte. Ein Erlebnis, das nur ihr gehörte und das sie mit niemandem zu teilen bereit war. Auch nicht mit ihrer Schwester. Ohnehin spürte sie, dass es ihr nicht gelingen würde, das, was zwischen ihr und diesem Mann war, zu beschreiben. In den Nächten, wenn sie sich in ihrem Bett wälzte und immer wieder sein Gesicht vor sich sah, fragte sie sich, was zwischen ihnen weiter geschehen würde. Zweimal hatten sie sich jetzt getroffen, und er hatte sie zum Abschied in die Arme genommen und geküsst, nicht so wie beim ersten Mal, als die Leidenschaft sie mitriss, sondern sehr sanft, als wäre sie ein kostbarer, zerbrechlicher Gegenstand. Sein Mund hatte den ihren kaum berührt, sondern nur gestreift, doch sie hatte seinen warmen Atem auf ihrer Haut fühlen können und war auf eine Weise erschauert, die sie noch nie erlebt hatte.

Als sie jetzt hinter ihm den Hügel erklomm, fuhr er herum. In seinem Gesicht entdeckte sie wieder die Düsternis, einem Schatten gleich, der jedoch verschwand, als er sie erblickte. Was war es, das eine so schwere Last für ihn bedeutete? Amalia hätte es ihn gern gefragt, doch sie spürte, dass er nicht bereit war, ihr darüber etwas mitzuteilen. Das, was sie sonst waren, spielte keine Rolle zwischen ihnen. Nicht einmal ihre Namen wussten sie voneinander. Es war Amalia, die es so gewollt hatte.

Als er sie bei ihrer ersten Verabredung erneut danach gefragt hatte, hatte sie den Kopf geschüttelt.

Du willst mir deinen Namen nicht sagen? Aber warum nicht?

Amalia hatte für einen Augenblick den Blick gesenkt. Wie sollte sie es ihm erklären? Wie ihm sagen, dass es zu ihrem eigenen Schutz war, weil sie sich nicht der Illusion hingeben wollte, nicht hingeben *durfte*, dass es zwischen ihnen jemals mehr als diese Begegnungen geben könnte. Er ahnte nicht, wer sie war. Sie trug wie immer, wenn sie im Moor unterwegs war, die Kleidung einer Frau aus einfacher Schicht. Sie hatte überlegt, sich anders zu kleiden, denn sie wollte ihm gefallen. Amalia war ehrlich genug, das zuzugeben, doch dann hatte sie sich schweren Herzens dagegen entschieden. Es war besser so. Er wusste nicht, wer sie war, und so sollte es bleiben.

Weil es nicht von Bedeutung ist, hatte sie deshalb als Antwort auf den Block geschrieben.

Seine Augenbrauen waren nach oben geschnellt, und sein ungläubiges Gesicht verriet, was er sagen wollte. *Aber ich habe dich geküsst. Willst du nicht auch den Namen des Mannes wissen, der dich in den Armen gehalten hat?*

Nein, sie wollte es nicht wissen! Es würde ihrer Begegnung jede Unbefangenheit und die Leichtigkeit nehmen, dessen war sich Amalia sicher. Sie sah auch so nur zu gut, wer er war: ein Mann von Stand, jemand, der in der Gesellschaft eine Position innehatte und sich in der richtigen Welt niemals mit einer Frau wie ihr treffen würde. Jemand, der vermutlich zu denselben Festen und Dinners eingeladen wurde wie ihre Schwester. Und bei diesem Gedanken war Amalia endgültig klar geworden, dass er niemals erfahren durfte, wer sie wirklich war.

Sie ging mit einem Lächeln auf ihn zu, als er im selben Augenblick auch schon mit einem Schritt bei ihr war und sie in die Arme nahm. Sanft küsste er sie, und sie spürte, dass es tatsächlich keine Bedeutung hatte, wer sie sonst waren. Schließlich deutete er zu dem Felsen, in dessen Schutz er bereits eine wärmende Decke ausgebreitet hatte.

Amalia ließ sich darauf nieder, und er nahm ihr gegenüber Platz, entrollte das lederne Schachbrett und legte es zwischen sie. Es hatte etwas von einem Zeremoniell, wenn er das tat.

Er lächelte leicht und reichte ihr ein Päckchen.

Mit der Neugier eines Kindes nahm sie es entgegen. Welche Figur würde er ihr nach den Königen und Türmen als Nächstes schenken? Am Vortag hatte Amalia in der Bibliothek in Sherwood aufmerksam das Schachspiel betrachtet. Zweiunddreißig Figuren hatte es – für jeden Spieler sechzehn. Der König war die wichtigste Figur, obwohl seine Zugmöglichkeiten auf dem Spielfeld begrenzt waren, wie er ihr erklärt hatte. Ihn zu schützen und gleichzeitig den des Gegners anzugreifen bestimmte das Spiel.

Sie öffnete gespannt das Papier. Ein weißer und ein schwarzer Bauer verbargen sich darin. Fasziniert betrachtete Amalia die kleinen Figuren, die ebenso wie die anderen ungewöhnlich kunstvoll und fein gearbeitet waren.

Er streckte seine Hand aus. Behutsam nahm er ihr die Figuren wieder ab. Für einen kurzen Moment berührten sich ihre Finger, und ein Hitzestrom durchfuhr sie. Die Spannung zwischen ihnen war so spürbar, dass sie mit einem Mal fast froh war, dass das Spiel zwischen ihnen stand.

Er nahm den Block, den er neben sich gelegt hatte, und schrieb etwas auf. *Bauer.* Er deutete auf die Figuren auf dem Spielbrett.

Amalia nickte, da sie die Bezeichnung der Figur bereits kannte. Sie formte mit den Händen ein Zeichen, das sie für das Wort verwendete, und er machte es ihr nach.

Seit ihrem ersten Treffen tat sie das. Beim ersten Mal hatte er noch etwas überrascht gewirkt, doch als sie ihn abwartend anblickte, hatte er sich schließlich bemüht, die Bewegungen ihrer Hände und die begleitende Mimik und lautlosen Lippenbewegungen nachzuahmen, die sich über die Jahre in der Sprache zwischen ihr und Cathleen entwickelt hatten.

Amalia sah, dass er jetzt einen der Bauern hochhob und eine Zahl auf den Block schrieb. *Sechzehn!*

Es gab sechzehn Stück davon!

Und wie zum Beweis holte er aus einer Holzschatulle, die hinter ihm lag, vierzehn weitere Bauern hervor. Er stellte sie ihrer Farbe entsprechend jeweils nebeneinander auf, sodass sich die schwarzen und weißen Bauern in zwei Reihen gegenüberstanden. Ihr fiel auf, dass die Figuren der Bauern lange Gewänder und Schwerter trugen. Es war widersprüchlich. Sie machte das Zeichen, das sie für das Wort *Bauer* verwendete, und ergriff dann den Block, um etwas aufzuschreiben, das sie ihm zeigte: *Sie sollten eher Soldaten heißen.*

Er lächelte breit und nahm ihr den Stift ab. *Früher waren die Bauern im Schach Soldaten – Fußsoldaten. Die Figuren dieses Spiels sind sehr alt. Es stammt aus Persien*, las sie.

Ein interessierter Ausdruck glitt über Amalias Gesicht. *Persien!* Sie deutete auf das Wort und machte die Gebärde dafür, dann zeigte sie auf *Soldat*, *alt* und auch auf *Spiel* und machte sie ihm auch dafür vor. Er wiederholte sie, und Amalia lächelte. Ihre Verständigung wurde schon jetzt mit jedem Mal besser und einfacher, stellte sie fest.

Später, als sie die Lehrstunde beendet hatten, zog er sie in seine Arme. *Diese Zeichen – ist das eine richtige Sprache?*

Für mich schon, bedeutete sie ihm.

Sprichst du sie auch mit deiner Familie?

Sie schüttelte den Kopf. Ein Schatten glitt über ihr Gesicht. *Nein, nur mit meiner Schwester.*

Er merkte, dass sie nicht mehr sagen wollte, und zog sie

enger an sich. Stumm blickten sie beide über die Weite des Moors, und sie wünschte, sie hätte diesen Augenblick für immer festhalten können.

57

Amalia spürte, wie sie sich in den Begegnungen mit ihm mehr und mehr zu verlieren begann. Ungeduldig fieberte sie den Nachmittagen mit *ihm* entgegen. Mit jedem neuen Päckchen, das sie aufgeregt wie ein Kind in Empfang nahm, lernte sie eine neue Figur kennen und erfuhr von ihren Möglichkeiten, sich während einer Schachpartie zu bewegen und andere Figuren zu schlagen. Die anfangs so monoton wirkenden schwarz-weißen Felder begannen eine immer bestechendere Schönheit vor ihren Augen zu entwickeln, sobald sie die Möglichkeiten der Züge und geometrischen Figuren einmal erkannte, die sich darauf vollziehen ließen. Ihre Sicht, die über Jahre geschult war, weil sie sich so viel mehr auf ihre anderen Sinnesorgane verlassen musste als ein hörender Mensch, war beim Schach von Vorteil. Sie lernte schnell – es fiel ihr leicht, in räumlichen Mustern vorauszudenken und abzusehen, welcher Zug unweigerlich den nächsten zur Folge haben würde.

Du hast wirklich noch nie zuvor Schach gespielt? Mehr als einmal stellte er ihr ungläubig diese Frage. Sein strenger Blick, als sei er sich nicht sicher, ob sie ihn belog.

Sie schüttelte den Kopf, und ihre Mundwinkel zogen sich nach oben. *Nein! Hast du etwa Angst, von einer Frau geschlagen zu werden?*

Seine Augen glitzerten. *Keineswegs, meine Schöne!* Er benutzte ein Zeichen und seine Lippen, wenn er sie so nannte. Wie bei einer Liebkosung glitten seine Hände dabei durch die Luft. Sie mochte die Art, wie er die Hände bewegte, von

Anfang an hatte sie das. Es waren entschlossene und sinnliche Bewegungen, die gleichzeitig auf verwirrende Weise maskulin wirkten. Sie hatte Cathleen einmal erklärt, dass das, was für ihre Schwester die Stimme eines anderen war, für sie selbst die Bewegung und die Mimik ihres Gegenübers darstellten. Erst sie machten einen Menschen wirklich schön, ließen ihn anziehend wirken – oder aber das Gegenteil.

Wie zeigst du »schön«? Eines Nachmittags hatte er die Frage auf den Block geschrieben. *Und »Schöne«?* Sie hatte es ihm gezeigt, und nun brachte es sie jedes Mal durcheinander, wenn er diese Gebärde machte, und beraubte sie ihrer Konzentration. Und tatsächlich, er nahm ihr einen Bauern weg!

Amalia starrte auf das Spielbrett. Dann glitt ein Lächeln über ihre Lippen – sie schlug seinen Turm.

Das wirst du mir mit einem Kuss bezahlen müssen …

Schach war längst zu einem bestrickenden Spiel von Verführung und Eroberung zwischen ihnen beiden geworden. Ihre Blicke kreuzten sich, ihre Finger berührten sich wie unabsichtlich, und wenn er den Kopf zu ihr neigte, konnte sie den Strom seines heißen Atems auf ihrer Haut fühlen. Manchmal wuchs die Anspannung ins so Unermessliche, dass Amalia glaubte, es nicht länger auszuhalten. Sie spürte, dass er sie weit über einen Kuss hinaus begehrte, sie sah es an der Art, wie er sie anschaute, und ihr selbst ging es nicht anders. Ihre Küsse waren von einer Leidenschaft, die ihr den Atem raubte, jede seiner Berührungen brannte auf ihrer Haut und ließ sie mehr wünschen. So unerfahren sie war, merkte sie jedoch auch, dass er sich zurückhielt, sich zur Beherrschung zwang. Als fürchtete er, was geschehen würde, wenn sie diese Grenze erst einmal überschritten hätten.

Unvermittelt streckte *er* auch jetzt plötzlich die Hand aus. Er strich ihr sanft eine Haarsträhne aus dem Gesicht. Seine Augen glitzerten. Gegen ihren Willen stieg eine leichte Röte in ihre Wangen, denn sie hatte das Gefühl, er habe jeden ihrer Gedanken erraten. *Was tat sie hier?* Warum schaffte dieser Mann es, sie mit einem einzigen Blick und einer Berührung so in Aufruhr zu versetzen? Sie versuchte, sich gedanklich zu sammeln und wieder auf die schwarz-weißen Felder zu konzentrieren.

Ihre Schachpartien waren noch immer nur unvollständige Übungsspiele. Neben den Königen, den Türmen und den Bauern waren inzwischen auch die Pferde und Läufer dazugekommen. Eine Figur fehlte jedoch noch immer – die Dame.

Manchmal spazierten sie nach dem Schach noch durch das Moor. Sie zeigte ihm die Plätze, die sie liebte: den Blick in eine Schlucht, über einen mit Farn bedeckten Abhang oder eine ungewöhnliche Sicht auf die mystischen Felsformationen.

Wie ist es, nicht zu hören?, fragte er sie einmal.

Meine anderen Sinne sind meine Ohren, versuchte sie ihm zu erklären. Sie merkte, dass er begann, die Welt durch sie mit anderen Augen zu sehen, und dass es ihm gefiel. In diesen Momenten fiel alles Düstere von ihm ab, er nahm entspannt ihre Hand, und manchmal lachten sie unbeschwert wie Kinder. Während der Stunden, die sie sich trafen, gab es nur sie beide, und obwohl Amalia ahnte, dass es nicht immer so bleiben konnte, war sie noch nie so glücklich.

58

Cathleen konnte nicht dagegen an, dass ihr Fuß unter dem Rock im Takt der Musik mitwippte, während sie mit Lucy Tennyson plauderte. Es war der dritte Ball in den letzten vier Wochen, und sie liebte es zu tanzen. Die Annäherungsversuche ihres letzten Tanzpartners hatten es allerdings erfordert, um eine Pause zu bitten, um dessen heißes Gemüt ein wenig zur Abkühlung zu bringen. Sie sah, dass Mr Cameron sie noch immer von der anderen Seite des Tanzsaals aus mit den Augen verfolgte. Er war charmant und nicht unattraktiv, wie so viele der jungen Herren, die ihr den Hof machten, und sie mochte ihn durchaus. Dennoch war keiner unter den Männern, für den Cathleen mehr als nur freundschaftliche Zuneigung empfand, geschweige denn, dass sie sich vorstellen konnte, ihr Herz an ihn zu verlieren. In den Romanen, die sie so gern las, wurde die Liebe als ein leidenschaftliches mitreißendes Gefühl beschrieben, etwas, das einen in eine andere Welt versetzte. Menschen wie ihre Mutter oder selbst Miss Carrington glaubten natürlich nicht an diese Form der Liebe, aber Cathleen schon. Sie verspürte eine tiefe Sehnsucht danach. Keiner der Männer, die hier im Raum waren, schienen ihr indessen dazu angetan, auch in der Zukunft jemals solche Emotionen bei ihr auszulösen. Außer einem einzigen, aber der würdigte sie leider Gottes keines Blickes. Sie spähte über ihren Fächer unauffällig in die Richtung von Edward Hampton. Er befand sich im Gespräch mit zwei anderen Männern. Schon mehrmals hatte sie an diesem Abend versucht, wie zufällig seinen Weg zu kreuzen, doch er hatte sie lediglich höflich gegrüßt, mit einer derart geistesabwesenden Miene, dass sie sich nicht einmal sicher war, ob er überhaupt wusste, wer sie war. Ein wenig bereute Cathleen nun doch, dass sich zwischen ihr und seiner Schwester, Rebecca Hampton, die Fronten so verhärtet hatten. Rebecca und mit ihr ihre Schwester Emily würden ihr ganz gewiss nicht helfen, näheren Kontakt zu ihrem Bruder zu bekommen. Und genau das wollte Cathleen. Niemand übte eine solche Anziehungskraft auf sie aus wie Edward Hampton. Sie war nicht allein mit dieser Empfindung, das wusste sie sehr wohl. Frauen jeglichen Alters verfolgten ihn im Saal mit verstohlenen Blicken. Dabei war sein Ruf zweifelhaft. Keiner sollte im Sommer in London mehr Affären gehabt haben als er – und das kurz vor dem Tod seines Vaters. Wie es hieß, war sein unmoralisches Liebesleben mit einer der Gründe gewesen, deretwegen die Lyshires Abstand von einer Verlobung zwischen ihm und ihrer Tochter Lydia genommen hatten. Cathleen schreckten diese Gerüchte jedoch nicht. Im Gegenteil, die Vorstellung, dass Edward Hampton ein erfahrener Liebhaber war und sich nicht viel darum scherte, was man in der Gesellschaft über ihn sprach, beflügelte lediglich ihre Fantasie.

Sie nippte an ihrem Glas und hörte nur mit halbem Ohr ihrer Freundin Lucy Tennyson zu, die gerade etwas über die Schiffsreise nach Ägypten erzählte, die ihre Familie im Winter zu unternehmen gedachte.

»Mums Bronchien sind nicht die besten, und die milde Luft dort soll ihr guttun. Ich persönlich kann zwar nicht ganz verstehen, warum es da nicht auch Südfrankreich tun würde, aber mein Vater hat ein Faible für diese alten Ausgrabungsstätten, und Luxor soll Gott sei Dank einige mondäne Hotels haben.«

»Das wird bestimmt interessant«, sagte Cathleen höflich, während ihr selbst ganz andere Dinge durch den Kopf gingen. Warum zum Beispiel ihre Mutter sie neulich so explizit auf Edward Hampton angesprochen hatte. »Hast du dich schon einmal mit ihm unterhalten?« Als sie verneinte, hatte ihre Mutter überrascht reagiert.

»Liebling, du solltest versuchen, seine Aufmerksamkeit zu erregen. Unauffällig natürlich!«, hatte sie zu ihrer Tochter gesagt. »Er wird sicherlich entzückt von dir sein.«

Nun, wie es aussah, würden sich die Hoffnungen ihrer Mutter leider nicht bestätigen, dachte Cathleen niedergeschlagen. Aber sie hatte schon immer zu ehrgeizige Pläne gehabt.

»Warst du schon einmal in Ägypten?«

»Wie bitte?« Zerstreut wandte Cathleen den Kopf zu Lucy, die ihr gerade eine Frage gestellt hatte.

»Ob du schon einmal in Ägypten warst?«

»Nein, leider nicht«, gab Cathleen zur Antwort und sah über Lucys Schulter hinweg, dass Edward Hampton in diesem Augenblick den Kopf zu ihr wandte. Über die tanzenden Paare hinweg musterte er sie – mit einer herablassenden Geringschätzung, die sie bis ins Mark traf. Das angedeutete Lächeln erstarb auf ihren Lippen, und sie drehte ihm abrupt die Schulter zu.

Zu ihrer Erleichterung kam in diesem Moment Lucys Bruder Richard auf sie zu. »Darf ich auf den nächsten Tanz hoffen, Miss Sherwood?«

»Gern!« Sie reichte ihm mit einem gespielten Lächeln die Hand und beschloss, Edward Hampton keines Blickes mehr zu würdigen.

Spät in der Nacht, als sie sich noch zu Amalia schlich, um ihr von dem Ball zu erzählen, spürte sie bei der Erinnerung an seinen Blick noch immer einen schalen Geschmack im Mund. *Er ist widerlich. Arrogant und überheblich. Genau wie seine Schwester. Ich weiß gar nicht, wie ich jemals denken konnte, dass er mir gefallen würde*, machte sie mit aufbrausenden Gesten klar.

Amalia verzog amüsiert den Mund. *Er ist nur der Einzige, der dir nicht sofort verfallen ist! Deshalb findest du ihn so reizvoll.*

Cathleen zuckte die Achseln. Ein bisschen hatte ihre Schwester recht, doch es war nicht der einzige Grund, wie sie vor sich selbst zugeben musste. Sie hatte schon immer für ihn geschwärmt.

Schweigend wie in Kindheitstagen, saßen die beiden Schwestern im Bett mit angezogenen Knien nebeneinander. Schließlich wandte Cathleen den Kopf zu Amalia. *Glaubst du, dass es so etwas wie die große Liebe gibt?*

Einen Augenblick lang erschien es ihr beinahe, als hätte die Frage ihre Schwester erschreckt. Amalia strich sich ihr langes Haar aus dem Gesicht und schien nachzudenken, bevor sie schließlich stumm nickte. Im Schein der Kerze glänzten ihre Augen. Sie war so schön, schoss es Cathleen durch den Kopf.

Sie erwartete, dass ihre Schwester ihr noch mehr mitteilen würde. Doch sie blickte nur versonnen in die Flamme, und Cathleen, die sonst fast immer wusste, was Amalia dachte oder fühlte, stellte fest, dass es einer der seltenen Momente war, in denen sie keine Ahnung hatte, was gerade in ihrer Schwester vorging.

59

Lady Hampton hätte nicht geglaubt, dass die Reihe von Demütigungen, die sie in den letzten Wochen und Monaten über sich hatte ergehen lassen müssen, noch hätte übertroffen werden können. Doch sie hatte sich geirrt. Ungläubig starrte sie auf die Karte, die ihr der Butler soeben gereicht hatte.

Ein flaues Gefühl meldete sich in ihrer Magengegend, und einen Augenblick lang war sie sich nicht sicher, ob sie eine Ohnmacht ereilen würde.

Wann hatte das alles angefangen? Im letzten Jahr? Als ihr Mann ihr das erste Mal von den finanziellen Problemen berichtete? Sie hatte anfangs nicht einmal richtig verstanden, wovon er überhaupt sprach. All diese schrecklichen Worte – Hypotheken, Belastungen, Banken, Zins und Zinseszins – das waren Begriffe, mit denen sie sich noch nie in ihrem Leben auseinandersetzen musste. Warum auch? Geld war etwas, worüber man nicht sprach. Es war immer da gewesen. Sie stammte aus einer Familie, deren Ahnen mütterlicherseits mit dem Hause Norfolk verwandt waren und väterlicherseits gemeinsame Vorfahren mit einer Seitenlinie des Königshauses vorweisen konnten. Als ihr Mann ihr von ihren Schwierigkeiten erzählte, hatte sie daher nur verständnislos mit den Achseln gezuckt.

»Aber wir haben doch ausreichend Land. Verkaufen wir

etwas davon, wenn es denn nötig ist«, hatte sie gesagt und nicht verstanden, was er meinte, als er ihr zu erklären versuchte, dass ein großer Teil ihres Besitzes so belastet sei, dass er ohnehin bereits der Bank gehöre. Es war sein resignierter Blick gewesen, der sie schließlich begreifen ließ, wie ernst es wirklich um sie stand.

Doch das war nur der Anfang gewesen. Wie sich herausstellte, hatte ihr Mann in seiner Verzweiflung riskante Investitionsgeschäfte getätigt, die – statt ihnen Geld einzubringen – sie nun in den sicheren Ruin zu stürzen drohten. Und in dieser Situation war auch noch die Krankheit ihres Mannes ausgebrochen.

Es war wie eine Schlinge, die sich immer enger um sie zog. Die Gläubiger und Banken hatten sich nur noch dank ihres Namens hinhalten lassen. Der einzige Ausweg war eine schnellstmögliche Vermählung von Edward. Nur sie konnte die Familie vor einem Bankrott und der damit verbundenen gesellschaftlichen Bloßstellung bewahren. Sie hatten alles dafür getan und übten jeden erdenklichen Druck aus, damit nichts von ihrer Situation bekannt wurde, und die Verlobung mit Lydia Lyshire war eigentlich schon beschlossene Sache gewesen, doch dann musste irgendjemand geredet haben. Knapp zwei Wochen vor dem Tod ihres Mannes stattete Lady Lyshire, mit der Lady Hampton sich seit ihrer Jungmädchenzeit beim Vornamen nannte, ihr überraschend einen Besuch ab. Angesichts ihrer alten Freundschaft fühle sie sich zur Ehrlichkeit verpflichtet, erklärte sie und hatte ihr dabei kaum ins Gesicht sehen können. Es täte ihr unendlich leid, aber ihre Familie gehe selbst durch eine Zeit gewisser Engpässe und sehe sich leider nicht in der Lage, die finanziellen Probleme aufzufangen, die eine Hochzeit zwischen Edward und ihrer Tochter Lydia mit sich bringen würde.

Es war entsetzlich demütigend gewesen. Selbstverständlich hatte Lady Hampton vorgegeben, Verständnis für die Entscheidung der Lyshires zu haben, auch wenn sie abstritt, dass die Situation in ihrem eigenen Haus tatsächlich so dramatisch war. Leider war es ihr in dem Gespräch nicht gelungen herauszubekommen, wie Lady Lyshire überhaupt davon hatte erfahren können. Die Freundin versprach ihr immerhin, dass sie nach außen Stillschweigen über die wahren Beweggründe bewahren würde, warum es nicht zu einer Verlobung ihrer beiden Kinder gekommen war. Doch Lady Hampton war klar, dass ein Gerücht, einmal in Umlauf gebracht, seinen Weg ging, ohne dass man es aufhalten konnte. Sie dachte mit Besorgnis an die Liste der neuen möglichen Kandidatinnen, mit der sie bisher nicht weitergekommen war.

Wie recht sie mit ihren Befürchtungen hatte, schien die Karte, die vor ihr lag, leider nur zu bestätigen. Sie stammte von Elisabeth Sherwood, die sie um ein Gespräch bat. Lady Hampton machte sich keine Illusionen, warum diese Person sie aufsuchte. Allein der unverschämte Wortlaut: *Die Angelegenheit, die ich mit Ihnen zu besprechen habe, liegt, wie Sie mir glauben können, in unser beider Interesse.*

Wie konnte sich *diese Frau* anmaßen zu beurteilen, was in ihrem Interesse lag! Einen Augenblick lang wünschte sich Lady Hampton die Zeiten von früher zurück, in denen die Trennungslinien in der Gesellschaft noch klar gewesen waren und Menschen wie die Sherwoods wussten, wo sie hingehörten. Zeiten, in denen auch die Gläubiger nie gewagt hätten, Menschen ihres Standes derart zu bedrängen. Sie stieß ein leises Seufzen aus und starrte erneut auf die Zeilen in ihren Händen.

Mrs Sherwood wartete noch immer unten in der Halle. Sie war ein hartnäckiger Fall, wie Lady Hampton aus Erfahrung wusste. Kurz nachdem die Sherwoods das alte Anwesen von Landshire erworben hatten – und es tatsächlich wagten, es nach ihrem Namen umzubenennen –, hatte diese Person wirklich geglaubt, ihr einfach einen Besuch abstatten zu können.

Sie war zur Teezeit mit der Kutsche gekommen und hatte, wie es üblich war, ihre Zofe eine Karte bei ihr abgeben lassen. Selbstverständlich hatte Lady Hampton den Butler ausrichten lassen, dass sie nicht zugegen sei. Die Karte hatte sie sofort in den Kamin geworfen und sich natürlich nie bei ihr gemeldet. Doch Mrs Sherwood hatte insgesamt noch vier Mal den Versuch unternommen, sie zu besuchen, bevor sie endlich begriff, dass man ihresgleichen nicht empfing. Auch nicht, wenn sie auf einmal in einem Herrenhaus wohnten!

Es kostete Lady Hampton daher alle Beherrschung, ihrem Butler jetzt nicht auch die Anordnung zu geben, Mrs Sherwood wieder des Hauses zu verweisen. Doch sie war nicht in der Position – so erniedrigend diese Tatsache auch war. Die Gläubiger gaben ihnen kaum mehr einen Monat. Sie sollte sich daher zumindest anhören, was diese Person ihr zu sagen hatte.

60

Edward war am späten Nachmittag aus London zurückgekehrt. Einige unerfreuliche Gespräche mit der Bank und den Anwälten lagen hinter ihm. Er hatte Selbstsicherheit demonstriert, doch er wusste, dass es nur dem Tod seines Vaters geschuldet war, dass sie sich alle überhaupt noch hinhalten ließen. Als er aus der Kutsche ausstieg, warf er einen niedergeschlagenen Blick auf Hampton-Manor. Vor fast fünfhundert Jahren hatte sein Ahne, der erste Earl, die Grundmauern hier errichten lassen. Sollte er nun selbst als sein letzter Besitzer in die Geschichte eingehen? Die Zeit drängte. Er dachte an die Liste, die er mit seiner Mutter durchgegangen war. Die gesamte Woche über, bevor er nach London fuhr, hatte er Besuche gemacht und Einladungen angenommen, aber es war ihm schwergefallen, mehr als nur ein wenig oberflächliche Konversation zu betreiben. Er hatte all diese parlierenden Menschen betrachtet, die so überzeugt von ihrer eigenen Wichtigkeit waren, hatte die vielen Blicke der Töchter und Mütter auf sich gespürt, die ihn fälschlicherweise noch immer für einen begehrenswerten Kandidaten hielten, und das Spiel mitgespielt, obwohl es ihn abstieß. Die Aussicht, dass dies sein Leben sein sollte, war ihm unerträglich. Immer wieder hatte sich dabei während der gesamten Abende das Bild von *ihr* vor seine Augen geschoben. Seine unbekannte Schöne, die ihm nicht ihren Namen verraten wollte. Warum nur? War es ihr unangenehm, weil sie aus einfachen Verhältnissen stammte? Es verstärkte nur die ohnehin geheimnisvolle Aura, die sie umgab.

Sie war so offen, so natürlich anmutig – wie affektiert waren ihm all die jungen Mädchen auf dem Ball dagegen vorgekommen! Nie zuvor hatte er eine Frau getroffen, bei der er gleichzeitig den Wunsch verspürte, sie zu beschützen und dann wieder sie an sich zu reißen und auf der Stelle leidenschaftlich zu lieben.

So vieles an ihr war widersprüchlich. Sie konnte lesen und schreiben und malte wundervoll. Bei ihrem letzten Treffen hatte er sie gefragt, von wem sie diese Dinge gelernt hatte. Von ihren Eltern? Er hatte die Fragen aufgeschrieben, und sie hatte ein leises Lachen ausgestoßen und einige Zeichen gemacht, die klarmachten, dass ihre Eltern dazu ganz gewiss nicht in der Lage waren. Ein seltsamer Ausdruck war über ihr schönes Gesicht geglitten. *Eine Frau hat mir das alles beigebracht*, schrieb sie dann. *Ich verdanke ihr sehr viel.*

Diese spärlichen Informationen, die er über sie bekam, machten ihre Person nur noch mysteriöser. Seine Neugier war so groß, dass er sich manchmal mit dem Gedanken trug, sie heimlich zu verfolgen, nur um herauszubekommen, wo sie zu Hause war. Doch er respektierte sie zu sehr, um sich in solcher Form ihrem Wunsch zu widersetzen. Ihm war klar, dass es alles zwischen ihnen würde zerstören können.

Es machte ihm Spaß, ihr Schach beizubringen. Sie besaß eine rasche Auffassungsgabe und einen unerwartet eigenständigen Geist. Wenn sie ein Wort nicht von seinen Lippen lesen oder seine spontan improvisierten Zeichen und Gesten nicht verstehen konnte, schrieb er es auf. Oft brachte sie ihm auch die entsprechenden Gebärden bei. Er entsann sich, wie seltsam es ihm anfangs vorgekommen war, sich auf diese Weise mit ihr zu unterhalten, aber ihre Verständigung war so schnell einfach und selbstverständlich geworden, und er begriff auch, dass diese Sprache ein Teil ihrer Welt war.

Ihr Lächeln war ihm ohnehin Belohnung genug. Es war erotisierend, mit ihr in der Einsamkeit vor dem Spiel zu sitzen, zuzusehen, wie sie die Figuren in ihre Finger nahm und bewegte und ihm dabei unter ihren langen Wimpern einen Blick zuwarf. Er bemühte sich, sich zurückzuhalten, er wollte sie nicht erschrecken, aber wenn sie sich küssten, spürte er, wie brennend er sie zur Geliebten haben wollte. Zum ersten Mal in seinem Leben verspürte er jedoch Skrupel.

Als wenn eine unsichtbare Macht ihn zur Vernunft rufen wollte, tauchte bei diesem Gedanken seine Mutter vor ihm in der Halle auf.

»Edward, du hast Besuch. Charles ist vorbeigekommen. Rebecca und Emily sind mit ihm in der Bibliothek.«

Er ließ sich von dem Butler aus dem Mantel helfen und nickte. Charles war ein alter Schulfreund aus Eton.

Seine Mutter wartete, bis sich der Butler entfernt hatte. »Wir müssen uns später unterhalten. Es gibt Neuigkeiten«, sagte sie mit gesenkter Stimme. »Ich fürchte, sie werden dir nicht gefallen …«

Überrascht schaute er sie an. Sie rang fahrig die Hände und wirkte etwas angeschlagen. Es entsprach nicht dem Charakter seiner Mutter, nervös zu sein, dachte er. Im Geiste ging er die Namen auf der Liste durch, denn er war sich sicher, dass es um eine der Kandidatinnen von ihr ging. Augenscheinlich handelte es sich um die von ihm am wenigsten favorisierte Option. Er ließ sich seine Unruhe nicht anmerken.

»Wir sprechen miteinander, sobald Charles gegangen ist«, erklärte er.

Sie nickte angespannt. »Danke, Edward.«

61

Charles Ashburn und Edward Hampton waren seit ihren Jugendtagen in Eton eng befreundet. Als dritter von vier Söhnen von Lord Ashburn war dem Freund keine andere Wahl geblieben, als zu studieren und einen Beruf zu ergreifen. Solange Edward zurückdenken konnte, hatte er Charles im gleichen Maße glühend um diese Freiheit beneidet, mit der er sein Leben gestalten konnte, wie dieser ihn um die Rechte des Erstgeborenen und die Aussicht, eines Tages Earl zu werden. Während der Krankheit von Edwards Vater war Charles, der zum Militär gegangen und Arzt geworden war, regelmäßig zu Besuch gekommen und hatte ihnen zur Seite gestanden.

»Wie geht's?«, fragte er jetzt, als Edward zu ihm in die Bibliothek trat und seine Schwestern sich zurückzogen, um die beiden Männer allein zu lassen.

Edward ließ sich in einen Sessel sinken und zuckte die Achseln. Charles gehörte zu den wenigen, die über die katastrophale Situation der Familie auf dem Laufenden waren, und er gab sich daher keine Mühe, dem Freund etwas vorzumachen.

»Wie auf einem untergehenden Schiff«, gab er ehrlich zur Antwort.

»So schlimm?« Charles zündete sich mit prüfendem Blick eine Zigarre an. »Und was wirst du jetzt tun? Eine Verbindung mit einer reichen Erbin eingehen?«, fragte er spöttisch, während er den Rauch ausblies.

»Wie es aussieht, wird mir wohl keine andere Wahl bleiben.«

Charles grinste, als er die düstere Miene des Freundes bemerkte. »Ausgerechnet du. Aber seien wir ehrlich, es gibt Schlimmeres, mein Lieber, und es wird dich kaum daran hindern, weiter die eine oder andere Affäre zu haben.«

Edward nickte stumm. Er wünschte, er hätte die Situation so wie Charles empfinden können. Dabei hatte der Freund recht mit seiner Bemerkung.

Die beiden Männer nahmen einen Drink und unterhielten sich ein wenig über Charles' neue Stelle, der als leitender Arzt an ein Militärhospital gegangen war, als Edward eine andere Frage durch den Kopf schoss.

»Kennst du dich eigentlich als Mediziner mit Taubheit aus?«

Charles stellte erstaunt sein Glas ab und nahm einen Zug von seiner Zigarre. »Hast du etwa Probleme mit deinem Gehör bekommen? Dafür bist du eigentlich ein bisschen zu jung.«

Edward schüttelte den Kopf. »Aber nein. Ich hatte nur darüber nachgedacht und mich gefragt, wodurch man eigentlich taub wird. Ist das angeboren?«

»Viele Taube sind es von Geburt an, manche haben aber auch später durch Krankheiten ihr Gehör verloren.«

»Und wie lebt man damit?«

Charles starrte ihn verwundert an. »Wie man damit lebt?«

»Ja, wie verständigt man sich? Es ist doch eine starke Einschränkung, wenn man nicht hören kann.«

»Natürlich ist es das.« Der Freund zuckte die Achseln. »Man versucht, ihnen trotzdem das Sprechen beizubringen, und lehrt sie, von den Lippen zu lesen. Es ist sehr langwierig und auf jeden Fall einfacher, wenn sie nicht von Geburt an taub sind.«

Sie sprach nicht. Bedeutete das, dass sie von Geburt an taub war?

»Auf jeden Fall hat es Auswirkungen auf die Intelligenz«, fuhr Charles in seinen Erklärungen fort.

»Wie meinst du das?«

»Nun, die Sprache ist eng mit unserem Denken verbunden. Wie soll es sich entfalten können, wenn man nicht richtig sprechen kann, nicht wahr? Mir sind einige Taube im Krankenhaus begegnet, und die meisten von ihnen wirkten geistig zurückgeblieben, vergleichbar mit Kindern, und manche schienen sogar am Rande des Schwachsinns.«

»Das scheint mir etwas hart formuliert«, sagte Edward kühl. Die Art, wie der Freund darüber sprach, gefiel ihm nicht. Wie wollte er beurteilen, dass die geistigen Fähigkeiten eines tauben Menschen eingeschränkt waren, wenn er doch nicht richtig mit ihm sprechen konnte und nicht wusste, was in seinem Kopf vorging?

»Es gibt so etwas wie ein Fingeralphabet, aber das kann man natürlich nur verwenden, wenn sie auch ein wenig lesen und schreiben können«, setzte Charles hinzu, als spürte er, dass ihn seine Antworten nicht ganz zufriedenstellten.

Das Gespräch zwischen den beiden Männern wandte sich schließlich wieder anderen Themen zu.

Als Charles sich etwas später verabschiedete und ihn fragte, ob er ihn noch in den Herrenclub nach Tavistock begleiten würde, schüttelte Edward den Kopf. »Ein anderes Mal. Ich bin ein wenig müde von der Fahrt aus London und habe noch einiges zu erledigen«, gab er zur Antwort, denn er hatte nicht vergessen, dass seine Mutter noch mit ihm sprechen wollte.

Einen Augenblick später sah er dem Freund hinterher, wie er in die Kutsche stieg und davonfuhr. Dann begab er sich die breit geschwungene Treppe in den ersten Stock hinauf.

Lady Hampton hatte sich bereits zurückgezogen, wie er von der Kammerzofe erfuhr. Er klopfte an ihr Zimmer und stellte überrascht fest, dass sie im Halbdunkeln bewegungslos auf einem Stuhl saß und nach draußen starrte.

»Komm herein. Sei so gut und zünde die Leuchter an«, sagte sie auf seinen irritierten Blick hin.

Er tat wie ihm geheißen und setzte sich dann in einen Sessel neben sie. »Worüber wolltest du mit mir sprechen, Mutter?«

Sie wandte ihm den Kopf zu, und er verspürte plötzlich einen schalen Geschmack im Mund, als er den bitteren Ausdruck ihrer Augen gewahr wurde.

»Ich hatte gestern Besuch. Von einer Frau … einer Person, die ich bis dahin nicht einmal zum Tee empfangen hätte.«

Er zog die Augenbrauen hoch. Der Standesdünkel seiner Mutter war ein offenes Geheimnis. Manchmal übertrieb sie für seinen Geschmack ein wenig, doch dieses Mal sagte ihm sein Gefühl, dass es nicht der Fall war.

»Und um wen hat es sich dabei gehandelt?«

»Um Mrs Sherwood.«

Ein Bild tauchte in seinem Kopf auf. Eine junge Frau auf dem Ball, die ihn wie so viele mit ihren Blicken verfolgt hatte und an der er genau wie an allen anderen nicht das mindeste Interesse hatte. Miss Sherwood! Er starrte seine Mutter an, die seinem Blick auswich.

»Sie hat uns ein Angebot gemacht.«

»Ein Angebot?«, echote er. Er ahnte, was sie nun sagen würde.

Lady Hampton nickte. »Sie und ihr Mann wären bereit, all unsere Verpflichtungen zu übernehmen, wenn du ihre Tochter Cathleen ehelichen würdest.«

»Unsere gesamten Verpflichtungen? Mein Gott, wie reich sind sie denn?«, entfuhr es ihm, während er sich verzweifelt daran zu erinnern versuchte, wie genau dieses Mädchen ausgesehen hatte. Nicht unattraktiv, wenn er sich richtig entsann, aber vermutlich genauso affektiert wie die anderen.

»Reicher, als wir alle geglaubt haben«, erwiderte seine Mutter tonlos.

Melinda

62

Der Zug nach Exeter ging pünktlich. Melinda, die sich nach ihrem Besuch in dem Antiquitätenladen direkt zum Bahnhof begeben hatte, stieg in ihr Abteil und ließ sich in den Sitz sinken. Eine Weile lang hing sie ihren Gedanken nach. Wenn der Händler herausfinden konnte, wer die Schachfiguren damals gekauft hatte, würde sie dem Rätsel vielleicht endlich auf die Spur kommen, überlegte sie.

Schließlich zwang sie sich, an einem Artikel zu arbeiten. Nach einiger Zeit spürte sie jedoch, wie die Müdigkeit sie übermannte.

Sie erwachte von dem schrillen Pfeifton der Dampflok. Die Lichter einer Stadt waren draußen zu erkennen, und sie stellte fest, dass sie bereits in Exeter einfuhren.

George Clifford empfing sie am Bahngleis. Ein leichtes Lächeln glitt über seine Lippen, als sie auf ihn zukam.

»Hallo! Wie war die Fahrt?«

»Erholsam. Ich habe vergeblich dagegen angekämpft einzuschlafen«, erwiderte sie trocken.

Das Lächeln auf seinen Lippen vertiefte sich, und ihre Blicke trafen sich für einen kurzen Moment.

»Kommen Sie, Loyster wartet draußen«, sagte er dann und nahm ihr wie selbstverständlich die Tasche ab.

Es stellte sich heraus, dass Loyster der Chauffeur war.

Melinda musste daran denken, dass sie selbst in Berlin fast nur zu Fuß ging, um sich das Geld für die U-Bahn oder den Bus zu sparen, wenn diese Verkehrsmittel denn überhaupt fuhren.

Clifford nahm neben ihr auf dem Rücksitz Platz. Schon bald glitt der Wagen durch den Straßenverkehr und verließ die Stadt, um in die Einsamkeit der Landstraßen einzutauchen.

»Wie läuft die Fortbildung bisher?«, erkundigte er sich.

Nur vage konnte sie sein Gesicht erkennen, und sie verspürte in der Intimität des Wagens mit einem Mal eine leichte Befangenheit.

»Sehr gut. Danke. Ich habe einiges geschrieben, und ich lerne sehr viel.«

»Und werden Sie tatsächlich einen Artikel über die Sagen und Legenden aus dieser Gegend hier schreiben?«, fragte er.

»Ja, meinem Chefredakteur gefällt die Idee.« Die Antwort entsprach der Wahrheit. Scholz wollte den Artikel in dem *Frauen-Telegraf*, einer Themenseite, die jeden Freitag erschien, oder sogar in der Sonntagsbeilage, dem Illustrierten *Telegraf*, unterbringen.

»Sie sind nicht besonders angetan von der Idee, oder?«, fragte Melinda ihn geradeheraus. »Wie meinten Sie das, als Sie beim letzten Mal erwähnten, dass die Leute es nicht mögen, wenn man ihnen Fragen stellt?«

»Genau so, wie ich es sagte – die Leute mögen es nicht!« Er klang plötzlich reserviert, und sie erinnerte sich wieder daran, wie seltsam er reagiert hatte, als sie ihn auf die Geschichte der Sherwood-Schwestern angesprochen hatte.

»Wirklich? Bisher kann ich diesen Eindruck nicht teilen. Die Menschen, mit denen ich gesprochen habe, waren sogar alle ausgesprochen freundlich, wenn ich danach gefragt habe. Ehrlich gesagt sind Sie der Einzige, der so ablehnend reagiert hat.«

Fast im selben Moment bereute sie ihre Worte auch schon, denn sie konnte hören, wie er scharf einatmete.

»*Ablehnend?* Ich? Wann sollte ich diesen Eindruck vermittelt haben?«

»Als ich Sie nach der Sherwood-Legende gefragt habe!«

Er schenkte ihr einen unergründlichen Blick. »Das war keine Ablehnung.«

Melinda verkniff sich die Frage, wie man seine Reaktion dann hätte nennen sollen. Irgendetwas an seinem Verhalten war merkwürdig, dachte sie erneut.

Sie schwiegen beide.

»Haben Sie schon Pläne und wissen, was Sie am Wochenende genau machen werden, um Ihre Nachforschungen fortzusetzen?«, fragte er schließlich.

»Nein, eigentlich nicht«, bekannte sie. Tatsächlich hatte sie sich darüber bisher nur wenig Gedanken gemacht. Sie wollte sich in der Gegend umschauen, um vielleicht mehr von den Plätzen zu entdecken, die auf den Bildern zu sehen waren, und sie wollte noch einmal mit Amy sprechen. Das war das Einzige, was sie wusste.

»Nun, ich wünsche Ihnen auf jeden Fall viel Erfolg und eine schöne Zeit hier.« Der Wagen hatte vor dem Postbridge Inn gehalten.

Er stieg aus, um dem Chauffeur die Tasche abzunehmen, die er ihr selbst reichte. Einen Moment lang standen sie sich in der Dunkelheit gegenüber, und sie merkte, wie ein kühler Wind um ihre Beine strich.

»Passen Sie auf sich auf!«

»Das haben Sie schon einmal gesagt.«

»Und da meinte ich es genauso ehrlich wie dieses Mal«, erklärte er mit einem Lächeln. Er beugte sich vor und küsste sie auf die Wange. »Gute Nacht, Miss Leewald.«

Sie konnte den herben Geruch seines Rasierwassers noch immer riechen, als er schon längst ins Auto gestiegen und davongefahren war. Aufgewühlt und ein wenig enttäuscht, dass er sie nicht gefragt hatte, ob sie sich am Wochenende treffen wollten, wandte sie sich zur Tür des Gasthauses um.

63

Mrs Benson hieß sie so herzlich wie ein altes Familienmitglied willkommen.

»War Ihre Fahrt gut? Mr Fletcher, unser Wissenschaftler, kommt erst am Montag wieder. Er ist oben in Belstone, um einige Bodenproben zu nehmen. Um diese Jahreszeit!« Sie schüttelte den Kopf ob solcher Unvernunft. »Und wie geht es mit Ihrer Arbeit voran?«

»Gut.« Melinda lächelte und begrüßte auch Mr Benson, der sich am Ofen zu schaffen gemacht hatte und mit einem Tuch seine verrußten Finger sauber wischte, bevor er ihr die Hand reichte. »Schön, Sie zu sehen, Miss Leewald!«

Nur Ned, der Knecht, brachte kaum mehr als ein kühles Nicken zustande, als er sie erblickte. Glücklicherweise war er gerade dabei, das Haus zu verlassen.

Melinda aß etwas von der heißen Suppe, die Mrs Benson ihr brachte, und packte dann ihre Sachen aus. Es war erst kurz nach neun, und da sie nicht müde war, beschloss sie, noch auf einen Drink ins Oak Inn zu gehen.

Nur ein paar vereinzelte Gäste waren an diesem Abend in dem Pub zugegen. Hinter der Theke konnte sie Amys roten Haarschopf erkennen.

»Drüben in Tavistock gibt's am Wochenende einen großen Jahrmarkt mit Festzelt. Da sind die meisten heute«, erklärte die Bedienung, als Melinda sich an die Bar setzte und sie darauf ansprach. Hinter ihr war ein Gast in den Pub gekommen, der die Aufmerksamkeit von Amy kurz ablenkte.

»Und was treibt Sie erneut in unsere einsame Gegend?«, erkundigte sie sich dann.

Melinda, die ein Ale bestellt hatte, erzählte ihr, dass sie sich entschlossen habe, etwas über die Sagen und Legenden im Dartmoor zu schreiben.

Zu ihrer Verwunderung reagierte Amy nicht mit der erwarteten Begeisterung. »Tatsächlich?« Der Blick der Bedienung war erneut, beinahe ein wenig nervös, zu dem Mann geglitten, der gerade das Oak Inn betreten hatte und jetzt hinter ihnen allein in einer Ecke saß. Melinda bekam aus den Augenwinkeln mit, dass er zu ihnen herüberstarrte.

»Erinnern Sie sich, dass wir über die Sherwood-Schwestern gesprochen haben?«, wandte sie sich zu Amy. »Könnten Sie mir darüber noch ein wenig mehr erzählen?«

Ihre Frage löste eine seltsame Veränderung bei der Bedienung aus. Sie presste die Lippen zusammen und schüttelte den Kopf. »Darüber weiß ich nicht mehr«, erklärte sie und wandte sich brüsk ab.

Überrascht öffnete Melinda den Mund. War das dieselbe Frau, die ihr und Mr Fletcher das letzte Mal so auskunftswillig von den beiden Schwestern erzählt hatte, die im Moor umgekommen waren? Was war geschehen?

Amy war zum anderen Ende der Bar gegangen, wo sie vorgab, die Theke sauber zu wischen, aber Melinda blieb nicht verborgen, dass die Augen der Bedienung immer wieder verstohlen zu dem Mann in der Ecke hinter ihnen wanderten. Irgendetwas stimmte hier nicht.

Melinda drehte sich um, um den Fremden besser in Augenschein nehmen zu können. Der Mann saß im Halbdunkeln. Obwohl sie seine Gestalt nur undeutlich erkennen konnte, spürte man, dass er eindeutig nicht hierhergehörte. Es war seine Haltung, die Art, wie er lässig und ein wenig arrogant die Beine übereinandergeschlagen und sich gegen die Wand zurückgelehnt hatte. Nicht einmal seinen Mantel hatte er abgelegt. Melinda hätte wetten können, dass es sich um ein teures, maßgeschneidertes Kleidungsstück handelte. Sie fragte sich, wer er war. Erst da nahm sie den feindseligen Blick wahr, mit dem er sie musterte. Das ungute Gefühl, dass er genau wusste, wer sie war, und nur wegen ihr gekommen war, beschlich sie.

Sie wandte hastig den Kopf ab und trank ihr Bier aus. Dabei fühlte sie die Augen des Fremden noch immer in ihrem Rücken. Sie beschloss zu zahlen. Der Abend verlief eindeutig nicht so, wie sie es sich vorgestellt hatte.

Normalerweise war sie nicht schreckhaft, aber irgendetwas an dem Mann hatte sie verstört, ging es ihr durch den Kopf, als sie nach draußen trat und die frische Luft einatmete. Er hatte nicht einmal versucht, seine Feindseligkeit ihr gegenüber zu verstecken. War es, weil sie eine Deutsche war? Doch selbst Amy hatte eingeschüchtert gewirkt, erinnerte sie sich dann.

Grübelnd lief Melinda durch die Dunkelheit in Richtung des Postbridge Inn zurück. Erst nach einigen Schritten kam ihr der Gedanke, dass der Unbekannte ihr vielleicht folgen könnte. Sie blieb stehen, doch es war nichts zu hören. Ungläubig schüttelte sie den Kopf. Was war nur mit ihr los?

Das aufheulende Geräusch eines Motors ertönte hinter ihr. Als Melinda sich umwandte, sah sie entsetzt, dass ein Wagen in der Schwärze der Nacht geradewegs auf sie zubrauste. Erschrocken schrie sie auf und sprang zur Seite. Das Auto fuhr haarscharf an ihr vorbei, nur um einige Meter weiter mit quietschenden Reifen zum Stehen zu kommen und sich vor ihr quer zu stellen.

Starr vor Schreck war Melinda stehen geblieben.

Ein Mann stieg aus dem Wagen. Es war der Fremde aus dem Oak Inn.

Sie versuchte, sich ihre Angst nicht anmerken zu lassen. »Sind Sie wahnsinnig?«, fuhr sie ihn an. »Sie hätten mich umbringen können!«

Er kam mit langsamen Schritten auf sie zu. »Nehmen Sie es als gut gemeinte Warnung«, erwiderte er, und weder sein kalter Tonfall noch seine drohende Haltung waren dazu angetan, ihre Furcht zu mildern. Das nächste Haus lag gut fünfzig Meter entfernt, und sie wich instinktiv in der Dunkelheit vor ihm zurück, bis sie mit dem Rücken gegen einen Baum stieß.

»Ich wüsste nicht, wovor Sie mich warnen sollten«, stieß sie hervor.

»Nein?« Er trat so dicht an sie heran, dass sie sein Gesicht in aller Deutlichkeit erkennen konnte: graue Augen, schmale, arrogante Lippen, sehr gepflegter Haarschnitt, vom Alter her in den Vierzigern – sie nahm die Details in rasender Geschwindigkeit und mit der Genauigkeit der Journalistin wahr, als würde sie ihn später in einem ihrer Artikel porträtieren müssen. Ihre Beobachtungen im Oak Inn hatten sie nicht getäuscht, seine Kleidung war teuer und maßgeschneidert. Er sah aus wie jemand, der es noch nie in seinem Leben nötig gehabt hatte, einen einzigen Handschlag zu tun. Abfällig musterte er sie in ihrem alten Wollmantel. Was um Gottes willen wollte er von ihr?

»Hören Sie auf, hier herumzuschnüffeln und Fragen zu stellen. Meine Familie mag das nicht!«, sagte er schließlich.

Sie starrte ihn an. *Seine Familie?* Ihr Herz raste noch immer vor Angst, doch plötzlich stieg eine dunkle Ahnung in ihr auf. »Vielleicht verraten Sie mir erst einmal, wer Sie sind!«

»Henry Tennyson«, gab er herablassend zur Antwort, als würde dieser Name alles erklären. Dunkel entsann sich Melinda, dass Amy ihr letztes Wochenende erzählt hatte, die Tennysons seien die Erben von Lord Hampton.

»Meiner Familie gehört das Anwesen von Sherwood«, sagte Tennyson in diesem Moment wie zur Bestätigung. »Es steht zum Verkauf. Und das Letzte, was wir hier wollen, ist jemand, der irgendwelche Fragen zu diesen alten Geschichten von früher stellt. Schon gar nicht eine Deutsche!«

»Und deshalb haben Sie mich fast umgefahren und zu Tode erschreckt?« Melinda merkte, wie sich in ihre Angst ein Gefühl ohnmächtiger Wut mischte. Was bildete dieser Mensch sich ein?

Plötzlich griff er sie schmerzhaft fest am Arm und zog sie zu sich. »Sehen Sie zu, dass Sie hier verschwinden. Glauben

Sie mir, für eine Deutsche sind es immer noch gefährliche Zeiten hier bei uns in England!«

Die Drohung, die ihr aus seinen Augen entgegenschlug, war nicht misszuverstehen. Genauso plötzlich, wie er sie gegriffen hatte, ließ er sie wieder los und drehte sich um. Fassungslos sah sie ihm hinterher, wie er mit lässigen Schritten zurück zu seinem Sportwagen ging.

Der Motor heulte erneut auf, als er mit quietschenden Reifen wendete und davonfuhr.

Erst jetzt merkte Melinda, dass sie noch immer vor Schreck am ganzen Leib zitterte.

64

Als sie ins Postbridge Inn zurückkehrte, war es im Haus schon still. Sie lief den dunklen Flur entlang zu ihrem Zimmer, das sich im Seitenflügel befand, und schloss hinter sich die Tür ab. Mit weichen Knien sank Melinda aufs Bett. Dabei glitt ihr Blick durch den Raum. Für einen kurzen Augenblick hatte sie den Eindruck, jemand wäre hier gewesen. Hatte sie die Zeichnungen auf dem Tisch liegen lassen? Sie war sich nicht sicher. Litt sie schon an Verfolgungswahn? Sie sah im Geiste Henry Tennysons kalten Gesichtsausdruck vor sich, der keinen Zweifel gelassen hatte, dass er es ernst meinte. *Glauben Sie mir, für eine Deutsche sind es immer noch gefährliche Zeiten hier in England.* Sollte sie vielleicht wirklich abreisen? Melinda fröstelte. Von Anfang an, schon in der Bar, hatte er es darauf angelegt, ihr Angst zu machen. Doch warum? Und woher hatte er überhaupt gewusst, wer sie war? Und was war so schlimm an ihren Fragen? Würde sich das Anwesen dadurch wirklich schlechter verkaufen? Es schien ihr nicht vorstellbar, und ihr ging immer mehr auf, dass die Reaktion dieses arroganten

Widerlings in keiner Weise angemessen gewesen war. Zwar entsann sie sich, dass Amy, als sie letztes Wochenende mit Mr Fletcher im Oak Inn gewesen war, auch erzählt hatte, dass niemand das Sherwood-Manor kaufen wollte, weil der Geist der toten Sherwood-Schwestern dort noch herumspuken würde, aber das hatte sie lediglich für den üblichen Tratsch gehalten. Nachdenklich strich Melinda sich das Haar aus dem Gesicht und merkte, wie sie sich langsam wieder beruhigte.

Sie betrachtete die ausgerollte Zeichnung auf dem Tisch, auf der Whistman's Wood und die Hügel des Dartmoors zu sehen waren. Das untrügliche Gefühl ergriff sie, dass es einen anderen Grund für Henry Tennysons Verhalten gab. Er verbarg etwas oder wollte nicht, dass sie etwas entdeckte. Aber was?

Sie träumte schlecht in dieser Nacht. Doch als sie am nächsten Morgen aufwachte und die Sonne in ihr Zimmer schien, hatte die Szene vom Abend ihren Schrecken verloren.

Melinda zog die Vorhänge auf. Im hellen Tageslicht erschien es ihr geradezu lächerlich, wie Tennyson sich verhalten hatte. Vermutlich war er es gewohnt, dass die Menschen in seinem Umfeld taten, was er verlangte. Seine arrogante, selbstherrliche Art wirkte zumindest so. Was ihre Person anging, irrte er sich damit jedoch gewaltig. Melinda würde sich nicht einschüchtern lassen. Seine Drohung hatte genau das Gegenteil erreicht und ihre Neugier nur noch geschürt.

Als sie sich wenig später zum Frühstück begab, war ihr Tatendrang erneut erwacht. Das Wetter war herrlich – ein Tag, wie gemacht, um ihren Ausflug nach Whistman's Wood nachzuholen, dachte sie. Als sie ihr Frühstück beendet hatte, sah sie, dass der Schwiegervater von Mrs Benson in seinem Lehnstuhl am Fenster saß. Die Wirtin war in der Küche, und die anderen beiden Gäste hatten gerade das Speisezimmer verlassen. Einer plötzlichen Eingebung folgend, ging Melinda zu dem alten Mann. Sein faltiges Gesicht, das von schlohweißen

Haaren umrandet wurde, wirkte sympathisch. Es gab viele ältere Leute, die hart und verbittert wirkten, doch er strahlte eher etwas Verlorenes aus.

»Guten Morgen. Ich bin Melinda Leewald. Vielleicht erinnern Sie sich noch an mich, ich war letztes Wochenende schon einmal hier.«

Der alte Mann nickte, doch sie war sich nicht sicher, ob ihre Worte wirklich zu ihm durchgedrungen waren.

»Ich bin Journalistin und schreibe etwas über die Sherwood-Schwestern …«

Sein Blick war plötzlich wach geworden.

»Haben Sie die beiden gekannt?«, fragte sie vorsichtig.

Er beugte sich ein Stück zu ihr und nickte. »Sie ist nicht tot«, erklärte er mit heiserer Stimme. »Glauben Sie nicht, was die Leute erzählen!«

Melinda versuchte zu begreifen, wovon er sprach. »Wen meinen Sie damit? Wer ist nicht tot?«

Doch er antwortete ihr nicht, sondern wandte den Kopf ab und schaute geistesabwesend nach draußen. Fieberhaft überlegte sie, wie sie seine Aufmerksamkeit zurückerlangen konnte. Melinda erinnerte sich, was er am Wochenende zuvor gesagt hatte, und es war rein intuitiv, dass sie den nächsten Satz aussprach: »Aber ich dachte, das Moor hätte sie beide verschlungen?«

Beinah ruckartig fuhr sein Kopf zu ihr herum. Er nickte erneut, und seine geäderten Finger ergriffen mit überraschender Festigkeit ihr Handgelenk.

»Ja, ihre Seelen hat das Moor verschlungen, alle beide. Schon lange bevor alles geschah.«

Melinda konnte sich nicht dagegen wehren, dass ihr ein Schauer über den Rücken lief. Sie merkte überrascht, dass die Hand des alten Mannes zitterte.

»Aber Dad, doch nicht schon wieder diese Geschichte«, erklang in diesem Moment die Stimme von Mrs Benson. Kopfschüttelnd kam sie zu ihnen. »Sprechen Sie lieber nicht mit meinem Schwiegervater darüber. Es regt ihn immer furchtbar auf«, sagte sie seufzend.

»Sie ist nicht tot!«, beharrte Mr Benson.

Mrs Benson tätschelte ihm die Schultern. »Aber natürlich, Dad, sie sind schon lange alle tot.«

Mit einem Mal wirkte er in seiner Aufgewühltheit verwirrt, und Melinda verspürte ein schlechtes Gewissen.

»Es tut mir leid«, sagte sie zu der Wirtin. Sie war aufgestanden und mit Mrs Benson einige Schritte zur Seite gegangen. »Woher kommt es, dass ihn diese Geschichte noch so beschäftigt?«

Die Wirtin zuckte die Achseln. »Ich habe keine Ahnung. Im Alter scheint einem die Jugend manchmal näher zu sein als die Lebensabschnitte danach. Vielleicht liegt es daran.«

»Er hat die Sherwood-Schwestern gekannt?«, entfuhr es Melinda.

Mrs Benson nickte. »Ja, mein Schwiegervater hat als junger Mann bei ihnen als Gärtner gearbeitet. Die Unglücksfälle haben ihn damals sicher sehr mitgenommen … Nun genießen Sie aber mal den schönen Tag«, beendete sie dann das Thema und ging zurück in die Küche.

Melinda holte Schal und Mantel aus ihrem Zimmer und war schon auf dem Weg nach draußen, als sich ihr im Flur unerwartet eine Gestalt entgegenstellte. Ausgerechnet! Es war Ned, der Knecht. Er baute sich vor ihr auf. »Sie scheinen Warnungen nicht sehr ernst zu nehmen, was?«

Überrascht schaute sie ihn an. Hatte er ihr Gespräch mit dem Schwiegervater von Mrs Benson belauscht? Plötzlich ahnte sie, dass er derjenige war, über den Henry Tennyson von ihr erfahren hatte.

»Ich lasse mir nicht drohen!«, erwiderte sie kalt und hoffte, dass ihre Stimme ruhiger klang, als sie es selbst war.

»Das könnte ein Fehler sein, Miss.«

Einen Moment lang war sie sprachlos. Ihr lag auf der Zunge, ihn zu fragen, ob die Bensons davon wussten, dass er ihren Gästen drohte und sich zum Handlanger von diesem Tennyson machte, aber dann ließ sie ihn einfach stehen.

65

Sie schlug den Weg zum Fluss ein. Sobald sie sich in der Weite des Moors befand, fühlte sie sich wie befreit. Die Sonne brach immer wieder durch die graue Wolkendecke, und dieses Mal ließ Melinda sich nicht von ihrem Weg abbringen und erreichte nach gut zwanzig Minuten Whistman's Wood. Das kleine Wäldchen mit den verkrüppelten Eichen und den mit Moos überwachsenen Steinen hatte selbst im Winter etwas Verwunschenes. Dunstige Nebelschwaden hingen zwischen den Bäumen. Melinda konnte gut verstehen, dass sich um den Wald schon immer unheimliche Legenden und Geschichten gerankt hatten. Hätte sie selbst malen können, sie hätte wohl auch den Wunsch verspürt, den Anblick dieses Fleckchens Natur festzuhalten, ging es ihr durch den Kopf, und sie musste an die Zeichnungen denken, die die Atmosphäre hier so gekonnt eingefangen hatten. Wie schön musste es hier erst im Sommer sein! Ihre Gedanken glitten unwillkürlich zu dem Paar, das sich hier einst getroffen hatte – lange bevor sie selbst geboren wurde –, und einen Moment lang schien es ihr, als würde der Wind, der leise durch die Bäume strich, sie wieder zum Leben erwecken. Nachdenklich ließ Melinda sich auf einem der Steine nieder und nahm ihren Imbiss zu sich – zwei köstlich belegte Brote, die Mrs Benson ihr mitgegeben hatte.

Die Landschaft des Dartmoors übte eine eindringliche Anziehungskraft auf sie aus, stellte sie nicht zum ersten Mal fest. Und das lag nicht allein an ihren Nachforschungen. Berlin, die Erinnerungen an den Krieg, der Tod ihrer Eltern und ihre unschöne Trennung von Frank schienen hier weit fort. Selbst die Drohungen dieses Henry Tennyson konnten nichts daran ändern, dass sie sich in England so gut wie seit Langem nicht mehr fühlte.

Melinda zog ihren Schal enger um die Schultern und merkte, dass ihr kühl wurde. Das Wetter war nicht dazu angetan, lange im Sitzen zu verweilen. Sie beschloss, weiterzulaufen und ihre Erkundungen noch etwas auszudehnen.

Ein Stück hinter Whistman's Wood kam sie an einem kleinen verfallenen Cottage vorbei, das versteckt an einem Hügel lag. Die Reste einer alten Holzbank standen vor dem Häuschen. Dunkel meinte sie sich zu erinnern, dass sie ein ähnliches Haus auch auf einem der Bilder gesehen hatte. Ob jemand in dieser Einsamkeit einmal gewohnt hatte? Oder war es nur ein Unterschlupf gewesen?

Die Nebelschwaden vom Vormittag hatten sich aufgelöst, und man konnte wieder klar in die Ferne schauen. Von einem Hügel, den sie hochstieg, konnte Melinda die Umrisse von Sherwood-Manor ausmachen. Sie entsann sich, wie sie vor dem Tor gestanden und die Ahnung verspürt hatte, dass die alten Mauern ein Geheimnis bargen. Wie die Drohung von Henry Tennyson zeigte, schien sie damit recht zu haben. Warum sonst versuchte er, sie davon abzubringen, Fragen zu stellen?

Sie musste auch wieder daran denken, wie sie sich am Wochenende zuvor beinahe im Nebel verirrt hatte und George Clifford ihr zu Hilfe gekommen war. Noch immer verspürte sie eine leise Enttäuschung, dass er sie nicht um eine Verabredung gebeten hatte.

Obwohl sie nach einer Weile jeden Muskel in ihrem Körper zu fühlen glaubte, merkte Melinda, dass die Wandertour ihr Kraft und neuen Tatendrang schenkte.

Mrs Benson lächelte, als sie bei ihrer Rückkehr zur Tür hereintrat.

»Die frische Luft scheint Ihnen gutzutun!«

»Ja, es war wunderbar. Vielen Dank für die köstlichen Sandwiches«, gab Melinda zur Antwort.

»Gern. Sie hatten übrigens zwei Anrufe. Einmal hat eine Mrs Finkenstein aus London angerufen …«

Melinda unterbrach sie überrascht. »Hat sie eine Nachricht hinterlassen?«

Die Wirtin schüttelte den Kopf. »Nein, sie sagte, sie wird sich noch einmal melden.«

»Danke …« Vielleicht hatte Mrs Finkenstein etwas über den Namen ihrer Großmutter herausgefunden! Geistesabwesend wandte Melinda sich ab. Auf dem Weg zu ihrem Zimmer fiel ihr ein, dass sie Mrs Benson vergessen hatte zu fragen, wer der zweite Anrufer gewesen war. Sie öffnete die Tür und blieb im selben Moment wie erstarrt stehen. Jemand war hier gewesen! Diesmal bestand kein Zweifel, denn ihre Sachen lagen verteilt im ganzen Raum herum, auf dem Bett und dem Boden. Auch die Zeichnungen und Briefe – als hätte jemand etwas gesucht …

Amalia

66

Amalia befand sich auf dem Weg zu dem kleinen Cottage. Es lag nicht weit entfernt von Whistman's Wood, in Richtung der Felsen von Beardown Tors. Früher hatte es Schäfern und Reisenden Zuflucht gewährt, doch nun stand es leer. *Er* hatte es ihr bei ihrem letzten Treffen gezeigt. Nachdem er ihr das Päckchen überreicht hatte. Amalia hatte gewusst, was sich in dem Papier befand, es war die letzte Spielfigur, die auf dem Schachbrett fehlte – die Dame. Doch die Besonderheit der Figur hatte sie überrascht. Sie war aus rotem Marmor. Ungläubig hatte sie ihn angesehen, und er hatte ihr von der Geschichte berichtet, die sich um die Entstehung der Dame rankte. Von dem Prinzen, der die Schachfiguren für eine Frau anfertigen ließ, die er liebte. Rot – die Farbe der Liebe, aber auch des Blutes, war es ihr seltsamerweise durch den Kopf geschossen.

Amalia hatte die Kühle unter ihren Fingern gespürt und das Gefühl gehabt, der Marmor würde ihr durch die Jahrhunderte hindurch seine Geschichte erzählen wollen. Sie sah den Künstler vor sich, wie er einst sorgsam das Material ausgewählt hatte, es meißelte und schliff, und wie unter seinen Händen nach und nach die Figur entstanden war. Was hatte die Frau wohl empfunden, als der Prinz sie ihr zum Geschenk machte? Hatte sie sich damals ähnlich gefühlt wie sie heute? Verloren in der Leidenschaft ihrer eigenen Gefühle?

Amalia hatte seine Hände genommen und um die Dame geschlossen. *Fühlst du den Marmor, spürst du, was er dir erzählt …*

Er hatte sie verständnislos angesehen, und in einer spontanen Eingebung hatte sie ihm die Hände auf die Ohren gelegt, ihn daran gehindert zu hören.

Versuch es zu spüren!

Er tat es, und sie merkte, dass er mit einem Mal zu verstehen begann, was sie meinte.

Du hast mich einmal gefragt, wie es ist, nicht zu hören. Genau so – ich nehme die Welt nur anders wahr, über meine Hände, meine Augen, den Geruch …

An diesem Tag hatten sie das erste Mal eine echte Schachpartie gespielt. Er hatte gewonnen, mit einem Lächeln, aber sein anerkennender Blick, mit dem er sie zwischendurch bedachte, hatte ihr verraten, dass sie sich gut hielt. Später dann hatte er sie zu dem Haus geführt.

Ein Treffpunkt, wenn es kälter wird.

Sie hatte genickt. Mit einem Mann allein in einem Haus, niemals hätten ihre Eltern oder Miss Carrington das geduldet. Zum ersten Mal hatte sie darüber nachgedacht, dass das, was sie taten, gegen jeden Anstand und jede Sitte verstieß.

Doch es war ihr gleichgültig.

Sie hatte den Kopf zu ihm gewandt. *Wem gehört es?*

Niemandem. Es ist verlassen – schon seit langer Zeit, hatte er erklärt. *Aber alles ist noch in Ordnung. Man kann sogar ein Feuer machen …*

Und tatsächlich sah Amalia jetzt, während sie weiter auf das Cottage zuging, dass aus dem schmalen Schornstein Rauch aufstieg. Eine alte Holzbank stand vor dem Haus, auf der er saß. Hatte er das Feuer gemacht?

Er ergriff ihre Hand. Seine Miene war ungewöhnlich ernst. Zum ersten Mal, seitdem sie sich kannten, hatte er nicht gelächelt, als sie auf ihn zukam. Sie spürte plötzlich eine Schwere in der Luft.

Er bewegte die Hände. *Ich bin mir nie sicher, ob du mich mehr an einen Engel oder eine Elfe erinnerst, wenn ich dich von Weitem sehe …*

Sie griff an ihr Haar, das ihrer Meinung nach schuld daran war. Das helle Blond war ungewöhnlich.

Er schüttelte den Kopf. *Nein, es ist nicht dein Haar, du bist es … Du bist tatsächlich ein Engel wie aus einer anderen Welt. Ich habe noch nie eine solche Nähe zu einer Frau empfunden, und ich möchte, dass du weißt, wie sehr ich mir wünschte, du könntest ganz mir gehören …*

Die Bewegungen seiner Hände waren bei den letzten Worten unwillkürlich sanft geworden, und ihr stockte der Atem.

Er griff neben sich. Ein schmales Päckchen Briefe lag dort. Er zögerte.

Seit wir uns das erste Mal begegnet sind, habe ich dir geschrieben. Anfangs war ich mir nicht sicher, ob ich dir die Briefe jemals gebe, doch jetzt weiß ich, dass es die einzige Möglichkeit ist.

Amalia war sich nicht sicher, ob sie seine Gesten und Lippenbewegungen richtig verstanden hatte, und bat ihn, es zu wiederholen. Er tat es. Dann reichte er ihr das Päckchen. *Ich will, dass du sie liest und immer daran denkst, was ich darin geschrieben habe, egal, was geschieht!*

Eine leise Angst ergriff sie. Amalia fühlte unter ihren Fingern die faserige Struktur des Papiers und umklammerte die Briefe. Ein glattes Seidenbändchen hielt das Bündel zusammen. Ihr Mund fühlte sich plötzlich trocken an. *Warum gibst du sie mir?*

Statt einer Antwort zog er sie an sich und küsste sie. In der Berührung seiner Lippen lag eine solche Leidenschaft, dass sie erschrak, doch gleichzeitig reagierte sie mit all ihren Sinnen darauf. Ein leises Stöhnen entwich ihr, als er sie abrupt wieder losließ.

Sein Atem ging schnell. Er wollte ihr mit Gesten etwas erklären, doch dann ging es ihm nicht schnell genug, und er riss den Block aus seiner Tasche und schrieb es auf. *Ich will nichts mehr, als dass du meine Geliebte wirst! Aber es geht nicht.*

Amalia strich ihm sanft durch sein Haar. Lautlos formten ihre Lippen ein Wort. *Warum?*

Ich bin nicht frei!

Frei? Das Wort irritierte sie. Sie hatte sich bis jetzt jeden Gedanken daran verboten, wie sein anderes Leben wohl aussah, welche Menschen darin eine Rolle spielten. Ob es Frauen gab, *eine* Frau? Vielleicht sogar eine, mit der er verlobt oder verheiratet war … Der schützende Wall, den Amalia bis jetzt um ihre Welt errichtet hatte, bekam unversehens Risse. Sie wollte es nicht wissen. Was würde es schon ändern?

Er hatte sie bei den Schultern gepackt. *Wenn ich frei wäre, wenn es nur mich gäbe …*

Sie legte ihm den Finger auf den Mund, um ihn am Weiterreden zu hindern.

Seine Hände sanken nach unten.

Mir ist kalt. Amalia stand mit einem Mal auf und sah ihn an. Dann ging sie langsam an ihm vorbei ins Haus. Das Cottage bestand aus einem einzigen, karg eingerichteten Raum. Doch er war warm. Ein Feuer brannte im Kamin. Ein Schaffell lag davor. Auf der rechten Seite befand sich ein Bett, linker Hand stand ein Tisch mit zwei Stühlen. Sie kam kaum bis zur Mitte des Raums, als eine Hand sie herumriss.

Sie fuhr zusammen und erkannte an der Art, wie er die Lippen bewegte, dass er die Worte laut sagte, wahrscheinlich sogar schrie. »Ich werde heiraten! Ich habe keine Wahl« … Wut und auch Verzweiflung standen in seinem Gesicht geschrieben, als wäre es ihre Schuld.

Das Bild einer fremden Frau schob sich vor Amalias Augen, und sie zwang sich, es abzuschütteln. Es war nicht von Bedeutung. Sie hatte es immer gewusst. Sie hatten Momente und Stunden zusammen in ihrer eigenen Welt. Das war mehr, als sie jemals zu hoffen gewagt hatte.

Entschlossen schaute sie ihn an und wich erst einen, dann noch einen Schritt vor ihm zurück, ohne den Blick von ihm zu nehmen. Langsam öffnete sie den Verschluss ihres Umhangs und ließ ihn zu Boden gleiten. Sie griff mit den Fingern nach der Schleife an ihrem Kopf und löste ihr Haar, das in weichen

Wellen nach vorn über ihre Schultern, fast hinunter bis zur Taille fiel. Schließlich begann sie, mit zittrigen Fingern die Schnüre ihres Kleides zu lösen.

Fassungslos blickte er sie an – und war mit einem Schritt bei ihr. Wie ein Ertrinkender zog er sie in seine Arme. Sie spürte seine Lippen auf den ihren, seine Hände, die Wärme seines Körpers, und hatte das Gefühl, in der Umarmung mit ihm zu verschmelzen. Sein Kuss schmeckte noch immer nach Wut, war bittersüß und gleichzeitig von einer ungezügelten Leidenschaft erfüllt, die sie alles vergessen ließ.

Seine Arme hielten sie – anders und so besitzergreifend wie niemals zuvor. Seine Lippen glitten in quälender Zärtlichkeit ihren Hals hinab, liebkosten ihre nackte Haut, ihr Dekolleté, den Ansatz ihres Busens. Schauer der Erregung durchliefen sie, und sie erwiderte seine Umarmungen. Kaum merkte sie, wie er geschickt und doch ungeduldig die Schnüre ihres Kleides löste und sich selbst seiner Jacke und seines Hemdes entledigte.

Dann standen sie nackt voreinander. Ihre Finger strichen über seine Haut, über die Linien seiner festen Muskeln, seine breiten Schultern. Hell, fast weiß wirkte sie im Schein des Feuers neben ihm, und sie kam sich zerbrechlich vor. Seine Augen brannten dunkel, als er seinen Umhang auf dem Boden vor dem Kamin ausbreitete und sie mit sich zog, während er sie weiter mit Küssen bedeckte, die sich wie eine Feuerspur den Weg über ihren Körper bahnten. Voller Sehnsucht drängte sie sich ihm entgegen.

Nur kurz zögerte er. Als er schließlich in sie eindrang, formten seine Lippen ein Wort: *Geliebte.*

Nichts mehr gab es dann – nur sie beide und dieses Begehren, das ihr unstillbar schien und sie in einem Rausch mit sich riss, sie immer höher und weiter trug, bis alles in einem Meer aus purer Lust zu explodieren schien.

67

Ihre Schwester hatte sich verändert. Es wurde Cathleen mit einem Mal bewusst. Sie stand oben an der Galerie in Sherwood und beobachtete, wie Amalia mit verträumtem Ausdruck unten aus dem Fenster schaute. Sie war schöner denn je und erinnerte sie an eine der Frauen auf den Renaissance-Gemälden, die sie in London im Museum gesehen hatte. Sie hätte nicht sagen können, was genau es an Amalias Verhalten war, aber etwas war anders, dachte sie erneut. Schon seit einer Weile war das so.

Wenn Cathleen ihr etwas erzählte, schien die Schwester oft nicht ganz anwesend. Fasste sie sie dann am Arm und fragte, was los sei, reagierte Amalia verlegen, beinahe als hätte sie ein schlechtes Gewissen. Einmal hatte Cathleen sogar das Gefühl gehabt, sie sei rot geworden. Sie hatte sie in der Bibliothek überrascht, wie sie mit einem leisen Lächeln vor dem Schachspiel stand und es betrachtete.

Cathleen verzog nachdenklich das Gesicht. Amalia war normalerweise nicht verträumt. Sie war ein Mensch, der im Hier und Jetzt verankert war, sie kannte nicht die schnell wechselnden Stimmungen oder Gefühlsschwankungen, die ihr selbst gelegentlich zu schaffen machten.

Wie so oft, wenn sie über ihre Schwester nachdachte, fragte sich Cathleen, ob Amalia im Grunde ihres Herzens nicht doch mehr darunter litt, als sie zugab, dass sie nicht am gesellschaftlichen Leben teilnahm. Sie unterdrückte ein Seufzen. Es war nicht richtig, dass Amalia all das verschlossen blieb, was ihr eröffnet wurde, ging es Cathleen durch den Kopf. Auch wenn ihre Schwester noch so sehr vorgab, kein Interesse daran zu haben.

Amalias verändertes Verhalten beschäftigte sie auch noch, als sie später zu ihr ging. Sie stellte fest, dass ihre Schwester eine Reihe von neuen Bildern gemalt hatte. Verblüfft betrachtete Cathleen sie. Amalia war schon immer talentiert gewesen und hatte gut gemalt. Diese Skizzen und Aquarelle besaßen jedoch eine neue und ungewöhnlich starke Ausdruckskraft. Ihr Stil wirkte gereift und erwachsener als zuvor. Als wäre eine tief greifende Veränderung in ihr vorgegangen.

Wann hast du das gemalt?

In den letzten beiden Wochen, gab Amalia ihr mit einigen Zeichen zu verstehen.

Das ist wundervoll.

Danke.

Du solltest auf eine Kunsthochschule gehen!

Amalia lächelte milde und machte eine Geste, die keinen Zweifel daran ließ, wie abwegig diese Idee war. *Stell dir vor, ich würde das Mum vorschlagen …*

Sie grinsten beide bei der Vorstellung und ließen sich wie in Kindertagen einander gegenüber auf dem Fensterbrett nieder.

Du bist … anders. Deine Bilder sind anders, erklärte Cathleen.

Es kam ihr nicht nur so vor – tatsächlich überzog eine leichte Röte Amalias Wangen. Die Schwester machte eine abwehrende Geste. *Ich male nur viel.* Sie wich ihrem Blick aus.

Und du, hast du inzwischen mit deinem schrecklichen Edward Hampton geredet oder getanzt?, bemühte sich Amalia dann mit einem spöttischen Lächeln, schnell das Thema zu wechseln.

Cathleen musterte sie verwundert, doch dann schüttelte sie den Kopf. *Nein.* Ein niedergeschlagenes Gefühl ergriff sie. Ihre Mutter hatte sie gestern dasselbe gefragt und sich erkundigt, ob ihre Annäherung an Edward Hampton inzwischen Fortschritte gemacht habe.

»Es tut mir leid, aber es sieht nicht danach aus, dass Edward Hampton jemals irgendein Interesse an mir entwickeln wird«, hatte sie schnippisch erwidert. Daraufhin hatte ihre Mutter nur geheimnisvoll gelächelt und ihr über den Kopf gestrichen. »Du täuschst dich, mein Kind, du täuschst dich. Nun, ich wollte es dir noch nicht erzählen, weil es noch nicht ganz sicher ist, aber ich hatte ein längeres Gespräch mit Lady Hampton, und eine Verbindung zwischen dir und Edward liegt wohl durchaus in ihrem Vorstellungsbereich.«

Cathleen hatte sie sprachlos angestarrt und ihr nicht geglaubt. Niemals würde eine Familie wie die Hamptons eine solche unstandesgemäße Vermählung auch nur in Erwägung ziehen, dachte sie. Sie müssten schon völlig verzweifelt und vom Ruin bedroht sein … Und als sie den triumphierenden Ausdruck im Gesicht ihrer Mutter sah, hatte sie plötzlich verstanden, dass etwas in der Art tatsächlich der Fall sein musste.

»Würde es dir nicht gefallen, die Frau des Earl of Hampton zu werden?«

Cathleen hatte genickt, unfähig, ihrer Mutter zu erklären, dass der Gedanke, Edward Hampton könne sie nur wegen des Geldes ihrer Eltern heiraten, einen mehr als schalen Beigeschmack hatte. Das war es nicht, was sie wollte. Ganz und gar nicht. Sie hatte in romantischer Weise von wahren Gefühlen und der großen Leidenschaft geträumt. Auch wenn ihr klar war, dass Edward Hampton nicht gleich in Liebe zu ihr entbrennen würde, so war doch das Mindeste, das sie sich erhofft hätte, dass er ihr etwas Zuneigung entgegenbrachte und ihr zeigte, dass sie ihm gefiel. Doch in seinem Blick hatte nur kalte, abschätzige Herablassung gelegen. Er war nicht besser als seine Schwester Rebecca!

Sie spürte, dass Amalia sie noch immer ansah.

Ich weiß nicht, ich glaube, ich will inzwischen gar nicht mehr, dass er sich für mich interessiert. Ich will ihn überhaupt nicht mehr, gab sie mit einigen heftigen Gesten zu verstehen.

Amalia zog die Brauen hoch. *Warum das denn?*

Cathleen wollte gerade ansetzen, ihr zu berichten, was ihre Mutter erzählt hatte, als diese auf der Schwelle auftauchte. Elisabeth Sherwood musterte sie. Ihr Gespür war beinahe unheimlich. Cathleen biss sich auf die Lippe. Sie hatte ihrer Mutter versprechen müssen, über die Angelegenheit mit den

Hamptons absolutes Stillschweigen zu bewahren, auch ihrer Schwester gegenüber, aber sie hatte noch nie ein Geheimnis vor ihr gehabt.

Ihre Mutter schenkte Amalia ein knappes Lächeln, bevor sie sich zu ihr wandte.

»Die Schneiderin ist da, mein Schatz. An deinem Kleid sollte doch für heute Abend noch etwas geändert werden!«

Cathleen nickte und machte einige schnelle Zeichen in Richtung ihrer Schwester. *Ich erzähle es dir nachher …*

Doch als sie eine gute Stunde später in Amalias Zimmer zurückkehrte, hatte diese das Haus verlassen. Wie so oft hatte es sie wohl mit ihren Malsachen nach draußen gezogen.

Enttäuscht, dass sie ihr nicht mehr alles erzählen und ihren Rat bekommen konnte, ließ Cathleen sich von Fanny, der Kammerzofe, beim Ankleiden für den Ball bei den Ashburns helfen.

Es war ein imposantes Fest, doch es gelang Cathleen nicht wie sonst, den Abend zu genießen. Sie stand oben im Vorraum des Ballsaals am Fenster, als Edward Hampton unten mit seinen beiden Schwestern, Emily und Rebecca, zwischen den aufgestellten Fackeln aus einer der Kutschen stieg, die vor dem Herrenhaus vorfuhren. Wie gut er aussah, schoss es Cathleen durch den Kopf, und dabei war ihr der Gedanke, er könnte sich ihr einzig aus Interesse an dem Geld ihrer Eltern zuwenden, doppelt unerträglich. Lieber verzichtete sie auf ihn, dachte sie erneut.

Sie wandte sich vom Fenster ab und bemühte sich, sich an dem Gespräch ihrer Freundin Lucy mit ihrem Bruder Richard Tennyson zu beteiligen.

Später im Ballsaal kam Edward Hampton direkt auf sie zugeschlendert. Sie versteifte sich, als er vor ihr stehen blieb.

»Guten Abend, Miss Sherwood.«

»Lord Hampton.« Sie neigte knapp den Kopf.

»Nun, ich denke, Sie sollten mir wohl die Ehre erweisen,

mir einen Tanz zu schenken.« Sein ironischer Unterton, in dem selbst jetzt noch Herablassung lag, war nicht zu überhören.

»Danke, Sie müssen nicht aus Pflichtgefühl mit mir tanzen«, erwiderte sie kalt. Sie straffte die Schultern und war plötzlich froh, dass sie das elegante, grüne Seidenkleid aus London trug.

»Aus Pflichtgefühl?« Seine Lippen kräuselten sich, und sie hasste ihn umso mehr, weil dieser Ausdruck ihn nur noch attraktiver aussehen ließ. »Sie meinen, weil Ihre Mutter der meinen einen Besuch abgestattet hat und dabei so übereifrig unser beider Zukunft zum Thema gemacht hat?«, setzte er voller Spott hinzu.

Cathleen wurde flammend rot. »Sie müssen mich nicht demütigen. Mir ist sehr wohl bewusst, aus welcher Familie *Sie* stammen und aus welcher ich!«, stieß sie hervor, drehte sich auf dem Absatz um und ließ ihn einfach stehen. Es kostete sie ihre gesamte Beherrschung, nicht zu rennen. Sie hastete aus dem Ballsaal in einen der Vorräume und trat ans geöffnete Fenster. Schritte waren hinter ihr zu hören.

»Verzeihen Sie, das war nicht sehr höflich von mir!«, gab Edward Hampton zu.

Sie schwieg.

Er fuhr sich mit der Hand durch sein dunkles Haar und schien nach den richtigen Worten zu suchen.

»Verstehen Sie mich nicht falsch, Miss Sherwood. Sie sind reizend. Die meisten Männer würden sich vermutlich glücklich schätzen, Sie zur Frau zu bekommen, doch ich bin ganz sicher der Falsche für Sie. Dessen sollten Sie sich bewusst sein.«

Die Überheblichkeit seiner Worte ärgerte sie. Trotzig hob sie das Kinn. »Woher wollen Sie das wissen?«

»Sie haben etwas Besseres verdient. Ich weiß es. Glauben Sie mir!« Das Mitleid in seinem Blick irritierte sie. Sie sah ihn vor sich, wie er ihr damals als Junge den Bonbon zurückgegeben hatte. Und mit einem Mal geriet ihre ganze Abwehr ins Wanken. Solange sie zurückdenken konnte, hatte sie sich keinen anderen Mann gewünscht als ihn.

»Tanzen Sie mit mir«, bat sie.

Er zögerte, und ein resignierter Ausdruck glitt über sein schönes, markantes Gesicht, doch dann reichte er ihr mit vollendeter Höflichkeit den Arm und führte sie zur Tanzfläche.

68

Die Stunden bis zum Nachmittag schienen jedes Mal Ewigkeiten zu dauern, so kam es Amalia vor. Das letzte Stück Weg lief sie auch heute so schnell, dass sie außer Atem war, als sie das Cottage schließlich erreichte. Sie hatte kaum die Schwelle überschritten, als er sie auch schon in seine Arme riss und küsste. Voller Leidenschaft gab sie sich seinen Umarmungen hin, nach denen sie sich den ganzen Tag gesehnt hatte. Zwischen zwei Küssen hielt er inne und umfasste mit beiden Händen ihr Gesicht. Wilde Entschlossenheit lag in seinen Augen. *Verrate mir deinen Namen! Sag mir, wer du bist.*

Amalia verspürte einen schmerzhaften Stich. Ein Teil von ihr hätte nichts lieber getan als das, doch es ging nicht. Sie konnte sich ihm nicht ganz offenbaren. Es war ihr letzter Schutz.

Er küsste sie von Neuem, zügellos und fordernd, als könne er ihre Antwort so erzwingen. Ihr Umhang fiel zu Boden, und wenige Augenblicke später hatten sie sich ihrer Kleidung entledigt und liebten sich wie von Sinnen.

Später lagen sie nackt nebeneinander. Es war behaglich warm in dem Cottage, und Amalia schmiegte sich an ihn.

Das hier ist deiner nicht würdig. Du hättest Paläste verdient, hatte er nach dem ersten Mal gesagt. Sie hatte den Kopf geschüttelt, denn für sie hätte es keinen schöneren Ort als diesen schlichten Raum geben können. Er hatte wie jetzt mit aufgestütztem Arm neben ihr gelegen, eine Strähne ihres hellen Haars um seinen Finger geschlungen und sie angeschaut – nachdenklich, ein wenig verwundert und voller Zärtlichkeit. Er war ein erfahrener Liebhaber, doch sie spürte, dass ihn das Ausmaß der Leidenschaft und die Intensität zwischen ihnen genauso überraschte wie sie. Es war ein Gefühl, als würden sie gleichzeitig brennen und miteinander verschmelzen. Selbst der kurze Schmerz, den Amalia beim ersten Mal verspürt hatte, war in den Wogen der Lust untergegangen. Bei den darauffolgenden Treffen hatten sie sich stets aufs Neue wie in einem Rausch geliebt. Als wäre ein Damm gebrochen und in jedem leidenschaftlichen Kuss und jeder Berührung würde sich all die Spannung und Emotionen entladen, die sich seit der ersten Begegnung zwischen ihnen aufgebaut hatten. Die Bereitschaft, mit der sie willens war, sich ihm hinzugeben, erschreckte Amalia. Doch sie konnte nichts Falsches dabei empfinden, obschon selbst Cathleen schockiert gewesen wäre, wenn sie davon gewusst hätte. Die Reaktion ihrer Eltern oder Miss Carringtons wagte sich Amalia erst gar nicht vorzustellen.

Niemals zuvor hatte sie sich so gefühlt – so berauscht und glücklich und in manchen Momenten auch wieder so niedergeschlagen und verzweifelt. Sie liebte ihn. Schon lange war ihr das klar – im Grunde seitdem sie ihm das erste Mal begegnet war. Seitdem sie gesehen hatte, wie er rastlos durch das Moor ritt, und sie seine Einsamkeit spürte, die der ihren, durch die Welten hindurch, die sie trennten, so nah war.

Warum willst du mir deinen Namen nicht sagen?, fragte er jetzt erneut.

Sie zögerte und bewegte die Hände. *Sage mir, ob es etwas ändern würde, wenn du ihn wüsstest!*

Seine Augen verdunkelten sich. *Ich suche nach einer Möglich-*

keit, nach einem Weg … Sein Blick verlor sich für einen Moment in dem knisternden Feuer des Kamins und bekam etwas fast Resigniertes. Dann wandte er sich wieder zu ihr. *Wünschst du dir nicht auch, dass es mehr als nur das sein könnte? Mehr als ein heimliches Verhältnis in einem abgelegenen Cottage …*

Amalia hielt seine Hände fest und hinderte ihn daran, die Finger weitersprechen zu lassen. *Nicht!*

Ihre Kehle fühlte sich wie zugeschnürt an. Sie dachte an die Briefe, die er ihr geschrieben hatte. An dem Tag, als sie sich das erste Mal geliebt hatten, war sie nach Hause gekommen und hatte sie später alle gelesen. Versteckt in einem Winkel des Herrenhauses von Sherwood, in dem niemand sie stören konnte, hatte sie seine Zeilen in den Händen gehalten – und leise geweint, denn seine Briefe verrieten, wie tief seine Gefühle waren, wie viel Platz sie schon lange in seinen Gedanken einnahm. Sie begriff, warum sie von Beginn an den Eindruck gehabt hatte, es gebe eine unsichtbare Verbindung zwischen ihnen – selbst als sie sich nur von Weitem im Moor gesehen hatten. Sie lächelte beim Lesen, als sie erfuhr, wie er sie beim ersten Mal in Whistman's Wood hinter dem Felsen beobachtet hatte. Sehr wohl entsann sie sich, dass sie damals die Gegenwart eines Menschen gespürt hatte. Ihr Herz klopfte vor Freude schneller, als sie las, wie ungewöhnlich und schön er sie fand, wie die Stunden mit ihr Licht in sein Leben gebracht hatten und er die Zeit mit ihr, genau wie sie, jeden Tag aufs Neue herbeisehnte. Doch in seinen Zeilen erwähnte er auch immer wieder, dass er nicht frei war, dass seine Geburt ihn zu einem Leben bestimmt hatte, dem er nicht entfliehen könne, sosehr er es sich auch wünschte. Sie verstand, was er meinte. Er würde heiraten. Das hatte er selbst gesagt. Die Tränen waren ihr bei dieser Vorstellung über die Wangen gelaufen, und sie hatte zum ersten Mal mit ihrem Schicksal gehadert und tiefe Verzweiflung empfunden. Lange hatte sie dort oben allein in der Dachkammer gesessen. Es konnte keine Zukunft für sie beide geben. Das wusste sie. All das ging ihr durch den Kopf, während sie seinen Blick jetzt noch immer auf sich spürte. Sanft küsste sie ihn und bewegte die Hände. *Ich liebe dich!*

69

Cathleen war nervös. Ihre Gesten waren hektisch geworden, als sie ihrer Schwester von der Neuigkeit berichtete, die ihrer aller Leben verändern würde. Doch sie hatte sich die Reaktion von Amalia auf ihre baldige Verlobung gänzlich anders ausgemalt. Mit allem hatte sie gerechnet – dass Amalia betroffen dreinschauen würde, weil sich damit zwangsläufig auch ihre Beziehung als Schwestern verändern würde, oder auch, dass sie ihr vor Freude um den Hals fallen würde. Aber ganz sicher nicht damit! Es war kaum mehr als ein kurzer, überraschter Blick gewesen, den Amalia ihr zugeworfen hatte. *Wirklich? Ihr werdet nächsten Monat eure Verlobung bekannt geben?*

Cathleen hatte genickt, durchaus ein wenig stolz, auch wenn ihre Unsicherheit gegenüber Edward Hampton und seiner Familie ihre Freude etwas dämpfte. Mit der Zeit würden ihre Gefühle wachsen. Das war normal und in den meisten Ehen so, versuchte sie sich einzureden.

Nun, das hast du dir doch immer gewünscht, oder?, hatte Amalia ihr mit einigen Handbewegungen zur Antwort gegeben, dabei aber befremdlich zerstreut gewirkt. Beinahe so, als hätte sie gar nicht richtig mitbekommen, was Cathleen ihr erzählt hatte.

Sie würde heiraten und die zukünftige Lady Hampton werden! Das musste doch mehr als nur ein paar knappe Gesten bei Amalia hervorrufen. Cathleen war verwirrt. Sie sehnte sich danach, Amalia von ihren Ängsten zu erzählen. Sie hatte es bis jetzt immer geschafft, sie zu beruhigen, doch der Blick ihrer Schwester war immer wieder zur Uhr auf dem Kaminsims geglitten, bis sie plötzlich abrupt aufgesprungen war. *Ich werde noch etwas nach draußen gehen – zum Malen.*

Dann war sie aus dem Raum gelaufen, und Cathleen war allein mit ihren Gedanken zurückgeblieben.

Amalia hatte recht. Edward Hampton zu heiraten war das, was sie sich immer erträumt hatte, versuchte sie sich selbst zu beruhigen. Doch in ihrer romantischen Vorstellung hatte sie sich ein anderes Bild von ihm gemacht, eines, das nicht so recht mit dem Mann in Einklang zu bringen war, den sie in den letzten Wochen näher kennengelernt hatte. Seit dem Ball, auf dem er sich für sein Verhalten entschuldigte und schließlich mit ihr tanzte, hatten sie sich einige Male gesehen, auf Festen, Dinners und auch bei einer Jagdpartie. Bei diesen Gelegenheiten verhielt Edward Hampton sich ihr gegenüber stets höflich und wie ein Gentleman – etwas zu sehr, nach Cathleens Geschmack. Sie zweifelte fast an ihrer Attraktivität als Frau. Warum hielt ausgerechnet Edward Hampton sich so zurück? Sagte man ihm nicht zahlreiche Affären nach? Cathleen hatte ihn sich leidenschaftlich und eher draufgängerisch ausgemalt. Natürlich, es waren fast immer andere Menschen anwesend, wenn sie sich sahen, doch selbst als sie auf der Jagdpartie für einen kurzen Augenblick allein waren, hatte er nicht versucht, sie zu küssen. »Ich werde bei Ihrem Vater um Ihre Hand anhalten, aber ich möchte vorher wissen, ob Ihnen wirklich klar ist, worauf Sie sich mit unserer Heirat einlassen?«, hatte er auf einmal, nachdem er mitten im Wald stehen geblieben war, unerwartet ernst gefragt.

Sie war unter seinem prüfenden Blick ein wenig errötet. »Aber ja«, hatte sie geantwortet, obwohl sie sich dessen keineswegs sicher war und sich auch heute noch fragte, was er damit eigentlich meinte. Er hatte daraufhin höflich ihre Hand geküsst und erklärt, dass es dann wohl an der Zeit sei, sich beim Vornamen zu nennen.

Cathleen unterdrückte ein Seufzen. Es war wirklich nicht so, wie sie es sich vorgestellt hatte. Am meisten Sorgen machte ihr aber immer noch seine Familie. Lady Hampton flößte ihr ein wenig Angst ein, und Rebecca Hampton würde sie sicherlich niemals als Freundin gewinnen. Wenigstens Emily Hampton, die jüngere Schwester, wirkte etwas sympathisch.

Was aber würde mit ihrer eigenen Schwester geschehen? Cathleen wünschte sich, Amalia könnte mit ihr kommen, doch jedes Mal, wenn sie diesen Gedanken hatte, tauchte das Bild von Lady Hampton vor ihren Augen auf, und sie konnte ihr entsetztes Gesicht vor sich sehen. Sie nahm sich vor, dennoch mit Edward darüber zu reden. Nicht sofort, sondern später. Sie musste an die Worte ihrer Mutter denken.

»Diese Heirat ist eine unglaubliche Chance für dich, Cathleen! Du solltest nichts tun, was die Hamptons in irgendeiner Form verunsichert, und Amalia deshalb vorher so wenig wie möglich erwähnen.«

Sie hatte stumm genickt und war sich dabei doch gleichzeitig wie eine Verräterin vorgekommen.

70

Amalia lief schnell. Es wurde schon fast dunkel. So lange war sie noch nie fortgeblieben. Es war unvorsichtig, doch das war ihr egal. Sie würden sich einige Tage nicht sehen können, und schon jetzt fragte sie sich, wie sie die Zeit ohne ihn nur aushalten sollte. Ihre Finger fuhren unwillkürlich zu ihren wund geküssten Lippen.

Wenn du heiratest, wird es dann mit uns aufhören? Sie hatten zwischen den Liebesspielen eine Partie Schach gespielt, und er hatte in seinem Zug innegehalten, als sie ihm die Frage stellte.

Willst du das? Sie hatte in seinem Gesicht die Angst vor ihrer Antwort lesen können und die Decke enger um ihre Schultern gezogen. Ihr Blick war durch den Raum gewandert. Nach und nach waren in dem Cottage Gegenstände und Dinge aufgetaucht, die nicht hierhergehörten – Kissen, Kerzen, Gläser, Wein und Decken. Er hatte das alles mitgebracht.

Schließlich hatte Amalia den Kopf geschüttelt. *Nein.* Sie umschlang ihre Knie. *Aber ich würde es akzeptieren, wenn du mich nicht mehr sehen willst.*

Dich nicht mehr sehen? Wie kannst du das glauben? Er beugte sich zu ihr und küsste sie auf eine Weise, die keinen Zweifel an seinen Gefühlen ließ. *Ich wünsche mir nichts mehr, als mit dir zusammen zu sein, auch wenn ich kein Recht dazu habe …*

Seine Antwort hatte ihr gereicht, doch jetzt, auf dem Weg zurück, fragte sie sich plötzlich, wie seine zukünfige Ehefrau dazu stehen würde. Würde sie davon wissen, sich damit abfinden, dass er eine Geliebte hatte? Sie hatte einmal einen Artikel in der Zeitung gelesen – es war um einen Skandal am Hof gegangen, bei dem eine Dame der Aristokratie ein Verhältnis mit einem männlichen Verwandten des Königshauses hatte. Demnach schien es in Adelskreisen durchaus üblich, eine Geliebte zu haben.

Sie tastete unter ihrem Umhang nach dem Buch, das er ihr geschenkt hatte. Es war aus dem letzten Jahrhundert, von einem französischen Autor namens Abbé de L'Epée, der darin beschrieb, wie er mit Zeichen und Gebärden taube Schüler unterrichtet hatte. *Ich dachte, es würde dir Freude machen.* Ein Lächeln glitt bei der Erinnerung über ihr Gesicht. Edward, der weit besser französisch sprach, als sie es lesen konnte, hatte ihr einige Passagen übersetzt. Es war neben den Schachfiguren das schönste Geschenk, das sie jemals bekommen hatte. Ungläubig hatte sie in dem Buch geblättert und mit ihm zusammen die Abbildungen der Finger und Hände angeschaut. Einige ähnelten denen, die sich auch in der Sprache zwischen ihr und Cathleen entwickelt hatten, andere waren ganz verschieden.

Mit schnellen Schritten lief Amalia auf das kleine Tor an der Seite des Grundstücks zu, schlüpfte hindurch und gelangte durch den Dienstboteneingang des Manors ins Innere. Sie grüßte im Vorbeigehen Mr Benson, den Gärtner, und wechselte unten im Souterrain ihre Kleidung, bevor sie die Treppe nach oben hastete. Der Butler kam auf sie zu, als hätte er sie bereits gesucht. Er machte ein Zeichen in Richtung des Wohnsalons. Dann bewegte er langsam die Lippen. »Ihre Mutter möchte Sie sehen.«

Amalia erstarrte. *Ihre Mutter?* Eine leise Angst stieg in ihr hoch. Hatte sie irgendetwas erfahren? Hatte jemand etwas gesehen? O Gott. Seit sie seine Geliebte geworden war und sie begonnen hatten, sich im Cottage zu treffen, war sie vorsichtig geworden und achtete darauf, von niemandem beobachtet zu werden, aber das Moor war groß, und von Weitem konnte vielleicht doch jemand etwas mitbekommen haben. Angespannt versuchte sie, im Laufen ihr Haar zu ordnen und sich zu sammeln.

Ihre Mutter war allein und stand am Fenster. Amalias Angst verstärkte sich augenblicklich. Gewöhnlich waren entweder Cathleen oder zumindest Miss Carrington anwesend, um ihr bei der Verständigung zu helfen. Dass ihre Mutter sie allein zu sehen wünschte, kam sonst nie vor und konnte kein gutes Zeichen sein.

Elisabeth Sherwood hatte sich umgedreht und bedeutete ihr, die Tür hinter sich zu schließen und zu ihr zu kommen.

Amalia leistete ihrer Aufforderung Folge und versuchte, an dem Gesichtsausdruck ihrer Mutter zu erkennen, was in ihr vorging. Sie strahlte eine eiserne Entschlossenheit aus. Als habe sie sich etwas fest vorgenommen. Ihre Lippen bewegten sich. »Wo warst du?«

Amalia bemühte sich mit klopfendem Herzen, den Schreck,

der sie durchfuhr, zu überspielen. Sie deutete nach draußen und dann auf die Malsachen.

Ihre Mutter nickte, doch ihre Anspannung war deutlich sichtbar. Obwohl sie einander direkt gegenübersaßen, schaffte sie es wieder einmal, ihr nicht in die Augen zu sehen.

»Ich habe dir etwas zu sagen, und es ist wichtig. Wenn du etwas nicht verstehst, dann hebe die Hand …« Sie sprach langsam, damit sie die Worte gut von ihren Lippen lesen konnte, und wie immer mit völlig übertriebener Mimik. Amalia sah, dass neben ihr auf dem kleinen Mahagonitisch Papier und ein Stift lagen. Sie schien sich für alle Fälle gerüstet zu haben. Erneut fragte sich Amalia, worüber sie nur mit ihr sprechen wollte. Es schien ihrer Mutter äußerst wichtig zu sein.

»Cathleen wird heiraten.«

Sie nickte, da ihre Schwester ihr diese Neuigkeit ja bereits mitgeteilt hatte.

»Es ist eine ungewöhnliche Ehre und eine große Chance für deine Schwester, dass ein Mann wie der Earl of Hampton um ihre Hand angehalten hat …« Ihre Mutter brach ab, um zu überprüfen, ob sie das Gesagte verstanden hatte.

Amalia nickte pflichtschuldig.

»Die Hamptons werden uns nächstes Wochenende mit der gesamten Familie einen Besuch abstatten, und ich möchte, dass sie nur den besten Eindruck von Cathleen und uns, ihrer Familie, erhalten.«

Ihr Gesicht hatte mit einem Mal einen strengen, unnachgiebigen Ausdruck bekommen. Amalia verspürte einen schalen Geschmack im Mund, denn sie ahnte, worauf ihre Mutter hinauswollte. Natürlich, darum ging es ihr – wie immer. Von Beginn an war es ihr vor anderen unangenehm und peinlich gewesen, dass sie taub war. Einen kurzen Augenblick lang trafen sich ihre Blicke, und Amalia wurde plötzlich bewusst, wie kalt und einsam es für sie auf Sherwood werden würde, wenn Cathleen erst geheiratet hatte.

Sie griff nach dem Block. *Ich freue mich für Cathleen, und ich werde alles dafür tun, damit die Hamptons nur den besten Eindruck von uns bekommen!*

Ihre Mutter las, was sie geschrieben hatte. Doch es schien ihr nicht zu reichen. Sie presste die Lippen zu einem schmalen Strich zusammen, bevor sie erneut sprach. »Du wirst nicht reden!«

Als ob sie das jemals in den letzten Jahren getan hätte, dachte Amalia voller Bitterkeit, doch sie nickte beklommen.

»Und du wirst auf keinen Fall diese seltsamen Zeichen machen, hast du verstanden?«

Sie nickte erneut, auch wenn sie sich fragte, wie sie sich dann verständigen sollte. Sie würde wie eine Marionette am Tisch sitzen, hübsch lächelnd, ohne dass sie verstand, was um sie herum gesprochen wurde. Das war es, was ihre Mutter wollte, und sie ahnte, dass sie sie wahrscheinlich am liebsten ganz verleugnet hätte, wenn sie gekonnt hätte. Für einen Moment stieg die Erinnerung an all die Verletzungen und Zurückweisungen, die sie in den Jahren durch sie erlitten hatte, schmerzhaft in ihr hoch. Eine leise Wut ergriff sie. Dann nahm sie von Neuem den Block. *Ich werde nicht reden, und ich werde keine Zeichen machen. Ist das alles, was du von mir wolltest?*

Ihre Mutter nickte überrascht. Die Strenge war aus ihrem Gesicht gewichen, und kurz wirkte es so, als wollte sie noch etwas sagen, als suchte sie nach irgendeinem verbindenden Wort zwischen ihnen.

Doch Amalia schenkte ihr nur einen kühlen Blick.

»Ja, das war alles. Danke«, sagte ihre Mutter, und die Entschlossenheit war in ihr Gesicht zurückgekehrt.

71

Die Miene von Lady Hampton war unnatürlich starr, während sie aus dem Fenster der Kutsche blickte. Edward saß an ihrer Seite, ihre beiden Töchter ihr gegenüber. Keiner von ihnen sprach ein Wort. Man hörte nur den Hufschlag der Pferde und das Rollen der Wagenräder. Sie hätte wenn schon nicht Freude, dann doch zumindest Erleichterung empfinden sollen, dachte Lady Hampton. Doch es gelang ihr einfach nicht. Dabei hatte John Sherwood noch am selben Tag, als Edward offiziell um die Hand seiner Tochter anhielt, an die Banken und Anwälte in London telegrafiert, dass er mit der Vermählung der beiden sämtliche finanziellen Verpflichtungen des Hauses Hampton übernehmen würde. Der drohende Bankrott war damit abgewendet, aber Lady Hampton vermochte nur daran zu denken, was die Leute sagen würden, wenn sie von dieser Verlobung erfuhren. Wie konnte eine so ehrwürdige Familie nur ihren Namen für eine solche Heirat hergeben, eine Verbindung mit Emporkömmlingen wie den Sherwoods eingehen, Leuten, die noch vor nicht allzu langer Zeit allein von ihrer Hände Arbeit gelebt hatten! Nicht nur hier in Devon, sondern auch in London am Hof und im ganzen übrigen Land würde das über Wochen für Gesprächsstoff sorgen.

Immerhin, das Mädchen war annehmbar, versuchte sich Lady Hampton zu trösten. Cathleen Sherwood war das Erbe ihrer Eltern nicht anzumerken. Sie war hübsch, besaß einen untadeligen Ruf und dank ihrer Gouvernante auch die nötige Erziehung und Bildung, um Edward nicht in peinliche Situationen zu stürzen. Bei den Begegnungen der beiden, bei denen Lady Hampton anwesend war, hatte sie darüber hinaus wohlwollend zur Kenntnis genommen, dass die junge Frau zu ihrem Sohn aufschaute, ja ihn geradezu zu vergöttern schien.

Lady Hampton ließ ihre Augen verstohlen zu Edward gleiten, der mit ausdrucksloser Miene neben ihr saß. Sie war sicher, dass er diese Heirat als ungeheure Erniedrigung empfand. In unbeobachteten Momenten wirkte er oft gequält. Nachdem er ihr erzählt hatte, dass er um die Hand von Cathleen Sherwood anhalten würde, hatte sie genickt.

»Ich weiß, dass du das für die Familie tust, und ich danke dir. Ich heiße deinen Lebensstil, den du in den letzten Jahren in London geführt hast, nicht gut, aber jeder wird dafür Verständnis haben, dass du auch weiterhin ein gewisses Privatleben haben wirst. Sobald ihr Kinder gezeugt habt, selbstverständlich.«

Edward hatte einen Moment geschwiegen und sie angeschaut. »Es ist gut zu wissen, dass du das so siehst, Mutter«, hatte er schließlich in einem Tonfall erwidert, der ihr nicht gefiel. Lady Hampton unterdrückte ein Seufzen. Wie hatte ihr verstorbener Mann ihnen das alles nur antun können?

Sie blickte erneut aus dem Fenster. Sie hatten das Eingangstor zu der Zufahrt des Anwesens erreicht, das sie nun passierten. Es war offensichtlich, dass die Sherwoods seit Tagen alles vorbereitet hatten. Die Hecken waren frisch beschnitten, herbstliche Blumen überall neu gepflanzt, Wege frisch geharkt, und die Rasenflächen zogen sich einem edlen grünen Teppich gleich durch die Anlagen des Gartens. Selbst die Marmorskulpturen des Springbrunnens, in dem sich das Wasser in vier sprudelnden Bögen zu den Seiten ergoss, wirkten, als seien sie eben noch poliert worden. Es war ein prachtvolles Anwesen, musste sie zugeben. Schöner noch als zu Zeiten der Landshires, und es versetzte ihr einen leichten Stich, das festzustellen.

72

Ein Butler öffnete ihnen die Tür – ein wenig zu schnell und eilfertig, was darauf schließen ließ, dass er wahrscheinlich auf Anordnung seiner Herrschaften die letzte Stunde wartend hinter der Schwelle verbracht hatte, dachte Edward für sich. Er war sich darüber im Klaren, dass das, was nun folgte, einem Theaterspiel gleichen würde.

Mr und Mrs Sherwood kamen ihnen in der Halle entgegen. Edward hatte die beiden bis jetzt nur bei zwei Gelegenheiten gesehen. Beide Male in Hampton. Dort hatte er auch bei John Sherwood um die Hand seiner Tochter angehalten. Die Form hätte es eigentlich verlangt, dass er hierher, nach Sherwood, gekommen wäre. Doch Edward hatte es vermeiden wollen, wie ein Bittsteller zu wirken, und die Herkunft der Sherwoods hatte zumindest den einen Vorteil, dass diese in keinerlei Weise wagten, die Vorgaben und Bedingungen der Hamptons infrage zu stellen.

»Seien Sie willkommen!«, sagte Elisabeth Sherwood mit einem Strahlen zu ihnen. Genau wie ihr Mann war sie elegant und teuer gekleidet, doch auf ihren Wangen zeichneten sich hektische Flecken ab. Es war die Gelassenheit, die ihr fehlte, fand Edward. Die Sherwoods waren so bemüht, alles richtig zu machen, dass sie nicht merkten, wie genau diese Anstrengung verriet, dass sie nicht aus den Kreisen stammten, denen sie so gern angehören wollten. Aus den Augenwinkeln verfolgte er, wie seine Mutter erstarrte, als Mrs Sherwood sie ein wenig zu herzlich umarmte. Er warf seiner Schwester Rebecca einen warnenden Blick zu, die einen Gesichtsausdruck zur Schau trug, den sie sich sonst gewöhnlich für missliebiges Personal in Hampton aufsparte. Seine Schwester Emily lächelte höflich.

»Vielleicht möchten Sie das Haus sehen, bevor wir Tee trinken?«, schlug Mr Sherwood vor.

»Danke, aber das wird nicht nötig sein«, erwiderte seine Mutter süßlich. »Wir kennen es noch von früher, als Lord Landshire hier lebte. Mein verstorbener Mann war mit ihm befreundet.«

»Ich versichere Ihnen, es hat sich einiges seitdem verändert«, erwiderte John Sherwood.

Sie blickten sich alle an. Man hätte eine Stecknadel auf den Boden fallen hören können, und Edward nahm dankbar zur Kenntnis, dass in diesem Augenblick Cathleen die Treppe herunterkam. Sie lächelte und sah hinreißend aus. Es erfüllte ihn mit Erleichterung, dass sie so wenig von ihren Eltern hatte. Man mochte gar nicht glauben, dass sie die Tochter der Sherwoods war. Sie begrüßte die Ankömmlinge und wechselte einige freundliche Sätze mit allen. Als sie auf ihn zutrat, überzog eine leichte Röte ihre Wangen. Es war entzückend, aber leider auch genau das, was ihn ängstigte. Er spürte, dass sie sich etwas erträumte, das es nie zwischen ihnen geben würde. Als er sie gefragt hatte, ob sie wisse, worauf sie sich mit dieser Hochzeit einließ, hatte sie Ja gesagt. Doch nun merkte er ihrem ganzen Verhalten an, dass sie das keineswegs verstand. Es störte Edward nicht, dass die Sherwoods sich mit ihrem Geld den Aufstieg in eine höhere Gesellschaftsklasse erkauften. Es war nur fair, denn schließlich bewahrten sie seine Familie damit vor dem Ruin.

Nein, was ihm Unbehagen bereitete, war die Tatsache, dass Cathleen in dieser Vermählung nicht das erkannte, was es war – ein reines Geschäft.

Er hatte ihr den Arm gereicht, und sie folgten ihren Eltern in die Bibliothek. Der Raum war größer als erwartet. Glatt polierte Regale aus edlem Holz schmückten ihn, die bis unter die Decke mit Büchern gefüllt waren. Er nahm nicht an, dass Mr oder Mrs Sherwood auch nur eines davon gelesen hatten. Seine Augen wanderten zu einem Gemälde, das an der einzigen freien Wand hing. Es zeigte die Sherwoods in jüngeren

Jahren und zwei kleine Mädchen, das eine dunkelhaarig, das andere blond.

Cathleen hatte seinen Blick bemerkt. »Das sind meine Schwester Amalia und ich … Ach, da ist sie ja auch«, sagte sie in diesem Moment und wandte sich zur Tür um, in der die Gestalt einer jungen Frau aufgetaucht war, auf die sie sofort zuging. Sie standen noch alle, und seine Mutter und Rebecca verdeckten die Sicht auf Cathleens Schwester, doch er sah sofort das blonde Haar. Er hätte es überall wiedererkannt. Alles in ihm erstarrte.

»Das ist meine Schwester Amalia!« Cathleen drehte sich mit einem strahlenden Lächeln zu ihnen.

Sein Verstand weigerte sich, die Wirklichkeit anzuerkennen. Als Junge war er einmal vom Pferd gestürzt und hatte sich schwer verletzt. Während er schmerzverzerrt auf dem Rasen des elterlichen Parks lag und auf Hilfe wartete, hatte er die Geschehnisse um sich herum mit so deutlicher Klarheit wahrgenommen, dass er sich bis heute an jede Einzelheit erinnerte. Genauso ging es ihm in diesem Moment. Seltsamerweise bemerkte er als Erstes das angespannte Gesicht von Mrs Sherwood, und ihm schoss dabei die Frage durch den Kopf, warum nicht sie ihre Tochter vorstellte.

Von irgendwo weit her hörte er dann Cathleens Stimme. »Meine Schwester kann leider seit einer Krankheit nicht mehr hören, aber sie kann das meiste von den Lippen lesen … Das ist Lady Hampton, Amalia.«

»*Und sie spricht auch nicht?*«, fragte jemand.

Da drehte sie sich plötzlich in seine Richtung, als hätte sie seine Gegenwart gespürt. Ein höfliches Lächeln lag auf ihren Lippen. Sie trug ein Kleid aus blauer Seide, wie für sie gemacht. Nie war sie ihm so schön vorgekommen. *Amalia!* Der Name passte wundervoll zu ihr. *Wie hatte er nur so blind sein und die Wahrheit nicht erkennen können?* Ein Teil von ihm hatte das Gefühl, in bodenlose Tiefe zu stürzen. Wut stieg in ihm auf, dass sie ihm nicht gesagt hatte, wer sie war, während er gleichzeitig das Bedürfnis verspürte, sie zu schützen, sie aus diesem Raum zu bringen.

In diesem Augenblick sah sie ihn an – und ihr Lächeln erstarb. Verwirrung und Verständnislosigkeit spiegelten sich in ihren Augen, bis sie schließlich begriff und ein Ausdruck blanken Entsetzens ihr Gesicht überzog. Sie wurde leichenblass, und ein schrecklicher Laut entrang sich ihrem schönen Mund – unartikuliert und beinahe unmenschlich, wie der gequälte Aufschrei eines Tieres.

Erschrocken blickten sie alle an. Er wollte einen Schritt auf sie zugehen, doch da hatte sie sich schon auf dem Absatz umgedreht und rannte mit gerafftem Rock aus der Bibliothek. Es kostete ihn übermenschliche Beherrschung, ihr nicht hinterherzulaufen. Er bekam mit, dass Cathleen denselben Impuls hatte und von ihrer Mutter daran gehindert wurde, die sie mit eisernem Griff zurückhielt. Sie wirkte zutiefst besorgt, und Edward sah sie wieder vor sich, wie sie eben auf ihre Schwester zugegangen war, wie sie Amalia vorgestellt hatte. Er entsann sich der kurzen vertrauten Gesten zwischen den Schwestern – eine ungewöhnliche Verbundenheit hatte sich darin gespiegelt –, und erst jetzt begann er, das ganze Ausmaß des Dramas zu begreifen. Ihm wurde übel.

»Ich muss Sie wirklich bitten, das Verhalten von Amalia zu entschuldigen. Ich habe keine Ahnung, was in sie gefahren ist«, erklang Mrs Sherwoods Stimme hinter ihm.

73

Amalia hatte ihren Umhang gegriffen und war nach draußen gelaufen. Der üppige Volant ihres Seidenkleids schlug gegen ihre Beine.

Sie rannte, so schnell sie konnte – noch immer unter Schock. Ein feiner Nebel lag in der Luft, und die Feuchtigkeit, die ihr Gesicht benetzte, vermischte sich mit den Tränen, die in Strömen über ihre Wangen zu fließen begannen. Sie sah nichts, während sie lief, weder die Hügel und Felsen in der Ferne noch den Weg vor sich. Nur ein Bild hatte sie vor Augen – wie *er* dort inmitten der anderen Menschen in der Bibliothek stand. *Wie konnte er der Verlobte von Cathleen sein? Edward Hampton!*

Unauslöschlich hatte sich ihr dieser Anblick ins Gedächtnis gebrannt. Er war genauso überrascht und entsetzt gewesen wie sie. Amalia hatte es gesehen – doch es tröstete sie nicht.

Sie hatte mit dem zukünftigen Ehemann ihrer Schwester geschlafen, sie war seine Geliebte! Unwillkürlich rannte sie bei dieser schrecklichen Erkenntnis noch ein wenig schneller.

Irgendwann brannten ihre Lungen. Erst als sie außer Atem den Schritt verlangsamte, erkannte sie vor sich die knorrigen Krüppeleichen von Whistman's Wood. Wie von fremder Hand gelenkt, hatte sie den Weg hierher gefunden. Noch immer liefen ihr Tränen über die Wangen, und sie lehnte sich erschöpft gegen einen der Bäume, als könnte er ihr Trost geben. Doch den gab es nicht. Es war so furchtbar, was geschehen war, dass sie schauderte. Und es war ihre Schuld. Sie hatte sich geweigert und ihm nicht ihren Namen sagen wollen. Im Nachhinein fielen ihr auf einmal so viele Bemerkungen von Cathleen über Edward Hampton ein. Hätte sie nicht zumindest einmal den Verdacht haben müssen, dass es derselbe Mann sein könnte, über den sie sprach? Nein, dachte sie dann, ihre Schwester hatte zwar erzählt, dass Edward Hampton ungewöhnlich gut aussehe, dass er markante Gesichtszüge und dunkles Haar habe, aber ansonsten hatten Cathleens Beschreibungen nichts, aber auch wirklich gar nichts mit dem Mann gemein gehabt, den Amalia kennen und lieben gelernt hatte.

Ein leichter Regen hatte eingesetzt, und Amalia sank am Fuße des Baums zitternd auf einen der großen Steine, die verstreut zwischen den Krüppeleichen herumlagen. Cathleen durfte nicht erfahren, was geschehen war, fuhr es ihr durch den Kopf. Es würde alles zerstören. Ihre Schwester und sie hatten nie Geheimnisse voreinander gehabt, und doch hatte Amalia ihr nicht ein einziges Wort von dem Mann erzählt, der in den letzten Wochen eine immer stärkere Bedeutung für sie bekommen hatte. Niemals würde Cathleen ihr glauben, dass sie seinen Namen nicht gekannt hatte. Im Nachhinein klang es selbst für sie unglaubwürdig. Sie versuchte, sich die Tränen, die nicht versiegen wollten, von ihren Wangen zu wischen. In sich spürte sie einen tiefen betäubenden Schmerz. Edward würde ihre Schwester heiraten. Er hatte keine Wahl, das hatte er ihr selbst gesagt. Er musste heiraten. Dunkel entsann sie sich auf einmal, dass Cathleen ihr etwas von den finanziellen Schwierigkeiten der Hamptons erzählt hatte. Nur deshalb kam diese Verbindung vermutlich überhaupt infrage. Auf einmal ergab alles einen Zusammenhang. Edwards Verzweiflung, Cathleens Unsicherheit … Ihre Schwester würde die Frau sein, die an seiner Seite leben und in der Gesellschaft glänzen würde. Er hätte keine bessere Wahl treffen können, musste Amalia voller Bitterkeit zugeben. Eine bohrende Eifersucht ergriff sie bei der Vorstellung, dass Cathleen und er sich jemals so lieben könnten, wie sie es getan hatten. Dabei liebte sie ihre Schwester, sie war ein Stück von ihr. Wie konnte ausgerechnet der Mann, den Cathleen heiraten sollte, ihr eigener Geliebter geworden sein?, fragte sie sich erneut. Amalia schlang die Arme um ihre Knie und barg schluchzend den Kopf darauf. Es zerriss sie. Nie hätte sie es für möglich gehalten, dass man einen solchen Schmerz in sich fühlen konnte. Es würde für sie und Edward keine Zukunft geben. Auch nicht als seine Geliebte. Selbst diese Nebenrolle würde ihr nicht gestattet sein, und trotzdem würde sie zugleich den

Anblick der beiden ertragen müssen. Das würde ihr Leben sein!

Amalia hatte keine Ahnung, wie lange sie so gesessen hatte, als ihr klar wurde, dass sie zurückgehen musste. Sie würden nach ihr suchen, wenn sie zu lange fortblieb. Sie wischte sich mit den Fingern über die Wangen und erhob sich mühsam von dem Stein. Ihr Verhalten würde ohnehin für Aufsehen gesorgt haben. Sie musste sich irgendeine Ausrede einfallen lassen, warum sie fortgerannt war. Ihre Mutter würde außer sich sein und sich vermutlich wieder einmal nur darin bestätigt fühlen, dass sich der Verlust ihres Gehörs auf ihre geistigen Fähigkeiten ausgewirkt hatte. Sollte sie nur. Es war Amalia gleichgültig.

Sie zog im Laufen den Umhang enger um ihre Schultern. Etwas in ihr fühlte sich wie tot an. Es regnete noch immer, und sie beschloss, den Weg am Fluss entlang zurück zu nehmen.

Das Wasser war gestiegen, und sie musste auf dem rutschigen Untergrund auf ihre Schritte achtgeben. Der sanfte Fluss hatte sich innerhalb kürzester Zeit zu einem wilden Strom entwickelt, und sie starrte in das aufgewühlte Wasser, während sie sich fragte, wie sie diesen Schmerz, den sie mit niemandem teilen konnte, nur jemals ertragen sollte.

74

Siehst du nun, was sie anrichten kann?« Elisabeth hatte sich mit wutentbranntem Gesicht zu ihrem Mann gewandt. Ihr Besuch war vor einer knappen halben Stunde aufgebrochen, und sie konnte ihrem Zorn endlich freien Lauf lassen.

Voller Scham und Demütigung dachte sie an die Reaktion der Hamptons.

»Mein Gott, ist sie nur taub oder auch geistig behindert?«, hatte Edwards Schwester Rebecca pikiert hervorgestoßen.

Cathleen hatte sie mit einem scharfen Blick zurechtgewiesen. »Aber nein. Amalia hat bestimmt gerade eine schreckliche Unpässlichkeit überfallen, anders kann ich es mir auch nicht erklären«, hatte sie versucht, die Situation zu retten.

»Die Ärmste«, hatte die jüngere Schwester, Emily Hampton, gesagt. Derweil stand Edward Hampton mit leichenblassem Gesicht im Raum, ohne ein Wort zu sagen. Wahrscheinlich bereute er seinen Antrag inzwischen zutiefst. Elisabeth war nur froh, dass John bereits die Papiere unterzeichnet hatte, dass er am Tag der Hochzeit für die finanziellen Verpflichtungen der Hamptons aufkommen würde.

Die Stimmung war während des gesamten Treffens beim Tee angespannt geblieben, und alle waren gleichermaßen froh, als der Nachmittag schließlich ein Ende fand. Und das war allein Amalias Schuld!

»Ich verstehe immer noch nicht, was sie hatte. So hat sie sich doch nie verhalten«, sagte John. Er wirkte hilflos – wie immer, wenn es um sie ging.

»Ich habe auch keine Ahnung«, erwiderte Elisabeth in Rage. »Aber egal, was es war, es entschuldigt ihr Verhalten nicht. Sie hat wie eine Schwachsinnige gewirkt, und manchmal denke ich, dass sie das auch ist. Ich habe vorher ausdrücklich erklärt, wie wichtig dieser Nachmittag ist …« Sie brach ab, weil erneut die Wut in ihr hochstieg. Sie musste an die Unterredung mit Amalia denken und wie kühl diese reagiert hatte. Plötzlich kam ihr der unschöne Gedanke, dass ihre Tochter sich vielleicht vorsätzlich so verhalten hatte. Gönnte sie ihrer Schwester nicht die gute Partie? Wer konnte schon wissen, was in ihrem Kopf vorging?

Im Grunde hatte Elisabeth es geahnt. Sie hatten diesen Nachmittag über Tage vorbereitet. Die Hamptons sollten sehen, dass man sich ihrer nicht zu schämen brauchte – auch wenn sie keinen alten Namen trugen und nicht adlig waren. Wenn es nach Elisabeth gegangen wäre, dann wäre Amalia bei diesem Anlass deshalb überhaupt nicht in Erscheinung getreten. Man hätte einfach behauptet, sie sei krank oder verreist.

Aber nicht nur Cathleen, sondern auch ihr Mann hatten darauf bestanden, dass sie mit dabei sein sollte. »Sie ist unsere Tochter und gehört zur Familie. Deshalb wird sie den Hamptons selbstverständlich vorgestellt«, hatte John mit Entschiedenheit erklärt. Elisabeth kannte ihn gut genug, um zu wissen, wann sie ihm widersprechen konnte, und dies war nicht der Moment dazu. Sie hatte nachgegeben. Unglücklicherweise, wie sich jetzt herausstellte!

»Nun, zumindest wirst du mir jetzt sicher zustimmen, dass heute die erste und letzte Gelegenheit war, bei der Amalia den Hamptons begegnet ist«, stieß sie hervor.

»Sollte man nicht erst einmal in Erfahrung bringen, was wirklich mit ihr los war?«

»Versuch es«, erwiderte Elisabeth spitz.

»Ich werde mit Cathleen sprechen. Mit ihr redet Amalia doch sonst auch immer.«

Elisabeth schwieg.

Doch selbst Cathleen schien nicht erklären zu können, warum Amalia derart heftig reagiert hatte.

»Ich weiß es nicht, sie hat gesagt, dass sie Magenschmerzen gehabt habe und ihr schlecht geworden sei. Sie musste sich übergeben. Deshalb ist sie hinausgerannt«, berichtete sie.

»Aber genau das hast du doch auch zu den Hamptons gesagt?«, fragte John Sherwood.

Cathleen nickte. »Ja, weil ich nach Rebeccas Bemerkung das Gefühl hatte, schnell etwas sagen zu müssen, aber ich wusste nicht, dass es ihr tatsächlich so schlecht ging.«

»Braucht sie einen Arzt?«, erkundigte er sich.

Cathleen schüttelte den Kopf. »Sie will keinen. Sie meinte, ihrem Magen ginge es schon besser, aber sie liegt im Bett. Sie ist sehr blass … und sie weint.«

»Siehst du, sie scheint wirklich krank zu sein«, wandte sich John an seine Frau.

Elisabeth antwortete nicht. Ihr Blick war an Cathleen hängen geblieben. Gewöhnlich verteidigte sie ihre Schwester entschieden und mit aller Vehemenz, doch heute lag etwas Zögerndes in ihrer Haltung. Sie wirkte verwirrt und nachdenklich, stellte Elisabeth fest, und ein ungutes Gefühl bemächtigte sich ihrer, als ihr klar wurde, dass es dafür nur einen Grund geben konnte. Sie glaubte ihrer Schwester selbst nicht!

75

Amalia verbrachte drei Tage im Bett und täuschte vor, krank zu sein. Nicht nur, weil sie sich wirklich so fühlte, sondern auch, weil ihr die Flucht nach draußen ins Moor, in die Freiheit der Natur, wo sie sonst immer Frieden fand, versagt blieb. Zu groß war ihre Angst, dort Edward zu treffen. Er würde sie sehen wollen, um mit ihr zu reden. Doch sie fürchtete die Begegnung mit ihm. Sie fühlte sich nicht stark genug dafür.

Während der drei Tage kam Cathleen immer wieder zu ihr. Sie war besorgt. Ihre Schwester kannte sie zu gut, als dass sie nicht spürte, dass es ihr für ein rein körperliches Unwohlsein seelisch zu schlecht ging. Sie stellte Fragen, und Amalia blieb keine andere Wahl, als zu lügen. Es war furchtbar. Einmal kam sie ins Zimmer, als sie weinte. Wortlos setzte Cathleen sich neben sie und griff ihre Hand.

Was ist denn? Ist es, weil ich heiraten werde?

Ihre Schwester glaubte, ihre Traurigkeit und Verzweiflung würden damit zusammenhängen? Ahnte sie tatsächlich nichts? Amalia fühlte sich wie eine Verräterin, als sie sich zwang, die Tränen hinunterzuschlucken, und den Kopf schüttelte. *Nein, ich wünsche dir, dass du glücklich wirst, von ganzem Herzen. Das weißt du doch!*, erwiderte sie, und es war die Wahrheit.

Cathleen wirkte nachdenklich. *Meinst du, dass ich mit Edward glücklich werden kann?* Zweifel spiegelte sich auf ihrem Gesicht. Amalia sah sie an und kämpfte gegen die Übelkeit an. Sie verdankte ihrer Schwester alles. Stumm nickte sie und bewegte die Hände. *Das wirst du. Ganz bestimmt.* Sie bezwang die Tränen, die erneut in ihr hochzusteigen drohten. An diesem Tag beschloss sie, Edward einen Brief zu schreiben. Sie mussten beide so tun, als wären sie sich nie begegnet. Das war die einzige Möglichkeit.

Sie brachte den Brief am Nachmittag zu dem Cottage, denn sie war sich sicher, dass Edward dort irgendwann hinkommen würde. Es war ein Brief geworden, in dem sie ihre Gefühle offenlegte, aber auch ihre Zerrissenheit gegenüber Cathleen, und in dem sie ihm auch dankte, denn sie hatte mit ihm die schönsten Stunden ihres Lebens verbracht.

Während sie durch das nebelverhangene Moor lief, verspürte sie nichts als eine betäubende Leere. Die Verzweiflung wollte nicht weichen. Sie würde nicht aufhören, ihn zu lieben. Niemals. Wie sollte sie es nur aushalten, ihn und Cathleen zusammen zu sehen?

Vor ihr tauchten die Umrisse des Cottages auf, in dem sie so viele glückliche Stunden verbracht hatte. Die Bank, auf der *er* immer auf sie gewartet hatte, war leer. Sie bückte sich und wollte nach dem alten rostigen Schlüssel greifen, der gewöhnlich versteckt in einem Mauerspalt lag, doch er war nicht da. Vielleicht war die Tür offen. Sie würde den Brief für ihn auf den Tisch legen. Mit zugeschnürter Kehle drückte sie die Klinke hinunter, als die Tür im selben Augenblick von innen aufgerissen wurde.

Erschrocken fuhr sie zurück. Edward stand vor ihr. Ein düsterer Ausdruck beherrschte sein Gesicht. Besorgnis schlug ihr daraus entgegen – und Entschlossenheit. *Amalia!*

Sie konnte es an seinen Lippen sehen, dass er zum ersten Mal ihren Namen aussprach, und obwohl sie seine Stimme nicht hören konnte, fühlte sie den sanften rauen Ton, mit dem er es sagte. Er zog sie an sich und küsste sie voller Leidenschaft. Sosehr sie es wollte, sie schaffte es nicht, gegen ihre Gefühle anzukämpfen, und gab sich seinem Kuss einen Moment lang hin. Bittersüß – ein letztes Mal. Tränen stiegen ihr in die Augen. Doch schließlich löste sie sich von ihm.

Er ließ es zu, aber seine Arme hielten sie noch immer umfangen.

Entschlossen schob sie ihn weg.

Amalia!

Nein! Sie trat hastig einen Schritt von ihm zurück, als fürchtete sie, seine erneute Umarmung könne sie ihrer letzten Willenskraft berauben. Sie griff in die Tasche ihres Mantels und reichte ihm den Brief. *Ich habe dir geschrieben.*

Überrascht schaute er sie an. Er öffnete den Umschlag und überflog die Zeilen. Ungläubig las er, was dort stand. Dann blickte er sie an und schüttelte entschieden den Kopf. Ehe sie sichs versah, hatte er den Brief in mehrere Teile zerrissen und in den Kamin zu dem aufgeschichteten Holz geworfen.

Seine Reaktion machte ihr Angst. Ihre Hände fuhren durch die Luft. *Verstehst du nicht? Es geht nicht. Es gibt keine Zukunft für uns.* Sie spürte, wie ihr von Neuem die Tränen in die Augen traten, und fühlte sich, als würde jemand langsam ein Messer in ihr Inneres stechen.

Ohne ihren Widerstand zu beachten, zog er sie wieder in seine Arme. Er lächelte sanft, als wollte er nicht verstehen, und wischte ihr behutsam eine Träne aus dem Gesicht. *Doch, das wird es, Amalia. Es wird eine Zukunft geben. Wir werden heiraten …*

Fassungslos starrte sie ihn an.

76

Lady Hampton befand sich im ehemaligen Arbeitszimmer ihres Mannes und erledigte ihre Korrespondenz, als ihr Sohn hereinkam.

»Hättest du einen Moment Zeit für mich? Ich muss mit dir reden.«

Sie legte den Füller zur Seite und nickte. »Sicher, Edward.«

Er nahm ihr gegenüber auf einem der zierlichen Rokokostühle Platz und suchte nach den richtigen Worten. Er hatte sich alles genauestens überlegt und fühlte sich seitdem wie befreit, doch er wusste, dass seine Mutter bei allem die schwierigste Hürde darstellen würde.

»Es geht um den Nachmittag bei den Sherwoods.«

Sie verzog den Mund. »Ja, etwas eigenartig, nicht wahr? Nun, was soll man von diesen Leuten auch erwarten? Immerhin Cathleen scheint mir angesichts dieser Eltern äußerst wohlgeraten«, setzte sie pflichtschuldig hinzu.

»Es geht um ihre Schwester, um Amalia.«

Seine Mutter blickte ihn verdutzt an. »Dieses arme taube Ding? Das sich wie eine Irre aufgeführt hat? Mein Gott, ich weiß nicht einmal, ob man es wagen kann, sie bei den Hochzeitsfeierlichkeiten zu dulden.« Sie stieß ein mitleidiges Seufzen aus. »Was für ein Jammer. Ich entsinne mich, dass ich sie als kleines Mädchen einmal gesehen habe. Sie wirkte so vielversprechend! Ich hatte sie über die Jahre ganz vergessen, obwohl ich wusste, dass Cathleen Sherwood noch eine Schwester haben muss.« Sie schüttelte nachdenklich den Kopf.

Edward schwieg, denn er hatte sich inzwischen ebenfalls erinnert, dass er Amalia bereits als Kind einmal begegnet war. Schon damals hatte sie ihn beeindruckt. Es war auf einem der Sommerfeste gewesen. Als er das Gemälde in der Bibliothek betrachtete und Amalia dann so unerwartet vor ihm stand, hatte er die Szene plötzlich wieder vor sich gesehen.

»Nun, was ist mit ihr? Warum willst du über sie sprechen?«, fragte seine Mutter.

Er räusperte sich. »Möchtest du vielleicht einen Drink, bevor ich es dir erkläre? Einen Gin oder Cognac?«

Sie schüttelte den Kopf und blickte ihn scharf an. »Nein!«

»Es gibt einen Grund, warum sich Amalia so seltsam verhalten hat. Wir kannten uns schon vorher …«

Der Satz schwebte einen Moment lang zwischen ihnen im Raum, bevor sie zu begreifen schien und doch nicht begriff.

»Mein Gott, Edward!«, stieß sie entsetzt hervor. »Gibt es denn nichts, vor dem du haltmachst? Cathleen weiß es hoffentlich nicht?«, setzte sie besorgt hinzu.

Er musterte den Wappenring an seiner Hand, bevor er den Kopf hob. »Du verstehst nicht. Sie ist nicht irgendeine Affäre, sie ist die Frau meines Lebens. Ich liebe sie! Bis zu diesem Nachmittag wusste ich nicht, dass sie die Schwester von Cathleen ist. Sie hat mir nie ihren Namen verraten. Hätte ich es gewusst …« Er blickte seine Mutter entschlossen an. »Ich kann Cathleen nicht heiraten!«

Schon vor diesem Tag, bevor Amalia so unerwartet dort in der Bibliothek aufgetaucht war, hatte er das im Grunde gewusst. Je intensiver und tiefer seine Beziehung zu Amalia wurde, desto mehr war ihm bewusst geworden, welch ein Fehler die Hochzeit sein würde. Sie würde Cathleen und ihn gleichermaßen ins Unglück stürzen. Doch da er geglaubt hatte, Amalia stamme aus einfachen Verhältnissen, hatte er sich den Gedanken an eine Verbindung mit ihr von Anfang an verboten, weil er den Verpflichtungen gegenüber seiner Familie nachkommen musste. Nun aber war alles anders. Es erschien Edward wie ein Geschenk. Er konnte die Frau heiraten, die er liebte. Sie war taub, ja, aber es störte ihn nicht, denn sie war intelligent, gebildet und besaß Charme. Es war ihm gleichgültig, was die Leute sagen würden.

Seine Mutter blickte ihn fassungslos an. In ruhigen Sätzen

versuchte er ihr alles zu erklären, doch sie hörte ihm gar nicht zu.

»Das kannst du nicht ernst meinen! Sie ist taub und verhält sich, als sei sie gestört! Du wirst uns zum Gespött der Leute machen …« Ihre Stimme überschlug sich.

»Wenn du Amalia erst kennenlernst, wirst du feststellen, dass sie wundervoll ist«, erwiderte er gelassen.

»Ich werde das niemals dulden!«

Er schwieg für einen Moment. Sehr wohl hatte er die Schärfe in ihrem Ton registriert. »Aus Respekt vor dir als Mutter möchte ich deine Zustimmung zu dieser Heirat, als das neue Familienoberhaupt und der Earl von Hampton bedarf ich ihrer jedoch nicht!«

»Und was ist mit Cathleen und ihren Eltern? Ich kann mir kaum vorstellen, dass sie begeistert sein werden. Du könntest alles gefährden!«

Er schüttelte den Kopf. »Das glaube ich nicht. Ihren Eltern geht es allein um den gesellschaftlichen Aufstieg, darum, Zutritt zu unseren Kreisen zu erhalten. Und die Verlobung mit Cathleen ist glücklicherweise noch nicht offiziell bekannt gegeben. Es wird kein Schaden für sie daraus entstehen. Und du wiederum kannst beruhigt sein, sie werden trotzdem zahlen«, setzte er kühl hinzu.

Seine Mutter starrte ihn voller Entsetzen an. Edward hatte gewusst, dass das Gespräch nicht einfach werden würde. Er musste daran denken, wie Amalia reagiert hatte, als er ihr erklärt hatte, dass er sie heiraten wolle. Auch sie hatte sofort an ihre Schwester gedacht. *Aber was ist mit Cathleen? Sie ist in dich verliebt. Es würde ihr das Herz brechen.*

Er hatte ihr sanft das Haar aus dem Gesicht gestrichen. *Aber ich liebe sie nicht. Ich werde sie nie lieben. Das hat deine Schwester nicht verdient … Glaub mir, Cathleen wird darüber hinwegkommen und sich irgendwann für dein Glück freuen, so wie du es auch für ihres tun würdest.*

Amalia hatte nichts erwidert. Doch er erkannte an ihrem Gesichtsausdruck, dass er den ersten Schritt gewonnen hatte. Er hatte ihr das Versprechen abgenommen, dass sie mit niemandem darüber sprechen würde, vor allem nicht mit ihrer Schwester. Er selbst wollte das tun, sobald er aus London zurück war. Einige nicht aufschiebbare Termine waren dort wahrzunehmen. Der Tod seines Vaters und das damit verbundene Erbe seines Titels waren noch immer mit etlichen Formalitäten am Hof verbunden.

Nächste Woche bin ich zurück. Dann spreche ich mit Cathleen und auch mit deinem Vater, hatte er Amalia erklärt. Nur mit seiner Mutter hatte er vorher schon reden wollen, denn er wusste, dass sie Zeit brauchen würde, seine Entscheidung zu akzeptieren.

Lady Hampton schien seine Entschiedenheit zu spüren. »Du meinst es wirklich ernst«, sagte sie leise.

Er nickte und griff nach der Hand seiner Mutter. »Gib Amalias und meinem Glück eine Chance«, bat er sie.

Melinda

77

Der Schreck über den Einbruch in ihr Zimmer war größer, als Melinda sich eingestehen wollte. Sie suchte Mrs Benson auf, die außer sich war, als sie das Durcheinander sah.

»Meine Güte, was ist denn hier geschehen? Wie furchtbar!« Die Wirtin wurde blass. »Wurde etwas von Ihren Sachen gestohlen?«

»Nein.« Ihre wenigen Wertsachen waren noch da. Melinda hatte es sofort überprüft. Sogar die Schachfiguren.

Mrs Benson schien erleichtert. »Nun, die Tür am Hintereingang ist immer offen. Theoretisch kann natürlich jemand dort hereinkommen, ohne dass wir es bemerken. Aber so etwas ist wirklich noch nie passiert!« Sie wollte sich gar nicht mehr beruhigen.

»Es ist ja nichts passiert. Ich wollte nur, dass Sie es wissen«, sagte Melinda, die ihren eigenen Verdacht hatte, wer dahintersteckte, es aber für unklug hielt, ihn ohne einen Beweis laut auszusprechen.

»Mein Mann hat recht. Diese Riegelschlösser reichen einfach nicht«, sagte Mrs Benson kopfschüttelnd. »Wir müssen sie erneuern, damit die Gäste ihre Zimmer auch von außen abschließen können.«

»Ja, das wäre wahrscheinlich besser«, stimmte Melinda ihr zu. Sie fragte sich, was derjenige, der diese Unordnung veranstaltet hatte, eigentlich in ihrem Zimmer gesucht hatte. Ein Teil der Briefe war aus den Umschlägen gezogen, einige Bilder waren aufgerollt worden, und ihre Artikel lagen überall verstreut herum. Es sah tatsächlich nicht nach einem normalen Einbruch aus. Doch nichts fehlte. Sie war sich plötzlich sicher, dass Henry Tennyson dahintersteckte. Irgendetwas hatte er herauszufinden versucht, und Ned hatte ihm wahrscheinlich geholfen, Zugang zu ihrem Zimmer zu bekommen. Sie spürte, wie ein ohnmächtiges Gefühl in ihr hochstieg.

78

Henry Tennyson hatte sich zu der alten Dame gebeugt und bemühte sich, seinen Zorn zu zügeln. »Wie konnte sie in den Besitz dieser Briefe und Zeichnungen kommen?«

Emily Barrington blickte ihn müde an. »Sie stehen ihr zu. Das weißt du selbst«, sagte sie zwischen zwei angestrengten Atemzügen.

»Wer sagt das? Du? Du weißt ja nicht mehr, was du da redest! Wir hätten dich schon längst entmündigen lassen sollen.«

Sie wies auf die Sauerstoffflasche. »Ich fürchte, diese Mühe wirst du dir nicht mehr zu machen brauchen.«

»Nun, dafür hat es schließlich noch gereicht!«, stieß er beißend hervor.

»Henry!«, ermahnte ihn eine Stimme. Es war seine Schwester Charlotte, die hinter ihnen in den Raum getreten war. »Das führt doch zu nichts.«

Doch dieses Mal ließ er nicht von Emily ab. »Du wirst mir antworten«, sagte er, zu der alten Dame gewandt. »Ich will wissen, wie sie zu diesen Bildern und den Briefen gekommen ist. Hat dieser Anwalt sie ihr gegeben? Was hat er ihr erzählt?«

Er sah die Furcht in dem Gesicht der alten Frau. Sie war ihnen ausgeliefert, das wusste sie, doch er verspürte kein Mitleid mit ihr. Sie hatte sie an der Nase herumgeführt und gewagt, seine Rolle als Familienoberhaupt infrage zu stellen.

»Nichts!«, stieß sie hervor. »Ich habe ihn damals gebeten, aus Berlin zurückzukommen. Er hat ihr nur die Bilder und Briefe geschickt – anonym in einem Paket. Ich wollte, dass sie sie bekommt!«

Henry starrte sie an. »Ich glaube dir nicht. Wenn sie nicht weiß, warum sie die Bilder und Briefe bekommen hat, warum sollte sie dann hier auftauchen?«

»Das ist mir selbst nicht klar«, erwiderte Lady Barrington, deren verwunderter Tonfall verriet, dass sie die Wahrheit sprach.

»Woher weißt du eigentlich, dass sie im Besitz der Bilder und Zeichnungen ist?«, fragte sie dann.

Ihr Neffe blieb ihr eine Antwort schuldig. »Du wirst nicht mehr mit diesem Anwalt sprechen, ohne dass einer von uns beiden dabei ist«, sagte er schließlich, bevor er aufstand und das Zimmer verließ.

Seine Schwester folgte ihm. »Meinst du, dass diese Melinda Leewald es weiß?«

Henry schüttelte den Kopf. »Nein, aber sie ahnt etwas. Ich habe Unterlagen bei ihr gesehen. Sie nimmt in London an einer Fortbildung für deutsche Journalisten teil.«

Charlotte blickte ihn beunruhigt an. »Sie ist Journalistin?«

Henry nickte grimmig. »Wir müssen verhindern, dass sie ihre Nachforschungen fortsetzt. Anscheinend hat die kleine Warnung nicht ausgereicht!«

79

Das Glas glänzte bereits so sehr, dass man sich darin hätte spiegeln können, doch Amy polierte es mit verbissener Miene weiter.

Melinda unterdrückte ein Seufzen. »Es liegt mir wirklich

fern, Sie in Schwierigkeiten zu bringen, Amy. Ich möchte ja nur verstehen, warum Sie gestern so reagiert haben«, erklärte sie zum dritten Mal. Nicht willens, die Dinge auf sich beruhen zu lassen, war Melinda nach dem Einbruch ins Oak Inn gegangen, um noch einmal mit der Bedienung zu reden.

Amy ließ Tuch und Glas für einen Augenblick sinken.

»Das können Sie nicht verstehen. Diese Leute haben hier seit Jahrhunderten die Macht und das Geld. Ich will einfach keinen Ärger mit den Tennysons. Mein Mann arbeitet bei ihnen.«

»Aber was kann Mr Tennyson denn dagegen haben, dass wir über diese alten Geschichten reden?«, insistierte Melinda, die noch immer nicht verstand, dass dieser so überzogen auf ihre Fragen reagiert und sie bedroht hatte.

»Keine Ahnung!« Amys Miene ließ erkennen, dass sie die Beweggründe dafür genauso wenig verstand wie Melinda. »Aber Ned und auch mein Mann haben gesagt, ich soll mich zurückhalten, also tue ich's auch.«

Melinda schwieg. «Was hat Ihr Cousin Ned eigentlich gegen mich?«

»Na ja, er hat es nicht so mit den Deutschen«, erwiderte Amy, während sie das nächste Glas nahm. »Sein Bruder ist in den letzten Kriegstagen gefallen. Als schon längst klar war, dass die Deutschen keine Chance mehr hatten und sie trotzdem nicht kapitulieren wollten. Das kann er ihnen bis heute nicht verzeihen.«

Melinda unterdrückte ein Seufzen und musste zugeben, dass dies Neds Ablehnung zumindest etwas erklärte.

»Wissen Sie«, setzte Amy erneut an, »diese Geschichte mit den Sherwood-Schwestern ist keine der üblichen Legenden und Erzählungen. Sie hat wirklich stattgefunden. Deshalb reagieren die Tennysons vermutlich so empfindlich darauf.«

Melinda nickte nachdenklich. »Henry Tennyson ist ein Neffe des Earls of Hampton, oder?«

Amy nickte. »Ja, der Earl of Hampton hatte zwei Schwestern – Rebecca und Emily Hampton. Emily Hampton hat Lord Barrington geheiratet und wurde Lady Barrington, hat aber keine Kinder bekommen. Rebecca Hampton, die ältere der beiden Schwestern, ist nach dem Krieg gestorben. Genauso wie ihr Ehemann, Richard Tennyson. Die beiden haben zwei erwachsene Kinder hinterlassen – Henry und Charlotte Tennyson. Sie leben heute auf Hampton, zusammen mit ihrer alten Tante, Lady Barrington – und sind die letzten Erben«, gab sie bereitwillig Auskunft.

Die vielen Namen schwirrten durch Melindas Kopf, und sie versuchte sich im Geiste einen Stammbaum aufzuzeichnen, um die nicht ganz einfachen Verflechtungen der Familie nachvollziehen zu können. Schließlich bedankte sie sich bei Amy und beschloss zu zahlen. In dem Pub wurde es langsam voll.

Es war gerade erst sieben, doch draußen war es bereits dunkel. Mit zügigen Schritten machte Melinda sich auf den Weg zurück. Sie hatte ungefähr die Hälfte des Weges zum Postbridge Inn zurückgelegt, als sie ein Geräusch und Schritte hinter sich zu vernehmen glaubte. Sie drehte sich um, doch es war nichts zu sehen, und sie ging weiter. Im selben Augenblick nahm sie nur noch wahr, wie sich von der Seite eine maskierte Gestalt auf sie stürzte. Entsetzt schrie sie auf, doch eine Hand, die sich schnell auf ihren Mund presste, erstickte jeden Laut. Melinda versuchte sich voller Angst zu wehren, doch ein Schlag traf sie im Gesicht, und sie stürzte zu Boden. Die Hand drückte sich noch immer fest auf ihren Mund und ihre Nase. Ein weiterer Hieb ging auf sie nieder. Panik ergriff sie. Sie fürchtete zu ersticken und wehrte sich mit aller Kraft, doch ihr Angreifer war stärker, und Melinda merkte voller Entsetzen, dass ihr schwindlig wurde und ihr die Sinne zu schwinden drohten.

Von weit entfernt war das Geräusch quietschender Reifen zu hören und die Rufe einer Männerstimme. Plötzlich wurde sie abrupt losgelassen. Schritte hallten auf der Straße wider. Sie bemühte sich, zu atmen und sich darauf zu konzentrieren, bei Bewusstsein zu bleiben.

Die Gestalt eines Mannes beugte sich besorgt zu ihr herunter, und zwei kräftige Arme halfen ihr, sich aufzurichten.

»Melinda? Mein Gott, ist alles in Ordnung?«

Es war George Clifford. Vor Erleichterung liefen ihr die Tränen über die Wangen.

80

Sie saß neben ihm im Auto, und er tupfte ihr mit einem Tuch vorsichtig das Blut von der Wange. Darunter zeigte sich eine Schürfwunde. Der Angreifer schien einen Ring getragen zu haben.

»Bist du sicher, dass du nicht zum Arzt willst?«

Melinda schüttelte den Kopf. »Es geht schon. Das Schlimmste war der Schreck«, erwiderte sie. Es war die Wahrheit – ihre Schulter und das Gesicht schmerzten ein wenig, doch sonst schien alles in Ordnung, und auch ihre Panik ebbte langsam wieder ab. George Cliffords Gegenwart übte eine beruhigende Wirkung auf sie aus. Beklommen fragte sie sich, was geschehen wäre, wenn er nicht aufgetaucht wäre.

»Ich kann mich nicht erinnern, wann es hier jemals einen solchen Vorfall gegeben hat. Und du hast den Mann nicht erkannt?« Er war aufrichtig besorgt.

»Nein, er war maskiert, und es ging alles so schnell …« Melinda registrierte, dass George Clifford sie mit einem Mal vertraulich beim Vornamen nannte.

George blickte sie kopfschüttelnd an. »Ich war eigentlich

auf dem Weg zum Postbridge Inn, um dich zu fragen, ob du mit mir essen gehen willst, als ich den Mann am Straßenrand gesehen habe. Ich hatte bereits am Nachmittag angerufen, aber Mrs Benson sagte mir, dass du draußen unterwegs seist …«

Dunkel entsann sich Melinda jetzt, dass die Wirtin einen zweiten Anruf erwähnt hatte. In der Aufregung um den Einbruch in ihr Zimmer hatte sie vergessen, sie danach zu fragen.

George wischte mit dem Tuch noch einmal vorsichtig über ihre Wange. Sein Gesicht war in der Dunkelheit nur wenige Zentimeter von ihrem entfernt, und Melinda wurde sich in der Enge des Wagens auf einmal der körperlichen Nähe zwischen ihnen bewusst. Der herbe Duft seines Rasierwassers lag in der Luft. Ihre Augen trafen sich.

»Es scheint zu einer unliebsamen Gewohnheit zu werden, dass ich dich retten muss!«, sagte er rau.

Sie lächelte schwach. »Nun ja, ich erwähnte es noch nicht, aber das ist meine Masche, Männer zu verführen.«

Seine Mundwinkel hoben sich kaum wahrnehmbar. »Tatsächlich?«

Er beugte sich zu ihr. Seine Lippen streiften sanft ihren Mund. Und plötzlich küsste er sie. Die zarte Berührung stand in verwirrendem Kontrast zu der Festigkeit, mit der er den Arm um sie legte und sie an sich zog. Ihr Gefühlsleben drohte für einen Augenblick von dem Wechsel ihrer Emotionen überwältigt zu werden, den sie in der letzten halben Stunde durchlaufen hatte.

Ihr Herz raste – diesmal jedoch nicht vor Panik, und sie stellte überrascht fest, dass sie sich seit dem Moment, als er sie vom Bahnhof abgeholt hatte, danach gesehnt hatte, von ihm geküsst zu werden.

»Das wollte ich schon lange tun«, murmelte er, als sie sich voneinander lösten.

Sie lächelte leicht.

Und dann küsste er sie noch einmal.

Als sie schließlich beide wieder zu Atem kamen, strich er ihr durchs Haar. Sein Blick blieb an ihrer Wunde hängen.

»Wir sollten vielleicht zur Polizei gehen«, sagte er sanft.

Melinda, die noch ganz unter dem Eindruck des Kusses stand, tastete vorsichtig nach der Verletzung auf ihrer Wange. »Ich denke nicht, dass das viel bringen würde. Ich habe ohnehin meine Vermutung, wer es war.«

Sein Gesichtsausdruck hätte nicht überraschter wirken können.

»Du hast eine Vermutung? Wer?«

»Henry Tennyson«, gab sie zur Antwort.

»Tennyson? Wie kommst du denn darauf?« Clifford wirkte plötzlich wie erstarrt.

»Er hat mir schon gestern gedroht. Und heute wurde in mein Zimmer im Postbridge Inn eingebrochen …«

Georges Miene hatte sich bei ihren Worten zunehmend verfinstert. »Das musst du mir genauer erzählen.« Er musterte sie kurz. »Ich fürchte, in deinem jetzigen Zustand kann ich dich schlecht zum Essen ausführen. Das würde zu völlig falschen Rückschlüssen auf meine Person führen und meine Karriere als Anwalt vermutlich ruinieren.« Er grinste. »Wenn du einverstanden bist, fahren wir zu mir. Ich gebe dir etwas Eis für deine Wunde, und wir essen dort«, schlug er vor. »Dabei kannst du mir erzählen, wie du es geschafft hast, in dieser friedlichen Gegend hier die Verbrecherseelen zum Leben zu erwecken«, setzte er trocken hinzu.

81

Melinda war davon ausgegangen, dass die Haushälterin für sie kochen würde, doch sie hatte frei, und zu ihrem Erstaunen begab George Clifford sich selbst in die Küche.

»Keine Angst, das Roastbeef ist vorbereitet, und den Rest bekomme ich hin«, sagte er, als er ihren überraschten Blick bemerkte.

»Du kannst kochen?« Sie musste sich ein Lächeln verkneifen. George Clifford war mit seinen breiten Schultern und der tiefen, rauen Stimme eine ungewöhnlich männliche Erscheinung – sie hätte ihn sich überall vorstellen können, aber ganz sicher nicht in der Küche.

Er nickte, ohne die Miene zu verziehen. »Die einfachen Gerichte. Eier, Speck, Bohnen ... Mein Dad und ich sind während des Krieges ein reiner Männerhaushalt geworden, auch wenn uns Mrs Norwich, unsere Haushälterin, unterstützt.« Er hatte etwas Eis aus dem Kühlfach genommen und in ein Tuch gewickelt, das er ihr reichte.

»Danke.« Die Kühle tat gut. Noch immer war die erotische Spannung zwischen ihnen spürbar. Sie sah zu, wie er ihr ein Glas Wein einschenkte, bevor er verschiedene Lebensmittel aus dem Kühlschrank nahm. Er lächelte leicht.

»Die Zeiten haben sich geändert, oder? Viele Frauen haben während des Krieges in Männerberufen gearbeitet. Unsereins musste dafür kochen lernen«, erklärte er, während er begann, sich am Herd zu schaffen zu machen.

»Das stimmt.« Seine Worte ließen Melinda unwillkürlich an Frank denken. Wenn es nach ihm gegangen wäre, hätte sich ganz sicher nichts verändert, und mit dieser Vorstellung war er nicht allein. Mit dem Ende des Krieges wünschten sich die meisten Männer, dass die Frauen wieder ihre Rollen von früher einnahmen.

Ihr Blick blieb an Georges Gestalt hängen, der so souverän

wirkte, als ob er das nicht nötig hätte. Sie konnte noch immer seine Lippen auf ihrem Mund spüren. Er küsste gut. Seltsamerweise hatte sie das vermutet. Wenn sie nicht aufpasste, würde sie sich in ihn verlieben, wurde ihr bewusst.

»Ein Königreich für deine Gedanken! Schmeckt der Wein?« Er hatte sich zu ihr umgedreht.

»Ja, sehr, danke!« Sie hoffte inständig, dass sie nicht rot wurde.

Ein leises Lächeln zeigte sich erneut auf seinem Gesicht, dann wandte er sich wieder dem Essen zu. »Erzähl! Was ist geschehen, seitdem ich dich im Postbridge Inn abgesetzt habe?«, fragte er, und sein Ton nahm dabei einen so sachlichen Klang an, dass man deutlich den Anwalt heraushörte. »Weshalb hat dich Henry Tennyson bedroht?«

»Meine Nachforschungen zu dieser Legende über die Sherwood-Schwestern waren ihm augenscheinlich nicht genehm. Er fürchtet, dass es den Verkauf des Anwesens erschwert …« Melinda zögerte kurz und erwog, ihm von dem Paket zu erzählen, das sie bekommen hatte. Doch dann entschied sie sich dagegen. Es war zu kompliziert, um es in wenigen Sätzen zu erklären.

»Tennyson hat mich gestern Abend mit seinem Sportwagen gestellt und sich aufgeführt wie ein selbstherrlicher Lehnsherr aus dem letzten Jahrhundert«, berichtete sie und erzählte ihm die Einzelheiten ihrer Begegnung.

George Clifford hörte ihr aufmerksam zu.

Melinda nahm einen Schluck von ihrem Wein. »Ehrlich gesagt war seine Reaktion so überzogen, dass ich dadurch erst das Gefühl bekommen habe, er wolle etwas verbergen. Irgendetwas anderes muss noch hinter dieser Geschichte stecken. Und nach dem Angriff heute …« Sie brach ab und erinnerte sich mit einem Schaudern daran, wie sich die maskierte Gestalt in der Dunkelheit auf sie gestürzt hatte. Sie war sich sicher, dass es Tennyson gewesen war. Weshalb war es ihm so wichtig, sie derart einzuschüchtern, dass er nicht einmal vor Gewalt zurückschreckte? Jeder vernünftige Mensch würde ihr zur Abreise raten, dachte sie.

»Hey!«, unterbrach eine sanfte Stimme ihre Gedanken.

Sie blickte auf. George legte seine Hand auf ihre Schulter. »Er wird dich nicht mehr angreifen oder bedrohen. Glaub mir.« Etwas an der Art, wie er das sagte, ließ sie ahnen, dass er nicht bereit war, die Sache mit Tennyson auf sich beruhen zu lassen. Melinda musste auf einmal daran denken, wie er sie gewarnt hatte, dass es die Leute hier nicht mochten, wenn man zu viele Fragen stellte.

»Du hast geahnt, dass so etwas passieren kann, oder? Woher wusstest du es?«

Er zuckte die Achseln. »Ach, nur ein Gefühl.« Für einen flüchtigen Moment hatte sie den Eindruck, er würde ihr ausweichen.

Sie nahmen das Essen im Wohnzimmer ein. Ein Feuer brannte im Kamin, und das Roastbeef und die Bohnen schmeckten köstlich. Eine eigenartige Befangenheit war zwischen ihnen zurückgekehrt, als würden sie sich erst jetzt bewusst werden, dass sie sich eben geküsst hatten und nun allein hier in seinem Haus zusammensaßen.

Melinda merkte, dass Clifford sie mehrmals nachdenklich musterte. Er trank einen Schluck Wein.

»Gibt es jemanden in deinem Leben, in Berlin?«, fragte er plötzlich.

Sie schüttelte den Kopf. »Ich war verlobt, aber wir haben uns getrennt.«

«Weshalb?«

Sie zuckte die Achseln. »Es gab viele Gründe. Der Krieg, wir hatten uns lange nicht gesehen und auseinandergelebt und hatten unterschiedliche Vorstellungen von der Zukunft. Er wollte nicht, dass ich arbeite und Journalistin werde. Und du?«

Er zögerte kurz. »Ich war verheiratet. Meine Frau ist verstorben.«

Melinda schluckte.

»Schon zu Beginn des Krieges«, erklärte er. »Es kam völlig unerwartet. Eine Grippeepidemie.«

»Das tut mir leid!«

Er lächelte knapp. »Wir waren beide sehr jung. Dann kam der Krieg. Nun ja, es gab immer mal wieder jemanden …«

Ihre Finger legten sich um den Stiel des Weinglases. »Warst du im Einsatz? Ich meine, hast du im Krieg gekämpft?«, fragte sie vorsichtig.

Er nickte. »Ich gehörte zu einer Fallschirmjägereinheit und war in der Normandie und später, nach der Kapitulation, auch einige Monate als Besatzungsoffizier in Hamburg.«

Melinda schwieg betreten.

Er nahm die Teller an sich und lächelte. »Dessert? Mrs Norwich hat einen fantastischen Schokoladenkuchen gemacht.«

Melinda schüttelte den Kopf. »Danke, aber ich glaube, ich schaffe beim besten Willen nichts mehr!«

»Gut. Ich werde uns noch einen Wein aus dem Keller holen.«

Er entschwand in Richtung des Flurs, und sie erhob sich mit ihrem Glas und schlenderte durch den großzügig geschnittenen Raum. Neben dem Esstisch befanden sich eine Sitzgruppe mit einem großen Sofa und mehrere englische Clubsessel sowie ein großer Schreibtisch. Der Stapel Akten, der auf der einen Seite lag, ließ darauf schließen, dass George hier manchmal arbeitete. Mehrere Fotos standen am Rand des Tisches, und Melinda trat neugierig näher. Es waren Familienbilder. Auf einem stand Georges Vater neben einer Frau. Seine Mutter, nahm sie an – und der junge Mann daneben war vermutlich sein Bruder. Auf einem anderen Bild war George in jüngeren Jahren an der Seite einer hübschen

Frau zu erkennen. Das Bild war etwas unscharf. Melinda stellte ihr Weinglas ab und nahm es interessiert in die Hand. Ob das seine Frau gewesen war? Hinter ihr knackte es im Kamin. Sie stellte das Foto wieder ab und streckte die Hand nach ihrem Glas aus. Zu spät merkte sie, dass sie es nicht richtig gegriffen hatte. Wein schwappte auf die Schreibtischplatte, und Melinda konnte das Glas gerade noch auffangen, bevor es ganz umkippte. Dabei stieß sie jedoch gegen den Aktenstapel, und einige der obersten Unterlagen gerieten ins Rutschen und fielen vom Tisch. Sie unterdrückte einen Fluch, wischte mit ihrem Taschentuch eilig den Wein fort und blickte, während sie sich bückte, besorgt zur Tür. Was würde George von ihr denken, wenn er jetzt hereinkam? Warum hatte sie auch so neugierig sein müssen? Sie sammelte rasch die Akten wieder ein.

Aus einer Mappe waren mehrere Papiere herausgerutscht – und ein Foto. Sie griff danach, um es zurückzulegen, und erstarrte. Das konnte nicht sein! Doch es bestand kein Zweifel – die Frau, die darauf zu sehen war, war sie selbst! Das Bild war in Berlin aufgenommen worden. Sie eilte irgendwo die Straße entlang.

Ihre Kehle schnürte sich zu. Weshalb hatte George ein Foto von ihr aus Berlin? Was hatte das zu bedeuten? Sie schlug die Akte auf. Ungläubig blickte sie auf die erste Seite, denn ihr Name prangte dort. *Melinda Leewald, geboren 14. Juni 1920.* Darunter stand ihre Adresse in Berlin. Eine Kopie des Wohnungsamtes lag bei. Sie schlug fassungslos die Seite um und hatte einen Brief von der britischen Besatzungskommandantur vor sich. Melinda überflog ihn. Er gab Auskunft darüber, dass sie dort als Übersetzerin arbeitete und als politisch unbelastet galt. Ihr Gesicht wurde blass. Wieso hatte George all diese Informationen über sie? Sie schlug schnell die nächsten Seiten um, auf denen weitere Details über sie standen. Ganz hinten klemmten zwei Zeitungsausschnitte in der Akte. Es überraschte sie nicht einmal, dass sie alt waren – sie stammten aus dem Jahr 1897 und berichteten über den Tod der beiden Sherwood-Schwestern, wie Melinda mit einem schnellen Blick erkannte. Sie riss sie intuitiv heraus, faltete sie in Windeseile zusammen und ließ sie in ihrer Handtasche verschwinden.

Vom Flur her war ein Geräusch zu hören. So schnell sie konnte, legte sie die Akte zurück und war mit einem Satz wieder am Esstisch. Ihr Puls raste.

»Alles in Ordnung?« George schenkte ihr einen prüfenden Blick.

Sie nickte. *Warum hatte er diese Informationen über sie? Sie musste hier weg. Sofort!*

»Ich habe etwas Kopfschmerzen bekommen. Wahrscheinlich war doch alles ein wenig viel.« Sie zwang sich zu einem gespielten Lächeln. »Würde es dir etwas ausmachen, mich zurückzufahren?«

»Nein, natürlich nicht.« Überrascht schaute er sie an. »Ist wirklich alles in Ordnung?«

Nichts war mehr in Ordnung, dachte sie, doch sie nickte nur und erhob sich von ihrem Stuhl. »Ja, ich bin nur sehr müde und brauche einfach etwas Schlaf.« Melinda merkte selbst, dass ihr Tonfall unnatürlich hohl klang.

»Ich hole deinen Mantel.«

Die Fahrt zurück verlief schweigend. Immer wieder wanderte sein Blick fragend zu ihr.

Als er vor dem Postbridge Inn hielt, drehte er sich zu ihr. »Hätte ich dich nicht küssen sollen?«

Seine sanfte Stimme war zu viel. Niemals hätte sie es für möglich gehalten, dass er fähig war, solch ein doppeltes Spiel zu treiben. Er hatte ihr etwas vorgemacht, die ganze Zeit gewusst, wer sie war, und gezielt Informationen über sie gesammelt, während er so tat, als hätten sie sich gerade erst kennengelernt. Und sie war auch noch so dumm gewesen, ihm zu vertrauen. Melinda merkte, wie ihr die Tränen in die Augen traten, und sie stieg eilig aus, ohne seine Frage zu beantworten. Es gelang ihr gerade noch, ein hastiges »Gute Nacht« über die Lippen zu bringen, bevor sie vor ihm ins Postbridge Inn floh.

Cathleen

82

Paris, Herbst 1895

Cathleen fuhr schweißgebadet aus dem Schlaf hoch. Sie brauchte einen Augenblick, um sich in der Dunkelheit daran zu erinnern, dass sie nicht zu Hause in England, sondern in Paris war. Benommen schlüpfte sie aus dem pompösen Himmelbett und trat zum Fenster, um den Vorhang ein Stück zur Seite zu ziehen. Es war noch mitten in der Nacht, doch das Mondlicht warf einen hellen Schein in das prunkvolle Hotelzimmer.

Sie hatte von Amalia geträumt. Es war schrecklich gewesen. Ihre Schwester hatte verzweifelt geweint und immer wieder lautlos ihren Namen gerufen. *Cathleen! Hilf mir! Bitte …*

Sie schauderte. Es war nur ein Traum, versuchte sie sich zu beruhigen, doch ihre Unruhe blieb. Seit einigen Tagen war sie nun schon in Paris, und sie vermisste ihre Schwester.

Seufzend ging sie zu dem kleinen Tisch, goss sich aus einer Karaffe ein Glas Wasser ein und trank einen Schluck. Ihre Mutter hatte auf der Reise bestanden: »Es wird dir bestimmt guttun, ein paar Tage in einer anderen Umgebung zu verbringen und auszuspannen, bevor eure Verlobung bekannt gegeben wird.«

Sie sollte sich ein paar exklusive Kleider und Handschuhe anfertigen lassen, französisches Parfum kaufen, die Sehenswürdigkeiten in der Stadt anschauen und in die Oper gehen.

»Aber das kann ich doch auch alles in London«, hatte Cathleen erwidert, die von einer inneren Unruhe erfüllt war.

Doch ihre Mutter hatte nicht mit sich reden lassen. »Wenn du Edward heiratest, wirst du auch am Hof verkehren. Da musst du doch einmal in Paris gewesen sein«, erklärte sie, und Miss Carrington, die sonst selten ihrer Meinung war, hatte sie in diesem Punkt unterstützt. Eine solche Reise würde zur Bildung in den besseren Kreisen dazugehören.

Die Gouvernante sollte sie auch begleiten, und so war Cathleen schließlich mit ihr nach Paris gereist. Ohne Amalia. Auf die Frage, ob ihre Schwester nicht auch mitkommen könne, hatte ihre Mutter ihr nur einen kühlen Blick zugeworfen. Seit dem Vorfall war die ohnehin schon schwierige Beziehung zwischen den beiden noch angespannter geworden.

Gedankenverloren strichen Cathleens Finger über das Glas in ihren Händen. Sie machte sich Sorgen um Amalia. Selbst ihr gegenüber war die Schwester zurückhaltend und reserviert geworden. Ihr Verhältnis hatte die selbstverständliche Offenheit und Nähe, die es immer zwischen ihnen gegeben hatte, verloren, und Cathleen begriff nicht, was der Grund dafür war. In den Tagen in Paris hatte sie oft darüber nachgedacht und war zu dem Schluss gekommen, dass Amalia irgendetwas vor ihr verbarg. Sie erinnerte sich an ihr verändertes Verhalten und machte sich Vorwürfe, dass sie mit ihren Fragen bei ihr nicht hartnäckiger gewesen war.

Grübelnd stellte Cathleen das Glas ab und schlüpfte zurück ins Bett. Sie schlief nur unruhig wieder ein.

Die Gedanken um Amalia beschäftigten sie auch noch am nächsten Morgen. Sie saß mit der Gouvernante in dem eleganten Wintergarten des Hotels und erzählte ihr beim Frühstück von ihrem Traum.

Miss Carrington blickte von ihrer Zeitung hoch. Ein sanftes Lächeln glitt über ihr mit den Jahren gealtertes Gesicht. »Nun, Sie und Miss Amalia haben immer ein sehr besonderes Verhältnis gehabt, und wahrscheinlich fehlt sie Ihnen. Deshalb haben Sie von ihr geträumt.«

Cathleen rührte nachdenklich ein zweites Stück Zucker in ihren Kaffee, den man in Paris statt Tee am Morgen trank.

Sie konnte sich an den bitteren Geschmack jedoch nicht recht gewöhnen.

»Ja, vielleicht. Ich mache mir wirklich Sorgen um sie. Was wird mit ihr, wenn ich heirate?«

Die Gouvernante schwieg. »Das ist der Lauf der Dinge, Miss Cathleen, und sollte Sie nicht besorgen. Sie werden einander trotzdem verbunden bleiben.« Doch ihre Worte klangen nicht überzeugend.

»Aber können Sie sich vorstellen, was für ein Leben Amalia allein bei meinen Eltern führen wird? Ich werde fort sein, und Sie werden uns dann auch verlassen.« Die letzten Worte hatte Cathleen beinahe vorwurfsvoll hervorgestoßen.

Miss Carrington lächelte sanft. »Nun ja, ich werde nicht mehr gebraucht. Sie sind beide erwachsen, und Ihre Schwester und Sie, Sie können sich doch trotzdem oft gegenseitig besuchen.«

Cathleen nickte. Das hatte sie sich auch gesagt, aber trotzdem würde es anders sein. Sie war plötzlich froh, dass sie heute abreisten. Sie würden am Nachmittag den Zug nach Calais nehmen, um von dort mit dem Schiff nach England überzusetzen. Morgen Mittag würde sie wieder zu Hause sein, und dann musste sie mit Amalia reden.

Miss Carrington hatte sich wieder in ihre Zeitung vertieft. »Mein Gott«, sagte sie plötzlich. »In Südengland hat es, während wir weg waren, ein furchtbares Unwetter gegeben! Vor allem in Cornwall und Devon …«

83

Es war ein matter goldener Ring mit einem Diamanten, der in der Form eines Tropfens geschliffen war. Funkelnd brach sich das Licht in seinen Facetten. Er war wie gemacht für

Amalia. Ein Lächeln umspielte Edwards Lippen. Er hatte ihn eigens bei dem bekannten Londoner Juwelier Crowns für sie anfertigen lassen. Vorsichtig klappte er das kleine Samtkästchen wieder zu und ließ es in seine Jackentasche zurückgleiten. Einen Moment lang wanderten seine Augen durch das Cottage, das zum Besitz seiner Familie gehörte. Nie hätte er geglaubt, dass er in diesen schlichten vier Wänden so glückliche Stunden verbringen würde.

Doch dann ergriff ihn eine leise Unruhe. Wohl zum zigsten Mal warf er einen Blick auf seine Taschenuhr und fragte sich, wo sie nur blieb.

Er war zehn Tage in London gewesen. Auch die Zeit während des Unwetters hatte er dort verbracht. Seine Mutter und Schwester hatten ihm bei seiner Rückkehr davon berichtet. Nie zuvor hätten sie in der Gegend einen solchen Sturm und Regen erlebt. Fast drei Tage lang sei es unmöglich gewesen, das Haus zu verlassen. Flüsse, Seen und selbst die kleinsten Bäche hatten sich in gefährliche reißende Ströme verwandelt und waren über die Ufer getreten. Weiter unten im Dartmoor sei sogar ein gesamtes Dorf überschwemmt und mehrere Menschen von den einstürzenden Häusern begraben worden. Die Spuren des Unwetters waren noch immer überall deutlich zu sehen. Doch die Wege und Pfade waren wieder passierbar, wie Edward erleichtert festgestellt hatte. Amalia und er hatten abgemacht, sich am Tag seiner Rückkehr hier oben im Cottage zu treffen, und er hatte sich nach seiner Ankunft sofort auf den Weg hierher gemacht. Aber Amalia war bisher nicht gekommen. Er merkte, wie seine innere Unruhe einer zunehmenden Besorgnis wich. Was hatte sie aufgehalten? War sie vielleicht krank? Edward merkte, dass seine Unruhe auch daher rührte, dass die Situation noch immer nicht geklärt war. Nur seine Mutter wusste bis jetzt Bescheid.

Er dachte an das bevorstehende Gespräch mit Cathleen. Er hatte schon längst mit ihr sprechen wollen und sogar überlegt, vorzeitig aus London zurückzukehren und seine übrigen Termine dort zu verschieben, aber sie war überraschend für einige Tage nach Paris gereist und wurde erst heute zurückerwartet. Es würde nicht leicht werden, ihr alles zu sagen, aber er war sich sicher, dass sie es schließlich verstehen würde.

Seine Hand tastete erneut nach dem Samtkästchen in seiner Tasche. Nichts und niemand würde ihn davon mehr abbringen können. Selbst seine Mutter hatte das schließlich erkannt.

Seine Entscheidung, Amalia zur Frau zu nehmen, sein Leben mit ihr zu teilen, hatte alles verändert. Es kam ihm vor, als sei sein Leben auf einmal von einem Licht erhellt worden. Zum ersten Mal schien ihm die Zukunft, die vor ihm lag, schön und verheißungsvoll.

84

Cathleen verspürte eine zunehmende Aufregung, je weiter sich die Kutsche Sherwood näherte. Ein dunstiger Schleier lag über dem Moor. Paris war ohne Frage schön und beeindruckend gewesen, doch hier in Devon war sie zu Hause. Nichts kam gegen das gute alte England an.

Selbst ihre Müdigkeit war mit einem Mal verflogen, als sie draußen die vertrauten Mauern des Manors auftauchen sah. Der Wagen fuhr die breite Allee auf das Herrenhaus zu und war kaum zum Halten gekommen, als sie auch schon leichtfüßig aus der Kutsche sprang.

Mit gerafftem Rock lief sie schnell auf den Eingang zu. »Wir sind wieder da!«

»Aber Miss Cathleen, Sie wissen doch wirklich, dass sich das nicht geziemt!«, rief ihr die Gouvernante wie in früheren Kindertagen hinterher.

Doch Cathleen hörte sie gar nicht, sondern betätigte den Türklopfer, verwundert, dass ihnen noch niemand geöffnet hatte. Die Anfahrt der Kutsche musste man doch vernommen haben? Dann endlich wurde die Tür geöffnet. Nicht der Butler, sondern ihre Mutter persönlich stand vor ihr.

»Cathleen!«, stieß sie tonlos hervor, und ein Blick in ihr bleiches Gesicht und die Art, wie sie sie mit einem Schluchzen an sich zog, verrieten ihr, dass etwas passiert war – etwas Schreckliches!

Sie hatte plötzlich das Gefühl, nach Atem ringen zu müssen. »Mum, was ist?«, fragte sie beunruhigt und befreite sich aus ihren Armen.

»Oh, Cathleen, es ist etwas Furchtbares geschehen!« Ihre Mutter unterdrückte ein erneutes Schluchzen. »Amalia …«

Amalia? Ein leichter Schwindel erfasste Cathleen. Entsetzt starrte sie ihre Mutter an.

85

Edward war nach einer weiteren Stunde des Wartens von Unruhe erfüllt wieder zurück nach Hampton geritten. Amalia musste krank sein, dessen war er sich inzwischen sicher. Eine andere Erklärung gab es nicht. Im Grunde war es nicht verwunderlich, wenn sich die zurückliegenden Ereignisse auch körperlich bei ihr niedergeschlagen hatten. Seine Besorgnis wuchs. Als er im Hof einritt, befahl er dem Stallknecht, sofort die Kutsche fertig zu machen.

»Ja, Mylord!«

Er lief mit schnellen Schritten ins Haus, um seine Reitsachen gegen eine angemessene Kleidung zu wechseln, als seine Mutter aus der Tür des Salons in die Halle trat.

»Edward?«

»Verzeih, ich bin in Eile …«

»Ich muss mit dir sprechen.« Etwas in ihrem Ton ließ ihn innehalten. Ihr Gesicht war unnatürlich blass. Er versuchte, gegen das ungute Gefühl anzukämpfen, das in ihm aufstieg, und folgte ihr in den Salon.

»Wenn es nicht wirklich wichtig ist …« Er blieb in der Mitte des Raums stehen.

»Ich war heute Vormittag bei den Sherwoods«, unterbrach sie ihn.

Überrascht schaute er sie an, und ihm fiel auf, dass sie seinem Blick auswich. Ihr Gesicht schien noch eine Spur weißer als zuvor.

»Setz dich«, bat sie.

Er schüttelte den Kopf, während er spürte, wie in ihm alles in einer dunklen Ahnung zu erstarren begann, noch bevor sie den nächsten Satz aussprach.

»Amalia … Es gab ein Unglück«, stieß sie hervor. »Sie war bei dem Unwetter vor ein paar Tagen draußen im Moor und ist nicht zurückgekehrt. Gestern hat man unten am Dart River ihren Umhang gefunden und einige Meilen weiter auch einen ihrer Schuhe …«, sagte Lady Hampton leise.

Ihre Worte drangen wie durch einen Nebel zu ihm. Er hatte das Gefühl, jemand würde ihm den Boden unter den Füßen wegziehen, und die Angst ergriff mit solcher Gewalt von ihm Besitz, dass er für einen Augenblick um seinen Verstand fürchtete. Er griff Halt suchend nach dem Kaminsims neben sich. »Nein!« Der schneidende Klang seiner eigenen Stimme hallte gespenstisch in seinen Ohren wider. Das konnte nicht sein. Nein! Sie würden heiraten. Amalia würde seine Frau werden …

Seine Mutter war verstummt. Erschrocken blickte sie ihn an. »Edward, es tut mir so leid«, sagte sie schließlich leise. »Ich war nicht für diese Heirat. Das weißt du. Aber das … Es gibt keinen Zweifel. Sie haben zwei Tage nach ihr gesucht.«

Voller Entsetzen hörte er zu, wie sie stockend berichtete, dass man das Moor in einem Umkreis von sieben Meilen von Sherwood durchkämmt hatte – von Osten nach Westen und Norden nach Süden. Noch während des Unwetters hatte man damit begonnen. Doch die heftigen Regenfälle und der Sturm hatten die Suche auf unvorhersehbare Weise erschwert und anfangs nahezu unmöglich gemacht.

»Du hast ja nicht gesehen, wie schlimm es war. Aber abseits der großen Wege konnte man kaum einen Schritt machen, ohne im tiefen Morast zu versinken, und an vielen Stellen stand das Land ganz unter Wasser. Sie haben Hunde eingesetzt, aber ihre Spur war nicht mehr aufzunehmen«, erklärte Lady Hampton tonlos.

Er starrte sie wie betäubt an. Bilder stiegen vor seinen Augen auf: der Sturm, der erbarmungslos durchs Moor peitschte, Bäume, die wie Halme umknickten, der schlickige Morast, in dem man zu versinken drohte, Flüsse, die zu reißenden Strömen geworden waren, und dazwischen Amalias Gesicht. Ihre blauen Augen, in deren Blick man wie in eine andere Welt tauchte, aus der man nie wieder zurückkehren wollte. Er meinte ihr helles Lachen zu hören – das Einzige, was er jemals von ihrer Stimme vernommen hatte – und glaubte, die Berührung ihrer Lippen auf seinem Mund zu spüren, als hätten sie sich eben erst geküsst.

Seine Hand umklammerte das Samtkästchen mit dem Ring in seiner Tasche, und ein letztes Stück seines Selbst weigerte sich, das eben Gehörte zu glauben. *Nein, es konnte nicht sein!* Doch dann entsann er sich, dass er auf dem Rückweg vom Cottage eine Gruppe von Männern gesehen hatte. Sie waren mit langen Stöcken bewaffnet gewesen. Nicht weit vom Fluss waren sie über die Moorebene gelaufen, deren morastigen Boden sie stochernd nach etwas durchsucht hatten. *Mit Stöcken …*

»Wann? Wann ist sie verschwunden?«, brach es aus ihm heraus.

»Am ersten Tag des Unwetters«, erwiderte Lady Hampton leise. »Der Regen hatte etwas nachgelassen … Niemand versteht, warum Amalia das Haus verlassen hat. Allerdings scheint sie wohl oft allein im Moor unterwegs gewesen zu sein.«

Edward hörte ihr kaum zu. *Warum hatte Amalia sich bei diesem Wetter rausgewagt?* Es ähnelte ihr nicht, so unvorsichtig zu sein. Sie kannte das Moor. Amalia war hier aufgewachsen, und sie hatten sogar einmal ausgemacht, ihre Treffen bei schlechten Witterungsverhältnissen auf den nächsten Tag zu verschieben. Einmal hatte sie der Regen tatsächlich dazu gezwungen, und Amalia war auch nicht gekommen. Damals war das Wetter längst nicht so gefährlich gewesen wie bei dem jüngsten Sturm. Warum hätte sie sich dieses Mal also anders verhalten sollen? Vielleicht war sie gar nicht draußen im Moor gewesen, sondern hatte aus irgendeinem anderen Grund das Haus verlassen? Vielleicht würde sie einfach wieder auftauchen … *Doch sie hatten ihren Umhang und ihren Schuh gefunden.* Ein Strudel der Angst und des Schmerzes riss Edward erneut mit sich. Ein Leben ohne sie schien ihm nicht vorstellbar, und er hatte das Gefühl, eine schwarze Welle würde auf ihn zurollen und ihn mit ihrer Düsternis für immer unter sich begraben.

»Mein Gott, Edward. Es ist schrecklich!«, stieß seine Mutter hervor. »Die Sherwoods sind natürlich sehr verzweifelt. Cathleen wird es auch gerade erst erfahren haben, sie wurde ja erst heute Mittag wieder aus Paris zurückerwartet.« Lady Hampton drückte sich das Taschentuch gegen die Augen, bevor sie das spitzenverzierte Tüchlein sinken ließ. »Du hast doch nicht mit ihr gesprochen, oder?«

Er schüttelte den Kopf. »Nein, aber das werde ich jetzt tun«, erwiderte er. Er hätte nicht nach London reisen dürfen und Cathleen nicht nach Paris, ohne dass sie miteinander gesprochen und er ihr alles gesagt hatte.

Seine Mutter war von ihrem Stuhl hochgefahren. »Edward! Das kannst du nicht tun. Ich bitte dich! Denk an deine Familie, an unseren Namen. Wenn Amalia etwas zugestoßen ist, dann musst du Cathleen heiraten!«

Er riss sich von ihr los. »Wie kannst du so etwas sagen, jetzt, in dieser Situation? Wie kannst du überhaupt daran denken?«, stieß er kalt hervor und stürmte aus dem Salon.

86

Er wartete nicht auf die Kutsche, sondern nahm erneut sein Pferd. Unbarmherzig trieb er es an. Er musste Cathleen sagen, dass er sie nicht heiraten konnte, dass sie nicht die Frau war, mit der er sein Leben verbringen würde. Er musste das Band zu ihr unwiderruflich zerschneiden. Das schuldete er Amalia und sich. Er, der immer über den Aberglauben der Menschen gespottet hatte, hatte plötzlich das Gefühl, das Schicksal besänftigen zu müssen. Als würde man ihn prüfen wollen.

Nach der Angst und dem Schmerz keimte plötzlich Entschlossenheit in ihm auf und ein absurder Funke Hoffnung. Er weigerte sich zu glauben, dass Amalia wirklich ein Unglück zugestoßen war. Es musste eine andere Erklärung für den Fund des Umhangs und des Schuhs geben. *Morgen würde Amalia wieder in dem Cottage auftauchen und die Arme um ihn schlingen …*

Wie im Fieber ritt er durch die Moorlandschaft, die ihm noch nie so trostlos vorgekommen war. Als er Sherwood erreichte, waren er und das Pferd schweißgebadet.

Der Butler blickte ihn überrascht an, als er vor ihm auf der Schwelle stand. »Ist Miss Sherwood, Miss *Cathleen* Sherwood zugegen? Ich muss sie sprechen. Sofort.«

Der Butler nickte. »Ich werde ihr Bescheid geben lassen, Sir.«

Cathleen empfing ihn allein im Salon. In einem schlichten dunklen Kleid stand sie am Fenster und hatte ihm den Rücken zugewandt. Als sie seine Schritte hörte, drehte sie sich um. Ihr Anblick erschreckte Edward so sehr, dass er für einen Augenblick aus seiner eigenen Betäubung gerissen wurde. Cathleens Gesicht war in einer Weise von Kummer und Trauer gezeichnet, dass er sie beinahe nicht wiedererkannte. Die junge Frau, der er auf Bällen und Festen begegnet war, hatte sich durch ihre strahlende Lebensfreude ausgezeichnet, ihren Charme und ihre jugendliche Unbedarftheit, die immer an der Grenze zur Oberflächlichkeit gelegen hatten. All das schien sie mit einem Mal wie überflüssigen Ballast abgeworfen zu haben. Darunter war eine andere Person zum Vorschein gekommen – jemand, der einen anderen Menschen so sehr liebte, dass sein Verlust ihn fast umbrachte, und erst in diesem Moment begriff er, wie viel Amalia ihr wirklich bedeutet hatte. Die Erkenntnis erschütterte ihn.

»Edward!« Aus ihren geröteten Augen liefen Tränen, als sie ihn anblickte.

»Ich habe es von meiner Mutter gehört. Cathleen, ich bin gekommen …« Er suchte nach den richtigen Worten, doch bevor er weitersprechen konnte, unterbrach sie ihn.

»Nein, Edward, bitte erlaube mir, zuerst zu sprechen. Ich muss mit dir reden und bin dankbar, dass du gekommen bist.« Sie versuchte, sich zu sammeln, und wischte sich die Tränen aus dem kreidebleichen Gesicht. »Es geht um unsere Verlobung.«

Überrascht schaute er sie an.

»Bitte verstehe mich nicht falsch, aber ich kann nicht. Es geht einfach nicht. Nicht jetzt, da Amalia … Ich werde Zeit brauchen. Sie war alles für mich.«

Er nickte, während ihm die Absurdität dieser Situation bewusst wurde – dass ausgerechnet sie ihn darum bat und ihm in seinem Schmerz auf einmal so nahe war. Cathleen erschien ihm in ihrer Trauer wie ein Spiegel seiner selbst.

Sie wollte die Verlobung nicht! Es erfüllte ihn mit Erleichterung, das zu hören. Doch er brachte es nicht über sich, ihr in dieser Situation die ganze Wahrheit von sich und Amalia zu erzählen. Ein Blick in ihr schmerzerfülltes Gesicht sagte ihm, dass es keinen Grund gab, sie noch zusätzlich zu ihrem Leid zu verletzen. Nicht jetzt, nicht hier … Er ging einen Schritt auf sie zu und nahm ihre Hand. »Es ist in Ordnung, Cathleen. Mach dir keine Gedanken. Ich verstehe dich. Besser, als du denkst.«

»Danke.« Plötzlich lehnte sie an seiner Brust, und er spürte, wie ihr Körper von Schluchzen geschüttelt wurde. Er kämpfte eisern um Beherrschung. Es war die Umarmung eines Menschen, der Trost suchte, und so ließ er es zu. Er strich ihr beruhigend über den Rücken, während er versuchte, sich nicht von seiner eigenen Trauer und Verzweiflung überwältigen zu lassen.

87

In den Tagen danach klammerte er sich immer wieder an die einzig positive Nachricht – daran, dass man ihre Leiche nicht fand. Man nahm an, dass sie in den Fluss gestürzt und von dem reißenden Strom ein ganzes Stück mitgerissen worden war und ein Erdrutsch sie später irgendwo unter sich begraben hatte.

Tagelang ritt er durchs Moor und suchte selbst nach ihr. Er wollte die Hoffnung nicht aufgeben. Das Gefühl, dass sie noch lebte, mochte nicht weichen, und er erkannte, dass es ihm nicht allein so ging. Cathleen, die er in Sherwood besuchte, um in Erfahrung zu bringen, ob es nicht doch Neuigkeiten oder irgendeine Spur von Amalia gab, gestand ihm, dass sie mehrmals von ihrer Schwester geträumt habe.

»Mein Verstand sagt mir, dass sie tot ist, aber ich fühle etwas anderes – als ob unsere Seelen noch immer verbunden wären«, sagte sie. Sie spazierten durch den Garten in Sherwood, liefen verloren nebeneinander her. »Ich mache mir Vorwürfe. In letzter Zeit hatte sie sich verändert, sich innerlich sogar von mir zurückgezogen, und ich habe nicht verstanden, warum.«

Starr hörte Edward ihr zu.

»Dabei wirkte sie nicht unglücklich. Im Gegenteil«, fügte Cathleen nachdenklich hinzu.

Edward schwieg. Sein Blick glitt über die Bäume und Sträucher, zwischen denen Amalia als Kind gespielt hatte. Es hatte etwas Tröstliches, an dem Ort zu sein, wo sie selbst gelebt hatte.

»Erzähl mir von ihr«, bat er plötzlich.

Cathleen blickte ihn überrascht an. »Amalia und ich, wir waren schon immer in besonderer Weise verbunden«, begann sie zögernd zu berichten. »Schon als Kinder. Als wenn die eine ein Stück von der anderen wäre …«

Edward hörte zu, wie sie von früher sprach, von der schweren Zeit, in der Amalia das Gehör verlor, von ihren Spielen als Kinder und wie sie in den Jahren danach hier zusammen aufgewachsen waren.

Er sog jedes Wort in sich auf und stellte Fragen, bemüht, sich nicht anmerken zu lassen, wie tief es ihn berührte, diese Dinge über Amalia zu hören. Cathleens Erzählungen ließen sie zum Leben auferstehen, und es schien Edward wie ein Geschenk, so viel über die Frau, die er liebte, erfahren zu können, das sein Bild von ihr in ungeahnter Weise ergänzte.

Cathleen wiederum tat es gut, über ihre Schwester zu sprechen. So bildeten sie auf eigenartige Weise in ihrer Trauer um

Amalia eine Schicksalsgemeinschaft, und Edward begann, regelmäßig nach Sherwood zu kommen. Die gemeinsamen Gespräche waren das Einzige, was ihm in seiner Trauer und Verzweiflung Halt gab, denn er hatte das Gefühl, Amalia dadurch nahe zu sein.

Ihm war klar, dass sein Verhalten missgedeutet werden musste, dass alle glauben würden, er wolle Cathleen zur Seite stehen und sei noch immer an einer Verlobung mit ihr interessiert. Dem Gesicht seiner Mutter sah er zumindest deutlich an, wie erleichtert sie war, wenn er nach Sherwood fuhr. Doch es war ihm gleichgültig, was sie dachten.

John Sherwood hielt die Banken und Gläubiger noch immer hin. Er hatte ihnen telegrafisch von dem Unglücksfall berichtet, der es erfordern würde, die Hochzeit zu verschieben, hatte aber bekräftigt, weiter zu der Übernahme der Schulden zu stehen.

»Wir brauchen alle etwas Zeit«, sagte er zu Edward, und es war klar, dass er damit vor allem Cathleen meinte. Dennoch war auch John Sherwood vom Verlust seiner Tochter gezeichnet. Seine glasigen Augen und die geäderte Nase verrieten, dass er öfter, als ihm guttat, Trost im Alkohol suchte.

Edward war ihm dankbar für den Aufschub. Noch immer suchte er nach einer Gelegenheit, Cathleen die Wahrheit über sich und Amalia zu gestehen, doch er wusste, dass damit ihre Treffen unweigerlich zu einem Ende kämen. Er würde sich damit der einzigen Verbindung berauben, die er noch zu Amalia hatte. Mit der Zeit, die verstrich, erschien es ihm ohnehin sinnlos, wenn nicht grausam, die Erinnerung an ihre Schwester auf diese Weise zu zerstören. Er musste daran denken, was Miss Carrington, die ehemalige Gouvernante von Cathleen und Amalia, zu ihm gesagt hatte. Eines Tages – er hatte sich gerade verabschiedet und wollte gehen – tauchte sie unerwartet in der Eingangshalle vor ihm auf und sprach ihn an.

»Es freut mich, dass Ihr Weg Sie hierherführt, Lord Hampton«, hatte sie in einer Vertraulichkeit gesagt, die ihr eindeutig nicht zustand. »Sie werden mir die Offenheit verzeihen, aber ich denke, Sie sollten wissen, dass es Amalia gefreut hätte, dass Sie ihrer Schwester in dieser schweren Zeit so zur Seite stehen«, fügte sie hinzu, und dabei hatte in ihren dunklen Knopfaugen ein durchdringender Ausdruck gelegen.

Edward war nicht fähig gewesen, eine Antwort hervorzubringen. Er hatte nur genickt und war aus dem Haus geflüchtet.

88

Die Briefe lagen vor ihr auf dem Tisch. Wohl zum hundertsten Mal starrte sie darauf, unschlüssig, was sie damit tun sollte. Ein schwerer Seufzer entrang sich ihren Lippen. Das Leben hatte Miss Carrington gelehrt, dass es selten gut war, in das Schicksal anderer Menschen einzugreifen. Doch in diesem Fall war es anders. Die Zeilen konnten zu viel Unheil anrichten, wenn sie in die falschen Hände gerieten. Es war richtig, was sie vorhatte, sagte sie sich erneut.

Die Gouvernante nahm das Bündel Briefe und steckte es in ihre Handtasche, bevor sie nach ihrem Hut und Mantel griff. Die Kalesche wartete bereits unten. Die Kutschen der Familie standen Miss Carrington jederzeit zur Verfügung, wenn niemand anderes sie brauchte. Es war eines der Privilegien, die sie als Gouvernante genoss. Sie befand sich in der Hierarchie des Hauses in einer Zwitterposition – sie gehörte nicht zum übrigen Personal, aber auch nicht zu den Herrschaften. Gelegentlich wurde ihr Alltag dadurch ein wenig kompliziert, an anderen Tagen wiederum, so wie heute, kam sie in den Genuss einer Reihe von Annehmlichkeiten, die sie durchaus zu schätzen wusste.

Einer der Stallknechte würde sie kutschieren, und nachdem Miss Carrington in dem Wagen Platz genommen hatte und die Kalesche sich in Bewegung setzte, kam sie nicht dagegen an, dass sich ihre Gedanken der jüngsten Vergangenheit zuwandten. Ihr Beruf als Gouvernante hatte es mit sich gebracht, dass sie mehr Zuschauerin als Darstellerin auf der Bühne dieser Welt war. Doch sie war eine außergewöhnlich gute Beobachterin. Ihren Augen entging wenig, und so hatte sie auch die Veränderung an Amalia in den letzten Wochen bemerkt. Ihr war aufgefallen, dass es die junge Frau immer öfter nach draußen in die Einsamkeit zog, dass ihr Blick etwas Verträumtes und zugleich Nachdenkliches bekommen hatte und sie mit ihren Gedanken oft weit fort weilte. Miss Carrington war alt und erfahren genug, um diese Anzeichen in der richtigen Weise zu deuten.

Als Gouvernante wäre es ihre Aufgabe gewesen, die Eltern auf die mögliche Gefahr, die dem Ruf ihrer Tochter drohte, aufmerksam zu machen. Doch etwas hinderte sie daran. Vielleicht war es die Herzlosigkeit von Mrs Sherwood, die Amalia sicherlich nie wieder allein aus dem Haus hätte gehen lassen, oder die nachlässige Milde ihres eigenen Alters, die Miss Carringtons Blick auf das Leben verändert hatte – sie wusste es nicht. Möglicherweise war es auch einfach nur die Tatsache, dass sie Amalia niemals zuvor so glücklich erlebt hatte. Sie war aufgeblüht, und an der Art, wie sie sich bewegte, wie sie sanft lächelte und mit einem Mal so ausdrucksstark malte, musste Miss Carrington erkennen, dass die moralische Unversehrtheit ihres Zöglings vermutlich ohnehin nicht mehr zu retten war. Amalia war zur Frau geworden. Natürlich hätte sie trotzdem einschreiten müssen, aber sie brachte es einfach nicht über sich.

Im Nachhinein war ihr allerdings nicht ganz klar, wie sie vor so vielen Dingen und Gefahren die Augen hatte verschließen können. Amalia hätte schwanger werden und damit auch

Cathleens Ruf und Zukunft zerstören können. Miss Carringtons größter Fehler war es aber zweifelsohne gewesen, dass sie sich nie darüber Gedanken gemacht hatte, wer der Mann war, den Amalia heimlich traf. Sie war aus unerfindlichen Gründen immer davon ausgegangen, dass es jemand einfacherer Herkunft sein müsste – durchaus gebildet, aber eher arm.

Als Amalia dann bei dem Zusammentreffen mit den Hamptons aus der Bibliothek gestürzt war, hatte sie im Gegensatz zu allen anderen die schreckliche Wahrheit sofort geahnt.

Miss Carrington unterdrückte erneut ein Seufzen. Sie fasste die Handtasche in ihren Händen unwillkürlich ein wenig fester. Als sie nach ihrer Rückkehr aus Paris von dem schrecklichen Unglück erfuhr, war sie sofort nach oben in die kleine Kammer unter dem Dach gegangen. Sie wusste, dass Amalia sich dorthin manchmal zurückgezogen hatte, und musste nicht lange suchen. Die Briefe lagen verborgen hinter einer losen Wandvertäfelung, und sie hatte sie an sich genommen. Selbstverständlich hatte sie keine Zeile gelesen, aber auch so war ihr klar, dass der Verfasser nur Lord Hampton sein konnte. Hätte sie noch einen letzten Zweifel gehabt, seine Besuche in den letzten Wochen hatten sie ihr genommen. Cathleen war in ihrer Trauer wie blind dafür, dass er nicht kam, um sie zu trösten, sondern um selbst Trost zu finden. Ohne Frage konnte das Leben in Wirklichkeit oft weit dramatischer und grausamer sein, als es die kühnste Dichtung zu erzählen vermochte, dachte sie bei sich.

89

Edward war in seinem Arbeitszimmer in Hampton. Briefe stapelten sich auf seinem Tisch. Schon seit Tagen schob er die

Korrespondenz vor sich her. Er nahm einen Schluck von seinem Drink, der die Leere und Kälte in seinem Inneren jedoch nicht beseitigen konnte. Wenn er allein war, umhüllte ihn der Schmerz wie ein grauer Nebel, aus dem es kein Entkommen gab. Er war unfähig, etwas zu tun. Manchmal saß er Stunden auf einem Stuhl und starrte ins Leere.

»Mylord?« Er fuhr zusammen, er hatte die Schritte des Butlers nicht gehört.

»In der Halle ist eine Dame, die Euch zu sprechen wünscht. Sie sagt, es sei wichtig, wollte mir aber nicht den Grund für ihren Besuch mitteilen. Ihr Name ist Carrington, Miss Carrington.«

Edward nickte verwundert.

»Danke, dass Sie mich empfangen, Eure Lordschaft«, sagte die Gouvernante, als sie wenig später den Raum betrat. Sie trug einen altmodischen, kleinen Hut, wie er vor vielen Jahren einmal in Mode gewesen war, und hielt ihre Tasche fest umklammert auf ihrem Schoß.

»Ich hoffe, Sie haben meine Bemerkung neulich nicht als unangemessen empfunden …«, begann sie.

Er schüttelte höflich den Kopf, obwohl das Gegenteil der Fall gewesen war. »Darf ich fragen, was Sie zu mir führt, Miss Carrington?«

»Nun ja …« Sie rutschte nervös auf ihrem Stuhl hin und her. »Ich habe etwas, das, wie ich annehme, Ihnen gehört.« Die Gouvernante öffnete ihre abgetragene Handtasche.

Sprachlos starrte Edward sie an, als sie ihm das Bündel mit den Briefen reichte, die er Amalia geschrieben hatte. Er erinnerte sich daran, wie er sie ihr gegeben hatte. Es war der Tag gewesen, an dem sie sich das erste Mal geliebt hatten. Alles in ihm schnürte sich plötzlich zusammen.

»Ich dachte, dass es Ihnen bestimmt lieber ist, wenn ich sie Ihnen gebe, als wenn jemand auf Sherwood die Briefe entdeckt«, erklärte sie leise und ein wenig verlegen.

»Woher wissen Sie, dass sie von mir sind? Hat Amalia Ihnen von uns erzählt?« Seine Stimme klang brüchig.

Miss Carrington schüttelte den Kopf. »Nein, aber ich habe es gesehen. Sie war auf einmal so anders … so glücklich.« Sie sagte das merkwürdig betont, als handele es sich um einen Zustand, der ihr selbst nicht nur fremd, sondern auch ein wenig besorgniserregend erschien.

Er blickte sie an. »Cathleen ahnt nichts. Ich wollte es ihr sagen …«, erklärte er, ohne dass es ihm gelang, die Verzweiflung in seiner Stimme zu verstecken.

»Nein, Cathleen weiß nichts«, bestätigte Miss Carrington. Sie atmete tief durch. »Und Amalia hätte unter diesen Umständen auch sicherlich nicht gewollt, dass sie es erfährt. Sie hat ihre Schwester sehr geliebt«, setzte sie sanft hinzu. Die Gouvernante erhob sich. Ein Anflug von Mitleid regte sich in ihrem Gesicht. »Danke, dass Sie sich für mich Zeit genommen haben, Mylord.«

Noch lange starrte er auf die Tür, durch die sie entschwunden war. Seine Hände hielten die Briefe, und erst in diesem Moment begriff er unwiderruflich, dass Amalia nicht wieder zurückkommen würde. Tränen rannen über seine Wangen, und ein lautloses Schluchzen stieg aus seiner Kehle.

Melinda

90

Melinda lag die halbe Nacht wach in ihrem Bett. Es tat weh, mehr, als sie sich eingestehen wollte. Immer wieder sah sie die Bilder des Abends vor sich – den Überfall, wie ihr George Clifford zu Hilfe gekommen war und sie sich geküsst hatten und wie sie schließlich bei ihm zu Hause die schreckliche Akte über sich gefunden hatte.

Plötzlich erinnerte sie sich, wie Major Colby ihr in Berlin in der britischen Besatzungskommandantur erzählt hatte, jemand habe Erkundigungen über sie eingezogen. Es war George Clifford gewesen, dessen war sie sich jetzt sicher. Er hatte sogar ein Foto von ihr machen lassen. Sie sah das Bild von sich selbst noch immer deutlich vor sich. Melinda wusste sogar, an welchem Tag es gemacht worden war, denn sie hatte die Mappe mit den Arbeitsproben ihrer Artikel bei sich. An jenem Tag war sie gerade von dem Vorstellungsgespräch mit Scholz gekommen. Es war kalt gewesen. Unglaublich kalt.

Eine längst vergessene Szene drängte sich plötzlich an die Oberfläche ihres Bewusstseins. *Ein Mann, der gegen sie stieß. Ihre Mappe, die zu Boden glitt …*

Sie fuhr senkrecht in ihrem Bett hoch. George war in Berlin gewesen! Persönlich. Aufgewühlt schaltete sie die kleine Nachttischleuchte ein. Deshalb war er ihr von Anfang an so bekannt vorgekommen, und sie hatte nicht einordnen können, wo sie sich schon einmal begegnet waren. Natürlich war sie keine Sekunde auf die Idee gekommen, dass es in Berlin gewesen war. Weshalb war George dorthin gereist? Um Informationen über sie zu beschaffen! Als Anwalt war ihm das vermutlich leichtgefallen.

Melinda stand auf und lief einige Schritte unruhig durch das Zimmer. Sie war hellwach, dabei war es erst sechs Uhr und draußen noch dunkel.

Sie blickte auf die Notiz, die sie bei ihrer Rückkehr in ihrem Zimmer gefunden hatte. Sie stammte von Mrs Benson. Mrs Finkenstein habe sich erneut gemeldet und bitte sie dringend um einen Rückruf. Es sei wichtig. Das letzte Wort war unterstrichen. Ab wann konnte man die Bankdirektorin am Morgen anrufen? Alles vor acht Uhr war vermutlich unhöflich. Seufzend versuchte Melinda sich etwas abzulenken. Doch das Ergebnis war nur, dass ihre Gedanken immer wieder zu George Clifford wanderten. Vielleicht hätte sie ihn damit konfrontieren sollen, dass sie die Akte entdeckt hatte. Doch sie war allein mit ihm in seinem Haus gewesen, Meilen entfernt von der nächsten Ortschaft. Was wusste sie schon, was für ein Mensch er wirklich war? Die Entdeckung, dass er Informationen über sie gesammelt hatte, hatte sie zutiefst verstört und war, gerade weil sie ihm vertraute, beinahe schrecklicher als der Überfall.

Melinda fielen plötzlich die beiden Zeitungsartikel ein, die sie aus der Akte mitgenommen hatte, und sie griff nach ihrer Handtasche, um sie hervorzuholen. Wie sie bereits beim Überfliegen in Georges Haus festgestellt hatte, behandelten sie den Tod der Sherwood-Schwestern. Auch in dieser Hinsicht hatte er sie also belogen! Sie begann zu lesen, hielt aber schon nach wenigen Zeilen überrascht inne. Die Artikel waren 1897 geschrieben worden, kurz nach dem Tod von Cathleen Sherwood, die im April 1897 umgekommen war. Sie berichteten in ungewöhnlich kritischem, nahezu verdächtigendem Ton über die mysteriösen Todesfälle. Barry Sandfort, der Journalist, der die Berichte geschrieben hatte, warf der Polizei darin nicht nur vor, die Fälle unzureichend überprüft zu haben, sondern deutete auch mehrmals an, dass Lord Edward Hampton auf verdächtige Weise in die Todesumstände der beiden Schwestern verwickelt sei. Es klang beinah so, als hielte er einen Mord für möglich.

Melinda lehnte sich grübelnd in ihrem Stuhl zurück. Sie war sich relativ sicher, dass die Hamptons damals so viel Macht und Einfluss gehabt hatten, dass ein Journalist niemals solche Verdächtigungen hätte aussprechen können, wenn er nicht Beweise für seine Behauptungen gehabt hätte.

Es war ein überraschend neuer Blickwinkel auf die Geschehnisse.

91

Es war Punkt acht Uhr, als Melinda die Wählscheibe des Telefons betätigte, das sich im Büro der Bensons befand. Die Stimme eines Butlers meldete sich am anderen Ende.

»Hier spricht Miss Leewald. Ich weiß, dass es noch etwas früh ist, aber ich würde gern Mrs Finkenstein sprechen.«

Er bat sie, kurz zu warten. Dann ertönte ein Knacken in der Leitung, und Mrs Finkenstein meldete sich.

»Miss Leewald? Endlich! Ich habe schon zweimal versucht, Sie zu erreichen. Es gibt Neuigkeiten, die Sie interessieren werden.«

»Haben Sie etwas über meine Großmutter in Erfahrung bringen können?«, unterbrach Melinda sie, die ihre Aufregung kaum im Zaum halten konnte.

»Ja. Ich weiß tatsächlich, wie ihr richtiger Name war, das heißt, ihr Vorname«, berichtete Mrs Finkenstein.

»Dann gab es jemand in der Gehörlosengemeinschaft, der ihn noch kannte?«

»Nein, es war nicht notwendig, in diese Richtung nachzuforschen. Jemand anderes wusste ihn – mein Bruder Jacob.«

Ungläubig hörte Melinda, was die Bankdirektorin ihr erzählte. »Jacob hatte Ihre Großmutter kurz vor ihrem Tod gebeten, ihm ihren wahren Namen zu nennen, denn sie war ihm so nahe wie eine Mutter gewesen, und er verdankte ihr sehr viel. Es war ohne Frage ein besonderer Vertrauensbeweis ihm gegenüber, dass Ihre Großmutter seiner Bitte nachgekommen ist«, sagte Mrs Finkenstein.

»Und wie hieß sie nun?«, rutschte es Melinda ungeduldig heraus.

»Ihr Name war Amalia.«

Melinda griff nach der Tischkante vor sich. Ungläubig sank sie auf den kleinen Hocker neben dem Telefon.

»Wie bitte?«

»Amalia!«

»Sind Sie sicher?«

»Ja, mein Bruder hat keinen Zweifel, dass es der Wahrheit entspricht. Jacob würde Sie übrigens gern kennenlernen. Er kommt nächste Woche zu Besuch nach London. Sagt Ihnen der Name Amalia etwas?«, fragte Mrs Finkenstein.

»Ja, ich glaube«, bestätigte Melinda tonlos. Sie sah den Zeitungsartikel vor sich, den sie in dem Buch ihrer Großmutter gefunden hatte. Der Name Amalia war kein häufiger Name in England gewesen. Es konnte kein Zufall sein.

»Ich bin bei meinen Recherchen mehrmals auf eine Amalia Sherwood gestoßen«, erklärte Melinda.

»Sherwood? Ich entsinne mich, dass Sie den Namen erwähnten. Und was haben Sie über diese Amalia Sherwood herausgefunden?«, fragte Mrs Finkenstein neugierig.

»Amalia Sherwood war die Schwester von Cathleen Sherwood, die mit Lord Hampton verheiratet war. Beide Schwestern sind hier im Moor in Devon umgekommen. Amalia 1895 und ihre Schwester anderthalb Jahre später.«

Die Stille am anderen Ende der Leitung war fühlbar. »Das würde heißen, Ihre Großmutter war zu dem Zeitpunkt, als sie einen anderen Namen angenommen hatte, offiziell tot?«

Melinda strich sich die Haare aus dem Gesicht. »Ja! Und ich wundere mich, dass man meine Nachforschungen hier mit allen Mitteln zu unterbinden sucht«, sagte sie mehr zu sich selbst als zu Mrs Finkenstein.

»Was meinen Sie damit?«, erklang es beunruhigt am anderen Ende.

»Man hat mich bedroht und mein Zimmer durchsucht«, berichtete Melinda, die es für besser hielt, den Überfall zu verschweigen.

»Sie sollten sofort nach London zurückkehren. Wer weiß, worauf Sie da gestoßen sind«, befand Mrs Finkenstein besorgt. »Sie können doch auch von hier aus weitere Recherchen betreiben. Ich werde Ihnen helfen. Jetzt, da wir den Namen Ihrer Großmutter wissen, wird alles viel einfacher sein.«

»Danke, das ist sehr nett. Machen Sie sich keine Sorgen, ich muss heute ohnehin nach London zurück. Meine Fortbildung geht morgen weiter.«

Sie verabschiedeten sich, und Melinda versprach Mrs Finkenstein, sich bei ihr zu melden, sobald sie in London war. Die widersprüchlichsten Gedanken tobten durch ihren Kopf, als sie den Telefonhörer auflegte. Ihre Großmutter war Amalia Sherwood gewesen? Mit einem Mal stellte sich ihr alles in einem völlig neuen Licht dar. Übte die Gegend und Landschaft deshalb eine so starke Anziehungskraft auf sie aus, weil ihre Großmutter hier aufgewachsen war? Melinda entsann sich, wie sie am letzten Wochenende mit diesem eigenartigen Gefühl vor dem Herrenhaus von Sherwood gestanden hatte.

Warum war ihre Großmutter nur für tot erklärt worden?

Zurück in ihrem Zimmer, las sie erneut die Zeitungsartikel, die sie George Clifford entwendet hatte. Ihr Blick blieb an einem Absatz von einem der Berichte hängen.

Amalia Sherwood kam im Jahr 1895 während des furchtbaren Herbststurms um, der über Cornwall und Devon hinwegging. Un-

klar bleibt jedoch, genau wie bei ihrer Schwester Cathleen Hampton, weshalb sich eine junge Frau, die in der Gegend aufgewachsen war und die die Tücken und Gefahren des Moors sehr wohl gekannt haben musste, bei diesem Unwetter nach draußen gewagt haben soll …

Der Journalist stellte die richtige Frage, dachte Melinda, denn wie sie jetzt wusste, stimmte es nicht, dass sie umgekommen war – Amalia war gut anderthalb Jahre später unter dem Namen Helene Griffith nach Berlin gegangen. Was war in der Zwischenzeit geschehen? Das Einzige, was Melinda wusste, war, dass ihre Großmutter 1896 schwanger geworden war. Doch von wem? Der Name des Vaters war nicht im Familienstammbuch eingetragen gewesen, und auch Melindas Mutter hatte ihn nie erwähnt. War er damals wirklich gestorben, oder hatte ihre Großmutter England vielleicht verlassen, weil sie vor diesem Mann geflohen war? Sie erinnerte sich an eine Zeile aus den Briefen, die sie in der Korrespondenz bei der alten Mrs Finkenstein gelesen hatte: »*Die Erlebnisse, die hinter ihr liegen, sind traumatischer Natur …*« Melinda fröstelte plötzlich. Interessanterweise schien auch Sandfort zu der Erkenntnis gekommen zu sein, dass ihre Großmutter damals nicht im Moor verunglückt war. Ein Absatz im zweiten Artikel deutete es zumindest an. Es war nur ein einziger Satz, dessen Inhalt Melinda beim ersten Lesen wegen seiner etwas umständlichen Formulierung entgangen war. Aufgewühlt las sie ihn jetzt:

Eine Reihe von Hinweisen lassen jedoch durchaus die Vermutung zu, dass Amalia Sherwood nicht, wie behauptet, bei dem Sturm im Moor umgekommen ist …

Leider führte Sandfort nicht näher aus, was genau er damit meinte. Melinda wünschte inständig, sie hätte gewusst, von welchen Hinweisen er sprach. Der Artikel war kurz nach Cathleen Hamptons Tod geschrieben worden. Vermutlich war dies das Äußerste gewesen, was der Journalist damals wagen konnte. Sie verzog den Mund, als sie unwillkürlich daran denken musste, welche Konsequenzen ihre eigenen Nachforschungen über fünfzig Jahre später noch nach sich zogen. Sie war von dem Neffen von Lord Hampton, Henry Tennyson, bedroht und sogar körperlich angegriffen worden …

Melinda erstarrte. Plötzlich begriff sie: Tennyson wusste, dass Amalia Sherwood ihre Großmutter war! Natürlich! Deshalb wollte er mit allen Mitteln verhindern, dass sie Fragen stellte oder irgendetwas über die Vergangenheit herausfand. Aber was war so schlimm daran? Fürchtete er, dass sie irgendwelche Ansprüche stellen könnte? Derlei lag nicht im Entferntesten in ihrer Absicht. Wie auch? Sie hatte ja bisher gar nicht gewusst, dass Amalia Sherwood ihre Großmutter war, und auch jetzt interessierte Melinda nur, was damals wirklich geschehen war. Sie merkte, wie eine zunehmende Wut auf Henry Tennyson in ihr hochstieg.

Angriff war die beste Verteidigung, schoss es ihr durch den Kopf. Sie würde mit ihm sprechen – persönlich.

92

Das Anwesen der Hamptons war beeindruckend – man konnte es nicht anders sagen. Melinda, die sich von Mr Benson bis Moretonhampstead hatte mitnehmen lassen und die letzten beiden Meilen zu Fuß gegangen war, konnte das alte Manor schon von Weitem sehen. Es lag auf einer Anhöhe und kam ihr mit seinen Ecktürmen eher wie ein Schloss als ein Herrenhaus vor. Das Tor zu der Allee stand, einer Einladung gleich, weit geöffnet. Einen Augenblick zögerte sie. War es nicht leichtsinnig, diesen Mann persönlich aufzusuchen? Doch Melinda war sich sicher, dass Tennyson niemals am helllichten Tag auf seinem eigenen Anwesen etwas gegen sie unternehmen würde. Er war arrogant und gefährlich, aber ganz sicher nicht dumm. Zudem lebte er mit seiner Schwester und seiner Tante zusammen, und es war davon auszugehen, dass in einem solchen Haus auch beständig ein Heer von Dienstboten zugegen war. Nein, es würde sie vermutlich eher schützen, wenn man sie bei ihm gesehen hatte, dachte sie, und es würde ihr eine Freude sein, ihm ins Gesicht zu sagen, dass sie sich nicht von ihm einschüchtern ließ!

Sie lief entschlossen die Allee hoch und hatte das Herrenhaus fast erreicht, als sie sah, dass in dem Vorgarten an einem kleinen Brunnen eine alte Dame im Rollstuhl in der Sonne saß. Sie hatte eine wärmende Decke über die Knie gelegt. Eine Pflegerin stand neben ihr und bemühte sich, ihr einen Chiffonschal um den Hals zu binden. Ein unerwarteter Windstoß riss ihn ihr aus den Händen.

Das Tuch flatterte durch die Luft und direkt auf Melinda zu. Geistesgegenwärtig griff sie danach, nahm es an sich und ging zu den beiden, um es ihnen zurückzugeben.

»Danke. Das ist sehr nett«, sagte die Pflegerin.

»Gern.« Melinda nickte den beiden zu und bemerkte in diesem Augenblick, dass die alte Dame im Rollstuhl sie anstarrte, als hätte sie ein Gespenst erblickt.

Ein leichter Schauer lief ihr über den Rücken. Die seltsamen Begegnungen mit fremden Menschen, die sie anschauten, als hätte sie etwas Unheimliches an sich, häuften sich für ihren Geschmack langsam ein wenig zu oft. Sie lächelte höflich und lief weiter zum Haus.

Eine Haushälterin in schwarzem Kleid und heller Schürze öffnete ihr die schwere Eingangstür. Ihr Blick taxierte Melinda abschätzend und blieb an ihrem alten Wollmantel hängen. »Ja?«

»Mein Name ist Melinda Leewald. Ich würde gern Mr Tennyson sprechen!«

Die Frau zog die Brauen hoch. »Ich fürchte, Mr Tennyson ist beschäftigt.« Die Arroganz in ihrem Tonfall war nicht zu überhören.

»Ich bin sicher, wenn Sie Mr Tennyson meinen Namen sagen, wird er mich empfangen«, erwiderte Melinda kühl.

Die Haushälterin zuckte die Achseln. »Warten Sie bitte hier«, sagte sie und schloss tatsächlich die Tür direkt vor ihrer Nase wieder.

Melinda drehte sich zum Hof. Mehrere Autos standen dort. Auch der Aston Martin. Tennyson musste also zu Hause sein. Ihr Blick glitt zurück zum Garten, doch die alte Dame im Rollstuhl war verschwunden. Sie fragte sich gerade, ob die Haushälterin jemals zurückkommen würde, als die Tür erneut geöffnet wurde – von Henry Tennyson persönlich.

Der Ausdruck, der sich für den Bruchteil eines Augenblicks auf seinem Gesicht zeigte, war es allein wert, dass sie hergekommen war, stellte Melinda mit Genugtuung fest. Es war eine Mischung aus Fassungslosigkeit und Irritation, die sich darin spiegelte. Dann hatte er sich jedoch wieder in der Gewalt.

»Sie scheinen unbelehrbar zu sein, Miss Leewald! Wenn Sie nicht sofort verschwinden, werde ich Sie von meinem Anwesen werfen lassen«, zischte er kalt.

»Geben Sie sich keine Mühe. Sie brauchen mich nicht weiter einzuschüchtern oder zu bedrohen. Übrigens weiß man, dass ich hier bin«, erklärte Melinda. Das war gelogen, doch sie wollte Tennyson nicht auf dumme Gedanken bringen. »Und *ich* weiß, dass Amalia Sherwood meine Großmutter war! Das war es doch, was ich auf keinen Fall erfahren sollte, oder?«, fügte sie hinzu.

Einen Augenblick lang schien es ihm die Sprache verschlagen zu haben, aber dann stieß er ein verächtliches Lachen aus.

»Denken Sie ernsthaft, das wird Ihnen irgendjemand glauben? Mein Gott, glauben Sie mir, Familien wie die meinen sind es seit Jahrhunderten gewohnt, dass sich Leute wie Sie etwas erschleichen wollen.«

Die Arroganz in seinem Tonfall war so widerwärtig, dass Melinda es gegen alle Vernunft nicht schaffte, an sich zu halten. »Tatsächlich? Hat man in Ihrer Familie seine Interessen damals auch schon auf so kriminelle Weise durchgesetzt? Das erklärt eine Menge. Nur zu Ihrer Kenntnis, Mr Tennyson, ich habe nicht das geringste Interesse, mir irgendetwas zu erschleichen, aber mich interessiert sehr wohl, warum meine Großmutter 1896 im Dartmoor umgekommen sein soll, obwohl sie nachweislich danach noch gelebt hat – und ich werde es auch in Erfahrung bringen.« Mit diesem Satz wollte Melinda sich wirkungsvoll auf dem Absatz umdrehen und Henry Tennyson stehen lassen. Leider sollte ihr dieser Abgang jedoch nicht vergönnt sein. Schritte hatten sich aus der Halle genähert. Hinter Tennyson tauchte eine Gestalt auf.

»Soll ich vielleicht eine richterliche Verfügung besorgen …«, ertönte eine Stimme, die abrupt verstummte. Der Mann, der im Türrahmen aufgetaucht war, blickte sie genauso überrascht an wie sie ihn. Es war George Clifford.

»Melinda?«

Einen Moment lang musste sie um Fassung ringen. *Er arbeitete für Tennyson.*

»Warum erstaunt es mich nicht, dich hier zu sehen?«, brach es aus ihr heraus, als sie endlich die Sprache wiederfand. Dann endlich schaffte sie es, sich umzudrehen. Mit schnellen Schritten lief sie die Allee hinunter, nur fort von hier – und spürte, wie ihr die Tränen in die Augen traten.

93

Aufgelöst kehrte sie ins Postbridge Inn zurück. Sie packte ihre Sachen und beschloss, bereits den Mittagszug nach London zurück zu nehmen. Mrs Bensons Angebot, dass Ned sie mit dem Wagen nach Exeter fahren könnte, lehnte sie dankend ab. Es würde ihr nichts ausmachen, den Bus zu nehmen, erklärte sie eilig.

»Sind Sie sicher? Was ist denn mit Ihrer Wange? Sind Sie gestürzt?«, fragte Mrs Benson mit Blick auf ihre Schürfwunde.

»Ach, das ist nichts«, erwiderte Melinda, die der Wirtin ungern von dem Überfall erzählen wollte.

Mrs Benson betrachtete sie besorgt. »Ich hoffe, Sie nehmen jetzt keinen schlechten Eindruck von hier mit, nach dem Einbruch in Ihr Zimmer. Sind Sie denn wenigstens mit Ihren Recherchen vorangekommen?«

»Ja, das bin ich.« Melinda nickte, denn das war sie tatsächlich, wenn auch auf ganz andere Art, als sie es vermutet hätte. Sie bedankte sich bei der Wirtin noch einmal für ihre Gastfreundschaft und verabschiedete sich.

Auf dem Weg nach draußen sah sie den alten Mr Benson in seinem Lehnstuhl sitzen. Kurz entschlossen stellte sie ihre Tasche ab und ging noch einmal zu ihm hin. »Mr Benson?«

Der alte Mann schaute zu ihr hoch. Er wirkte wieder einmal, als würde er mit seinen Gedanken wieder weit weg weilen.

Sie beugte sich zu ihm und berührte seine Hand. »Ich wollte auf Wiedersehen sagen. Und Sie haben recht gehabt!« Melinda lächelte sanft. »Sie lebte noch. Auch wenn die Leute etwas anderes behauptet haben.«

Der alte Mann schien sie einen Augenblick lang klar wahrzunehmen und schaute ihr in die Augen. »Ich habe sie gesehen – in London«, sagte er in einem Ton, als würde er noch heute zu begreifen versuchen, wie das sein konnte.

Melinda, die sich etwas in der Art gedacht hatte, fühlte mit einem Mal eine seltsame Verbundenheit mit seiner alten Seele, die sich irgendwo auf der Zeitachse von damals und heute verirrt hatte. Vermutlich war Mr Benson nicht der Einzige, der ihre Großmutter gesehen hatte, dachte sie. Zwischen ihrem Verschwinden und ihrem Aufbruch nach Berlin lagen nahezu zwei Jahre. Waren das die »Hinweise«, von denen Sandfort in seinem Artikel geschrieben hatte?

Mr Benson sah sie noch immer an.

»Hat Amalia gemalt?«, fragte Melinda ihn.

Er nickte erneut. »Das Moor. Das hat sie gemalt. Immer wieder. Sie war zu oft allein dort draußen«, fügte er kopfschüttelnd hinzu.

Melinda sah die Bilder vor sich und lächelte. »Sie war meine Großmutter.«

Mr Benson, dessen Blick wieder in die Ferne geschweift war, schaute sie verwirrt an. »Ihre Großmutter? Nein, das kann nicht sein, dafür ist Miss Sherwood doch viel zu jung«, widersprach er ungläubig, und seine Reaktion verriet ihr, dass er mit seinem Bewusstsein wieder in der Vergangenheit angekommen war.

Melinda nickte ihm zum Abschied noch einmal mit einem Lächeln zu und griff nach ihrer Tasche.

94

Die Aquarelle und Zeichnungen aus dem Paket waren von ihrer Großmutter. Natürlich hatte sie es manchmal vermutet, aber es war dennoch anders, es zu wissen. Melinda merkte, wie erst nach und nach die Information in ihr Bewusstsein sickerte, dass Amalia Sherwood tatsächlich ihre Großmutter gewesen war. Sie begriff, dass auch die Liebesbriefe dieses

Unbekannten an sie gerichtet gewesen waren. Die beiden hatten ein Verhältnis gehabt, und dann war irgendetwas geschehen … Es hätte nahegelegen zu vermuten, dass Amalia ungewollt schwanger geworden und das Verhältnis dadurch beendet worden war, doch ihre Großmutter hatte erst 1896 ein Kind erwartet.

Nachdenklich glitt Melindas Blick aus dem Fenster des Busses, der mit erstaunlich hoher Geschwindigkeit zwischen Hügeln und Feldern die schmalen Straßen entlangrauschte. Sie wünschte, sie hätte gewusst, wer der Mann gewesen war, den ihre Großmutter so leidenschaftlich geliebt hatte. Doch sie hatte bisher keinen Anhaltspunkt dafür finden können, um wen es sich bei dem Unbekannten handelte.

Melinda war aufgewühlt und durcheinander. Nach den Geschehnissen der letzten beiden Tage wollten ihre Gedanken und Gefühle nicht zur Ruhe kommen. Zu viel war geschehen. Gegen ihren Willen wanderten ihre Gedanken immer wieder zu George Clifford zurück. Es tat weh, sich derart in ihm getäuscht zu haben. Sie presste die Lippen zusammen. Noch immer konnte sie es nicht fassen, dass er für Tennyson arbeitete. Von Anfang an hatte er sie belogen! Immerhin verstand sie nun seine eigenartige Reaktion darauf, dass sie sich für die Legende der Sherwood-Schwestern interessierte. Melinda verspürte einen schalen Geschmack im Mund, als sie sich daran erinnerte, wie sie George in der Küche erzählt hatte, dass Tennyson sie bedroht habe und sie sich sicher sei, er würde hinter dem Überfall stecken. *Er wird dich nicht mehr angreifen oder bedrohen, glaub mir,* hatte er gesagt – und sie hatte ihm vertraut! Ein schrecklicher Gedanke kam ihr. War George ihr vielleicht gar nicht zufällig bei dem Überfall zu Hilfe gekommen? War das alles geplant gewesen? Nein, das traute sie ihm nicht zu. Er hatte besorgt gewirkt, und er hatte sie geküsst … Aber plötzlich war sie sich nicht mehr sicher. Vielleicht war sie nur nicht bereit, der Wahrheit ins Auge zu sehen, weil sie sich mehr zu diesem Mann hingezogen fühlte, als sie wollte und es ihr guttat?

Der Bus hatte Exeter erreicht und hielt am Bahnhof. Melinda stieg aus und bahnte sich durch die Menschen in der Halle einen Weg zu den Gleisen, wo bereits ihr Zug stand. Als sie sich wenig später in den Sitz ihres Abteils sinken ließ, kreisten die Fragen von Neuem durch ihren Kopf. Sie verstand einfach nicht, warum George Clifford eine Akte über sie angelegt hatte. Alles sprach dafür, dass er die Erkundigungen über sie für Tennyson eingezogen hatte. Aber weshalb sollte dieser Mann ein solches Interesse an ihrer Person haben, dass er dafür sogar jemanden nach Berlin schickte? Nur weil ihr vielleicht ein Anteil von Sherwood zustand?

Dann dachte sie jedoch wieder an das Paket. Hatte Tennyson verhindern wollte, dass sie es bekam? Immerhin hatte sein Inhalt sie erst auf die Spur von allem gebracht. War George deshalb nach Berlin gekommen? Melinda überlief ein leichter Schauer bei dem Gedanken.

Es musste mehr dahinterstecken, dachte sie dann. Noch immer schien es ihr, als fehlte ihr ein entscheidendes Puzzleteil, um die Verbindung zwischen der Vergangenheit und der Gegenwart ganz zu verstehen – und vor allem die Rolle, die sie selbst dabei einnahm. Als wäre sie die Figur in einem Spiel, dessen Regeln und Ziel sie als Einzige nicht kannte!

Und der Schlüssel zu allem lag in den Jahren 1895 und 1896. Weshalb hatte ihre Großmutter einen anderen Namen angenommen und so endgültig mit ihrem bisherigen Leben gebrochen, dass sie sogar die Behauptung ihres eigenen Todes in Kauf genommen hatte? Hatte sie es für ihr Kind getan? Wovor war ihre Großmutter nur geflohen?

95

Melinda war froh, nach London zurückzukehren. Die Arbeit an ihren Artikeln und die Fortbildung ließen sie innerlich etwas zur Ruhe kommen. Sie freute sich, Emil und die anderen Kollegen wiederzusehen. Es tat gut, sich in den Pausen an den Gesprächen zu beteiligen, die sich zwischen den Journalisten in diesen Tagen vor allem um die aktuelle politische Lage in Berlin drehten. Die Situation zwischen den westlichen Alliierten und den Sowjets wurde dort immer angespannter. Sie alle waren beunruhigt, was sie bei ihrer Rückkehr in Berlin erwarten würde.

Der Montagvormittag verging schnell. Vorträge eines französischen und amerikanischen Journalisten, die über das Pressesystem in ihren Heimatländern berichteten, standen auf dem Programm. In der Mittagspause wurde Melinda jedoch überraschend von Andrew Johnson abgefangen.

»Kommen Sie, lassen Sie uns einen Tee zusammen trinken. Ich habe die Ergebnisse aus den Archiven!« Er schwenkte eine Mappe in seinen Händen.

»Ziemlich interessant. Ich habe mir erlaubt, den einen oder anderen Blick in einige Artikel zu werfen!«, sagte Johnson, als sie an einem der Tische in der Kantine Platz genommen hatten.

Melinda schlug neugierig die Mappe auf. Die Artikel stammten vorwiegend aus den Jahren 1895 bis 1897. Es ging darin vor allem um die Verlobung und Hochzeit von Cathleen Sherwood und Edward Hampton und die Todesfälle der beiden Schwestern. Auch der ungewöhnliche Aufstieg der Sherwoods war in einigen Berichten ein Thema. Zu ihrer Überraschung erfuhr Melinda, dass ihre Urgroßmutter Elisabeth Sherwood aus Deutschland kam.

»Ich weiß gar nicht, wie ich Ihnen danken soll«, sagte sie, als sie aufblickte.

Andrew Johnson musterte sie. »Vielleicht, indem Sie mir von Ihrem Wochenende erzählen. Sie sehen etwas mitgenommen aus, wenn Sie mir die Bemerkung erlauben. Ich hoffe doch sehr, dass diese Blessur in Ihrem Gesicht nicht in Zusammenhang mit Ihren Recherchen steht?« Er zog die Brauen hoch.

Melindas Finger glitten zu der Schürfwunde, die sie beinahe vergessen hatte. Sie stieß ein Seufzen aus und verspürte plötzlich das Bedürfnis, sich jemandem anzuvertrauen. »Leider doch.« In kurzen Sätzen erzählte sie, was am Wochenende geschehen war und dass sie dank Mrs Finkenstein inzwischen herausgefunden hatte, wer ihre Großmutter wirklich gewesen war.

»Nun, das erklärt eine Menge!«, stellte Johnson fest, als er von Tennysons Versuchen erfuhr, sie einzuschüchtern. »Hier ist nämlich heute Morgen von oberster Stelle eine Beschwerde über Sie eingegangen.«

Melinda starrte ihn entgeistert an. »Eine Beschwerde? Über mich?«

Er nickte. »Ja. Sie sollen unbefugt auf fremden Grund und Boden, bei den Hamptons, eingedrungen sein und sich in einem Pub namens Oak Inn wiederholt wie eine Nazi-Sympathisantin aufgeführt und dementsprechende Äußerungen gemacht haben!« Seine Brauen hatten sich nach oben gezogen.

»Was?« Der Ausruf war Melinda so laut herausgerutscht, dass sich einige der anderen Kantinenbesucher überrascht nach ihr umdrehten. Sie stellte ihren Becher ab, in dem der Tee gefährlich schwappte.

Johnson schaute sie nachdenklich an. »Ich habe natürlich erklärt, dass ich das für reinen Unsinn halte und eher annehme, dass jemandem im Dartmoor Ihre Recherchen nicht gefallen. Es war gut, dass Sie mir von Ihren Nachforschungen erzählt hatten«, fügte er hinzu.

Melinda rang noch immer um Fassung. »Ich kann nicht glauben, dass Tennyson das getan hat!«, stieß sie hervor.

»Nun, wie es scheint, ist dem Herrn eine Menge daran gelegen, dass man Sie so schnell wie möglich wieder nach Berlin zurückschickt. Ich habe keine Ahnung, in was Sie da hineingestochen haben, aber es sieht so aus, als wenn es um mehr als nur ein bisschen Familiengeschichte ginge …« Er zog die Mappe zu sich und blätterte darin.

»Wussten Sie, dass 1897 ein Journalist umgekommen ist, kurz nachdem er zwei Berichte über die Todesfälle der beiden Schwestern veröffentlicht hat? Hier, das sind die Artikel, die er geschrieben hatte.« Er schob ihr die Mappe wieder zu. Schon nach wenigen Zeilen erkannte Melinda, dass es die Berichte waren, die sie auch aus der Akte von Clifford entwendet hatte.

»Die Artikel kenne ich«, sagte sie nachdenklich. »Sie sind von einem Barry Sandfort. Er zieht nicht nur in Zweifel, dass meine Großmutter im Moor umgekommen ist, sondern hat auch Verdächtigungen gegen Lord Hampton erhoben. Er ist umgekommen, sagen Sie?«

Johnson nickte. »Auf ziemlich mysteriöse Weise sogar. Er ist an der Ostküste Englands von den Klippen gestürzt.«

»Mein Gott!«

»Ich habe es nur durch einen Zufall herausbekommen«, berichtete Johnson. »Das Archiv hatte mir einen Artikel mitgeschickt, weil der Name Hampton darin auch erwähnt wird. Und nun kommt der wirklich überraschende Teil – Edward Hampton wurde wohl zumindest kurzfristig verdächtigt, etwas mit dem Tod dieses Journalisten zu tun zu haben.« Er blätterte in der Mappe bis zur letzten Seite vor.

»Hier, lesen Sie mal!«

Das Gericht in London bestätigte heute, dass der Journalist Barry Sandfort bei einem Sturz von den Klippen an der Ostküste unweit von Dover am 10. Mai dieses Jahres eines natürlichen Todes starb. An dem Leichnam hätten keinerlei Anzeichen von Gewalteinwir-

kung festgestellt werden können. Mit dieser offiziellen Erklärung wird auch Lord Hampton von jedem Verdacht, in irgendeiner Weise in die Todesumstände des Journalisten verwickelt zu sein, freigesprochen.

Melindas Gedanken überschlugen sich, als sie erfasste, was die Zeilen vor ihr bedeuteten. »Barry Sandfort ist im Mai 1897 umgekommen? Das war eine knappe Woche, nachdem sein zweiter Artikel über die Sherwood-Schwestern erschienen ist!«

Johnson nickte mit dem Gesichtsausdruck eines Sherlock Holmes. »Ein seltsamer Zufall, nicht wahr?«

Melinda blickte ihn grübelnd an. »Vielleicht hat Lord Hampton tatsächlich etwas damit zu tun gehabt! Um jemanden von den Klippen zu stürzen, bedarf es nicht unbedingt großer Gewalteinwirkung, oder?«, überlegte sie laut. War Tennyson vielleicht auch deshalb so bemüht, ihre Nachforschungen zu unterbinden, weil er vermeiden wollte, dass diese alten Verdächtigungen den Ruf seiner Familie beschädigten? Niemals hätte sie gedacht, dass sich ihre Recherchen zur Familiengeschichte zu einem derartigen Kriminalfall entwickeln würden.

»Möglich wäre es«, gab Johnson zu.

Melinda blickte ihn entschlossen an. »Ich werde versuchen herauszubekommen, ob Sandfort eine Frau oder Kinder gehabt hat. Möglicherweise gibt es noch irgendjemanden, der weiß, woran er in den Tagen vor seinem Tod gearbeitet hat.«

»Tun Sie das. Nichts anderes habe ich von Ihnen erwartet«, erwiderte Johnson mit einem breiten Lächeln.

96

George Clifford starrte auf die Akte, die geöffnet vor ihm auf seinem Schreibtisch lag. Die Papiere darin waren durcheinander, das Foto lag quer – und die zwei Artikel fehlten. Es gab keinen Zweifel. Sie hatte sie gesehen. Er unterdrückte ein Stöhnen. Es war ein unentschuldbarer Fehler, dass er die Unterlagen hier hatte herumliegen lassen, aber der Abend war schließlich anders geplant gewesen. Er hatte nicht damit gerechnet, dass er mit Melinda hierherkommen würde. George versuchte, den Ablauf in seinem Kopf zu rekonstruieren. Sie musste die Akte entdeckt haben, als er hinausgegangen war, um den Wein zu holen. Das war der einzige Moment, in dem sie allein im Raum gewesen war. Was ihn zu der interessanten Frage brachte, weshalb sie in der kurzen Zeit überhaupt zu seinem Schreibtisch gegangen war und es dann auch noch geschafft hatte, dort die Unterlagen zu entdecken. Mit einem Mal ergab alles einen Sinn – ihr seltsames Verhalten, als sie ihn plötzlich so abrupt darum bat, sie zurück in die Pension zu fahren, der Abschied, bei dem sie aus dem Auto geflüchtet war, und schließlich ihre Reaktion, als sie ihn auch noch bei Henry Tennyson gesehen hatte. Bei der Erinnerung daran, wie sie auf einmal in Hampton vor der Tür gestanden hatte, verfinsterte sich sein Blick. Er fragte sich noch immer, was um Gottes willen sie dazu gebracht hatte, dort aufzutauchen. Es war mehr als leichtsinnig. Unterschätzte sie Tennyson derart? Er hatte ihr gedroht und sie angegriffen. George Clifford musste allerdings zugeben, dass ihm ihr Mut imponierte und es ihm eine Freude gewesen war mitzuerleben, wie der Hausherr bei ihrem Anblick um Fassung rang. Ganz offensichtlich hatte Tennyson sich getäuscht, wenn er glaubte, sie so einfach einschüchtern zu können. In der zarten Statur dieser Frau steckte eine Kämpferin. George hatte unwillkürlich wieder das Bild von ihr vor Augen, wie sie in Berlin mit leicht erhobenem Kinn durch die vom Krieg zerstörten Straßen gelaufen war. Von Anfang an hatte sie etwas an sich gehabt, das ihn berührte.

Nachdenklich nahm er das Foto von ihr in die Hand. Er erinnerte sich, wie er sie geküsst hatte, wie sie mit diesem verletzlichen Ausdruck neben ihm im Wagen gesessen hatte. Es würde schwierig werden, ihr alles zu erklären. Er hatte an ihrem entsetzten Blick bei Tennyson nur zu deutlich gesehen, was sie dachte. Warum musste die ganze Situation nur so kompliziert sein?, fragte er sich erneut.

Ein Geräusch hinter ihm riss ihn aus seinen Gedanken. Als er sich umdrehte, sah er, dass sein Vater ins Wohnzimmer gekommen war. Der alte Mann blickte über seine Schulter auf das Foto in seinen Händen.

»Bist du sicher, dass du weißt, worauf du dich da einlässt?«, fragte er ruhig.

George blickte ihn überrascht an. Er überlegte, wann sein Vater das letzte Mal einen Kommentar zu seinem Privatleben abgegeben hatte. Es war lange her. »Ich denke schon.«

Sein Vater ließ sich in dem alten Lehnstuhl nieder. Er schüttelte nachdenklich den Kopf. »Man würde denken, dass sie nach ihrer Großmutter und Mutter kommt, aber sie ähnelt ihm. Sie ist ihm wie aus dem Gesicht geschnitten.«

George schwieg und erinnerte sich, wie sein Vater Melinda angestarrt hatte, als er sie, nachdem er sie draußen im Nebel im Moor aufgelesen hatte, hierherbrachte. »Weißt du, was damals wirklich mit den beiden Sherwood-Schwestern geschehen ist?«, fragte er ihn plötzlich.

Sein Vater blickte einen Augenblick in das Kaminfeuer, bevor er schließlich nickte. Sein Gesicht wirkte mit einem Mal müde. »Ja. Es war ein echtes Drama. Ich habe erst später nach und nach erfahren, was sich abgespielt hat.«

97

Am anderen Ende der Leitung war ein Freizeichen zu hören, und dann meldete sich eine Stimme.

Melinda atmete tief durch. »Guten Tag, mein Name ist Leewald. Mein Anruf mag Ihnen möglicherweise etwas ungewöhnlich erscheinen, aber ich bin Journalistin und auf der Suche nach Hinterbliebenen von Barry Sandfort, einem Redakteur, der 1897 für den *Daily Chronicle* geschrieben hat … Ach, der Name sagt Ihnen nichts. Danke.«

Melinda ließ entmutigt den Hörer sinken. Es war bereits der sechste Anruf. Sie befand sich in dem privaten Büro von Mrs Finkenstein, die darauf bestanden hatte, dass sie ihr Telefon und ihr Büro für ihre Recherchen nutzen sollte. Laut der Londoner Adressbücher, die die Bankdirektorin ihr zur Verfügung gestellt hatte, gab es zwanzig Sandforts. Neun von ihnen besaßen einen Telefonanschluss. Melinda hatte mit ihnen angefangen. Wenn keiner der Sandforts, die ein Telefon hatten, mit dem Journalisten verwandt war, würde ihr wohl oder übel nichts anderes übrig bleiben, als die anderen persönlich aufzusuchen, dachte sie. Sie wählte die nächste Nummer – erneut ohne Erfolg. Auch die junge Frau, die sich dort meldete, kannte keinen Barry Sandfort.

Ein wenig resigniert rief sie den nächsten Anschluss an. »Sandfort«, meldete sich eine Stimme.

»Guten Tag, mein Name ist Melinda Leewald. Mein Anruf mag Ihnen vielleicht etwas ungewöhnlich erscheinen …«, begann sie genau wie bei den Anrufen zuvor und erklärte dem Mann ihr Anliegen.

Einen Moment lang war es am anderen Ende still. »Barry Sandfort, sagten Sie? Verzeihung, aber erlauben Sie mir die Frage, weshalb Sie auf der Suche nach Hinterbliebenen von ihm sind, Miss?«

Melinda, die innerlich damit gerechnet hatte, erneut abgewimmelt zu werden, horchte augenblicklich auf. »Ich recherchiere einen Fall, über den Mr Sandfort kurz vor seinem Tod zwei Artikel im *Daily Chronicle* veröffentlicht hat. Eine unaufgeklärte Familiengeschichte«, erklärte sie. »Sind Sie mit Mr Sandfort verwandt?«, fragte sie vorsichtig.

Erneut war es kurze Zeit still in der Leitung. »Ja, ich bin sein Sohn. Soll das heißen, Sie recherchieren über die Sherwood-Schwestern?«, fragte die Stimme des Mannes überrascht.

Wie Melinda erfuhr, war sein Name Roger Sandfort. Er sei zehn Jahre alt gewesen, als sein Vater 1897 ums Leben kam, berichtete er ihr und erklärte sich überraschenderweise sofort bereit, sich mit ihr zu treffen. Sie verabredeten sie sich für den kommenden Nachmittag in einem Café am Piccadilly Circus.

Roger Sandfort musste jetzt einundsechzig Jahre alt sein, rechnete Melinda insgeheim nach, und obwohl der gepflegte grauhaarige Mann – der als Erkennungszeichen seinen Hut auf einer quergefalteten *Times* vor sich auf dem Tisch liegen hatte – einige Jahre jünger aussah, kamen ihr plötzlich Zweifel, als sie ihn sah. Was sollte ihr jemand, der damals ein Kind von zehn Jahren gewesen war, schon berichten können?

»Ich erinnere mich an meinen Vater nicht mehr besonders gut«, bekannte Sandfort wie zur Bestätigung, nachdem sie sich begrüßt hatten. »Wie kommt es, dass Sie sich nach so vielen Jahren mit einer alten Angelegenheit wie dieser Sherwood-Geschichte befassen?«

»Es ist im Grunde eine persönliche Familienangelegenheit«, erklärte Melinda ehrlich und berichtete ihm in kurzen Worten von ihrer Großmutter und davon, was sie bei den Nachforschungen über sie herausgefunden hatte.

»Dann lebte Amalia Sherwood damals also tatsächlich noch!« Er musterte sie verblüfft und nippte an seinem Tee.

Melinda nickte. »Woher wissen Sie eigentlich von ihr?«

»Nun, mein Vater hatte in seinen letzten beiden Artikeln, die er veröffentlichte, darüber berichtet und sich in seinen letzten Recherchen vor allem mit ihr beschäftigt. Ich selbst erinnere mich natürlich nicht mehr daran, aber meine Mutter sprach sehr häufig darüber. Sie war über viele Jahre wie besessen davon. Sie ist nie richtig über den Tod meines Vaters hinweggekommen und war der festen Überzeugung, dass er keinen Unfall gehabt, sondern ihn jemand von den Klippen gestürzt hätte …« Sandfort rührte nachdenklich ein Stück Zucker in seinen Tee. Melinda sah ihm an, dass ein Teil seiner Kindheit von diesen Erlebnissen überschattet worden war.

»Weshalb war Ihre Mutter so überzeugt davon? Weil Ihr Vater Lord Hampton in seinen Artikeln verdächtigt hatte?«

Sandfort schüttelte den Kopf. »Nein, nicht allein deswegen, sondern wegen der Recherchen, die mein Vater damals gemacht hat. Sehen Sie, er hatte sich ursprünglich nur mit den beiden Todesfällen der Sherwood-Schwestern beschäftigt, weil er einem anonymen Hinweis nachgegangen war. Das hat meine Mutter zumindest immer erzählt, und dann fand er plötzlich heraus, dass Amalia Sherwood tatsächlich noch lebte. Deshalb war er an die Ostküste gereist.«

»Er hat Amalia, ich meine, meine Großmutter, dort gesehen?«

»Nein, aber er war auf eine Spur von ihr gestoßen.«

Melindas Herz schlug plötzlich schneller. »Hat Ihre Mutter Ihnen auch erzählt, was für eine Spur das genau war?«

Roger Sandfort blickte sie an. Schließlich nickte er. »Ja, es war ein Heim …«

Amalia

98

St. Mary's Home, Herbst 1895

Fast drei Wochen waren vergangen, doch noch immer erschien es ihr, als wäre das Schreckliche und Unfassbare eben erst geschehen. Sie hatte nichts geahnt. Nicht einmal bei ihrer Ankunft hier. Wie auch? Von außen war es auf den ersten Blick ein schönes Haus gewesen – es hatte die Größe eines kleinen Schlosses, und mit seinen zwei Türmen, der efeuberankten Fassade und dem gepflegten Innenhof sah es auch tatsächlich so aus. Sogar ein kleiner Park gehörte dazu. Amalia hatte es zunächst für ein Hotel oder eine Herberge gehalten, in der sie nur die Nacht verbringen wollten. Die hohen Mauern hatte sie erst bemerkt, als es schon längst zu spät war. Man hatte ihr das Zimmer gezeigt – es war elegant eingerichtet, ein wenig kleiner als ihres in Sherwood, aber mit allem Komfort. Von dem Fenster aus konnte man über den Innenhof direkt auf die Mauer schauen, diesen steinernen Wall, der das Anwesen wie ein Gefängnis umschloss. Sie entsann sich, dass sie auf dem Flur andere junge Frauen und auch Männer erblickt hatte – und Aufsichtspersonal. Eine leise Angst war in ihr aufgestiegen, weil sie nicht begriff, was sie hier sollten. Ihre Eltern hatten ihr gesagt, dass sie ihre Schwester in Dover vom Schiff abholen wollten. Amalia war überrascht gewesen, dass ihre Mutter sie gebeten hatte, sie auf dieser Fahrt zu begleiten. Seit dem Vorfall mit den Hamptons war sie ihr mit einer eisigen, unversöhnlichen Kälte begegnet. Zwei Tage zuvor jedoch hatte ihre Mutter auf einmal das Gespräch mit ihr gesucht. Sie bat sie, einige Sachen für die Fahrt nach Dover zu packen. Lady Hampton war gegen Mittag überraschend zu Besuch erschienen. Amalia war erstarrt und hatte einen Moment lang sogar befürchtet, sie sei gekommen, um ihrer Mutter alles zu erzählen. Sie wusste, dass Edward mit ihr hatte sprechen wollen. Doch sie hatte Amalia freundlich begrüßt und ihr sogar heimlich ein Briefchen zugesteckt.

Edward bittet mich, Ihnen auszurichten, dass er Sie sehen muss. Wenn es Ihnen möglich ist, sollen Sie gegen zwei Uhr zu dem Cottage kommen.

Sie war viel zu überrascht, um darüber nachzudenken, wie seltsam es war, dass Edward ihr nicht selbst schrieb. Nur kurz war ihr auch durch den Kopf gegangen, dass er eigentlich in London sein müsste. War er vorzeitig zurückgekehrt?

Ihre Sehnsucht nach ihm war so groß, dass sie selbst der Sturm nicht davon abhielt, sich auf den Weg zu ihm zu machen. Mr Benson, der Gärtner, machte ihr beunruhigt einige Zeichen, als er sie am Tor traf, doch sie lächelte ihm beschwichtigend zu. Sie würde nicht lange fortbleiben.

Draußen im Moor war der Wind so stark, dass sie kaum vorwärtskam, und der Regen peitschte ihr ins Gesicht. Mühsam kämpfte sie sich vorwärts und erreichte schließlich das Cottage. Doch Edward kam nicht. Fast eine Stunde wartete sie auf ihn, bevor sie sich enttäuscht und auch ein wenig beunruhigt wieder auf den Rückweg machte. Der Himmel hatte sich weiter zugezogen, und der Regen war inzwischen so heftig geworden, dass sie auf dem schmalen Pfad immer wieder ins Rutschen kam. Furcht ergriff sie, sie könne es nicht mehr zurückschaffen. Als sie hinter den Hügeln endlich die Straße erreichte, sah sie zu ihrer Erleichterung die Kutsche ihrer Eltern, die ihr entgegenkam. Eilig half man ihr in den Wagen.

»Was machst du hier draußen? Bei diesem Wetter?« Sie konnte die aufgebrachten Worte von den Lippen ihrer Mutter lesen. »Wir müssen sofort los, um nach Dover aufzubrechen, bevor der Sturm noch schlimmer wird!«

Amalia nickte verwirrt. Selbst ihr Gepäck hatten sie schon dabei. Ihre Mutter reichte ihr ein Tuch für ihre nassen Haare.

Starr blickten ihre Eltern aus dem Fenster, während sich ihre eigenen Gedanken Edward zuwandten und sie sich abermals fragte, weshalb er nicht gekommen war.

Die Fahrt war lang. Die Kutsche schaukelte im Wind, und mehr als einmal drohten sie auf den matschigen Wegen stecken zu bleiben. Ihre Eltern sprachen kaum ein Wort. Amalia konnte sich nicht erinnern, wann sie jemals so viele Stunden mit ihrer Mutter und ihrem Vater allein verbracht hatte. Die Verständigung mit ihnen war schwierig, nie war ihr das so bewusst geworden, und in manchem Moment schien es ihr beinahe, als würde sie mit Fremden reisen.

Die Nacht verbrachten sie abseits der Landstraße in einem einsam gelegenen Gasthaus, und am nächsten Tag hatten sie schließlich ihren Weg fortgesetzt und waren hier angekommen – in St. Mary's Home.

Verwirrt sah sie sich nach der Ankunft erneut in dem Zimmer um und versuchte das Gefühl der Panik zu bekämpfen, das in ihr hochstieg. Sie ergriff ihren Block. *Was machen wir hier? Ich dachte, wir holen Cathleen ab?*

Ihr Vater wich ihrem Blick aus, so wie er es schon die ganze Fahrt über getan hatte. Ihre Mutter strich ihr dagegen mit einem künstlichen Lächeln übers Haar. »Wir wollten es dir nicht gleich sagen, aber du wirst ein bisschen hierbleiben. Es ist besser für dich. Glaub mir«, sagte sie mit ihren übertriebenen Lippenbewegungen. »Hier sind mehr Menschen, die so sind wie du …«

Wie sie? Panik ergriff sie. Edward – er wusste nicht, dass sie hier war!

Sie schüttelte heftig den Kopf und wollte an ihrer Mutter vorbei aus dem Zimmer. Entsetzt prallte sie an der Tür zurück. Ein Mann in einem Kittel hatte sich ihr entgegengestellt.

»Miss!« Er schenkte ihr das gleiche freundliche Lächeln, das man einem Schwachsinnigen schenkte, der nicht wusste, was er tat.

Als sie sich an ihm vorbeidrängen wollte, hielt er sie mit eisernem Griff fest. Sie spürte, wie eine entsetzliche Angst in ihr hochstieg, und drehte sich zu ihren Eltern um. *Nein, bitte. Das könnt ihr nicht machen …* Flehentlich blickte sie sie an.

Der Mann im Kittel bedeutete ihren Eltern, das Zimmer zu verlassen. Ihre Mutter nickte und zog ihren Vater mit sich. Das Letzte, was Amalia sah, war sein Gesicht – die Tränen in seinen Augen und das Schuldgefühl! Dann schloss sich die Tür hinter ihnen.

Ein Schrei kämpfte sich in ihrer Kehle nach oben. Der Pfleger verstärkte schmerzhaft seinen Griff. »Beruhigen Sie sich, Miss!«

Sie versuchte sich zu wehren. Nein. Sie wollte hier nicht bleiben. Edward …

Zu ihrem Entsetzen sah sie, dass ein zweiter Mann im Kittel ins Zimmer trat, der ein Glas mit einer milchigen Flüssigkeit in der Hand hielt.

Die Männer sprachen miteinander – doch so schnell, dass sie die Worte nicht von ihren Lippen lesen konnte. Dann drehte ihr der erste Pfleger plötzlich die Arme auf den Rücken. Voller Panik spürte sie, wie das Glas an ihre Lippen gedrückt wurde und einer der Männer ihr die Nase zuhielt. Sie schnappte nach Luft und merkte, wie die Flüssigkeit, die einen bitteren Nachgeschmack hatte, ihre Kehle hinunterrann. Sie hustete und schluckte. Doch die beiden kannten kein Erbarmen und ließen sie erst wieder los, als das Glas geleert war. Nur Augenblicke später überkam sie eine bleierne Müdigkeit, und sie merkte, wie ihr die Sinne schwanden.

99

Als sie wieder zu sich kam, befand sie sich in einer Art Krankenzimmer. Eine Schwester huschte zwischen den Betten hin und her. Sie fühlte sich benommen, und ihr Kopf schmerzte. Erst dann hatte Amalia sich erinnert, was geschehen war. Die Panik kehrte schlagartig zurück. Sie fuhr hoch und wollte aus dem Bett springen, doch ihr Kreislauf war nicht stabil. Alles drehte sich um sie, und im selben Augenblick war die Krankenschwester auch schon bei ihr und hielt sie fest. *»Nicht, Miss!«*

Sie versuchte sich zu wehren – sie musste hier fort. Edward wartete auf sie, dachte sie erneut. Die Angst verlieh ihr für kurze Zeit ein wenig Kraft. Die Krankenschwester schrie etwas, und unter ihren Füßen spürte Amalia die Vibration von schweren Männerschritten, als auch schon die Tür aufgerissen wurde und die beiden Pfleger auf sie zustürzten. Erneut flößte man ihr ein Medikament ein, und sie fiel abermals in einen tiefen Schlaf.

Tage schienen vergangen zu sein, als sie das nächste Mal zu sich kam. Es war dunkel, und sie hatte jedes Gefühl für Zeit und Raum verloren. Ihre rechte Hand war an das Metallgitter des Betts festgebunden, merkte sie. Sie sah die Gesichter ihrer Eltern vor sich, wie sie sie in dem Heim bei den Pflegern zurückgelassen hatten. Warum hatten sie das getan? Sie weinte leise und dachte an Edward und an Cathleen. In Strömen liefen die Tränen über ihre Wangen. Niemals zuvor hatte sie sich so einsam und verlassen gefühlt. Irgendwann schlief sie schließlich vor Erschöpfung wieder ein.

Als sie das nächste Mal erwachte, saß ein Mann an ihrem Bett. Er trug einen eleganten Anzug mit einer Weste, in deren Tasche das Ende einer goldenen Kette verschwand. Ein schmaler Schnurrbart zierte seinen Mund. Er blickte sie freundlich an und sagte etwas zu der Krankenschwester, die daraufhin eilfertig ihr Handgelenk losband. Etwas an der Art, wie sie das tat und dabei nickte, verriet Amalia, dass der Mann Macht und Autorität besaß. Sie rieb sich vorsichtig die Hand.

Der Mann beugte sich zu ihr. »Können Sie von den Lippen lesen, Miss?«

Sie nickte.

»Gut. Ich bin Dr. Graham und Leiter von St. Mary's Home. Sie müssen sich beruhigen! Vorher können Sie nicht von der Krankenstation herunter. Es liegt an Ihnen!«

Amalia griff nach Block und Stift, die auf dem Nachttisch lagen. Warum bin ich hier?

»Ihre Familie hat Sie unserer Obhut anvertraut. Wir alle wollen nur das Beste für Sie. St. Mary's Home ist ein wunderschönes Anwesen.«

Er sprach langsam genug, sodass sie jedes Wort von seinem Mund ablesen konnte.

Sie ergriff von Neuem den Stift. *Und wenn ich nicht hierbleiben möchte?*

Er lächelte nachsichtig, als würde er ein Kind vor sich haben, und zwirbelte seinen Schnurrbart.

»Sie sind taub und können nicht einmal sprechen, Miss. Sie sollten dankbar sein, dass Sie dank der Großzügigkeit Ihrer Angehörigen und mit unserer Hilfe hier ein gutes und beschütztes Leben führen können!«

Amalia starrte auf den Abdruck, der noch immer auf ihrem Handgelenk zu sehen war. Sie war eine Gefangene – *das* war die Wahrheit.

Verzweifelt versuchte sie, sich nicht von ihrer Furcht überwältigen zu lassen, als Dr. Graham sie schließlich verließ. Sie bemühte sich zu verstehen, warum ihre Eltern sie hierhergebracht hatten. Weshalb sie es nicht einmal für nötig befunden hatten, ihr die Gründe dafür zu erklären. Hing es mit dem Vorfall bei dem Besuch der Hamptons zusammen oder vielleicht sogar mit Edwards Entscheidung, sie zur Frau nehmen zu wollen? Man hatte sich ihrer entledigt und sie abgeschoben, weil sie nicht in das makellose Bild des Aufstiegs passte, den ihre Mutter für die Familie vorgesehen hatte, dessen war sie sich sicher. Dunkel ahnte Amalia, dass Lady Hampton in den Plan, sie auf diese Weise loszuwerden, involviert war. Schließlich hatte sie ihr das Briefchen zugesteckt, in dem stand, dass Edward sie angeblich sehen wollte. Dann dachte Amalia an Cathleen. Hatte sie über das Vorhaben ihrer Eltern auch Bescheid gewusst? Nein. Niemals! Deshalb hatte ihre Mutter ihre Schwester überhaupt nach Paris geschickt, wurde ihr plötzlich klar. Es war alles von langer Hand geplant gewesen. Und nicht allein von ihrer Mutter, sondern auch von ihrem Vater. Sein Verrat traf sie am meisten, denn sie hatte ihm stets bedingungslos vertraut.

Amalia war sich sicher, dass Edward von alldem nichts wusste. Nie hätte er zugelassen, dass man ihr das antat. Der Gedanke an ihn war das Einzige, was sie aufrecht hielt. Er würde nach ihr fragen, sie suchen und nicht ruhen, bis er sie gefunden hatte. Was hatten ihre Eltern ihm und Cathleen erzählt? Nicht die Wahrheit, so viel stand fest. Panik durchflutete ihren Verstand, sodass sie nicht mehr in der Lage war, klar zu denken. Erneut liefen die Tränen über ihre Wangen.

100

Es stellte sich schnell heraus, dass es von St. Mary's Home kein einfaches Entkommen geben würde. Über die hohen Mauern war eine Flucht unmöglich, und die beiden Ausgänge des Anwesens wurden rund um die Uhr bewacht. Ohne Erlaubnis durften die Insassen das Heim nicht verlassen.

Amalia begriff, dass sie vor Dr. Graham und dem Aufsichtspersonal so tun musste, als würde sie sich in ihr Schicksal fügen. Es war ihre einzige Chance, etwas Freiheit wiederzuerlangen und einen Plan zu entwickeln, wie sie von hier fliehen konnte.

Der Heimleiter zeigte sich über ihre Einsicht höchst zufrieden. Sie durfte von der Krankenstation in ihr Zimmer ziehen, und er ließ es sich nicht nehmen, ihr St. Mary's Home bei einem Rundgang persönlich zu zeigen.

Innerlich wie gelähmt, folgte Amalia ihm durch die Gänge und Flure. St. Mary's Home verfügte über einen Frauen- und einen Männertrakt. Die Insassen waren vorwiegend Jugendliche und junge Erwachsene, doch es gab auch einige Ältere. Ein großer Teil von ihnen war wie Amalia taub, doch manche besaßen auch andere Behinderungen, waren geistig oder körperlich beeinträchtigt. Hinter der Krankenstation lag außerdem eine geschlossene Abteilung für die schweren Fälle, die jedoch mit den anderen nicht in Kontakt kamen.

Die Insassen von St. Mary's Home stammten alle aus wohlhabenden Familien, und zumindest äußerlich war alles dafür getan worden, damit sich die Heimbewohner hier wohlfühlten, musste Amalia zugeben. Die Zimmer waren ebenso elegant eingerichtet wie das übrige Anwesen, zu dem diverse Salons, ein Esssaal, Unterrichtsräume und auch eine umfangreiche Bibliothek und eine kleine Kapelle gehörten. Es gab sogar ein Atelier, in dem Staffeleien und Farben zum Malen zur Verfügung standen.

»Vielleicht wäre das etwas für Sie? Wie mir Ihre Familie berichtete, malen Sie sehr gut.« Dr. Graham gab sich Mühe, sich beim Sprechen immer zu ihr zu wenden.

Amalia erfuhr, dass nicht nur regelmäßig ein Schneider und Schuhmacher, sondern auch ein Arzt und ein Geistlicher in das Heim kamen. Wenn sie etwas brauchte oder wünschte, sollte sie es einen der Pfleger oder Schwestern wissen lassen. Ihre Angehörigen hätten einen ausreichenden Geldbetrag für sie auf einem Konto hinterlegt, damit sie an nichts Mangel leiden müsse.

Natürlich! Wahrscheinlich hatte ihr Vater dem Heim über diesen Betrag hinaus auch eine großzügige Spende zukommen lassen, dachte Amalia voller Bitterkeit. Sie verstand plötzlich, dass in St. Mary's Home vor allem deshalb ein solch eleganter und luxuriöser Anschein erweckt wurde, damit die Familien, die ihre Angehörigen hier zurückließen, so wenig Schuldgefühle wie möglich verspürten. Waren die anderen Insassen genauso abgeschoben worden wie sie?

»Nun, wie Sie sehen, versuchen wir Ihnen das Leben hier so angenehm wie möglich zu machen. Allerdings haben wir einige strikte Regeln. Dazu gehört auch, dass Sie sich hier in keiner wilden Zeichen- oder Gebärdensprache verständigen dürfen und dass Sie nach einer gewissen Eingewöhnungszeit Unterricht bekommen werden, um das Sprechen wieder zu erlernen.«

Amalia hoffte inständig, sie habe die Worte von seinen Lippen gerade falsch verstanden.

Dr. Graham, der ihre Reaktion bemerkte, tätschelte ihr die Schulter und lächelte. Schon jetzt hasste sie die Überheblichkeit, die in seinem Blick lag. »Keine Angst, Sie werden etwas Geduld haben müssen, aber mit der Zeit werden Sie das Sprechen wieder lernen. Wir haben hervorragende Lehrer hier.«

Wie zur Bestätigung öffnete er die Tür zu einem der Unterrichtsräume. Ein junges Mädchen saß dort auf einem Schemel vor einem Sprachlehrer und machte Lautübungen.

Als Amalia den Mann erblickte, der sie unterrichtete, erstarrte sie. Ein Schwindelgefühl ergriff sie, und sie wünschte sich nur noch weit weg von hier. In all den Jahren, in denen sie dieses Gesicht mit seinem zu einem Schlund geöffneten Mund in ihren Albträumen verfolgte, hatte sie diesen Mann nie vergessen. Es war Mr Beans!

Der kurze Augenblick der Hoffnung, er würde sie nicht erkennen und sie vielleicht im Laufe der Zeit einfach vergessen haben, zerschlug sich unmittelbar, als sich ihre Blicke trafen. Der stille Triumph und die Genugtuung, die sich in den Zügen von Mr Beans spiegelten – als hätte er seit Jahren nur auf diesen Moment gewartet –, jagte ihr einen Schauer eisiger Kälte über den Rücken. Amalia war nicht mehr in der Lage, Dr. Grahams Lippenbewegungen zu folgen. Nur am Rande bekam sie noch mit, dass sich das, was der Heimleiter sagte, in irgendeiner Weise auf den Lehrer und seine herausragenden Fähigkeiten bezog. Dafür nahm Amalia das Mädchen wahr, das der Lehrer losgelassen hatte. Es war vielleicht fünfzehn, höchstens sechzehn Jahre alt – mit einem hübschen, noch kindlichen Gesicht und großen, bernsteinfarbenen Augen. Die Anspannung und Angst, die sich in seiner Haltung und seinem Gesicht zeigten, erinnerten Amalia unwillkürlich an sich selbst. Sie ahnte, was das Mädchen durchmachte, und sie musste an sich halten, um nicht zu ihm zu gehen und es in die Arme zu nehmen.

Mr Beans war einen Schritt auf sie zugekommen. Ein kaltes Lächeln glitt über sein Gesicht. »Willkommen in St. Mary's Home, Amalia!«

101

Dr. Grahams Büro strahlte eine gediegene Eleganz aus. Bücherregale und ein großer Schreibtisch aus poliertem Edelholz, goldgerahmte Gemälde und ein Teppich auf dem Boden vermittelten eine private Atmosphäre. Man hätte glauben können, zu Besuch bei wohlhabenden Freunden zu sein, doch Amalia machte sich keine Illusionen. Hinter der stilvollen Fassade von St. Mary's Home regierte Dr. Graham mit eisernen Hand und liebte seine Macht.

Sie versuchte, ihre Nervosität zu verbergen, als sie beobachtete, wie er las, was sie ihm geschrieben hatte. Eine schlaflose Nacht lag hinter ihr, in der sie überlegt hatte, was sie tun sollte, und am Morgen hatte sie schließlich beschlossen, das Gespräch mit dem Heimleiter zu suchen.

Dr. Graham zwirbelte nachdenklich seinen Schnurrbart und blickte auf.

»Sie möchten also keinen Unterricht, Amalia? Sie möchten nicht sprechen lernen?«

Sie nickte und nahm, während sie die Worte von seinen Lippen las, nicht zum ersten Mal zur Kenntnis, dass er sie einfach beim Vornamen nannte.

Er schüttelte den Kopf. »Nun, ich fürchte, das kann ich Ihnen nicht erlauben, Amalia. Es ist wichtig, dass Sie sprechen, und ein großes Versäumnis, dass man Sie nicht von Kind an unterrichtet hat. Das Denken kann sich nur über das Sprechen entfalten. Es wird wie eine Befreiung für Ihren Geist sein. Glauben Sie mir, das werden Sie erkennen, sobald Sie die ersten Fortschritte machen«, sprach er mit langsamen Lippenbewegungen und einem Gesicht, das sich ihr in einer Maske glatter Freundlichkeit präsentierte, an der sie wie an einer Mauer abprallte.

Amalias Hände verkrampften sich.

»Im Übrigen ist es auch der Wunsch Ihrer Familie, dem ich nachkomme. Sie möchte, genau wie ich, dass Sie sich in unserer Gesellschaft verständigen und integrieren lernen.«

Ein aufgebrachter Ausdruck flammte in Amalias Augen auf. Sie unterdrückte den Impuls, erneut den Stift zu nehmen und Dr. Graham zu fragen, wofür. Schließlich hatten ihre Eltern sie in ein Heim abgeschoben und alles dafür getan, sie von der Welt zu isolieren.

Das Gesicht des Heimleiters ließ sie indes erkennen, dass es kein Entkommen gab. Sie erinnerte sich, wie brutal die Pfleger ihr das Beruhigungsmittel eingeflößt hatten, und zweifelte nicht daran, dass Dr. Graham, falls sie sich widersetzte,

Mittel und Wege finden würde, sie zum Sprechunterricht zu zwingen. Erneut griff sie nach dem Block.

Ich kann nicht bei Mr Beans Unterricht nehmen!

Dr. Graham lächelte knapp, als er das Geschriebene las. Er wirkte nicht sonderlich überrascht. »Sie meinen, weil Sie sich von früher kennen? Das hat er mir erzählt – und auch dass Ihre Eltern damals nicht konsequent genug waren und Sie sie dazu gebracht haben, dass der Unterricht eingestellt wurde.« Seine Brauen zogen sich bei den letzten Worten tadelnd nach oben. Amalia verspürte Übelkeit. Voller Ohnmacht begriff sie, dass Mr Beans ihr zuvorgekommen war. Alles, was sie nun erzählen würde, musste in den Ohren des Heimleiters unglaubwürdig klingen. Es würde wie eine Ausrede wirken, als wolle sie nur dem Unterricht entgehen. Niemals würde ihr Wort gegen das von Mr Beans Bestand haben.

»Ich werde Ihnen noch einige Tage zur Eingewöhnung lassen. Ihr Unterricht wird erst nächste Woche beginnen. Sie werden sehen, Mr Beans ist ein hervorragender Lehrer!«, formte Dr. Grahams Mund die Worte. Er erhob sich zum Zeichen, dass das Gespräch damit für ihn beendet war, von seinem Stuhl.

Betäubt verließ Amalia sein Büro.

Später im Speisesaal sah sie, wie Mr Beans, der am anderen Tischende neben dem Aufsichtspersonal saß, sie beobachtete. Als sie sich auf den Weg zurück zu ihrem Zimmer machte, stand er im Flur auf einmal unerwartet vor ihr.

»Habe ich dir nicht gesagt, dass wir uns eines Tages wiedersehen werden? Ich hoffe in deinem Interesse, dass du inzwischen etwas einsichtiger geworden bist, Amalia.« Er war so dicht an sie herangetreten, dass sie seinen schlechten Atem riechen konnte. Wie früher hatte er sie einfach mit eisernem Griff an den Schultern gefasst, sodass sie nicht umhinkam, das, was er sagte, von seinen Lippen lesen zu müssen.

Hasserfüllt blickte sie ihn an. Er lächelte dunkel, als freute er sich schon jetzt auf den Widerstand, den sie ihm entgegensetzen würde. Als er sie endlich wieder losließ und weiterging, griff Amalia Halt suchend nach dem Fensterbrett neben sich. Angst und ohnmächtige Wut darüber, dass sie Mr Beans erneut ausgeliefert war, kämpften in ihr.

In diesem Augenblick spürte sie, dass sie jemand ansah. Sie drehte sich um. Auf der anderen Seite des Flurs stand die Gestalt eines Mannes. Schon eine ganze Weile schien er sie beobachtet zu haben. Es war einer der anderen tauben Insassen. Er war älter, Ende zwanzig, schätzte sie und war Amalia bereits im Speisesaal aufgefallen, denn er hinkte, und sein Gesicht war auf der linken Seite vollständig von einer Brandwunde entstellt, die nur das Auge ausnahm. Die andere Hälfte seines Gesichts dagegen enthüllte, dass die Natur ihn durchaus vorteilhaft bedacht hatte. Er strahlte eine ungewöhnliche Ruhe und innere Kraft aus, die im Gegensatz zu seiner gezeichneten Erscheinung stand und sich auch nicht verlor, als er hinkend auf sie zukam und dabei, begleitet von der Mimik seines Gesichts, die Hände und Arme bewegte. *Alles in Ordnung? Geht es dir gut?*

Die Gebärden, die er machte, waren schnell und anders als die, die sie mit Cathleen verwandt hatte, doch Amalia verstand ihn. Sie nickte, obwohl sie innerlich noch immer zitterte.

Er musterte sie prüfend aus seinen grauen Augen, bevor er erst auf sich und dann auf ihre Person deutete. *Ich bin Gordon. Wie heißt du?*

Amalia. Sie buchstabierte ihren Namen, ohne dass sie darüber nachdachte, mit dem Fingeralphabet.

Ein leichtes Lächeln glitt über sein Gesicht, doch dann wurde er ernst. Er wies mit der Hand in die Richtung, in die Mr Beans entschwunden war, und machte einige weitere Zeichen, die sich fließend vor ihren Augen miteinander verbanden. *Nimm dich vor ihm in Acht. Er ist gefährlich!*

Amalia nickte matt. Als hätte ausgerechnet sie diesen Hinweis gebraucht! *Ich weiß.*

Er musterte sie erneut prüfend, bevor er schließlich weiterging. Erst später, als sie schon wieder in ihrem Zimmer war, ging ihr auf, dass Gordon sich trotz des Verbots in der Gebärdensprache mit ihr verständigt hatte.

Von nun an fiel er ihr auf. Sein gezeichnetes Gesicht stieß aus der Menge der fremden Menschen um sie herum hervor, und sie nahm wahr, dass er zwischen den anderen Tauben eine besondere Position einzunehmen schien. Es wirkte, als suchten sie seine Nähe und seinen Rat. Gelegentlich trafen sich ihre Blicke. In der Art, wie er sie ansah, lag etwas Wissendes und gleichzeitig ein tiefes Mitgefühl, als ahnte er, durch welche innere Hölle sie ging. Sie senkte den Kopf. Es verwirrte sie, dass jemand, mit dem es das Schicksal augenscheinlich noch viel schlechter gemeint hatte, ihr solche Empfindungen entgegenbrachte.

102

Amalia bemühte sich zunächst, die Gedanken an den drohenden Unterricht mit aller Kraft zu verdrängen. Doch es gelang ihr nicht und kostete sie im Gegenteil übermenschliche Beherrschung, sich ihre Angst nicht anmerken zu lassen. Eine Woche blieb ihr – mehr nicht!

Sie dachte an Edward und hoffte jeden Tag aufs Neue, er würde sie finden. Er würde keine Ruhe geben, bis ihre Eltern ihm gesagt hatten, wo sie war, versuchte sie sich wie schon so oft zu beruhigen. Sie hatte überlegt, ihm zu schreiben, doch ihr Plan wurde schnell zunichtegemacht, als sie erfuhr, dass die Versendung aller Briefe, die die Heimbewohner schrieben, zuvor von Dr. Graham genehmigt werden musste und er sich auch das Recht herausnahm, sie zu lesen.

Nicht nur Edward, sondern auch Cathleen fehlte ihr

schrecklich. Sie hatte wirre Träume von ihrer Schwester, in denen ihr das Bild von ihr entglitt, wenn sie auf sie zugehen wollte. Als würden sie gegenseitig aus ihrer beider Leben verschwinden, so kam es ihr vor.

Amalias Verzweiflung wuchs. In den Nächten weinte sie sich in den Schlaf, und sie merkte, wie sie sich mehr und mehr in einen inneren Kokon zurückzog. Apathisch nahm sie an dem Alltag in St. Mary's Home teil, der einem regelmäßigen Ablauf unterworfen war. Nach dem Aufstehen wurde in der Kapelle eine Andacht gehalten – ein Geistlicher kam dafür eigens jeden Morgen in das Heim. Anschließend gab es Frühstück. Genauso wie die Mittags- und Abendmahlzeit wurde es jeden Tag zur gleichen Zeit gemeinsam im Speisesaal eingenommen, immer im Beisein von Aufsichtspersonal von Pflegern, Lehrern und auch einigen Ärzten. Sie saßen alle an langen Tischen, und die Stimmung dabei hatte etwas Gespenstisches, da es ihnen nicht erlaubt war, sich mit Gesten oder Zeichen zu verständigen, und sie starr nebeneinander ihr Essen einnahmen. Einige Taube sprachen lautsprachlich untereinander, doch es waren meistens nur wenige Sätze, die sie wechselten. Es erschien Amalia eigenartig, wenn nicht geradezu lächerlich, dass jemand, der seine eigenen Worte nicht hören konnte, etwas sagte, das ein anderer, der sie ebenfalls nicht verstand, von seinen Lippen ablesen musste.

Dem Aufsichtspersonal gelang es allerdings nicht gänzlich, die Verständigung untereinander zu verhindern. Unter dem Tisch oder in kurzen unbeobachteten Momenten, wenn einer der Pfleger oder Lehrer gerade in eine andere Richtung schaute, kam es immer wieder zu einem schnellen Austausch von Gesten und Zeichen zwischen den Heimbewohnern. Nach und nach fiel Amalia auf, dass das nicht nur bei den Mahlzeiten der Fall war. Nach außen wirkte es, als würden die Tauben das Verbot und die Regeln akzeptieren, die man ihnen auferlegte, doch sie hatten nur einen Weg gefunden, sie zu umgehen, und wussten genau, wo und wann sie unbeobachtet waren. Sobald sich die Aufseher entfernten, setzte zwischen ihnen eine lebhafte Kommunikation ein. In den Ecken der Flure, den versteckten Nischen der Salons und im Schatten der Hecken und Bäume des Parks schien es, als gebe es eine zweite Welt in St. Mary's Home. Es war ein Feuerwerk aus Zeichen, aus Gesten und Mimik, eine wahre Flut von Gebärden, mit denen sie sich verständigten. Finger und Hände flogen durch Luft und Raum, und die Gesichter und Körper waren mit einem Mal von einem sprühenden Leben erfüllt.

Ähnlich wie bei ihrem kurzen Austausch mit Gordon musste Amalia feststellen, dass sie vieles nicht verstand. Sie nahm wahr, dass die anderen Insassen ihr neugierige Blicke zuwarfen. Doch sie schienen zu spüren, dass sie in Ruhe gelassen werden wollte, und blieben auf Distanz.

Gelegentlich begegnete ihr auch das Mädchen, das sie bei Mr Beans im Unterricht gesehen hatte. Es hatte oft verweinte Augen. Es war nicht schwer zu erraten, warum. Einmal ging Amalia zu ihr und nahm sie tröstend in die Arme. Sie hieß Chloe, wie sie erfuhr, und Mr Beans ließ sie regelmäßig zu Sonderstunden zu sich kommen.

Es wird besser werden. Er wird dich zukünftig etwas in Ruhe lassen, bedeutete sie Chloe.

Das Mädchen sah sie zweifelnd an. Doch Amalia war sich sicher, dass sie recht hatte. Mr Beans' Jagdinstinkt und Machtfreude würden sich für einige Zeit ganz auf sie konzentrieren. Zumindest das war ihr ein Trost. Das Leiden des Mädchens durchdrang Amalias eigene Angst und ihren Schmerz, auch wenn es ihr deutlich machte, was in einigen Tagen auf sie selbst zukommen würde.

Manchmal holte sie die Schachtel mit den Schachfiguren aus dem Schrank. Sie hatte sie heimlich eingesteckt, als sie ihre Sachen für die Reise nach Dover packte. Sie war sich albern vorgekommen, weil sie glaubte, nur drei Tage fort zu sein, doch nun ergriff sie eine tiefe Dankbarkeit darüber. Die Figuren waren ihr ganzer Trost. Wenn sie sie betrachtete, sah sie Edward vor sich und erinnerte sich an jede einzelne Begegnung mit ihm. Mit zugeschnürter Kehle nahm sie die rote Dame in die Hand. Ein winziges Stück Marmor, das alles für sie symbolisierte.

103

Ein unappetitlicher gelber Schweißrand zeigte sich an seinem Hemdkragen. Mr Beans hatte hektische rote Flecken im Gesicht, und seine kleinen Äuglein glitzerten unheilvoll. Er war aufgeregt, begriff Amalia, als sie wenige Tage später schließlich das erste Mal wieder vor ihm saß. Alles in ihr zog sich zusammen.

»Nun, Amalia, du wirst sehen, dieses Mal wirst du sprechen lernen«, sagte Mr Beans, während er den Stuhl zu sich heranzog.

Sie nickte beklommen. In der Nacht war sie immer wieder von Albträumen geplagt aus dem Schlaf hochgefahren. Sie musste ihm etwas vorspielen. Es gab keinen anderen Weg. Offener Widerstand ihm gegenüber war sinnlos – hier, wo sie ganz seiner Macht ausgeliefert war.

»Wir fangen wieder mit den Lauten an. Du erinnerst dich bestimmt?« Er tätschelte ihre Wange, und sie zuckte instinktiv zurück. Dann öffnete sich sein Mund, und es begann alles genau so, als hätte es die letzten vierzehn Jahre nie gegeben: die Speichelfäden in seinem Schlund, der eiserne Griff, die unerträgliche Nähe, die sie seinen säuerlichen Körpergeruch wahrnehmen ließ, und der geifernde Ausdruck in seinen Augen. Anders als damals verstand sie nun in ihm zu lesen und erkannte die sexuelle Gier, die sich in seiner gesamten Person spiegelte. Er war älter geworden – Falten durchzogen sein Gesicht, und das feine Netz von roten Adern hatte sich über seine große Nase bis zu den Wangen hin ausgebreitet. Seine Hand umklammerte ihr Kinn.

»Wiederhole es, Amalia!«

Sie kam seiner Aufforderung nach, versuchte, sich weiter in ihr Inneres zurückzuziehen, vor ihrem geistigen Auge das Bild von Edward erzwingend.

»Nun, immerhin. Auch wenn das kaum mehr als ein krächzender Ton war. Wir werden daran üben müssen«, sagte er gönnerhaft.

Sie blickte ihn an, und zu ihrer Überraschung stellte sie fest, dass er irritiert wirkte und beinahe ein wenig enttäuscht. Er hatte mit Verweigerung gerechnet. Und noch etwas anderes entdeckte sie in seinem Blick – einen Anflug von Unsicherheit, als würde er sich plötzlich bewusst werden, dass sie kein Kind mehr war und er nicht mehr die gleiche Macht über sie besaß wie damals.

»Du zeigst dich also einsichtig, ja?«

Er strich ihr übers Haar. Etwas lag in dieser Geste, das Amalia mehr Angst einjagte als sein gesamtes Verhalten zuvor. Niemals hatte sie ein Nicken so viel Überwindung gekostet, und sie war beinahe erleichtert, als er mit den Lautübungen fortfuhr.

Mit Ausnahme der Wochenenden hatte sie von nun an täglich bei Mr Beans Unterricht. Sie spürte, dass er zu ergründen versuchte, weshalb sie sich mit einem Mal so widerstandslos seinen Anordnungen fügte. Als ahnte er, wie es in ihrem Inneren wirklich aussah, wie sehr sie es hasste, die Laute, die sie nicht hören konnte, aus ihrem Mund zu bringen.

Er griff ihr wie früher in den Mund. Seine schwitzigen Finger berührten ihre Hüften, ihre Taille und den Rock über ihren Beinen, wenn er vor ihr saß. Manchmal streichelte er ihr über das Haar, nur um sie im selben Atemzug zu beleidigen.

»Ein Gesicht und das Haar wie ein Engel und die Laute eines Affen!«

Prüfend schaute er sie dabei an, die Finger unter ihr Kinn gelegt, sodass sie den Kopf nicht senken und seinem Blick standhalten musste. Es war schlimmer als in ihren Albträumen. Sie versuchte an Edward zu denken, an seine Berührungen auf ihrer Haut und an die Schachpartien, die sie mit ihm gespielt hatte. Wie oft hatte sie ein Spiel schon verloren geglaubt, und dann hatte ein einziger Zug alles verändert …

Ihr war inzwischen klar geworden, dass sie Hilfe brauchte, wenn sie aus St. Mary's Home entkommen wollte. An einem Nachmittag ging sie schließlich zu Gordon. Er saß in der Bibliothek mit einem anderen Mann ausgerechnet bei einer Partie Schach zusammen. Der Anblick schmerzte sie und ließ jäh die Erinnerung an Edward aufflammen. Am liebsten wäre sie wieder gegangen, doch Gordon hatte sie bemerkt. Er nickte ihr zu, und so blieb sie an der Wand stehen und verfolgte, wie die beiden ihre Partie spielten.

Gordon war der Bessere, er spielte intelligent, und es verwunderte sie nicht, dass er schnell gewann. Erst jetzt fiel ihr auf, dass alle in der Bibliothek sich in der Gebärdensprache verständigten. Ein junger Mann, der auf der Türschwelle zum Flur stand, hatte anscheinend die Aufgabe, sie zu warnen, wenn sich das Aufsichtspersonal auf seinen Runden näherte.

Der Mann, der die Schachpartie verloren hatte, war aufgestanden. Gordon blickte zu Amalia und deutete auf den Stuhl vor sich. Zögernd nahm sie Platz.

Eine Partie? Er wies fragend auf das Schachbrett.

Sie schüttelte den Kopf, so unvorstellbar schien es ihr, dieses Spiel mit einem anderen Mann zu spielen.

Sie bewegte die Hände. *Ich brauche deine Hilfe.*

Seine grauen Augen musterten sie. Dann stand er auf und gab ihr mit einem Zeichen zu verstehen, dass sie ein paar

Schritte zusammen gehen sollten. Sie traten nach draußen in den Flur.

Fragend blickte er sie an.

Ich will weg von hier.

Überrascht und auch ein wenig spöttisch blickte er sie an. *Du willst fort? Du meinst fliehen?*

Ja.

Sein Gesicht nahm einen nachdenklichen Ausdruck an. *Es ist schwierig, hier rauszukommen.* Er bewegte die Hände, und seine Gebärden waren bildlich genug, dass sie sie verstehen konnte. *Man würde dich sofort suchen.* Er zuckte die Achseln. *Du bist taub, du hast kein Geld … und bist schön – du würdest überall auffallen.*

Einen Moment lang ließ sie diese Tatsachen, die unleugbar stimmten und über die sie schon selbst nachgedacht hatte, in ihrem Inneren verhallen. Sie schaute ihn an. *Wirst du mir trotzdem helfen?*

Eine Ewigkeit schien zu vergehen. Doch schließlich nickte er.

104

Sherwood, Spätherbst 1895

Er kam spät und hatte getrunken. Elisabeth sah es ihm schon von Weitem an. Sein Schritt war weniger fest, seine Bewegungen waren fahrig, und sein Haar, das sonst glatt am Kopf anlag, wirkte, als sei der Wind hindurchgefahren.

»Guten Abend.« John mied ihren Blick, denn er wusste, wie sehr sie es hasste, wenn er zu viel trank.

»Wie laufen die Geschäfte?«

Er zuckte die Achseln, als würde es ihn wenig interessieren, und starrte in den Kamin. Der Butler brachte ihm seinen gewohnten Whisky, und er trank ihn bereits im Stehen. Sie nahm voller Missbilligung wahr, dass seine Augen noch glasiger wirkten, als sie vermutet hatte.

»Warst du in Plymouth?«, bemühte sie sich um ein Gespräch.

»Ja, und in Tavistock – im Klub!«

»Nun, das ist nicht zu übersehen«, entfuhr es ihr spitz.

Er wandte den Kopf zu ihr, und die Kälte, die ihr aus seinem Gesicht entgegenschlug, erschreckte sie.

»Aber das hast du doch immer gewollt, oder? Dass ich mehr Zeit mit all diesen hochwohlgeborenen Herren verbringe«, stieß er beißend hervor.

Sie blieb ruhig. »Du bist ungerecht. Du selbst hast immer betont, welche ungeheuren Vorteile dir diese Verbindungen für deine Geschäfte gebracht haben.«

»Ja, das haben sie. Und nun werde ich auch noch der Schwiegervater eines echten Lords. Alles ist genauso verlaufen, wie du es dir gewünscht hast. Bist du etwa nicht zufrieden?« Der Sarkasmus in seiner Stimme war nicht zu überhören, und sie zuckte innerlich zusammen.

»Es war richtig, was wir getan haben, John«, sagte sie leise. »Für Cathleen, für uns und auch für …« Sie kam nicht dazu, den Satz zu beenden.

»Schweig!«, fuhr er sie an. Ohne sie eines weiteren Blickes zu würdigen, verließ er den Salon.

Betroffen sah sie ihm hinterher. Einen Augenblick lang war sie in Versuchung, ihm nachzulaufen. Sie wünschte sich, alles wäre wieder wie früher, und erinnerte sich daran, wie sie oft gemeinsam hier vor dem Kamin gesessen und über seine Geschäfte und ihre Pläne für die Zukunft gesprochen hatten. Die Geschichte mit Amalia hatte eine tiefe Kerbe zwischen sie geschlagen. Selbst aus der Entfernung besaß sie noch die Macht, alles zu zerstören, dachte Elisabeth aufgebracht.

Sie seufzte. Natürlich hatte sie geahnt, dass John die Entscheidung früher oder später bereuen würde. Sie kannte ihn, und das war einer der Gründe gewesen, weshalb sie darauf gedrungen hatte, unabänderliche Tatsachen zu schaffen. Von dem Moment an, als sie Amalias Umhang und den Schuh in den Fluss geworfen und dann behauptet hatten, sie sei verschwunden, hatte es keinen Weg mehr zurück gegeben.

Elisabeth ließ sich in einen der Sessel vor dem Kamin sinken und zog sich die engen Handschuhe von den Fingern, unter denen ihre Hände schon den ganzen Tag schwitzten. John war schwach. Im Grunde war er das schon immer gewesen – trotz seines geschäftlichen Erfolges. Verstand er nicht, dass Amalia, nach dem, was geschehen war, ohnehin nicht hätte hierbleiben können? Elisabeth erinnerte sich, wie Lady Hampton ihr an jenem Nachmittag alles erzählt hatte. Sie war fassungslos gewesen. Edward und Amalia sollten ein Verhältnis haben? Sie hatte tatsächlich nichts davon geahnt.

Schon seit Wochen, erklärte ihr Lady Hampton, deren Gesicht einer starren Maske glich, als sie ihr auch berichtete, dass ihr Sohn sich mit dem Gedanken trug, Amalia statt Cathleen zur Frau zu nehmen. Die seltsame Szene bei dem Besuch der Hamptons und Amalias schreckliches Verhalten ergaben auf einmal einen Sinn.

»Ich werde es nicht zulassen. Niemals. Vielleicht werden wir in den Ruin stürzen, aber glauben Sie mir, Mrs Sherwood, vorher werde ich Mittel und Wege finden, dass Ihnen der Zugang zu jeder besseren Familie Englands in alle Ewigkeiten verwehrt bleibt! Meine Verbindungen reichen bis an den Hof, und jeder wird erfahren, in welch schamloser Weise sich Ihre Tochter meinem Sohn wie eine Hure angeboten hat …« Die Wörter waren klirrendem Eis gleich aus ihrem Mund gekommen, und Elisabeth zweifelte keine Sekunde, dass Lady Hampton es ernst meinte. Sie verstand, dass es einer jener Momente war, in denen das Leben, wenn man nicht aufpasste, unwiderruflich für immer aus der Bahn geraten konnte. Ihre Zukunft würde ruiniert sein. Dabei konnte sie Lady Hampton ihre Drohung nicht einmal übel nehmen. Es war einfach unvorstellbar, ja lächerlich, dass Amalia die Frau von Edward Hampton würde.

»Sie müssen mir glauben, dass mir selbst genauso wie Ihnen daran gelegen ist, dass Edward Cathleen heiratet«, hatte sie beteuert. Sie meinte es ehrlich. Was war ihr Aufstieg schon wert, wenn die eigene Tochter sie damit gleichzeitig dem Gespött preisgab? Amalia musste fort – weit fort, wurde ihr klar, und sie teilte ihre Gedanken auch Edwards Mutter mit.

Lady Hampton, die nach und nach zu begreifen schien, dass Elisabeth die Wahrheit sprach, schwieg.

»Ich fürchte, weit fort wird nicht reichen«, sagte sie schließlich. »Aus unerfindlichen Gründen glaubt mein Sohn, Ihre Tochter Amalia zu lieben.«

Sie würde etwas unternehmen, hatte sie Lady Hampton versichert, und am Abend hatte Elisabeth dann mit John gesprochen. »Siehst du, welche Gefahr Amalia darstellt? Man kann sie nicht einfach sich selbst überlassen! Wir haben noch Glück gehabt. Stell dir nur vor, sie wäre schwanger geworden. Sie hätte unseren gesamten Ruf und Cathleens Zukunft für immer ruiniert«, hatte Elisabeth hervorgestoßen.

John war ebenso schockiert über Amalias moralische Verfehlung. In diesem Moment war er ganz auf ihrer Seite gewesen. Er sah, genau wie sie, die gefährlichen Konsequenzen, wenn Lady Hampton ihre Drohung wahr machte. Selbst seine Geschäfte konnten in Mitleidenschaft gezogen werden, wenn sie gesellschaftlich geächtet wurden. Alles stand auf dem Spiel. Es war einfach gewesen, Johns Gedanken weiter in die richtige Richtung zu lenken.

Das Unwetter hatte ihnen bei ihren Plänen schließlich auf glückliche Weise in die Hände gespielt. Niemand hatte Amalias Verschwinden in Zweifel gezogen oder Nachfragen gestellt, denn in dem schrecklichen Sturm waren mehrere Menschen im Dartmoor umgekommen

Elisabeth verspürte nicht Johns Skrupel. Manchmal musste man nun einmal unangenehme Dinge tun, die vielleicht moralisch verwerflich waren, damit das Richtige geschehen konnte.

Nachdenklich strich sie über die gerötete Haut ihrer Hände. Amalias angeblicher Tod war eine notwendige Lüge gewesen, doch letztendlich würde es ihr in St. Mary's Home gut gehen. Natürlich würde sie ein wenig Zeit brauchen, um sich an ihre neue Umgebung zu gewöhnen, aber das Heim bot ihr ansonsten jeden Komfort – und vor allem lebte sie dort unter Kontrolle. Selbst John hatte eingesehen, dass man ihr nicht weiter ihre Freiheit lassen konnte. Der Heimleiter würde ihnen darüber hinaus auch regelmäßig Bericht erstatten, wie es Amalia ging. Sie hatten sie zur Vorsicht unter einem falschen Nachnamen, als ihre Nichte Amalia Stone, die angebliche Tochter von Johns inzwischen verstorbener Schwester, untergebracht. Auf Dauer war es sicherlich für alle Beteiligten das Beste, wenn Amalia dort lebte, sagte sie sich erneut.

Nur für einen einzigen, kurzen Moment war Elisabeth über ihre Entscheidung ins Zweifeln geraten – als Cathleen in ihrer Trauer plötzlich von der bevorstehenden Hochzeit Abstand nehmen wollte. Sie hatte all ihre Pläne in Gefahr gesehen. Doch dann war Edward plötzlich regelmäßig nach Sherwood gekommen, um Cathleen zu besuchen. Zeit war vergangen, und nun nach einigen Wochen sah alles ganz anders aus. Die Gläubiger ließen sich nicht länger hinhalten. Edward hatte unter diesem Druck keine Wahl gehabt, und auch Cathleen war schlussendlich wieder zur Vernunft gekommen. Ein Termin für die Hochzeit war bereits festgelegt worden.

Elisabeth spürte, wie sie bei dem Gedanken eine wohltuende Ruhe überkam. Wenn Cathleen erst mit Edward vermählt war, würden sich auch Johns Groll und Reue legen. Er würde es schon noch zu schätzen wissen, dass er Schwiegervater eines echten Lords wurde!

105

St. Mary's Home, Winter 1895

Das Heim lag Meilen von der nächsten Ortschaft entfernt auf dem flachen Land. Selbst wenn es ihr gelänge, durch einen der bewachten Ausgänge von St. Mary's Home zu fliehen, würde sie nicht weit kommen, denn es gab kaum eine Möglichkeit, sich irgendwo zu verstecken, erklärte ihr Gordon.

Amalia erinnerte sich selbst, wie lange sie mit der Kutsche auf der Landstraße hierher unterwegs gewesen waren. Unvermittelt sah sie ihre Eltern wieder vor sich, wie sie mit ihnen die lange Fahrt im Wagen gesessen und sie ihr vorgemacht hatten, sie würden nach Dover reisen. Einer tiefen Wunde gleich trug sie die Erinnerung daran mit sich.

Du wirst Geduld brauchen und die richtige Gelegenheit abwarten müssen. Etwas anderes wird dir nicht übrig bleiben, wenn du fliehen willst, bedeutete ihr Gordon, und der Blick seiner grauen Augen verriet, dass er spürte, was in ihr vorging. Sie standen in einer Nische der Bibliothek zusammen, und Amalia nickte niedergeschlagen.

Seit jenem Nachmittag, als sie ihn um Hilfe gebeten hatte, sahen sie sich regelmäßig: in der Bibliothek, wo Gordon einen Großteil seiner Zeit beim Lesen und Studium verbrachte, beim Schachspiel, in den Salons oder draußen im Park. Immer waren sie umgeben von anderen – von Insassen, Pflegern und Lehrern. Doch Gordon zeigte ihr, wie man den Blicken und der Aufsicht des Heimpersonals entgehen und trotz aller Kontrolle ein wenig Freiheit haben konnte. Sie stellte überrascht fest, dass die Tauben ihr Leben organisiert hatten. Abwechselnd übernahmen sie es, die anderen zu warnen, wenn das Aufsichtspersonal auf seinen Runden nahte. Wurden sie dennoch dabei ertappt, dass sie sich mit Gebärden verständigten, gab es Ermahnungen und Zurechtweisungen. Im Wiederholungsfall setzte Dr. Graham Strafen fest.

Es kommt gelegentlich vor, bedeutete ihr Gordon achselzuckend, der sich auch in der gesprochenen Sprache verständigen konnte. Er stammte aus einer Fabrikantenfamilie und war als kleines Kind bei einer Explosion in dem elterlichen Unternehmen schwer verletzt worden. Es glich einem Wunder, dass er überlebt hatte. Seine Miene zeigte keinerlei Selbstmitleid, als er ihr davon berichtete.

Nach und nach hatte Gordon Amalia weiter in die Zeichen und Gebärden eingeführt, mit denen er und die anderen sich in St. Mary's Home verständigten. Sie waren komplexer und vielfältiger als die, die sie mit Cathleen verwendet hatte. Die Gebärdensprache war eine Sprache, die es schon lange gab, erklärte er ihr. Schon immer hätten sich die Tauben untereinander so verständigt. Amalia erfuhr nicht nur, dass es eine Menge Unterschiede gab, je nachdem, aus welcher Gegend jemand stammte, sondern auch, dass in anderen Ländern auch andere Gebärdensprachen verwandt wurden. Ihr wurde bewusst, dass sie zum ersten Mal in ihrem Leben unter anderen Tauben war.

Wenn es an allem Schrecklichen etwas Gutes gab, dann die Erkenntnis, dass sie mit ihrem Schicksal nicht alleine war, dass es viele andere Menschen gab, die, genau wie sie, nicht hören konnten. Schnell merkte sie, wie ihre Verständigung mit Gordon und den anderen fließender wurde. Hungrig danach, sich auszutauschen, sog sie die Gebärden für neue Wörter und Begriffe in sich auf und hatte das Gefühl, dass sich auf einmal etwas in ihr entfaltete und befreite, als hätte sie eine Barriere durchbrochen. Da das Buchstabieren mit dem Fingeralphabet viel Zeit kostete, hatten sich die Tauben untereinander sogar eigene Gebärdennamen gegeben. Sie bezogen sich meistens auf charakteristische Besonderheiten der Person. Gordons Name etwa bedeutete so viel wie geteiltes Gesicht. Zu ihrer Überraschung erfuhr Amalia, dass man auch ihr einen Namen gegeben hatte – er entsprach dem Zeichen für Flügel. *Weil du von Weitem mit deinem Haar an einen Engel erinnerst*, gab ihr Gordon zu verstehen, und sie musste lächeln.

Wenn sie den demütigenden Unterricht von Mr Beans über sich ergehen ließ und die Lautreihen immer und immer wiederholte, erfüllte es sie mit stiller Genugtuung, dass die Welt, die der Lehrer und Dr. Graham zu beherrschen und kontrollieren glaubten, ständig in stiller Rebellion durchbrochen wurde.

Warum willst du eigentlich unbedingt von hier fliehen?, fragte Gordon sie eines Tages. Sie spazierten mit einigen anderen draußen durch den Park. Ein strenger Wind strich ihnen um die Beine. Es war kalt geworden – der Winter hielt Einzug. Ihr Blick glitt zu dem kleinen Teich vor ihnen, auf dem ein paar Enten schwammen. Eine von ihnen erhob sich in die Lüfte, und Amalias Augen folgten ihrem Umriss, bis sie über den Wipfeln der Bäume hinter den hohen Mauern verschwand. Sie wünschte, sie hätte es ihr gleichtun können, und dachte an das Dartmoor – wie sehr ihr die Weite der Natur fehlte!

Sehnst du dich nicht danach, frei zu sein?, entgegnete sie statt einer Antwort.

Ein leichtes Lächeln glitt über sein Gesicht. *Nein, nicht mehr. Ich war ein Jahr draußen*, erzählte er ihr dann. Verblüfft schaute sie ihn an.

Als ich einundzwanzig war. Meine Familie war einverstanden.

Du bist zurückgekommen?

Er nickte. *Die Freiheit, die ich mir wünsche, gibt es für mich nicht – auch nicht dort draußen. Ich spreche zwar, aber es klingt nicht so wie bei jemandem, der hören kann, und wenn die Menschen mich sehen, tut es sein Übriges dazu …*

Amalia verstand, was er meinte. Auch sie hatte die Menschen gemieden, weil sie ihre Reaktionen fürchtete und weil sie zu oft erlebt hatte, dass man glaubte, ihre Gehörlosigkeit sei ein Zeichen für eine geistige Zurückgebliebenheit. Nur mit Edward war es von Anfang an anders gewesen. Sie verspürte unwillkürlich einen schmerzhaften Stich, als sie sich an ihre ersten Begegnungen erinnerte.

Einer der Pfleger kam ihnen entgegen, und Gordon und sie verhielten sich beide unauffällig, bis er vorbeigegangen war.

Du hast meine Frage noch nicht beantwortet, wandte sich Gordon dann erneut an sie. *Warum willst du unbedingt von hier fort?*

Sie zögerte. *Es gibt einen Mann, den ich liebe. Wir wollten heiraten. Er weiß nicht, dass man mich hierhergebracht hat.*

Er blickte sie nachdenklich an und bewegte mit der ihm eigenen Ruhe die Hände. *Bist du sicher, dass er es nicht weiß?*

Ja, erwiderte sie mit unerwartet heftiger Gestik und Mimik. Doch es schien ihr, als erahne Gordon ihre geheimsten Befürchtungen. In den ersten Tagen hier war sie sich sicher gewesen, dass Edward sie finden würde. Bei jeder Kutsche und jedem Reiter, die im Hof ankamen, war sie zum Fenster gerannt. Doch nun, da die Zeit verstrich und aus Tagen Wochen wurden, fühlte sie eine zunehmende Unsicherheit. Was, wenn sie sich nicht nur in ihren Eltern, sondern auch in ihrer Schwester und Edward getäuscht hatte? Woher wusste sie, ob sie überhaupt noch jemandem trauen konnte?

Auch wenn es ihn nicht gäbe, ich würde mir hier immer wie eine Gefangene vorkommen, gab sie Gordon schließlich zur Antwort.

Er nickte. *Wenn du von hier fortwillst, musst du warten, bis der Winter vorbei und es draußen etwas wärmer ist*, nahm er das Thema ihrer Flucht wieder auf. *Du bist noch nicht volljährig, und das Heim hat die Vormundschaft über dich. Solltest du verschwinden, wird man dich überall suchen. Sie werden Spürhunde einsetzen …*

Amalia erschauerte, denn sein ernster Gesichtsausdruck ließ sie ahnen, dass er in den Jahren, die er hier war, den einen oder anderen gescheiterten Fluchtversuch mitbekommen hatte.

Du wirst dich verstecken und sogar eine Nacht draußen im Freien schlafen müssen, fuhr er in seinen Bewegungen fort. *Es gibt in London eine Organisation. Sie hilft Tauben. Dort kannst du einige Zeit untertauchen und von da aus Kontakt zu deinem Geliebten oder Verlobten aufnehmen.* Er blickte sie ernst an. *Du solltest dir sicher sein, dass er das wert ist. Wenn es schiefgeht, wird man wahrscheinlich versuchen, dich für unzurechnungsfähig zu erklären.*

Amalia fröstelte, denn sie wusste, was das bedeuten konnte. Jeder der Insassen hatte Angst vor der geschlossenen Abteilung. Manchmal konnte man von dort Schreie hören.

Sie musste ihre Flucht sorgfältig planen, sie würde einen Zeitpunkt wählen müssen, an dem es nicht sofort auffiel, wenn sie weg war, sodass sie einen Vorsprung hatte.

Als sie Gordon ihre Überlegungen mitteilte, nickte er. *Es gibt im Frühling einen Tag, an dem regelmäßig ein Zirkus hier gastiert, und auch einen Besuchertag, an dem es Tradition ist, dass die Familien ihre Angehörigen in St. Mary's Home besuchen können. Dann ist viel Betrieb, und die Chancen sind größer, dass deine Flucht länger unbemerkt bleibt.*

Bis zum Frühling! Das waren noch etliche Wochen. Doch dann dachte sie an Edward. Sie würde es schaffen und durchhalten! Auch wenn sie sich fragte, wie sie den Unterricht bei Mr Beans so lange ertragen sollte. Mit jeder Stunde nahm der Lehrer sich ihr gegenüber größere Vertraulichkeiten heraus. Sie hatte mitbekommen, dass er sie auch außerhalb des Unterrichts ständig beobachtete. Eine sich steigernde Gier lag in seinen Augen. Auch Gordon hatte es bemerkt. Er warnte sie erneut. *Nimm dich vor ihm in Acht. Er hat sich in den letzten Jahren schon an zwei Mädchen vergangen.*

Mit Grauen schaute Amalia ihn an. *Und niemand hat etwas getan?*

Das Brandmal in seinem Gesicht verdunkelte sich, als Gordon mit finsterer Miene den Kopf schüttelte. *Er geht geschickt vor. Es geschah jedes Mal außerhalb seines Unterrichts, und es gab keine Zeugen. Keiner hat den Mädchen geglaubt. Sie konnten beide nicht gut sprechen …* Seine Handbewegungen und seine Mimik brachen ab, doch er brauchte nicht mehr zu erklären. Amalia lief ein Schauer über den Rücken.

Achte darauf, dass du in den langen Fluren und auf den Treppen nicht allein unterwegs bist, bedeutete ihr Gordon, und sie befolgte seinen Rat.

In einer der nächsten Unterrichtsstunden nahm Mr Beans bei einer Lautübung wie zur Bestätigung ihre Hand und presste sie gegen seinen Kehlkopf. »Hier, spürst du, wie es vibriert?«

Dann legte er seine feuchte Hand auf ihren Hals. »Aaaa, eeee, iiiii, oooo, uuuuu …!«

Sie versuchte, seinem Blick auszuweichen, während sie sich bemühte, die Laute nachzuahmen, doch plötzlich merkte sie, wie seine Hand von ihrem Hals weiter nach unten zu ihrem Dekolleté glitt. Sie fuhr vor ihm zurück, soweit es ihr auf dem Hocker möglich war.

Er lächelte dunkel verschlagen und bewegte die Lippen. »Machst du gern die Männer verrückt, Amalia?«

Sie starrte ihn an.

Er neigte sich noch ein Stückchen näher zu ihr – sie konnte seinen sauren Atem auf ihrem Gesicht spüren. »Ich habe dich beobachtet! Diesem armen Tropf mit dem verbrannten Gesicht hast du schon völlig den Kopf verdreht, was?«

Er griff eine Strähne ihres Haars und ließ sie durch seine Finger gleiten, diesen hungrigen Ausdruck in seinem Gesicht, den sie schon so oft gesehen hatte. Furcht ergriff sie, und sie fragte sich gerade, was sie nur machen sollte, als sie eine Vibration unter ihren Füßen spürte und Mr Beans abrupt von ihr abließ.

Hinter ihnen war jemand in den Raum getreten. Es war einer der Tauben, ein Junge von siebzehn Jahren, der nach ihr Unterricht hatte. Jake war sein Name, erinnerte sie sich. Sie wandte dankbar den Kopf in seine Richtung und hatte kurz das Gefühl, es sei kein Zufall gewesen, dass er gerade in diesem Augenblick hereingekommen war.

Verärgert blickte der Lehrer ihn an. »Kannst du nicht auf die Uhr schauen. Es ist zu früh!«

Doch die gefährliche Spannung zwischen ihnen war gebrochen. Mr Beans nickte ihr knapp zu und erhob sich von seinem Stuhl. »Wir setzen unser Gespräch morgen fort, Amalia.«

Eilig floh sie aus dem Raum.

106

Hampton, Winter 1895

Die Ungeduld der Gläubiger erlaubte keinen Aufschub mehr. Sie hatten sich deshalb gegen ein großes Fest zur Vermählung entschieden, das Monate im Voraus hätte geplant werden müssen. Das familiäre Unglück der Sherwoods rechtfertigte diese Entscheidung auch der Außenwelt gegenüber. Edward sah seiner Mutter und seinen Schwestern an, wie froh sie über diese Entscheidung waren. Es ersparte ihnen, sich offiziell an der Seite der Sherwoods der Gesellschaft präsentieren zu müssen.

Der Vertrag für die Hochzeit sah vor, dass John Sherwood mit dem Tag der Vermählung sämtliche Verpflichtungen der Hamptons übernahm und Cathleen darüber hinaus eine Mitgift erhielt. Es war ein überaus großzügiger Kontrakt, und es verwunderte Edward noch immer, für welchen schwindelerregenden Preis die Sherwoods bereit waren, sich ihren Einstieg in die höheren Kreise zu erkaufen. Die treibende Kraft dahinter war Mrs Sherwood, wie er schon lange erkannt hatte. Ihr Mann war ein gerissener Geschäftsmann, jemand, der fasziniert davon war, aus viel Geld noch mehr Geld zu machen, doch er war nicht in der gleichen Weise vom Ehrgeiz getrieben wie sie. Erst recht nicht nach dem Tod seiner Tochter. Er trank – mehr als gut für ihn war. Edward hatte von Charles gehört, dass er in dem Herrenklub in Tavistock unangenehm aufgefallen war, aber er konnte es John Sherwood nicht verübeln. Im Grunde empfand er sogar Sympathie dafür, dass das Unglück seiner Tochter nicht ebenso spurlos an ihm vorüberging wie an Mrs Sherwood.

Es war Edward nicht leichtgefallen, sich zu der Hochzeit mit Cathleen durchzuringen. Doch er hatte nicht das Recht, seine Familie in den Ruin zu stürzen. Die Hoffnung, dass Amalia noch lebte, hatte er aufgegeben. Seit dem Tag, als Miss Carrington ihm die Briefe brachte, hatte er aufgehört, nach ihr zu suchen. Geblieben war nichts als eine innere Leere. Doch wenn er schon heiraten musste, erschien es ihm besser und einfacher, Cathleen zur Gemahlin zu nehmen, mit der ihn zumindest die Trauer und Erinnerung an Amalia einte, als irgendeine andere Frau.

Vielleicht konnte mit der Zeit aus der Freundschaft, die sie inzwischen verband, mehr werden. Wenn nicht, stellte sie ein solides Fundament für ein gemeinsames Leben dar. Und das war mehr, als die meisten Ehen seiner Freunde aufweisen konnten.

Mit diesem Gedanken versuchte er sich auch zu beruhigen, als er Tage später mit Cathleen vor dem Altar stand. Die wenigen Gäste schauten mit bewundernden Blicken zu der Braut. Sie war schön, musste Edward zugeben. Ihre schmale Gestalt in dem hellen Kleid aus fließendem Stoff, ihr hübsches Gesicht, auf dem sich eine Mischung aus Melancholie, die von der Trauer um ihre Schwester herrührte, und der Aufregung einer Braut spiegelte – jeder wäre von ihr berührt gewesen. Als sie den Blick Hilfe suchend zu ihm wandte und er ihren Arm nahm, wünschte und hoffte er für einen Augenblick inbrünstig, dass vielleicht doch alles gut werden würde.

107

Noch in derselben Nacht wusste Edward, dass es ein schrecklicher Fehler gewesen war. Sein Kopf schmerzte von dem vielen Wein. Schlafend lag Cathleens schmale Gestalt hinter ihm im Bett, und er stand im Halbdunkel am Fenster und starrte nach draußen. Es war nicht ihre Schuld. Sie konnte nicht wissen, dass der Schatten ihrer Schwester mit in diese Ehe Einzug hielt. Er selbst hatte es nicht wahrhaben wollen. Noch in der Kirche war er überzeugt gewesen, dass es alles richtig war, was er tat, und später, bei den Feierlichkeiten, hatte er jeden aufkeimenden Zweifel mit einem neuen Glas Wein ertränkt. Doch schließlich kam der Zeitpunkt, dass er sich mit der Braut zurückziehen musste. Die Kammerzofe hatte Cathleen für die Nacht fertig gemacht, und ihm war – während er wartete und weitertrank – zum ersten Mal bewusst geworden, dass sie nun tatsächlich verheiratet waren und er seinen Pflichten als Ehemann nachkommen musste. Er hatte versucht, die Erinnerung an Amalia zu verdrängen – daran, wie er sie das letzte Mal in dem Cottage geliebt hatte.

Der Alkohol und die Erfahrungen aus seinen unzähligen Affären halfen ihm. Einen Moment lang gelang es ihm, seine Gedanken zum Stillstand zu bringen. Er bemühte sich, so rücksichtsvoll wie möglich zu Cathleen zu sein, ihr etwas Zärtlichkeit vorzuspielen, doch er empfand nichts, während er den Akt vollzog, mit dem ihre Hochzeit vor Gott und dem Gesetz als besiegelt galt. Es war das Aufeinandertreffen zweier nackter Körper, für einen kurzen Augenblick miteinander vereint, und er war froh, als es vorbei war.

Cathleens gerötete Wangen und die Unschuld in ihrem Blick, in dem die unausgesprochene Frage lag, ob sie ihm gefallen hatte, verursachten ihm danach Übelkeit. Wäre sie eine seiner Affären gewesen, er hätte sich angezogen und wäre eilig geflohen. Doch ein letzter Rest menschlichen Anstands hielt ihn zurück. Er gab ihr einen Kuss und zwang sich, neben ihr im Bett liegen zu bleiben, bis sie eingeschlafen war. Ermüdet von den Aufregungen des Tages und dem vielen Wein und Champagner, hörte er zu seiner Erleichterung bald ihre tiefen Atemzüge neben sich.

Er blickte erneut nach draußen und verspürte mit einem Mal eine tiefe Sehnsucht, in die Dunkelheit des Moores zu fliehen. Wie hatte er jemals glauben können, er würde fähig sein, Amalia zu vergessen oder hinter sich zu lassen?

Er hätte Cathleen nie heiraten dürfen. Die Nacht mit ihr hatte die Erinnerungen an Amalia aufs Schmerzhafteste zurückkehren lassen und ihm erst wirklich deutlich gemacht, wie anders alles mit ihr gewesen war. Als wäre eine Wunde in ihm aufgerissen worden, die nun stärker blutete als jemals zuvor. Von welch tiefen Gefühlen und ungeheurer Leidenschaft war jeder Kuss und jede Berührung zwischen Amalia und ihm erfüllt gewesen! Er hatte sie geliebt und würde nie eine andere so lieben wie sie.

Er wandte den Kopf zum Bett, wo Cathleen sich unruhig im Schlaf bewegte, und verspürte eine unerträgliche Last. In doppelter Weise hatte er sich mit dieser Heirat schuldig gemacht – nicht nur, weil er seine Gefühle zu Amalia verriet, sondern auch, weil er Cathleen damit zu einem Leben an seiner Seite verdammt hatte.

108

St. Mary's Home, Winter 1895

So abgeschieden das Leben im Heim war, zumindest die Zeitungen und die Journale der Bibliothek ließen die Bewohner von St. Mary's Home ein wenig Anteil an den politischen und gesellschaftlichen Geschehnissen nehmen. Die *Times*, die für gewöhnlich mit zwei, manchmal auch drei Tagen Verspätung bei ihnen eintraf, war eine begehrte Lektüre. Wenn Amalia die Zeitung endlich in die Hände bekam, waren meistens zwei weitere Tage vergangen, und das Papier bereits zerfleddert, weil es durch so viele Finger gewandert war. Sie las trotzdem jede einzelne Zeile der Zeitung – von den politischen Seiten bis hin zu den kulturellen und gesellschaftlichen Ereignissen. Begebenheiten wie die, dass Queen Victoria mit diesem Jahr der am längsten regierende englische Monarch auf dem britischen Thron war, oder in Amerika ein gewisser Henry Ford einen Wagen gebaut hatte, der sich ohne Pferde mit eigener Antriebskraft vorwärtsbewegen konnte, waren Nachrichten, die Amalias Leben so fern waren, dass sie ihr kaum weniger unwirklich vorkamen als die Handlung in irgendeinem Roman. Dennoch waren sie für sie von ungeheurer Bedeutung, denn sie erlaubten ihr, einen Blick aus ihrem Gefängnis in die Welt draußen zu werfen.

Selbst unbedeutende Meldungen studierte sie, und auch Geburts- oder Todesanzeigen überging sie nicht. So kam es, dass ihre Augen an einem Nachmittag auch an der Bekanntgabe einer Hochzeit hängen blieben. Sie erstarrte.

Die Vermählung von Lord Edward Hampton … und Cathleen Sherwood.

Ihre Hand, die die Zeitung hielt, begann zu zittern, und die Buchstaben verschwammen vor ihren Augen. *Sie hatten geheiratet? Nein!* Das konnte nicht sein. Doch dort stand es schwarz auf weiß. Sie fühlte sich, als würde ihr jemand einen Dolch mitten ins Herz stoßen, während gleichzeitig ein Sturm schrecklicher Gedanken durch ihren Kopf tobte. Hatte sie deshalb noch immer nichts von Edward gehört? War es alles nur ein abgekartetes Spiel gewesen, in dem jeder außer ihr Bescheid wusste und sie einfach wie ein unliebsamer Gegenstand aus dem Weg geräumt worden war? Warum sonst hätte Edward Cathleen doch zur Frau nehmen sollen? Tiefe Bitterkeit ergriff sie. Wie hatte sie jemals glauben können, eine gemeinsame Zukunft mit ihm haben zu können? Es war ihr, als würde tief in ihr etwas zerbrechen. Seitdem ihre Eltern sie hierhergebracht hatten, war der Gedanke an Edward das Einzige gewesen, das sie aufrecht hielt und sie alles andere durchstehen ließ. Sie war sicher gewesen, dass, wenn ihr nur die Flucht gelänge und sie Edward wiedersähe, dann auch alles wieder gut werden würde. Wie ein Albtraum, aus dem man erwachte und dann erleichtert feststellte, dass es Morgen war und man nur geträumt hatte. Doch nun war alles anders. Unwiderruflich! Es würde keine Zukunft für sie beide geben.

Ein Bild drängte sich vor ihre Augen: Cathleen als Braut, wie sie an der Seite von Edward vor dem Altar stand, wie er sie küsste und liebte. Quälende Eifersucht stieg in ihr hoch, und Tränen traten in ihre Augen. Abrupt erhob sie sich von ihrem Stuhl. Die Köpfe um sie herum wandten sich neugierig zu ihr, als sie aus der Bibliothek stürzte.

109

Mr Beans hatte beobachtet, wie sie überhastet aus dem Raum lief. Mühsam unterdrückte er den Impuls, Amalia hinterherzugehen. Doch es waren zu viele Leute in der Halle unterwegs. Er wartete einige Momente, bevor er wie beiläufig die Zeitung ergriff, die sie gelesen hatte. Sie lag aufgeschlagen auf dem Tisch. Was hatte sie so schockiert? Tränen standen in ihrem Gesicht, als sie nach draußen gestürzt war.

Mr Beans hatte die Vermählungsanzeige schnell entdeckt. Der Name ihrer Schwester stach ihm sofort ins Auge. Cathleen Sherwood hatte sich einen echten Lord geangelt. Wer hätte das gedacht? Nachdenklich riss er die Seite aus der Zeitung, faltete sie zusammen und steckte sie in seine Jackentasche.

Als er die Bibliothek verließ, überlegte er erneut, was an dieser Nachricht Amalia so erschüttert haben könnte. Dass man sie nicht zu dieser Hochzeit eingeladen hatte? Nein, es musste etwas darüber Hinausgehendes gewesen sein, ging ihm dann auf, denn sie hatte nicht nur getroffen, sondern auch verzweifelt gewirkt. Seine schöne Amalia … Es gab einiges an dem Umstand ihres Aufenthalts hier, das er nicht ganz verstand. Zum Beispiel der falsche Name, Amalia Stone, unter dem ihre Eltern sie hier untergebracht hatten. Viele Familien fühlten sich mit einem tauben Familienmitglied überfordert, und vor allem in den gesellschaftlich besser gestellten Kreisen kam oft eine gewisse Scham darüber hinzu, aber Amalia hatte die letzten zwanzig Jahre zu Hause gelebt. Was war geschehen, dass die Eltern das nun geändert hatten?

An jenem Tag, als sie mit ihr im Hof aus der Kutsche gestiegen waren, hatte er sein Glück kaum fassen können. Verborgen hinter der Gardine, stand er am Fenster und hatte sie zwar nicht sofort erkannt, dafür aber ihre Eltern. Dann hatte er das Haar von Amalia gesehen, das noch genauso hell und blond war wie früher als Kind, und ihm war klar, wen sie dort brachten. Über Jahre hatte er an sie gedacht, denn er hatte den Kampf mit ihr und die Demütigung seines Rauswurfs bei den Sherwoods nie vergessen. Nun hatte das Schicksal dafür gesorgt, dass sie ihm wieder in die Hände fiel.

Schon als Kind war sie hübsch gewesen, jetzt aber war sie zu einer Schönheit erblüht. Mr Beans musste nach den Vorfällen mit den beiden Mädchen jedoch vorsichtig sein. Dr. Graham hatte zwar keinen Augenblick lang geglaubt, dass die Geschichte stimmte, doch eine weitere Verdächtigung würde ihn vielleicht ungewünscht zum Nachdenken bringen.

Bei Amalia hatte er aber von Anfang an Vorsorge getroffen. Er hatte dem Heimleiter sofort erzählt, dass sich hinter dem engelsgleichen Gesicht ein äußerst trotziger und widerspenstiger Charakter verbarg. »Sie wird vermutlich einiges erfinden, um dem Unterricht zu entgehen«, hatte er Dr. Graham gewarnt.

Zu Mr Beans' eigener Überraschung gab sich Amalia jedoch erstaunlich gefügig. Es war ihr anzumerken, wie sehr ihr der Unterricht zuwider war, aber man konnte nicht sagen, dass sie sich verweigerte. Er gestand sich, dass ihn diese Tatsache ein wenig enttäuschte. In Gedanken hatte er die Möglichkeiten, wie er sie disziplinieren würde, damit sie sprach, bereits unzählige Male durchgespielt.

Mr Beans hatte von Anfang an das Gefühl gehabt, mehr über sie wissen zu müssen, um sie ganz in seine Macht bringen zu können, denn genau das war sein Ziel. Schon zweimal hatte er sich während der morgendlichen Andacht in ihr Zimmer geschlichen. Er hatte sich ihre Kleidung angeschaut. Die zarten Mieder, die nach ihr rochen, brachten ihn fast zum Wahnsinn. Es gab wenig persönliche Gegenstände zwischen ihren Sachen. Nur die Figuren eines alten Schachspiels aus Marmor hatte er entdeckt.

Unglücklicherweise schien Amalia zu spüren, dass sie ihm gegenüber vorsichtig sein musste. Mehr als einmal hatte Mr Beans versucht, ihr allein aufzulauern, doch es war ihm bisher nicht gelungen. Sie achtete darauf, immer in Begleitung zu sein, und er wurde darüber hinaus nicht das Gefühl los, dass dieser Gordon, der unter den Tauben die Fäden zog, einen wachsamen Blick auf sie hatte.

Mr Beans' Augen verfinsterten sich unwillkürlich. Es gefiel

ihm nicht, dass Amalia Zeit mit dieser Missgeburt verbrachte. Seine Finger ertasteten in der Jackentasche die zusammengefaltete Zeitungsseite. Ein dunkles Lächeln glitt über sein Gesicht, denn er spürte, dass er mit dieser Vermählungsanzeige etwas Entscheidendes über Amalia in die Hand bekommen hatte.

110

Dem Schock war die Apathie gefolgt. Alles erschien Amalia mit einem Mal sinnlos und ohne Bedeutung. Sie lebte, ja – sie aß, sie trank, sie saß und sie lief – doch sie empfand nichts mehr dabei. Ein Teil von ihr hatte sich tief in sich selbst zurückgezogen, und ihr übriges Ich fühlte sich an wie tot.

Was ist mit dir?, erkundigte sich Gordon besorgt.

Nichts, erwiderte sie und wandte sich von ihm ab. Sein Blick folgte ihr besorgt, doch es war ihr gleichgültig. Sie dachte auch nicht mehr an Flucht. Wozu auch? Wohin hätte sie jetzt noch gehen sollen? Nach und nach wurde ihr klar, dass sie alles in ihrem Leben verloren hatte.

Teilnahmslos ließ sie den Alltag über sich ergehen, selbst Mr Beans Zudringlichkeiten.

»Bist du endlich zur Vernunft gekommen, ja?«, sagte der Lehrer in einer der Unterrichtsstunden zu ihr. Er hatte ihr Kinn losgelassen und strich ihr über die Oberschenkel, doch dann hielt er plötzlich inne und musterte sie mit einem lauernden Ausdruck in seinen kleinen Knopfaugen.

»Deine Schwester hat geheiratet und dich nicht einmal eingeladen. Hat dich das sehr getroffen, Amalia? Weißt du, ich habe mich gefragt, ob du deiner Familie wirklich einfach unwichtig geworden bist oder ob du vielleicht etwas angestellt hast?« Während Mr Beans sprach, wanderte seine Hand langsam weiter nach oben. Obwohl Amalia sich fragte, woher er von der Vermählung wusste, reagierte sie nicht, und schließlich ließ er sie wieder los. Zumindest ein Gutes hatte der betäubende Schmerz, der sie beherrschte. Mr Beans' Versuche, sie zu beleidigen und zu demütigen, machten ihr nichts mehr aus. Ihre Apathie hatte sie gleichzeitig von ihrer Angst vor ihm befreit. Amalia erkannte plötzlich, welch armselige und bedauernswerte Gestalt er im Grunde war.

Sie hörte deshalb auch auf, darauf zu achten, ob sie allein im Flur war und er ihr folgte. Gordon warnte sie. *Sieh dich vor!* Doch sie zuckte die Achseln.

Eines Nachmittags kam es schließlich, wie es kommen musste.

In einer dunklen Ecke des Flurs stand Mr Beans unvermittelt vor ihr. Der Ausdruck in seinen Augen ließ keinen Zweifel an seinen Absichten. Amalias erster Fehler war es, dass sie stehen blieb und nicht wegrannte, ihr zweiter, dass sie nicht sofort schrie, als er sie packte. Er war überraschend kräftig für seine kleine fleischige Gestalt, und eh sie sichs versah, spürte sie seine feuchten Lippen auf ihrem Mund und seine Hände, die an ihre Brust griffen. Sie war wie gelähmt vor Entsetzen und für einen Moment wie unter Schock. Doch dann meldete sich aus den Tiefen ihres lethargischen Bewusstseins, das alles nur noch über sich ergehen ließ, plötzlich ein letzter Rest von Überlebenswillen. Als hätte ihr jemand einen Eimer kaltes Wassers über den Kopf geschüttet.

Aber Mr Beans hatte die kurze Zeit, in der sie wie erstarrt war, zu seinem Vorteil genutzt und sie weiter gegen die Wand in eine Nische gedrängt. Verzweifelt versuchte sie, sich zu befreien. Seine Hand riss ihren Rock hoch, fasste an ihren nackten Oberschenkel. Sie versuchte zu schreien, doch er presste ihr die Hand auf den Mund und stemmte sich mit seinem Gewicht gegen sie. Sie spürte voller Panik, wie sich seine Finger zwischen ihre Beine drängten. Ein erstickter Schrei entfuhr ihrer Kehle, als plötzlich eine Gestalt hinter Mr Beans auftauchte und ihn von ihr fortriss. Außer Atem drehte der Lehrer sich herum. Gordon stand vor ihnen und schrie Mr Beans an.

Ein dünner Speichelfaden rann aus dem Mund des Lehrers, und er wischte ihn mit der Hand weg.

Amalia zitterte. Sie sah, dass Mr Beans etwas sagte, doch er hatte den Kopf so abgewandt, dass sie es nicht von seinen Lippen lesen konnte. Dafür verstand sie, was Gordon erwiderte. »Dr. Graham wird davon erfahren!«

Mr Beans drehte den Kopf zu Amalia und bewegte langsam in einer einzigen Drohung die Lippen. »Niemand wird dir glauben, Amalia. Ich werde erzählen, dass ich dich und Gordon hier im Flur überrascht habe, als diese Missgeburt dich geküsst hat!« Dann drehte er sich um und ließ sie beide stehen.

Fassungslos sah sie ihm hinterher.

Melinda

111

Melinda blickte ungläubig auf den Zettel, den ihr Mrs Donston, die Wirtin ihrer Londoner Pension, reichte. Sie hatte fünf Anrufe bekommen – allesamt von George Clifford, der sie dringend darum bat zurückzurufen.

Die alte Dame räusperte sich. »Es schien dem Herrn außerordentlich wichtig zu sein, mit Ihnen zu sprechen, Miss Leewald.« Ein neugieriger Ausdruck war über das Gesicht der Wirtin gehuscht, denn George Clifford hatte sich bereits am Montag und Dienstag einige Male gemeldet, und sie hatte durchaus mitbekommen, wie sich die Miene der jungen Deutschen schon an diesen Tagen verfinsterte, als sie seinen Namen hörte. Wie überaus interessant, dachte Mrs Donston, als sie zurück in die Küche ging. Hatte Miss Leewald nicht letzte Woche noch sehr erfreut gewirkt, als Mr Clifford anrief?

Melinda, die sich bei der Wirtin bedankt hatte, kehrte dagegen mit zusammengepressten Lippen in ihr Zimmer zurück. Eine emotionale Berg-und-Tal-Fahrt lag seit dem letzten Wochenende hinter ihr. Wenn sie an George dachte, verspürte sie maßlose Wut. Nicht allein darüber, dass er sie belogen und ihr etwas vorgespielt hatte, sondern vor allem über sich selbst – dass sie auf ihn hereingefallen war und sich dabei auch noch, ob es ihr nun gefiel oder nicht, in ihn verliebt hatte. Es schmerzte, an ihn zu denken, und so gern sie ihm noch einmal persönlich in aller Deutlichkeit gesagt hätte, was sie von ihm hielt – im Geiste hatte sie das bereits unzählige Male getan –, sie würde ihn ganz bestimmt nicht zurückrufen! Vor drei Wochen hatte sie ihn noch nicht einmal gekannt. Sie würde darüber hinwegkommen! Aufgebracht zerknüllte sie den Zettel und warf ihn in den Papierkorb.

Während sie sich bemühte, sich innerlich wieder zu beruhigen, warf Melinda einen Blick auf die Uhr. Es war fünf, und sie beschloss, noch einmal bei dem Antiquitätengeschäft vorbeizugehen. Heute war Mittwoch, und der Händler hatte ihr gesagt, dass sie ihm bis Mitte der Woche Zeit geben sollte. Vielleicht hatte er schon etwas über die Schachfiguren herausgefunden.

Wenig später lief sie die belebte Londoner Innenstadt entlang. Menschenströme schoben sich zum Arbeitsende durch die Straßen, und wie immer nahm sie fasziniert die ethnische Vielfalt der Gesichter um sich herum wahr. Die Idee für einen Artikel darüber geisterte bereits durch ihren Kopf. So war es immer, sobald sie in London auf die Straße trat – ihr fiel sofort etwas ein, worüber sie schreiben konnte. Scholz, der Chefredakteur des *Telegraf,* hatte sie angesichts ihrer Themenvielfalt in einem Telefonat schon spöttisch gefragt, ob sie sicher sei, dass sie nach Berlin zurückkehren wolle. Obwohl es nur ein Scherz gewesen war, hatte Melinda trotzdem zum ersten Mal darüber nachgedacht, ob sie sich vorstellen könnte, in England zu bleiben.

Sie hatte die Portobello Road erreicht und erkannte in einiger Entfernung bereits das Ladenschild des *Red Lions Antiques.* Ein Kunde kam ihr aus dem Geschäft entgegen und hielt ihr höflich die Tür auf.

Sie trat über die Schwelle. »Ich habe heute schon an Sie gedacht«, sagte der Antiquitätenhändler erfreut, nachdem sie sich begrüßt hatten. Er setzte seine Brille ab. »Ich habe nämlich etwas gefunden!«

»Sie wissen, wer die Figuren damals gekauft hat?«, fragte Melinda, die von einer kribbelnden Aufregung erfasst wurde.

Er nickte und griff nach einem dicken braunen Buch, das in Leder gebunden war. »Ich muss dazu sagen, dass ich noch nicht alle Jahrbücher durchgesehen habe, aber ich habe festgestellt, dass die Schachfiguren 1895 von meinem Vater aus der Versteigerung eines Nachlasses aufgekauft und nur wenige Wochen später, im August 1895, wieder verkauft wurden. Und zwar …« Er brach ab und setzte seine Brille auf, durch die er auf die aufgeschlagene Seite blickte. »An einen gewissen Edward Hampton!«

Einen Augenblick lang verschlug es Melinda die Sprache. »Edward Hampton? *Er* hat die Figuren gekauft?«

»Dann sagt Ihnen der Name etwas?«

Melinda, die gerade ein wenig schwindlig realisierte, was diese Auskunft bedeutete, nickte. »Die Schwester meiner Großmutter, Cathleen Sherwood, war mit ihm verheiratet.«

»Nun, vielleicht war es ein Geschenk von den beiden für Ihre Großmutter?«

Melinda schwieg, da es ihr eindeutig zu kompliziert erschien, ihm die näheren Familienverhältnisse zu erläutern. Edward Hampton hatte Cathleen erst einige Monate nachdem er die Schachfiguren gekauft hatte, geheiratet …

Sie bedankte sich bei dem Antiquitätenhändler für seine Hilfe.

»Sehr gern, Miss. Es hat mir selbst Vergnügen gemacht. Ich werde die anderen Jahrbücher trotzdem auch noch einmal durchsehen, ob die Schachfiguren weiter auftauchen. Gibt es eine Telefonnummer, unter der ich Sie erreichen kann, falls ich noch etwas finde?«

Melinda gab ihm die Nummer ihrer Pension.

Als sie wenig später auf die Straße hinaustrat, überschlugen sich ihre Gedanken. Edward Hampton hatte Amalia die Schachfiguren geschenkt! Das hieß, er hatte ihr auch die Briefe geschrieben, denn in einem von ihnen sprach er über das Schachspiel. Er hatte es seiner Geliebten, ihrer Großmutter, beigebracht! Melinda fröstelte, während sie dunkel das Ausmaß der dramatischen Ereignisse zu erahnen begann, die sich damals abgespielt haben mussten. Hätte sie die Briefe nicht gelesen, sie wäre vermutlich in Versuchung geraten zu glauben, dass Lord Hampton nur eine belanglose Affäre mit ihrer Großmutter gehabt hatte. Doch aus den Zeilen an sie sprach nur allzu deutlich heraus, wie tief seine Gefühle gewesen waren. Dennoch hatte er nur wenige Monate nach dem Unglück ihre Schwester Cathleen geheiratet.

Vage erinnerte Melinda sich an etwas, das sie in einem der Artikel von Sandfort gelesen hatte. Die Hamptons hatten angeblich durch Misswirtschaft und gefährliche Fehlspekulationen große finanzielle Probleme gehabt. Ihre Schulden waren von John Sherwood beglichen worden. Nur aus diesem Grunde war es überhaupt zu der Vermählung gekommen, die in adeligen Kreisen nicht als standesgemäß angesehen worden war. Hatte Edward Hampton Cathleen nur deshalb geheiratet? Wegen des Geldes?

Sie lief nachdenklich weiter und musste daran denken, dass Barry Sandfort, der Journalist, eine Spur verfolgt hatte, die darauf hinwies, dass Amalia nach ihrem angeblichen Tod in einem Heim in Kent gewesen war, an der Küste, nicht weit von Dover entfernt. Zu einem Zeitpunkt, als sie offiziell schon als verunglückt und verschwunden galt. Man hatte sich ihrer Großmutter entledigt, begriff Melinda plötzlich. Stück für Stück schien sich mit einem Mal alles zusammenzufügen. Als sie anfing, Nachforschungen über ihre Familie anzustellen, hätte sie nicht im Traum geglaubt, jemals auf ein derartiges Drama zu stoßen. Obwohl sie ihrer Großmutter nie begegnet war, berührte sie das Schicksal von Amalia Sherwood zutiefst. Was musste sie durchgemacht haben!

Jemand hatte ihr das Paket geschickt, damit sie all das herausfand, wurde Melinda erneut bewusst. Noch immer war ihr jedoch unklar, wie Amalias Weg von dem Heim zu den Finkensteins geführt hatte. So, wie Roger Sandfort es nach den Aufzeichnungen seines Vaters darstellte, klang es, als sei das Heim eine geschlossene Einrichtung gewesen. Wie war ihre Großmutter von dort wieder weggekommen?

Melinda hoffte inständig, dass Sandfort in den Unterlagen seines Vaters noch etwas fand. Es gab eine ganze Mappe mit Rechercheunterlagen, die seine Mutter bis zu ihrem Tode aufbewahrt hatte und die sich jetzt im Besitz von Roger Sandfort befand. Er hatte es aus Sentimentalität nicht über sich gebracht, sie wegzuwerfen, hatte er ihr erzählt – was sich jetzt als Glücksfall erwies. Sandfort hatte versprochen, noch einmal alles für Melinda durchzusehen.

112

Sie kehrte in die Pension zurück und zog sich um, denn sie war zum Dinner bei Mrs Finkenstein, der Bankdirektorin, eingeladen. Ihr Bruder Jacob würde ebenfalls kommen.

Sehr viel Auswahl blieb ihr bei ihrer bescheidenen Garderobe nicht. Melinda betrachtete sich in ihrem Kleid im Spiegel. Es war alt, aber immerhin nicht ganz so fadenscheinig wie ihre anderen Sachen. Sie seufzte. Sobald sie etwas Geld zusammengespart hatte, musste sie sich etwas Neues kaufen. In Gegenwart der Finkensteins wurde ihr stets bewusst, wie ärmlich und abgetragen ihre Kleidung war – auch wenn weder die Bankdirektorin noch ihre Mutter sie das jemals spüren ließen.

Während Melinda sich vor dem kleinen Spiegel in ihrem Zimmer die Haare kämmte, beschäftigte sie weiter die Liebesbeziehung ihrer Großmutter zu Edward Hampton. Ob Cathleen Sherwood etwas davon geahnt hatte? Wie musste sich Amalia gefühlt haben, als sie dann in das Heim gekommen war?

Vielleicht wusste Jacob Finkenstein mehr über die Vergangenheit ihrer Großmutter, überlegte sie. Immerhin hatte sie ihm auch ihren wahren Namen verraten.

Jacob Finkenstein war ein hochgewachsener Mann von Mitte fünfzig, dessen Gesicht noch immer eine deutliche Ähnlichkeit mit dem des sommersprossigen Jungen aufwies, den Melinda auf dem Foto gesehen hatte. Er lebte eigentlich in Cambridge, wo er als Bibliothekar arbeitete, kam aber regelmäßig nach London, um seine Familie zu besuchen. Er war ein selbstbewusster, sympathischer Mann, den Melinda auf Anhieb mochte.

»Wie schön, Sie kennenzulernen, Miss Leewald«, sagte er in einer etwas monoton klingenden Sprache und mit einem warmen Lächeln, als Mrs Finkenstein sie einander vorstellte. Seine dunkelbraunen Augen betrachteten sie mit einer eindringlichen Intensität, als würde er weit mehr von ihr wahrnehmen als nur ihr Aussehen.

»Ich spreche nicht viel. Ich werde meine Schwester deshalb lieber übersetzen lassen«, sagte Jacob und Melinda stellte zu ihrer Überraschung fest, dass er sich mit Mrs Finkenstein in der Gebärdensprache verständigte.

»Wir haben es damals alle gelernt«, erklärte die Bankdirektorin, als sie sich zu Tisch begaben.

»Ich freue mich sehr, jemanden zu treffen, der meine Großmutter so gut gekannt hat«, wandte Melinda sich zu Jacob.

Ich verdanke ihr sehr viel, erwiderte er, übersetzt von seiner Schwester. *Obwohl ich klein war, erinnere ich mich noch heute, wie ich mich fühlte, bevor Ihre Großmutter in mein Leben trat. Es kam mir vor, als wäre ich in mir selbst gefangen. Ihre Großmutter schaffte es, behutsam und sanft durch meinen Panzer der Ablehnung zu mir vorzudringen. Sie verstand, was in mir vorging. Es war ein wenig so, als würde sie in meinem Kopf lesen können. Ich habe übrigens lange geglaubt, dass sie das tatsächlich konnte. Sie hatte diesen Blick …* Er lachte mit funkelnden Augen und hielt dabei einen Moment lang in seinen Gebärden inne.

Melinda erinnerte sich, wie Jacob sie selbst bei der Begrüßung angeschaut hatte, und verstand, was er meinte.

»Es erstaunt mich, dass alle von ihr als einem Menschen mit so positiver Ausstrahlung berichten, obwohl sie so viel durchgemacht hatte«, sagte sie zögernd.

Jacob nickte und bewegte gebärdend die Hände. *Unterschätzen Sie Ihre Großmutter nicht! Das Wertvollste, das sie mir beibrachte, war, mein Selbstmitleid zu überwinden. Sie zeigte mir, dass die Welt nicht schlechter, sondern nur anders geworden war. Dass es auch Dinge gab, die ich durch den Verlust meines Gehörs geschenkt bekam – eine andere Art zu sehen und zu fühlen, zum Beispiel. Das war für mich als Kind sehr wichtig – sie hat mir damals in gewisser Weise mein Leben zurückgeschenkt.*

Melinda blickte ihn überrascht an. Aus dieser Perspektive hatte sie die Taubheit tatsächlich noch nie gesehen.

Ihre Großmutter hasste Mitleid, fügte Jacob hinzu. *Sie sagte immer, das sei der Blick der anderen auf eine Welt, die sie nur nicht kannten.*

Melinda schwieg nachdenklich und sah dabei wieder das alte Familienfoto vor sich, das ihr Mrs Finkenstein einmal gezeigt hatte. Sie entsann sich, wie vertraut das Verhältnis von Jacob und ihrer Großmutter gewirkt hatte.

»Dürfte ich Sie etwas fragen? Sie hat Ihnen als Einzigem ihren richtigen Vornamen verraten. Hat sie Ihnen auch erzählt, was damals geschehen ist?«

Jacob schüttelte den Kopf, bevor er einen Schluck Wein trank. *Nein. Ich habe sie einmal gefragt. Damals war ich schon etwas älter und spürte, dass sie manchmal sehr traurig war. Doch sie hat es mir nicht gesagt. Es spielt keine Rolle, Jacob. Ich habe nichts mehr mit diesem Leben zu tun, hat sie mir geantwortet.*

Für einen Moment herrschte Stille am Tisch. Mrs Finkenstein hatte aufgehört zu sprechen und Jacob in seinen Gesten innegehalten.

»Wie kommen Sie mit Ihren Nachforschungen voran?«, erkundigte sich die Bankdirektorin schließlich.

Melinda berichtete, was sie in Erfahrung gebracht hatte.

»Ich hoffe, durch die Unterlagen des Journalisten noch mehr herauszubekommen.«

Jacob blickte sie nachdenklich an, bevor er erneut die Hände bewegte. *Ihren Fragen entnehme ich, dass Caroline, Ihre Mutter, nicht viel über Ihre Großmutter gesprochen hat, oder?*

Melinda schüttelte den Kopf. »Nein, nie. Das beschäftigt mich auch sehr. Sie muss doch auch die Gebärdensprache gesprochen haben?«

»Ja, aber sie tat es nicht sehr gern«, bekannte Mrs Finkenstein, und Jacob nickte zustimmend. *Man muss das verstehen, Ihre Mutter hat sich immer sehr danach gesehnt, genau wie alle anderen zu sein,* erklärte er. *Ich glaube, es war ihr manchmal peinlich, sich mit Ihrer Großmutter in der Gebärdensprache verständigen zu müssen.*

Melinda nippte grübelnd an ihrem Wein. Es stimmte, ihre Mutter war immer eher zurückhaltend und sehr darauf bedacht gewesen, nicht aufzufallen. Ironischerweise war jedoch durch ihren englischen Akzent – den sie zeitlebens nie verlor, weil sie im Haus der Finkensteins aufgewachsen war – immer das Gegenteil der Fall gewesen.

Wie kommt es, dass Sie sich so für die Geschichte Ihrer Großmutter interessieren, obwohl Sie sie nicht gekannt haben?, fragte Jacob Finkenstein neugierig.

Melinda wurde bewusst, dass ihre intensiven Nachforschungen in den Augen anderer wahrscheinlich ungewöhnlich wirkten.

Sie hatte plötzlich das Gefühl, dass sie den Finkensteins, die ihr so viel geholfen und sie so freundlich aufgenommen hatten, Ehrlichkeit schuldete.

»Ich wollte schon immer gern mehr über den englischen Teil meiner Familie wissen, aber während des Krieges hat sich dieser Gedanke von selbst verboten. Vor ungefähr einem Monat habe ich dann jedoch anonym ein Paket bekommen …«, berichtete Melinda und erzählte ihnen alles – von den Bildern, den Briefen und der Schachfigur und wie sehr sie der mysteriöse Inhalt von Anfang an beschäftigt hatte.

»Und Sie haben keinen Verdacht, wer Ihnen das Paket geschickt haben könnte? Nicht einmal eine Vermutung?«, fragte Mrs Finkenstein dann.

Melinda schüttelte den Kopf. »Aber ich glaube, wenn ich genau weiß, was damals passiert ist, werde ich es in Erfahrung bringen.«

»Sie sollten vorsichtig sein, nach dem, was passiert ist«, sagte Mrs Finkenstein besorgt. »Es wird einen Grund dafür geben, dass dieser Mr Tennyson Sie bedroht hat.«

Jacob dagegen blickte sie warm an. Melindas Hartnäckigkeit schien ihm zu gefallen.

»Ihre Großmutter hätte Sie sehr gemocht«, sagte er, als sie sich später verabschiedete. »Sie ähneln äußerlich zwar Ihrer Mutter, aber die Art, wie Sie reden und sich bewegen, erinnert mich sehr an Helene …«

Melinda lächelte, denn sie verstand, welch großes Kompliment das war. Sie versprach, ihn und auch Mrs Finkenstein über ihre Nachforschungen auf dem Laufenden zu halten und ihnen, wann immer sie Hilfe brauchte, Bescheid zu geben.

113

Am nächsten Morgen fand Melinda an der Zimmertür ihrer Pension erneut einen Zettel von Mrs Donston. Sie verzog das Gesicht – George hatte wieder angerufen. Er war hartnäckig, musste sie zugeben. Außerdem hatte sie am Abend zuvor noch einen weiteren Anruf bekommen, sah sie – von Roger Sandfort, dem Sohn des Journalisten. Sie war gespannt, was er herausgefunden hatte, und rief ihn zurück, noch bevor sie zur Fortbildung ging.

»Ich hoffe, es ist nicht zu früh«, sagte sie entschuldigend.

»Nein, überhaupt nicht. Ich bin ab sechs Uhr immer auf den Beinen. Ich habe die Unterlagen durchgesehen, von denen ich Ihnen erzählt habe«, berichtete Sandfort dann. »Ich denke, es gibt das eine oder andere, was Sie interessieren könnte. Ich bin mir nicht sicher, inwieweit es wirklich mit Ihrer Großmutter zu tun hat, es betrifft aber das Heim.«

Man konnte hören, wie er am anderen Ende der Leitung kurz stockte.

»Das Heim? Ist dort etwas passiert?«, fragte Melinda.

»Es scheint dort mehrere Missbrauchsfälle gegeben zu haben. Mein Vater hatte auf jeden Fall Nachforschungen in diese Richtung betrieben.«

Melinda schluckte. *Traumatische Erfahrungen liegen hinter ihr …* War das nicht die Formulierung gewesen, die der Arzt dieser Gehörlosenorganisation verwendet hatte?

»Meinen Sie, dass meine Großmutter davon betroffen war?«

»Das ist schwer zu sagen«, erwiderte Sandfort. »Es sind vor allem handschriftliche Notizen, die mein Vater gemacht hat. Sie sind nicht immer leicht zu entziffern, aber daraus geht hervor, dass damals in dem Heim ein Unglück geschehen ist.«

»Ein Unglück?«, echote sie, und plötzlich meldete sich mit unerwarteter Heftigkeit ihr journalistischer Instinkt. Seitdem sie wieder und wieder die mysteriösen Fakten im Leben ihrer Großmutter im Kopf durchgegangen war, hatte sie das Gefühl gehabt, dass damals noch etwas ganz anderes passiert sein musste, etwas, das nicht allein mit Amalias geheimer Liebesbeziehung und ihrem Verschwinden zu tun hatte, sondern sich parallel ereignete und in die anderen Geschehnisse eingegriffen hatte. Melinda war überzeugt, dass die Notizen von Sandfort ihr genau dazu eine Antwort geben konnten.

»Würden Sie mir vielleicht erlauben, selbst einen Blick in die Unterlagen Ihres Vaters zu werfen?«, fragte sie aufgeregt.

»Aber ja«, erwiderte Sandfort. »Genau das wollte ich Ihnen anbieten!«

Amalia

114

St. Mary's Home, Winter 1895/1896

Amalia hatte mit Gordon einen detaillierten Plan ausgearbeitet. Sie entschieden, dass das Gastspiel des Zirkus der bessere Zeitpunkt für ihre Flucht sein würde. Es lag zeitlich näher als der Besuchertag, an dem die Angehörigen nach St. Mary's Home kamen. Obwohl Amalia es für unwahrscheinlich hielt, dass ihre Eltern sie besuchen würden, wollte sie nicht das Risiko eingehen, ihnen auf einmal gegenüberzustehen. Es hätte ihre Flucht zwangsläufig vereitelt.

Nach dem schrecklichen Vorfall mit Mr Beans hatte sie sich lange mit Gordon unterhalten. Sie waren beide zu dem Schluss gekommen, dass der Heimleiter ihnen wohl tatsächlich nicht glauben würde. Allein Gordons Anwesenheit im Frauentrakt wäre schwierig zu erklären gewesen, denn im Gegensatz zum Aufsichts- und Dienstpersonal war es den Insassen nicht gestattet, sich im Wohntrakt des anderen Geschlechts aufzuhalten. Lediglich die Gemeinschaftsräume und der Park waren beiden Seiten zugänglich.

Wie Gordon ihr später berichtete, hatte er jedoch schon den ganzen Tag mitbekommen, dass Mr Beans sie mit unruhigem Blick beobachtete. Als Amalia am Nachmittag nicht wie sonst in der Bibliothek oder einem der Salons auftauchte und auch der Lehrer verschwunden war, hatte er sich beunruhigt auf die Suche nach ihr gemacht.

Ich weiß nicht, wie ich dir danken soll … Sie versuchte zu verdrängen, was passiert wäre, wenn Gordon nicht aufgetaucht wäre.

Was um Gottes willen ist geschehen?, fragte er mit einem

durchdringenden Blick, und sie begriff, dass er damit nicht Mr Beans, sondern sie selbst meinte.

Mit zögerlichen Gebärden begann Amalia, ihm schließlich alles zu erzählen – von Edward und sich, von ihrer Schwester Cathleen, dem schrecklichen Nachmittag, an dem sie erfahren musste, dass der Mann, den sie liebte, der zukünftige Ehemann ihrer Schwester war, wie ihre Eltern sie fortgebracht hatten und sie schließlich hier in der Zeitung die Vermählungsanzeige entdeckt hatte.

Es war das erste Mal, dass sie ihre Gefühle und Erlebnisse mit jemandem teilte, und obwohl sie dabei weinte, hatte es etwas Tröstliches. Stück für Stück skizzierte sie das Bild dieses Dramas, das ihr die beiden Menschen genommen hatte, die sie am meisten liebte. Der Blick aus Gordons grauen Augen war warm und voller Mitgefühl.

Er fasste sie kurz am Arm. *Du bist stark, Amalia.*

Niedergeschlagen blickte sie auf die Hände in ihrem Schoß. Sie hatte keine Wahl, das wusste sie. Mr Beans würde sie nicht in Ruhe lassen. Doch welchen Sinn hatte eine Flucht jetzt noch?

Gordon blickte sie an, als hätte er ihre Gedanken erraten. *Du wirst frei sein, Amalia. Du wirst von hier weggehen und dir ein anderes Leben aufbauen … Bis du volljährig bist, musst du vorsichtig sein. Aber in ein paar Monaten, wenn du einundzwanzig geworden bist, wird es für deine Eltern schwierig werden, dich wieder in ihre Gewalt zu bringen. Die Organisation in London, von der ich dir erzählt habe, sie wird dir auf jeden Fall helfen.*

Amalia nickte. Über all das hatten sie schon viele Male gesprochen. Sie blickte Gordon an. *Willst du nicht mit mir nach London kommen?*, bedeutete sie ihm plötzlich.

Ein überraschter Ausdruck glitt über sein gezeichnetes Gesicht. Er lächelte leicht und strich ihr in einer brüderlichen Geste übers Haar. *Nein, mein Platz ist hier. Ich weiß, dass ich für viele Menschen in diesem Heim wichtig bin, und das bedeutet mir etwas.*

Sie nickte. Es stimmte, dass viele Insassen in St. Marys Home ihn brauchten. Sie erinnerte sich, wie ihr von Anfang an aufgefallen war, dass die anderen seine Nähe suchten. Doch die Vorstellung, von ihm Abschied nehmen zu müssen, fiel ihr schwer. In der Zeit hier war zwischen ihnen eine echte und tiefe Freundschaft gewachsen.

Ihre Gedanken wandten sich wieder der Flucht zu. Obwohl der Winter sich inzwischen seinem Ende zuneigte und die Tage milder wurden, war es bis zu dem Gastspiel des Zirkus noch immer einige Wochen hin.

Amalias größtes Problem stellte der Unterricht bei Mr Beans dar. Da sie sich über seine Zudringlichkeiten nicht bei Dr. Graham beschwert hatte, musste sie auch weiter zu den täglichen Stunden bei ihm gehen. Sie fürchtete sich davor – aber zu ihrer Überraschung ignorierte Mr Beans, was zwischen ihnen vorgefallen war, und hielt sich ihr gegenüber plötzlich zurück. Nur manchmal bemerkte sie, mit welch kaltem Blick er sie musterte. Sie war sich sicher, dass seine Zurückhaltung nicht lange andauern würde und er insgeheim einen Plan schmiedete. Voller Angst achtete sie von nun darauf, sich nie wieder auf den verlassenen Treppen und in den Gängen oder irgendwo sonst auf dem Anwesen ohne Begleitung aufzuhalten. Sollte Mr Beans ihr jemals wieder allein begegnen, würde sie kein zweites Mal so glimpflich davonkommen!

115

Sie wachte von einem brenzligen Geruch auf. Dann nahm sie die Vibrationen wahr. Menschen liefen durch das Gebäude, wurde ihr klar. Schlagartig war Amalia hellwach. Es war mitten in der Nacht. Sie griff nach ihrem Umhang, schlüpfte in die Schuhe, war mit einem Satz bei der Tür und riss sie auf. Der beißende Geruch von Rauch lag in der Luft. Er drang von der linken Seite des Trakts zu ihr herüber. Sie konnte im Halbdunkeln sehen, dass auch einige andere Mädchen und Frauen aus ihren Zimmern gekommen waren. Panisch blickten sie sich um. Ein Pfleger schlug gegen die Türen und schrie etwas. Niemand verstand, was er sagte, doch sein verzerrter Gesichtsausdruck und die schwenkenden Armbewegungen, mit denen er immer wieder in die entgegengesetzte Richtung deutete, aus der der Rauch kam, sagten genug. Sie mussten hier raus.

Die Schachfiguren. Sie konnte nicht ohne sie gehen. Amalia stürzte zurück in ihr Zimmer und riss die Schachtel hastig aus dem Schrank. Sie lief zurück zur Tür und hatte kaum die Schwelle übertreten, als sie eine Hand am Arm packte. Ein Schreckensschrei entstieg ihrer Kehle, dann sah sie im Halbdunkeln das Gesicht von Gordon vor sich.

Es brennt! Sie wollte ihn nach rechts mit sich ziehen, wohin auch die anderen gerannt waren, denn der Rauch war inzwischen stärker geworden. Doch Gordon hielt sie entschlossen fest. *Nein, warte!*

Sie zweifelte kurz an seinem Verstand und machte einige heftige Handbewegungen. *Wir müssen hier raus!*

Ja, aber wir nehmen die andere Richtung. Das ist deine Chance, Amalia!

Der Blick seiner grauen Augen drang in sie, und plötzlich verstand sie. Es konnte keinen besseren Zeitpunkt für ihre Flucht geben. Er drückte ihr einen dunklen Umhang in die Hand, den sie im Laufen überwarf, und zog sie mit sich.

Draußen ist die Hölle los. Alle sind mit dem Feuer beschäftigt, erklärte er, während er mit ihr weiter nach links rannte – direkt in den Rauch hinein. Kein Mensch war mehr in diesem Teil des Frauentrakts. Amalias Augen tränten, und sie spürte einen schrecklichen Hustenreiz. Es war unvorstellbar warm. Panisch sah sie Gordon an. *Wir werden sterben!*

Nein, das Feuer ist oben im Dachstuhl.

Sie liefen weiter, bis sie die Dienstbotentreppe erreicht hatten. Gordon hielt unvermittelt in seinem Schritt inne und ließ seinen Blick suchend an ihrer Gestalt hinuntergleiten. Seine Augen blieben an ihrer engen Halskette hängen. *Gib mir deine Kette – und den Ring!*

Sie begriff. Eilig nahm sie die beiden Schmuckstücke ab, die sie auch beim Schlafen immer trug, und gab sie ihm.

Warte hier!, bedeutete er ihr.

Mach das nicht, bring dich nicht in Gefahr!

Was kann das Feuer mir schon noch anhaben?, gab er ihr zur Antwort, und entsetzt sah sie, dass er, anstatt die Treppe nach unten zu nehmen, nach oben direkt in die Richtung des Feuers lief.

Im selben Moment, als er hustend und mit gerötetem Gesicht, auf dem sich Rußspuren zeigten, wieder zurückkehrte, war über ihnen eine schwere Erschütterung wahrzunehmen. Einer der Dachbalken brach zusammen.

Gordon riss sie mit sich. Seine Hände flogen im Laufen durch die Luft. *Schnell, der Dachstuhl wird einstürzen!* Weitere Erschütterungen, stärker als zuvor, waren über ihnen zu spüren, und sie konnten fühlen, wie die Hitze über ihnen unerträglich stark wurde, als würde sich das Feuer in einem Sog den Weg nach unten erkämpfen und nach ihnen greifen wollen.

Sie stürzten die Treppe hinunter. Außer Atem und hustend kamen sie am Dienstbotenausgang des Seitentrakts an. Amalia blickte sich ängstlich um. Doch Gordon hatte recht. Niemand achtete auf sie. Alle Menschen – Insassen wie Aufsichtspersonal und Dienstboten – befanden sich im Hof. Die Leute liefen wild durcheinander. Man konnte im Schein der Gaslaternen sehen, wie Wassereimer herbeigeschleppt wurden. In Menschenketten wurden sie eilig weitergereicht.

Gordon und sie schlichen weiter, bis zur Mauer des Anwesens, in deren Schutz sie vorsichtig zum Ausgang liefen.

Amalias Herz raste vor Aufregung. Dann entdeckte sie, dass vor dem Tor noch immer einer der Wärter stand. Entmutigt blieb sie stehen. Gordon hatte ihn ebenfalls gesehen. Er gab ihr ein Zeichen, dass sie hier warten sollte. *Ich werde ihn weglocken. Du musst dich beeilen! Das Tor wird wahrscheinlich abgeschlossen sein, du wirst darüberklettern müssen.*

Amalia blickte zweifelnd zu dem hohen Eisentor. *Es ist sehr hoch. Ich bin mir nicht sicher, ob ich das schaffe.*

Er packte sie am Arm. *Du musst! Nimm die Bank, auf der die Wachen immer sitzen. Ich werde sie später zurückstellen. Hier, das wirst du brauchen.* Er drückte ihr zu ihrer Überraschung ein paar Pfundnoten in die Hand. *Meine Eltern bringen mir zum Besuchstag immer etwas Geld. Alles Gute, Amalia.* Er drückte ihr einen schnellen Kuss auf die Wange und rannte schon in einem Haken, als käme er vom Hauptgebäude, auf die Wache zu.

Ihr Atem ging schnell, während sie beobachtete, wie Gordon etwas zu der Wache sagte und gleichzeitig wilde Zeichen machte und auf das Feuer deutete. Sekunden später rannten die beiden Männer in Richtung des Hofs davon.

Danke, Gordon! Amalia lief im Schutze der Mauer so schnell sie konnte zum Tor. Wie Gordon vermutet hatte, war es abgeschlossen. Sie zog die Bank, die an dem kleinen Torhäuschen stand, zu dem Gitter herüber. Sie war schwer, doch die Angst verlieh Amalia ungeahnte Kräfte. Von der Sitzfläche aus stieg sie weiter auf die Rückenlehne der Bank, die sie wie eine Treppenstufe benutzte, um von dort nach dem Rand des Eisengitters zu greifen, den sie gerade noch mit den Händen fassen konnte. Sie versuchte sich hochzuziehen. Ihre Arme schmerzten. Einen Moment lang befürchtete Amalia, es nicht zu schaffen, doch schließlich konnte sie sich mit dem Oberkörper nach oben stemmen und über das Gitter klettern. Auf der anderen Seite ließ sie sich vorsichtig nach unten gleiten. Das letzte Stück sprang sie. Unsanft landete sie auf dem Boden und richtete sich auf. Sie war in Freiheit.

116

Wenn sie später an ihre Flucht dachte, erinnerte sie sich vor allem an die Angst. An die schreckliche Dunkelheit, in der sie viele Stunden lang unterwegs war und in der sie sich so hilflos fühlte, weil ihre Augen, ihr wichtigstes Sinnesorgan, ihr nicht weiterhelfen konnten – und sie nun blind und taub zugleich war. Auf der einsamen Landstraße vermochte sie kaum etwas zu sehen. Unzählige Male stolperte oder fiel sie über irgendeine Unebenheit, und ihr einziger Trost war der, dass, solange sie selbst so wenig erkennen konnte, sie vermutlich auch von niemandem bemerkt wurde.

Viele Male hatte sie mit Gordon ihren Fluchtweg besprochen. Wieder und wieder hatte sie die Karten studiert und sich Orte und Straßen eingeprägt, bis sie sie auswendig kannte und genau wusste, wie sie laufen musste. Doch es war etwas völlig anderes, sich den Weg auf einer Karte einzuprägen, als ihn dann tatsächlich vor sich zu haben. St. Mary's Home lag einsam mitten auf dem Land. Dover und Ramsgate waren in Richtung Meer die nächsten Städte, nach London waren es Ashford und Maidstone. Von Ashford gab es seit etlichen Jahren eine Zugverbindung nach London, doch Gordon hatte ihr geraten weiterzulaufen, bis nach Tonbridge. *Wenn sie dich suchen, werden sie an allen Bahnhöfen in der Umgebung nachfragen. Tonbridge liegt dagegen schon zu weit entfernt.*

Und so lief sie und versuchte den Gedanken zu verdrängen, dass es außer den paar Pfundnoten und den Schachfiguren nichts gab, das sie bei sich hatte. Sie war nicht einmal richtig angezogen – unter dem warmen Wollumhang trug sie nur ihr Nachthemd und den dünnen Hausmantel. Immer wieder drehte Amalia sich im Laufen um. Einige Zeit lang sah sie noch die Flammen in dem brennenden Dachstuhl von St. Mary's Home, doch dann machte die Straße eine Biegung und wurde hügliger, sodass das Heim aus ihrem Blickfeld verschwand. Würde Gordons Plan klappen und man tatsächlich glauben, dass sie im Feuer umgekommen war? Amalia hoffte es inständig.

Selbst wenn nicht, schenkte der Brand ihr jedoch erst einmal einen wertvollen Vorsprung. Unbewusst beschleunigte sie ihre Schritte. Sie merkte, dass sich ihre Augen ein wenig an die Dunkelheit zu gewöhnen begannen und sie zumindest schemenhaft Umrisse erkannte. Die Weite um sie herum übte eine beruhigende Wirkung auf sie aus, und während sie mit tiefen Atemzügen die kühle Nachtluft in sich aufsog, erinnerte sie sich, wie oft sie früher allein in der Einsamkeit des Dartmoors unterwegs gewesen war. Es erschien ihr wie ein anderes Leben. Mit der Flucht ließ sie es für immer hinter sich.

Amalia brauchte zwei Tage, bis sie London erreichte. Meilen um Meilen lief sie die Straße entlang und vermied jeden Kontakt mit Menschen. Zu groß war ihre Furcht, jemand könne sie ansprechen und es würde auffallen, dass sie taub war. Sie wagte nicht einmal, sich am ersten Tag etwas zu essen zu kaufen, und trank nur aus einem Brunnen etwas Wasser.

Die folgende Nacht schlief sie abseits der Straße in einem Feldgraben. Es waren kaum mehr als ein paar Stunden, denn die Angst, jemand könne sie entdecken, ließ sie trotz ihrer Erschöpfung immer wieder aus dem Schlaf hochfahren. Sie fühlte sich wie gerädert, ihre Füße schmerzten. Am Ufer eines einsamen Bachs wusch sie sich, klopfte ihren Mantel sauber und versuchte ihre wirren Haare zu einem Zopf zu flechten. Dann lief sie weiter und erreichte nach einem weiteren Marsch schließlich Tonbridge.

Dort begab sie sich an der Bahnhofstation zum Fahrkartenschalter. Ein uniformierter Verkäufer fragte sie nach ihren Wünschen. Sie schenkte ihm ihr freundlichstes Lächeln und deutete erst auf ihren Hals und dann auf einen Stift, der vor dem Mann lag. Verwundert reichte er ihn ihr. Sie schrieb, dass sie wegen einer Stimmbandverletzung nicht sprechen dürfe und ein Ticket nach London wünsche. Gordon hatte ihr zu dieser Lüge geraten. *So fällt nicht auf, dass du taub bist, falls man vom Heim doch noch Nachforschungen anstellen sollte.*

Amalia bemühte sich, das Zittern ihrer Hände vor dem Fahrkartenverkäufer zu verbergen. Sie gab ihm ihr Geld, und er reichte ihr das Ticket und Wechselgeld zurück.

Sie war aufgeregt und von einer leisen Furcht vor dem Unbekannten erfüllt, das sie erwartete. Als kleines Mädchen war sie einmal mit dem Zug gefahren, aber sonst war sie nie weit von Sherwood fortgekommen. Passanten warfen ihr im Vorbeigehen neugierige Blicke zu. In ihrem einfachen langen Wollumhang fiel sie zwischen den Menschen auf, und sie war froh, als sie endlich im Zug saß.

Die Fahrt verging schnell – es erschien ihr unglaublich, mit welcher Geschwindigkeit sie die Strecke zurücklegten.

Zwei Stunden später kam sie schon in London an.

Als sie von der Bahnhofshalle nach draußen trat, ergriff sie ein Schock. Das Getümmel von Menschen, Droschken und Pferden und die vielen fremden Gerüche, die sie empfingen, drohten sie zu überwältigen. Sie starrte auf die hohen Gebäude vor sich, dieses Meer von Häusern, aus dem vereinzelt die Spitze eines Kirchturms ragte. Ihr Herzschlag beschleunigte sich, und sie spürte, wie sie so kurz vor dem Ziel plötzlich Panik überkam. Wie sollte sie sich hier zurechtfinden? Sie hatte die Adresse von der Organisation, die Gordon ihr gegeben hatte, auswendig gelernt. Doch das half ihr auch nicht weiter. Menschen stießen im Vorbeigehen gegen sie und blickten sie kopfschüttelnd an, weil sie mitten auf dem Gehsteig stand und sich verwirrt umsah.

Schließlich wusste Amalia sich keinen anderen Rat, als in einem kleinen Lebensmittelgeschäft um Hilfe zu bitten. Wie zuvor am Fahrkartenschalter in Tonbridge zeigte sie auf ihren Hals und deutete auf einen Stift, der neben der Kasse lag.

Dann schrieb sie die Adresse auf, die sie suchte, und fragte, ob man ihr den Weg dorthin erklären könne.

Der Verkäufer, ein dickbäuchiger Mann mit Schnurrbart, runzelte die Stirn und schien zu überlegen, ob er die Straße kannte. Dann begann er wild zu gestikulieren. Offensichtlich beschrieb er ihr den Weg dorthin. Amalia starrte auf seine Lippen, die durch den Schnurrbart verdeckt wurden – sie verstand kein Wort. Mit Tränen in den Augen blickte sie ihn an. Eine Ewigkeit schien zu vergehen, bis der Verkäufer endlich begriff, dass sie ihn nicht hören konnte. Erschrocken schaute er auf ihre Tränen und ergriff sie kurz entschlossen am Arm. Er zog sie mit sich aus dem Laden und deutete zu einer Haltstelle, auf die aus einiger Entfernung ein Pferdeomnibus zukam. Dann hob er die Hand und streckte fünf Finger hoch.

Amalia nickte. Fünf Stationen, meinte er? Sie neigte dankend den Kopf. Er lächelte und schüttelte dabei in einer väterlichen Manier leicht den Kopf, als könne er nicht glauben, dass sie ganz allein in London unterwegs war. Unerwartet hob er die Hand. »Warten Sie …« Überrascht sah sie ihm hinterher, wie er zurück in den Laden rannte und mit einem Apfel in der Hand wiederkehrte. Abermals lächelnd reichte der Verkäufer ihn ihr. Amalia konnte nichts dagegen tun – ihr stiegen erneut Tränen in die Augen.

Im selben Augenblick hielt der Pferdeomnibus an der Haltestelle. Der Verkäufer rief dem uniformierten Kontrolleur etwas zu, und eine Hand half ihr beim Einsteigen. Ehe sie sichs versah, stand sie schon auf dem Trittbrett.

Amalia reichte dem Kontrolleur ihr restliches Geld. Kopfschüttelnd gab der Mann ihr die Hälfte zurück und drückte ihr einen Fahrschein in die Hand.

Sie nahm aufgeregt auf einer der Sitzbänke Platz und schaute mit großen Augen nach draußen auf das geschäftige Treiben. Ihre Hand umklammerte den Apfel. Er war leuchtend rot. Obwohl sie vor Hunger fast umkam, brachte sie es nicht über sich, ihn zu essen. Er erschien ihr wie ein Glücksbringer für ein neues Leben.

Amalia zählte die Stationen, an denen sie hielten, und an der fünften stieg sie aus.

Es war eine gutbürgerliche Wohngegend, in der sie sich befand. Die Straßen waren weniger voll als am Bahnhof, aber dennoch liefen auch hier überall Menschen auf den Gehsteigen entlang. Suchend blickte sie sich um und stellte zu ihrer Erleichterung fest, dass sie sich bereits in der richtigen Straße befand. Wenige Augenblicke später klingelte sie an der Tür eines schlichten Stadthauses. Eine Haushälterin öffnete ihr.

»Ja bitte?«

Amalia bewegte die Hände. *Ich habe Ihre Adresse von Gordon Franklin …*

Die Frau musterte sie erstaunt, doch dann nickte sie und gab ihr mit einem Zeichen zu verstehen, kurz zu warten. Wenige Augenblicke später kehrte sie in Begleitung eines Mannes zurück.

Amalia sah ihn überrascht an. Es gehörte zu den eigentümlichen Folgen ihrer schweren Scharlacherkrankung, dass die Gesichter mancher Menschen, denen sie in ihrer Kindheit begegnet war, wie ausgelöscht waren, während andere sich für immer in ihre Erinnerung gebrannt hatten. Beinahe so, als sei sie ihnen erst gestern begegnet. Zu diesen Menschen, die sie nie vergessen hatte, gehörte auch ein Arzt. In den vielen Wochen, in denen Amalia im Krankenhaus und zu Hause immer wieder untersucht wurde, war er der Einzige gewesen, der freundlich und einfühlsam mit ihr umging und ihr nicht das Gefühl nahm, ein menschliches Wesen zu sein. Dieser Mann stand direkt vor ihr. Es war Dr. Stevenson.

117

Manchmal schlossen sich die Kreise im Leben – allerdings nicht immer so, wie man es sich wünschte. Zu dieser schmerzhaften Erkenntnis gelangte auch Dr. Stevenson, als Amalia Sherwood an jenem Nachmittag vor seiner Tür stand und ihn die Vergangenheit mit ihr wieder einholte.

Dr. Stevenson hatte sie nicht sofort erkannt. Er sah nur, dass die junge Frau, die in dem langen Wollumhang erschöpft und mit nichts außer einem Apfel in der Hand vor ihm stand, Hilfe brauchte.

Ich bin Amalia Sherwood, schrieb sie auf einen Block, der auf dem Tisch im Eingang lag und den sie sofort ergriff. *Wir kennen uns. Sie haben mich untersucht, als ich ein Kind war.* Sie schrieb weiter, dass sie seine Adresse von Gordon Franklin habe und Hilfe brauche. Sie sei aus St. Mary's Home geflohen.

Mit einem beklemmenden Gefühl hatte er genickt und sie willkommen geheißen. Es war ein langer Weg von St. Mary's Home, und als sich Amalia beim Schreiben etwas nach vorn beugte, öffnete sich ihr Wollumhang an den Beinen ein Stück, und er bemerkte, dass sie darunter nur einen leichten Negligémantel trug. Eine dunkle Ahnung befiel ihn, was sie durchgemacht hatte.

Er bewegte die Hände. *Wir können in der Gebärdensprache sprechen, wenn Sie möchten.*

Sie schaute ihn an, erfreut und erleichtert und mit einem unerwartet offenen Blick – und in diesem Augenblick erinnerte er sich. In aller Deutlichkeit hatte er wieder das kleine Mädchen vor Augen, das damals vor ihm auf dem Tisch saß und von ihm untersucht worden war. Er schluckte. Was war in ihrem Leben geschehen? Statt es sie jedoch zu fragen, schenkte er ihr ein warmes Lächeln.

Sie sind bestimmt hungrig. Ich werde Mrs Stewart, die Haushäl-

terin, bitten, Ihnen etwas zu essen zu machen. Sie wird Ihnen auch etwas zum Anziehen geben.

Sie nickte erleichtert. *Danke!*

Wenig später saß sie in einem viel zu großen Kleid, das sich an ihrer zierlichen Gestalt überall bauschte, am Tisch und aß die Suppe und den Schinken, die ihr die Haushälterin gebracht hatte. Ein wenig Farbe kehrte in ihre Wangen zurück. Sie war ausgehungert und hatte fast zwei Tage nichts gegessen. Mrs Stewart, von ihrem mütterlichen Instinkt gepackt, bestand darauf, ihr auch noch eine Schokolade zu kochen, die sie ebenfalls trank.

Dann erzählte Amalia ihm, was geschehen war – ihre ganze Geschichte, wie ihre Eltern sie in das Heim gebracht und sie dort Mr Beans wiedergetroffen hatte. Es war der Moment, in dem Dr. Stevenson endgültig begriff, welch verheerender Fehler es gewesen war, den Sherwoods diesen Mann als Lehrer zu empfehlen. Er hatte nur das Beste für das Mädchen gewollt, und nun erfuhr er erschüttert, was für ein Mensch dieser Beans wirklich war.

Amalia berichtete ihm von dem Plan zu ihrer Flucht und wie sie schließlich hierhergekommen war. Während sie erzählte, spiegelten sich Angst, Verletztheit und Ohnmacht so deutlich auf ihrem Gesicht, als würde sie alles noch einmal durchleben.

Haben Sie keine Furcht mehr, wir werden Ihnen helfen. Sie sind hier in Sicherheit!

Er sah, wie erschöpft sie war. *Sie sollten etwas schlafen. Ich werde Sie fürs Erste in das Gästezimmer neben Mrs Stewart einquartieren. Wenn Sie etwas brauchen, Sie können sich jederzeit an sie wenden. Sie versteht auch ein wenig Gebärdensprache.*

Amalia schlief fast zwanzig Stunden. In dieser Zeit kontaktierte Dr. Stevenson einige Personen. Sie waren eine Organisation, die keinen offiziellen Status hatte, sondern eher ein Verbund von Menschen, die versuchten, Tauben dabei zu helfen, ein eigenes Leben aufzubauen, die Kontakte herstellten und sich untereinander unterstützten. Viele von ihnen waren selbst taub. Das unterschied sie von anderen, offiziellen Organisationen, in deren Vorständen fast immer nur Hörende saßen. Es war für Dr. Stevenson ein langer Weg hierher gewesen. Als junger Arzt hatte er wie die meisten seiner Kollegen die Ansicht vertreten, dass es für einen tauben Patienten richtig sei, alle Anstrengungen darauf zu konzentrieren, das Sprechen und Lippenlesen zu erlernen. Wie anders sollten sie sich sonst in der Gesellschaft zurechtfinden? Als 1880 auf dem großen, internationalen Taubstummen-Lehrer-Kongress in Mailand festgelegt wurde, dass die Verwendung der Gebärdensprache unter allen Umständen zu unterbinden sei, weil sie das Erlernen der gesprochenen Sprache behindere, war ihm das durchaus logisch erschienen. Auch er hatte die Gebärdensprache immer nur für eine primitive Verständigungsart gehalten. Doch in den Jahren danach ließ ihn die Arbeit mit seinen Patienten immer mehr daran zweifeln. Ihm wurde klar, dass es ein bedeutender Unterschied war, *wann* ein Mensch sein Gehör verlor. Je später, desto einfacher war es, sprechen zu lernen, doch für jemanden, der von Geburt an nicht hören konnte, war es ein unendlich langer und mühseliger Weg, da es keine Erfahrung gab, auf die sein Gehör zurückgreifen konnte. Es dauerte Jahre und ging oft zu Lasten des übrigen Wissensstands.

Zunächst mehr aus wissenschaftlichem Interesse begann Dr. Stevenson damals selbst, die Gebärdensprache zu erlernen. Musste es nicht einen Sinn haben, wenn sich von jeher alle Tauben auf der Welt untereinander so verständigt hatten? Erstaunt musste er feststellen, dass es sich um ein überaus komplexes Sprachsystem handelte, das keineswegs nur auf einfachen Bildern aufbaute. Es war der erste Schritt in eine Richtung, die Dr. Stevenson schließlich zu der Organisation *Deaf Friends* – Taube Freunde – in London führte, für die seine Arztpraxis inzwischen eine wichtige Anlaufstelle war.

Amalia Sherwoods Fall war nicht einfach, befand er jetzt. Sie würde erst im Sommer die Volljährigkeit erreichen. Danach konnten die Eltern und das Heim zwar immer noch versuchen, ihr die geistige Urteilsfähigkeit abzusprechen – so etwas kam immer wieder vor –, doch mit der Unterstützung der Organisation würden sie keine Chance haben. Es wäre tatsächlich von Vorteil, wenn man bis dahin glaubte, Amalia sei bei dem Brand ums Leben gekommen, stellte er fest. Dann würde zumindest niemand Nachforschungen anstellen.

Er beschloss, einen Freund aufzusuchen, der Jurist war. Jim Morgan stand der Organisation nahe und war ihnen gelegentlich bei rechtlichen Belangen behilflich.

»Kennst du jemanden, der für uns unten an der Küste unauffällig ein paar Erkundigungen einziehen kann?«, fragte er.

Jim nickte. »Ein Freund und Anwaltskollege von mir lebt dort. Er ist geschickt genug, etwas in Erfahrung zu bringen. Die Kleine ist tatsächlich aus St. Mary's Home geflohen?«, fragte er dann. »Das nenne ich mutig.«

»Ja, sie ist bis Tonbridge zu Fuß gegangen.«

Jim pfiff leise durch die Zähne. Einen Moment lang schwiegen sie. St. Mary's Home war ihnen beiden ein Begriff. Das Heim rühmte sich seines Standards, doch die Insassen lebten dort mehr oder weniger wie in einem Gefängnis.

»Ich würde ihr dringend empfehlen, erst einmal einen anderen Namen anzunehmen«, sagte Jim.

Dr. Stevenson nickte. Darüber hatte er auch schon nachgedacht.

118

Sherwood, Frühjahr 1896

Elisabeth ahnte, dass der Brief keine gute Nachricht enthielt, denn er wurde von einem Boten gebracht – zusammen mit einem verschnürten Karton. Beides kam aus St. Mary's Home. Sie schickte Fanny aus dem Zimmer und setzte sich auf einen Stuhl. Mit leiser Unruhe blickte sie auf den Umschlag und öffnete ihn.

Sehr verehrte Mr und Mrs Sherwood,
mit großer Trauer und mit Bedauern muss ich Ihnen leider die Nachricht übermitteln, dass es in St. Mary's Home zu einem schrecklichen Unglück gekommen ist, bei dem Ihre Nichte, Amalia Stone, ihr Leben gelassen hat. In der Nacht zum 13. März fing der Dachstuhl des rechten Gebäudeflügels aus bisher ungeklärter Ursache Feuer. Obwohl sofort mit der Evakuierung der Insassen begonnen wurde …

Die Zeilen verschwammen vor ihren Augen, während ihr Kopf den Inhalt zu erfassen suchte. *Sie war tot? Amalia war tot!* Elisabeth ließ den Brief in ihren Schoß sinken. Mit zugeschnürter Kehle starrte sie in den Kamin und spürte einen unerwartet heftigen Schmerz. Das hatte sie nicht gewollt!

Schließlich griff sie zögernd nach dem Karton und öffnete ihn. Amalias Kleidung und ihre persönlichen Sachen lagen darin. Rußpartikel hafteten daran, und Elisabeth stieg ein unangenehmer Brandgeruch in die Nase. In einer kleinen Schachtel befanden sich ein geschwärzter und zum Teil eingeschmolzener Ring und eine Kette in einem ebensolchen Zustand. Amalia hatte die Schmuckstücke nie abgenommen, entsann sie sich. Man hatte sie, so stand es weiter unten in dem Brief, Tage nach dem Brand zwischen den eingestürzten und verkohlten Resten des Dachstuhls gefunden, der einen Teil der beiden darunterliegenden Stockwerke mit sich gerissen hatte. Amalia war, wie es schien, in ihrer Panik in die falsche Richtung, direkt in das Feuer hineingelaufen. Man nahm an, so hieß es weiter, dass die Petroleum-Fässer, die im Erdgeschoss in einer der Vorratskammern lagerten, zu einer zusätzlichen Explosion geführt hatten.

Den verbrannten Geruch in der Nase, sah Elisabeth sie vor sich. Ihr helles Haar, die Flammen, ihre Schreie …

Ihr wurde schlecht, und sie versuchte vergeblich, die Bilder wegzudrängen. Und plötzlich weinte sie, nicht nur, weil ihre Tochter tot war, sondern weil überhaupt alles so gekommen war. Sie erinnerte sich an Amalia als kleines Mädchen – wie ungeheuer zart und schön sie immer war! Elisabeth hätte Stunden an ihrem Bett stehen können, wenn sie schlief, nur um sie einfach zu betrachten. Manchmal hatte sie nicht glauben können, dass dieses Geschöpf tatsächlich ihre Tochter war. Es war Elisabeth wie eine Auszeichnung und ein Geschenk vorgekommen. Würde sie selbst mit ihrer kräftigen Figur und den rauen, geröteten Händen auch nie dem Bild einer echten Dame der Gesellschaft entsprechen, ihre Tochter tat es. Welche Pläne sie mit Amalia gehabt hatte! Doch dann war alles anders gekommen. Elisabeth war nie darüber hinweggekommen, und ein Teil von Amalia war für sie schon damals gestorben, als feststand, dass sie für immer taub bleiben würde.

Eine Weile lang saß Elisabeth so da und dachte über die Grausamkeit des Schicksals nach. Doch dann wurde ihr durch ihre Trauer hindurch bewusst, dass ihr Tod sie im Grunde befreite. Die Angst, dass irgendwann doch herausgekommen wäre, was sie und John getan hatten, und es Amalia vielleicht gelungen wäre, ein Lebenszeichen an Cathleen oder sogar Edward zu senden, hatte sie nie verlassen. Und war es nicht auch für Amalia so besser? Was für ein Leben hätte sie schon erwartet?

Elisabeth merkte, wie ihre Tränen versiegten und ihre Vernunft wieder die Oberhand gewann. Sie wappnete sich innerlich, John die schreckliche Nachricht mitzuteilen. Er würde ihr und sich selbst schreckliche Vorwürfe machen, ahnte sie.

Angespannt wartete sie auf seine Rückkehr. Als sie die Kutsche unten im Hof einfahren hörte, zwang sie sich, die schrecklichen Bilder von dem Brand noch einmal in ihrem Kopf aufsteigen zu lassen. Doch es war vor allem die Angst vor Johns Reaktion, die ihr half, die Tränen erneut fließen zu lassen. Mit dem Brief und dem kleinen Kästchen in der Hand begab sie sich nach unten.

»John …«

Er blieb überrascht in der Halle stehen, als er sie auf der Treppe entdeckte. Dann sah er ihre geröteten Augen. »Was ist passiert?«

»Ich muss mit dir sprechen. Würden Sie bitte dafür sorgen, dass uns niemand stört, Arthur?«, bat sie den Butler mit erstickter Stimme. Sie ging in den Salon, und ihr Mann folgte ihr.

»So sag doch etwas«, bat er. »Ist etwas mit Cathleen?«

Sie schüttelte den Kopf und fand es an der Zeit, noch einmal zu schluchzen. »Nein, Amalia …«

Stumm reichte sie ihm den Brief und das Kästchen und sah zu, wie er las und dann den Deckel öffnete.

Er wurde bleich, kreidebleich, und seine Mundwinkel zuckten. Als er schließlich den Kopf hob und sie anblickte, standen Tränen in seinen Augen. Noch nie hatte Elisabeth ihn so erlebt.

»Wir haben sie umgebracht!«, stieß er hervor.

Ungläubig schaute sie ihn an. »John, nein, es war ein Unglück! Es war nicht unsere Schuld.«

Er starrte sie an. »Doch, wir haben sie dort hingebracht. Wir haben behauptet, dass unsere eigene Tochter tot ist, und nun ist sie es tatsächlich! Wir sind nicht besser als irgendwelche

Mörder.« Seine krächzende Stimme klang, als würde er den Verstand verlieren. Elisabeth warf einen schnellen Blick zur Tür. Wenn die Dienstboten nur nichts hörten! Er war nicht mehr Herr seiner selbst.

Sie ging einen Schritt auf ihn zu und fasste ihn am Arm. »John, es ist entsetzlich, was geschehen ist, und zerreißt mir genauso das Herz …«

»Dir? Fass mich nicht an!« Er riss seinen Arm von ihr los und schaute sie angewidert an. Dann stürzte er an ihr vorbei aus dem Salon. Entsetzt sah sie ihm hinterher.

Zwei Tage lang schloss er sich in sein Büro ein und kam nicht heraus. Immer wieder ging Elisabeth an seine Tür und klopfte, doch er reagierte nicht. Er trank. Sie konnte hören, wie Glas klirrte und er polternd durch den Raum lief. Manchmal vernahm man, wie er lallend etwas sagte.

Als er schließlich wieder herauskam, schien er um Jahre gealtert und wirkte wie ein anderer Mensch. Mit seinen geröteten Wangen, den glasigen Augen und dem Gestank nach Alkohol, den er aus jeder Pore ausstieß, erinnerte er sie daran, wie er früher einmal gewesen war. Damals, als er alles Geld verlor und von seiner eigenen Hände Arbeit leben musste. Auch sein teurer Anzug und das maßgeschneiderte Hemd konnten daran nichts ändern. Elisabeth gab sich keine Mühe, ihre Verachtung über seinen Zustand zu verstecken.

Er wankte, als er die Treppe hinunterstieg.

»John«, sagte sie.

»Arthur, meinen Hut und Mantel!«, bellte er.

Sie sah zu, wie er sich unbeholfen von dem Butler in die Kleidung helfen ließ. Arthur, ein Vorbild seiner Berufsgattung, zuckte nicht einmal mit der Wimper, als er den Alkohol roch.

»Ich fahre nach Tavistock, in den Klub!«, stieß John hervor und entschwand durch die Tür.

Sie hätte ihn daran hindern müssen. Doch sie kannte ihn

gut genug – er würde in diesem Zustand nicht mit sich reden lassen. Es würde alles nur noch schlimmer machen.

Als sie hörte, wie die Kutsche den Hof verließ, ballte sie die Fäuste. Sie konnte nur hoffen, dass man ihn in diesem Zustand erst gar nicht in den Klub ließ.

119

Cathleen stand still vor dem Spiegel, während die Zofe an ihrem Rücken die Knöpfe des Kleids schloss. Es war aus einer matten, dunkelgrünen Seide genäht, an der Seite und am Volant in einem helleren Ton abgesetzt, und gehörte noch zu den Kleidern, die sie in Paris gekauft hatte. Wie lange das her war, dachte sie traurig. Alles hatte sich seitdem verändert. Wie jeden Tag dachte sie an Amalia. Sie fehlte ihr unerträglich.

Cathleen war einsam in Hampton. Edward war oft unterwegs und wenn nicht, verspürte er selten Lust auf gesellschaftliche Vergnügungen. Wenn sie zu einem Dinner oder Ball gingen, schien er es vor allem ihr zum Gefallen zu tun.

»Welchen Schmuck wünschen Mylady?«

Sie wählte ein Armband und eine schlichte Kette und betrachtete sich im Spiegel.

»Sie sehen hinreißend aus, Mylady«, sagte die Zofe. Stolz schwang in ihrer Stimme, als sei das ganz allein das Ergebnis ihrer Arbeit.

»Danke, Lesley«, sagte sie höflich. Im Gegensatz zu ihr konnte Cathleen sich jedoch nicht an ihrem eigenen Anblick erfreuen. Sie griff nach ihrer Stola, um nach unten zum Frühstück zu gehen. War sie undankbar? Sie war schön, reich und hatte den begehrenswertesten Junggesellen aus Devon zum Mann bekommen. Doch der Verlust von Amalia hatte sie erkennen lassen, wie wenig ihr das alles bedeutete. Ihre

Schwester fehlte ihr schrecklich. Sie war die Einzige gewesen, die immer gewusst hatte, was in ihr vorging, und sie verstand, denn sie hatte sich nie vom äußeren Schein blenden lassen. Amalia hatte die ungewöhnliche Fähigkeit besessen, allem Substanz zu geben, und mit ihrem Tod kam es Cathleen so vor, als ob sie selbst jeden inneren Halt verloren hätte. Sie spürte in sich eine tiefe Melancholie, die nicht weichen wollte – und dieses Gefühl hing nicht allein mit der Trauer um ihre Schwester zusammen. Etwas in ihrem Leben stimmte nicht. Vielleicht würde alles anders werden, wenn sie endlich ein Kind erwartete, ging es ihr durch den Kopf. Leider blieb dieser von ihr so erhoffte Zustand noch immer aus.

Ihre Gedanken kehrten unwillkürlich zu der letzten Nacht zurück. Edward war bei ihr gewesen. Regelmäßig zweimal in der Woche suchte er sie auf. Sonst schliefen sie in getrennten Schlafzimmern. Sie hatten sich geliebt, und sie hatte sicherlich keinen Anlass, sich zu beschweren. Edward war aufmerksam und zärtlich zu ihr, und dennoch wurde sie nie das Gefühl los, dass der körperliche Teil ihrer Ehe für ihn nicht mehr als reine Pflichterfüllung war. Er war stets kontrolliert und verlor nie die Beherrschung. Manchmal wünschte Cathleen sich fast, er würde über sie herfallen, doch er blieb so, wie sie ihn auch kennengelernt hatte, immer ganz der Gentleman. Es war weder wild noch leidenschaftlich zwischen ihnen, und sie hatte inzwischen begriffen, dass es das vermutlich auch nie sein würde. Diese Erkenntnis deprimierte sie. Beinahe mit Neid beobachtete sie gelegentlich, wie ihre Freundin Lucy, die vor wenigen Wochen ebenfalls geheiratet hatte, mit leuchtenden Augen zu ihrem Angetrauten schaute, der ihr wiederum derart glutvolle Blicke zurückwarf, dass Cathleen allein beim Zusehen errötete.

Während sie den langen Flur entlanglief, den die Gemälde der Ahnen von Hampton zierten, fragte sie sich, ob sie sich derart getäuscht haben konnte. Edward hatte sie wegen des

Geldes geheiratet, das wusste sie. Im Gegenzug hatte ihre Familie gesellschaftliche Anerkennung und sie selbst einen Titel bekommen, der ihrer Mutter noch immer mehr bedeutete als ihr selbst. Dennoch hatte Cathleen geglaubt, dass sie und Edward mehr verband. In den Wochen, nachdem Amalia im Moor verunglückt und er regelmäßig zu ihr gekommen war, um ihr Trost zu spenden, hatte sie gedacht, er würde doch etwas für sie empfinden. Nun aber schien es ihr fast, als hätte es in jener Zeit eine größere Nähe und Verbundenheit zwischen ihnen gegeben als jetzt in ihrer Ehe. Sie wünschte, sie hätte mit irgendjemandem darüber reden können. Erneut dachte sie voller Schmerz an ihre Schwester, mit der sie sich über solche Sachen immer ausgetauscht hatte.

Cathleen versuchte, die dunklen Gedanken aus ihrem Kopf zu verdrängen, und betrat das Speisezimmer, in dem ihre Schwiegermutter noch an dem großen, ovalen Tisch saß. Edward war bereits unterwegs. Das Frühstück war die einzige freie Mahlzeit auf Hampton – jedes Familienmitglied nahm sie ein, wann es wollte. Auf einem Sideboard standen frisch gebackene Brötchen, Toast, Eier, diverse kalte Aufschnitte, Obst und Küchlein bereit.

»Guten Morgen«, sagte Cathleen. Lady Hampton hatte ihr angeboten, sie Mutter zu nennen, aber sie brachte diese Anrede nur schwer über die Lippen.

Edwards Mutter schenkte ihrer Schwiegertochter ein freundliches Lächeln. »Hast du gut geschlafen?«

»Ja, danke.« Ihre Dialoge waren stets etwas zäh, aber sie bemühten sich beide. Rebecca, die ältere von Edwards beiden Schwestern, weilte zurzeit glücklicherweise in London, und Emily, die Cathleen von den Hampton-Frauen die liebste war, schien noch oben zu sein.

Ein Diener schenkte ihr frischen Tee ein, und sie breitete gerade die Serviette auf ihrem Schoß aus, als der Butler mit einem Umschlag in das Speisezimmer kam.

»Verzeihung, das wurde gerade von einem Boten aus Sherwood für Sie abgegeben, Mylady.«

Überrascht nahm Cathleen das Schreiben entgegen. Es war geplant gewesen, dass sie morgen zu ihren Eltern fahren sollte. War etwas dazwischengekommen?

Ungläubig las sie die Zeilen, die ihre Mutter ihr geschrieben hatte. Es tue ihr entsetzlich leid, aber sie müsse Cathleen, bevor sie von anderer Seite davon erfahre, leider darüber unterrichten, dass ihr Vater gestern Anlass für einen unangenehmen Zwischenfall im Herrenklub von Tavistock gewesen sei. Er habe zuvor offensichtlich zu viel Wein genossen und man habe ihm wegen seines Zustands den Eintritt in den Klub versagt. Unglücklicherweise habe sich ihr Vater daraufhin ein handgreifliches Gemenge mit zwei anderen Gentlemen geliefert, in Zuge dessen er einige leichte Verletzungen davongetragen habe. Sie hoffe als ihre Mutter inständig, dass das unangemessene Verhalten ihres Vaters keine Konsequenzen für Edward und ihren Ruf habe.

Cathleen atmete scharf ein. Ihre Mutter hatte manchmal die Angewohnheit, sich etwas umständlich auszudrücken. Sie hielt das für vornehm, doch wenn sie es jetzt richtig verstand, war ihr Vater schlichtweg betrunken gewesen, und zwar so stark, dass er sich geschlagen hatte. Wie unangenehm!

»Ich hoffe, es gibt keine schlechten Neuigkeiten«, sagte Lady Hampton, die sie beobachtet hatte.

Cathleen errötete. »Nein, meinem Vater geht es nur nicht so gut. Ich denke, ich werde heute Nachmittag nach Sherwood hinüberfahren.«

»Es ist doch hoffentlich nichts Ernstes? Richte bitte meine besten Genesungswünsche aus.«

Cathleen nickte stumm. Früher oder später würde ihre Schwiegermutter die Wahrheit erfahren, aber nicht jetzt. Ihren indignierten Blick hätte sie beim Frühstück einfach nicht ertragen.

Sie verspürte keinen Appetit mehr – sie war besorgt. Ihr Vater trank schon seit einiger Zeit zu viel. Seit dem Unglück von Amalia war das so, wurde ihr bewusst. Ihr Tod überschattete ihrer aller Leben.

Nach dem Frühstück machte sie sich sofort auf den Weg nach Sherwood. Der Anblick ihres Vaters erschütterte sie – er hatte ein blaues Auge, eine Prellung auf dem Jochbein und eine verletzte Hand, doch das Schlimmste war sein hilfloser Ausdruck. »Es tut mir leid, Cathleen«, murmelte er mit einem Blick, der ihr ins Herz schnitt.

»Er kommt nicht über den Tod von Amalia hinweg, oder?«, sagte sie später zu ihrer Mutter.

Elisabeth Sherwood musterte sie scharf.

»Nein«, gab sie schließlich zu. Sie wirkte resigniert. »Der Herrenklub will ihm die Mitgliedschaft kündigen.«

»Ich werde mit Edward reden. Vielleicht kann er etwas tun«, versprach Cathleen.

Sie erzählte ihrem Ehemann am Abend, was geschehen war.

Edward blickte sie ungläubig an. »Wenn es Zeugen gibt, dass er von sich aus mit den Handgreiflichkeiten angefangen hat, wird es schwierig. So etwas wird nicht geduldet«, erklärte er. Er sah ihr betretenes Gesicht und legte ihr die Hand auf die Schulter. »Es tut mir leid für ihn, Cathleen, aber vielleicht ist es im Moment besser so.« Er zögerte kurz. »Es ist nicht das erste Mal, dass dein Vater im Klub aufgefallen ist, weil er zu viel getrunken hat.«

Sie nickte stumm. Das hatte ihre Mutter ihr ebenfalls erzählt und auch, dass ihr Vater angefangen hatte, die Geschäfte zu vernachlässigen. Was war nur mit ihm geschehen?

120

St. Mary's Home, Frühjahr 1896

Die roten Äderchen auf Mr Beans' Nase traten in seinem talgigen Gesicht noch etwas deutlicher als sonst hervor. Er war schlecht gelaunt und stand kurz davor, auf den Jungen, der vor ihm saß, einzuprügeln. Nicht einmal die Angst in dessen Gesicht versöhnte ihn mit den unartikulierten Lauten, die er hervorbrachte. Der Lehrer brachte ihn mit einer Handbewegung zum Verstummen. »Du kannst für heute gehen!«

Fluchtartig verließ der Junge den Unterrichtsraum.

Grübelnd wandte sich Mr Beans zum Fenster und blickte nach draußen – dorthin, wo der beim Brand eingestürzte Dachstuhl die Stockwerke mit sich gerissen hatte und nun nichts mehr außer schwarzen, verkohlten Grundmauern zu sehen war. Der andere Teil des Frauentrakts stand noch. Niemand wusste so recht, wie es zu dem Feuer gekommen war. Zwei Dienstboten waren bei dem Feuer verletzt worden und zwei Mädchen sogar darin umgekommen. Von der einen hatte man die Überreste der Leiche gefunden. Das Mädchen war durch die Explosion nach draußen geschleudert worden. Von Amalia dagegen war nichts außer einem Ring und ihre Halskette übrig geblieben. Sie war vermutlich im ersten Stock gewesen, als es dann auch noch zu der Explosion gekommen war.

Mr Beans hatte mit Fassungslosigkeit und Wut reagiert, als er von ihrem Tod hörte. Seit Wochen hatte sie seine Gedanken beherrscht, und nun sollte sie ihm tatsächlich für immer entkommen sein? Doch dann begann er zu zweifeln. Selbst die Feuerwehrleute hatten ihr Erstaunen darüber geäußert, dass man keinerlei Knochenreste zwischen den Trümmern fand – lediglich ihren Schmuck. Das geschah nur bei extremer Hitze, erklärten sie.

Mr Beans hatte mit Dr. Graham gesprochen, ob es nicht sein könnte, dass Amalia während des Brandes geflohen war. Doch der Heimleiter hatte ihm nur einen kühlen Blick geschenkt.

»Ich glaube, Sie versteifen sich da auf etwas, werter Mr Beans. Wie sollte sie mitten in der Nacht durch die verschlossenen Tore geflohen sein? Und warum sollte man dann ihren Schmuck gefunden haben? Außerdem waren ihre Kleidung und die anderen Sachen noch in ihrem Zimmer. Nein, sie ist tot! Gordon Franklin hat mir selbst berichtet, wie er beobachtet hat, dass sie in ihrer Panik in die falsche Richtung lief.«

Dr. Graham konnte nicht ahnen, dass allein die Erwähnung von Gordons Namen Mr Beans' Misstrauen schürte. Der Taube hatte ihr geholfen, da war er sich sicher.

Der Lehrer ließ sich die Liste von Amalias Sachen geben, die man in dem verrußten Zimmer sichergestellt und inzwischen an die Eltern geschickt hatte. Es war alles notiert. Sogar die Anzahl ihrer Mieder, die Mr Beans selbst in den Händen gehalten hatte, stimmte. Der Heimleiter schien recht zu haben, dachte er enttäuscht, doch dann stutzte er. Etwas fehlte auf der Liste – die Schachfiguren! Sie hatte sie immer hinten in ihrem Schrank versteckt, als würden sie etwas besonders Wertvolles für sie darstellen. Er fragte noch einmal bei dem Hausmeister nach.

»Nein, Schachfiguren lagen nicht im Schrank«, beharrte dieser. »Da bin ich mir ganz sicher.« Von diesem Moment an war Mr Beans überzeugt, dass Amalia noch lebte und sie alle nur ausgetrickst hatte.

Er würde sie finden, schwor er sich.

An seinem freien Tag ritt er mit dem Pferd die Strecke ab, die sie als Fluchtweg hätte nehmen können. Er befragte Leute, doch niemand konnte sich an eine junge Frau mit hellen blonden Haaren erinnern. Mr Beans ging davon aus, dass sie in Ashford in den Zug gestiegen war, und fragte auch am Bahnhof nach. Doch auch dort hatte sie niemand gesehen.

Vielleicht irrte er sich und wollte es nur nicht wahrhaben, dachte er jetzt, während seine Augen erneut über die verkohlten Grundmauern glitten. Seit Wochen – seitdem Gordon sie oben im Flur überrascht hatte – hatte er an einem Plan geschmiedet, wie er Amalias habhaft werden konnte, ohne dass sie noch einmal die Chance hatte, sich zu wehren. Oben unter dem Dach gab es eine Kammer, in der sie niemand gehört hätte … Bei der Vorstellung presste er seine Finger so fest aufeinander, dass seine Knöchel knackten. Dann ging er zurück zu dem Tisch und griff nach einer zusammengefalteten Karte, die sich in seinen Unterlagen befand. Er breitete sie vor sich aus. Was hätte er getan, wenn er von hier hätte fliehen müssen?, überlegte er von Neuem. Er musterte die Namen von Orten und Städten, die auf dem Weg nach London lagen. Sein Blick blieb an Ashford hängen. Wäre er an Amalias Stelle gewesen, er wäre ganz sicher nicht dort in den Zug gestiegen. Seine Angst, dass man vom Heim aus an den nächsten Bahnhöfen nach ihm fragen würde, wäre viel zu groß gewesen. Er hätte stattdessen versucht weiterzulaufen. Mr Beans' Finger fuhr an den eingezeichneten Bahngleisen nach oben in Richtung London und blieb an der nächsten Stadt hängen. Tonbridge! Ein kaltes Lächeln glitt über seine Lippen. Dort wäre er in den Zug gestiegen …

Melinda

121

Melinda blickte mit einem Seufzen auf die schwer entzifferbare Handschrift. Roger Sandfort hatte sie gewarnt. »Es ist mir schleierhaft, wie mein Vater als Journalist eine solche Schrift haben konnte. Ich kann sie selbst kaum lesen«, hatte er gesagt, als sie sich gestern mit ihm erneut in einem Café getroffen hatte und er ihr die Unterlagen gab. Er hatte sich bereit erklärt, sie ihr für einige Tage zu überlassen.

»Vielleicht bringen Ihre Nachforschungen ja auch etwas Licht in den Unfall meines Vaters!«

»Ich werde Ihnen alles berichten«, versprach sie. Bisher allerdings hatte sie lediglich den Eindruck, dass die Unterlagen des Journalisten nur zu weiteren Fragen führten, als in irgendeiner Weise zur Klärung der Ereignisse beizutragen. Melinda fuhr sich durchs Haar, bemüht, den Überblick zu behalten.

Amalia Sherwood war angeblich im Oktober 1895 verunglückt, es lag folglich nahe, davon auszugehen, dass dies der Zeitpunkt gewesen war, zu dem sie in das Heim St. Mary's Home gebracht worden war. Nach Sandforts Aufzeichnungen war dort aber keine Amalia Sherwood untergebracht gewesen, sondern nur eine junge Frau mit dem Namen Amalia Stone. Ihr Name stand in Sandforts Notizen und dahinter ein großes Fragezeichen. Eine Seite weiter war er anscheinend zu dem Schluss gekommen, dass es sich dabei um Amalia Sherwood gehandelt hatte, denn zwischen den beiden Namen stand ein Gleichzeichen. Es war nachvollziehbar, dass ihre Großmutter unter einem anderen Namen im Heim untergebracht worden war, überlegte Melinda, da sie ja als verschwunden und tot galt.

Wie sie den Unterlagen weiter entnehmen konnte, hatte es im Frühjahr 1896 dann einen schweren Brand in St. Mary's Home gegeben, bei dem Amalia Stone angeblich ums Leben kam.

Sandfort hatte diverse Gespräche mit der Leitung des Heims und einigen Lehrern geführt. Der Name Beans war mehrmals aufgeschrieben und unterstrichen worden. Auch mit einigen Insassen hatte Sandfort offenbar gesprochen.

Melinda spielte nachdenklich mit dem Stift in ihrer Hand. Sie war sich sicher, dass die Heimleitung wenig begeistert davon war, aber Barry Sandfort schien ein knallharter Journalist gewesen zu sein. Roger Sandfort hatte ihr ein Bild von seinem Vater gezeigt. Auf dem Foto saß er mit hochgekrempelten Ärmeln an einem Tisch vor einer Schreibmaschine, in den Mundwinkel lässig eine Zigarre geklemmt. Er wirkte wie jemand, dem es auch im Winter nichts ausmachte, in einen eiskalten See zu springen, und der morgens zum Frühstück schon einen Whisky trinken konnte.

Sie fragte sich, was genau er bei den Gesprächen mit den Insassen herausgefunden hatte. Leider war der entsprechende Teil der darunterstehenden Notizen verwischt, doch Melinda, die sogar eine Lupe zu Hilfe nahm, konnte mehrmals das Wort »Missbrauch« entziffern. Einmal war es sogar unterstrichen.

Eine Seite weiter stand das unschöne Wort direkt neben dem Namen von Amalia Stone. Melinda fühlte eine zunehmende Beklemmung, während sie die Notizen durchlas. Die Heiminsassen schienen keine Möglichkeit gehabt zu haben, St. Mary's Home zu verlassen – das hieß, dass sie der Willkür der Lehrer und Pfleger dort völlig ausgesetzt waren.

Grübelnd packte sie die Unterlagen zusammen. Nach diesen Aufzeichnungen war ihre Großmutter offiziell zweimal ums Leben gekommen, wurde ihr klar – einmal im Moor als Amalia Sherwood und das zweite Mal beim Brand als Heiminsassin Amalia Stone. Melinda begann zu begreifen, weshalb sie einen anderen Namen angenommen hatte.

Ein schrilles Telefonklingeln, das im Flur ertönte, riss sie aus ihren Gedanken.

Einen Moment später klopfte es an ihrer Tür.

»Ja?«

»Für Sie, Miss Leewald – Mr Clifford.« Tonfall und Blick von Mrs Donston, die auf der Schwelle stand, waren gleichermaßen vorwurfsvoll. Melinda lächelte schief. Sie musste zugeben, dass man die Anrufe von George inzwischen als Belästigung bezeichnen konnte. Ergeben stand sie auf. »Ich werde ihm sagen, dass er nicht mehr anrufen soll …«

»Dafür wäre ich Ihnen höchst verbunden, Miss Leewald.«

Sie ging zum Telefon und atmete tief durch, bevor sie den Hörer in die Hand nahm. »Ja?«

»Melinda? Danke, dass du endlich rangehst. Würdest du mir einen Moment zuhören, bitte?«

»Ich wüsste nicht, warum«, erwiderte sie kühl und nahm verärgert über sich selbst zur Kenntnis, dass sich ihr Puls beim Klang seiner Stimme unwillkürlich beschleunigte. Warum konnte dieser Mann ihr nicht einfach gleichgültig sein!

»Es ist nicht so, wie du denkst.«

Sie zog angesichts dieses doch ein wenig abgeschmackten Satzes die Augenbrauen hoch. »Nein? Was denke ich denn?«

»Du hast die Mappe über dich bei mir entdeckt, und dann hast du mich bei Tennyson gesehen«, sagte George ruhig. »Ich verstehe, dass du falsche Rückschlüsse daraus gezogen hast, aber du solltest mir zumindest die Gelegenheit geben, dir alles zu erklären«, fügte er bittend hinzu. Seine tiefe Stimme klang noch ein wenig rauer als sonst. Entsetzt merkte sie, dass ihr innerer Widerstand ins Wanken geriet. Sie atmete erneut tief durch.

»Ich halte das für keine gute Idee. Ich wüsste nicht, was wir uns noch zu sagen hätten. Bitte rufe nicht mehr an.« Ohne seine Antwort abzuwarten, legte sie eilig den Hörer auf. Tränen standen in ihren Augen.

122

Am Abend war sie mit Andrew Johnson, dem Journalisten und Seminarleiter, zum Essen verabredet. Er hatte ihr mit den Nachfragen beim Archiv, aber auch mit ihren kurzen Gesprächen sehr weitergeholfen, sodass sie es als unhöflich empfunden hätte, ihm ein weiteres Mal abzusagen. *Eine rein freundschaftliche Verabredung*, hatte er ihr zudem versprochen und dabei zwei Finger zum Schwur gehoben – und sie hatte lachen müssen.

Sie trafen sich in einem Pub in Notting Hill. Melinda war froh über die Ablenkung. Das Gespräch mit George Clifford hing ihr noch immer nach. Sie berichtete Johnson von den Unterlagen, die ihr Roger Sandfort zur Verfügung gestellt hatte.

»Je tiefer ich in die Vergangenheit meiner Großmutter eindringe, desto schrecklichere Dinge scheinen zutage zu kommen«, sagte sie.

»Das ist leider nur allzu oft so, wenn man anfängt, nach der Wahrheit zu forschen.«

Melinda musste zugeben, dass er damit recht hatte. Sie kannte viele Menschen, die die Wahrheit im Grunde nicht wissen wollten, wenn sie unangenehm war. Sie selbst war jedoch immer anders gewesen – und auch mit der Geschichte ihrer Familie ging es ihr jetzt so.

Die Bedienung brachte die Suppe, die sie beide bestellt hatten.

»Nächste Woche wird die Fortbildung zu Ende gehen. Freuen Sie sich darauf, nach Berlin zurückzukehren?«, fragte Johnson.

»Ich weiß nicht«, sagte sie aufrichtig. »In Berlin ist so viel Schreckliches geschehen, und alles erinnert mich daran. Ich habe meine Eltern und viele Freunde verloren … Die Zeit hier hat mir in gewisser Weise einen Neuanfang erlaubt, weil ich die Vergangenheit einfach hinter mir lassen konnte. Wie ein sauberer Schnitt«, bekannte sie, und dabei wurde ihr plötzlich bewusst, dass es für ihre Großmutter wahrscheinlich ebenso gewesen war, als sie vor über fünfzig Jahren nach Deutschland ging.

»Ich verstehe, was Sie meinen – sehr gut sogar. Wenn uns eines über die Landesgrenzen hinweg eint, dann sind es die Gespenster der Vergangenheit«, sagte Johnson ernst. »Aber ich frage Sie wegen Ihrer Rückkehr aus einem bestimmten Grund. Sie haben das Zeug zu einer ausgezeichneten Journalistin, und meine Zeitung ist auf der Suche nach guten Redakteuren. Ihnen fehlt noch etwas Erfahrung, aber das wird mit der Zeit von allein kommen. Dafür wäre Ihre Zweisprachigkeit von ungeheurem Vorteil.«

Melinda legte ungläubig den Löffel ab. »Soll das ein Jobangebot sein?«

»Nein, ich würde nur gern öfter mit Ihnen ausgehen«, gab er trocken zur Antwort.

Sie stieß ein Lachen aus. Einen Moment lang fehlten ihr die Worte. »Ich würde mich unglaublich freuen –«

Er unterbrach sie. »Denken Sie in Ruhe darüber nach. Es wäre ein großer Schritt.«

Sie nickte.

Er bot ihr nach dem Essen an, sie nach Hause zu fahren, doch Melinda wollte lieber zu Fuß gehen. Die Pension lag nicht weit entfernt.

»Ich begleite Sie, etwas frische Luft wird auch mir guttun«, sagte er.

Eine Zeit lang liefen sie schweigend nebeneinander her, und Melinda bemerkte, wie ihre Gedanken unweigerlich wieder zu ihrer Großmutter zurückkehrten. Am Nachmittag hatte sich der Antiquitätenhändler noch einmal bei ihr gemeldet. Er hatte in den Büchern einen weiteren Eintrag über die Schachfiguren gefunden. Eine Helene Griffith hatte sie im Juni 1896 auf Kommission in den Laden gegeben, um sie zum Verkauf anzubieten. Seltsamerweise gab es danach eine Notiz, dass Edward Hampton die Figuren erneut erstanden hatte. Vielleicht handelte es sich aber auch nur um einen Fehler, denn der Eintrag stand am Rand und war bereits etwas unleserlich geworden.

Sie erzählte Johnson von dem Anruf. »Es ergibt keinen richtigen Sinn, denn meine Großmutter hat die Figuren ja später mit nach Deutschland genommen«, erklärte Melinda.

»Vielleicht hat der Antiquitätenhändler die Jahre vertauscht«, sagte Johnson.

»Das könnte sein«, gab sie zu. Sie hatten die Pension erreicht. »Vielen Dank für die Begleitung!«

»Gern.« Johnson stand dicht vor ihr und schaute sie an. Sie mochte ihn. Vielleicht sollte sie ihm eine Chance geben, ging es ihr durch den Kopf. Sie hob das Gesicht, und einen Augenblick lang schien es ihr, als würde er sie küssen wollen.

Unvermittelt unterbrach eine schneidende Stimme jedoch den kurzen Moment der Intimität. »Guten Abend!«

Sie fuhr herum, als sie das tiefe Timbre erkannte. George Clifford stand vor ihnen. Finster musterte er Melinda und Johnson.

»Nun, wie ich sehe, scheinst du dich gut in London zu unterhalten!« Sein Tonfall war eindeutig aggressiv. Überrascht schaute sie ihn an.

Johnson zog die Brauen hoch.

»George Clifford – Andrew Johnson«, stellte Melinda nervös vor. Die beiden Männer nickten knapp.

»Ich muss mit dir reden«, sagte George.

»Jetzt?«

»Nur kurz!«

Melinda seufzte. Sie wandte sich zu Andrew Johnson, der offensichtlich abzuschätzen versuchte, was hier vorging, und nicht wusste, ob er sie allein lassen konnte. »Ich komme klar«, sagte sie leise.

»Sicher?«, fragte Johnson mit einem skeptischen Blick zu George.

»Ja.«

»Gut, dann sehen wir uns morgen.« Er küsste sie vertraulich auf die Wange und entschwand in der Dunkelheit.

»*Morgen*?« George musterte sie ungläubig.

»Das geht dich gar nichts an. Was willst du?«

Er schwieg einen Moment lang und wirkte plötzlich verletzt. »Dir alles erklären.«

»George ...«

Er ergriff ihren Arm. »Bitte. Ich weiß, ich hätte dir alles früher erzählen müssen, doch es ist kompliziert ... Es geht nicht allein um mich. Ich bin an die anwaltliche Schweigepflicht gebunden.« Er fuhr sich mit der Hand durchs Haar. »Es gibt jemand, der dich kennenlernen möchte!«

»Mich kennenlernen? Und wer?«, fragte sie misstrauisch.

»Das kann ich dir nicht sagen. Ich habe es versprochen.«

Sie schenkte ihm einen kalten Blick. »Glaubst du, ich bin nach dem, was passiert ist, so dumm, dir noch zu vertrauen?«, fuhr sie ihn an.

Einen Moment lang standen sie sich in der Dunkelheit gegenüber und starrten sich an. Schließlich atmete George tief durch. »Nein, ich verstehe dich sogar, auch wenn du mir unrecht tust. Erinnerst du dich, dass du in Berlin ein Paket bekommen hast?«, fragte er dann bemüht sachlich.

Sie nickte mit zugeschnürter Kehle.

»Die Person, die dir dieses Paket hat zukommen lassen – sie möchte dich kennenlernen.«

Amalia

123

London, Frühjahr 1896

Sie nannte sich Helene – Helene Griffith. Es gefiel Amalia, einen neuen Namen zu haben, denn er machte es ihr leichter, mit dem Leben, das hinter ihr lag, abzuschließen. Dr. Stevenson und die Organisation *Deaf Friends* halfen ihr, neu Fuß zu fassen. Einige Wochen wurde sie in einem Zimmer eines Stadthauses untergebracht, in dem auch andere Taube lebten. Es gehörte einer Witwe, die selbst einen tauben Sohn gehabt hatte.

Amalia bekam dort nicht nur Kleidung und Essen, sondern auch einen Schlüssel. Das kleine Stück Metall, das ihr erlaubte, jederzeit zu kommen und zu gehen, wann sie wollte, wurde für sie zum Inbegriff der Freiheit.

Man hatte inzwischen in Erfahrung gebracht, dass man in St. Mary's Home glaubte, sie sei im Feuer umgekommen. Erleichterung durchflutete Amalia bei dieser Nachricht, und sie merkte, wie mit diesem Tag die Anspannung der schrecklichen zurückliegenden Wochen langsam von ihr wich. Nur flüchtig dachte sie darüber nach, wie ihre Eltern auf diese Nachricht reagiert hatten – oder auch Cathleen und Edward. Dann verbot sie sich jeden weiteren Gedanken daran. Sie hatten geheiratet …

Die Großstadt mit ihrem vibrierenden Leben verschreckte Amalia anfangs, doch nach und nach begann sie kleine Ausflüge zu machen. Immer mit einem Stift und einem kleinen Block ausgerüstet, damit sie sich zur Not verständigen konnte, dehnte sie ihre Spaziergänge in London aus. Sie liebte es, die Märkte mit ihren bunten Waren aus aller Herren Länder anzuschauen oder die vorbeifahrenden Schiffe auf der Themse zu beobachten. Nur an manchen Tagen, wenn ein leichter Nebel über der Stadt hing, musste sie an das Leben in Sherwood und an das Dartmoor zurückdenken.

In den ersten Wochen erstarrte sie in London noch bei jedem Passanten, der sie musterte oder ihr ein Lächeln schenkte. Sie hatte das Gefühl, man würde ihr ansehen, dass sie taub war – als wäre es ein Verbrechen, nicht hören zu können. Erst allmählich begann sie zu verstehen, dass die Menschen sie meistens wegen ihrer auffällig hellen Haare anschauten.

Nicht nur durch ihre Mitbewohner, sondern auch über die *Deaf Friends*, die regelmäßig Treffen veranstalteten, lernte sie andere Taube kennen. Zu ihrer Überraschung gab es einige selbstbewusste und sehr gebildete Persönlichkeiten darunter, die in der Gesellschaft anerkannt und respektiert waren. Sie veränderten auch Amalias eigenes Bild von der Taubheit.

Die Gespräche und Unterhaltungen untereinander waren anders als in St. Mary's Home, denn sie konnte sich nun frei und ungezwungen in der Gebärdensprache austauschen. Amalia merkte dennoch, dass sie unbewusst noch immer oft abrupt in ihren Gebärden innehielt, wenn jemand einen Raum betrat.

Sie freundete sich schon bald mit einer jungen Frau namens Grace an, die als Näherin arbeitete. Sie kam aus einer einfachen Mittelschichtfamilie und war auf eine spezielle Schule für Taube gegangen, konnte jedoch kaum lesen und schreiben. Die beiden trafen sich regelmäßig, und Amalia brachte es ihr bei. Zu den großen Errungenschaften ihres neuen Lebens gehörte ein Bibliotheksausweis. Damit lieh sie auch einige einfache Kinder- und Märchenbücher aus, die sie mit Grace las.

Dr. Stevenson riet Amalia, zusätzlich noch Unterricht in der Gebärdensprache zu nehmen, um sich darin weiter zu verbessern, und sie kam seiner Anregung nach, denn sie merkte selbst, dass ihr manche Feinheiten darin noch fehlten.

Die Organisation half Amalia auch, eine Arbeit zu finden. Dr. Stevenson, der zu einem väterlichen Freund geworden war, hatte sie gefragt, ob sie über besondere Talente oder Fähigkeiten verfüge. Entmutigt hatte Amalia den Kopf geschüttelt. Sie konnte nichts – nicht einmal nähen oder kochen.

Ich kann malen, hatte sie dem Arzt schließlich mit einem schiefen Lächeln bedeutet.

Er hatte sie nachdenklich angeschaut. Einige Tage später brachte er ihr Papier und Tusche. *Trauen Sie sich zu, drei Muster für Stoffe zu entwerfen? Für Vorhänge und Kleider? In einer Tuchfabrik wird jemand gesucht.*

Sie versuchte es. Seitdem ihre Eltern sie nach St. Mary's Home gebracht hatten, hatte sie nicht mehr gemalt, und sie stellte erst jetzt fest, wie sehr es ihr fehlte. Das Entwerfen der Muster machte ihr unerwartet viel Spaß. Die Tuchfabrik war angetan und erklärte sich bereit, ihr regelmäßig Aufträge zukommen zu lassen. Amalia konnte die Arbeit zu Hause erledigen. Sie verdiente nicht viel, aber es reichte zum Leben und für eine kleine Wohnung, die in einem einfachen, aber ordentlichen Viertel Londons lag und die sie sich nun mit Grace teilte. Amalia bezog sie zwei Tage nach ihrem einundzwanzigsten Geburtstag.

Ihr Leben war bescheiden, aber sie war jede Sekunde dankbar dafür, denn sie war frei. Dennoch verging kein Tag, an dem sie nicht an Edward dachte. Manchmal holte sie die Schachfiguren heraus, die er ihr geschenkt hatte. Wenn sie die rote Dame betrachtete, verspürte sie deutlich den tiefen Schmerz, der in ihr war. Es war ein Gefühl, das sie nie verließ. Unter den Tauben und auch den Hörenden waren durchaus einige Männer, die ihr Avancen gemacht hatten, seitdem sie in London war. Doch sie ging auf keinen von ihnen ein. Obwohl sie sich wünschte, es wäre anders, wusste sie, dass sie niemals einen anderen Mann so lieben würde, wie sie Edward geliebt hatte.

124

Sherwood, Frühjahr 1896

Cathleen hatte das verstaubte Buch oben in einer der Dachkammern gefunden. Es war ein Zufall gewesen, dass sie es entdeckte. Sie war durch das alte Herrenhaus gewandelt und hatte sich an die versteckten Winkel und Ecken ihrer Kindheit erinnert. Die knarrenden Dielen ließen sie daran denken, wie sie hier früher mit ihrer Schwester lachend und außer Atem durch die schmalen Gänge gerannt war und sich versteckt hatte. Hinter jeder Tür schien ein neues Abenteuer auf sie zu warten, und mehr als einmal kam es ihr auch heute noch immer so vor, als würde gerade erst der Saum von Amalias Kleid hinter einer der Ecken verschwinden.

Behutsam wischte sie jetzt mit dem Finger das Buch sauber. Es war alt und von einem Autor namens Abbé de l'Epée verfasst. Als Cathleen es aufschlug, entdeckte sie überrascht, dass es auf Französisch verfasst war und zahlreiche Abbildungen von zu Zeichen und Gesten geformten Händen enthielt – ähnlich denen, die sie und Amalia benutzt hatten. Das Buch hatte versteckt hinter einer Wandvertäfelung in einer Nische gelegen. Es musste Amalia gehört haben. In der Dachkammer hatten sich auch ein paar Zeichnungen von ihrer Schwester befunden, als wäre sie öfter allein hier oben gewesen. Cathleen fragte sich, von wem sie das Buch bekommen hatte, denn sie war sich sicher, dass es nicht zum Bestand der Bibliothek gehörte.

Mit dem Buch in der Hand machte sie sich auf den Weg nach unten. Sie war bereits den ganzen Tag in Sherwood. Edward hatte sie begleitet. Er kam gern hierher, war ihr aufgefallen, als ob er sich hier freier als in Hampton fühlen würde. Heute hatte es allerdings noch einen anderen Anlass für ihn gegeben mitzukommen. Ihre Mutter hatte ihn sprechen wollen. Sie war in großer Sorge um ihren Vater, der in den letzten Wochen unverändert viel trank und sich fast gar nicht mehr um die Geschäfte kümmerte. Aufträge wurden nicht ausgeführt, und Kunden beschwerten sich. Außerdem hatte er bei einer sinnlosen Spekulation hohe Summen verloren. Es war schrecklich. Manchmal erkannte Cathleen ihren Vater kaum wieder.

»Du musst aufhören zu trinken«, hatte sie ihm bei ihrem letzten Besuch liebevoll gesagt.

»Ich kann nicht«, erwiderte er und hatte dann ihren besorgten Blick bemerkt. »Du bist ein gutes Kind«, murmelte er. »Halte dich von deiner Mutter fern.«

Noch immer fragte sich Cathleen, was er damit gemeint hatte. Sie hatte das ungute Gefühl, die Bemerkung sei keineswegs nur seinem Alkoholgenuss zuzuschreiben gewesen. Wann immer sie ihre Eltern in den letzten Monaten gemeinsam gesehen hatte, war ihr Vater ihrer Mutter mit eisiger Kälte begegnet. Irgendetwas musste zwischen den beiden vorgefallen sein.

Sie gelangte ins Erdgeschoss, und ihre Gedanken wandten sich angespannt wieder ihren eigenen Sorgen zu. Am Tag zuvor war sie beim Arzt gewesen. Sie war beunruhigt, weil sie noch immer nicht schwanger war. Man hatte sie beschwichtigt, körperlich sei alles in Ordnung und nach einem halben Jahr Ehe bestünde wahrlich noch kein Grund zur Sorge. Sie solle sich noch etwas Zeit geben. Falls weiterhin nichts geschähe, gäbe es in London einen Spezialisten …

Cathleen seufzte. Es war vermutlich wirklich noch zu früh, aber sie wünschte sich nun einmal so sehr ein Kind, dachte sie, während sie sich auf die Suche nach Edward machte. Er befand sich in der Bibliothek und nickte ihr freundlich zu, als sie zu ihm trat.

»Und, hast du mit meiner Mutter gesprochen?«, erkundigte sich Cathleen.

»Ja, ich werde versuchen, mit deinem Vater zu reden, und nächste Woche einmal nach Plymouth und London fahren, um zu sehen, was dort los ist.«

»Das ist sehr nett von dir«, sagte sie, während sie sich elegant auf der Armlehne seines Sessels neben ihm niederließ. Er lächelte höflich. Bildete sie es sich ein – oder rückte er tatsächlich ein Stück von ihr ab? Sein Verhalten verletzte sie.

Man hörte, dass im Hof eine Kutsche vorgefahren war. Kurz darauf läutete es an der Tür.

»Schau, das habe ich gefunden«, sagte sie zu ihrem Mann und zeigte ihm das Buch.

Edward blickte darauf. Sein Gesichtsausdruck wirkte plötzlich wie versteinert. »Wo hast du das her?«, fragte er tonlos.

Seine Reaktion irritierte sie. »Es war oben in einer der Dachkammern. Es muss Amalia gehört haben. Ich habe es allerdings nie bei ihr gesehen –« Sie brach abrupt ab, denn ein Aufschrei, gefolgt von lautem Schluchzen und entsetzten Stimmen, war aus der Halle zu hören. Es klang schrecklich.

Cathleen ließ das Buch fallen und lief mit gerafftem Rock aus der Bibliothek zum Eingang. Sie sah ihre Mutter, deren Gesicht bleich war und die weinte. Auch Fanny, die Zofe, und das Dienstmädchen schluchzten, und selbst Arthur hatte gerötete Augen und rang um Fassung. Erst dann bemerkte sie die beiden Männer, die eine Bahre in der Halle abgesetzt hatten. Cathleen erstarrte voller Entsetzen, als sie die Gestalt darauf erblickte. Es war ihr Vater! Er wirkte seltsam wächsern und weiß. Sein Gesicht war in einem angestrengten Ausdruck unschön verzerrt und seine Augen geschlossen – er war tot.

125

London, Frühsommer 1896

Die Aufträge waren in den letzten Wochen nach und nach weniger geworden waren. Anfangs hatte Amalia noch gehofft, dass es sich nur um einen vorübergehenden Rückgang handelte, doch im letzten Monat hatte das Geld neben der Miete kaum noch für etwas zu essen gereicht. Grace hatte die Einkäufe übernommen. Sie besaß selbst nicht viel, und es war Amalia unangenehm gewesen, ihre Hilfe anzunehmen. Nachdenklich strich sie sich eine Strähne ihres blonden Haars aus dem Gesicht. Sie musste etwas unternehmen. Man mochte ihre Entwürfe in der Tuchfabrik, das wusste sie. Daran konnte es also nicht liegen. Sie beschloss, persönlich nachzufragen, und machte sich am Nachmittag auf den Weg zur Fabrik.

Schon von Weitem ahnte sie, dass etwas nicht stimmen konnte. Sie war nur einmal hier gewesen, zusammen mit einem Mitarbeiter von *Deaf Friends*. Amalia war bei dieser Gelegenheit dem Direktor und dem Leiter der Stoffabteilung, einem Mr Fraser, vorgestellt worden. Damals hatte ein reges Treiben in dem Fabrikhof geherrscht. Menschen liefen überall herum, und zahlreiche Fuhrwagen standen im Hof. Aus den Schornsteinen war Rauch gestiegen, und durch die vielen Fenster hatte man die Köpfe der Arbeiter und Arbeiterinnen erkennen können.

Jetzt war ein Teil der Fenster vernagelt. Niemand schien mehr dort zu arbeiten, und auch sonst war es erschreckend leer und ruhig. Beunruhigt betrat Amalia das Gebäude und stieg die Treppen zu dem Büro des Abteilungsleiters hoch. Es lag im ersten Stock, wie sie sich erinnerte. Sie betrat das Vorzimmer, in dem ein älterer Sekretär mit sorgfältig gescheitelten Haaren und einem Zwicker auf der Nase saß, der sie grüßte und fragend anblickte.

Amalia reichte ihm ihren Block, auf dem sie bereits notiert hatte, wer sie war, und darum bat, mit dem Leiter der Stoffabteilung sprechen zu können.

Der Sekretär nickte und bedeutete ihr, ihm zu folgen.

Zu Amalias Erleichterung erkannte der Abteilungsleiter sie sofort wieder. »Miss Griffith!«

Er bot ihr einen Stuhl an. Sie bedankte sich mit einem Nicken, doch ihr fiel auf, dass Mr Fraser nervös die Hände rang.

Amalia schenkte ihm ein freundliches Lächeln und schrieb etwas auf ihren Block: *Ich habe in der letzten Zeit wenig Aufträge bekommen …*

Mr Fraser nickte betreten. Es schien ihm unangenehm zu sein. »Es gibt einen Grund dafür … Sie verstehen, was ich sage, oder?«, unterbrach er sich und deutete auf seine Lippen.

Amalia nickte.

»Das Unternehmen hat leider große Schwierigkeiten. Ich will ehrlich sein, die Fabrik wird nicht überleben können. Die Konkurrenz ist groß. Unsere Herstellungskosten sind zu hoch. Es ist günstiger, die Stoffe direkt in den Kolonien weben zu lassen …« Sorgenvoll hatte er die Stirn verzogen, und sein Blick verlor sich in der Ferne. Dann schien er sich zu erinnern, dass sie vor ihm saß. Er seufzte. »Ich fürchte, Miss Griffith, es wird uns nicht möglich sein, Ihnen weitere Aufträge zu erteilen. Die Fabrik wird zum Quartalsende ihre Pforten schließen. Es tut mir leid.«

Ungläubig sah sie ihn an. Die Endgültigkeit dieser Aussage traf Amalia. Sie hatte ihre Arbeit sehr gemocht, aber vor allem – wovon sollte sie jetzt leben?

Benommen lief sie wenig später nach Hause. Sie würde sich etwas Neues suchen müssen. Bei *Deaf Friends* würde man ihr bestimmt helfen, überlegte sie. Es war ihr nur ein kleiner Trost, dass sie dort im Notfall immer ein Dach über dem Kopf hatte und auch etwas zu essen bekommen würde. Doch das wollte sie nicht. Sie verdankte der Organisation bereits so viel, dass sie ihre Unterstützung nicht noch mehr in Anspruch nehmen mochte. Außerdem wohnte sie mit Grace zusammen. Konnte sie ihren Anteil der Miete nächsten Monat nicht zahlen, würde auch die Freundin in Schwierigkeiten geraten. Aber Amalia hatte das Geld nicht.

Voller Schuldbewusstsein ließ sie sich am Ufer der Themse auf einer Bank nieder. Selbst wenn sie schnell eine neue Arbeit fände, würde sie den Lohn erst am Monatsende bekommen. Niedergeschlagen beobachtete sie ein vorbeifahrendes Frachtschiff. Sie war arm und besaß nichts, was sie hätte verkaufen können … Etwas schon, fiel ihr dann ein. Alles in ihr wehrte sich gegen den Gedanken, aber sie hatte keine Wahl. Sie musste dankbar sein, dass sie diese Möglichkeit überhaupt hatte. Was brachte es, an Dingen zu hängen, die ohnehin nur mit der Vergangenheit zu tun hatten? Sie würde nie wieder zurückkehren. Es war vorbei …

Als sie nach Hause kam, holte sie schweren Herzens die Schachtel aus ihrer Kommode hervor und öffnete sie. Einen Moment lang betrachtete Amalia die Schachfiguren. Ihre Finger strichen zart darüber, doch dann schloss sie den Deckel wieder und drehte die Schachtel um. Auf der Rückseite war der Stempel eines Londoner Antiquitätengeschäfts zu sehen. *Red Lions Antiques*. Vielleicht konnte sie sie dort auch wieder verkaufen.

126

Edward war froh, Hampton für einige Wochen verlassen zu können. Ein paar Tage hatte er in Plymouth verbracht, um sich dort einen Überblick über die Geschäftssituation von Cathleens verstorbenem Vater zu verschaffen – sie war beunruhigend schlecht –, dann war er nach London weitergereist.

Der plötzliche Tod von John Sherwood hatte sie alle mitgenommen. Ein Herzinfarkt, so hatten die Ärzte im Nachhinein diagnostiziert. Nicht weiter verwunderlich angesichts seines Allgemeinzustands, fügten sie hinzu und hatten dabei ein wenig die Nase gerümpft, da selbst der Leichnam noch nach Alkohol roch.

Edward hatte sich bemüht, seiner Frau in diesen schweren Tagen zur Seite zu stehen und mehr Zeit mit ihr zu verbringen. Sosehr sich ihr Vater in den letzten Monaten verändert hatte, sie hatte ihn sehr geliebt. Cathleens Dankbarkeit für seine Zuwendung konnte er jedoch kaum ertragen. Er wünschte, sie würde ihm weniger Gefühle entgegenbringen, sich einen Liebhaber nehmen und akzeptieren, wie es zwischen ihnen war – es wäre einfacher für ihn gewesen.

»Ich habe es so vermisst, mit dir Zeit zu verbringen«, sagte sie stattdessen, als sie an einem Nachmittag durch den Park spaziert waren. Sie hatte den Kopf an seine Schulter gelehnt und sich bei ihm untergehakt. Von Weitem hätte sie vermutlich jeder für ein glücklich verheiratetes Paar gehalten.

»Ich bin nicht wie du, Cathleen. Ich bin gern für mich«, wich er aus. Er hatte seinen Schritt verlangsamt und sah sie an. »Du solltest dich öfter ein wenig amüsieren, auch wenn ich nicht da bin!«

»Allein?« Ihr Tonfall ließ keinen Zweifel, für wie abwegig sie das hielt.

Er lächelte leicht. Es waren diese Kleinigkeiten, an denen er immer wieder erkannte, aus welch unterschiedlichen Elternhäusern sie kamen. Bei aller Bildung und aller Anmut ihres Auftretens besaß sie eine Vorstellung vom Leben, die in keinerlei Weise zu den Kreisen passte, in denen sie lebte. »Ja, auch allein. Wir sind verheiratet, aber es ist durchaus nicht unüblich, dass du auch dein eigenes Leben führst.«

Sie schaute ihn verwundert an. Ein koketter Ausdruck huschte über ihr hübsches Gesicht. »Du wärst nicht eifersüchtig, wenn ich ohne dich zu einem Ball ginge und mit anderen Männern tanzte?«

Er küsste ihre Fingerspitzen, die kühl waren von der frischen Luft. »Ich wäre immer ein wenig eifersüchtig, aber ich würde mich auch für dich freuen, wenn du dich amüsierst.«

Seine Antwort schien ihr nicht zu gefallen. »Ich würde trotzdem lieber mit dir hingehen«, sagte sie ernst.

Edward schwieg. Sie machte es ihm wahrlich nicht leicht. Er hatte erst nach der Hochzeit erkannt, welch leidenschaftlicher Mensch sie im Grunde ihres Herzens war. Sie sehnte sich danach, zu lieben und geliebt zu werden, und diese Erkenntnis ließ seine Schuldgefühle ihr gegenüber nur noch größer und quälender werden.

Erleichtert, einen glaubhaften Vorwand zu haben, hatte er sich daher auf die Reise nach Plymouth und London gemacht. Er sollte sich einen Überblick über die Lage der Hinterlassenschaften von John Sherwood machen. Seine Schwiegermutter selbst hatte ihn darum gebeten.

Edwards Erfahrungen als Geschäftsmann waren begrenzt, doch er hatte sich fachlichen Rat und Beistand durch einen Notar und einen Wirtschaftsprüfer besorgt, mit denen er gemeinsam die Bücher und Konten durchging. Die Ergebnisse in Plymouth waren ernüchternd, die in London geradezu niederschmetternd. Es zeigte sich, dass John Sherwood sich schon seit Längerem nicht mehr um seine Geschäfte gekümmert und unglücklicherweise auch nur unzureichende Vollmachten erteilt hatte, mit denen seine Angestellten das Unternehmen in geeigneter Weise hätten weiterführen können. Aufträge waren gar nicht oder nur mangelhaft ausgeführt, bestellte Materialien und Pachten nicht bezahlt worden, und zwischendurch schien John Sherwood außerdem wie ein Spieler immer wieder riskante Spekulationen getätigt zu haben. Er hatte ungeheure Summen verloren. Die Bücher und Konten, die er hinterließ, waren der Spiegel eines Mannes, der allein seinen Launen und Stimmungen unterworfen und von allem, nur nicht mehr von seiner Vernunft geleitet worden war. Man konnte von Glück sagen, dass John Sherwood die Verbindlichkeiten der Hamptons zu einem Zeitpunkt beglichen hatte, als es um seine Geschäfte noch besser stand. Von dem unermesslichen Vermögen, das sein Schwiegervater einst aufgebaut hatte, war kaum noch etwas übrig.

Als Edward am Nachmittag die Londoner Geschäftsräume verließ, fragte er sich, ob tatsächlich allein Amalias Tod – wie Cathleen glaubte – für diesen erschütternden Niedergang verantwortlich war. Edward musste zugeben, dass ihm das Leben von John Sherwood trotz allem Respekt abnötigte. Die Bücher und Konten hatten ihm einen Blick in ein Unternehmen eröffnet, das einst mit ungeheurem Fleiß und auch Weitblick aufgebaut worden war. Aus dem Nichts hatte John Sherwood alles geschaffen. In Edwards Kreisen sah man darauf herab. Aber mit welchem Recht? War sein eigenes Leben dagegen nicht nutzlos und dekadent?

Nachdenklich lief Edward die belebten Londoner Straßen entlang. Es erschien ihm doppelt tragisch, dass John Sherwood mit seinem Tod auch beinahe alles genauso wieder verloren hatte. Immerhin, das Anwesen würde ihnen bleiben, und seine Schwiegermutter würde ihr Auskommen haben, aber der Reichtum der Sherwoods war dahin. Edward war angesichts dieser Lage froh, dass er selbst die Mitgift von Cathleen nach der Hochzeit klug angelegt und sich – nach der Begleichung der Schulden – von einigen Ländereien getrennt hatte, um den anderen Teil des Besitzes besser verwalten und nutzen zu können.

Es war nicht weit bis zum Stadthaus der Hamptons, und Edward beschloss, noch etwas durch London zu laufen. Es war lange her, dass er, nur seinen Gedanken nachhängend, hier durch die Straßen spaziert war. Seine letzten Besuche waren immer nur kurz gewesen. Das letzte Mal, dass er sich so durch die Stadt hatte treiben lassen, war nach der Testamentseröffnung, nach dem Tod seines Vaters gewesen. Unwillkürlich erinnerte er sich an jene Tage. Das Bild von Amalia stieg vor seinen Augen auf, wie sie oben auf dem Hügel gesessen und gemalt hatte, und wie er sie, wenige Stunden nach dem Tod seines Vaters, das erste Mal geküsst hatte. Ein heftiger Schmerz durchzog ihn. Es war nicht mehr die Verzweiflung der ersten Tage, die er verspürte, wenn er an sie dachte. Damals, als er noch glaubte, ihr Verlust würde ihn um den Verstand bringen. Doch es tat nicht weniger weh. Es war ein quälender Zustand: Er litt – nur hatte er inzwischen gelernt, damit zu leben. Innerlich fühlte er sich jedoch wie betäubt.

Um ihn herum war es belebter geworden. Er befand sich in der Portobello Road. Ohne dass er es merkte, hatte ihn sein Weg aus der Erinnerung erneut hierhergelenkt. Er warf einen Blick zu dem Schaufenster des Antiquitätengeschäfts. Fast schien es ihm für einen Moment, als wäre die Zeit stehen geblieben, denn alles war genauso wie damals: die Stimmung, in der die Straße vor ihm lag, die vorbeieilenden Passanten, die langsam hereinbrechende Dunkelheit … Nur die Auslagen im Fenster waren andere. Edward betrachtete die verzierten Kerzenleuchter, den goldenen Handspiegel, das Collier und die Bronzefiguren – und dann erstarrte er. Einen Augenblick lang war er sich sicher, sein Gehirn würde ihm einen Streich spielen, und er würde einer Täuschung erliegen. Er spürte, wie sich sein Herzschlag beschleunigte.

Im Fenster standen auf einer roten Samtunterlage mehrere fein gearbeitete Schachfiguren aus Marmor. Er kannte sie nur zu gut. Es waren die Figuren, die er Amalia geschenkt hatte!

Mit einem schnellen Schritt war Edward bei der Ladentür und riss sie auf.

127

Der Antiquitätenhändler, der ein Lupenglas in sein Auge geklemmt hatte, versuchte gerade mit einer Pinzette vorsichtig eine winzige Perle auf einer Schmuckdose zu befestigen. Es brauchte eine ruhige Hand und viel Geduld, sich solchen Arbeiten zu widmen, und er fuhr zusammen, als plötzlich ungestüm die Ladentür aufgerissen wurde und der Mann in den Laden stürzte.

Für einen kurzen Moment befürchtete der Händler, Opfer eines Überfalls zu werden. Vor Jahren hatte er so etwas einmal erlebt, und die Diebe waren in ähnlicher Weise hereingestürmt. Erschrocken blickte er hoch, doch dann sah er, dass der Unbekannte, der vor ihm stehen geblieben war, gut gekleidet war. Sein Mantel war maßgeschneidert und aus edlem Tuch. Seine Haltung und sein Gesicht verrieten, dass er jemand von Stand war. Er war bleich und wirkte aufgewühlt, als würde er unter Schock stehen. Erst als der Antiquitätenhändler das Lupenglas ablegte, stellte er fest, dass er dem Mann nicht zum ersten Mal begegnete. Er war schon einmal in seinem Laden gewesen.

»Verzeihung, die Schachfiguren, die im Fenster stehen, woher haben Sie sie?«, brach es aus ihm heraus.

Der Antiquitätenhändler verspürte ein ungutes Gefühl, denn jetzt erinnerte er sich wieder, dass er der Kunde war, der die Schachfiguren im letzten Jahr bei ihm gekauft hatte.

Er hätte sie nicht von der jungen Frau in Kommission nehmen sollen, dachte er bei sich. Es war ihm von Anfang an seltsam vorgekommen – ihre einfache Kleidung und der Besitz der Schachfiguren hatten nicht recht zusammengepasst. Doch ihre Taubheit und etwas im Ausdruck ihres Gesichts hatten ihn berührt. Sie behauptete, die Figuren geschenkt bekommen zu haben. Das hatte sie auf einen Block geschrieben – und er hatte ihr geglaubt. Schon öfter hatten in seinem Geschäft

Menschen vor ihm gestanden, die Dinge verkaufen mussten, die ihnen lieb und teuer waren. Warum hätte es bei ihr nicht auch so sein sollen?

»Dürfte ich fragen, weshalb Sie das wissen wollen?«, erkundigte er sich bei dem Mann. »Ich entsinne mich durchaus, dass Sie die Figuren vor ungefähr einem Jahr bei mir erstanden haben«, fügte er hinzu.

»Genau deshalb frage ich mich, wie sie jetzt wieder in Ihren Laden gekommen sind.«

»Sind Ihnen die Schachfiguren etwa gestohlen worden?«, fragte der Antiquitätenhändler vorsichtig.

»Nein, das nicht.« Er schüttelte verwirrt den Kopf. »Ich habe sie verschenkt.« Der Mann wirkte noch immer aufgewühlt. »Bitte, ich muss wissen, wer Ihnen die Figuren verkauft hat. Es ist von großer Bedeutung für mich!«

Der Antiquitätenhändler – erleichtert, dass es sich nicht um Diebesgut handelte – schüttelte bedauernd den Kopf. »Es tut mir leid, aber Sie müssen verstehen, dass die Diskretion das leider verbietet. Ich kann nicht die Namen meiner Kunden preisgeben.«

»Bitte!«, sagte der Mann tonlos und voller Verzweiflung.

Der Antiquitätenhändler schwieg.

»Erlauben Sie mir dann zumindest eine Frage? War es eine Frau, die sie verkauft hat? Hatte sie helle blonde Haare und war taub?«, stieß der Mann leise hervor.

128

Amalia war bei Dr. Stevenson. Sie hatte ihm von der Schließung der Tuchfabrik erzählt, und er versicherte ihr, dass man ihr helfen werde.

Haben Sie einmal darüber nachgedacht, ob es neben dem Zeich-

nen noch eine andere Arbeit gibt, die für Sie infrage kommen könnte?

Die Frage überraschte Amalia. Als würde sie eine Wahl haben. Sie bewegte die Hände. *Was immer ich bekomme, mache ich selbstverständlich.*

Dr. Stevenson blickte sie nachdenklich an. *Ich denke, dass Sie gut mit Menschen arbeiten könnten. Sie sind einfühlsam, und Sie können lesen und schreiben. Vielleicht wäre es möglich, dass Sie taube Kinder oder auch Erwachsene unterrichten?*

Amalia blickte ihn erfreut an. Sie dachte daran, wie viel Spaß es ihr machte, Grace das Lesen und Schreiben beizubringen. *Das würde ich sehr gern machen!*

Dr. Stevenson versprach, sich diesbezüglich umzuhören. *Kommen Sie finanziell zurecht, bis Sie eine neue Arbeit haben?*

Amalia nickte. Sie hoffte es. Letzte Woche hatte sie die Schachfiguren in den Laden gebracht. Der Antiquitätenhändler hatte sie leider nur in Kommission genommen, aber er war zuversichtlich, sie verkaufen zu können. Es tat weh, das Geschenk, das ihr so viel bedeutet hatte, schließlich in dem Geschäft zurücklassen zu müssen. Als würde sie damit endgültig die letzte Verbindung zur Vergangenheit abbrechen. Nur der Gedanke, dass sie damit vermutlich einige Monate überleben konnte, half ihr.

Sie nahm wahr, dass Dr. Stevenson sie noch immer prüfend ansah. *Sind Sie sicher, dass Sie zurechtkommen?*, fragte er erneut.

Sie bemühte sich um ein zuversichtliches Lächeln. *Ja.* Amalia wusste, dass sich der Arzt in besonderer Weise für sie verantwortlich fühlte – auch wegen des Vorfalls mit Mr Beans –, doch er hatte ihr bereits genug geholfen. *Aber ich danke Ihnen, dass ich mich im Notfall an Sie und die Organisation wenden kann,* fügte sie hinzu.

Sie verabschiedete sich und machte sich anschließend auf den Weg zum Antiquitätengeschäft. Sie hatte mit dem Händler vereinbart, dass sie am heutigen Nachmittag noch einmal bei ihm vorbeikommen sollte. Amalia hoffte inständig, dass er schon einen Käufer gefunden hatte.

Angespannt lief sie die Straße entlang und warf einen Blick in das Ladenfenster. Ausgestellt waren die Figuren zumindest nicht. Es schien ihr ein gutes Zeichen. Sie betrat das *Red Lions Antiques.*

Der Antiquitätenhändler saß hinter dem Ladentisch, fast als habe er auf sie gewartet. Er begrüßte sie freundlich.

Amalia nickte ihm mit einem Lächeln zu und schickte sich an, ihren Block hervorzuholen, als sie unvermittelt innehielt. *Etwas stimmte nicht.* Der Händler wirkte nervös und warf schon zum zweiten Mal einen Blick seitlich hinter sie. Als würde dort jemand stehen. Und dann spürte sie, dass tatsächlich noch jemand im Raum war.

Sie drehte sich in einer schnellen Bewegung herum. An der karmesinroten Wand stand bewegungslos ein Mann. Einen Moment lang setzte ihr Herzschlag aus – die hochgewachsene Gestalt, das markante ebenmäßige Gesicht mit dem düsteren, melancholischen Zug, die aufgewühlten blauen Augen – alles an ihm war ihr so vertraut, als hätten sie sich erst gestern gesehen. Bleich vor Entsetzen, schaute der Mann sie an. Es war Edward.

In den Bruchteilen von Sekunden, in denen sie sich ansahen und im Blick des anderen verloren, peitschten die Gefühle in Amalia hoch. Sie erschrak so sehr, dass sie zitterte.

Es war der Schmerz, der sich in seinem Gesicht spiegelte, der sie ahnen ließ, dass das, was geschehen war, anders und weitaus schrecklicher war, als sie angenommen hatte. Sie fragte sich, wie das Schicksal so grausam sein konnte, dass sie sich hier noch einmal begegnen mussten.

Er machte einen Schritt auf sie zu. Und sie tat das Einzige, das sie noch retten konnte. Sie drehte sich auf dem Absatz um und rannte aus dem Laden.

129

Sie kam nicht weit. Er lief ihr hinterher. Mit zwei, drei großen Schritten war er bei ihr, und dort, mitten auf der Portobello Road, hielt er sie fest. Seine Hände umklammerten ihre Arme mit so eisernem Griff, dass es wehtat. Sie keuchte. Vergeblich versuchte sie sich loszureißen. Noch immer lag etwas derart Fassungsloses in seinem Ausdruck, dass sie Angst bekam.

Amalia!

Menschen liefen an ihnen vorbei und blickten sich neugierig um. Ihr Atem ging schnell. Sie verspürte Panik. Nach wie vor hatte er seinen Griff nicht gelockert. Er würde sie nicht gehen lassen, begriff sie, und mit einem Mal wusste sie auch gar nicht mehr, ob sie es wollte. Sie zitterte noch immer. Er spürte es, und plötzlich ließ er sie los und zog sie mit unerwarteter Sanftheit an sich.

Sie hätte nicht sagen können, wie sie schließlich in die stille Gasse zwischen zwei Häuserreihen kamen, wo er sie küsste. Seine Lippen schmeckten nach Schmerz, nach Sehnsucht und Zorn, und ihre Tränen vermischten sich mit diesem Kuss. Alle Gefühle, alles, was sie in den letzten Monaten erlebt und durchgemacht hatte, brach mit einem Mal in ihr hervor. Sie liebte ihn – immer noch genauso wie an dem Tag, als sie ihm zum ersten Mal begegnet war.

Sein Mund löste sich von dem ihren. Er strich ihr durchs Haar und küsste sie erneut, bevor er eindringlich seine Hände bewegte. *Warum hast du dich nicht gemeldet? Wo warst du*?

Erneut fiel ihr der gequälte Ausdruck in seinen Augen auf.

In einem Heim. Ich bin geflohen … Sie sah ihn an. *Du und Cathleen, ihr habt geheiratet!*

Er wich ihrem Blick aus. *Ich dachte, du wärst tot*, bedeutete er ihr.

Tot? Hatten ihre Eltern das behauptet? Amalia lief ein Schauer über den Rücken. *Deshalb* hatte er sie nicht gesucht!

Ein vorbeilaufender Passant wandte den Kopf zu ihnen. Plötzlich begriff sie, dass hier nicht der richtige Ort war, um alles zu erzählen und zu erfahren.

130

Sie gingen zu ihr, mit einer Selbstverständlichkeit, als hätten sie es schon immer getan. Amalia wusste, dass es kein Zurück mehr gab. Ihre Gefühle und die Sehnsucht nacheinander waren stärker als alles andere – auch als der Gedanke daran, dass er mit Cathleen verheiratet war.

Sie war froh, dass Grace erst am Abend von der Arbeit kommen würde. Die Wohnung mit den wenigen schlichten Möbeln wirkte klein und ärmlich, als Edward darin stand. Doch es schien ihn nicht zu kümmern, wie sie lebte. Er sah bloß sie. *Ich kann nicht glauben, dass du lebst, dass du wirklich vor mir stehst …*

Schatten lagen unter seinen Augen, und feine Linien zogen sich durch sein schönes, düsteres Gesicht. Er hatte nicht weniger gelitten als sie, begriff sie. Sie strich ihm sanft über die Wange und durch sein dunkles Haar. In diesem Moment gab es kein Richtig oder Falsch. Sie küsste ihn und zog ihn an sich. Er erwiderte hungrig ihre Umarmung, als könnte er noch immer nicht glauben, dass sie hier bei ihm war. Seine Hände strichen zärtlich und fordernd über ihren Körper. Ihr Atem ging schnell. Das Verlangen flammte mit einer solchen Heftigkeit und Intensität zwischen ihnen auf, dass sie kaum mitbekam, wie er ihr, während sie sich küssten, ungeduldig das Kleid herunterriss und sich seiner eigenen Sachen entledigte. Sie fühlte seine Haut, die Muskeln darunter, sog seinen Geruch in sich auf und war wie gefangen in seinem Blick. Der Schmerz, den sie beide erlitten hatten, mischte sich mit ihrer Lust, vereinte sie und trug sie in einem Rausch mit sich. Sie liebten sich voller Leidenschaft und wie von Sinnen – als wäre es ihr erstes und letztes Mal zugleich.

Später lagen sie erschöpft und nackt nebeneinander. Edward sah sie an. *Was ist passiert? Erzähl mir alles!*

Und Amalia erzählte – von dem Brief, den ihr seine Mutter gab, wie sie vergeblich im Cottage auf ihn wartete und wie ihre Eltern sie ins Heim brachten, von der Gefangenschaft in St. Mary's Home, von Mr Beans und wie sie geflohen war und sich schließlich mithilfe der Organisation ein neues Leben aufbaute. Manchmal wurden ihre Gesten und Zeichen zu schnell – sie war es inzwischen zu sehr gewohnt, sich in der Gebärdensprache zu verständigen –, und sie musste sich zwingen, sich langsamer auszudrücken. Ein paar Mal nahm sie den Block zu Hilfe.

Entsetzt blickte Edward sie an, als er von der Komplizenschaft seiner Mutter erfuhr, und wurde bleich, als sie die Zudringlichkeiten von Mr Beans im Heim schilderte. Sie sah, wie er die Finger zur Faust ballte. Seine Halsschlagader pochte. Wie hatten sie ihr das nur antun können!

Nur zögerlich berichtete Edward dann auf ihre Fragen, was zur gleichen Zeit in Hampton und Sherwood geschehen war. Amalia weinte, als sie vom Tod ihres Vaters erfuhr, auch wenn sie ihm nicht verzeihen konnte. Sie fragte nach Cathleen.

Es ging ihr schrecklich. Sie hat um dich kaum weniger getrauert als ich – und ich hatte das Gefühl, durch sie zumindest noch eine Verbindung zu dir zu haben, dir irgendwie nahe zu sein.

Amalia verstand, was er meinte. Schmerzerfüllt dachte sie an ihre Schwester. Wie sehr sie ihr fehlte! Sie war ein Teil von ihr. Nie war ihr das so bewusst geworden wie in den Monaten im Heim. Ein schreckliches Schuldgefühl stieg in ihr hoch. *Sag ihr nicht, dass du mich getroffen hast, Edward,* bat sie traurig. *Sie darf nicht wissen, was wirklich geschehen ist. Ich will nicht, dass sie unglücklich wird.*

Nein, ich werde es nicht sagen, versprach er, und dann küsste er sie wieder.

131

Und so wurde sie erneut seine Geliebte. Die Stunden, die sie gemeinsam verbrachten, waren von einer wilden Leidenschaft erfüllt. Sie sprachen nicht viel über das, was gewesen war, und auch nicht über die Zukunft. Es war bedeutungslos, solange sie zusammen waren. Die gemeinsame Zeit war stärker und ließ alles andere zurücktreten. Wie damals in der Einsamkeit des Moors entstand zwischen ihnen eine eigene Welt, in der es nur sie beide gab. Die hohen Häuser der Stadt bildeten lediglich eine neue Kulisse.

Sie spielten auch wieder Schach. Edward schenkte ihr die Marmorfiguren ein zweites Mal. Amalia wollte das Geld erst nicht annehmen, das der Antiquitätenhändler ihr schickte, doch Edward bestand darauf. Wäre es nach ihm gegangen, er hätte ihr Kleider gekauft und eine Wohnung gemietet, doch Amalia lehnte es ab.

Ich bin deine Geliebte, nicht deine Mätresse. Du weißt, mir liegt an alldem nichts, erklärte sie mit entschiedenen Gesten, und er schüttelte ungläubig und amüsiert den Kopf. *Hast du einmal darüber nachgedacht, dass das Geld, das ich dir gäbe, im Grunde nicht von mir, sondern von deiner Familie stammt?*

Ihr Blick verfinsterte sich. *Dann will ich es erst recht nicht!*

Er gab nach, denn er kannte sie und liebte sie dafür, dass sie genau so war. Dennoch mietete er eine Wohnung, denn sie konnten sich bei Amalia nur tagsüber treffen, wenn Grace nicht zu Hause war. In dem oberen Stockwerk eines eleganten Stadthauses, nicht weit vom Hydepark entfernt, verbrachten sie zusammen die Nächte.

Die Wohnung schien wie für sie geschaffen. Die dicht belaubten Bäume vor den Fenstern schützten sie vor Blicken und verbannten das Licht schon am frühen Abend aus den hohen Räumen, die mit Möbeln aus dunklem Edelholz, glänzenden Kronenleuchtern, Spiegeln, weichen Teppichen und schweren Seidenvorhänge eingerichtet waren und in denen immer eine sinnliche Atmosphäre zu herrschen schien. Amalia liebte das Licht der Kerzen, das Edward entzündete, sobald sie am Abend kam.

Ihre Beziehung hatte sich verändert. Sie hatten sich auch vorher geliebt, doch nun machte der Verlust, den sie einmal erlitten hatten, jede einzelne Minute zu einer Kostbarkeit zwischen ihnen. Selbst der Schlaf erschien ihnen wie eine Vergeudung.

So, wie sie früher durchs Dartmoor gelaufen waren, spazierten sie jetzt am Tage manchmal Hand in Hand durch London – über die Märkte, durch die Parks oder am Ufer der Themse entlang. Ohne je darüber zu sprechen, mieden sie jedoch die Plätze, an denen Edward womöglich erkannt werden konnte.

Manchmal überraschte es sie, wie oft und lange er sich in London aufhalten konnte. Sie wusste, dass die Hinterlassenschaften, die er ordnete, und die Sitzungen im House of Lords, die von Mai bis August stattfanden, seine häufige Anwesenheit hier rechtfertigten. Von Zeit zu Zeit fuhr er für einige Tage nach Devon. Wenn er zurückkehrte, war er ernst und nachdenklich – und liebte sie mit noch mehr Leidenschaft als zuvor. Nie hätte Amalia geglaubt, dass man sich so glücklich und schuldig zugleich fühlen konnte.

132

Sherwood, Sommer 1896

Edward hatte sich verändert. Es war Cathleen schon seit einer ganzen Weile aufgefallen. Er wirkte gelöster und entspannt, beinahe wie befreit. Nach dem Tod ihres Vaters waren sie sich etwas nähergekommen, doch nun war er die meiste Zeit unterwegs, um sich um das Erbe ihres Vaters zu kümmern und auch, um an den Parlamentssitzungen teilzunehmen.

Cathleen hatte überlegt, ihn nach London zu begleiten. Sie hätte es gern getan, doch Edward hatte ihren Vorschlag freundlich abgelehnt.

»Ich habe so viele Termine, mir wird keine Zeit bleiben, mich um dich zu kümmern und dich bei Hof vorzustellen. Jeder wird nach dem Trauerfall dafür Verständnis haben, dass wir das erst im nächsten Jahr machen.«

Cathleen fühlte sich zurückgewiesen, doch sie widersprach nicht. Die alte Distanz war wieder zwischen sie zurückgekehrt, fast war es schlimmer als zuvor. Aber was hätte sie sagen sollen? Im Grunde hatte er ja recht, und ihre Mutter brauchte zudem ihre Unterstützung. Der Tod ihres Mannes hatte ihr zugesetzt. Elisabeth Sherwood war alt geworden. Ihre ergrauten Haare und der Mund, der kaum mehr als ein Strich war, ließen ihr Gesicht noch starrer und verhärteter als früher wirken. Sie war geistig oft abwesend. »Es war alles für dich, Cathleen, mein Kind«, sagte sie manchmal.

»Was war für mich, Mum?«

»Alles, was wir getan haben. Damit du Edward heiraten konntest. Bist du nicht glücklich, mein Kind?«

Cathleen ignorierte ihre Frage, doch ihre Mutter wiederholte sie wieder und wieder. »Du bist tatsächlich Lady Hampton geworden. Bist du nicht glücklich?«

Eines Tages drehte sie sich schließlich aufgebracht zu ihr:

»Nein, ich bin nicht glücklich, Mum. Überhaupt nicht. Ich vermisse Amalia und Dad – und Edward liebt mich nicht richtig!« Sie erschrak selbst, als sie es aussprach.

Das Gesicht ihrer Mutter nahm einen fahlen Ton an. »Du bist undankbar«, zischte sie. »Wie kannst du sagen, dass du nicht glücklich bist!«

Cathleen blickte sie an und konnte sich nicht erklären, warum sie sich plötzlich an einen Satz erinnerte, den ihr Vater gesagt hatte. *»Du bist ein gutes Kind. Halt dich von deiner Mutter fern.«* Was hatte er damit gemeint? Sie war froh, als sie später wieder nach Hampton zurückfuhr.

Am Abend war sie zu einem Hauskonzert bei ihrer Freundin Lucy und deren Mann eingeladen. Doch auch die Musik konnte sie nicht auf andere Gedanken bringen. Später, als sie mit einem gezwungenen Lächeln plaudernd mit den anderen Gästen zusammenstand, merkte sie, wie niedergeschlagen sie war. Lucy, die sie zu gut kannte, zog sie mit sich in eine Ecke des Salons. »Du wirkst so bedrückt. Was ist mit dir?«

Cathleen erzählte ihr von ihren Sorgen – dass sie nicht schwanger wurde und vor allem, dass sie sich Edwards Gefühle nicht sicher war. Nur ihre geheimste Befürchtung, Edward könnte bei seinen Aufenthalten in London wieder so wie früher seine Affären haben, behielt sie für sich.

Lucy stieß ein helles Lachen aus. »Aber natürlich liebt Edward dich! Wie könnte man dich nicht lieben, Cathleen? Und ich sehe doch, wie aufmerksam er dir gegenüber ist. Du irrst dich ganz bestimmt. Warum besuchst du ihn nicht einfach in London?«

»Ich wollte ihn begleiten, aber er hielt das für keine gute Idee«, berichtete sie zögernd von ihrem Gespräch.

Lucy schüttelte den Kopf. »Das sagt er nur aus Rücksichtnahme, weil er nicht so viel Zeit für dich hat. Wir fahren nächste Woche nach London. Warum begleitest du uns nicht? Du könntest ihn überraschen!«

Cathleen war sich nicht sicher, wie erfreut Edward über ihren Besuch tatsächlich sein würde, aber vielleicht täuschte sie sich ja, und Lucy hatte recht. Ihr gefiel die Idee, und sie wollte ohnehin einen Termin bei dem Spezialisten machen. Allein bei dem Gedanken, der Gegenwart ihrer Schwiegermutter und Mutter einige Tage zu entkommen, verbesserte sich ihre Stimmung augenblicklich. Sie erinnerte sich plötzlich, wie kalt und abweisend Edward sich bei seinen letzten Besuchen den beiden Frauen gegenüber verhalten hatte. Cathleen war erschrocken gewesen. So hatte sie ihn früher nie erlebt. Er wirkte, als könnte er es kaum ertragen, mit ihnen in einem Raum zu sein. Auch darin hatte sich sein Verhalten verändert, stellte sie nachdenklich fest.

133

London, Sommer 1896

Amalia hatte eine seltsame Unruhe ergriffen. Vor einigen Tagen war sie mit Edward unterwegs gewesen, und sie waren unweit des Hydeparks Bekannten von ihm begegnet, nur von Weitem. Sie waren in einer Kutsche an ihnen vorbeigefahren, und er hatte höflich seinen Hut gelüftet, doch Amalia hatte die neugierigen Blicke bemerkt.

Sie haben mitbekommen, dass du nicht allein warst.

Es war Edward gleichgültig. Er zuckte mit den Achseln. *Selbst wenn! Viele Männer haben hier in London ihre Affären.*

Bin ich eine Affäre?

Er war mitten im Laufen stehen geblieben und hatte sie voller Ernst angeschaut. *Nein, Amalia, das bist du nicht und wirst du auch nie sein.*

Sie war dennoch nachdenklich geworden. Es schien ihr wie

ein ungutes Vorzeichen. Ihre Liebe umhüllte sie wie ein schützender Kokon, doch sie würden die Welt draußen nicht ewig von sich fernhalten können.

Wie zur Bestätigung hatte sie am nächsten Tag eine weitere Begegnung. Sie kam aus dem Büro von *Deaf Friends*, in dem sie Dr. Stevenson getroffen hatte, der ihr eine neue Arbeit vermitteln konnte. Ab der nächsten Woche würde sie zwei taube Kinder unterrichten können. Außerdem sollte sie zusätzlich für einen Postkartenhersteller einige Bilder für Ansichtskarten entwerfen. Amalia hatte sich überschwänglich bedankt und war gut gelaunt auf die Straße hinausgetreten. Zwei Häuserecken weiter, an der Station des Pferdeomnibusses, hatte sie auf einmal einen Blick auf sich gespürt. Auf der anderen Straßenseite stand ein Mann, der sie anschaute, als würde er ein Gespenst erblicken.

Sie war vor Schreck zusammengefahren, als sie erkannte, dass es sich um Mr Benson, den Gärtner ihrer Eltern, handelte. Was tat er in London? Dann erinnerte sie sich, dass Verwandte von den Bensons hier wohnten. Hastig hatte Amalia sich umgedreht und war mit pochendem Herzen zwischen den Menschen untergetaucht. Sie hatte nie darüber nachgedacht, dass sie in London einmal jemandem aus Devon über den Weg laufen könnte.

Während sie weiterging, hatte sie mehrmals das Gefühl, jemand würde ihr folgen. Als sie sich umdrehte, war jedoch niemand zu sehen gewesen. Anscheinend hatte sie sich getäuscht. Sie war froh, als sie ihre Wohnung erreichte. Edward wollte am Nachmittag kommen. Wenn sie wieder arbeitete, würde sie weniger Zeit für ihn haben, dachte sie. Sie kämmte ihr Haar und betrachtete sich dabei einen Augenblick lang im Spiegel. Sie sah glücklich aus. Ihre Wangen waren rosig. Dabei fühlte sie sich in der letzten Zeit oft müde – als würden die schrecklichen Ereignisse des letzten Jahres mit einem Mal ihren Tribut fordern.

Sie spürte ein Vibrieren unter ihren Füßen. Da in der Wohnung Dielen lagen, übertrugen sich die Schwingungen über den Boden, wenn jemand den schweren Türklopfer betätigte. *Edward!*

Sie lief zum Eingang und öffnete mit einem Lächeln die Tür. Es erstarb im selben Augenblick auf ihren Lippen. Sie war wie gelähmt vor Entsetzen, als sie den Mann, der vor ihr stand, erkannte. Wie hatte er herausgefunden, dass sie noch lebte?

»Hallo, Amalia«, sagte Mr Beans.

Panisch versuchte sie die Tür zu schließen, doch er hatte sofort den Fuß dazwischengestellt. Sie versuchte, sich mit aller Kraft dagegenzustemmen, aber Mr Beans drückte sie zur Seite.

»Hast du geglaubt, du könntest mich täuschen und mir entkommen?«

Er stieß sie in die Wohnung. Sein Mund verzog sich zu einem sadistischen Lächeln, als er ausholte und ihr ins Gesicht schlug. Sie schmeckte Blut und schrie. Es würde ihr nichts nützen, um diese Zeit waren die meisten Hausbewohner bei der Arbeit, wurde ihr klar. Tränen liefen ihr übers Gesicht, als sie der nächste Schlag traf. Sie taumelte nach hinten. Mr Beans war mit einem schnellen Schritt bei ihr.

»Dieses Mal wird dir keiner helfen!« Verzweifelt versuchte sie ihn wegzustoßen, doch er schlug erneut auf sie ein. Sie konnte fühlen, wie der Stoff ihres Mieders riss. *Nein!* Seine feuchten Lippen drückten sich auf ihren Mund, und sein säuerlicher Atem nahm ihr die Luft. Sie bemühte sich, den Kopf zur Seite zu wenden, doch er hielt ihr Kinn fest. Wieder traf sie ein Schlag. Erneut riss Stoff. Er warf sie aufs Sofa und hielt ihre Hände fest. Sein Gesicht – eine widerliche, geifernde Fratze – war über ihr. Amalia wehrte sich weiter und schrie. Sie spürte, wie erregt er war, doch sie wusste, dass sie nicht gegen ihn ankommen würde. Dann nahm sie auf einmal wahr, dass jemand in den Raum gestürmt kam. Zwei Männerhände rissen Mr Beans von ihr fort. Sie erkannte Edward. Er packte den Lehrer, dessen geöffnete Hose um seine Knie rutschte, am Kragen, streckte ihn mit einem Kinnhaken zu Boden und warf sich auf ihn. Wie ein Besinnungsloser schlug er auf ihn ein. Sein Gesicht war weiß – noch nie hatte Amalia ihn so voller Zorn und Wut erlebt. Er würde ihn töten, begriff sie plötzlich.

Sie stand taumelnd vom Sofa auf. *Edward!* Sie stürzte zu ihm, versuchte, ihn an der Schulter zu fassen und wegzuziehen, doch er ließ nicht von dem Lehrer ab. Verzweifelt schrie sie. Durch den Nebel seiner Wut schien Edward sie zu hören. Er hielt inne und wandte den Kopf zu ihr. Weinend bewegte sie die Hände. *Hör auf, das ist er nicht wert. Du bringst ihn um!* Sie zog ihn weg, und diesmal ließ er es zu. Benommen erhob er sich und sagte angewidert etwas zu dem Lehrer.

Mr Beans stand taumelnd auf. Sein linkes Auge war geschwollen, und aus der aufgesprungenen Augenbraue und seinem Mundwinkel floss Blut. Humpelnd floh er aus der Wohnung. Edward schloss die Tür. Dann zog er sie in seine Arme.

134

Sie hatte ihm wieder und wieder beteuert, dass ihr nichts geschehen sei, dass er rechtzeitig dagewesen sei, bevor es zum Äußersten gekommen war. Doch Edward konnte sich nicht verzeihen. Ihre aufgeplatzte Lippe, die Prellungen, das zerrissene Kleid – es war mehr, als er ertragen konnte, und er wünschte, er hätte diesen Mann doch umgebracht.

Sie allein hatte ihn davor bewahrt. Es war die Ohnmacht ihrer ganzen Situation, die ihm plötzlich bewusst wurde – er hatte sie nicht richtig beschützt, von Anfang an nicht. Es schien ihm unfassbar, was man ihr angetan hatte. In den Nächten lag er manchmal wach und hatte die Bilder im Kopf: wie man sie in das Heim brachte, wo sie Menschen wie diesem Beans ausgeliefert war und schließlich ihren Tod vortäuschen musste, um von dort zu fliehen. Das Schlimmste war, dass er sich nach außen hin nichts anmerken lassen durfte. Niemand durfte erfahren, dass sie noch lebte. *Ich habe mit der Vergangenheit abgeschlossen, Edward. Wem würde es etwas nutzen. Es würde einen Skandal geben, das weißt du. Erst recht, wenn man erfährt, was mit uns ist. Es würde nicht nur dich, sondern auch Cathleen und deine Schwestern treffen. Es würde uns alle zerstören …*

Wie immer hatte sie Recht. Doch es erfüllte ihn mit furchtbaren Zorn, dass er nicht frei entscheiden konnte. Nicht einmal jetzt. Wenn er seiner Mutter oder seiner Schwiegermutter gegenüberstand, kostete es ihn übermenschliche Beherrschung, sich nichts anmerken zu lassen. Er mied ihre Gegenwart und begegnete ihnen mit Kälte und Nichtachtung. An einem Tag hatte seine Mutter ihm deswegen Vorwürfe gemacht. »Womit habe ich es verdient, dass mein eigener Sohn mich so behandelt?«

Er hatte sie angeschaut. »Verdient? Frage dich lieber, was mich daran hindert, dich des Hauses zu verweisen, damit ich dich nie wieder zu Gesicht bekomme. Du hast mein Leben zerstört«, erwiderte er eisig. Sie war zusammengezuckt, doch die Schuld stand ihr ins Gesicht geschrieben.

Es brachte indessen Schwierigkeiten mit sich, dass Amalia offiziell tot war. So konnten sie wegen des Vorfalls mit Mr Beans nicht zur Polizei gehen.

Es würde alles herauskommen, Edward!, bedeutete sie ihm. *Er wird mich in Ruhe lassen, nach dem, was passiert ist*, fügte sie hinzu.

Edward war sich dessen nicht sicher, aber er würde dafür sorgen. Ohne dass Amalia es erfuhr, stattete er Mr Beans in

St. Mary's Home einen Besuch ab. Ein Anwalt begleitete ihn. Das Gesicht des Lehrers, das immer noch die Spuren seiner Schläge trug, wurde bleich, als er plötzlich vor ihm stand. »Ich werde es kurz machen«, sagte Edward kühl. »Sollten Sie jemals wieder in ihrer Nähe auftauchen, werde ich Sie töten. Haben Sie verstanden?«

Der Lehrer nickte stumm – ein erbärmliches Häufchen Mensch, der alles, was er war, nur aus dem Machtgefühl über andere zog. Edward überließ es dem Anwalt zu erklären, wer er war und was geschehen würde, sollte Mr Beans jemals wieder einem seiner Zöglinge gegenüber zudringlich werden. Dieses eine Mal spielte er seinen Namen und Titel und alles, was er war, aus. Mr Beans begriff, wen er vor sich hatte, und die zunehmende Angst in seinem Gesicht ließ Edward sicher sein, dass er Amalia nicht noch einmal zu nahe treten würde.

135

Der Arzt sprach nicht mit ihr, sondern nur mit der Dolmetscherin, die sie von *Deaf Friends* kannte und mitgenommen hatte. Ärger stieg in Amalia hoch. Wenn er ihr etwas mehr das Gesicht zuwenden würde, hätte sie jedes Wort von seinen Lippen lesen können.

Sag ihm bitte, dass er mich anschauen soll, wenn er redet, damit ich verstehe, was er sagt!

Mary, die sie gut kannte, nickte.

Der Arzt wandte verwirrt den Kopf zu Amalia. »Verzeihen Sie, mir war nicht klar, dass Sie von den Lippen lesen können. Ich dachte nur, weil Sie taub sind und auch nicht sprechen können …«

Amalia schloss kurz die Augen. Wie leid sie es manchmal

war! Dann sah sie den Arzt an. *Was ist mit mir?*, ließ sie von Mary übersetzen.

»Nun, die Prellungen und Blutergüsse sind dabei zu verheilen. Sie wurden angegriffen, sagen Sie?«

Amalia nickte. Der schreckliche Vorfall lag erst vier Tage zurück, doch sie wurde seitdem immer wieder von Schwindelanfällen und Übelkeit geplagt, sodass sie heute beschlossen hatte, zum Arzt zu gehen. Edward wusste nichts davon, sie wollte ihn nicht beunruhigen.

Der Arzt warf ihr einen durchdringenden Blick zu. »Verzeihen Sie meine offene Frage, aber ist es bei diesem Angriff zu weiteren Zudringlichkeiten Ihnen gegenüber gekommen? Sind Sie vergewaltigt worden?«

Wiesen die Prellungen und blauen Flecke so eindeutig darauf hin, was Mr Beans vorgehabt hatte? Amalia schüttelte den Kopf. *Nein, dazu ist es nicht gekommen.*

Sie sah, wie der Arzt sich räusperte, und bemerkte seinen verlegenen Gesichtsausdruck. Und dann begriff sie plötzlich. Die Dolmetscherin schaute sie überrascht an. Amalia erhob sich abrupt. Keinen Moment hatte sie daran gedacht. Sie brauchte frische Luft.

Der Arzt sagte etwas, doch sie nickte ihm nur knapp zu und verließ eilig das Behandlungszimmer.

Sie lief hinunter zum Ufer der Themse, in schnellen Schritten, bis sie außer Atem war. Schließlich ließ sie sich auf eine Bank nieder. Eine Weile lang blickte sie auf die vorbeifahrenden Schiffe. Seitdem sie in London war, kam sie hierher, wenn sie emotional etwas bewegte. Sie mochte das Bild des Flusses, weil es sich immer veränderte – wie das Leben. *Was sollte sie jetzt tun?* Nachdenklich machte sie sich auf den Weg nach Hause.

Ungefähr auf der Höhe von St. Paul's Cathedral spürte sie, dass ihr jemand folgte. Sie erstarrte. Schon gestern war es so gewesen und ein anderes Mal vor drei Tagen. Erst hatte sie voller Angst geglaubt, es sei erneut Mr Beans, doch dann hatte sie ihre Gegenwart gespürt. Als würden ihre Schwingungen Sie durch die Luft zu ihr tragen. Amalias Herz wurde schwer. Sie bemühte sich, mit gleichmäßigem Schritt weiterzulaufen. Zweimal blieb sie kurz vor einem Laden stehen, um sich unauffällig zu vergewissern, dass sie recht hatte. Einmal sah Amalia ihre Gestalt auf der anderen Straßenseite stehen. Sie drehte sich sofort hastig um, doch der kurze Augenblick hatte gereicht. Es schnürte Amalia die Kehle zu. Tief in ihrem Inneren hatte sie immer gewusst, dass dieser Moment kommen würde. Vor ein paar Wochen hatte sie das erste Mal wieder von ihr geträumt. Sie waren immer miteinander verbunden gewesen, hatten gespürt, was in der anderen vorging. Warum sollte es jetzt auch anders sein?

Amalia lief weiter, ohne sich noch einmal umzuwenden. Sie wusste, dass sie ihr noch immer folgte, dichter als am Tag zuvor. An der nächsten Kreuzung lief Amalia um die Ecke, blieb stehen und drehte sich um. Im selben Moment kam sie auch schon hinter ihr her, bog um das Haus und lief fast in sie hinein. Die beiden Schwestern schauten sich an.

136

Cathleen saß in ihrem eleganten Seidenkleid neben ihr auf dem Sofa und weinte. *Du lebst! Ich dachte, ich müsste mich täuschen, aber du bist es tatsächlich …*

Ja, ich lebe, erwiderte Amalia und blickte ihre Schwester an, deren vornehme Erscheinung nicht recht in die bescheidene Wohnung passen wollte. Sie ergriff ihre Hand, und Cathleen ließ es zu. Einen Moment lang war die Verbundenheit zwischen ihnen stärker als alles andere. Amalia erinnerte sich an die unbeschwerten Kindertage in Sherwood und daran, wie viel sie ihrer Schwester verdankte. Sie hatte sie aus ihrer Einsamkeit befreit, nachdem sie taub wurde, und immer an ihrer Seite gestanden. Wie sehr wünschte sie, alles wäre anders gekommen!

Sie haben erzählt, dass du verunglückt seist, im Moor – dass du tot bist. Man sah Cathleen an, dass sie zu begreifen versuchte, wie alles zusammenpasste.

Amalia hatte beschlossen, ihr die Wahrheit zu sagen. *Sie haben mich in ein Heim gebracht. Ich durfte es nicht verlassen, konnte keine Briefe schreiben. Es war wie im Gefängnis. Schließlich bin ich geflohen …*

Cathleen blickte sie voller Grauen an. Sie senkte kurz den Kopf, bevor sie erneut die Hände bewegte. Ihr Gesicht war trotz aller Mimik starr. *Edward – er wollte von der Verlobung zurücktreten und dich heiraten, nicht wahr?*

Obwohl sie den Schmerz in Cathleens Gesicht kaum ertragen konnte, nickte Amalia.

Die Hände ihrer Schwester fuhren durch die Luft. *Nachdem sie behauptet haben, du seist tot, kam er oft nach Sherwood. Wir haben über dich gesprochen. Ich war so dankbar, dass er in dieser Zeit an meiner Seite war. Erst jetzt begreife ich, warum er kam, weshalb es ihm so wichtig war.* Cathleen weinte erneut. Sie sei nach London gereist, um Edward zu überraschen, berichtete sie. Die ganze Nacht hatte sie im Stadthaus der Hamptons im Salon auf ihn gewartet. Doch er war nicht gekommen. Am Morgen war sie mit ihrem Gepäck schließlich zum Haus der Freunde gefahren, mit denen sie hergekommen war. Sich sicher, dass Edward eine Geliebte hatte, fing sie an, ihn zu beschatten. *Ich hatte recht, denn dann habe ich ihn mit dir gesehen. Erst habe ich gedacht, ich müsste mich täuschen, die Frau würde dir nur ähnlich sehen. Ihr seid Hand in Hand durch einen Park gelaufen, habt euch heimlich hinter einem Baum geküsst … Ich habe Edward noch nie so glücklich gesehen.* Ihr Gesicht war fahl.

Amalia sah sie entsetzt an. Sie erinnerte sich an den Tag. *Ich wollte nicht, dass es so kommt, Cathleen. Das wollte ich nie,* bedeutete sie ihr. Tränen liefen über ihre Wangen. *Ich wusste nicht, wer er war. Hätte ich geahnt, dass er Edward Hampton ist … Wir haben uns nie unsere Namen gesagt. Ich dachte, es wäre nur eine Affäre zwischen uns. Wie hätte ich glauben können, dass es mehr ist? Wie hätte eine Frau wie ich, die taub ist, für einen Mann wie ihn jemals mehr sein können?*

Ihre Schwester starrte auf ihre Hände. *Wo habt ihr euch kennengelernt?*

Amalia zögerte. *Draußen im Moor. Er war oft dort. Er dachte, ich würde aus einfachen Verhältnissen stammen, und ich ließ ihn in dem Glauben. Eines Tages hat er mir eine Schachfigur geschenkt, und wir haben angefangen, uns regelmäßig zu treffen …*

Amalias Handbewegungen stockten, als für einen Augenblick die Bilder jener Tage vor ihren Augen auferstanden und ihr bewusst wurde, wie unschuldig ihr Glück damals gewesen war. *Ich habe erst verstanden, wer er ist, als die Hamptons zu uns kamen. Als er auf einmal dort in Sherwood in der Bibliothek stand – als dein Verlobter!* Sie brach ab, denn sie sah ihrer Schwester an, dass sie auf einmal alles verstand.

Ein trauriges Lächeln glitt über Cathleens Gesicht. *Ich habe mir ein Kind von ihm gewünscht, so sehr! Ich dachte, es würde vielleicht alles ändern – für mich, aber auch für ihn. Doch es gab im Grunde von Anfang an keine Chance für uns, nicht wahr?*

Amalia spürte ihre Verzweiflung. Die Schuld, die auf ihr selbst lastete, drohte sie zu erdrücken. Warum hatte sie ihrer Schwester damals nicht sofort alles erzählt? Gleich als sie Edward kennengelernt hatte? Wie anders wäre vielleicht alles gekommen. *Es tut mir so leid.*

Doch Cathleen schüttelte den Kopf. *Nein, dir hat man das alles angetan, Amalia, nicht mir.* Sie schaute ihre Schwester voller Bitterkeit an. *Er wird mich verlassen, auch wenn wir verheiratet sind. Er wird sich nicht noch einmal zurückhalten lassen. Selbst wenn er alles andere dafür in seinem Leben zerstören wird. Ich habe es ihm angesehen. Als ihr durch den Park gelaufen seid und er deine Hand genommen hat, an der Art, wie er dich angelächelt hat, da habe ich es begriffen.*

Erst in diesem Moment wurde Amalia klar, wie sehr ihre Schwester Edward trotz allem liebte. Voller Entsetzen blickte sie Cathleen an.

Melinda

137

Sie sind grausam«, sagte Andrew Johnson in der Pause zu Melinda. Er hatte sie während der Vormittagsseminare weitestgehend ignoriert. Beinahe hatte sie den Eindruck gehabt, er sei verstimmt. Doch dann schlug er ihr im Anschluss vor, zusammen einen Tee trinken zu gehen.

»Warum sollte ich grausam sein?« Sie blickte ihn irritiert an.

Er beugte sich mit gespieltem Vorwurf zu ihr. »Weil Sie mir kurz das Gefühl gegeben haben, Sie könnten einem Kuss von mir vielleicht doch nicht ganz abgeneigt sein. Leider wurde dieser Moment dann von dem Auftritt Ihres südenglischen Freundes völlig zerstört.«

Melinda verzog das Gesicht.

Er nippte an seinem Tee. »Sie mögen diesen Clifford, oder?«

»Sieht man mir das etwa an?«

Er musterte sie spöttisch. »Nun, die Anspannung zwischen Ihnen beiden war ziemlich beeindruckend. Ich fühlte mich ein wenig deplatziert. Er scheint Ihnen etwas zu bedeuten!«

»Ich weiß es nicht«, sagte sie ehrlich. »Es ist … kompliziert. Ziehen Sie Ihr Jobangebot jetzt zurück?«, fragte sie mit einem Lächeln.

Er grinste. »Nein. Ich war es ja, der Ihnen ein rein freundschaftliches Treffen versprochen hat.«

Sie begaben sich zurück in die Seminarräume. Der Wortwechsel mit Johnson hatte sie nachdenklich gestimmt. Es überraschte Melinda, dass man ihr so anmerkte, was sie für George Clifford empfand. Dabei hatte sie allen Grund, misstrauisch zu sein. Sie wusste nicht, ob sie seiner Erklärung von der »anwaltlichen Schweigepflicht« Glauben schenken sollte.

George Clifford lehnte am Auto, als sie aus dem Backsteingebäude kam. Sie hatten vereinbart, dass er sie abholen würde.

Emil, der neben ihr lief, grinste. »Bei Gelegenheit musst du mir mal erzählen, was du genau im Dartmoor gemacht hast«, sagte er im Weggehen.

Melinda lief über die Straße auf George zu. Er lächelte warm. »Danke, dass du mitkommst.« Er hielt ihr die Tür auf.

»Wohin fahren wir?«

»Ins Savoy.«

»In *das* Savoy?«

Er nickte, schien aber zu keiner weiteren Auskunft bereit. »Wie läuft deine Fortbildung?«, fragte er, als sich der Wagen in den Straßenverkehr einfädelte.

»Gut.« Sie erzählte ihm von Johnsons Angebot und den jüngsten Artikeln, die sie geschrieben hatte, doch er schien ihre Zurückhaltung zu spüren.

»Ich verspreche dir, ich beantworte dir danach alle Fragen, egal, was du wissen willst, Melinda.«

Sie zog die Brauen hoch.

»Fast alles«, verbesserte er sich.

Melinda lächelte leicht und blickte aus dem Fenster.

Sie war einige Male an dem Savoy vorbeigelaufen. Es war ein prunkvolles, luxuriöses Hotel, in dem allein einen Tee zu trinken sie sich vermutlich nicht hätte leisten können. Als ihr ein uniformierter Portier die Wagentür öffnete und sie an der Seite von George Clifford die Lobby betrat, stieg ihre Neugier auf ein unerträgliches Maß, wer sie hier wohl empfangen würde.

Ein holzvertäfelter Aufzug, der von einem Pagen bedient wurde, brachte sie in eines der oberen Stockwerke. Sie spürte Georges Blick auf sich und musste gegen ihren Willen daran denken, wie er sie geküsst hatte. Warum war nur alles so kompliziert?

Der Fahrstuhl hielt, und sie liefen einen breiten Flur entlang, der mit einem weichen Teppich ausgelegt war. Am Ende des Ganges klopfte George an eine Tür.

Eine Hausdame öffnete ihnen.

»Sie erwartet Sie bereits.«

Sie? Es war eine Frau, die sie sehen wollte? Seltsamerweise hatte sie gedacht, es würde sich um einen Mann handeln, stellte Melinda fest, während sie George und der Hausdame durch den Flur folgte. Durch einen großen, elegant eingerichteten Salon gelangten sie in einen weiteren Raum. Es war ein Schlafzimmer, obwohl es auf den ersten Blick eher an ein Krankenzimmer erinnerte. Eine Apparatur mit einer Sauerstoffflasche stand neben dem Himmelbett, an dessen Fuße eine Krankenschwester saß. Es roch nach Medikamenten und einem altertümlichen Veilchenparfüm. Erst dann sah Melinda die alte Dame, die – halb aufgerichtet und gestützt durch mehrere Kissen – in dem Bett lag. Sie war blass und schien zu schlafen, doch als George und sie an ihr Bett traten, schien Leben in sie zurückzukehren. Sie gab der Krankenschwester und der Hausdame ein Zeichen, sie allein zu lassen, bevor sich ihr Blick mit befremdlicher Eindringlichkeit auf Melinda heftete.

»Lady Barrington, darf ich Ihnen Miss Leewald vorstellen? Melinda, das ist Lady Barrington«, sagte George.

Sie neigte höflich den Kopf.

Die alte Dame nickte ebenfalls. »Ich glaube, wir hatten bereits das Vergnügen«, bemerkte sie dann jedoch. Überrascht stellte Melinda fest, dass sie recht hatte. Die Frau im Bett war die alte Dame im Rollstuhl, der sie auch in Hampton begegnet war, als sie Henry Tennyson aufgesucht hatte. Sie war seine Tante und die Schwester des verstorbenen Edward Hampton, begriff Melinda.

»Treten Sie näher, mein Kind, und setzen Sie sich«, sagte Emily Barrington. Das Sprechen schien sie ein wenig anzustrengen, doch in ihrem Gesicht spiegelte sich eine unerwartete Wärme, als würde sie Melinda schon seit Langem kennen. Sie deutete auf einen Stuhl, der neben ihrem Bett stand.

Melinda kam ihrer Aufforderung nach. Auch George setzte sich. Die Züge der alten Dame wurden zunehmend weicher, während sich ein ungläubiger, beinahe fassungsloser Ausdruck darin spiegelte, als sie die junge Frau genauer in Augenschein nahm. Genauso hatte sie sie auch im Garten in Hampton angeschaut, erinnerte sich Melinda irritiert.

»Verzeihen Sie, mein Verhalten muss Ihnen seltsam vorkommen«, entschuldigte sich Emily Barrington im selben Moment mit belegter Stimme. »Aber Sie sehen ihm einfach so ähnlich! Ich wünschte, er hätte Sie noch kennengelernt …«

Melinda verspürte ein trockenes Gefühl im Mund, als sie sah, dass zwei Tränen ihre Wangen hinunterrannen. »Ich verstehe nicht – *wem* sehe ich ähnlich?«

Die alte Dame lächelte. »Ihrem Großvater, mein Kind. Sie haben die gleichen Wangen, den gleichen Mund und das gleiche schwarze Haar wie mein Bruder.«

Melinda starrte sie entgeistert an. Einen Augenblick lang glaubte sie, sich verhört zu haben. Hatte sie »ihrem Bruder« gesagt? Lord Hampton?

Emily Barrington bemerkte ihren verwirrten Gesichtsausdruck. »Sie sind die Enkeltochter von Amalia Sherwood und Lord Hampton, Melinda. Deshalb habe ich Ihnen auch das Paket schicken lassen!«

Melinda war noch immer sprachlos. Ihre Mutter war die Tochter von Lord Hampton? Ihre Großmutter und Edward Hampton hatten ein Kind bekommen? Mit einem Mal schien sich alles zusammenzufügen.

»Aber warum haben Sie mir das nicht geschrieben, weshalb haben Sie keinerlei Erklärung zu dem Paket gegeben?«, entfuhr es ihr. Überrascht bemerkte Melinda, wie aufgebracht sie war. Über Wochen hatte sie herumgerätselt, was es mit dem mysteriösen Inhalt auf sich hatte. Sie kam sich vor, als hätte man sie einer Prüfung unterziehen wollen.

Melinda nahm wahr, dass George, der neben ihr saß, das Wort ergreifen wollte, doch Lady Barrington gab ihm ein Zeichen, sie fortfahren zu lassen. »Mir waren die Hände gebunden, mit Ihnen persönlich Kontakt aufzunehmen, doch ich wollte, dass Sie diese Sachen bekommen. Es gab nichts, was Ihrem Großvater mehr bedeutet hat«, erklärte sie.

Melinda schwieg. Sie sah in Gedanken die Briefe vor sich, die sie vom ersten Moment an so tief berührt hatten, weil man spürte, wie sehr dieser Mann ihre Großmutter geliebt hatte. Plötzlich erinnerte sie sich an den Anruf des Antiquitätenhändlers und wie dieser ihr berichtet hatte, dass ihre Großmutter die Schachfiguren 1896 zum Verkauf angeboten und Edward Hampton sie kurz darauf ein zweites Mal erstanden hatte. Die beiden waren sich erneut begegnet, nach ihrer Flucht aus dem Heim, wurde ihr klar – als er schon mit ihrer Schwester Cathleen verheiratet gewesen war. Melindas Kehle schnürte sich zu. »Was ist damals passiert? Hat sich mein Großvater von meiner Großmutter getrennt, weil sie schwanger war?«, fragte sie.

Lady Barrington blickte Melinda an. »Getrennt? Deshalb? Nein, das hätte er nie …« Sie wirkte mit einem Mal traurig und schloss für einen Moment die Lider.

»Sollen wir eine Pause machen?«, mischte sich George ein.

Die alte Dame schüttelte den Kopf und öffnete wieder die Augen. »Nein!« Dann blickte sie Melinda an. »Wir sind alle Gefangene unserer Zeit. Auch Ihre Großeltern waren es. Ich werde Ihnen erzählen, was damals geschehen ist.«

Amalia

138

Amalia ging zu Dr. Stevenson. Ihr fiel niemand anderes ein, der ihr helfen konnte. Viele Stunden hatte sie geweint, nachdem Cathleen gegangen war, denn ihr war klar, dass sie nur eins tun konnte. Sie musste Edward verlassen. Es gab keine Zukunft für sie beide. Es stimmte, was ihre Schwester sagte – er würde alles hinter sich lassen, um mit ihr zu leben. Doch zu welchem Preis? Er war mit Cathleen verheiratet. Nichts würde daran etwas ändern. Wie konnte sie, die Schwester, seine Geliebte bleiben? Noch dazu, da sie ein Kind von ihm erwartete. Der Skandal würde den Namen, den Ruf und damit das Leben von ihnen allen ruinieren. Doch vor allem ging es Amalia um ihre Schwester. Als Cathleen vor ihr gesessen und ihr erzählt hatte, wie sehr sie sich ein Kind wünschte, hatte sie ihre ganze Traurigkeit und Verzweiflung gespürt. Sie würde ihre Schwester ins Unglück stürzen, und dazu hatte sie kein Recht. Sie verdankte Cathleen alles. Damals im Krankenhaus, als Kind, als Amalia nach der Scharlacherkrankung zum ersten Mal begriff, dass sie taub war, und ihre Mutter entsetzt aus dem Zimmer flüchtete, da war es Cathleen gewesen, die zu ihr kam. Sie hatte die Arme um sie gelegt und es geschafft, ihr die Angst zu nehmen. Immer hatte sie an ihrer Seite gestanden. Niemals würde Amalia es ertragen, für ihr Unglück verantwortlich zu sein.

Als diese bittere Erkenntnis sie erst einmal ganz erfasste, verstand sie, dass es keinen Weg zurück gab. Sie liebte Edward, doch sie durfte ihn nicht mehr sehen. Er würde es niemals akzeptieren, dass sie ging. Sie musste fort – noch heute. An einen Ort, an dem er sie nicht finden konnte. Amalia weinte, als ihr klar wurde, dass er das Kind, das sie unter dem Herzen trug, nie kennenlernen würde. Schließlich setzte sie sich an den Tisch und begann ihm einen Brief zu schreiben. Sie nahm die rote Dame, steckte sie in die kleine Samtschatulle, in der ihr Edward die Schachfigur ein zweites Mal geschenkt hatte, und legte sie zu dem Schreiben. Von Beginn an war es das Symbol ihrer Liebe gewesen. Er würde verstehen, was es bedeutete, wenn sie sie ihm schickte.

Wie betäubt begann sie, ihre Sachen zusammenzupacken. Sie nahm die übrigen Schachfiguren und auch das Buch von Abbé de l'Epée, das ihr Edward erst vor Kurzem aus Devon mitgebracht hatte, und legte es mit in ihre Tasche. Sie schrieb auch ein paar Zeilen an Grace, die bei ihren Eltern weilte. Dann machte Sie sich auf den Weg zu Dr. Stevenson.

Der Arzt, der selbst die Tür öffnete, sah sie erschrocken an.

Ich brauche Ihre Hilfe.

In dem Wohnzimmer, in dem Amalia ihm damals auch von ihrer Flucht berichtet hatte, erzählte sie ihm, was geschehen war. Dr. Stevenson wusste von Edward und auch von Cathleen, da sie damals nur ins Heim gekommen war, um der Hochzeit der beiden nicht im Weg zu stehen. Bestürzt vernahm er nun, dass Amalia und Edward sich in London erneut über den Weg gelaufen waren und sie schwanger war. Er blickte sie voller Mitleid an, und Amalia war ihm dankbar, dass er ihr keine moralischen Vorhaltungen machte.

Ich muss fort von hier. Ich muss London verlassen, am besten ganz aus England weg. Für immer, bedeutete sie ihm.

Er nickte. Sie kamen überein, dass sie bis zu ihrer Niederkunft an einem versteckten Ort bleiben müsse. Erst dann konnte sie eine neue Arbeitsstelle antreten, nach der er sich währenddessen für sie umhören würde.

Ich habe Freunde in Schottland. Der Arzt schrieb ihnen einen langen Brief, den Amalia mitnehmen sollte.

Die Nacht verbrachte sie in seinem Gästezimmer. Am nächsten Morgen nahm sie den Zug. Sie gab Dr. Stevenson den Umschlag für Edward. *Werden Sie dafür sorgen, dass er das bekommt?*

Das werde ich!

Ich danke Ihnen für alles, was Sie für mich getan haben, bedeutete sie ihm, und als sie ihn unter Tränen umarmte, wurde ihr bewusst, dass sie ein zweites Mal ein Leben hinter sich ließ.

139

Edward hatte seit dem frühen Abend auf sie gewartet. Schon den ganzen Tag war er beunruhigt gewesen. Er hatte erfahren, dass Cathleen in London gewesen war. Freunde hatten es ihm berichtet. Er befragte das Personal in seinem Stadthaus, in dem er kaum noch Zeit verbrachte, seitdem er die Wohnung angemietet hatte. Niemand wollte seine Frau gesehen haben. Eines der Dienstmädchen hielt seinen Fragen jedoch schließlich nicht stand und gab mit geröteten Wangen zu, dass Mylady am Dienstag hier gewesen, aber am frühen Morgen des kommenden Tages bereits wieder abgereist sei. Sie hätten versprechen müssen, ihren Aufenthalt geheim zu halten.

Verwirrt versuchte Edward das Verhalten seiner Frau zu begreifen. Weshalb hatte sie nicht gewollt, dass er davon erfuhr? Dann erinnerte er sich, dass er in der Nacht, die er wie so viele andere mit Amalia verbrachte, nicht hier gewesen war. *Cathleen hatte auf ihn gewartet …* Eine tiefe Unruhe ergriff ihn. Wie es den Anschein hatte, war seine Frau danach noch einige Tage in London geblieben und hatte bei Freunden gewohnt. Bekannte hatten sie getroffen. Ahnte sie etwas? Was, wenn sie Amalia und ihn gesehen hatte? Seine Unruhe wollte nicht weichen, und als er später auf Amalia wartete und sie sich Stunde um Stunde verspätete, erfasste ihn eine zunehmend tiefe Besorgnis. Er fühlte sich an jenen Nachmittag in dem Cottage erinnert, als er vergeblich auf sie gewartet hatte. Etwas war erneut geschehen! Sie würde nicht kommen … Eine eisige Hand griff nach ihm. Er hoffte wider alle Vernunft.

Der Morgen graute noch nicht, als er zu ihrer Wohnung fuhr. Er schlug laut gegen die Tür. Ihre Mitbewohnerin öffnete ihm. Sie wusste, wer er war, und ihr trauriges, betretenes Gesicht verriet ihm, dass seine schlimmsten Befürchtungen Wahrheit geworden waren. Er stürzte an Grace vorbei in Amalias Zimmer und sah, dass ihr Bett unberührt war und ihre Sachen fehlten. Grace kam hinter ihm her. Sie reichte ihm einen Block. *Sie ist nicht mehr hier. Sie ist gegangen.*

Es schien ihm, als würde sich der Boden unter seinen Füßen auftun und er in tiefe Schwärze stürzen, als würde sich alles wiederholen und er erneut durch alle Qualen und Schmerzen gehen müssen. Benommen fand er den Weg zurück zu der Wohnung, in der er so glückliche Stunden mit ihr verbracht hatte. In dem gedämpften Licht der Morgendämmerung saß er auf einem Stuhl und starrte ins Leere. Ein Schal von ihr, dem noch der Duft ihres Parfums anhaftete, war noch hier, und er hielt ihn verzweifelt in der Hand.

Gegen Mittag brachte ein Bote einen Umschlag. Er enthielt eine kleine Schatulle und einen Brief von ihr:

Mein Geliebter,
ich schreibe Dir diese Zeilen, obwohl es mir das Herz bricht. Doch es gibt keinen anderen Ausweg. Ich werde gehen. Bitte suche mich nicht. Es ist mein fester Entschluss. Als ich Dich in London wiedertraf, hast Du mir erneut die schönsten und glücklichsten Momente meines Lebens geschenkt. Ich werde sie für immer in mir tragen – genau wie Dich und unsere Liebe. Ich bedauere die, denen so zu lieben nie vergönnt sein wird. Doch tief in unserem Herzen wissen wir beide, dass es nicht für immer sein kann. Welches Recht hätten wir, unser Glück auf dem Leid und Unglück der anderen auf-

zubauen? Das Schicksal war grausam zu uns, Edward, als es uns die Liebe schenkte und zugleich die Zukunft dafür nahm. Dennoch kann nichts daran etwas ändern. Cathleen ist und wird immer Deine Frau bleiben, und Du trägst einen Namen, dessen Ansehen und Würde Dir nicht die Freiheit gibt, ihn nicht zu achten.

Ich werde dich immer lieben und nie vergessen,

Amalia

Die Worte verschwammen vor seinen Augen, und er fühlte sich, als würde etwas in ihm zerbrechen. Mit zittrigen Händen öffnete er die kleine Samtschatulle. Als er die rote Dame sah, wusste er, dass sie tatsächlich gegangen war – für immer. Wie sollte er ohne sie leben?

140

Graue Wolken türmten sich am Himmel über dem Dartmoor, und Cathleen sah nachdenklich nach draußen. Sie hatte Tage voller Angst verlebt, er würde nicht zurückkehren. Nachdem sie Amalia wiedergesehen hatte, war sie von London nach Hampton zurückgekehrt. Es lag nicht mehr in ihrer Macht, etwas zu verändern. Edward würde sie nie auf diese Weise lieben. Sie hätte sich damit abfinden sollen, doch sie konnte es nicht. Im Rückblick wurde Cathleen deutlich, dass Edward ihr seine Gefühle nicht einmal verheimlicht hatte. Sie hatte es nur nicht wahrhaben wollen.

Die Zeit verstrich in quälender Langsamkeit – die Stunden mochten nicht vergehen. Würde Edward bei ihr, seiner Frau, bleiben? War es nicht das einzig Richtige? Waren sie nicht im Angesicht Gottes und des Staates vermählt? Was konnte Amalia dagegen schon für ihn sein? Verstieß es nicht gegen jeden Anstand, wenn er mit ihr lebte? Tief saß die Eifersucht in Cathleens Herzen. Scham und Abscheu über sich selbst erfüllten sie zugleich. Was war sie nur für ein Mensch, dass sie, nach allem, was geschehen war und Amalia mitgemacht hatte, in ihrer Schwester doch nur noch eine Rivalin zu sehen vermochte? Und dennoch lauschte sie auf jedes Geräusch von draußen, hoffte, dass es die Kutsche war, die Edward nach Hause zu ihr bringen würde.

Und er kam tatsächlich. Fast zehn Tage waren vergangen, als sie einen Wagen in den Hof einfahren hörte. Sie stand oben am Fenster und erschrak. Sein Gesicht war grau, er wirkte müde und resigniert, um Jahre gealtert.

»Du bist hier. Du bist zurückgekommen«, sagte sie leise, als er durch die Tür trat.

Sein Blick, mit dem er sich zu ihr wandte, war leer. »Sie ist gegangen.«

Cathleen verspürte Erleichterung, obwohl sie es nicht wollte. Doch selbst der Schmerz in seinem Gesicht ließ in ihr erneut die Eifersucht aufflammen.

Er würde Zeit brauchen, sagte sie sich, aber während die Tage vergingen, wurde sein Zustand nur noch schlimmer. Er litt und versank in tiefe Depressionen. Über Tage verließ er nicht das Haus und saß nur apathisch da. Kaum schien er mitzubekommen, dass man mit ihm sprach. Manchmal erfasste ihn für einen kurzen Moment etwas Leben, dann begann er wie besessen, Briefe zu schreiben – an Behörden und sogar an Scotland Yard, und er fuhr für ein, zwei Tage nach London. Er suchte nach Amalia, erkannte sie voller Ohnmacht und Grauen. Bei seiner Rückkehr war er nur noch niedergeschlagener als zuvor.

Erst nach und nach begriff Cathleen, wie tief seine Liebe zu ihrer Schwester wirklich war. Er würde nie über sie hinwegkommen. Sie ein zweites Mal zu verlieren hatte ihn gebrochen.

Sie fragte sich, wohin Amalia gegangen war. Schuldgefühle begannen sie zu quälen, die immer stärker wurden. Sie erinnerte sich an ihre letzte Begegnung. An den Blick von Amalia, als sie, Cathleen, ihr sagte, dass Edward bereit sei, alles für sie zugrunde zu richten, um mit ihr zu leben. Sie ahnte, warum ihre Schwester Edward verlassen hatte.

Cathleen fuhr schließlich selbst nach London, um eine Spur von ihr zu finden. Sie sprach mit Menschen, denen Amalia in den Monaten begegnet war, als sie in London gelebt hatte, und schließlich stieß sie auch auf die Gehörlosenorganisation *Deaf Friends* und Dr. Stevenson. Auch Edward war hier gewesen, hörte sie von ihm.

»Wissen Sie, wo meine Schwester ist?«

»Nein. Es tut mir leid.«

»Sie kannten sie, warum hat sie London verlassen?«, fragte Cathleen hilflos.

»Wissen Sie das denn nicht?«

Sie schüttelte den Kopf.

Er lächelte sanft. »Wegen Ihnen, Lady Hampton. Sie wollte nicht Ihr Leben zerstören. Sie wollte, dass Sie glücklich sind.«

Es waren Worte, die sich unauslöschlich in ihr Gedächtnis brannten und sie mit zunehmendem Entsetzen erfüllten. Erst jetzt begann Cathleen zu erkennen, dass sie ihrer Schwester ein zweites Mal alles genommen hatte.

Sie reiste zurück nach Hampton. Die Schuld, die sie fühlte, war unerträglich. Einsamkeit und Leere waren das Einzige, was ihr geblieben war. Edward liebte sie nicht, Amalia war gegangen, ihr Vater war tot, und mit ihrer Mutter sprach sie nicht mehr. Nicht einmal ein Kind auf diese Welt zu bringen war ihr vergönnt. Wochen und Monate vergingen, und Cathleen begriff immer mehr, dass ihr Leben auf nichts als einer Lüge aufgebaut war.

Sie stand am Fenster und starrte nach draußen. Wie damals, als sie auf Edwards Rückkehr hoffte, verdichteten sich an diesem Tag die Wolken am Horizont. Dunkelgrau wurde der Himmel – wie eine undurchlässige Wand, die immer näher kam. Der Wind heulte, und ein leichter Regen fiel, der schon bald stärker wurde. Vom Sturm getrieben, peitschte er gegen die Scheiben des Herrenhauses. Ein schweres Unwetter war aufgezogen. Frieden und Ruhe, das war das Einzige, wonach sie sich noch sehnte. Sie griff nach ihrem Mantel und ging nach draußen.

Melinda

141

Melinda blickte Lady Barrington betroffen an. »Wollen Sie damit sagen, Cathleen Sherwood hat sich umgebracht?« Ein Schauer lief ihr über den Rücken.

Die alte Dame nickte traurig. »Sie ist in den Fluss gesprungen und hat ihrem Leben ein Ende gesetzt. Man hat behauptet, dass es ein Unfall gewesen und sie von der Brücke gestürzt sei. Doch das war nur eine Lüge mehr …«

»Und dann hat man Edward Hampton, meinen Großvater, verdächtigt, dass er etwas mit dem Tod seiner Frau zu tun hatte? Ich habe einen Zeitungsartikel von damals gelesen«, erklärte Melinda, die sich an die Berichte aus den Archiven erinnerte.

»Ja, jemand wollte Edward verleumden und hat alles darangesetzt, um seinen Ruf zu zerstören und ihn zu vernichten«, sagte Lady Barrington ernst. »Doch das war überflüssig. Mein Bruder war schon vernichtet.« Ein bitterer Ausdruck glitt über ihr Gesicht.

In Melindas Kopf begann sich immer klarer ein Bild der tragischen Geschehnisse zusammenzusetzen. Die letzte Äußerung von Emily Barrington überraschte sie dennoch.

»War etwas vorgefallen, weshalb man ihn verleumden wollte? Was hatte dieser Journalist Barry Sandfort gegen ihn?«

»Mr Sandfort? Nichts. Er hatte lediglich einen anonymen Hinweis bekommen, einen Brief, der meinen Bruder schwer beschuldigte. Nur deshalb hatte er mit seinen Recherchen überhaupt angefangen. Mein Bruder war zuvor erpresst worden – von einem Lehrer aus dem Heim, in dem Amalia damals war. Er hieß Mr Beans und wollte Geld, doch Edward weigerte sich, ihm auch nur einen Penny zu geben. Aus Rache schickte dieser Beans Sandfort daraufhin anonym ein Schreiben, in dem er schwere Anschuldigungen gegen meinen Bruder erhob und behauptete, Edward hätte Cathleen umgebracht, um sie aus dem Weg zu schaffen. Sandfort war damals ein mehr als geeigneter Ansprechpartner, denn er war bekannt dafür, dass er die Upperclass nicht besonders schätzte.«

Melinda hörte ihr aufmerksam zu. Der Name Beans hatte auch in Sandforts Unterlagen gestanden, entsann sie sich.

»Einige Wochen nachdem Beans versucht hatte, Edward zu erpressen, tauchte dann Mr Sandfort bei uns auf«, fuhr Emily Barrington fort. »Er hatte bereits zwei Artikel über den Tod der Sherwood-Schwestern veröffentlicht, und nun wollte er einen weiteren schreiben. Aufgrund des anonymen Briefs glaubte der Journalist, dass mein Bruder wirklich etwas mit Cathleens Tod zu tun haben könnte, und stellte Fragen …«

»Weil er Beans Behauptung überprüft und in Erfahrung gebracht hatte, dass Amalia tatsächlich noch lebte und Edward wiedergetroffen hatte«, beendete Melinda nachdenklich ihren Satz.

Emily Barrington nickte. »Ja.«

»Barry Sandfort wollte das damals tatsächlich veröffentlichen, nicht wahr? Ist er deshalb ums Leben gekommen?«, fragte Melinda vorsichtig.

Die alte Dame schaute sie mit einem merkwürdigen Blick an. »Das wollte Sandfort zuerst in der Tat, aber dann hat er sich bereit erklärt, darauf zu verzichten.«

»Warum?«, fragte Melinda verblüfft.

Emily Barrington hob das Kinn.

»Weil ich mit ihm gesprochen habe. Ich bin zu ihm nach Dover gefahren, wo er damals in dem Heim recherchiert hat«, erklärte sie schlicht.

Emily

142

Dover, Mai 1897

Emily Barrington strich ihren Rock glatt. Sie war nervös. Niemand wusste von ihrer Reise hierher. Sie hatte Rebecca und ihrer Mutter erzählt, sie würde nach London fahren und Freunde besuchen. Ihr Bruder hatte wahrscheinlich nicht einmal mitbekommen, dass sie überhaupt fort war. Das Leben war Edward gleichgültig geworden. Emily fand es unerträglich, ihn so leiden zu sehen.

Schon lange hatte sie von seiner Geschichte mit Amalia gewusst. Kurz nachdem sie im Herbst vor anderthalb Jahren angeblich im Moor zu Tode gekommen war, hatte Emily es erfahren. Ihr Bruder war vor Schmerz nicht mehr er selbst gewesen. Oft hatte er über Stunden allein in seinem Zimmer gesessen – mit versteinertem Gesicht und leerem Blick. Es hatte ihr Angst gemacht, und sie war voller Sorge um ihn gewesen. »Lass ihn«, hatte ihre Mutter gesagt.

Doch sie war zu ihm gegangen. »Was ist mit dir, Edward?«

»Nichts«, sagte er tonlos.

Sie hatte seine Hand nicht losgelassen und war eine Zeit lang an seiner Seite sitzen geblieben. »Du bist traurig«, sagte sie leise.

»Ja, unendlich, Emily.«

Alles hatte sich in ihr zusammengeschnürt. Später bekam er Besuch von der Gouvernante der Sherwood-Schwestern. Emily war danach noch einmal in sein Zimmer gegangen. Er hörte sie nicht. Sein Kopf lag auf dem Schreibtisch, und sein Rücken bebte. Er weinte. Ein Stapel geöffneter Briefe lag vor ihm. Leise war sie wieder hinausgegangen.

Wer hatte sie ihm geschrieben? Die ganze Nacht hatte sie nicht geschlafen. Am nächsten Tag, als er in Sherwood war, suchte sie die Briefe. Er hatte sie gut versteckt. Schon als Emily den ersten las, begriff sie, an wen er geschrieben hatte. Von da an wusste sie Bescheid.

Das andere hatte sie erst später erfahren, als dieser Beans zu ihnen kam. Edward wollte ihn nicht empfangen, doch er ließ sich nicht des Hauses verweisen.

»In Ihrem eigenen Interesse rate ich Ihnen, dass wenigstens Sie mich anhören, denn diese Angelegenheit betrifft in ihrer Konsequenz Ihre gesamte Familie«, sagte er zu ihr, und sein fleischiges, rot geädertes Gesicht verzog sich dabei zu einem kalten Lächeln. So hörten Emily und auch ihre Schwester Rebecca an jenem Nachmittag voller Entsetzen, dass Amalia noch lebte und Edward mit ihr ein Verhältnis gehabt hatte. »Welches Licht diese Hintergründe wohl auf den Tod der jüngst verstorbenen Lady Hampton werfen würden?«, fragte Beans sie höhnisch.

Ihre Mutter weilte, wie so oft in jener Zeit, in Cornwall bei ihrer Schwester. Rebecca war entsetzt, voller Angst vor dem Skandal und dem, was man über sie reden würde. Emily dagegen empfand nur Mitleid. Alles ergab auf einmal einen Sinn.

Sie sprachen mit Edward. »Du musst etwas tun. Du musst ihm das Geld geben!« Doch er schüttelte mit kalter Miene den Kopf. »Niemals, er kann froh sein, dass ich ihn nicht getötet habe! Er hat versucht, Amalia zu vergewaltigen.«

Einige Wochen danach war dann der Journalist Barry Sandfort bei ihnen aufgetaucht, der bereits die zwei anderen Artikel über die Familie geschrieben hatte. Diesmal wollte er mit Edward persönlich sprechen. Doch auch mit ihm weigerte sich ihr Bruder zu reden. Unbeeindruckt von seinem Namen und Titel, gab Sandfort ihm bis zum darauffolgenden Montag Zeit.

Erneut versuchten die Schwestern, Edward umzustimmen, flehten ihn an, seine Beziehungen in London spielen zu lassen, damit der Artikel nicht veröffentlich wurde, aber ihr Bruder reagierte nicht einmal. Rebecca weinte, und der Blick ihrer Mutter, die eigens aus Cornwall zurückgekehrt war, wurde starr. »Wenn sie das schreiben, wird unser Name und Ruf zerstört sein!«

In ihrer Verzweiflung beschloss Emily schließlich, heimlich selbst mit dem Journalisten zu sprechen. Sie reiste nach London. In der Zeitungsredaktion teilte man ihr mit, dass Sandfort in Dover sei. Noch am selben Nachmittag nahm sie den Zug und danach eine Kutsche, die sie zu der kleinen Pension brachte, in der Sandfort untergekommen war.

»Sind Sie sicher, dass Sie hierher wollen?«, fragte der Kutscher mit Blick auf die abgeblätterte Fassade der Unterkunft, als sie hielten.

»Ja.« Sie gab ihm sein Geld. Ein strenger Wind pfiff durch die schmale Straße, der den salzigen Geruch des Meeres mit sich trug. Die klappernden Hufe der Pferde entfernten sich, und einen Augenblick lang stand sie allein auf der Straße. Emily atmete tief durch, dann betrat sie entschlossen die Pension.

Ein dickbäuchiger Mann saß hinter der Rezeption und musterte ihre Erscheinung in dem eleganten Reisekostüm. »Kann ich was für Sie tun, Mylady?«

»Ich möchte zu Mr Sandfort.«

Er zog die wulstigen Brauen hoch und lachte unverschämt. »Seine Schwester, was?«, stieß er in einem Ton hervor, der ihr die Röte in die Wangen trieb.

»Zimmer 21, zweiter Stock«, sagte er achselzuckend.

Sie stieg die schäbige Treppe hinauf und klopfte an die Tür.

»Ja?«

Sandfort saß mit hochgekrempelten Ärmeln an einem Tisch und arbeitete. Seiten voll beschriebenen Papiers lagen um ihn herum. Sie bemerkte sein halb geöffnetes Hemd und seine kräftigen Hände, und einen Moment lang war sie sich nicht sicher, ob ihre Entscheidung richtig gewesen war.

Überrascht blickte er sie an und pfiff leise durch die Zähne. »Wenn das nicht Miss Hampton ist! Ich fühle mich geschmeichelt, dass eine zarte Schönheit wie Sie für mich den weiten Weg nach Dover macht«, sagte er spöttisch und lehnte sich mit verschränkten Armen in seinem Stuhl zurück.

»Ich muss mit Ihnen sprechen«, sagte sie leise.

Er machte eine übertrieben einladende Handbewegung hereinzukommen. Die einzige Sitzgelegenheit war sein Bett, und sie ließ sich vorsichtig auf der Kante nieder. Der Qualm einer Zigarre stieg irgendwo aus einem Aschenbecher auf.

»Darf ich Sie fragen, wie Sie darauf gekommen sind, sich näher mit meiner Familie zu beschäftigen?«, fragte sie ihn schließlich.

Er musterte sie, griff dabei nach der Zigarre und nahm einen Zug. »Ich wüsste nicht, was Sie das angeht, Schätzchen.«

Die respektlose Anrede ließ sie zusammenzucken. Sie war den Umgang mit Männern wie ihm nicht gewohnt. »Ich wäre Ihnen dankbar, wenn Sie mich nicht so anreden würden.«

»Wie Sie wünschen, Miss Hampton. Vielleicht kommen Sie einfach mal zum Punkt, warum Sie hier sind?«

»Sie sind nicht von allein darauf gekommen, diese Artikel zu schreiben. Jemand hat Ihnen Informationen zugespielt, oder? Sie sollten wissen, dass mein Bruder erpresst wurde. Man hat ihm gedroht, an die Öffentlichkeit zu gehen, wenn er nicht eine bestimmte Summe Geldes zahlen würde.«

Sandfort merkte auf, doch dann lächelte er. »Was nahelegt, dass es etwas gibt, das er tatsächlich zu verbergen hat, nicht wahr, Miss Hampton?«

Sie schaute ihn verärgert an, weil er ihr das Wort im Munde umdrehte. »Ich möchte Sie inständig bitten, von einem erneuten Artikel über meine Familie Abstand zu nehmen. Deshalb bin ich hierhergekommen«, sagte sie dann.

Er schüttelte den Kopf. »Was immer Sie mir dafür zu bieten bereit sind, wird nicht reichen. Ich bin Journalist, ich lasse mich nicht bestechen, weder mit Geld noch mit ihrer, wie ich zugeben muss, durchaus reizvollen Erscheinung.«

Sie wurde flammend rot. »Wie kommen Sie auf die Idee, dass ich Sie bestechen wollte?«

»Warum sollten Sie sonst den weiten Weg hierhergekommen sein?«, entgegnete er.

Sie wich seinem Blick nicht aus. »Um Ihnen die Wahrheit zu erzählen, Mr Sandfort.« Und genau das tat sie auch.

143

Das Meer schlug mit aufgepeitschter Wucht gegen die Felsen. Die Gischt sprühte meterhoch in die Luft. Nachdenklich blickte Sandfort für einen kurzen Augenblick von den steilen Klippen nach unten in das aufgewühlte Blau. Der Wind, dem hier oben kein Widerstand geboten wurde, ließ die Rockschöße seines Mantels um seinen Körper flattern und blähte seine Hosenbeine auf. Der Journalist mochte die raue Ursprünglichkeit der Küste.

Er sah von Weitem die Gestalt eines Mannes auf sich zukommen. Mr Beans lief in kleinen, hurtigen Schritten. Er hatte darauf bestanden, sich außerhalb des Heims mit ihm zu treffen. Sandfort musste daran denken, was Emily Hampton gestern über ihn erzählt hatte. Es deckte sich mit seinen eigenen Vermutungen. Seitdem er auf die Spur des Heims gestoßen war, hatte er den Verdacht gehabt, dass dieser Beans hinter dem anonymen Brief steckte, den er bekommen hatte. In dem kurzen Gespräch, das er mit dem Lehrer führte, hatte dieser unangemessen heftig und ablehnend reagiert, als am Rande der Name Hampton gefallen war. Sandfort unterdrückte ein Seufzen. Seine Gedanken wandten sich unwillkürlich noch einmal dem zurückliegenden Abend zu und dem, was Emily Hampton berichtet hatte. Wie eine Erscheinung aus einer anderen Welt hatte die junge Frau plötzlich auf der Schwelle seines schäbigen Pensionszimmers gestanden. Sie war jung, schön und verkörperte die englische Oberklasse in all ihrer Vollendung. Alles, was Sandfort so sehr hasste an diesen Menschen, die glaubten, ihre Geburt habe sie zu etwas Höherem und Besserem gemacht als die anderen. Im ersten Impuls wollte er Emily Hampton mit einer sarkastischen Bemerkung die Tür weisen. Noch nie hatte er sich in seiner journalistischen Arbeit beeinflussen lassen, und er war sicher, dass genau das ihr Ziel war. Doch dann hatte ihr Besuch seine Neugier geweckt. Er ahnte, wie viel Überwindung es sie gekostet haben musste, ihn aufzusuchen.

Emily Hampton hatte lange gesprochen, immer wieder von seinen Fragen unterbrochen. Es war eine Geschichte von tragischer Liebe, von hässlichem Ehrgeiz und Schuld, die sie erzählte. Nichts als ein schales Gefühl würde bleiben, erkannte Sandfort, wenn er dem noch eine weitere Wunde hinzufügte, indem er sie auch noch in die Öffentlichkeit zerrte. Er war Journalist, doch keiner, der nachtrat, wenn der andere schon am Boden lag.

»Ich werde mir erlauben, die Fakten noch einmal zu überprüfen, doch wenn sie stimmen, werde ich von einem Artikel absehen«, erklärte er Emily Hampton schließlich, und sie hatte ihm mit blasser Miene gedankt.

Sandforts Aufmerksamkeit wandte sich wieder der Gegenwart zu, denn Mr Beans war inzwischen vor ihm stehen geblieben und lüftete höflich seinen abgetragenen Hut. Es würde schwierig werden, ihm etwas nachzuweisen. Alles, was Sandfort bis jetzt an Schrecklichem über ihn erfahren hatte, war von den tauben Insassen im Vertrauen ausgesprochen worden. Es hatte den Journalisten große Mühe gekostet, dass er überhaupt mit einigen der Heimbewohner hatte sprechen können.

»Warum wollten Sie sich unbedingt hier treffen?«, fragte er den Lehrer.

Mr Beans lächelte spitz. »Nun, es muss ja nicht jeder wissen, dass wir uns unterhalten. Wie kam es eigentlich, dass Ihre Recherchen Sie nach St. Mary's Home geführt haben?«, erkundigte er sich dann.

»Das hängt im Großen und Ganzen mit meinen Nachforschungen über Lord Hampton zusammen«, wich Sandfort aus. Er lächelte professionell. »Ich wollte mich mit Ihnen noch einmal über den Brand unterhalten ...«

Sie spazierten auf dem schmalen Pfad an den Klippen entlang.

»Ein schreckliches Unglück«, sagte Beans. »Unsere Zöglinge waren ganz außer sich. Ich habe gehört, dass Sie sich mit einigen von ihnen unterhalten haben? Geben Sie nicht zu viel darauf, Mr Sandfort. Die meisten haben gerade einmal die Intelligenz eines Kindes.«

Sandfort fiel auf, dass der Lehrer die ganze Zeit über fahrig mit den Fingern an seinem Mantel entlangstrich. Er war nervös! »Bei dem Brand sind zwei junge Frauen umgekommen, nicht wahr?«, fragte der Journalist, ohne auf seine Bemerkung einzugehen.

»Ja. Schrecklich war das. Von der einen wurden nur noch ihr Ring und die Kette gefunden, alles andere war verbrannt. Sogar die Knochen.«

»Sie sprechen von Amalia Stone? Eine Schülerin von Ihnen, oder?«

»Genau.«

Sandfort war am Rande der Klippen stehen geblieben und wandte sich dem Lehrer zu. »Seltsamerweise haben meine

Recherchen ergeben, dass die junge Frau später in London gesehen wurde.«

Für einen Moment schien es ihm, als würde Mr Beans ein wenig blasser werden. »Das scheint mir wenig glaubhaft. Aber solche Geschichten werden gern erzählt, wenn ein Unglück geschehen ist«, entgegnete er.

»Das mag sein«, erwiderte Sandfort nach einer wohlgesetzten Pause. »Allerdings gibt es auch Leute, die behaupten, dass *Sie* ebenfalls in London gewesen sind, Mr Beans, und Amalia dort gesehen haben. Haben Sie Gefallen an Ihrem Zögling gefunden? Eine hübsche junge Frau – da kann man schon auf Gedanken kommen, oder?«

»Ich? Wie kommen Sie denn darauf?«, widersprach der Lehrer heftig. Doch Sandfort bemerkte den flackernden Ausdruck in seinen Augen. Er hatte Angst, begriff er plötzlich.

»Um Gottes willen. Sehen Sie nur dort!« Der Mann wies unvermittelt mit der Hand zum Meer.

Sandfort wandte reflexartig den Kopf. Im selben Moment wusste er, dass er einen Fehler begangen hatte. Der Stoß kam schnell und mit überraschender Kraft. Ein ungläubiger Laut entrang sich Sandforts Lippen, als er nach hinten taumelte und voller Entsetzen merkte, dass seine Füße ins Leere traten …

Melinda

144

Melinda schwieg einen Moment lang, als Emily Barrington geendet hatte. »Dann waren Sie es, die Ihren Bruder später entlastet hat, als die Polizei ihn verdächtigte, etwas mit Sandforts Tod zu tun zu haben?«, fragte sie schließlich und merkte, wie seltsam es ihr noch immer vorkam, sich vorzustellen, dass Edward Hampton tatsächlich ihr Großvater war.

Emily Barrington nickte. »Ja, das war ich. Aber mein Bruder konnte zu dem Zeitpunkt, als Sandfort ins Meer stürzte, ohnehin unmöglich in Dover gewesen sein.«

Melinda zog die Stirn kraus. »Wurde dieser Mr Beans nie verdächtigt, Sandfort umgebracht zu haben? Ich meine, es lag doch nahe, das zu vermuten, oder?«

»Sicher«, erwiderte die alte Dame. »Aber es gab keine Zeugen, und das Heim hat alles dafür getan, die Missbrauchsfälle zu vertuschen, und ihn damit indirekt entlastet. Niemand zerrt so etwas gern an die Öffentlichkeit.«

»Er wurde nie dafür belangt?« Melinda konnte ihre Empörung nicht verstecken.

»Nicht ganz«, mischte sich George ins Gespräch, der sich bis jetzt im Hintergrund gehalten hatte. »Das Heim hat ihn dann wegen eines anderen Vergehens angezeigt – wegen schweren Diebstahls. Angeblich soll er in St. Mary's Home über Jahre die Insassen und sogar den Heimleiter bestohlen haben. Er wurde zu einer Gefängnisstrafe verurteilt und starb bei einem Unfall, wenige Tage nachdem er wieder entlassen wurde. Ein Pferdefuhrwagen erfasste ihn.«

Melinda blickte George an. Sie war sich sicher, dass er das selbst herausgefunden hatte, weil er ebenso wie sie Anstoß daran nahm, dass Beans nicht für seine Taten zur Rechenschaft gezogen worden war.

Emily Barrington hatte für einen Moment die Augen geschlossen. Sie wirkte erschöpft.

George erhob sich. »Wir werden eine Pause machen, damit Sie sich ein wenig ausruhen können«, sagte er zu der alten Dame.

Lady Barrington nickte. »Das ist eine gute Idee. Anschließend werde ich Ihnen den Rest erzählen.«

Melinda schaute sie an. *Was gab es noch zu berichten*?

Emily Barrington legte ihre Hand kurz auf die ihre. »Es würde mich freuen, wenn Sie mich dann beim Vornamen nennen. Immerhin sind Sie die Enkeltochter meines Bruders«, bat sie sanft.

Melinda nickte. »Gern, Emily.«

Die alte Dame lehnte sich in ihre Kissen zurück. Ein friedliches Lächeln glitt über ihr Gesicht.

145

George und sie waren schweigend durch den langen Flur zum Fahrstuhl gegangen.

»Hast du Hunger?«, fragte er.

»Nicht besonders.« Melinda bemühte sich, das, was sie erfahren hatte, zu verarbeiten.

Sie begaben sich nach unten in die Lobby und zum Wintergarten des Hotels, in dem Speisen und Getränke serviert wurden. George bat um einen Tisch in einer Nische, an dem sie ungestört waren.

»Ich glaube, ich brauche einen Drink«, erklärte Melinda mit einem schiefen Lächeln.

Er bestellte zwei Scotch auf Eis.

»Ich bin Lady Barringtons Anwalt«, erklärte er dann. »Schon seit langer Zeit. Als du mich in Hampton angetroffen hast, war ich dort, weil ich zu ihr wollte. Ich habe Tennyson mit einem richterlichen Beschluss gedroht, weil er mich daran hindern wollte, mit ihr zu sprechen. Ich wusste, dass er versucht, sie einzuschüchtern.«

»Einschüchtern? Wegen mir?«

Er nickte.

»Aber warum?«

Er lächelte knapp. »Das wird Lady Barrington dir nachher selbst erzählen wollen.«

Der Ober brachte die Getränke. Der Scotch brannte in ihrer Kehle. Melinda wandte den Kopf zu George. »Und die Akte über mich? All die Informationen?«

»Lady Barrington hat mich nach Berlin geschickt, um nach dir zu suchen und herauszufinden, was für ein Mensch du bist«, erklärte er ehrlich.

Plötzlich verstand sie – und verspürte einen bitteren Geschmack im Mund. »Du meinst, weil ich eine Deutsche bin? Hatte Lady Barrington Angst, dass ich als *belastet* gelte und vielleicht sogar eine überzeugte Nationalsozialistin bin?«

Er wich ihrem Blick nicht aus. »Ja.«

Schweigend nahm sie einen großen Schluck von ihrem Scotch und starrte in ihr Glas.

»Mein Gott, Melinda, der Krieg ist kaum drei Jahre her! Fast jeder hier hat durch die Deutschen irgendeinen Verlust erlitten. Millionen von Menschen sind dabei umgekommen. Die Bilder von den Konzentrationslagern sind um die Welt gegangen. Was glaubst du, natürlich wollte sie wissen, ob du zu denen gehört hast!«, brach es aus ihm heraus.

Obwohl sie es von der Vernunft her verstand, traf es sie dennoch, dass man derlei überhaupt von ihr denken konnte. »Es gibt auch andere Deutsche, und es ist zurzeit nicht leicht für uns«, sagte sie ein wenig trotzig.

»Ich weiß, ich war in Berlin. Ich habe gesehen, wie zerstört die Stadt ist«, sagte George ruhig. »Ich verstehe auch, dass es kein angenehmes Gefühl für dich ist, dass ich diese Nachforschungen angestellt habe, aber es war mein Auftrag. Ich war bei verschiedenen Behörden und Institutionen und habe nicht nur deine Adresse, sondern deinen gesamten Lebenslauf recherchiert und dich einige Tage beobachtet«, gestand er.

Sie blickte ihn geschockt an. »Wie lange warst du denn in Berlin?«

»Zehn Tage … Du läufst übrigens ziemlich schnell!«, fügte er mit einem leichten Lächeln hinzu.

Ihre Hand umfasste das Glas, während sie noch immer um Fassung rang. »Bist du absichtlich auf der Straße mit mir zusammengestoßen?«, fragte sie dann.

Für einen kurzen Augenblick wirkte George tatsächlich verlegen. Er fuhr sich mit der Hand durchs Haar. »Du erinnerst dich doch?«

Sie nickte.

»Das war unprofessionell von mir«, sagte er rau. »Aber ich wollte unbedingt einmal deine Stimme hören. Ich glaube, zu dem Zeitpunkt hatte ich mich schon ein wenig in dich verliebt …«

Sie blickte ihn ungläubig an.

146

Er verstand es, sie vollständig aus der Bahn zu werfen, das musste sie ihm lassen. Den ganzen Tag hatte Melinda ihre innere Schutzbarriere mühsam gegen ihn aufrechterhalten. Doch Georges unerwartetes Geständnis löste ihren Widerstand mit einem Schlag in Luft auf.

Sie hatten das Restaurant verlassen und liefen schweigend den langen Flur entlang. Vor dem Fahrstuhl drehte er sich auf einmal zu ihr – und küsste sie. Einen Moment lang hatte sie das alberne Gefühl, ihre Knie würden weich werden, als er sie an sich zog. Dann legte sie die Arme um ihn und erwiderte seinen Kuss.

Als seine Lippen sich schließlich von den ihren lösten, klopfte ihr Herz schneller. Er strich ihr sanft durchs Haar. Seine Augen waren dunkel.

»Ich fürchte, wir werden dafür eine Lösung finden müssen, Miss Leewald«, murmelte er, bevor sie in den Fahrstuhl stiegen. Er ließ den Arm um sie, bis sie die Suite von Emily Barrington erreichten.

Melinda hatte das ungute Gefühl, die alte Dame würde ihnen beiden sofort ansehen, was geschehen war. Ein überraschter Ausdruck huschte über Emily Barringtons Gesicht, als ihr Blick von George zu ihr und dann wieder zu Melinda und zurück wanderte. Sie wartete, bis die junge Frau wieder an ihrem Bett Platz genommen hatte.

»Sicherlich fragst du dich noch immer, warum ich dir das Paket schicken ließ, ohne dir eine Erklärung zu geben«, begann sie.

Melinda lächelte. »Ja, das tue ich allerdings.«

»Nun, du musst wissen, Edward, dein Großvater, ist nie über die Trennung von Amalia hinweggekommen. Er war depressiv und innerlich gebrochen. 1900 starb Elisabeth Sherwood, und da es keine anderen Nachfahren gab, erbte er das Anwesen, auf dem Amalia und Cathleen groß geworden waren.«

Melinda blickte sie gebannt an. Die Vergangenheit nahm sie erneut gefangen, und sie fragte sich, ob ihre Urgroßmutter, Elisabeth Sherwood, jemals begriffen hatte, was sie ihren Töchtern angetan hatte.

»Woran ist Elisabeth gestorben?«

»Sie hatte kurz nach dem Tod von Cathleen einen schweren Schlaganfall, der sie an den Rollstuhl fesselte und langsam dahinsiechen ließ. Die Jahre bis zu ihrem Tod hat sie einsam und verlassen mit einer Pflegerin in Sherwood verbracht. Der liebe Gott wollte ihr wohl die Zeit geben, noch einmal darüber nachzudenken, was sie getan hatte«, berichtete Emily Barrington. »Edward hat danach die meiste Zeit in Sherwood verbracht. Er fühlte sich Amalia dort nahe«, sagte sie traurig. »Ich war damals schon verheiratet. Es war ein wenig gespenstisch, wenn ich nach Sherwood kam. Oft hat er sich die Bilder, die sie gemalt hatte, angesehen und schien mit den Gedanken immer weit fort. Er kümmerte sich zwar noch um die Verwaltung seines Besitzes, aber sonst blieb er ein einsamer Mensch, der von einer tiefen Todessehnsucht erfüllt war.« Einen Augenblick lang glitt der Blick von Emily Barrington in die Ferne, als würden die Jahre wieder vor ihren Augen auferstehen. »Als der Erste Weltkrieg ausbrach, meldete er sich trotz seiner fast fünfzig Jahre freiwillig als Offizier. Ich weinte fürchterlich, als er sich verabschiedete, weil ich wusste, dass er sich nichts mehr wünschte, als dass irgendeine Kugel seinem Leben endlich ein Ende setzen würde. Immer wieder meldete er sich für die waghalsigsten Einsätze freiwillig, doch er überlebte. Die Ironie des Schicksals wollte es, dass er später sogar zweimal für seine Tapferkeit ausgezeichnet wurde.«

Melinda hörte ihr betroffen zu. Wie sehr musste ihr Großvater gelitten haben!

»Nach seiner Rückkehr aus dem Krieg fing Edward abermals an, nach Amalia zu suchen. Es war ein Wechselspiel von kurzen Phasen, in denen er auflebte, nur um dann erneut für Monate in seine alte Gleichgültigkeit zurückzufallen. Ende der Dreißigerjahre, einige Jahre vor seinem Tod, fand er endlich eine Spur von Amalia. Er hatte noch einmal Kontakt mit dieser Organisation in London aufgenommen, die Gehörlose unterstützte, und er traf einen Arzt, mit dem er damals auch direkt nach Amalias Verschwinden Kontakt gehabt hatte.«

Melinda schluckte. Sie ahnte, dass es sich um Dr. Stevenson gehandelt haben musste.

»Der alte Mann schien Mitleid mit Edward zu haben und erzählte ihm schließlich, dass Amalia 1897 mit einer englischen Familie nach Berlin gegangen und dort 1920 an einer Lungenentzündung verstorben sei. Edward erfuhr auch, dass sie ein Kind bekommen hatte, eine Tochter. Amalia hatte sie noch in England zur Welt gebracht, und er ahnte, dass das Kind von ihm sein musste. Dieses Wissen veränderte ihn sehr. Es schenkte ihm unerwartet Frieden«, berichtete Emily. Sie lächelte leicht. »Er begann, nach dem Kind zu suchen. Doch es war schwierig. Der Zweite Weltkrieg war inzwischen ausgebrochen, und Caroline, deine Mutter, hatte geheiratet und einen anderen Namen. England erklärte Deutschland den Krieg, und obwohl Edward es noch gelang, Carolines neuen Nachnamen in Erfahrung zu bringen, und er erfuhr, dass sie 1920 – im selben Jahr, als Amalia gestorben war – eine Tochter zur Welt gebracht hatte, war eine Kontaktaufnahme unmöglich.«

»Er wusste, dass es mich gibt?«, sagte Melinda tonlos. Wäre der Krieg nicht ausgebrochen, hätte sie ihren Großvater vielleicht sogar noch persönlich kennengelernt, wurde ihr klar.

Emily nickte. »Ja, das tat er. 1944 lag dein Großvater schließlich im Sterben. Nur wenige Wochen zuvor war ihm durch einen alten Kontakt in Berlin die Information zugespielt worden, dass deine Mutter Caroline verstorben war und es nur noch dich gab.«

Melinda erinnerte sich an den schrecklichen Tag, daran, wie sie weinend am Bett ihrer Mutter gesessen hatte und wie furchtbar einsam sie sich gefühlt hatte.

Emily schenkte ihr einen warmen Blick, als spürte sie, was in ihr vorging, und hielt für einen Moment in ihren Worten inne.

»Als Edward sein Ende nahen fühlte, ließ er mich und Rebecca und ihre beiden Kinder, Henry und Charlotte, zu sich kommen. Er hatte sein Testament geändert«, fuhr sie fort. »Dein Großvater bat uns, nach dir zu suchen, sobald es die politischen Umstände wieder erlaubten. Er hoffte, dass du den Krieg unbeschadet überstehen würdest. Er starb in dem Glauben, dass wir mit dir Kontakt aufnehmen würden.«

Melinda starrte sie ungläubig an. Emily hatte voller Schuldbewusstsein den Blick gesenkt.

»Aber das taten wir nicht … Du musst das verstehen. Es erschien uns allen damals unmöglich – *eine Deutsche.* Eine Frau aus einem Land, mit dem wir uns im Krieg befanden und die Edward noch dazu nie gesehen hatte. Er war mit Amalia ja nicht einmal verheiratet gewesen.« Aus Emilys Stimme klang noch jetzt das schlechte Gewissen. »Er sei nicht zurechnungsfähig gewesen, sagte meine Schwester Rebecca. Sie war außer sich. Aus ihrer Sicht war seine Liebe zu Amalia nichts als eine lächerliche Affäre. Man wisse ja nicht einmal, ob die Tochter wirklich von ihm sei.« Emily lächelte bitter. Ihre Finger spielten mit einem spitzenverzierten Taschentuch. »Meine Schwester sah ihre Kinder schon lange als die rechtmäßigen Erben von Edward an – und Henry und Charlotte, die ja erwachsen waren, unterstützten sie natürlich. Rebecca setzte mich daher unter Druck, und ich muss gestehen, dass ich es damals auch nicht viel anders sah als sie. Selbst die Anwälte hatten Verständnis. Niemand hätte gern eine Deutsche in die Familie aufgenommen und ihr das Erbe hinterlassen. Edwards Testament selbst war nicht anfechtbar, aber auf den Rat eines Anwalts, den mein Neffe Henry engagierte, wurde ein offizielles Papier beschafft, das bestätigte, du seist genau wie deine Mutter während des Krieges umgekommen. Es gab ja niemanden, der Interesse daran gehabt hätte, das nachzuprüfen.«

Melinda schwieg betroffen. Aus Sicht der Hamptons konnte man es sogar verstehen, dachte sie.

»Und warum hast du George dann doch nach Berlin geschickt, um mich zu suchen?«

Die alte Dame schwieg. Dann sagte sie leise: »Ich fühlte mich schuldig. Schon lange. 1947 starb Rebecca, und meine eigene Gesundheit war ebenfalls angeschlagen. Damals lebte ich schon wieder in Hampton. Ich war kurz nach dem Tod meines Mannes hierhergezogen und auf die Fürsorge von Henry und Charlotte angewiesen. Ich spürte, dass mir nicht mehr viele Jahre bleiben würden.« Ein ernster Ausdruck glitt über ihr Gesicht. »Aber ich hatte das Gefühl, dass ich nicht meinen Frieden finden konnte, wenn ich Edwards letzten Willen nicht respektierte. Ich wusste, wie sehr er Amalia geliebt hatte und wie viel es ihm bedeutete, dass es ein Kind und Enkelkind von ihm und ihr gab. Schließlich habe ich Mr Clifford gebeten, mir zu helfen …«

Melindas Kopf wandte sich unwillkürlich zu George. »Und du hast ihm den Auftrag erteilt, mich zu suchen«, stellte sie fest.

Emily Barrington nickte. »Und ich gab ihm das Paket für dich. Mr Clifford sollte mit dir Kontakt aufnehmen und dir die Sachen zukommen lassen. Doch dann bekam Henry von dem Vorhaben Wind. Er fand ein Telegramm, das Mr Clifford mir aus Berlin geschickt hatte. Henry war außer sich vor Wut. Er drohte, man würde mich entmündigen lassen …«

Melinda, die sich lebhaft vorstellen konnte, wie Henry sich verhalten hatte, sah sie voller Mitleid an.

»Trotz allem sind mein Neffe und meine Nichte die einzige Familie, die ich noch habe, und ich ließ mich einschüchtern. Ich sendete Mr Clifford daher ein Telegramm, dass er aus Berlin zurückkommen solle.«

»Aber das Paket sollte er mir trotzdem schicken«, ergänzte Melinda, die nun verstand, warum keinerlei Brief oder Erklärung dabeigelegen hatte. »Wusstest du, dass ich es herausfinden würde?«, fragte sie Emily.

Die alte Dame schüttelte den Kopf. »Ich habe es vielleicht unbewusst gehofft. Ich wollte, dass du die Sachen erhältst, weil Edward es so gewollt hätte. Ich fand, sie standen dir zu, denn diese Dinge sind Zeugnis seiner Liebe zu Amalia.«

»Ich war sehr verwirrt, als ich das alles bekam«, bekannte Melinda. »Bis spät in die Nacht habe ich die Briefe gelesen, mir die Bilder angeschaut – und die rote Dame. Wusstest du, dass ich die übrigen Schachfiguren besitze? Meine Großmutter hatte sie meiner Mutter und die wiederum mir hinterlassen.«

Emily blickte sie überrascht an. »Und ich habe mich immer gewundert, dass es nur diese eine Figur gab!«

»Ich habe mich auf einmal daran erinnert«, erklärte Melinda. »Als Kind wollte ich mit den Schachfiguren spielen, weil ich sie so schön fand. Als ich jetzt entdeckte, dass die rote Dame die fehlende Spielfigur war, wusste ich, dass das Paket etwas mit meiner Großmutter zu tun haben musste. Danke, dass du es mir geschickt hast. Es bedeutet mir sehr viel.«

Emily lächelte. »Ich bin froh, dass du jetzt alles weißt. Edward wäre sehr glücklich gewesen. Ich fürchte nur, du wirst jetzt einen guten Anwalt brauchen.« Ihr Blick glitt zu George Clifford. »Aber wie ich sehe, hast du schon einen gefunden«, fügte sie unschuldig hinzu.

Einen Moment lang schwiegen sie alle.

»Es gibt noch etwas, das ich dir geben muss«, sagte Emily schließlich. Sie griff nach einer Mappe, die auf ihrem Nachttisch lag, und zog einen Umschlag daraus hervor, den sie Melinda reichte. »Dieser Brief ist für dich. Edward hat ihn mir kurz vor seinem Tod gegeben.«

»Er hat mir einen Brief geschrieben?« Melinda spürte, wie sich ihre Kehle zuschnürte, als sie die Schrift wiedererkannte.

147

Am nächsten Tag nahm sie sich von der Fortbildung frei. Sie fuhr mit George ins Dartmoor. Emily wollte in London bleiben. Die alte Dame war aufgeblüht.

»Es hat sie befreit, dir alles erzählen zu können und den Wunsch ihres Bruders nun endlich zu erfüllen«, sagte er.

»Sie ist wunderbar.«

Gedankenversunken hatte Melinda während der Fahrt aus dem Fenster geschaut, während die Bilder der Vergangenheit durch ihren Kopf geisterten.

Sie stellten den Wagen an Georges Haus ab und liefen zu Fuß weiter nach Sherwood. Melinda verspürte den tiefen Wunsch, dorthin zu gehen, an den Ort, an dem einst alles begonnen hatte – mit der Geschichte zweier Schwestern.

Das große, eiserne Tor von Sherwood war verschlossen, und sie lief mit George um das Grundstück herum, bis sie eine eingefallene Stelle in der Mauer fanden, über die sie klettern konnten.

Durch das Dickicht von wild gewachsenen Büschen, Sträuchern und Hecken kämpften sie sich ihren Weg zum Herrenhaus. Äste knackten unter ihren Füßen, und durch die noch kahlen Zweige konnte man die verwunschenen, efeuberankten Fassaden und Ecktürmchen des Manors sehen. Ein paar Sonnenstrahlen wurden von den Fensterscheiben reflektiert. Melinda blieb vor dem Eingang stehen. Ein Lächeln glitt über ihre Lippen, als sie die halb gerundete Eingangstreppe betrachtete, die von zwei Halbsäulen flankiert wurde. Sie erinnerte sich, wie sie vor wenigen Wochen hier vor dem Tor gestanden hatte. An die geheimnisvolle Atmosphäre, die von dem Herrenhaus ausgegangen war, das von diesem Moment an eine unwiderstehliche Anziehungskraft auf sie ausgeübt hatte. Sie gingen weiter um das herrschaftliche Gebäude herum und ließen sich auf einer der Terrassenstufen nieder.

In der Ferne konnte man die Hügel des Dartmoors mit ihren eigenartigen Felsformationen erkennen.

George hatte sich neben sie gesetzt. Eine stille Verbundenheit herrschte zwischen ihnen.

»Ich will das Erbe nicht, ich will nur Sherwood«, sagte sie schließlich.

Er blickte sie kopfschüttelnd an. »Bist du sicher?«

»Ja. Sehr sogar.«

George seufzte. »Als dein Anwalt sträuben sich mir die Haare. Es ist der Letzte Wille deines Großvaters gewesen, und Henry Tennyson hätte es darüber hinaus verdient, dass man ihm den letzten Penny wegnimmt«, setzte er grimmig hinzu.

»Ja, vielleicht. Aber es würde mir trotzdem nicht gerecht vorkommen«, sagte sie ehrlich.

Er küsste sie sanft. »Du wirst dennoch etwas Geld brauchen, um Sherwood überhaupt wieder instand setzen zu können und die Grundsteuer zu zahlen. Das ist das Mindeste, was du bekommen solltest. Allerdings hätte deine Entscheidung wenigstens einen Vorteil …«

Sie blickte ihn fragend an. Er zog sie an sich.

»Ich müsste nicht befürchten, dass du glaubst, ich würde nur wegen des Geldes hinter dir her sein, sondern weil du mir wirklich viel bedeutest …«

»Tue ich das denn?«, fragte sie sanft.

»Ja, Melinda.« Sein Blick wurde ernst. »Ich möchte dich nicht mehr gehen lassen.«

Überrascht schaute sie ihn an. Dann überzog ein Lächeln ihr Gesicht, und sie küsste ihn.

Eng umschlungen saßen sie eine Zeit lang da und schauten auf das Moor hinaus. Der Wind spielte in dem verwilderten Garten mit den Zweigen der Büsche und Sträucher, und für einen Moment schien es Melinda, als würde sie ein Rascheln und das Lachen zweier kleiner Mädchen hören.

»Du hast den Brief noch nicht gelesen, oder?«, fragte George.

Sie schüttelte den Kopf. »Nein, ich wollte es hier tun.« Sie griff in ihre Tasche und zog den Umschlag hervor. Einen Augenblick lang fühlten ihre Finger die faserige Struktur, bevor sie ihn vorsichtig öffnete.

Sherwood, 12. Juni 1944

Liebe Melinda,
während ich diese Zeilen schreibe, hoffe ich, dass Dich dieser Brief eines Tages erreicht und Dich Dein Weg hierherführen wird. Es sind dunkle Zeiten, durch die die Welt geht, und unsere Länder sind in Feindschaft zerrissen. Gott allein vermag zu sagen, was die Zukunft bringen wird. Obgleich wir uns nie begegnet sind, bin ich in Sorge um Dich und bete, dass das Schicksal seine schützende Hand über Dich hält, denn ich bin Dein Großvater. Mein Name ist Edward Hampton, und es wird Dich vermutlich überraschen, wenn Du von meiner Existenz und meinem Letzten Willen erfährst, der Dich zu meiner Erbin macht.

Das Leben lehrt einen viel und oft ungewöhnliche Dinge. Mir schenkte es eine große Liebe, eine, die erlebt zu haben ich heute glücklich und dankbar bin – bei allem Leid, das mir ihr Verlust bereitet hat. Deine Großmutter Amalia war eine besondere und ungewöhnliche Frau. Obwohl uns nur eine kurze Zeit des gemeinsamen Glücks vergönnt war, verging doch kein Tag in meinem Leben, an dem ich nicht an sie dachte. Erst spät verstand ich, was sie meinte, als sie mir in ihrem letzten Brief schrieb, dass sie unsere Liebe immer in sich tragen würde. Denn so und nicht anders war es tatsächlich – wir blieben für alle Zeit verbunden.

Es erfüllte mich mit spätem Glück, als ich vor einigen Jahren schließlich erfuhr, dass Deine Großmutter nach unserer Trennung einer Tochter das Leben schenkte, die aus unserer Liebe entstanden war – deine Mutter Caroline. Du selbst bist in dem Jahr zur Welt ge-

kommen, in dem Deine Großmutter Amalia starb. Möglicherweise verspüre ich auch deshalb eine solch besondere Verbindung zu Dir, Melinda, und habe das Gefühl, Dich zu kennen. Ich bin voller Zuversicht, dass Du eines Tages hierherkommen wirst, um Dein Erbe anzutreten, und ich bedauere, dass wir uns nicht mehr persönlich kennenlernen. Mein Leben nähert sich dem Ende, aber ich gehe in Frieden mit dem Wissen, dass es Dich gibt.

Möge es Dir vergönnt sein, glücklich zu sein und ebenso zu lieben, wie ich es tat.

Dein Großvater
Lord Edward Hampton

DANKSAGUNG

Einen Roman zu schreiben ähnelt ein wenig einer langen und spannenden Reise, und ich möchte an dieser Stelle allen denen danken, die mich auf diesem Weg unterstützt und begleitet haben: meiner Familie und meinen Freunden; Carola Fischer vom Diana Verlag, die mit ihren wertvollen Anmerkungen und Fragen diese Geschichte immer wieder bereichert hat und mich von Anfang an ihre Begeisterung dafür spüren ließ; meinem Agenten Joachim Jessen, der mir auch mit wichtigen Literaturtipps über die Nachkriegszeit weitergeholfen hat; Liane, die zu meinen wichtigen Erstlesern gehört; ebenso wie meinem Mann – ohne den ich diese Reise nie angetreten hätte und dem dieses Buch auch gewidmet ist – und außerdem schließlich zwei wunderbaren kleinen Mädchen, die mich mit zu dieser Geschichte inspiriert haben und dieses Buch vielleicht einmal lesen werden, wenn sie erwachsen sind.

Danken möchte ich hier aber auch einer Vielzahl von Autoren, ohne die dieses Buch nicht hätte entstehen können. Sie haben mir wichtiges historisches Wissen über das Viktorianische England und die Nachkriegszeit in Berlin vermittelt und mir geholfen, nicht nur die Sprache, sondern auch die Kultur der Gehörlosen besser zu verstehen, und meine eigene Welt dadurch sehr bereichert. Zumindest einige wichtige möchte ich hier auch namentlich nennen. Allen voran Oliver Sacks mit seinem faszinierenden Buch *Stumme Stimmen*, Harlane Lanes' *Mit der Seele hören, Die Maske der Barmherzigkeit* und auch in *The People of The Eye*, J.G. Kyle und B. Woll mit *Sign Language*, Peter W. Jackson mit *Britain's Deaf Heritage* und auch die Biografien von David Wright und Emmanuelle Laborit.

Für ihre umfangreichen Informationen möchte ich außerdem auch der *British Deaf History Society* und darüber hinaus für die Beratung und das persönliche Gespräch auch ganz herzlich Andreas Costrau vom gebaerdenservice.de in Berlin danken.

ANMERKUNGEN

Der Roman »Die Schwestern von Sherwood« ist eine fiktive Geschichte. Mit Ausnahme der Nebenfiguren des britischen Majors Colby und des Chefredakteurs Arno Scholz sind alle Figuren frei erfunden. Auch die Schauplätze Sherwood, Hampton, das Dorf Old Postbridge und das Heim St. Mary's Home existieren nur im Roman – ebenso wie die Organisation *Deaf Friends*. Das Dartmoor mit seinen mystischen Steinformationen und Whistman's Wood gibt es dagegen wirklich, und wer einmal dort gewesen ist, wird wissen, dass man sich der magischen Anziehungskraft dieser Gegend nur schwer entziehen kann …

Glasgow
Edinburgh
Belfast
IRLAND
Newcastle
GROSS-
BRITANNIEN
Dublin
Liverpool
Leeds
Birmingham
Cardiff
Bristol
London
Exeter
Dart-
moor
Southampton
Dover
Calais
ÄRMELKANAL
Antwerpen
Lille
Brüssel
Brest
Le Havre
Paris
Nantes
FRANKREICH
Deutschland nach dem Zweiten Weltkrieg
Grenze des Deutschen Reiches 1937
0
100 km
N
© Kartographie Fischer-Leitl, München 2013